ULLSTEIN

Das Buch

Larry Collins, zuletzt erfolgreich mit *Khalid. Das Schwert Gottes*, erzählt in diesem spannenden Spionageroman eine Geschichte, so unglaublich, wie sie nur in der Wirklichkeit geschehen kann. Und tatsächlich hat Larry Collins den historischen Hintergrund, das ungeheure und grausame Spiel der britischen und amerikanischen Geheimdienste während des Zweiten Weltkrieges, nicht erfunden, er hat präzise recherchiert, hat mit Augenzeugen gesprochen, hat die wichtigsten Schauplätze besucht und erst dann seine Story geschaffen.

Seine Helden sind Figuren in dem gefährlichsten und geheimsten Unternehmen, das die westlichen Alliierten wagen mußten, wollten sie den Krieg endlich gewinnen. Catherine Pradier, jung, schön und ein bißchen extravagant, ist dabei eine Hauptrolle zugedacht. Sie soll vollenden, was andere vorbereitet haben. Ihr Gegenspieler: Hans-Dieter Strömelburg, der Gestapochef in Paris, einer der brutalsten und raffiniertesten Männer seiner Zeit. Ihr Verbündeter: Henri Le Maire, Mitglied der Résistance, ein Mann, der das Leben liebt und der gezwungen ist, eine gefährliche Rolle zu spielen. Ihr Freund: Major Thomas O'Neill, ein junger Amerikaner, der nicht ahnt, daß der Weg, auf den er Catherine schickt, der dunkelste ist, ein Weg, der gnadenlos in Einsamkeit und Verlassenheit führt.

Larry Collins hat mit Catherine Pradier eine Figur geschaffen, die der Leser nicht vergessen wird, eine mutige Agentin, eine wahrhafte Heldin, eine Frau, die weiß, wofür sie kämpft, und deren Leben erst dann zerstört ist, als sie begreifen muß, daß sie nur eine Marionette war.

Der Autor

Larry Collins, geboren in West Hartford, Connecticut, studierte in Yale, war Journalist für *United Press International* in Paris, Rom und im Mittleren Osten und später dort Korrespondent für *Newsweek*. 1961 wurde er Leiter des *Newsweek*-Büros in Paris. Hier tat er sich mit Dominique Lapierre zusammen, und die beiden schrieben ihren ersten internationalen Bestseller: *Brennt Paris?* Es folgten: *Oder Du wirst Trauer tragen, O Jerusalem, Um Mitternacht die Freiheit, Der fünfte Reiter* und zuletzt bei Ullstein *Khalid. Das Schwert Gottes*.

Larry Collins

DIE MARIONETTE

Roman

Aus dem Amerikanischen
von Emil Bastuk

Ullstein

Ullstein Taschenbuchverlag 2000
Der Ullstein Taschenbuchverlag ist ein Unternehmen der Econ Ullstein List
Verlag GmbH & Co. KG, München

Titel der amerikanischen Originalausgabe: Fall from Grace
(Simon & Schuster, Inc., New York)
Übersetzung: Emil Bastuk
Umschlagkonzept: Lohmüller Werbeagentur GmbH & Co. KG, Berlin
Umschlaggestaltung: DYADEsign, Düsseldorf
Titelabbildung: Mauritius
Druck und Bindearbeiten: Elsnerdruck, Berlin
Printed in Germany
ISBN 3-548-24785-7

FÜR NADIA

HÖCHST GEHEIM

B 68932
Ausfertigung No. 10

CCS 459/3
3. Dezember 1946

Vereinigte Stabschefs: Klassifizierung von Täuschungs- und verdeckten Operationen

Bezugnahme auf a) CCS 2 81/5
b) CCS 2 81/4

Informationen betr. sämtliche Aspekte vorgenannter Operationen werden für alle Zeit als ›Höchst Geheim‹ eingestuft.

Diese Anordnung gilt für alles Personal, auch das der Alliierten, das jemals bei solchen Operationen mitgewirkt hat oder künftig mitwirken wird.

Insbesondere werden ausdrücklich alle sogen. Sondermaßnahmen, ferner die Führung feindlicher Agenten durch uns und die Verbreitung von Desinformationen durch diplomatische Kanäle oder Doppelagenten für alle Zeit als ›Höchst Geheim‹ klassifiziert.

PROLOG

17. Juni 1973

Der schwarze Opel hatte für den flüchtigen Betrachter nichts Auffälliges an sich; nur das geübte Auge hätte aus der Stärke der am linken Kotflügel befestigten Antenne darauf schließen können, daß der Wagen nicht nur mit einem Funktelefon, sondern auch mit einem Zerhacker ausgerüstet war. Das kugelsichere Glas der Scheiben und die ebenfalls kugelsichere Verstärkung der Türflächen hätte nur eine eingehende Untersuchung an den Tag gebracht. Der in Bonn stationierte CIA-Resident hatte dieses Vehikel freundlicherweise dem scheidenden Leiter der Osteuropaabteilung, T. F. O'Neill, zur Verfügung gestellt, wenngleich dieser eigentlich nicht in dienstlichem Auftrag unterwegs war, sondern in einer Privatsache.

Der Fahrer deutete mit dem Kopf auf die Gartengrundstücke rechts und links der Straße, die säuberlich eingezäunt waren und jeweils etwa die Größe eines Tennisplatzes aufwiesen. »Das vierte links«, sagte er dabei, »Nummer 63.«

»Fahren Sie bitte etwa hundert Meter weiter und warten Sie da auf mich. Seit wann hat er denn diesen hübschen Garten?«

»Seit unsere englischen Vettern mit ihm fertig sind und ihn aufs Altenteil gesetzt haben. Er hat eine langjährige Freundin geheiratet und eine neue Identität verpaßt bekommen. Sozusagen eine funkelnagelneue Garderobe. Er gilt jetzt als ehemaliger Unternehmer aus Düsseldorf, der sich hier zur Ruhe gesetzt hat. Mit Fliesen soll er angeblich gehandelt haben, wenn ich nicht irre.«

Der junge Fahrer hielt den Wagen an und stellte den Motor ab. Sein Blick streifte O'Neill und den Aktenhefter, den dieser befingerte. Es war noch einer von den alten, einer aus der Vor-Computerzeit, eine Sammlung von Berichten und Auswertungen in einem Umschlag aus festem Papier. »Der Kerl war ja wohl ein hohes Tier bei der Gestapo in Frankreich«, murmelte er.

»Beim SD, um genau zu sein.«

»Und kein Schwein hat ihm ein Haar gekrümmt. Wenn man bedenkt, daß er 1945 hätte baumeln sollen . . .«

Darauf entgegnete O'Neill nichts. In Gedanken war er ganz bei der Akte, die er da in Händen hielt. Der Fahrer betrachtete ihn verstohlen. Seiner Generation galt O'Neill als legendäre Figur, umstritten zwar, doch gleichwohl legendär. Er gehörte noch der alten Schule an, zählte zu den Gründervätern der CIA, zu den Leuten, die ehedem beim OSS, der US-Gegenspionage, gewesen waren und nach dem Krieg gemeinsam mit Alan Dulles und Walter Bedell Smith die Firma aufgebaut hatten.

Die junge Generation begegnete einem schweigsamen Vorgesetzten nicht mehr unbedingt ebenfalls mit respektvollem Schweigen, und der junge Mann bemerkte denn auch unbefangen: »Sie wissen sicher, daß der Bursche in unserem Zentralregister in Berlin immer noch als gesuchter Kriegsverbrecher geführt wird? Sogar das niedersächsische Innenministerium läßt nach ihm fahnden. Wer ihn allerdings verhaften wollte, würde nicht viel Glück damit haben.«

»Nein, wohl nicht«, bemerkte T. F. abwesend. Die moralische Mißbilligung im Ton des jungen Menschen war ihm durchaus nicht entgangen. Wohl einer der neuen, etwas ehrpußligen Bürschchen, welche die Firma letzthin engagierte. »Andererseits sollte man unseren britischen Freunden keine allzu schweren Vorwürfe machen. Sie haben bloß den üblichen Kuhhandel gemacht: Wenn du uns alles sagst, was du weißt, lassen wir dir deine eigenen Sünden durchgehen. Dieses Spiel haben wir nach dem Krieg allesamt gespielt – wir, die Briten, die Russen, sogar die Franzosen, wenn sie Gelegenheit bekamen. Jeder war scharf darauf, sich seine eigenen Gestapo-Experten zuzulegen, um den anderen in die Karten schauen zu können.«

Und wir hatten reichlich davon, dachte T. F. bei sich, ich brauche bloß an Otto John zu denken, an Gehlen, an Barbie. Damals gab es weder Satelliten in diesem Geschäft noch Computer, Spionage und Gegenspionage wurden mit den üblichen hausgemachten Methoden betrieben, mit Lug und Betrug, Entführungen und Mordtaten, an deren

Aufklärung die Behörden keinerlei Interesse hatten. Damals schmolzen Ideale und Illusionen schneller als Schneeflocken an der Sonne – ganz wie Ridley es vorausgesagt hatte.

Der alte Ridley war erst vor wenigen Monaten an Krebs gestorben – 83 Jahre alt war er geworden. T. F. hatte ihn gefragt, ob er nicht bedauere, Kettenraucher gewesen zu sein? Aber das hatte Ridley heiser weit von sich gewiesen. Na ja, das sah dem alten Schuft ähnlich. Wie recht hattet ihr doch, ihr Engländer, dachte T. F., wir Amerikaner waren wirklich ein naiver Verein, als man uns 1943 rüberschickte, Klosterschülerinnen, die arglos in jenem riesigen Bordell umherwanderten, das die Welt darstellte. Aber wir haben unsere Unschuld bald genug verloren. Er betrachtete versonnen den jungen Mann am Steuer – so eifrig, so zutraulich, so willig, das Rechte zu tun. Warte nur, dachte er, wenn du ein Weilchen in diesem Geschäft bleibst, ist auch deine Unschuld dahin.

Ein letzter Blick auf die Akte. Behutsamkeit war hier geboten. Dieser Herr gehörte immerhin dem Nachrichtendienst Ihrer britischen Majestät, war quasi Privateigentum. Es schickte sich da nicht, den Torquemada hervorzukehren. »Es dauert nicht lange.« Damit stieg er aus. Und auf den fragenden Blick des Fahrers setzte er noch hinzu: »Keine Sorge. Das ist ein guter alter Bekannter von mir.«

Der junge Mann sah ihm nach. Sechzig ist er und bewegt sich wie ein Dreißigjähriger auf dem Weg zu einer Squash-Partie. Diese alten Burschen sind doch alle gleich. Wenn sie reden, klingt das, als wären sie eine Kreuzung von Krabbenfänger und Börsenmakler, und kleiden tun sie sich auch alle gleich – maßgeschneiderter grauer Flanellanzug, schon etwas abgetragen, und dazu eine Fliege, diesmal gelb mit schwarzen Punkten. Ausgerechnet eine Fliege! Wer trug denn im Jahre 1973 in Deutschland noch eine Fliege?

Und dieses ewige höfliche Gewäsch – »Geht's der Gattin gut?« –, aber darunter purer Stahl. Zwei Martinis vor dem Essen und davor schnell noch ein Todesurteil. Wieviel Leute er wohl auf dem Gewissen hat? In seinen zehn Jahren als Leiter der Osteuropaabteilung dürfte er genügend

Menschen in den Tod geschickt haben, überlegte der junge Mann.

Der Gegenstand seiner Wißbegier schlenderte derweil lässig den Kiesweg entlang, seinem Ziel entgegen. Die Gärten gehörten, wie er wußte, Stadtbewohnern, die sich hier ihre eigene Oase geschaffen hatten und sie liebevoll pflegten. Alles höchst ordentlich. Auf jedem Grundstück ein Gartenhäuschen, meist mit einem kleinen Stück Rasen davor. Nr. 63 machte da keine Ausnahme, auf dem Dach war sogar eine Fernsehantenne befestigt. Der Rasen war kurz geschoren, Rabatten voll blühender Blumen wie mit dem Zirkel angelegt. Der Hausherr selber schnitt soeben Kletterrosen zurück. T. F., der stehengeblieben war, um die ganze Pracht gründlich in sich aufzunehmen, bemerkte, daß er eine Gartenschürze trug, auf die eine grüne Faust mit aufgestelltem Daumen gedruckt war. Die geometrische Anordnung des ganzen Arrangements wurde durch eine Familie von Gartenzwergen eher noch unterstrichen als gemildert. Wie wunderwunderhübsch, ging es T. F. durch den Kopf, fürwahr, ein gottverfluchtes Idyll!

Er öffnete das Gartentörchen und ging auf den Mann zu, der erstaunt aufblickte.

»Herr Strömelburg?«

Aus der Überraschung wurde eine Grimasse des Entsetzens, als der vormalige Obersturmbannführer vom SD Paris sich zum ersten Mal seit dreizehn Jahren bei seinem richtigen Namen angesprochen hörte. Die Hand mit der Rosenschere begann zu zittern, das Gesicht wurde fahl. T. F. befürchtete für einen Moment, der Mann könnte von einem Schlag oder einem Herzanfall hinweggerafft werden. Also beeilte er sich zu versichern: »Ich komme ganz privat zu Ihnen, es hat nichts zu bedeuten.« Und dabei hielt er ihm seinen Dienstausweis hin.

Strömelburg hatte es die Sprache verschlagen, und er konnte nur stammeln: »Ach so, ach so . . .«, faßte sich aber dann genügend, um seinen Besucher ins Gartenhäuschen zu bitten. Schließlich brauchten die Nachbarn nicht zu hören, was hier gesagt wurde.

Er fegte mit etwas verlegener Gebärde Brotkrümel vom Tisch und wies seinem Besucher einen Stuhl an, holte aus dem Küchenschrank eine Flasche Weißwein und stellte Gläser auf den Tisch. T. F. beobachtete ihn dabei. Das Alter hatte Strömelburg eingeholt, er ging leicht vorgebeugt, hatte Fett angesetzt, das blonde Haar war jetzt weiß, aber ganz wie ehedem korrekt aus der Stirn gekämmt. T. F. verglich das Gesicht im Geist mit alten Fotos, und ihm schien, daß der Haaransatz sich seit dreißig Jahren nicht die Spur gelichtet hatte; das Gesicht wies übrigens jetzt wieder eine etwas ungesund rötliche Farbe auf, vermutlich litt Strömelburg unter hohem Blutdruck. Die blauen Augen blickten selbstzufrieden drein, und nichts in seinen Zügen deutete auf erlittene Leiden hin. Das Leben, so ging es T. F. durch den Kopf, hat es gut gemeint mit Strömelburg, besser jedenfalls als mit denen, die ihm in die Hände gefallen sind.

Der Gastgeber schenkte derweil ein, schob T. F. ein Glas hin, hob das seine und sagte: »Auf Ihr Wohl«, was aber, seinem mürrischen Gesichtsausdruck nach zu schließen, nicht ernst gemeint sein konnte.

»Sie wissen, daß wir vor Jahren Konkurrenten waren, Herr Strömelburg«, begann T. F. das Gespräch. Der ehemalige SS-Offizier gab sich den Anschein, als lausche er aufmerksam, ja mit Eifer, und auch das dürfte kaum zutreffend gewesen sein, denn die Vergangenheit gehörte nicht zu den von seinesgleichen bevorzugten Gesprächsthemen.

»Ich will mich kurz fassen«, fuhr T. F. fort. »Die Organisation, der ich damals angehörte, schickte 1944 kurz vor der Invasion eine junge Frau illegal nach Frankreich, die mir nahestand. Sie war nach Kriegsende nicht mehr auffindbar, und mir liegt daran zu erfahren, was aus ihr geworden ist. In meinem Alter hat man das Bedürfnis, möglichst wenig unbeantwortete Fragen mit sich herumzuschleppen. Vielleicht geht es Ihnen ähnlich?«

Strömelburg ging es durchaus nicht so, und er wußte nicht recht, ob eine Antwort erwartet wurde. Also schwieg er. Mochte der Amerikaner nur weiterreden.

Dieser brachte jetzt ein Foto zum Vorschein, kein sehr gutes, vermutlich ein Paßfoto, und schob es dem Deutschen hin. Der nahm es zur Hand, blickte es prüfend an und gab sich den Anschein, als grübele er ernsthaft in seinem Gedächtnis. Erkannt hatte er die Abgebildete auf der Stelle – wer vergißt schon so leicht eine besonders gutaussehende Frau? Er sah sie sehr deutlich vor seinem Schreibtisch sitzen, sah die langen, gewellten blonden Haare, die grünlichen Augen, die ihn trotzig anblickten, sah den fest geschlossenen Mund. Gefaßt war sie gewesen und hochmütig. O ja. Er legte das Foto auf die Tischplatte.

Bedauernd sagte er: »Nein, tut mir leid. Ich erkenne sie nicht. Wie hieß sie denn?«

»Pradier. Catherine Pradier.«

»Ist das ihr richtiger Name oder ihr Deckname? Sie war doch wohl eine Agentin?«

»Ihr richtiger Name. Ihr Deckname war Denise.«

Strömelburg nahm das Foto neuerlich zur Hand, so als könnten ihm beim Anhören dieses Namens Erinnerungen gekommen sein, die der Anblick des Fotos nicht geweckt hatte. Aber ja, es stand ihm alles so deutlich vor Augen, als wäre es gestern gewesen. »Warum glauben Sie, daß ich die Dame kennen müßte?«

»Ich habe Grund anzunehmen, daß sie im Juni 1944 zu Ihnen in die Avenue Foch gebracht worden ist.«

Strömelburg wiegte bekümmert den Kopf. »Das war doch zur Zeit der Invasion. Damals ging alles drunter und drüber. Denken Sie nur an die Résistance. Es war das reinste Tollhaus. Wissen Sie, wo man sie aufgegriffen hat?«

»Irgendwo im Norden, vermute ich.«

»Ah.« Strömelburg klang jetzt wie ein Arzt, der soeben den entscheidenden Anhaltspunkt für seine Diagnose gefunden hat. »Damit ist sie in einen anderen Zuständigkeitsbereich gefallen. Der Norden Frankreichs gehörte in die Zuständigkeit des Oberabschnitts Brüssel. Sie wissen ja, wie genau wir damals solche Dinge nahmen. Alles immer nach Vorschrift. Daß ich ihr in Paris nicht begegnet bin, möchte ich mit Sicherheit behaupten.«

Er lehnte sich zurück, überzeugt, eine solche Antwort, die sich streng an das Klischee vom ordnungsliebenden deutschen Bürokraten hielt, müsse seinen amerikanischen Besucher zufriedenstellen. Aber den Augen seines Gegenübers sah er an, daß der sich nicht damit zufriedengeben wollte. »Einiges deutet darauf hin, daß sie nach Ravensbrück geschickt wurde. Und meines Wissens waren Sie gegen Kriegsende dorthin kommandiert?«

»Stimmt. Aber auch dort herrschten unbeschreibliche Zustände. Zwölftausend Frauen, und jeden Tag starben Dutzende.« Strömelburgs Ton wurde fast mitfühlend. »Und Listen wurden nicht mehr geführt, niemand hatte Zeit dazu.« Er machte eine hilflose Geste und gab sich das Aussehen eines Mannes, der sich müht, eine besonders widerwärtige und schmerzliche Erinnerung zu unterdrücken. In Wahrheit erinnerte er sich ganz bewußt und sehr genau eines Aprilnachmittags im Jahre 1945, als er Catherine Pradier in die Lagerkommandantur befohlen hatte. Schon hörte man im Osten das Grollen der Abschüsse russischer Kanonen. Die Pradier hatte die Schrecken des Lagers bislang überlebt; ganz wie er in ihren grünlichen Augen fast ein Jahr zuvor in Paris gelesen hatte, war sie jemand, der überlebte. Und hatte er ihr an jenem Nachmittag denn etwas anderes weisen wollen, als einen Weg, auch fernerhin zu überleben?

Er legte ihr Foto wieder hin, und diesmal war seiner Handbewegung anzusehen, daß er es nicht noch einmal aufnehmen würde, um es zu betrachten.

»Ich kann nur sagen, gegen Ende dachten wir mehr daran, die eigene Haut zu retten, als an die Häftlinge.«

T. F. betrachtete ihn kalt. In Gedanken begleitete er Catherine wieder auf ihrer Fahrt zum Rollfeld, sah sie ein letztes Mal das winzige Flugzeug besteigen. War sie etwa doch noch einer letzten, mordwütigen Aktion der SS zum Opfer gefallen? Hatten die Russen sie befreit? Hatte sie sich in dem allgemeinen Durcheinander nach der Kapitulation mit neuen Papieren irgendwo verborgen, wo niemand sie kannte und nichts sie an die Vergangenheit erinnerte? Sie hatte wahrlich viel zu vergessen – und zu vergeben. Wohingegen du da – dies wortlos an Strömelburg – dich bestens mit den Briten geeinigt hast, hier in aller Ruhe deine Pension verzehrst, unter dem Schutz von MI6 deine verfluchten Rosen pflegst und von niemandem mehr behelligt werden kannst, auch von mir nicht!

Es war ganz überflüssig, daß Strömelburg noch einmal

versicherte: »Wirklich, das Foto sagt mir nichts. Und wenn man bedenkt, wie gut sie aussah, spricht das wirklich nur dafür, daß sie mir nie über den Weg gelaufen ist. So ein Gesicht vergißt man doch nicht.«

»Eben deshalb bin ich ja auch hier.«

»Darf ich fragen, weshalb das für Sie so wichtig ist?«

»Ich gehe demnächst in Pension, Herr Strömelburg, und habe den Auftrag, vorher noch die Geschichte jenes Projektes zu schreiben, mit dem nicht nur ich, sondern auch Sie im Frühjahr 1944 zu tun hatten. Unser Deckname dafür war *Fortitude.*«

»Fortitude?«

T. F. lächelte leicht. »Soviel wie moralische Standhaftigkeit. Der Name besagt selbstverständlich nichts über das Projekt. Es ging dabei um die Tarnung der Invasion. Die Einzelheiten werden immer noch geheimgehalten, aber man darf wohl annehmen, daß die Invasion ohne diese Maßnahmen gescheitert wäre.«

Strömelburg belebte sich sichtlich. Jetzt also, nach all den vielen Jahren, würde er erfahren, wie die rätselhaften Teile zusammengehörten, die Lösung des Puzzles würde sich ihm präsentieren. »Und diese Frau hatte damit zu tun?« fragte er ungläubig.

»O ja, ohne sie wäre nichts daraus geworden.«

Strömelburg rutschte auf dem Sofa zusammen. Es stimmte also, was er vermutet hatte, als dann alles zu spät war, als die geschlagenen deutschen Divisionen von den alliierten Jagdbombern nach Osten gehetzt wurden. Wenn dahinter die Engländer steckten, waren sie geradezu teuflisch gerissen, hatten sie ein unfaßliches Täuschungsmanöver veranstaltet, und weil wir, dachte Strömelburg, an so etwas nicht glauben wollten, war es gelungen.

»Und ohne *Fortitude*«, setzte der Amerikaner hinzu, »wäre aus der Invasion, wie gesagt, nichts geworden.«

»Und wenn die Invasion mißglückt wäre, hätten Sie den Krieg nicht gewonnen.« Das klang ungemein verbittert.

»Na, na, da hätten die Russen schon auch noch ein Wort mitzureden gehabt.«

»Was denn – die Russen? Hätten wir die Invasion abgeschlagen, wir hätten im Juli '40 erstklassige Divisionen nach dem Osten verlegen können!« Er stieß einen wehmütigen Seufzer aus; offenbar gedachte er der Möglichkeiten, die ihm da entgangen waren. »O ja, wäre die Invasion gescheitert, die Welt sähe heute sehr anders aus.«

»Ganz gewiß. Und deshalb liegt mir so viel daran, diese Frau zu finden und zu hören, wie es ihr ergangen ist und was sie bewirkt hat.«

Strömelburg blickte seinen Besucher völlig ausdruckslos an. In seinen Blicken stand nichts zu lesen. Diesen Triumph, mein Freund, werde ich dir nicht gönnen, dachte er. Und was würden übrigens deine feinen französischen Freunde sagen, wenn sie davon erführen? O nein, manches bleibt besser unaufgeklärt.

Also seufzte er ein weiteres Mal und hob bedauernd die Schultern. »Ich würde Ihnen wirklich gern behilflich sein, nur, leider, ich kann mich nicht erinnern. Das ist alles lange her . . . sehr lange.«

TEIL EINS

November 1943

London
2. November 1943

Catherine Pradier betrachtete den Portier des Savoy in London, der sich ihrer Taxe näherte, mit einer Mischung aus Faszination und Belustigung. Das majestätische Gebaren dieser Figur, die einem der Romane von Dickens entsprungen schien, wirkte auf sie zugleich erregend und beruhigend, war sie doch halbe Engländerin. Die silbernen Litzen an seinem grünen Leibrock und sein Zylinderhut waren der lebende Beweis dafür, daß die alte Welt nicht gänzlich in dem von Churchill vorhergesagten Meer aus »Blut, Schweiß und Tränen« untergegangen war.

»Das kostet Sie 'ne halbe Krone, junge Frau«, sagte der Taxichauffeur, und während sie in ihrem Geldtäschchen nach passenden Münzen suchte und überlegte, wie hoch wohl das Trinkgeld zu bemessen sei, ärgerte sich ihre dominierende Hälfte, nämlich die französische, wieder einmal über die Absurdität der englischen Währung. Schließlich drückte sie dem Fahrer noch einen Extra-Schilling in die Hand und stieg aus.

Zum ersten Mal seit dem September 1939 trug Catherine wieder ein großes Abendkleid, und das hob ihre Stimmung beträchtlich. Es war ein eng anliegendes Gebilde aus schwarzer Seide und gehörte eigentlich zu der Aussteuer, die sie bei Coco Chanel erstanden hatte. Es war spinnwebdünn, leicht wie ein Hauch und das einzige elegante Kleidungsstück, das sie bei ihrer überstürzten Flucht aus Paris im Juni 1940 eingepackt hatte. Drei Jahre hatte es hier in London unbenutzt im Schrank gehangen, eine Art Gespenst, das an vergangene schöne Tage erinnerte. Als sie jetzt die Seide auf der Haut spürte, das verheißungsvolle Rascheln vernahm, von dem jede Bewegung begleitet wurde, kam sie sich vor wie ehedem als Kind, wenn sie, aus Anlaß eines Kostümfestes verkleidet, sich den Erwachsenen präsentierte, gewiß, mit Beifall und Bewunderung überschüttet zu werden.

Zwei amerikanische Piloten, die soeben das Hotel verließen, erstarrten förmlich bei ihrem Anblick und traten beiseite. Der eine begleitete Catherines Auftritt mit einem bewundernden Pfiff, der andere riß die Mütze vom Kopf, deutete eine Verbeugung an und murmelte: »Darf ich Sie um den nächsten Tanz bitten, Schönste?«

Catherine warf mit einer leichten Kopfbewegung das schulterlange wellige Blondhaar zurück und bedachte die beiden im Vorübergehen mit einem stummen, aber freundlichen Lächeln. Beim Durchqueren der Halle spürte sie zahllose Männerblicke auf sich gerichtet; die Sessel hier waren meist von Uniformierten besetzt, aber auch von Angehörigen des Landadels in den unvermeidlichen Tweedanzügen. Catherine wandte sich nach links, in die Bar des Grills, und verhielt einen Moment aufmerksam um sich blickend an der Tür. Konteradmiral Sir Lwellyn Crane gewahrte sie sogleich und kletterte von seinem Barhocker. Er mochte Ende der Fünfzig sein, seine Schläfen glänzten silbern, das Gesicht war von der Sonne des Mittelmeeres gebräunt.

»Du siehst ja glänzend aus, Catherine«, begrüßte er sie. »Heute abend wird mich jedermann hier um deine Gesellschaft beneiden.« Damit faßte er sie am Ellenbogen und geleitete sie zu einem Ecktisch, wobei er einen Kellner heranwinkte.

»Was hättest du gern?« fragte er.

»Erst mal einen trockenen Martini, bitte.«

»Einen sehr trockenen Martini, und bringen Sie bitte mein Glas von der Bar«, bestellte der Admiral. Und wieder zu Catherine: »Es ist ja eine Ewigkeit her, seit wir uns zuletzt gesehen haben, und ich habe nur durch reinen Zufall erfahren, daß du in London bist. Jetzt erzähl mal. Hast du von deinem Vater gehört?«

»Nicht mehr, seit die Japaner Singapur genommen haben. Im März '42 hat mir das schweizerische Rote Kreuz mitgeteilt, daß er in japanischer Kriegsgefangenschaft ist, in einem Lager unweit Penang. Seither nichts mehr, kein Wort. Ich schicke jeden Monat ein Rot-Kreuz-Paket an ihn.« Sie hob resigniert die Schulter. »Ob er je was davon zu sehen bekommt, ahne ich nicht.«

Der Admiral legte tröstend eine Hand auf ihr Knie. »Mach dir nicht allzu große Sorgen, Kind. Er kommt bestimmt durch. Dein Vater ist ein zäher Bursche. Das weiß ich am besten.« Crane und Catherines Vater waren 1917, als Catherine geboren wurde, als junge Offiziere der *HMS Coventry* zugeteilt gewesen und bereits seit ihrer Kadettenzeit auf der Marineakademie Freunde. 1913 gehörten sie zur Besatzung eines der Schiffe des Pazifik-Geschwaders, und beim Landgang in Schanghai hatte Catherines Vater ihre Mutter kennengelernt, die Tochter des Direktors der dortigen Filiale der *Banque de L'Indochine et L'Orient.* Was also lag näher, als daß ihr Vater seinen Freund bat, Catherines Taufpate zu werden, als er an Bord der *Coventry* erfuhr, er sei Vater geworden? Und er war ein ausnehmend guter und aufmerksamer Patenonkel gewesen, wie Catherine sich eingestand, als sie den immer noch höchst ansehnlichen älteren Herrn betrachtete, der ihr gegenübersaß.

Die Ehe ihrer Eltern war nicht glücklich gewesen und währte nur kurz; romantische Illusionen hatten einer banalen Realität nicht standgehalten. Das Leben der Frau eines Marineoffiziers, der oft und lange auf See war, zudem häufig versetzt wurde, mißfiel der jungen Frau. Das Dasein in einer verregneten englischen Provinzstadt war ihrem gallischen Temperament strikt zuwider. Als sie nach dem Tode des Vaters ihr Erbe ausgezahlt bekam, übersiedelte sie mit ihrer kleinen Tochter nach Biarritz, um sie dort als echte Französin zu erziehen. Catherine hatte sie erklärend und entschuldigend eröffnet: »Wir Franzosen reisen zwar gern, aber verpflanzen lassen wir uns nicht.«

Catherine sagte jetzt: »Ich hoffe so sehr, daß du recht hast, Tuffy (so nannte sie ihn seit ihrer Kindheit), man hört über diese Lager ja ganz fürchterliche Sachen.«

»Glaub mir, er wird damit fertig werden. Wo ist übrigens deine Mutter? Immer noch in Frankreich?«

Catherine erbleichte. »Du hast also nichts gehört?«

»Was gehört?«

»Daß sie tot ist.«

»Um Himmels willen ... das ... das kann ich nicht glauben ... wie ... was ist denn passiert?«

Die junge Frau holte tief Luft, nahm einen Schluck aus

dem Glas, wie um Kräfte zu sammeln. Sie trug ungemein schwer am Tod ihrer Mutter, sie kam nicht darüber hinweg, die Erinnerung war allzu bitter. »Es ist auf der Flucht aus Paris passiert. Im Mai ist sie aus Biarritz auf Besuch zu mir gekommen. Ich wohnte damals in der Rue Peroglèse und war bei Coco Chanel beschäftigt.«

»Immer noch als Mannequin?«

»Ach wo«, protestierte sie. »Schon lange nicht mehr. Das habe ich sehr bald wieder aufgegeben. Ich half Madame mit den ausländischen Einkäufern – allerdings kamen nicht mehr viele, seit der Krieg angefangen hatte. Selbstverständlich kam ich gar nicht auf die Idee, Paris zu verlassen – wer hätte denn damit gerechnet, daß die Deutschen uns besiegen würden?«

»Hm, tja . . . wer!«

»Als es dann ernst wurde, habe ich gedacht, Paris wird verteidigt, und ich könnte mich dabei nützlich machen.«

»Das war doch wohl nicht dein Ernst?«

»Selbstverständlich war es das. Du weißt, daß ich in den Sommerferien immer mit Daddy in Schottland auf Moorhühner gejagt habe. Zu meinem 18. Geburtstag hat er mir zwei Jagdgewehre geschenkt, und ich schoß fast ebenso gut wie er, jedenfalls wesentlich besser als die meisten Männer, mit denen wir auf die Jagd gingen. Also warum sollte ich mich nicht mit meinen beiden Flinten an der Jagd auf die Deutschen beteiligen – vorausgesetzt, diese Jagd wurde eröffnet.«

Der Admiral lächelte milde und tätschelte wieder ihr Knie. »Ich habe wohl ganz vergessen, daß du immer was von einem Lausbuben an dir hattest, und wenn ich dich jetzt so vor mir sehe, kann ich es fast nicht glauben, daß du je einer warst.«

»Wie auch immer, wir beschlossen ziemlich spät, nach Biarritz aufzubrechen. Mutter war mit ihrem Citroën gekommen, und zum Glück war er aufgetankt. Am 10. Juni sind wir losgefahren.« Catherine schloß für einen Moment die Lider und sah sich wieder eingekeilt zwischen Flüchtlingen auf der Straße. »Du kannst dir nicht vorstellen, wie es da zuging. Autos, Fahrräder, Pferdewagen, schwer bepackte Fußgänger . . . Geschrei, Gedränge, und wehe, jemand blieb stecken und verstopfte die Straße! Es heißt ja immer, in Krisenzeiten zeigen die Leute sich von ihrer besten Seite, aber von den Franzosen läßt sich das jedenfalls nicht behaupten. Ganz im Gegenteil, glaub mir. So was von Egoismus und Mangel an Hilfsbereitschaft! Jeder handelte nur nach der Parole: ›Jeder für sich, Gott für uns alle!‹ Bis nach Orléans brauchten wir einen Tag und eine Nacht.«

Catherine verstummte. Sie sah sich wieder auf der Route Nationale hinter Orléans in der Frühdämmerung eines strahlenden Sommertages. »Das schlimmste waren die Flugzeuge. Erst kamen die Stukas mit ihrem Geheul und warfen vor uns Bomben ab. Man konnte sie rauschen hören, und dann sah man schwarze Rauchpilze, wo sie einschlugen. Und dann die Jäger.« Sie erschauerte. Sie sah wieder das Gesicht des tief fliegenden Piloten in seiner Kanzel, hörte die MGs hämmern, die Geschosse das Wagendach durchschlagen und ihrer Mutter praktisch den Kopf wegreißen. »Es war grauenhaft. Sie fiel gegen mich, und ich hielt sie einen Moment fest. Dann, als die Tiefflieger weg waren, wollte ich sie begraben, aber niemand half mir, ich wurde nur von allen Seiten angeschrien, endlich die Straße freizumachen. Dann kamen zwei versprengte Soldaten, und die waren bereit, mir zu helfen, wenn ich sie dafür im Wagen mitnähme nach Süden. Wir haben Mama später an der Straße begraben.« Sie hatte Mühe, die Tränen zu unterdrücken.

»Das ist ja furchtbar, mein armes Kind. Wo bist du denn schließlich gelandet?«

»In Bordeaux. Ich wollte unbedingt zu Daddy, und weil ich meinen britischen Paß dabei hatte und mein Vater Marineoffizier ist, hat mich ein englischer Minensucher an Bord genommen. Hier, in England, bin ich dann selbstverständlich total gestrandet, denn in einem Flugzeug nach Südostasien war für mich kein Platz. Und seither habe ich einen völlig überflüssigen Job als Tippse im Rüstungsministerium.«

Es wurde Zeit, in den Grill umzuziehen. Crane hatte einen Tisch bestellt. Der Anblick brennender Kerzenleuchter auf schneeweißem Damast, von kristallenen Gläsern und schweren Silberbestecken, die gedämpfte Tanzmusik, gespielt vom Orchester des Hotels, vertrieben Catherines düstere Stimmung ebenso wie die Vorfreude auf das köstliche Fischgericht, das Crane bestellte. Als der Kellner gegangen war, fragte sie den Admiral: »Wo steckst du eigentlich? Und was treibst du? Ich habe versucht, dich ausfindig zu machen, aber alles vergeblich. Warst du auf See?«

»Leider nein«, gestand der Admiral betreten. »Seit Dezember 1940 habe ich auf keiner Brücke mehr gestanden. Statt dessen hat man mich nach Kairo abkommandiert, und drei Jahre habe ich in einer wunderhübschen Villa an der Straße zu den Pyramiden gefaulenzt. Das schlimmste, was mir da gedroht hat, war gelegentlich mal ein verdorbener Magen.«

»Sei dankbar dafür. Und was machst du jetzt?«

»Hm ... dies und das. Nicht der Rede wert. Nach der Landung der Amerikaner wurde ich nach Algier versetzt.«

»Wieder in eine wunderhübsche Villa?«

»In ein sogar noch schöneres Hotel, das Saint George mit Blick auf die Bucht. Da bin ich immer noch. In London bleibe ich nur ein paar Tage.«

Der Kellner goß dem Admiral Wein ins Glas, und der probierte ihn etwas abwesend. Er wollte mit seinem bildhübschen Patenkind nur ungern über den Tod der Mutter oder die äußerst prekäre Lage ihres Vaters reden, und da fiel ihm weiter nichts ein, als sich nach ihren eigenen Umständen zu erkundigen. »Jetzt erzähl mal von dir. Irgendwas wirst du doch machen, außer daß du tippst? Ich habe dich nicht mehr gesehen seit ... seit deiner Hochzeit oder, besser gesagt, deiner Nicht-Hochzeit.«

»Ich hoffe sehr, du hast sie mir vergeben«, lachte Catherine.

Auch der Admiral lachte. »Zu vergeben war da nichts, ich habe mich großartig amüsiert.«

»Na ja, ich kann mir vorstellen, wie die meisten anderen Gäste reagiert haben.«

«Oh, die meisten sahen darin nur eine deiner bekannten Kaprizen.«

»Das glaub' ich gern, aber es war keine. Der Wein ist übrigens wunderbar.«

»Ein 34er Chablis, abgefüllt von Joseph Drouhin in

Beaune. Den schätze ich besonders. Aber möchtest du mir vielleicht jetzt erklären, was dich damals geritten hat?«

Catherine stellte ihr Glas hin. »Weißt du, Tuffy, mir war im letzten Moment klargeworden, daß ich nicht eine Ehe eingehen sollte, sondern eine ›Verbindung‹. Jean Jacques' Familie ist nämlich steinreich.«

»Tja, so hieß es.«

»Als Mama merkte, er ist an mir interessiert, hat sie die Sache nach Kräften betrieben. Seine Eltern übrigens auch. Und ich mochte ihn recht gern, ja, ich hatte ihn geradezu lieb – als Freund. Aber zum Heiraten? Du, dem hätte ich bestimmt gleich Hörner aufgesetzt, ein ganzes Geweih, so daß er nicht aufrecht hätte durch die Schlafzimmertür gehen können.«

Im Auge des Admirals glitzerte es recht unpatenonkelmäßig. »Warum hast du es dann aber erst so weit kommen lassen?«

»In Wirklichkeit wollten weder ich noch Jean Jacques das. Aber die Familie ließ nicht locker. Der Krieg steht vor der Tür, hieß es. Die Familie ist bedroht. Mit Frau und Kind kann Jean Jacques sich vielleicht um die Einberufung drücken. Wahrscheinlich habe ich dann irgendwann genügend Champagner intus gehabt und gesagt: ›Meinetwegen.‹ Und schon stand es schwarz auf weiß im *Figaro* zu lesen, daß wir uns verlobt hatten. Da war ich richtig wütend.«

»Und da hättest du alles abblasen müssen.«

»Sehr richtig, Tuffy. Aber gerate du mal in eine solche Lage. Alles geht wie von allein, Einladungen, Empfänge, Einkauf der Aussteuer in Paris, Hochzeitsgeschenke von allen Ecken und Enden, und ich ganze 22 Jahre alt. Ich saß in der Falle.«

»Nun ja, es sollte ja das gesellschaftliche Ereignis der Saison werden.«

Catherine mußte bei der Erinnerung herzlich lachen, und damit fielen auch die Reste ihrer Traurigkeit von ihr ab. »Stell dir vor: zweihundert Hochzeitsgäste kamen mit einem Sonderzug aus Paris! Ich werde immer noch schamrot, wenn ich daran denke.«

»Wie du das fertiggebracht hast, ist mir nach wie vor

schleierhaft. Dazu gehört schon eine große Portion Unverfrorenheit!«

»Am Morgen vor der Trauung hab ich ziemlich lange in meinem Zimmer gesessen und mein Brautkleid angestarrt. Dabei hatte ich das unabweisbare Gefühl, ich sei im Begriff, einen Fehler zu machen, einen schrecklichen, nicht wiedergutzumachenden Fehler. Dann kam Mama und sagte: ›Wenn du jetzt nicht dein Kleid anziehst, Schatz, kommst du zu deiner eigenen Hochzeit zu spät.‹ Und das gab irgendwie den Ausschlag, wie, weiß ich auch nicht. Jedenfalls wurde mir blitzartig klar, daß das alles ganz verkehrt war, für mich, für Jean Jacques, für unsere gemeinsamen Kinder, und daß eine schlechte Ehe ihm mehr weh tun würde als der Skandal jetzt.«

Catherine blickte ihren Patenonkel an, und in ihren grünlichen Augen blitzte wieder etwas von dem Trotz, den sie damals verspürt haben mußte. »Ich sagte also zu Mama: ›Aus der Hochzeit wird nichts, Mama, ich fahre jetzt nach Paris.‹«

»Da hat sie doch gewiß schier der Schlag getroffen«, meinte der Admiral bewundernd.

»Außer sich ist sie geraten. ›Was soll ich den 400 Gästen sagen, die wir zum Empfang im britischen Club eingeladen haben? Und all denen, die jetzt schon auf dem Weg zum Standesamt sind? Und was wird mit Jean Jacques?‹ ›Mama‹, sagte ich darauf, ›es ist schließlich mein Leben und nicht das all dieser Leute. Die werden sich prächtig amüsieren – nur, ohne mich.‹ Und dann hab ich mich ins Auto gesetzt. Einfach so.« Und wieder lachte sie herzlich. »Als ich im Wagen saß, fühlte ich mich ungeheuer erleichtert. Und da wußte ich: Du hast den Mut gehabt, dich richtig zu entscheiden.«

Jetzt wurden Krabben auf Eis serviert, und das Tanzorchester spielte *The Lady is a Tramp*, was dem Admiral ein Schmunzeln abnötigte; er wies auf die Krabben, sagte: »Die werden nicht kalt«, und forderte Catherine zum Tanz auf. Hier nun ließ sich nicht mehr übersehen, daß das Glitzern in seinen Augen, die Art, wie er sein Patenkind beim Tanz an sich drückte, von mehr als der dem Patenonkel erlaubten Zuneigung sprachen. Catherine machte sich die

Gelegenheit denn auch gleich zunutze und sagte, kaum daß sie wieder am Tisch saßen: »Ich möchte dich um etwas bitten, Tuffy.«

»Nur zu.«

»Ich möchte, daß du mir zu einer anderen Beschäftigung verhilfst als dieser schwachsinnigen Tipperei im Rüstungsministerium. Der Krieg hat mich meine Mutter gekostet und kann mich sehr wohl auch noch den Vater kosten, und ich ertrage einfach nicht den Gedanken, daß ich nichts Nützliches tun kann. Du hast doch massenhaft Beziehungen. Allein komme ich zu nichts. Egal, wo ich angefragt habe, entweder ist es Tippen, Krankenpflege oder Fahrbereitschaft.«

»Lauter sehr notwendige Tätigkeiten.«

»Stimmt, aber trotzdem will ich mich damit nicht zufriedengeben.«

Der Admiral sah sie kühl prüfend an und wandte sich dann wieder seinen Krabben zu. Es schien, es wäre er ganz und gar damit beschäftigt, diese Mahlzeit zu genießen. »Deliziös, diese Krabben«, bemerkte er und fuhr fort: »Hast du die Angewohnheit, im Schlaf zu sprechen, meine Liebe?«

Catherine war verdutzt. »Gelegentlich schon«, antwortete sie.

»Französisch oder englisch?«

Catherine errötete. »Unweigerlich französisch – jedenfalls hat man mir das gesagt.«

Ihr Patenonkel widmete sich schweigend neuerlich den Krabben. Dann versetzte er: »Du wirst nicht glauben, wie schwierig es ist, einen Engländer oder eine Engländerin zu finden, die fließend und akzentfrei französisch spricht. Urdu, Telegu, Suaheli – jederzeit. Aber französisch? Fehlanzeige.«

Ich soll wohl Dolmetscherin bei jemandem werden, überlegte Catherine. Ob das besser ist als das Ministerium?

»Seine Majestät betrachtet dich doch noch als seine Untertanin, auch wenn du durch und durch Französin bist?«

»Selbstverständlich. Meine britische Staatsbürgerschaft habe ich nie aufgegeben.«

Der Admiral ließ das Besteck sinken und sah nachdenklich aufs Tischtuch. Endlich sagte er: »Ich wüßte etwas, wo du sehr nützlich sein könntest.«

»Mehr verlange ich nicht.«

»Tja, dann muß ich mal ein bißchen telefonieren.«

London
19. März 1944

Der Mann stand schweigend am geöffneten Fenster und starrte auf die nächtliche Stadt. Zwei Stockwerke tiefer, auf der Orchard Street, erklangen eilige Schritte – Londoner auf dem Weg in die Schutzräume an den U-Bahnstationen Marble Arch und Bond Street. Major Cavendish schaute zum Himmel. Seit zwei Wochen flogen deutsche Bomber fast allnächtlich die Themse aufwärts London an. Die Londoner sprachen vom ›kleinen Blitz‹, und wer zum Abendessen oder einer Cocktailparty aus dem Hause ging, trug den Stahlhelm unterm Arm. Es war fast, als wollte Hitler die Insel, die alle Kräfte zum Sprung über den Kanal sammelte, daran erinnern, daß die Luftwaffe in den bevorstehenden schwierigen Tagen ein Faktor sei, mit dem zu rechnen wäre.

Cavendish atmete die feuchte Nachtluft tief ein und fand, sie röche nach bevorstehenden Veränderungen. Vormittags war ihm aufgefallen, daß die Krokusse am Portman Square beim ersten warmen Lufthauch gewiß aufblühen würden. Auch die Osterglocken waren zeitig dran. Frühling lag in der Luft, womöglich der letzte dieses elenden Krieges. Er setzte eine Gauloise in Brand und ließ den Rauch aus den Nasenlöchern. Seit vier Jahren hatte er praktisch jede Arbeitsstunde damit verbracht, die Invasion vorzubereiten, die mit diesem Frühling ebenso unfehlbar kommen würde wie die Krokusse am Portman Square. Seine unauffällige, luxuriöse Wohnung in dem Gebäude mit der klassizistischen Fassade am Orchard Court beherbergte die Unterabteilung einer Organisation, die zu den geheimsten in diesen Kriegszeiten gehörte. Auf seinen Befehl hatten mehr als 200 Agenten dieses Büro durch jene Tür verlassen, die durch weiter nichts gekennzeichnet war als eine 6, und hatten mit dem Fallschirm, dem Flugzeug oder dem Schiff das besetzte Frankreich infiltriert. Geistliche und Ganoven, Geldschrankknacker und Gigolos, Wissenschaftler, Studenten, Päderasten und hartgesottene Schlagetots aus dem Londoner East End, sie alle hatten die Aufgabe übernommen, die ›Heere aus der Nacht‹ zu organisieren, die für die Deutschen tätige französische Rüstungsindustrie zu sabotieren und vor allem in den kritischen Tagen, solange der Erfolg der Invasion ungewiß sein würde, hinter den deutschen Linien Verwirrung zu stiften.

Mehr als 200 Männer und Frauen. Knapp die Hälfte von ihnen lebte noch, wie Cavendish sehr wohl wußte. Die anderen waren tot oder, schlimmer, in den Händen der Gestapo, sei es in Frankreich oder in Deutschland. Sein Gedankengang wurde vom leisen Anschlagen der Haustürklingel unterbrochen. Cavendish schaute auf die Uhr. Punkt sieben. Also war sie pünktlich. Ein gutes Zeichen. Schöne Frauen zeichnen sich gemeinhin nicht durch Pünktlichkeit aus. Für seine Agenten indessen war Pünktlichkeit oft genug lebenswichtig. Also hatte sie ihre Lektion gut gelernt.

Er lauschte den Schritten von Park, dem Butler, dann dem Klappern ihrer hohen Absätze auf dem Marmorfußboden, als sie sich dem ihr zugewiesenen Zimmer näherte. Die kommenden Stunden dürften schwer werden für sie; Ängste und Zweifel würden sich melden, die Furcht vor dem Unbekannten, dem, was die nächste Zeit bringen mochte.

Cavendish nahm noch einmal ihre Personalakte zur Hand, die auf seinem Schreibtisch lag und den Stempel STRENG GEHEIM trug. Catherine Pradier war ihm vom ersten Moment an sympathisch gewesen. Sie war genau das, was er suchte. Zwar wies ihr Paß sie als Britin aus, doch in jeder anderen Hinsicht war sie Französin. Zu seiner Erleichterung entdeckte er, daß sie auch ihre Schulbildung in Frankreich genossen hatte. Die Gestapo benutzte seit neuestem einen Trick, mit dem sie jene seiner Agenten entlarvte, die zwar fließend französisch sprachen, aber nicht in Frankreich zur Schule gegangen waren: Man ließ sie laut Fabeln von La Fontaine vorlesen. Und weil sie die nicht im gleichen Singsang herunterleierten, wie es alle französischen Kinder im Alter von acht Jahren auf der Volksschule lernen, verrieten sie sich auf der Stelle. Einerlei, wie gut gemacht ihre Papiere auch sein mochten, die Gestapo glaubte solchen Agenten nicht, daß sie eine *école primaire* besucht hatten.

Cavendish ließ nervös die Knöchel knacken. Auch für ihn waren dies anstrengende Stunden. Bei diesen Gelegenheiten meldeten sich die nagenden Zweifel, die unterdrückten Besorgnisse. Einen Mann oder eine Frau daraufhin zu beurteilen, ob sie die schwer definierbaren Eigenschaften besaßen, die sie instand setzen würden, als Agenten befriedigende Arbeit zu leisten, war eine sehr unexakte Wissenschaft. Wie sollte man vorhersagen, ob jemand imstande sein würde, allein, ohne Hilfe und Anleitung in einer feindlichen Umwelt zu agieren? Wer von ihnen war auch unter Druck, trotz Strapazen und Entbehrungen jederzeit geistesgegenwärtig genug, den geringsten Fehler zu vermeiden, die falsche Geste, die zu Festnahme oder Verrat führen mochte? Wie sollte man vorhersehen, ob jemand unter der Folter verschwiegen blieb oder die Namen und das Versteck der Kameraden preisgab?

Seine Vorgesetzten hatten ihn früher einmal gedrängt, bei der Auswahl von Agenten den Rat von Psychologen einzuholen, doch deren Bewertung half nur wenig, da Cavendish ihnen nicht sagen konnte, wohin er seine Leute zu schicken gedachte und was sie zu tun hatten, wenn sie dort eintrafen.

»Dieser Mann hat einen Mutterkomplex«, hieß es etwa.

»Und wenn schon«, sagte Cavendish daraufhin bei sich, »dem finde ich in Frankreich schon eine Mutter. Wissen möchte ich, ob er Schneid genug hat, den Generator in einem U-Boot-Bunker in St. Nazaire zu sprengen!«

Er war letzten Endes einzig auf seinen Instinkt angewiesen. Es galt, gewisse Merkmale zu erkennen. Eine innere Gelassenheit zum Beispiel. Was er brauchte, waren Männer und Frauen, die über Reserven an Geduld und Entschlossenheit verfügten, und die doch äußerlich so wenig hermachten, daß sie überall unbeachtet blieben.

Im Fall der Frauen war es besonders schwierig zu erkennen, ob sie diese Eigenschaften besaßen. Daß seine Organisation für diese Schmutzarbeit überhaupt Frauen verwandte, gehörte zu den gut gehüteten Geheimnissen. Man konnte sich leicht vorstellen, wie empört Öffentlichkeit und Presse reagieren würden, sollte bekannt werden, daß junge Frauen hinter den deutschen Linien abgesetzt und, im Fall sie ertappt wurden, mit Folter und Tod zu rechnen hatten. Seine Vorgesetzten wußten aber auch dafür eine schöne Rechtfertigung: »Frauen haben ebenso das Recht, sich am Schutz unserer heiligsten Güter zu beteiligen wie Männer. Wir führen einen totalen Krieg, und Männer genießen dabei keinerlei Vorrechte.«

Die Entscheidung, weibliche Agenten zu verwenden, wurzelte indessen in einer sehr praktischen Überlegung. Frauen konnten sich im besetzten Frankreich unbehelligter bewegen als Männer, von Razzien und Überprüfung der Papiere waren sie seltener betroffen. Sie wurden auch nicht so häufig einfach aufgegriffen und als Zwangsarbeiter verschleppt. Überdies wurden Frauen sonderbarerweise von Gestapo und Abwehr meist schonender behandelt, was allerdings nicht heißt, daß sie einschlägigen Falles von der Gestapo nicht doch auf übelste Weise gefoltert wurden. Die deutsche Spionageabwehr verwendete Frauen selber nur höchst ungern als Agenten und setzte stillschweigend – wenn auch ganz fälschlich – ein gleiches bei der Gegenseite voraus.

Cavendish stimmten solche Überlegungen keineswegs optimistischer. Die Auswahl war und blieb riskant, und das galt besonders im Fall dieser Catherine Pradier. Zwar brachte sie die besten Voraussetzungen mit, es fehlte ihr nicht an Entschlossenheit, und ihre Ausbilder waren sehr zufrieden mit ihr; überdies benötigte er dringend Funker; und dennoch, wenn er sie einsetzte, verletzte er eine seiner Grundregeln: Sie war zu auffällig. Nur ein Blinder würde auf der Straße an ihr vorübergehen, ohne ein zweites Mal hinzusehen.

Zwei Zimmer entfernt betrachtete der Gegenstand dieser Überlegungen sich mit einigem Widerwillen im Spiegel. Catherine trug die Uniform des Weiblichen Hilfskorps – khakifarbene Bluse, Rock und Barrett –, und dieser Aufzug hatte ihr noch nie gefallen. Gut, es war eine reguläre Uniform für die weiblichen Mitglieder Ihrer Majestät Streitkräfte, doch in ihren, auf französischen Geschmack konditionierten Augen war das weiter nichts als ein unkleidsamer, schlecht passender Sack, ganz das richtige für geschlechtslose ältliche Engländerinnen bei einem Ausflug aufs Land.

Catherine mußte Uniform tragen, weil sie während der Ausbildung eine militärische ›Tarnung‹ gebraucht hatte. Jetzt streifte sie alle diese unkleidsamen Fetzen ab, einschließlich der Unterwäsche und einen goldenen Siegelring, den einer ihrer Bewunderer ihr eines Samstagsfrüh auf dem Markt in der Portobello Road gekauft hatte. Splitternackt und etwas fröstelnd stand sie mitten im Zimmer. Fröstelnd allerdings nicht der Kälte wegen, sondern weil ihr jetzt, da sie alle Kleider abgelegt hatte, erst ganz richtig zu Bewußtsein kam, worauf sie sich da eingelassen hatte. Ihre Ausbildung war hart und realistisch gewesen, hatte sie aber doch auf diesen Augenblick nicht ausreichend vorbereitet. Es war, als habe sie mit der Uniform auch ihre Identität abgestreift, die nun bis auf weiteres zusammen mit der Uniform und den ›vernünftigen‹ braunen Schuhen in irgendeiner Kleiderkammer verwahrt werden sollte.

Auf dem Bett war ihr neues Kostüm ausgelegt, die Kleidung jener Fremden, die sie nun werden mußte: Alexandra Boyneau, 26 Jahre alt, geschieden, wohnhaft in Calais, geboren in Oran, wo sie nie zuvor gewesen war, Kind von französischen Siedlern der zweiten Generation. Der Vater ehemaliger Offizier der französischen Marine – wenigstens stimmte der Beruf, wenngleich nicht die Marine.

Moritz Weingarten, ein jüdischer Schneider aus Wien, hatte alle Details liebevoll und sorgsam ausgewählt. Im Auftrage von Cavendish betrieb er unweit dem Oxford Circus eine Kleiderfabrik, und niemand verfolgte die Mode im besetzten Frankreich aufmerksamer als er. In seiner Werkstatt stapelten sich Modezeitschriften und Zeitungen aus Paris, aus Madrid, Lissabon und Stockholm, und jeden Freitagabend machte Weingarten einen Rundgang durch die Londoner Synagogen auf der Suche nach neu eingetroffenen Flüchtlingen, die Kleidungsstücke verkaufen wollten, die für seine Zwecke brauchbar waren, und sei es nur, weil er von ihnen die Etiketten französischer Modeschöpfer abtrennen konnte.

Für Catherine hatte er ein ziemlich strenges dunkelgraues Kostüm mit weißen Streifen gewählt, das von seinen Schneidern auf die in Kontinentaleuropa übliche Manier genäht und anschließend mehrfach gereinigt und gebügelt worden war. Kein noch so scharfes Auge würde daran etwas Verdächtiges entdecken.

Ihr langes blondes Haar, mehrmals mit dem wenig angenehm riechenden Shampoo gewaschen, das es in Frankreich zu kaufen gab, war aufgesteckt, so wie es derzeit von modebewußten Französinnen getragen wurde. Catherine griff nach einer Flasche mit dem Etikett *Création Bien Aimée Paris* und strich die darin enthaltene bräunliche Flüssigkeit gewissenhaft auf ihre Beine. Das Zeug war von einem Agenten Cavendishs aus Frankreich mitgebracht worden – es diente der gepflegten Französin derzeit als Ersatz für Strümpfe. Catherine mußte lachen: endlich mal ein Strumpf, der keine Laufmaschen bekam!

Sie kleidete sich rasch an und hängte die Tasche über die Schulter. Der Inhalt war von Cavendishs Leuten umsichtig ausgewählt worden: gebrauchte Fahrscheine der Métro, französische Streichhölzer, eine verschrammte Puderdose, eine halb geleerte Parfümflasche (*Je Reviens*, höchst passend), mehrere ramponierte Visitenkarten, ein Ausschnitt aus dem Kollaborationistenblatt *Je Suis Partout* vom 3. März, in dem die Frühjahrskollektion des Modeschöpfers Pacquin vorgestellt wurde. Catherine betrachtete sich in dem Spiegel, der sie kurz zuvor noch als Uniformierte gezeigt hatte, und lächelte zufrieden. Als modisch gekleidete Französin gefiel sie sich schon wesentlich besser. Sie prüfte ihr Spiegelbild auf etwaige verräterische Fehler – Frisur, Make-up, Kostüm, Schuhe. Nichts. Was ihr Aussehen anging, so war die Verwandlung in eine 26jährige Geschiedene aus Calais perfekt.

»Setzt Europa in Brand!« Mit dieser Aufforderung kündigte Winston Churchill am 16. Juli 1940 die Einführung einer neuen Waffe in das zusammengeschmolzene Arsenal Großbritanniens an. Sie erhielt den Namen SOE, die Abkürzung für Special Operations Executive, und ihr Auftrag war, »hinter den deutschen Linien Schrecken und Angst zu verbreiten, Widerstand jeder Art zu fördern und Sabotageakte auszuführen«. Zum ersten Mal hatte ein demokratisch regiertes Land offiziell eine Organisation geschaffen, deren klar ausgesprochener Auftrag lautete, auf dem Territorium eines anderen Landes einen Guerillakrieg zu führen.

Indessen, auch alle Flammen der Hölle hätten im Juli 1940 nicht ausgereicht, die gewünschte Feuersbrunst im westlichen Europa zu entfachen, und als Churchill seine Brandrede hielt, besaß er nicht mal ein feuchtes Streichholz. Angst und Schrecken verbreitete die Gestapo, Zerstörungen richtete die deutsche Luftwaffe an. Und der Gedanke, sich ihren deutschen Eroberern tätlich zu widersetzen, kam der großen Mehrheit der Bevölkerung der besetzten Länder auch nicht im Schlaf. Frankreich, Holland und Belgien standen ganz unter dem Schock der Niederlage ihrer Armeen und erwarteten apathisch den Zusammenbruch Großbritanniens und damit die unvermeidliche Errichtung von Hitlers Neuer Ordnung in ganz Europa.

Churchill allerdings nicht. Der wollte den Deutschen in ihren jüngst eroberten Gebieten keinen Frieden gönnen, und da er nicht über die Waffen verfügte, sie in ihrer Nachtruhe zu stören, dachte er sich andere Methoden dafür aus, Methoden, die er im Kampf gegen die Buren und die schwer faßbaren Afghanen gelernt, den Mordkommandos der IRA in den Slums von Dublin abgesehen hatte. Die hielten sich an keine Regel, kein Prinzip, keinen sittlichen Grundsatz. Das Gesetz des Fair play war ihnen ebenso unbekannt wie den Folterknechten der Gestapo in der Prinz-Albrecht-Straße. Sie alle verfuhren nach der gleichen Methode: Töten und flüchten. Überlegt und gezielt töten, mit dem Messer von hinten in die Leber. Töten und sich zwischen Unschuldigen verbergen. Das war ein grausiges Spiel, aber es war, wie er selber gesehen hatte, tödlich wirkungsvoll, man konnte damit ganze Truppenverbände lähmen.

Und deshalb schuf er die SOE und befahl ihr, der IRA nachzueifern, den Guerillas Mao Tse-tungs, der sogenannten Fünften Kolonne der Nazis. Sabotage, Streiks, Gegenpropaganda, Boykott, Unruhen, Terror, das sollte die Taktik sein. Bald schon nannte man die SOE das ›Ministerium für schmutzige Kriegführung‹. Die Männer und Frauen, die sich auf den Schauplatz dieses Krieges begaben, wußten sehr wohl, daß sie abgeschrieben waren, sobald sie aus dem Schlauchboot an Land gingen, im Fallschirm über besetztem Gebiet absprangen, und daß das Land, dem sie dienten, überdies leugnen würde, je von ihren Taten gewußt zu haben. Kein Gesetzblatt machte die gewählten Abgeordneten mit dem Vorhandensein ihrer Organisation bekannt, und in den Schulbüchern würde nie ein Wort von ihren Taten oder ihren Motiven künden.

Da die SOE so unter Schweigen und Geheimhaltung ins Leben getreten war, verlief auch ihr Werdegang nicht reibungslos. Die Führung des offiziellen Geheimdienstes SIS betrachtete die SOE als unwillkommenen Eindringling in eine Welt, in der sie bislang unangefochten geherrscht hatte. ›C‹, Generalmajor Menzies, Chef des SIS, führte einen erbitterten Kampf mit dem Ziel, die SOE dem Außenministerium zu unterstellen, wo er sie unter Kontrolle gehabt hätte. Churchill blieb unerbittlich. Die SOE sollte eine selbständige Organisation sein. Der frustrierte Menzies und seine Untergebenen machten sich daran, die SOE mit mindestens ebensolchem Eifer zu unterwandern, wie sie die deutsche Abwehr zu unterwandern suchten. Zwei Jahre hindurch überwachte die SIS sämtliche Nachrichtenverbindungen der SOE. Gleichwohl machte die SOE erstaunliche Fortschritte. Eine schwarze Tafel mit der in Goldbuchstaben gehaltenen Inschrift ›Inter Services Research Bureau‹ schmückte ihr sechsstöckiges Hauptquartier in der Baker Street 83, und von hier aus dirigierten Männer wie Frederick Cavendish eine wachsende Armee von Agenten, die in Holland, Belgien, Norwegen, Dänemark, Frankreich, auf dem Balkan, in Polen und Griechenland Fuß faßten.

Sie verrichteten Sabotageakte an wichtigen Industrieanlagen, die von den alliierten Bombern nicht erreicht werden konnten, organisierten den Empfang von Waffen und Gerät, die an Fallschirmen abgeworfen wurden, halfen bei der Ausbildung französischer Widerstandskämpfer, planten die Beseitigung von Kollaborateuren, Überfälle auf isolierte deutsche Vorposten. Vor allem aber wurden durch ihre immer fühlbarer werdende Anwesenheit deutsche Truppen in großer Zahl gebunden, die andernfalls für die Front zur Verfügung gestanden hätten.

An jenem Märzabend, da Catherine Pradier im Begriff war, in das besetzte Frankreich zu gehen, war die SOE der Erfüllung des Churchillschen Traumes schon recht nahe gekommen. Die Rückkehr der alliierten Armeen aufs europäische Festland, undenkbar, wie es geschienen hatte, als Churchill die SOE ins Leben rief, stand unmittelbar bevor. Und wenn das geschah, würden die Deutschen hinter ihren Linien wirklich eine Feuersbrunst erleben, entfacht von den Männern und Frauen der SOE.

Deren Führer jedoch blieben für die etablierten Nachrichtendienste unverändert Aussätzige. Keiner von ihnen hatte einen Platz in dem Komitee, das über geheime Kriegführung beriet. Keiner hatte Zugang zu dem Material, das das höchst geheime *Ultra*-Programm abwarf, das es den Alliierten ermöglichte, den verschlüsselten Nachrichtenverkehr der Deutschen während des ganzen Krieges auszuwerten.

Die SOE geriet in den Ruf, eine unsichere Kandidatin zu sein. In White's Club und rings um den Saint James Park, wo die Köpfe der etablierten britischen Nachrichtendienste wohnten und arbeiteten, wurde die Parole ausgegeben: »Keine Informationen an die SOE.« Das allein hätte Churchills Geschöpf lähmen müssen. Und doch war dies nicht der Fall, denn in einem Krieg der Schatten kann eine Geheimorganisation aus dem Versagen einer anderen sehr wohl die notwendige Lebenskraft ziehen.

Als Catherine sein Büro betrat, stand Cavendish auf und ging ihr freundlich lächelnd entgegen. »Sie sehen wunderbar aus. Man könnte denken, Sie wären soeben von den Champs-Elysées hereinspaziert.«

Catherine erwiderte trotz einer gewissen Nervosität sein Lächeln und deutete einen Knicks an. Ihr war schon aufgefallen, daß der Major nur schwer ein Kompliment über die Lippen brachte. Er glich im Aussehen mehr einem anglikanischen Geistlichen als einem Soldaten. Der hagere, lange Hals, dem ein Priesterkragen besser gestanden hätte als der einer Feldbluse, wurde von einem prominenten Adamsapfel keineswegs verschönt. Das Gesicht war eckig und länglich, Kinn und Nase sprangen vor, die Stirn war bis auf einige wenige Haarsträhnen kahl. Er war hochgewachsen, und wie viele großgewachsene Männer hielt er sich eher krumm, so als beuge er sich herab, um die Worte jener Sterblichen besser zu vernehmen, die nach Gottes Willen der Erde näher waren als er.

Cavendish beäugte sie prüfend. Ein trotziges Geschöpf war sie. Obwohl er ihr das dringend nahegelegt hatte, wollte sie sich das schulterlange Blondhaar nicht abschneiden lassen. Weingartens Kostüm brachte ihre Formen vortrefflich zur Geltung, und auch das war nicht in seinem Sinn. Bestimmt hatte sie ihn beredet, hier und da ein bißchen einzunähen, gerade an den wichtigen Stellen, überlegte er. Na, damit werden wir uns wohl oder übel abfinden müssen. »Wir sollten noch mal Ihren Auftrag durchgehen, meine Liebe«, sagte er nun.

Erst einige Stunden zuvor hatte Catherine ihre Anweisungen erhalten. Die hatte sie auswendig gelernt und das Blatt, auf dem sie standen, ihrem Begleitoffizier zurückgegeben. Sie begann jetzt: »Mein Deckname ist Denise. Heute nacht breche ich auf, falls das Wetter es zuläßt. Die Maschine landet im Loiretal südwestlich von Paris, und ich werde dort von unserem LTO, dem Lufttransportoffizier, in Empfang genommen. Falls alles klappt, setzt er mich morgen in den Zug nach Paris.«

Das alles klang so irrsinnig, daß Catherine ein sehr unpassendes Lachen unterdrücken mußte. Ist es möglich, dachte sie, daß ich heute abend noch wohlbehütet in dieser behaglichen Wohnung sitze und morgen in einem Zug, der nicht nur auch von deutschem Militär benutzt, sondern womöglich unterwegs von Tieffliegern angegriffen wird, die von eben jenen Leuten losgeschickt werden, die mich veranlassen, den Zug zu benutzen? »In Paris breche ich den Kontakt zu unserem LTO ab und nehme den Zug über Lille nach Calais. Nach Ankunft in Calais beziehe ich die Wohnung Rue des Soupirants 17, erster Stock links, zu der ich den Schlüssel habe, und bleibe dort, bis ich Verbindung zu meiner Gruppe bekomme. Täglich um 11 Uhr befinde ich mich im Café des Trois Suisses und halte Ausschau nach einem Mann in blauem Arbeitszeug, der an der Straßenecke vor dem Café steht und einen grünen Werkzeugkasten umhängen hat. Den frage ich, ob er der Installateur ist, den ich bestellt habe, weil mein Abfluß verstopft ist. Er fragt, ob ich Madame Dumesnil aus der Rue Descartes bin. Damit weiß ich, daß der Kontakt hergestellt ist. Der Mann bringt mich zu Aristide, dem Chef der Gruppe, der ich als Funkerin und Kurier zugeteilt bin. Am Tage nach meinem ersten Kontakt mit Aristide setze ich um 21 Uhr den ersten Funkspruch ab. Danach funke ich zu den Zeiten, die mir angegeben werden.«

»Sehr schön. Das dürfte alles sein. Ich werde Ihnen jetzt Ihre Abschiedsgeschenke geben.« Er wandte sich einem Tisch zu und machte den darauf abgestellten verschrammten alten Lederkoffer auf, wühlte in gebrauchter Wäsche und brachte einen zweiten Behälter zum Vorschein, etwa von der Größe eines Stadtköfferchens. In diesem befand sich das Funkgerät. Cavendish deutete auf den grünen Antennendraht und die Morsetaste. Er öffnete eine Klappe. »Hier sind die übrigen Quarzoszillatoren.« Diese waren schwarz, in Bakelit eingeschweißt und streichholzschachtelgroß; wechselte der Funker den Oszillator im Gerät gegen einen anderen aus, änderte sich damit zugleich die Sendefrequenz. Dies diente dazu, der deutschen Funküberwachung ihre Arbeit zu erschweren.

»Ich wiederhole: Senden Sie niemals länger als 12 Minuten, ohne den Oszillator zu wechseln. Und nie, unter gar keinen Umständen, dürfen Sie länger als 40 Minuten zusammenhängend senden. Die deutsche Funküberwachung arbeitet leider ausgezeichnet, und im Pas de Calais wimmelt es nur so von Überwachungswagen.«

Cavendish klappte den Behälter zu. »Und denken Sie daran: Das Gerät ist zwar kostbar, aber längst nicht so kostbar wie Sie. Können Sie einer Kontrolle nicht ausweichen, versuchen Sie es loszuwerden. In der Bahn legen Sie es in das Gepäcknetz in einem anderen Abteil. Sollte das Gepäck der Reisenden kontrolliert werden, muß diejenige Person, die unter Ihrem Köfferchen sitzt, mit ziemlich peinlichen Fragen rechnen, aber Sie sind wenigstens aus dem Schneider.« Cavendish packte den Behälter wieder ein und bedeckte ihn mit der Wäsche. »Sollten Sie damit erwischt werden, haben Sie Pech. Sie können leider niemandem einreden, daß dieses Ding nicht ist, was es ist.« Er machte eine resignierte Geste mit seiner Zigarette und entnahm dem Koffer eine Tube französische Zahnpasta. »Am unteren Ende finden Sie die Codetücher in Zellophan verpackt. Die brauchen wir jetzt nicht auszupacken, es reicht, wenn Sie das in Calais machen.« Die Tücher waren quadratisch, aus feinster Seide, so groß wie ein Damentaschentuch. Aufgedruckt war der Code, mit dem Catherine ihre Funksprüche zu verschlüsseln hatte. Die Funkerin, die in Sevenoaks in Kent Catherines Sprüche aufnahm, besaß einen identischen Satz Tücher. Wurde der Schlüssel richtig gebraucht, war der Code nicht zu knacken.

Cavendish nahm nun behutsam eine Schachtel französischer Streichhölzer zur Hand. »Passen Sie jetzt gut auf.« Er entnahm einer Schachtel auf seinem Tisch ein Streichholz und strich es an der Reibfläche der französischen Schachtel an, ohne daß etwas geschah. »Sie dürfen nicht glauben, daß Ihre Freunde verlernt haben, Streichhölzer herzustellen. Da – sehen Sie mal.«

Catherine betrachtete das Streichholz aufmerksam, konnte aber nichts Besonderes daran entdecken. Cavendish wies auf den Zündkopf. Jetzt bemerkte Catherine, daß daran ein Splitter in Form eines umgekehrten U fehlte.

»Daran erkennen Sie dieses ganz spezielle Streichholz, das in Wahrheit keines ist. Es ist innen hohl und enthält auf Mikrofilm die neuen Anweisungen für Aristide. Die sollen Sie schließlich nicht unbeabsichtigt verbrennen. Er muß sie schnellstens bekommen.« Cavendish entnahm der Schachtel ein weiteres Zündholz, strich es an, und es entflammte. Er pustete es aus und steckte das Hölzchen mit dem Film in die Schachtel, wobei er aussah wie ein Kind, das ein neues Spielzeug ausprobiert. »Schlau, diese Laborklempner, nicht? Allerdings wäre es gut, Sie würden überhaupt keines der Streichhölzer benutzen.«

Er trat an seinen Schreibtisch. Bei diesen Abschiedsbesprechungen benutzte er stets den gleichen Ton – eine Mischung von burschikoser Vertraulichkeit und strenger Sachlichkeit. Er sah sich dann als älteren Bruder oder auch als Vater, der den kleinen Jungen zum ersten Mal ins Internat schickt. »Marsch, jetzt, mein Junge. Und daß du mir keine Schande machst.« Jedenfalls zeigte er keine überflüssigen Gefühle, die einen ohnehin nervösen Agenten nur noch mehr bedrücken mußten. Daß er Mühe damit hatte, den richtigen Ton zu treffen, ist verständlich, bedenkt man, daß nichts in seinem bisherigen Leben ihn darauf vorbereitet hatte, jene Rolle zu spielen, die ihm in diesem heimlichen Krieg zugefallen war. Seine Qualifikation bestand, genau betrachtet, einzig und allein darin, daß er eines der berühmten alten Internate besucht hatte, Eton. Er ahnte aber nichts davon, daß andere, ältere und weltkundigere ehemalige Schüler von Eton ihm diesen Posten zugeschanzt hatten. Daß er sich in der ihnen vertrauten Welt der Spionagedienste als krasser Amateur bewegte, war ihnen gerade recht. Er gab sich unglaubliche Mühe, er tat alles, was er konnte, für jene Frauen und Männer, die er auf ihre gefährlichen und oft genug tödlich endenden Reisen schickte. Andere mochten von ihrer Organisation als der ›Firma‹ sprechen, er selber sah sie als eine Familie, und das war sie auch in vieler Hinsicht für ihn. Er teilte mit den Mitgliedern dieser Familie rückhaltlos, was er hatte, nämlich seine Arbeitskraft und seine Kenntnisse; er gab ihnen alles bis auf eines: jenen ausschlaggebenden Zug im Charakter eines Agentenführers, den man Verschlagenheit nennen könnte und den Cavendish schlichtweg nicht besaß.

Er nahm jetzt Catherines Kennkarte und Lebensmittelmarken zur Hand. Auch die stammten aus einer seiner geheimen Werkstätten, diese geleitet von einem verurteilten Fälscher, der seine Strafe quasi bei den Streitkräften seiner Majestät absaß. Cavendish prüfte sie sehr genau und erläuterte dabei: »Diese verflixten Dinger werden häufig geändert, und wir bemühen uns, immer auf dem neuesten Stand zu sein. Die hier scheinen mir einwandfrei zu sein. Sie wissen selber, daß unsere französischen Freunde nicht gerade berühmt sind dafür, daß sie Gesetze buchstäblich befolgen, deshalb brauchen Sie es nicht mit der Angst zu bekommen, wenn etwa ein Gendarm irgendwas daran beanstandet. Sie sind nur eine unter vielen, bei denen er deshalb was auszusetzen gehabt hat.« Er deutete auf die Lebensmittelkarte. »Die wöchentliche Brotration für März beträgt 300 Gramm. 120 Gramm Fleisch, wenn Sie welches kriegen. Sie sehen hier, daß wir einige Marken abgeschnitten haben, damit die Karte benutzt aussieht.«

Dann reichte er ihr einen Ausweis mit dem Siegel der Standortkommandantur Calais. »Der berechtigt zum Betreten der Strandzone, und das hier ist Ihre *Carte d'identité.*«

Catherine nahm das bräunliche, zweimal gefaltete Dokument zur Hand. Die Pappe war so abgegriffen und zerfasert, als wäre sie schon durch die Hände Dutzender Gendarmen an allen möglichen Orten Frankreichs gegangen. Ein graues, wie üblich lebloses Porträt starrte sie an, wie man es von Tausenden solcher Ausweise kennt. Es schauderte sie. Sie las die Namen ihrer Eltern, den des geschiedenen Mannes, ihren Geburtstag, ihren Geburtsort, alles, was die Identität jener Fremden ausmachte, die sie fortan zu sein und die sie ebenso natürlich zu präsentieren hatte wie Weingartens Kostüm.

»Dort müssen Sie unterschreiben.« Der Major wies auf die Zeile, unter der sie las: *Signature du Titulaire.* Danach drückte er ihren Zeigefinger auf ein rosafarbiges Stempelkissen und den Abdruck in das dafür vorgesehene Viereck. Als die Stempeltinte getrocknet war, faltete er den Ausweis sorgfältig.

»*Voila.* Vorerst gibt es keine Catherine Pradier mehr. Denken Sie immer daran, daß wir hier keine Scharaden spielen. Glauben Sie fest an die Eltern, die wir Ihnen gegeben haben, und nehmen Sie Ihre neue Identität so vorbehaltlos an, daß Sie die richtige vergessen.«

Das Telefon klingelte. Er nahm den Hörer, nickte gleich darauf und sah dann zu Catherine. »Sieht ganz so aus, als ob das Wetter hält. Es geht also los heute nacht.«

Es war nun Zeit für den letzten und für Cavendish mühsamsten Teil des Rituals. Er sagte gedämpft und beinahe gütig: »Sie wissen vom ersten Tage an, daß wir nur Freiwillige beschäftigen. Zwang gibt es bei uns nicht, wir verlangen von niemandem etwas, was er sich nicht selber zutraut. Ich will jetzt ganz aufrichtig sein: Sie mit Ihrem Funkgerät haben den gefährlichsten Auftrag, den wir vergeben. Ihre Aussicht, lebend davonzukommen, ist nicht besser als 50 zu 50. Werden Sie erwischt, können wir nichts für Sie tun. Werden Sie krank oder verwundet, haben Ihre Kameraden Befehl, sich in Sicherheit zu bringen und Sie Ihrem Schicksal zu überlassen.«

Er sog nachdenklich an seiner Zigarette. Jetzt saß er auf der Tischkante, ein Bein übers andere geschlagen, und die Zigarette baumelte aus seinem Mundwinkel. »Es ist einzig Ihre Entscheidung, ob Sie gehen wollen oder nicht. Und ich möchte, daß Sie sich alle Konsequenzen noch einmal durch den Kopf gehen lassen. Und daß Ihnen ganz klar ist, daß niemand es Ihnen verdenken wird, wenn Sie sich jetzt weigern.« Er wandte sich ab, trat ans Fenster und ließ ihr Zeit, über seine Worte nachzudenken, ohne daß sie ihn ansehen mußte. Als er sich ihr wieder zuwandte, stand in seinen Augen ein unverkennbarer Ausdruck von Mitgefühl und Sympathie. Wie ein Priester, der den Eheleuten das Jawort abnimmt, stellte er ihr die Frage, die er allen seinen Agenten stellte, bevor er sie auf ihre Mission schickte, und er empfand das als eine Art Sakrament, das ihn mit ihnen verband. »Catherine, wollen Sie weitermachen?«

Sekundenlang herrschte Totenstille im Zimmer. Catherines Zunge weigerte sich, die Antwort auszusprechen, auf die sie sich schon festgelegt hatte. Und als sie endlich antwortete, tat sie es auf französisch, wie in der Reaktion auf einen ihr unbewußten Impuls, der sie antrieb.

»Oui«, sagte sie.

Cavendish entnahm wortlos einem Schränkchen zwei Gläser und eine Flasche gut abgelagerten Portweins. Dann hob er ihr sein Glas entgegen und sagte: »Auf gutes Gelingen, Catherine.« Er war nun wieder ganz der Optimismus verbreitende *pater familias.* »Sie werden sich ganz gewiß glänzend bewähren. Alles spricht dafür: Ihr Herkommen,

Ihre Leistungen in der Ausbildung, überhaupt die Haltung, die Sie bei uns gezeigt haben.«

Als sie die Gläser geleert hatten, überreichte er Catherine einen in Seidenpapier gewickelten kleinen Gegenstand: eine goldene Puderdose, die Cartier 1939 anläßlich der Weltausstellung in begrenzter Stückzahl hergestellt hatte. »Nehmen Sie das als Andenken an uns, vielleicht tröstet Sie gelegentlich die Gewißheit, daß wir hier an Sie denken. Daß wir Vertrauen in Sie setzen, und vor allem, daß wir wünschen, Sie mögen zurückkommen. Und falls Ihnen das Geld für die Rückfahrkarte ausgegangen sein sollte, können Sie das Ding immer versetzen«, fügte er leise lachend hinzu. Es klopfte, und Catherines Begleitoffizier steckte den Kopf herein: »Der Wagen ist da, Sir.«

»Na, dann wollen wir mal.«

An der Haustür verabschiedete Park, der Butler, Catherine mit einer kleinen Verbeugung und einem: »*Merde,* Mademoiselle, und viel Glück.« Cavendish sagte nach französischer Art adieu, mit einem Kuß auf beide Wangen, und auch er murmelte: »*Merde,* meine Liebe.« Als der Wagen Richtung Portman Square über den Asphalt der verdunkelten Straße glitt, schaute Catherine sich um und sah Cavendish wie immer leicht gebeugt noch in der Einfahrt stehen; er winkte ihr einen Gruß nach. Als sie ihr Fenster schloß, hörte sie gedämpft die Glocke von Big Ben schlagen. Das empfand sie als tröstlich.

Gar nicht weit von hier, an der Kreuzung von Storey's Gate und der Great George Street, im Erdgeschoß eines massiven Gebäudes, war das Geläut von Big Ben ebenfalls zu hören. Die hier befindlichen Büros und bescheiden eingerichteten Wohnräume waren den Eingeweihten als ›der Anbau‹ bekannt, denn sie lagen unweit vom Amtssitz des Premierministers in der Downing Street No. 10, keine fünf Minuten zu Fuß entfernt.

Der Amtssitz in der Downing Street galt als nicht sicher genug in Kriegszeiten, und Churchill bewohnte mit seiner Frau seit vier Jahren deshalb diesen ›Anbau‹. In den Kellergeschossen waren Büros eingerichtet, unter anderem befand sich hier auch der sogenannte Lageraum. Ferner hausten in diesen als absolut bombensicher geltenden Kellerbüros diejenigen Mitarbeiter, die der Regierungschef unbedingt um sich haben wollte. Mit dem Bau der unterirdischen Anlage war begonnen worden, nachdem Chamberlain 1938 aus München mit dem Versprechen ›Frieden in unserer Zeit‹ zurückgekehrt war. Churchill, die Halbgläser auf der Nase, war im Büro neben seinem Schlafzimmer damit beschäftigt, auf Akten aus seinem berühmten Schwarzen Kasten seine gefürchteten Randbemerkungen anzubringen; der Kasten stand geöffnet auf dem kleinen Schreibtisch vor ihm. Mitten im Zimmer saßen um einen runden Mahagonitisch die Herren, die zur Besprechung geladen waren, und warteten stumm und respektvoll darauf, daß der Premier sich zu ihnen setze. Anwesend waren General Sir Alan Brooke, Chef des Generalstabes; Luftmarschall Sir Arthur Tedder, stellvertretender Kommandeur von SHAEF; Major Desmond Morton, Churchills persönlicher Gehilfe und Verbindungsmann zu den Geheimdiensten; Kapitän Henry Pim von der Kriegsmarine, zuständig für die Bereitstellung von Kartenmaterial; ferner ein etwas verschüchtert wirkender Brigadegeneral von der Planungsabteilung, der zur Lage vortragen sollte. Jeder der Herren hatte vor sich einen Hefter mit dem Aufdruck BIGOT und dem Flammenschwert vor sich liegen, dem Abzeichen des Oberkommandos der Alliierten Streitkräfte. Darin befand sich ein detaillierter Plan des Unternehmens *Overlord*, der Deckname für den bevorstehenden Angriff auf Hitlers Festung Europa. Daneben eine in kleinerem Format gehaltene, als ›Streng Geheim‹ gekennzeichnete Sammlung von Berichten mit der Überschrift ›Wöchentliche Zusammenfassung der Lage in Europa, 18. März 1944, ausgegeben vom Gemeinsamen Komitee der Nachrichtendienste‹. Jetzt kam auch noch der letzte der geladenen Herren, Churchills Chef des Stabes, General Sir Hastings Ismay. Bei seinem Erscheinen deutete Churchill auf ein Barschränkchen und murmelte: »Gießen Sie sich einen Brandy ein und fühlen Sie sich ganz wie zu Hause, Pug.« Dann kritzelte er noch einige Bemerkungen aufs Papier, legte alles in den Schwarzen Kasten und nahm seinen Platz am Tisch ein. Es war unverkennbar, daß Churchill allein kraft seiner Erscheinung bereits den Raum dominierte, bevor noch ein einziges Wort gefallen war. Abgesehen von dem Brigadegeneral saßen hier nur vertraute Mitarbeiter des Premiers, und doch blieb keiner unbeeindruckt von jener besonderen Ausstrahlung, die von dem britischen Staatsmann ausging. Dieser setzte eine Zigarre in Brand, wedelte den Rauch mit der Hand weg und sagte nur zu dem Brigadegeneral: »Fangen Sie bitte an.«

»Ich habe den Auftrag, Sir«, begann dieser, »unsere Einschätzung der Erfolgsaussichten einer Invasion im Lichte der letzten Bewertungen durch unsere Nachrichtendienste vorzutragen.« Er griff zu der neben ihm liegenden Zusammenfassung. »Danach befinden sich zur Zeit in Frankreich, Belgien und den Niederlanden 52 deutsche Divisionen.« Papier raschelte, als die anderen Herren ebenfalls den Wochenbericht zur Hand nahmen. »Am Tag X erwarten wir insgesamt 60 Divisionen anzutreffen, davon zehn Panzerdivisionen, zwei Fallschirmjägerdivisionen, 17 motorisierte Infanteriedivisionen und 31 Divisionen Infanterie, darunter auch Armierungssoldaten. Derzeit sind sie folgendermaßen aufgestellt –« Kapitän Pim entrollte eine Karte.

»Das Gros bildet die 15. Armee zwischen der Somme und der holländischen Südgrenze. Die 7. Armee soll Normandie und Bretagne schützen, also die vorgesehenen Operationsräume, und ist etwa halb so stark wie die 15. Armee. Die übrigen Divisionen gehören zur 1. Armee im Raum Bordeaux und zur 19. an der Mittelmeerküste. Derzeit verfügen wir hier im Vereinigten Königreich über 32 amerikanische, britische und kanadische Divisionen; am Tage X werden es 37 sein, 15 davon gepanzert, und vier Fallschirmjägerdivisionen.«

»Also ungefähr halb soviel wie Hitler hat?« fragte General Brooke. Seine schweren Bedenken gegen die geplante Landeoperation waren jedem Anwesenden hier bekannt, ausgenommen wohl der Brigadegeneral. »Ganz recht, Sir.«

»Nicht zu reden davon, daß zwischen unseren Truppen und dem in Aussicht genommenen Landeraum hundert Meilen offenes Meer liegen.«

Der Brigadier konnte dies nur stumm bestätigen und fuhr etwas beklommen fort, indem er seine Ausführungen mit einem Zeigestock verdeutlichte. »Im Augenblick müssen die Deutschen ihre Verbände entlang dieser ganzen Küste verteilt halten« – der Zeigestock fuhr vom Golf von Biskaya bis nach Hook van Holland –, »während wir in der Lage sind, unsere Truppen allein auf den Angriffsraum zu konzentrieren. Ferner darf angenommen werden, daß wir den Luftraum über den Landezonen beherrschen. Nicht zu vergessen die Wirkung unserer Schiffsartillerie. Es kommt aber alles auf eine ganz simple Frage hinaus, wie es bei jedem solcher Landeunternehmen ist: Können wir unsere Kräfte in den Landeköpfen schneller vermehren, als die Deutschen zu Lande Verstärkungen heranführen können? Gelingt uns das, schaffen wir es, gelingt es nicht, wird es ein Fehlschlag.«

»Immer vorausgesetzt, die Landung gelingt überhaupt.«

»Das wird sie auf jeden Fall.«

»Trotz der Hindernisse, die Rommel entlang der Küste anlegen läßt?«

»Die können lästig werden, unmöglich machen sie eine Landung nicht.«

»Er legt aber alles darauf an, uns schon am Strand zu vernichten.«

»Rommel ist ein guter Taktiker, aber als Stratege taugt er nichts. In Wahrheit geht es auch nicht darum, ob unsere Truppen es schaffen, am Strand Fuß zu fassen. Das steht ganz außer Frage, und kein Rommel wird das verhindern. Nur – können wir uns auch halten, wenn wir an Land sind?« Man hörte Brookes Stimme an, daß er irritiert war. Churchills Glaube an sein eigenes militärisches Genie war ein Kreuz, das Brooke bereits vier Kriegsjahre lang trug. Churchill glaubte fest daran, daß er sein Feldherrngenie von seinem berühmten Vorfahren, dem Herzog von Marlborough, ererbt hatte, und ebenso wie Hitler tat er nichts lieber, als sich in die Planungen seines Generalstabes einzumischen.

Brooke seufzte und wedelte mit dem Wochenbericht der Nachrichtendienste, um seiner Meinung Nachdruck zu verschaffen. »Hier steht doch alles drin. Die zahlenmäßige Überlegenheit der Deutschen über alles, was wir in den ersten vierzehn Tagen in die Landeköpfe werfen können, zeigt wohl deutlich genug, wie schwierig ein solches Unternehmen wäre.«

Churchill ging nun wie eine Dampfwalze auf Brooke los. Die beiden zankten fortgesetzt miteinander, dabei empfand Churchill gleichwohl den größten Respekt vor den Ansichten seines Generalstabschefs. Was ihn kränkte, war, daß Brooke ihn offenbar persönlich nicht besonders gut leiden konnte, und das war nun etwas, was der Premier nur schwer ertrug.

»Zu meinem Bedauern muß ich Sie darauf hinweisen, Winston«, Brooke war der einzige, der sich erlauben durfte, Churchill beim Vornamen zu nennen –, »daß es nicht von uns abhängt, ob die Invasion gelingt oder nicht. Eben das macht das Projekt ja so unerfreulich. Alles hängt davon ab, ob Hitler und seine Generäle im richtigen Moment die richtige Entscheidung treffen. Für uns sind die kritischen Tage meiner Ansicht nach X + 3 und vermutlich X + 7. Für Hitler kommt der Moment etwas früher.« Brooke verstummte und legte zwei Finger an die Unterlippe. Er sah womöglich vor seinem inneren Auge ein Chaos von Waffen und Gerät auf dem Strand, dazwischen ratlose und verwirrte Truppen, eben jenes Durcheinander, das jede Landeoperation begleitet.

»Hitler wird sich meiner Meinung nach abends an X + 2 entscheiden müssen, nicht früher und nicht später. Da muß er uns mit seinen zusammengefaßten Kräften aus der Normandie hinauswerfen. Früher kann er nicht wissen, ob wir die Landung auf die Normandie beschränken. Wartet er länger, ist es für ihn zu spät.« Er tippte auf den Bericht. »Entscheidet er richtig, werden seine Panzer sich an X + 4 in der Normandie versammeln, und ab X + 5 müssen wir mit einem Gegenangriff von acht bis zehn Panzerdivisionen und fünf motorisierten Infanteriedivisionen rechnen, gar nicht gezählt die anderen elf Divisionen, die jetzt schon in der Nähe stehen.«

»Kann der französische Widerstand nicht die Verlegung der Panzerverbände behindern?« fragte Churchill.

»Eine Widerstandsbewegung, die zehn Panzerdivisionen aufhalten kann, gibt es nicht, Winston.«

»Und wenn nun unsere Luftwaffe die Brücken zerstört, die sie benutzen müssen, und sie unablässig auf dem Marsch angreift?«

Brooke warf Tedder einen Blick zu, als erhoffe er sich von dem Luftmarschall Unterstützung. »Verlangsamen können wir den Aufmarsch wohl, nicht aber verhindern. Das größte Hindernis ist die Somme, und die überqueren sie bei Nacht mit dem Brückengerät, das sie eigens für diesen Fall bereitgestellt haben. Diese Panzerdivisionen sind die besten der ganzen Wehrmacht, sie sind gut ausgebildet und zudem ausgeruht. Wenn Hitler sie in die Normandie schickt, dann kommen sie auch an.«

Churchills Gesicht verfinsterte sich bei diesen Darlegungen seines Generalstabschefs. »Wie viele Divisionen können wir bis dahin an Land haben?«

»Wenn alles geht wie geplant, dreizehn.«

»Also halb so viele wie die Deutschen?«

»Ungefähr«, nickte Brooke.

Im Raum herrschte bedrücktes Schweigen, während die Militärs stumm darauf warteten, daß der Premier diese Auskünfte verdaue. Endlich murmelte er: »Das sind ja scheußliche Aussichten.«

»Eben diese Aussichten machen das Unternehmen zum riskantesten des ganzen Krieges, Sir.«

Churchill lehnte sich im Sessel zurück und wütete stumm gegen das launenhafte Kriegsglück. Dann blickte er ruckartig auf und fragte den Brigadier: »Gibt es keine Möglichkeit, unsere Truppen schneller zu verstärken?«

»Sir, wir sind in dieser Hinsicht von der Zahl der verfügbaren Landungsboote abhängig. Wir haben derzeit dreitausend und können unmöglich mehr beschaffen.«

Churchill packte der Zorn, und er schimpfte: »Soll denn, zum Teufel, alles von diesen lächerlichen Kähnen abhängig sein?« Er sprang auf und stapfte mit auf dem Rücken verschränkten Händen an die Karte, streckte den Arm aus, wie um sie abzufetzen, und wütete: »Wenn wir von den Amerikanern nicht mehr Landungsboote bekommen können, müßten wir doch mindestens anderswo einen geeigneten Landungsraum finden! Einen, der näher an unserer Küste liegt! Sind wir wirklich dazu verdammt, hundert

Meilen über offenes Meer zu schippern? Warum, warum muß es ausgerechnet die Normandie sein?«

Auf keine andere Frage war der Brigadier besser vorbereitet als auf diese. Die Planung für das Unternehmen lief seit zweieinhalb Jahren, und er war vom ersten Tag an dabeigewesen. Manchmal kam es ihm vor, er kenne die Strände, Buchten, Flußmündungen von der Bretagne bis Dünkirchen besser als die Gassen in jenem Dorf von Surrey, in dem er geboren worden war.

»Sir«, begann er, »wir können Truppen und Material nur auf zweierlei Weise an Land bringen, entweder über einen eroberten Hafen für seegängige Schiffe oder an geeigneten Stränden.«

Churchill blieb stehen, die Hände immer noch auf dem Rücken, die Zigarre zwischen den Zähnen. Er nickte.

»Wir haben unsere Lektion in Dieppe gelernt, Sir, und wenn das auch schlimme Verluste gekostet hat, waren die es doch wert.«

»Arme Hunde.« Die schweren Ausfälle und die Demütigungen, welchen die gefangenen Kanadier ausgesetzt gewesen waren, steckten immer noch wie ein Stachel in Churchills Fleisch.

»Seidem wissen wir, Sir, daß wir einen geeigneten französischen Hafen, der verteidigt wird, nicht nehmen und so schnell instand setzen können, daß wir über ihn eine Invasion nähren könnten. Daher bleibt uns nichts als die Strände. Und im Pas de Calais gibt es keine, die sich für eine Landung eignen.«

Der Premier runzelte skeptisch die Brauen, doch der Brigadier griff unbeirrt zum Zeigestock. »Zwischen Dieppe und Dünkirchen gibt es nur vier Strände, die groß genug sind, zwei Divisionen zugleich aufzunehmen. Sie liegen weit voneinander entfernt und sind stark befestigt. Und sie sind den vorherrschenden Winden ausgesetzt. Der Versuch einer Landung wäre aussichtlos.«

Nun beschrieb der Zeigestock einen weiten Bogen von Cherbourg landeinwärts bis nach Holland. »So weit etwa reicht der Luftraum, den wir mit unseren Jägern schützen können, und innerhalb dieses Bereiches sind die einzigen brauchbaren Strände die der Normandie. Sie liegen nicht weiter als insgesamt 50 Meilen auseinander, und sie haben den unschätzbaren Vorzug, vor den vorherrschenden Winden geschützt zu sein.«

Der Premier machte Anstalten, etwas zu erwidern, doch Brooke tat, als bemerke er es nicht. Bei solchen Besprechungen schweifte Churchill gern ab, immer rastlos auf der Suche nach doch noch einem und wäre es noch so absurden Ausweg, und der General sah es als seine Pflicht an, ihn bei der Sache zu halten. Also sagte er jetzt: »Winston, diese Dinge sind Hunderte von Malen durchgerechnet worden, und es ist nun mal nicht zu ändern: Wollen wir die Invasion riskieren, müssen wir es in der Normandie tun. Wir alle wissen, daß es da keine Alternative gibt. Hitler weiß es zum Glück nicht.«

Churchill bedachte dies eine Weile. Dann ging er wieder auf und ab und fragte heiser: »Und wie beurteilen Sie die Aussichten für einen Erfolg?«

Der Brigadier schaute sich um in der Hoffnung, einer seiner Vorgesetzten möchte diese Frage beantworten, doch blieben alle stumm. »General Eisenhowers Stabschef schätzt sie auf 50 zu 50, Sir.«

Diese Angabe schien Churchill einen Schock zu versetzen, ja, die Anwesenden hatten den Eindruck, er weiche zurück wie von einem Stoß getroffen. »Das heißt also, daß wir alles auf eine einzige Karte setzen sollen?«

Manche von den amerikanischen Verbündeten warfen Churchill vor, er trete nur halbherzig für die Invasion ein. Das stimmte nicht, denn er träumte bereits von einer Rückkehr aufs Festland, fast bevor die letzten britischen Truppen aus Dünkirchen evakuiert worden waren. Schon am 3. Juni 1940, 24 Stunden nachdem Frankreich den Waffenstillstand unterzeichnet hatte, ließ er durch 120 Mann einer Kommandotruppe einen Überfall auf Boulogne ausführen, einzig in der Absicht, Hitler und den Franzosen zu bedeuten, daß eines Tages wieder britische Truppen aufs Festland zurückkehren würden. Als England sich einen Monat später auf die Invasion der Insel vorbereitete, setzte Churchill bereits ein Gremium aus Sachverständigen ein, die über Taktik und Technik eines großen Landeunternehmens beraten sollten.

Churchill lag ebensoviel daran wie irgendwem in Washington, aufs Festland zurückzukehren, nur nicht um jeden Preis. Seine Strategie ließ sich in einem Satz zusammenfassen: Zermürbe den Feind durch immer wiederholte Aktionen an den Flanken, aber vermeide es, ihn anzugreifen, wo er am stärksten ist; erringe den Sieg durch List, nicht durch die bedenkenlose Verschwendung von Menschen und Material. Nur war Churchills Stimme im obersten Kriegsrat jetzt nicht mehr die allein maßgebende.

Er hielt nun inne und wandte sich den Herren am Tisch zu. »Die Risiken der bevorstehenden Schlacht sind tatsächlich außerordentlich.« Es war, als spräche er zu sich selbst, ringe mit schrecklichen Zweifeln, die ihn quälten. »Mich verfolgt ein Alptraum, in dem ich dreihunderttausend Tote an den Stränden der Normandie sehe, die Blüte unserer Jugend und der Amerikas. Ich sehe, wie ihr Blut das Wasser rot färbt. Ich sehe einen grauen, stummen Strand, zugedeckt mit dem Bahrtuch einer Niederlage tausendmal schlimmer als die von Dünkirchen.« Er schüttelte sich, wie um diese Vorstellung loszuwerden. »Wenn dieser Alptraum sein grausiges Haupt erhebt, dann habe ich meine Zweifel. O Gott, welche Zweifel!«

Wieder nahm er seinen Gang durchs Zimmer auf. »Noch eine Generation hingemordet wie die unsere an der Somme, dank der Torheit von Generälen. Ich habe mir geschworen, niemals etwas Derartiges zu befehlen. Nun aber versteifen sich die Amerikaner darauf, eine befestigte Küste anzugreifen. Warum nicht den Balkan? Warum nicht das Mittelmeer?«

Er ließ sich in seinen Sessel fallen und senkte das Kinn auf den Knoten seiner Schleife. »Ihr Blut ist noch nicht geflossen, wie sollen sie unsere Sorgen begreifen? Ihre Somme liegt mehr als hundert Jahre zurück, bei Bull Run und Gettysburg.«

Wieder verstummte er, dann schien er sich widerstrebend ins Unvermeidliche zu fügen. »Es bleibt keine Wahl, wir werden es tun müssen. Und überraschen werden wir die Deutschen nicht. Sie halten sich an das Motto Friedrichs des Großen: ›Daß man geschlagen wird, ist verzeihlich, nicht aber, daß man sich überraschen läßt.‹«

Er sog nachdenklich an seiner Zigarre. »Es läuft also darauf hinaus, daß uns eine Entscheidungsschlacht bevorsteht, bei der nicht unsere militärische Kraft den Ausschlag geben wird, sondern eine Art Trojanisches Pferd. Es kommt darauf an, daß dieses Grüppchen von Amateur-Machiavellis, die wir uns da im Keller halten, Hitler die Katze im Sack verkaufen kann. Die müssen ihm in den Arm fallen und ihn dazu bringen, daß er seine Panzer nicht gegen unseren Landekopf in Marsch setzt. Wenn er darauf nun aber nicht reinfällt? Wenn er unsere wahren Absichten wittert und seine Panzer auf uns losläßt, was dann?«

Darauf trat ein unbehagliches Schweigen ein. Tedder, der am intensivsten mit den Invasionsvorbereitungen zu tun hatte, sagte schließlich: »Sir, einerlei, wie gut wir die Landung vorbereiten und wie einwandfrei wir sie ausführen, einem massierten Gegenangriff von Verbänden, wie sie die Deutschen zur Verfügung haben, kann kein Landekopf standhalten. Mit seinen Truppen und seinen Panzern kann Hitler uns ins Meer jagen, daran besteht kein Zweifel.« Er lauschte dem Klang seiner eigenen Worte und schloß: »Wenn seine Panzer am fünften Tag nach der Invasion am Horizont auftauchen, haben wir keine Chance mehr.«

Berchtesgaden

Am Abend dieses Tages war Feldmarschall von Rundstedt auf dem Weg von Berchtesgaden zu Hitlers Berghof. Der Nebel, der zwischen den Fichtenstämmen hing und den Asphalt näßte, rief eine Stimmung hervor, so düster, daß auch ein heitereres Gemüt als das Rundstedts von Trübsinn hätte befallen werden können, und heiter konnte man den Feldmarschall wohl zu keiner Zeit nennen. Eher schon streng, auf Distanz bedacht, nüchtern, abweisend. Im übrigen steckte er voller Widersprüche. Er galt als genial im Umgang mit Panzern und hatte doch nie in einem gesessen. Der Schmutz, der Lärm, das ölige Metall, dies alles war ihm zuwider. Bei aller strengen Nüchternheit war er doch ein Genießer, er schätzte gutes Essen und erstklassige Weine, und als Oberkommandierender im Westen hatte er die beste Gelegenheit, diesen Neigungen im Coq Hardi, einem französischen Feinschmeckerlokal, ausgiebig zu frönen. Rundstedt nahm die erste Tagesmeldung nicht vor 10 Uhr früh entgegen, und er lehnte es grundsätzlich ab, an der Front zu erscheinen. In seiner Zeit als O.B. West hatte er ganze zwei Mal den hochgepriesenen Atlantikwall besucht, und beide Male nur sehr widerstrebend. Er zog es vor, seine Amtsgeschäfte als Oberbefehlshaber in dem eleganten Pavillon von Saint Germain en Laye zu tätigen, in dem Ludwig XIV. zur Welt gekommen ist. Hier, umgeben von einem Stab und mit Karten reichlich versehen, entfaltete er sein strategisches Genie, weit weg vom Schlachtenlärm.

Der krasseste dieser Widersprüche bestand jedoch darin, daß er einerseits seinen Führer und dessen Regime verabscheute, andererseits beiden rückhaltlos zu Diensten war. Und welche Dienste hatte er ihm nicht erwiesen, diesem Führer! Die strahlendsten Siege waren mit seinem Namen verbunden: er hatte seine Heeresgruppe innerhalb von dreißig Tagen durch ganz Polen gehetzt und dem Kriegsvokabular ein neues Wort zugefügt: ›Blitzkrieg‹; seine Heeresgruppe A hatte im Mai 1940 die unbesiegbare französische Armee bezwungen und im Sommer 1941 Stalins beste Divisionen zerschlagen; er redete zwar nur in abfälligen Ausdrücken von »Hitler und seinen Paladinen«, und doch verdankte er eben diesen die Divisionen, die ihn zum Ruhm geführt hatten. Dafür unterwarf er ihnen seinerseits die halbe zivilisierte Welt.

Nunmehr sollte der 68 Jahre alte Zyniker eine neue Last auf sich nehmen: den Hauptteil der Beute zu behaupten. Hitler wollte mit Rundstedt und anderen Generälen auf seinem Berghof über die Strategie beraten, die bei dem bevorstehenden Treffen mit den Alliierten anzuwenden sein würde. Keine Frage mehr, daß die Angloamerikaner in absehbarer Zeit die Landung versuchen und damit die Entscheidungsschlacht im Westen herbeiführen wollten.

Oft genug hatte er, von seinem Balkon aus die fernen Dächer von Paris betrachtend, sich ausgemalt, wie das ablaufen könnte. Wie in den meisten großen Schlachten würden auch hier unbekannte Faktoren eine Rolle spielen, aber eines wußte er immerhin: er hatte die Truppen und die Waffen, um den alliierten Angriff zurückzuschlagen. Die Entscheidung dürfte in den ersten Tagen fallen und hing davon ab, daß die richtigen Vorbereitungen getroffen wurden. Ließ er sich von Eisenhower nicht dazu verleiten, seine Kräfte zu zersplittern, mußte der Gegenschlag einen Erfolg bringen, der den Vergleich mit den Siegen in Polen, in Frankreich und Rußland aushielt.

London

Im Wagen wurde nicht gesprochen. Auf dem Beifahrersitz saß Catherines Mitpassagier, auf den Knien ein Heftchen, in dem er beim Licht einer Taschenlampe las. Sie nahm zunächst an, er präge sich letzte Instruktionen von Cavendish ein, erkannte dann aber zu ihrer Verblüffung, daß er Gedichte von Shelley las, wobei er stumm die Lippen bewegte. Eigentlich durfte sie das nicht, doch sie konnte nicht widerstehen und musterte ihn eingehend. Er hatte blondes, gelocktes Haar, glatte rosige Haut, und sein Gesicht wies noch Spuren von Kinderfett auf. Er erinnerte sie an die berühmte französische Seifenreklame aus Vorkriegstagen: *Baby – Bébé – Cadum.* Es kam ihr vor, als werde hier ein Gedichte lesendes Baby Cadum in den Krieg geschickt.

Sie selber betrachtete Ansichtskarten von Calais – das Denkmal für die Sechs Bürger, die Mole des Bassin du Paradis, die Grande Place und das Rathaus, auf dessen Glokkenturm die Martin und Martine genannten Figuren die Stunde schlugen. Das sollte ihr ermöglichen, sich markante Punkte einzuprägen und sich in einer ihr unbekannten Stadt zu bewegen, ohne Passanten um Auskunft bitten zu müssen. Wer nach dem Weg fragt, gibt sich als Fremder zu erkennen, und Fremde waren in der Küstenzone am Kanal zu verdächtig. Gelangweilt schaute sie aus dem Fenster, wo sich den Augen allerdings auch keine Abwechslung bot – Straße nach Straße bebaut mit ähnlichen Reihenhäusern huschte vorbei. Gleichwohl fand sie heute einen gewissen Reiz daran, und ihr kam der Gedanke: Ob ich die wohl wiedersehe? Sie gab sich einen Ruck. Es war gescheiter, sich mit den Ansichtskarten zu befassen. Die Londoner Vororte gingen nun über in die schmalen, von Hecken gesäumten Straßen der Grafschaft Surrey, dann kamen die sanften Hügel von Sussex. An einer Straßensperre wurden die Papiere kontrolliert, dann bog der Wagen von der Straße ab und hielt vor einem von Hecken und Rasen eingefaßten weitläufigen Landhaus, dessen weißer Anstrich dringend einer Erneuerung bedurfte. Dies war Tangmere, ein Landsitz, von dem die RAF für die Dauer des Krieges Besitz ergriffen hatte.

Die Ankömmlinge wurden von einem jungen Mann in Overall und blauem Pullover begrüßt, der ihnen eröffnete: »Ihr fliegt heute nacht mit mir«, und sie den anderen Anwesenden formlos vorstellte. Dann fragte er: »Wollt ihr sehen, welche Route wir fliegen?«

Er führte sie in den Kartenraum, wo eine riesige Landkarte von Frankreich an der Wand befestigt war, und begann: »Wir fliegen über Bognor Regis aus« – er deutete auf die Karte – »und müßten nach etwa 20 Minuten hier, etwas westlich von Bayeux, die französische Küste erreichen.«

Catherine fielen rote Markierungen entlang der Küste von Caën bis Le Havre auf, und sie wollte wissen, was die zu bedeuten hätten? »Flak. Die umfliegen wir. Von Bayeux geht es schnurgerade nach Angers, da müssen wir die Loire finden. Der folgen wir bis Tours, dort biegen wir dem Cher entlang ab, und an dessen linkem Ufer, etwas ostwärts der Stadt, landen wir. Das geht da ganz gut, ich benutze den Platz nicht zum ersten Mal. Ihr habt weiter nichts zu tun, als es euch bequem zu machen und den Flug zu genießen. Wenn ihr wollt, könnt ihr auch ein Auge auf deutsche Nachtjäger haben, die treiben sich gelegentlich in der Gegend rum.« Catherine lachte: »Wenn man Sie so hört, ist es ja das reinste Picknick!«

Der Flug, den der junge Pilot da eben so lässig beschrieben hatte, stellte in Wahrheit eine ungewöhnliche fliegerische Leistung dar. Allein, unbewaffnet und mit einem Satz

Michelin-Straßenkarten und einem Kompaß als einziger Navigationshilfe suchten die Piloten des Geschwaders 161 zwischen Flak und Nachtjägern im Dunkel der Nacht nach Weiden und Wiesen, die einzig durch drei entfernt voneinander befestigte Taschenlampen bezeichnet wurden. Die Maschine vom Typ Westland Lysander, die sie dazu benutzten, war so langsam und schwerfällig, daß sie im Scherz behaupteten, die Deutschen könnten sie mit der Schleuder abschießen. Es kam vor, daß RAF-Piloten sich weigerten, mit dieser Maschine Aufklärung zu fliegen, obschon sie eigens zu diesem Zweck konstruiert worden war. Hauptsächlich zeichnete sie sich dadurch aus, daß sie nicht mehr als 500 Meter Rollfeld für Start und Landung benötigte. Die im Auftrag der SOE fliegenden Maschinen waren der größeren Reichweite halber um ihre Bordwaffen erleichtert worden, was bedeutete, daß nur der liebe Gott oder eine freundliche Wolke sie bei einer Begegnung mit einem deutschen Jäger retten konnten. Und doch machten die Piloten sich bei jedem Vollmond auf den Weg zu ihren kaum auffindbaren Zielen. Wenn sie sich an der Flak vorbeimogelten, durch die Wolken stießen, um Eisenbahngeleise oder eine Straßenkreuzung zu sichten, die ihnen helfen sollten, sich zu orientieren, kamen sie sich vor wie Fliegen, die man losgeschickt hat, eine Briefmarke auf einem Fußballplatz zu suchen – und das bei Nacht.

Bevor Catherine noch eine Bemerkung machen konnte, hatte der junge Mann schon einen Arm um ihre Schulter gelegt und sagte: »Eigentlich müßte Sergeant Booker jetzt das Essen fertig haben, und vielleicht findet sich noch ein anständiger Rotwein, um euren Abschied zu feiern. Kommt mit.«

Berchtesgaden

Derweil saß Hitler im Berghof an seinem Schreibtisch, beschäftigt mit einer Arbeit, die in keinem Zusammenhang mit seiner Stellung als Oberbefehlshaber der Wehrmacht stand – eine seiner Privatsekretärinnen hatte die Grippe, und er schrieb ihr nun ein Kärtchen, das die Blumen und den Champagner begleiten sollte, die ihr zugedacht waren. Er unterschrieb: ›Mit freundlichen Wünschen für eine baldige Genesung‹ und kuvertierte eigenhändig die Karte. Dies getan, erhob er sich und trat an das übergroße Fenster mit dem Blick auf die schneebedeckten Alpen, deren Anblick ihm nie langweilig wurde. Hier, auf diesem Hof im Gebirge, den er 1928 von seinen Tantiemen aus *Mein Kampf* gekauft hatte, fühlte er sich am wohlsten. Im Angesicht der im Mondlicht glitzernden Gipfel bereitete er sich in Gedanken auf die bevorstehende Besprechung vor. Die kommende Invasion fürchtete er nicht, im Gegenteil, er erwartete sie geradezu begierig. Er war der geborene Spieler; der bevorstehende Zusammenprall von Deutschen und Alliierten würde das größte Spiel dieses Krieges werden, und ein einziger Wurf mußte alles entscheiden. General Schmundt, sein Adjutant, meldete den Feldmarschall. »Sagen Sie, daß ich gleich komme.« Hitlers Gesicht blieb unbewegt; Rundstedts Eintreffen bereitete ihm keine besondere Freude. Im übrigen mochten die Herren ruhig etwas warten, es schadete nicht, wenn man ihnen gelegentlich deutlich machte, wer hier der Herr war.

Nach ein paar Minuten ging er hinüber und begrüßte seine Marschälle mit mechanischem Händedruck. An die, die er mochte, Rommel etwa, richtete er ein freundliches Wort. Die anderen mußten sich mit einem kühlen Nicken begnügen. Daß Rundstedt ein Gourmet war, wußte er wohl, und der Gedanke bereitete ihm eine Spur Vergnügen, daß der Feldmarschall an dem hier gewohnheitsmäßig aufgetischten sehr mäßigen Essen keinen Spaß haben dürfte. Den Herren wurden Koteletts und Rotkohl aufgetragen, während Hitler wie üblich vegetarisch aß.

Rundstedt vermied es, ihm dabei zuzusehen, und im übrigen schwieg er. Am Eßtisch seines Führers sagte er wenn möglich nie ein Wort. Meist benutzte Hitler solche Gelegenheit dazu, einen seiner Monologe zu halten über ein Thema, das ihm gerade in den Sinn kam. In seiner Gegenwart betrugen sogar Feldmarschälle sich nahezu schüchtern und vermieden es, eigene Ideen oder Bemerkungen laut werden zu lassen. Rommel allerdings bildete die Ausnahme. Er äußerte sich zu Hitlers Theorien meist beistimmend, und als dies wieder einmal geschah, blickte Rundstedt über den Tisch weg Manstein an. Rommel war der einzige in diesem illustren Kreis (abgesehen von Hitler selber), der nicht einer preußischen Offiziersfamilie entstammte. Er war der Sohn eines Lehrers, und er war Rundstedts besonderes Kreuz. Seit kurzem führte er die beiden deutschen Armeen an der Kanalküste als Rundstedts gleichrangiger Untergebener.

Zum Nachtisch wurde ein blankpolierter Apfel serviert, danach gab es als besonderen Gunstbeweis eine Tasse von Hitlers eigenem Kaffee. Die Bohnen dazu kamen aus dem Jemen über das deutsche Konsulat in Istanbul. Hitler selbst trank selbstverständlich keinen Tropfen davon, der hielt sich strikt an Tee. Wenn es ganz hochkam, goß er ein Schlückchen Cognac hinein. Heute allerdings ging es nicht hoch her, Hitler wurde Magenbitter gereicht.

Während die Marschälle über ihrer Tasse Kaffee saßen – hier mußten auch Marschälle sich mit einer einzigen Tasse begnügen –, wandte Hitler sich abrupt dem eigentlichen Gegenstand der Besprechung zu.

»Meine Herren, die bevorstehende Invasion im Westen wird nicht nur das wichtigste Ereignis in diesem Jahr werden, sondern der Ausgang wird kriegsentscheidend sein.« Unterdessen war eine Staffelei hinter ihm aufgestellt und eine Karte daran befestigt worden, der er sich nun zuwandte. »Gelingt die Landung, ist der Krieg verloren, da mache ich mir keine Illusionen. Im Osten können wir weiträumig operieren, ohne daß das Reich direkt betroffen wird, aber wenn der Feind im Westen durchbricht, hätte das sehr schnell die schlimmsten Folgen. Der Feind wird jedoch nicht durchbrechen. Wir haben die Mittel, das zu verhindern, und ich werde es verhindern. Und nach einer Niederlage wird der Feind keinen weiteren Versuch mehr wagen.«

Er belebte sich unter dem Eindruck seiner eigenen Worte und fuhr heiser bellend fort: »Sobald wir die Angloamerikaner niedergeworfen haben, verlege ich 45 Divisionen nach dem Osten, und dann wird man staunen, meine Herren!«

Zwar beabsichtigte Hitler mit diesen Worten zweifellos, seine Marschälle anzueifern, doch waren es durchaus keine leeren Redensarten. Er hatte mehr Männer unter Waffen als Amerikaner, Briten und Kanadier zusammen. Trotz der feindlichen Luftangriffe, trotz Mangel an Arbeitskräften und Materialengpässen hatte die Rüstungsindustrie 1943 fast zehnmal so viele Panzer produziert wie 1940, nämlich 11 897; dreimal mehr Flugzeuge, insgesamt 22 050; fünfmal mehr Geschütze und dreimal soviel Munition. Ferner wurden bereits die V1 und die V2 in Serie hergestellt, und die neuen U-Boote vom Typ 19 und 21 würden unauffindbar für die derzeitigen Ortungsgeräte der Alliierten sein. Letztlich war der Jäger vom Typ Me 262 allem überlegen, was die Verbündeten auf diesem Gebiet besaßen. Hatte er nach einem Sieg über die Invasionstruppen ein Jahr Ruhe, um diese Maschinen bauen zu lassen, mochte die Luftüberlegenheit sehr wohl an die Deutschen fallen.

Er wandte sich jetzt wieder der Karte zu und betrachtete die langen Küsten Frankreichs, wo so viel auf dem Spiel stand.

»Wo erwarten Sie den Angriff, Rundstedt?«

Der brauchte nicht zu überlegen, das hatte er alles längst hinter sich, und so sagte er denn prompt: »Zwischen Dünkirchen und der Somme, mein Führer.« Er trat an die Karte und beschrieb einen kleinen Bogen von Calais über das Kap Griz Nez nach Le Touquet Plage weiter südlich. »Höchstwahrscheinlich hier, zwischen Calais und Boulogne.«

Rundstedt hatte daran keinen Zweifel unter anderem deshalb, weil das immer schon das Einfallstor zum Festland gewesen war. Flandern mit seinen Poldern, von den Kreidefelsen bei Dover nur durch zwanzig Meilen offener See getrennt, war altes Schlachtfeld; hier hatten Phillip der Schöne von Frankreich und Heinrich V. von England, die Herzöge von Burgund und die Grafen von Flandern die Klingen gekreuzt, und Namen wie Crecy und Agincourt erinnerten daran. Rundstedt selber hätte von hier aus 1940 das Unternehmen *Seelöwe* gestartet, die Invasion der englischen Insel.

Auch Hitler hatte lange geglaubt, daß die Alliierten hier landen würden, deshalb waren da auch die stärksten Befestigungen angelegt worden. Hier hatte man fünfmal mehr Beton verbaut als in der Normandie und in der Bretagne. Mit gerunzelten Brauen hörte er jetzt dem Vortrag seines Befehlshabers im Westen zu.

»Strategisch gesehen ist etwas anderes nicht vorstellbar. Wir wissen, daß der Feind knapp an Landungsbooten ist. Und hier, an der engsten Stelle des Kanals, kann er den besten Gebrauch davon machen. Truppen und Material können hier viermal so schnell herangeschafft werden wie in der Normandie und sechsmal so schnell wie in der Bretagne. Das bedeutet eine enorme Differenz. Die wirksamste Waffe, über welche der Feind verfügt, sind seine Flugzeuge, und nirgendwo sonst kann er sie mit größerer Durchschlagskraft einsetzen. Die Landebahnen seiner Jäger sind nur Minuten entfernt, und sie werden die Strände mit ihren Flugzeugen abschirmen. Ferner: Das erste Angriffsziel des Feindes muß ein Hafen mit genügend tiefer Fahrrinne sein, damit schweres Gerät nachgeführt werden kann, andernfalls mißlingt das ganze Unternehmen. Und hier sind gleich drei: Dünkirchen, Calais und Boulogne. Darunter hat der Feind die Wahl. Selbstverständlich weiß er, daß er hier auf stärkeren Widerstand stoßen wird als etwa in der Normandie, doch ist der Länderaum dort zu weit von seinen Nachschubhäfen entfernt.«

Rundstedt wandte sich seinen Zuhörern zu und dozierte weiter: »Den größten strategischen Nutzen bringt die Landung im Pas de Calais. Vergessen Sie nicht das Hinterland.« Er wischte mit der Hand über das Gebiet, das im ersten Weltkrieg Unmengen Blut geschluckt hatte. »Dies ist Panzergelände, eben, offen, baumlos. Von hier ist der Feind in vier Tagen am Rhein. Der Weg ins Ruhrgebiet und damit ins Herz unserer Rüstungsindustrie wäre frei.

Eine Landung in der Normandie oder der Bretagne birgt das Risiko für den Feind, daß er dort auf Monate eingeschlossen wird und nicht ausbrechen kann. Gelingt ihm die Landung im Pas de Calais, ist das Ende abzusehen, mein Führer.«

Hitler wurde bleich vor Wut; niemand außer Rundstedt

hätte sich herausnehmen dürfen, in seiner Gegenwart so defätistische Reden zu führen. Er bedankte sich also nur mit der Andeutung eines Nickens und sah fragend Rommel an.

»Ich bin ganz der Meinung von Herrn von Rundstedt«, sagte dieser. Tatsächlich war dies einer der wenigen Punkte, in denen die beiden übereinstimmten. »Allerdings tippe ich auf eine Landung etwas weiter südlich, nahe der Sommemündung, weil der Fluß die Flanke des Feindes schützen würde.«

Hitler blieb eine kurze Weile ungewöhnlich schweigsam und verdaute diese Darlegungen. Dann aber ließ er sich wieder vernehmen: »Nun, meine Herren, Sie haben beide unrecht. Der Feind wird nicht im Pas de Calais landen, sondern in der Normandie. Die Angloamerikaner halten nichts von Frontalangriffen. Denken Sie an Nordafrika, an Sizilien, Italien. Jedesmal haben sie die indirekte Methode gewählt. Und bei der bevorstehenden Invasion, einer wahrhaft kriegsentscheidenden Operation, werden sie nie und nimmer angreifen, wo wir am stärksten sind.«

Er fuhr mit dem Zeigefinger die normannische Küste entlang von Arromanche nach Westen, vorbei an Ste. Mère Eglise und die Halbinsel Cotentin hinauf. »Hier, hier werden sie landen. Alsdann sperren sie die Halbinsel Cotentin mitsamt dem Hafen Cherbourg und führen Nachschub heran, bis sie sich stark genug glauben, nach Frankreich hinein auszubrechen.« Das war insofern gespenstisch, als Hitler die Absichten seiner Gegner nicht genauer hätte beschreiben können, hätte er aus ihren geheimsten Plänen vorgelesen.

Catherine hatte sich beim Abendessen so sorglos gefühlt, als wäre sie in Gesellschaft von Freunden im White Tower oder in La Coquille in London. Sie hatte beinahe vergessen, weshalb sie hier war, als plötzlich ihr Begleitoffizier am Tisch erschien wie Banquos Geist. »Die Meldung von der BBC für uns ist eben durchgekommen. Wir sollten jetzt wohl.«

Erstmals, seit sie dieses friedlich wirkende Landhaus betreten hatte, fühlte Catherine so etwas wie einen Knoten im

Magen. Sie stand auf, verabschiedete sich von den jungen Offizieren mit einer Umarmung und folgte ihrem Begleitoffizier nach draußen. Er führte sie in einen im ersten Stock gelegenen Schlafraum, wo sie die Sachen vorfand, die ihr zuletzt ausgehändigt wurden. Ein mit Geldscheinen gefüllter Gürtel, insgesamt 2 Millionen Francs für Aristide, mehr Geld, als Catherine je im Leben besessen hatte. Noch dazu waren die Scheine echt. Sie waren mit Platten gedruckt, die ein vorausschauender Franzose 1940 nach England geschmuggelt hatte, und seither finanzierten alle englischen Geheimdienste ihre verdeckten Operationen in Frankreich damit. »Hier, Ihr Messer.« Er zeigte Catherine, wie man die Klinge herausspringen ließ. »Und die Pistole. Das Magazin ist voll. Das ist der Sicherungshebel. Umgehen können Sie ja damit?«

»Ich will keine.«

»Was denn, keine Pistole?«

»Nein. Was soll ich damit? Werde ich aufgegriffen, macht sie mich bloß verdächtig. Ich hätte lieber ein Taschenflakon mit Cognac.«

»Haben wir auch. Allerdings ist nicht Cognac drin, sondern Rum.« Alsdann überreichte er ihr ein Zellophantütchen mit runden grünen Pillen. »Falls Sie mal unbedingt nicht schlafen dürfen, nehmen Sie die hier, aber jeweils nicht mehr als eine. Es ist Benzedrin. Und hier noch etwas.« Er hielt ihr auf der Handfläche eine weiße, flache, viereckig geformte Tablette hin. »Sie wissen schon Bescheid, nicht wahr? Das Ding ist viereckig, damit Sie es auf keinen Fall verwechseln, auch im Dunkeln nicht. Es ist sehr schnell löslich, und in einer halben Minute ist alles vorbei.«

Catherine starrte das kleine weiße Ding mit Widerwillen an. Eine Zyankalitablette, nicht größer als ein Aspirin, aber unweigerlich tödlich. Ihr Begleitoffizier hustete verlegen. »Ich weiß nicht, ob Sie religiöse Skrupel haben, kann Ihnen aber versichern, daß der Erzbischof von Westminster allen katholischen Agenten, die Selbstmord begehen, um nicht unter der Folter auszusagen, einen Dispens erteilt hat. In einem solchen Fall ist es keine Todsünde.«

Catherine erschauerte und bekreuzigte sich unwillkürlich. »Geben Sie mir Ihren rechten Schuh, dann zeige ich Ihnen, wo Weingarten das Versteck dafür angebracht hat.«

Catherine sah fasziniert und abgestoßen zu, wie er die hübsche schwarze Quaste, mit der ihr Schuh verziert war, löste. »Sie wird abgeschraubt, und zwar gegen den Uhrzeigersinn.« Er legte die Tablette in eine winzige Aushöhlung und schraubte die Quaste wieder an. »Da dürfte sie kaum jemand finden.«

Als Catherine den Schuh wieder überstreifte, hörte sie einen Wagen vorfahren. »Da kommen sie«, sagte der Offizier. Der volle Mond tauchte die Landschaft in graues Licht, als sie vor die Tür traten. Jemand brachte die letzten Wettermeldungen. »Einzelne Wolken über Ihrem Landeplatz, Sir, keine feindlichen Flugzeuge auf dem Radar, und über 2000 Meter leichter Rückenwind. Sie müßten glatt hin- und zurückkommen.«

Der Pilot nickte und sagte zu Catherine: »Mehr kann man nicht verlangen – ein schöner voller Mond und günstiger Wind Richtung Frankreich.«

London

»Die Wahrheit kann jeder Narr sprechen, lügen kann nur ein Gescheiter.«

Dieses Motto, auf Pergament mit Tusche gepinselt und befestigt unter einem gläsernen Briefbeschwerer, war das Abschiedsgeschenk seines Vorgängers an Oberst Sir Henry Evelyn Ridley, als dieser sein Amt in einem der Kellerräume unter Churchills Wohnung in Storey's Gate übernahm. Es war ein besonders passendes Motto für die Organisation, die Ridley fortan aus seinen Kellerräumen dirigierte. Dies waren die »Amateur-Machiavellis«, von denen Churchill gesprochen hatte. Ridley leistete kriegsentscheidende Arbeit, doch war seine Organisation so geheim, daß kaum dreihundert Personen von ihrem Vorhandensein wußten. In den bevorstehenden Monaten sollte Ridley zeigen, wie recht Jacques Benigne Bossuet, der Leibphilosoph von Ludwig XIV., gehabt hatte, als er die Bezeichnung ›Perfides Albion‹ prägte. Ridley und seinem Dutzend Gehilfen oblag es, dafür zu sorgen, daß Hitler und sein Generalstab jener Täuschung aufsaßen, die sehr wohl über den Ausgang des Zweiten Weltkrieges entscheiden mochte, eine Kriegslist, mit der verglichen sich das Trojanische Pferd ausnahm wie ein Kinderspielzeug.

Ridley sah nicht danach aus, als sei er dafür begabt, sich Lügen auszudenken und sie überzeugend vorzutragen. Er verkörperte in seiner Erscheinung gerade jene Tugenden, die die herrschende Klasse Englands sich gern zuschreibt: Rechtschaffenheit, unbedingtes Befolgen der Regeln des Fair play. Seine Neigungen ebenso wie die Familientradition bestimmten ihn zum Juristen. Die Familie Ridley konnte sogar mit Stolz auf einen Vorfahren verweisen, der König Johann gemeinsam mit anderen die Magna Charta aufgezwungen hatte, und diese Szene war denn auch auf einem Ölgemälde festgehalten, das seit Generationen in der Kanzlei in Lincolns Inn hing, wo traditionsgemäß die führenden Juristen Englands ihre Büros unterhalten.

Im Moment war Ridley, einer der Associés der von seinem Ur-Urgroßvater gegründeten Kanzlei, als Rechtsberater der Krone für die Dauer des Krieges beurlaubt. Praktisch vom Moment seiner Geburt war er darauf vorbereitet worden, eines Tages jene Macht auszuüben, über die er jetzt verfügte. Vor dem Ersten Weltkrieg war er unmittelbar aus den Händen seiner Hauslehrer nach Eton übergegangen, und die Jahre dort hatten ihn unwiderruflich fürs Leben geformt. Er hatte da gelernt, daß gute Abstammung mehr zählt als ein kluger Kopf; daß es den Gentleman ausmacht, seiner Klasse und seinen Freunden gegenüber unbedingt loyal zu sein; daß man dem Königshaus und dem rechten Glauben unbedingt Treue schuldet. Als braver Zögling von Eton lernte er ein bißchen von allem. Angehörige seiner Klasse spezialisierten sich nicht. Wer zur Herrschaft geboren ist, hat dafür seine Leute.

Seine kleine Wunderwelt erlitt in den Schützengräben des Ersten Weltkrieges allerdings einen Stoß. 1917 war Ridley Hauptmann der Coldstreamgarde, hoch dekoriert und dreimal verwundet. Nach der letzten Verwundung wurde er zum Stab von Feldmarschall Lord Haig abkommandiert, dem britischen Oberbefehlshaber in Frankreich, und diente dort als Nachrichtenoffizier.

Darin lag insofern eine gewisse Ironie, als Ridley unterdessen von einem nie erlöschenden Haß gegen die in Blut watende Generalität verzehrt wurde. Er verzieh nicht, daß sie so viele seiner Art in ihrem blödsinnigen Abnutzungskrieg in die Gräben Flanderns und damit in den Tod geschickt hatten. Zugleich erwarb er sich durch eine geradezu unheimliche Intuition beim Abfassen seiner Berichte einen legendären Ruf beim militärischen Nachrichtendienst. Dieser Ruf kam auch dem damals noch jungen Kabinettsmitglied Winston Churchill zu Ohren, und als dieser im Jahre 1942 auf der Suche nach einem Mann war, der mit Phantasie und Durchsetzungsvermögen einen neuen, ziemlich unkonventionellen Geheimdienst leiten sollte, berief er Ridley von seinem Posten bei der Gegenspionage in Irland ab, den jener seit Kriegsbeginn innegehabt hatte, und machte ihn zum Direktor dieses Unternehmens. Die Direktive COSC (42) 180 (o) vom 21. Juni 1942 umschrieb sein Aufgabengebiet deutlich genug: »Es ist Ihre Aufgabe, den Feind zu täuschen und ihn dazu zu verleiten, seine militärischen Hilfsmittel überall auf der Welt zu verschwenden; dabei haben Sie sich nicht auf strategische Irreführung zu beschränken, vielmehr umfaßt das alle Maßnahmen, die geeignet erscheinen, zum Zwecke der militärischen Vorteilserlangung den Feind in die Irre zu führen und zu verwirren.«

Oder, wie Churchill das in direkter Rede Ridley gegenüber ausdrückte: »Wenden Sie jedes Mittel an, jeden schmutzigen Trick einschließlich Meuchelmord, wenn Sie damit nur den verdammten Hunnen eins auswischen können.«

Ridleys Organisation führte den schlichten Namen London Controlling Section, weil man keine unerwünschte Neugier wecken wollte. Ridley berichtete über General Ismay direkt an Churchill. Von seinen Kellerräumen in Storey's Gate unterhielt er Verbindung zu allen geheimen Einrichtungen, die mit der Realisierung seiner Täuschungsprojekte zu tun hatten: zu dem Komitee XX; zu den Codespezialisten in Bletchley Park; zu MI5; zu seinem ehemaligen Mitschüler und engen Freund ›C‹, dem Chef von MI6, Sir Stewart Menzies. Außerhalb jener Welt, in welcher er sich bewegte, kannte Ridley kaum jemand, dazu war er zu verschwiegen und diskret. Doch innerhalb dieser Welt der Geheimdienste wußten die Wissenden, daß Sir Henry Evelyn Ridley »ein sehr hochgestellter Bursche ist«.

Schon aus dem 4. Jahrhundert vor Christus ist uns das Rezept überliefert, das der chinesische Kriegsherr Sun Tsu empfiehlt: »Man schwäche den Feind durch geheime Maßnahmen, untergrabe seine Widerstandskraft, korrumpiere ihn, säe Zwietracht zwischen seinen Anführern, vernichte ihn, ohne ihn zu bekämpfen.« Die Griechen vor Troja, Hannibal, Justinians Feldherr Belarius waren einige Vorläufer Ridleys. Im Zweiten Weltkrieg mußte die zahlenmäßig und dem Material nach unterlegene britische Armee mit beiden Händen nach List und Täuschung greifen, nicht um zu siegen, sondern um auch nur zu überleben. Die Organisation, die Ridley leitete, war denn auch in einem Bordell hinter dem Restaurant Groppi in Kairo geboren worden, als es darum ging, Rommel Nordafrika zu entreißen. Man hatte dafür Urkundenfälscher, Zauberkünstler, Mörder, Safeknacker, Wahrsager und sogar einen Leichnam, der 1943 an die Küste Spaniens geschwemmt wurde, eingespannt. Und jetzt oblag es Ridley, wieder eine Täuschung zu erdenken, eine Täuschung bisher unbekannter Größenordnung. General Brooke hatte ihm das Ziel angegeben und dabei warnend bemerkt: »Es wird nicht gehen, aber es muß.« Das Projekt bekam den Tarnnamen *Fortitude* und bestach wie alle großen Ideen durch seine Schlichtheit. *Fortitude* hatte den Eindruck zu erwecken, als beabsichtigten die Alliierten nicht eine einzige Invasion auf dem europäischen Festland, sondern deren zwei. Die erste, mit schwächeren Kräften geführte, war demzufolge in der Normandie geplant mit der Absicht, die gut ausgerüsteten deutschen Panzerdivisionen der 15. Armee nach der Halbinsel Cotentin zu locken. Sobald Hitler seine besten Kräfte zwecks Zurückschlagung des in der Normandie gelandeten Feindes eingesetzt hätte, würde die zweite – die eigentliche – Invasion von Dover aus nach dem Pas de Calais beginnen. Gelang es Ridley und seinen Leuten von der Controlling Section, Hitler und seinen Generälen diese Täuschung schmackhaft zu machen, würde das bedeuten, daß der Feind seine stärksten Kräfte ungenutzt in Erwartung einer niemals erfolgenden zweiten Invasion im Pas de Calais stehen ließe, bis die gelandeten Alliierten stark genug wären, aus der Halbinsel Cotentin auszubrechen. Gelang die Täuschung nicht, warf Hitler diese Truppen ohne zu zögern gegen die Invasionskräfte, dann bedeutete dies das Ende aller Hoffnungen auf die Befreiung Europas. Um nun seine Täuschung glaubhaft zu machen, mußte Ridley zunächst eine Geisterarmee aufstellen. Im März 1944 zählten Amerikaner, Engländer und Kanadier insgesamt etwas mehr als 30 Divisionen, was knapp für ein einziges Landeunternehmen reichte, nicht zu reden von zweien. Um Hitler die große Lüge schmackhaft zu machen, mußte man ihn zunächst davon überzeugen, daß die Alliierten auf der englischen Insel genügend Truppen versammelt hatten, um zwei Invasionen auszuführen. Ferner mußte Ridley unbedingt den Anschein erwecken, als sollte die zweite Invasion in einem bestimmten zeitlichen Abstand zur Landung in der Normandie erfolgen, und diese Überzeugung sollte sich in den Köpfen Hitlers und seiner Generäle unverrückbar in dem entscheidenden Moment nach der Invasion festgesetzt haben, nämlich drei Tage nach der Landung. Spätestens dann nämlich mußte die Umgruppierung der deutschen Streitkräfte erfolgen. Das Ganze war ein lebensgefährliches Hasardspiel. Ein einziger gravierender Fehler Ridleys konnte das gesamte Lügengebäude zusammenbrechen lassen, denn militärische Täuschungsmanöver haben es an sich, daß eine erkannte Täuschung auf den wahren Sachverhalt hinweist. Kamen ihm die Deutschen auf die Schliche, konnten sie wie in einem Spiegel an Ridleys Lügen ablesen, welche Absichten der Gegner verfolgte, und ihre Panzer würden Eisenhowers Truppen einen heißen und fatalen Empfang bereiten.

Fortitude zu verwirklichen verlangte Mühe und Geduld. Ridley konnte sich nicht auf den Trafalgar Square stellen und seine Lügen hinausposaunen. Informationen, die mühelos zu haben sind, gelten bei den Nachrichtendiensten nichts. Ridley mußte also die Deutschen dazu bringen, daß sie seine Lügen im Schweiße ihres Angesichtes entdeckten und soviel Mühe und Geld daran wandten, daß sie sie allein schon deshalb für die Wahrheit hielten.

Zu diesem Zweck waren zunächst einmal sämtliche von den Deutschen unterhaltene Nachrichtenkanäle aufzulisten und alsdann in wohldosierten Mengen zu vergiften. Auf diesem Wege würde das Gift nach und nach vom deutschen Nachrichtenapparat angesaugt werden, langsam höher und höher steigen und endlich dem Führer eingeimpft werden.

Ein abschreckend schwieriges Projekt also, und es war kein Wunder, daß Ridley nicht nur die Tage, sondern auch halbe Nächte an seinem Schreibtisch verbrachte. An diesem Märzabend erreichte ihn über seine geheime Telefonleitung zu allem Überfluß auch noch der Anruf seines alten Schulfreundes Stewart Menzies vom MI6, der ihn in den gemeinsamen Club bestellte, weil er ihm was mitzuteilen habe, und zwar, wie er andeutete, nichts Gutes.

Ridley betrat White's Club auf die Minute pünktlich und bekam vom Portier, der hier ein Auge auf alle Ein- und Ausgehenden hielt, diskret die Auskunft, Sir Stewart befinde sich im Rauchsalon. Seinem Ton war zu entnehmen, daß die Portiers des Clubs wenn schon nicht von den Göttern ins Vertrauen gezogen, so doch mindestens über deren jeweiligen Aufenthaltsort unterrichtet seien. Ridley nickte, warf einen Blick auf den tickenden Fernschreiber der Agentur Reuter und im Vorbeigehen einen auf das Ölporträt seines Vorfahren, der sich vergeblich bemüht hatte, König Karl I. vor Cromwell zu schützen, und der nun in der Galerie von berühmten ehemaligen Clubmitgliedern hing, mehr wegen seiner Treue zum Herrscher, als wegen seiner juristischen Brillanz.

Sir Stewart saß im Rauchsalon im Halbdunkel in einer Ecke, und zugleich mit Ridley trat ein ältlicher Kellner an den Tisch. Die Herren nahmen Brandy und Soda, und Ridley genoß es, statt in einem Keller in dieser gedämpft luxuriösen Umgebung zu sitzen, wo es nach erstklassigen Havannazigarren roch, nach Leder und abgelagertem Portwein.

Sir Stewart eröffnete die Unterhaltung mit der Mitteilung: »Ich habe heute abend ein recht unangenehmes ISOS bekommen.«

Das war das Kürzel für Informationen, die dem Funkverkehr zwischen deutschen Kommandozentralen entnommen und dank den Dechiffrierexperten von *Ultra* sogleich der britischen Regierung bekannt wurden.

»Offenbar hat man unseren alten Freund Canaris abserviert und zunächst unter eine Art Hausarrest gestellt.«

Wie üblich hielt Ridley die Lider halb gesenkt, was ihm den Anschein gab, er döse. In Wirklichkeit waren das Momente großer Konzentration, und die galt im Augenblick dem Gesicht seines Freundes.

»Himmler, dieser elende Hühnerzüchter, hat den gesamten Apparat der Abwehr übernommen und ihn Schellenberg unterstellt.«

»Das ist ja wirklich eine üble Nachricht, du hättest mir kaum eine schlimmere bringen können.«

»Tja, da hast du wohl recht«, murmelte sein Schulfreund und nahm einen Schluck aus seinem Glas.

Ridley lehnte sich im Sessel zurück und schloß nachdenklich ganz die Lider. Seine wichtigsten Kanäle, in denen er das Gift von *Fortitude* an die richtigen Adressen zu schwemmen gedachte, waren ein Pole, ein Spanier und ein Jugoslawe. Alle drei standen im Dienst der deutschen Abwehr und galten dort als absolut zuverlässig. Tatsächlich waren sie Doppelagenten und wurden von den Engländern geführt. »Vermutlich wird Schellenberg erst einmal alle Agenten der Abwehr überprüfen?«

»Das nehme ich an«, stimmte Sir Stewart zu. »Der ist nicht dumm und überdies ehrgeizig. Er steckt gewiß hinter der Abhalfterung von Canaris. Und ganz bestimmt möchte er Himmler ein paar faule Äpfel präsentieren, allein schon um zu rechtfertigen, was die beiden da gedreht haben.«

»Dir ist doch klar, daß es mit *Fortitude* aus ist, falls sie einen von den unseren enttarnen?«

»Gewiß. Allerdings muß man bedenken, daß Schellenberg nicht den ganzen Laden ausräumen darf, wenn er auch weiterhin Berichte liefern will. Er kann doch nicht jetzt, quasi in letzter Minute, einen ganz neuen Apparat aufbauen. Er muß also mindestens einen Teil von Canaris' Leuten übernehmen. Hoffen wir, daß deine dabei sind.« Sir Stewart schwenkte nachdenklich den Brandy im Glas. »Zumindest kannst du darauf rechnen, daß die Hamburger Abwehrleute alles tun werden, um Schellenberg einzureden, daß ihre Agenten astrein sind. Falls ihnen das nämlich nicht gelingt, finden sie sich in Kürze an der Ostfront wieder.«

»Du hast selbstverständlich recht, aber schlimm bleibt es doch. Denn worauf kann ich mich jetzt noch verlassen?« Daß er darauf keine Antwort bekam, bestätigte Ridley nur, wie recht er hatte. »Du meinst, es ist zu spät für Schellenberg, neue Agenten zu plazieren?«

»Ich sehe nicht, wie er das machen will.«

»Und wie wäre es, wenn wir ihm die Arbeit abnähmen? Wenn wir einen neuen Kanal aufmachen, den Himmlers Leute stolz als ihre eigene Schöpfung vorführen können?« Menzies dachte ein Weilchen darüber nach. »Das könnte ganz nützlich sein«, sagte er dann, »vorausgesetzt, du hast einen geeigneten Kandidaten.«

»Hast du vielleicht irgendwo einen vergrabenen Schatz, den wir aktivieren könnten? Schließlich steht eine Menge auf dem Spiel.«

Der Chef des Intelligence Service spielte nachdenklich mit seinem Brandyglas und ließ innerlich alle seine Maulwürfe Revue passieren. Endlich richtete er sich in seinem Sessel auf wie eines jener ältlichen Clubmitglieder, wenn sie hier ihr Schläfchen beendet hatten. »Doch, ja. Ich glaube, ich habe da jemand. Ich muß das mal in meinem Laden besprechen und lasse es dich dann wissen.

»Handyman Drei Vier, over. Wie jetzt, bitte?«

Auf einem unbequemen Klappsitz hinter dem Piloten, den kostbaren, aber gefährlichen Koffer zwischen die Knie geklemmt, verfolgte Catherine über die Bordverständigung den Funksprechverkehr zwischen ihrem Piloten und der Radarstation auf englischem Boden. »Drei Strich nach Backbord«, lautete die Antwort. Das war die letzte Kurskorrektur, bevor sie über dem französischen Festland vom Radarschirm verschwanden.

Catherine konnte beobachten, wie das Grau des Wassers in den dunkleren Küstenstreifen überging. Jetzt also bin ich auf dem Weg nach Hause, dachte sie. Endlich. Baby Cadum berührte ihre Schulter und wies nach dem nördlichen Horizont. Dort sah man wie beim Feuerwerk am Bastilletag goldgelbe Leuchtspuren ihre zarten Muster in den Himmel ritzen. »Flak«, verkündete der Pilot. »Unsere Bomber sind wahrscheinlich auf dem Weg an die Ruhr.«

Catherine wandte sich wieder der Betrachtung des Festlandes zu, das jetzt als blaugraue Masse sichtbar war und wo kein Lichtschimmer die Anwesenheit der vielen tausend Schläfer verriet. Hin und wieder, wenn sie Wald überflogen, verdichtete sich die Dunkelheit. Sie erkannte eine von Bäumen gesäumte Route Nationale, die das Land zerschnitt; Wasser glitzerte im Mondlicht. In schlafenden Ortschaften waren Straßenkreuzungen auszumachen, und einmal sah sie einen Zug, der seine Qualmwolke hinter sich herzog, und zu ihrer Verblüffung wurde für einen Moment orangefarbenes Licht sichtbar, als die Feuertür aufging. Sie döste ein, doch schon nach kurzer Zeit spürte sie, wie die Maschine rasch an Höhe verlor, und erkannte die siebzehn Rundtürme des Chateau von Angers unter sich.

»Pünktlicher geht's nicht«, sagte der Pilot. »Gleich kommt an Backbord die Loire in Sicht.«

Sie lehnte sich zurück, schloß die Augen und versuchte, an nichts zu denken. Baby Cadum neben ihr schlief fest. Als säße er im Autobus, dachte sie. Sie wußte jetzt, daß es schon seine dritte Reise ins besetzte Frankreich war.

160 Meilen nordöstlich von Catherines Lysander dröhnte ein anderes Flugzeug einem anderen Rendezvous entgegen, dieses sollte nicht weit von Rouen stattfinden. Es war ein Bomber vom Typ Halifax, und der fröstelnde, vom Lärm halb betäubte Alex Wild spürte die Hand seines RAF-Betreuers auf der Schulter. »Wie wär's mit einer Tasse heißen Tee?« fragte er und kam Wild so besorgt vor wie ein Kindermädchen, das seinen Schützling drängt, doch ja den Teller leer zu essen. Dankbar nahm er die dicke Porzellantasse entgegen und schlürfte den heißen Tee. Ebenso wie

Catherine war er Funker, und ebenso wie sie hatte er wenige Stunden zuvor von Cavendish in der Orchard Street letzte Anweisungen erhalten. Begegnet waren sie einander nicht, dafür hatte der diskrete Butler gesorgt. Wild wurde auf konventionellere Weise nach Frankreich ›eingepaßt‹, wie das bei der SOE hieß, er sollte mit dem Fallschirm abspringen und würde von Widerstandskämpfern erwartet werden. Hinter ihm lagen fünf weitere Fallschirme, an denen zwei Meter lange Behälter aus Metall befestigt waren, die Maschinenpistolen, Munition und Plastiksprengstoff enthielten.

Der Sergeant öffnete die Luke im Boden der Maschine. Wild kroch hin und ließ die Beine aus dem Loch baumeln. Das grüne Licht über der Cockpittür wechselte zu Rot, und der Sergeant kündigte an: »Gleich sind wir soweit.« Er hakte die Leine von Wilds Fallschirm ein und zog kräftig daran, um Wild zu zeigen, daß sie gut befestigt war. Wild schmunzelte. Er wußte, was mit dieser Geste gemeint war. Es hieß, daß 1943 ein deutscher Agent entdeckt worden war, der sich bei der SOE eingeschmuggelt und am Ausbildungsprogramm teilgenommen hatte, daß die SOE darauf verzichtet hatte ihn festzunehmen, ihn die Ausbildung hatte beenden lassen und ihn ins besetzte Frankreich zurückgeschickt hatte, von wo er hergekommen war. Nur vergaß man bedauerlicherweise, seinen Fallschirm festzuhaken, bevor er absprang, und so kehrte er denn auf den Boden des Landes, das zu verraten er beabsichtigte, sozusagen im freien Fall zurück. Seither demonstrierte der Sergeant allen Agenten vor dem Absprung, daß ihre Leine wirklich befestigt worden war.

Wild blickte unter sich und sah den Boden näher kommen. Das rote Licht wechselte unvermittelt zu Grün, der Sergeant rief »Jetzt!« und Wild stieß sich vom Rand der Luke ab.

Da Agenten der SOE aus knapp 200 Metern Höhe abgesetzt wurden, war alles in Sekunden vorüber. Wild ließ sich nach dem Aufprall abrollen und begann sogleich, den Fallschirm einzuholen. Und schon waren auch hilfreiche Hände da. Jemand hob nahebei ein Loch aus, in dem Wilds Overall und der Fallschirm vergraben wurden, und andere schattenhafte Figuren sammelten die fünf Behälter mit den Waffen ein, die der Sergeant unterdessen abgeworfen hatte.

Gesprochen wurde erst, als alles erledigt war. Einer der Franzosen, die ihn empfangen hatten, hielt Wild eine Taschenflasche hin und sagte: »Cognac? Besser als die Pisse, die ihr in Tempsford kriegt.« Wild schmunzelte und nahm einen guten Schluck. »Heute reisen wir erster Klasse«, sagte der Franzose. »Wir haben nämlich einen Wagen.«

»Donnerwetter«, wunderte sich Wild, »wieso denn das?«

»Oh, der alte Bernard betreibt nebenher einen Schwarzhandel, zur Tarnung, weißt du, und der hat sich von den *boches* einen Passierschein beschafft.« Sie waren mittlerweile in einem Wäldchen angekommen und zerrten nun die Zweige weg, mit denen der Wagen getarnt worden war. »Wie war der Flug?«

»Besser als letztes Mal«, sagte Wild.

»Du warst also schon mal hier?«

»Ja, in Troyes.«

»Bei Hector?«

Wild nickte. »Als sein Funker.«

»Da hast du ja Schwein, daß du noch am Leben bist.«

»Stimmt. Zwei Tage bevor sie ihn erwischt haben, bin ich zurückgeflogen.«

Beide Männer kletterten auf den Rücksitz des Wagens. Der alte Bernard setzte sich hinters Steuer. Der Anführer legte Wild beruhigend eine Hand aufs Knie und sagte: »Schlaf jetzt, du hast es nötig. Ich wecke dich rechtzeitig.« Wild nickte nur, lehnte sich in die Ecke und war gleich darauf eingeschlafen.

»Das ist schon Tours da vorne, und gleich landen wir«, kündigte der Pilot an. Er folgte nun in gut 300 Metern Höhe dem Cher und hielt sich südlich vom Ufer, um etwa auf sein Motorengeräusch aufmerksam gewordene deutsche Streifen irrezuführen. Ostwärts von Azay sur Cher sichtete er die gesuchte Landmarke, eine Brücke mit sechs Pfeilern; eine schwarze Masse im Nordosten, der Wald von Amboise, bestätigte ihm, daß er kurz vor dem Ziel war.

Eine knappe Minute später überflog er eine zweite Brücke bei Saint Martin le Beau, fünf Kilometer stromaufwärts. Er legte die Maschine in eine Linkskurve, kreuzte den Fluß und wendete. Catherine erblickte drei Lichtpunkte unter sich, die in Form eines L angeordnet waren. Das war das ausgemachte Signal, das der Lysander den Weg zur Landung wies. Ein mit einer vierten Taschenlampe gemorstes M war das endgültige Zeichen.

Der Pilot nahm das Gas zurück, und die Maschine sank schnell. Sie huschte sehr knapp über ein Wäldchen hin, setzte dann auf und hoppelte über das Feld. Catherine spürte, wie die Bremsen angelegt wurden, wie der Pilot am Boden eine halbe Wendung ausführte und die Maschine zum Stehen brachte. »Schnell raus jetzt«, befahl er, während er das Dach des Cockpits zurückschob.

Vier Gestalten näherten sich im Laufschritt der Maschine. Die vorderste kletterte auf die Tragfläche und drückte dem Piloten eine Flasche in die Hand. »29er Lafitte«, keuchte er, »für eure Kantine.« Er sprang hinunter, und schon erschien Baby Cadum auf der Tragfläche. Der Pilot half Catherine aus der Maschine und sagte dabei: »Viel Glück und auf baldiges Wiedersehen. Bei dem Burschen da sind Sie in guten Händen. Paul heißt er.« Und er deutete auf den Lufttransportoffizier, der ihm die Flasche überreicht hatte. »Der konnte schon fliegen, bevor er gehen gelernt hat.«

Damit war sie daheim auf französischem Boden. Eine feierliche Begrüßung unterblieb, statt dessen befahl Paul ihr, sie solle zu dem Wäldchen laufen und dort warten. Jetzt kletterten zwei abgehende Passagiere auf die Tragfläche, der Pilot schob das Dach zu, Paul rannte voraus und winkte den Piloten ein. Die Maschine war knapp drei Minuten am Boden gewesen, als sie mit einem Getöse, von dem Catherine glaubte, es müsse bis nach Paris zu hören sein, Anlauf nahm und sich schwerfällig in die Luft erhob. Baby Cadum und ein zweiter Franzose verschwanden bereits in der Dunkelheit, und Catherine dachte: Wie sonderbar, da teilen wir nun diese erstaunlichen Abenteuer, reden innerhalb von sechs Stunden keine zwei Worte miteinander und schon ist er weg!

Paul sammelte unterdessen eilig die Stecken mit den daran befestigten Taschenlampen auf. Catherine stand stockstill und lauschte dem Brummen des Motors der Lysander, das leiser und leiser wurde. Als es ganz verstummte, wurden die Stimmen der Nachtvögel, das leise Rauschen des Windes und das Gebell eines Hundes in der Ferne vernehmbar.

Nie zuvor hatte Catherine sich so absolut allein gelassen gefühlt. Linkerhand zog Bodennebel vom Cher herüber. Das Rollfeld lag im Überflutungsgebiet, und am diesseitigen Ufer gab es zwischen Azay sur Cher und Saint Martin kein einziges Wohnhaus. Deshalb eignete sich dieser Abschnitt auch so gut als heimlicher Landeplatz. Vor ihr glänzten die Äste von Pappeln im Mondlicht, und sie konnte sogar sehen, daß die Bäume mit Mispeln bewachsen waren, dieser den Druiden heiligen Pflanze, die einmal jährlich vom obersten Priester geschnitten wurde und seinem Volk Glück bringen sollte. War das vielleicht ein Omen?

Paul trat schnaufend zu ihr, die Stecken in der Hand. Er war wohl Mitte der Dreißig, großgewachsen, gekleidet in Flanellhosen und eine abgewetzte Tweedjacke. An den Füßen trug er Gummistiefel. »Bleiben Sie noch hier, ich bin gleich zurück«, befahl er. Dabei nahm er ihr den Koffer weg und verschwand in der Dunkelheit. Er redet nicht gerade viel, dachte Catherine.

Sie hörte ihn zurückkommen, und bevor sie sich's versah, hob er sie hoch und schleppte sie wie einen hilflosen Krüppel über das Feld.

»Was soll denn das?« rief sie ärgerlich und suchte sich loszustrampeln.

»Schnauze. Nachts hört man weit«, war alles, was er keuchte. Catherine ließ sich, innerlich vor Wut fast berstend, über die feuchte Wiese tragen, dann noch über einen Steg, der über einen Entwässerungsgraben führte, und hinauf zu einem Feldweg. Hier setzte er sie ab und deutete auf zwei Fahrräder. Ihr Koffer war bereits auf dem Gepäckträger des einen befestigt.

»Können Sie radfahren?«

Catherine nickte.

»Das können nämlich nicht alle. Hören Sie zu jetzt: Wir haben etwa fünf Kilometer vor uns, rein nach Saint Martin, dann auf der D 83 wieder raus bis zum Waldrand, da ist unser Versteck. Bleiben Sie hinter mir und machen Sie genau, was ich mache. Kommt ein Auto, verstecken wir uns, das sind entweder Deutsche oder Schwarzhändler. Sonst darf nach der Sperrstunde keiner auf die Straßen.« Er vertauschte die Gummistiefel mit Halbschuhen und versteckte die Stiefel unter dem Steg. Aus dem Korb an seiner Lenkstange nahm er ein frisch geschlachtetes, noch blutiges Karnickel und band es zu Catherines Entsetzen auf ihrem Koffer fest. »Das ist unser Abendbrot. Wir haben gewildert.« Und er stieg aufs Rad.

Catherine fiel als erstes auf, wie gut geölt die Räder waren; man hörte kein Quietschen, kein Knirschen. Während sie den Feldweg entlangstrampelte, vernahm sie weiter nichts als die Glocke einer entfernt weidenden Kuh. Wolkenfetzen verdeckten hin und wieder den Mond. Sie sog tief die feuchte Nachtluft ein, die faulig nach den von der winterlichen Überschwemmung zurückgelassenen Abfällen roch. Ihr kam der verrückte Einfall, anzuhalten, hinzuknien und die heimatliche Erde zu küssen. Was für eine unsinnige Geste das wäre! Noch dazu geborgt von den spanischen Republikanern, die am Ende des Bürgerkrieges mit einer Faust voll Erde den Marsch ins Exil nach Frankreich antraten. Wie lächerlich ihr das vorgekommen war, als sie es in der Wochenschau gesehen hatte. Und sie? Sie wußte nicht einmal, wo sie war, wohin und mit wem sie unterwegs war. Sie wußte weiter nichts, als daß ihr Leben jetzt in der Hand dieses mürrischen Fremden da vor ihr auf dem Rad lag, und daß sie in einer Gegend Frankreichs, ihr so unbekannt wie der Mond, auf einem Feldweg durch die Nacht strampelte.

Sie gelangten an einen Bahnübergang, und dahinter verlief die asphaltierte Landstraße. Paul hielt an und lauschte angestrengt in die Nacht, wobei er Catherine an ein witterndes Tier erinnerte. Er deutete auf ein Gebüsch am Wegrand, und Catherine folgte ihm da hinein. Sie hörte nicht, was ihn beunruhigt hatte, und sah den schwarzen Citroën erst, als er ganz nahe war. Ohne Licht und mit gedämpft schnurrendem Motor rollte er langsam die Straße entlang gleich einer Katze, die ihre Beute beschleicht. »Die Schweine haben bestimmt das Flugzeug gehört«, wisperte Paul ihr zu. »Die kommen garantiert wieder. Wir müssen hier warten.«

Die Avenue Foch lag in nächtlicher Ruhe da. Kein Fahrzeug war auf diesem prachtvollen Boulevard zu sehen, der den Arc de Triomphe mit dem Bois de Boulogne verbindet, und kein einziger Fußgänger bewegte sich auf dem Trottoir der berühmten *contre-allée*, die, durch einen Grünstreifen vom eigentlichen Boulevard getrennt, zu diesem parallel läuft. Die majestätischen Gebäude entlang der *contre-allée*, Zeugen der das Solide bevorzugenden Mentalität des französischen Bürgertums, lagen ausnahmslos dunkel und wie unbewohnt da.

Die beiden Gebäude fast am Ende der Avenue, dort wo sie auf die Porte Dauphine mündet, die Nummern 82 und 84, die die Pariser Gestapozentrale beherbergten, lagen ebenfalls still und dunkel da. Ihretwegen nannte man die Avenue derzeit die ›Avenue Boche‹, und oft genug fühlten sich die gutbürgerlichen Nachbarn durch sie im Schlaf gestört. Die Gestapo bevorzugte nämlich die Nachtstunden für ihre blutrünstige Tätigkeit, so als füge die Dunkelheit den dort begangenen Scheußlichkeiten noch eine weitere Dimension des Schreckens hinzu. Auch folgte man damit praktischen Erwägungen: Die Schreie der Gefolterten verstörten bei Tage das Personal, das nichts weiter als Büroarbeiten auszuführen hatte. Da war es schon besser, die Nachbarschaft aus dem Schlaf zu reißen.

In dieser Märznacht waren die Folterkammern im vierten Stock von Nummer 84 übrigens leer. Die Schritte des Mannes, der seit einer Woche ruhelos in seinem Büro im dritten Stock umherwanderte, wurden durch einen dicken, purpurfarbenen Teppich gedämpft und störten niemanden. Obersturmbannführer Strömelburg, Leiter der Abteilung IV (Gegenspionage) des Sicherheitsdienstes in Paris wurde in solchen Nächten wie der heutigen von innerer

Unruhe geplagt. Strömelburg war auf seine Weise ein Sadist, auch wenn er es nie zugegeben hätte, nicht einer von der Sorte wie sein Untergebener Barbie in Lyon, der sich persönlich und mit Vergnügen an der Folterung von Gefangenen beteiligte, oder wie sein hiesiger Unterführer Langenbach, dem es ebensolchen Spaß machte, die Badefolter anzuwenden, wie es der pervertierte ehemalige französische Zuhälter genoß, Frauen die Fingernägel auszureißen oder ihnen Brüste und Genitalien mit glühenden Zigaretten zu verbrennen. O nein. Strömelburgs Sadismus war anderer Art. Ihn erregte es, sich seinen Gefangenen geistig überlegen zu fühlen, zu spüren, wie die Angst allmählich von ihnen Besitz ergriff, wenn er ihnen ausmalte, welche Qualen ihnen bevorstanden. Größten Genuß empfand er in Augenblicken wie jenem, der ihm bald bevorstand, wenn nämlich ein gefangener Agent erstmals begriff, daß er oder sie sich in den Händen der Gestapo befand.

Nicht, daß er gegen Folter als solche etwas einzuwenden gehabt hätte. Er war ein viel zu nützlich und praktisch denkender Mensch, als daß er vor irgendwas zurückgeschreckt wäre, was ihm helfen mochte, sein Ziel zu erreichen. Nur eben konnte er kein Blut sehen, und darin glich er seinem höchsten Vorgesetzten, dem Reichsführer SS, Himmler. Waren seine Folterknechte mit der Arbeit fertig, spielte Strömelburg genüßlich den bekümmerten Tröster, der aufrichtig das Vorgefallene bedauerte und sogleich zugunsten des Gefangenen eingriff, zeigte der auch nur Anzeichen von Bereitwilligkeit, zu tun, was von ihm verlangt wurde. Diese Rolle spielte er mit durchschlagendem Erfolg.

Er malte sich das aus, während er in dem geschmackvoll eingerichteten Büro auf und ab ging, das etwas zu grell von einem mächtigen Kristalllüster erhellt wurde. Über dem Kamin sah man zwar die obligaten Bilder des Führers, Himmlers und auch Kaltenbrunners, doch durfte man daraus nicht auf den Geschmack Strömelburgs schließen. Maßgebend für diesen waren vielmehr die beiden Sèvres-Vasen aus dem 18. Jahrhundert auf dem Kaminsims; drei Originalseiten aus Bachs Manuskript der Toccata in C-Dur Nummer 17 für Orgel; ein früher Juan Gris und über seinem Schreibtisch eine russische Landschaft in Öl von Chagall. Daß Strömelburg riskierte, ganz offen das Werk eines jüdischen Künstlers in sein Büro zu hängen, ließ erkennen, daß er sich eine gewisse geistige Unabhängigkeit bewahrt und innerhalb der Hierarchie der SS eine herausgehobene Stellung erworben hatte.

In den oberen Rängen des Sicherheitsdienstes allerdings war Strömelburg durchaus keine einmalige Erscheinung. Wie so mancher höhere SS-Führer des SD stammte er aus gutbürgerlichem Haus (Vater Gymnasialdirektor, Mutter bekannte Cembalistin mit künstlerischen Ambitionen für den Sohn), hatte studiert (Neue Sprachen in Freiburg) und sehr jung schon Examen gemacht. Das hätte ihm unter normalen Verhältnissen eine ordentliche akademische Zukunft eröffnet, doch die Verhältnisse waren alles andere als das, und wie so viele seiner Altersgenossen gesellte er sich unter die Jünger des neuen Propheten, der Inflation, Arbeitslosigkeit, politische Zerrissenheit und den Verlust des Krieges Juden und Marxisten anlastete und die nationale Wiedergeburt durch Disziplin, harte Arbeit und eine gründliche Reinigung des Landes von ›Novemberverbrechern, artfremden Elementen und marxistischem Gesindel‹ in Aussicht stellte. Er besaß die Mitgliedsnummer 207341 der NSDAP und trat 1925 durch Vermittlung eines Parteigenossen bei der bayerischen Landeskriminalpolizei ein. Hier konnte er seinen Gesinnungsgenossen manch guten Dienst erweisen, und nebenher fing er den einen und anderen Straftäter.

Das war nun etwas sehr anderes als eine akademische Laufbahn, und doch fühlte Strömelburg sich dabei recht wohl. Die Verfolgung von Rechtsbrechern kam seinem Sinn für Systematik entgegen, und diesem verdankte er seine Erfolge bei der Verbrechensbekämpfung. Er wurde regelmäßig befördert und stieg auch innerhalb der SA auf, der er beigetreten war. 1932 trat er zur SS über, wo man ihn mit offenen Armen aufnahm. In der Reichsführung wurde er mit Heydrich bekannt, dessen Vater Opernsänger und dessen Mutter Schauspielerin gewesen war, und es war vielleicht auf eine gewisse Geistesverwandtschaft zurückzuführen, daß Heydrich Strömelburg nach der Gründung des SD in diesen übernahm und ihn später als Attaché an die deutsche Botschaft in Paris schickte. Offiziell lautete sein Auftrag, die Zusammenarbeit von deutscher und französischer Polizei zu fördern, sein tatsächlicher Auftrag aber war es, sogenannte Schläfer anzuwerben, Agenten, die im Konfliktfall an ihrem französischen Aufenthaltsort für die Deutschen tätig werden sollten.

Er war dabei recht erfolgreich, zu erfolgreich sogar, denn im April 1938 verlangte der Staatssekretär des Inneren seine Abberufung. Gut zwei Jahre später fand er Gelegenheit, sich an diesem Herrn zu rächen, als er in Himmlers Auftrag die Filialen des SD in Frankreich organisierte; er begab sich persönlich in die Rue de Saussaies und verhaftete den unglücklichen Mann. Seither gebot er über ein ganzes Heer von Spitzeln und nebenher über eine irreguläre Polizeitruppe, die zu etwa gleichen Teilen aus ehemaligen Polizisten und aus Verbrechern bestand, die er aus französischen Strafanstalten hatte auslesen lassen. Er hielt sich mehrere korsische Berufsmörder, die Aktionen für ihn ausführten, mit denen sogar die Gestapo nicht in Verbindung gebracht werden wollte.

Theoretisch hatte Strömelberg die Höheren SS- und Polizeiführer Oberg und Knochen zu Vorgesetzten, doch in der Praxis kam es darauf an, wer den besseren Draht zu Himmler hatte, und den besaß zweifellos Strömelburg, was ihn in Paris einigermaßen unangreifbar machte.

Wie hoch er in Himmlers Gunst stand, hatte sich erst wieder vor zwei Tagen gezeigt, als er mit dem Reichsführer in dessen Befehlszug zusammengetroffen war und den Auftrag entgegengenommen hatte, der SD (Ausland) müsse sich vorrangig damit befassen, endlich Zeit und Ort der bevorstehenden Invasion zu erkunden.

Himmler strebte seit Jahren danach, alle polizeilichen und nachrichtendienstlichen Tätigkeiten im Reich und in den besetzten Gebieten unter seine Kontrolle zu bringen, und die militärische Abwehr unter Canaris stach ihm dabei besonders ins Auge, nicht nur weil sie seinen Ehrgeiz reizte, sondern auch, weil er sie für von den Alliierten unterwandert und dem deutschen Widerstand freundlich gesonnen hielt.

Um seinem Ziel näherzukommen, hatte er persönlich von Zeit zu Zeit Hitler besonders saftige Brocken aus der Arbeit des SD serviert, doch erst, als die Abwehr in Italien schmählich versagte, war es ihm gelungen, Canaris loszuwerden und den Apparat in die Hände zu bekommen. Nun allerdings mißtraute er den Agenten, die er da von Canaris geerbt hatte, und meinte, seine größte Chance, die Geheimnisse zu enthüllen, die das alliierte Landevorhaben umgaben, liege darin, seine eigenen Agenten einzusetzen, die des SD (Ausland), insbesondere jene, die in Strömelburgs Bereich tätig waren, wo die Landung schließlich erfolgen sollte. Seine Zuversicht war auch nicht ganz unberechtigt, denn Strömelburg beschäftigte einen Agenten, auf den er die allergrößten Stücke hielt, und von dessen Vorhandensein er einzig Kaltenbrunner, dessen Vertreter Kopkow und Himmler informiert hatte. Über diesen Mann vertraute er den Akten so gut wie nichts Schriftliches an, außer daß der Deckname des Agenten ›Gilbert‹ lautete. Strömelburg kannte ihn seit seinem Aufenthalt in Frankreich vor dem Krieg, und dank der besonderen Umstände der Kriegszeit und einem gewissen Hang zum Abenteurertum war es Gilbert gelungen, Zugang zu einem der bedeutendsten Geheimdienste der Alliierten zu finden. Strömelburg achtete nun schon seit einem Jahr mit höchster Wachsamkeit darauf, daß Gilberts wahre Funktion den Alliierten nicht bekannt wurde, denn von ihm hoffte er die gewünschten Aufschlüsse über ihre Planung zu bekommen. Über Gilbert erhielt er auch jetzt schon einen wahren Strom von brauchbaren Informationen, und dank dieser Informationen – und ohne daß Gilbert davon wußte – hatte er den Alliierten eine Falle gestellt, in die sie voll hineintappten; die Folgen waren noch gar nicht absehbar.

Es klopfte. Strömelburgs Ordonnanz brachte frischen, stark duftenden Kaffee in einem Perkolator. Daß es in seinem Büro nach Kaffee duften sollte, gehörte zu Strömelburgs Vorbereitungen. Ein Blick auf die Uhr: Sein ›Gast‹ mußte jeden Moment eintreffen. Er ließ sich höchst zufrieden hinter seinem Schreibtisch im Sessel nieder. Seine Laune war die denkbar beste.

Das war auch kein Wunder. Zunächst hatte er Marcel Dupré auf der Orgel von Saint Sulpice zugehört. Ein Musiker war zwar nicht aus ihm geworden, wie seine Mutter gewünscht hatte, doch spielte er passabel Orgel. So konnte er Duprés Spiel gebührend schätzen.

Anschließend begab er sich in die Avenue Marceau, wo ihn ein Genuß anderer Art erwartete. Zu seinen übelbeleumundeten Gehilfen zählte ein Zuhälter vom Montmartre mit Namen Pierre Villon. Der hatte in Strömelburgs Auftrag eine Anzahl hochklassiger Dirnen angeworben, die an gewisse Stabsoffiziere vermittelt wurden, von denen es hieß, sie würden nach dem Coitus leicht geschwätzig. Dies hatte zur Folge, daß manch einer von ihnen sich unversehens an der Ostfront wiederfand. Überdies machte Strömelburg selber bei Gelegenheit Gebrauch von der einen oder anderen Dame. Er war mit seinen 42 Jahren noch unverheiratet, was in einer Organisation, in der Homosexualität nicht ganz selten war, Anlaß zu Gerüchten hätte geben können. Tatsache war jedoch, daß Strömelburg sich nicht danach sehnte, verheiratet zu sein. Frauen waren in seinen Augen durchaus begehrenswert, aber doch minderwertig und einzig dazu da, Männern Genuß zu verschaffen.

Und den hatte ihm denn auch die rothaarige Dodo, nach seinem Wunsch angetan mit raffinierter schwarzer Unterwäsche, in ausreichendem Maße verschafft. Anschließend hatte er dann in seinem bevorzugten Schwarzmarktrestaurant genüßlich gespeist.

Jetzt hörte er einen Wagen vorfahren und richtete sich auf. Das Tor fiel zu, auf der Treppe erklangen Schritte. Es wurde leise angeklopft. »Herein!«

Alex Wild traute seinen Augen nicht, als er hereinstolperte. Der Mann, der vor nicht viel mehr als einer Stunde aus dem Halifaxbomber abgesprungen war, stand sichtlich unter Schock. Strömelburg erhob sich und wies ihm freundlich einen Sessel vor dem Schreibtisch an. Wild schaute sich verständnislos nach den beiden Widerstandskämpfern um, die ihn in Empfang genommen hatten und ihn nun mit ihren Pistolen bedrohten. Beide waren elsässische Agenten Strömelburgs.

Wild ließ sich in den Sessel fallen und schlug die Hände

vors Gesicht. Strömelburg stellte sich hinter ihn und murmelte: »Es stimmt schon, Sie sind hier bei der Gestapo in der Avenue Foch. Sehr bedauerlich für Sie.« Und das klang geradezu aufrichtig. »Sie haben sich an einem Spiel beteiligt«, fuhr er fort und ließ sein Zigarettenetui aufschnappen, »an einem sehr hübschen Spiel, nur haben Sie es leider verloren.« Er bemerkte, daß einer der Elsässer ihm ein Zeichen machte, befahl seiner Ordonnanz, dem Engländer Kaffee einzuschenken, und ging mit seinem Agenten beiseite. »Das ist der Funker, der bis vor zwei Monaten mit Hector in Troyes gewesen ist«, flüsterte der Mann. Strömelburg legte ihm die Hand auf die Schulter. Das war ja ein ausgesprochener Glücksfall. »Genau der Bursche, den ich jetzt brauche«, sagte er, »Sagen Sie gleich mal Sonderführer Kranz Bescheid.«

Fast eine Stunde hielten sie sich in dem Gebüsch verborgen, bevor Paul Chatherine bedeutete, daß sie aufsteigen sollte. Die vor ihnen liegende Ortschaft Saint Martin le Beau lag in tiefem Schlaf, nirgendwo war ein Licht zu sehen. Catherine hätte beinahe gelacht: wenn es noch eines Beweises bedurft hätte, daß sie wirklich in Frankreich war, Saint Martin hätte ihn geliefert. Dies war die typische französische Kleinstadt. Die Hauptstraße führte auf den Marktplatz mit der gotischen Kirche, die Häuser schienen direkt aus dem Pflaster zu wachsen und wirkten dank einer minimalen Vorwärtsneigung wie die Wände eines Tunnels. Die meisten waren aus Feldstein erbaut und mit Lehm verputzt. Der Verputz allerdings war großenteils weggewaschen, und das steinerne Gerippe kam überall zum Vorschein. Türen und Fenster waren gegen die Straße hin mit Läden verschlossen, wie um das Elend dieser Welt von den Bewohnern fernzuhalten. Paul bog jetzt nach rechts ein, und Catherine folgte.

Die Straße, in die sie einbogen, erwies sich als Falle; ein Lastwagen der Wehrmacht blockierte die Fahrbahn. Im Schatten der Häuser standen ein halbes Dutzend mit Gewehren bewaffnete Soldaten. Einer leuchtete Paul bereits mit seiner Taschenlampe ins Gesicht, ein anderer hatte vorsorglich seine MP in Anschlag gebracht. Chatherine erschrak und fürchtete, vom Rad zu fallen. Ein Soldat winkte ihr, neben Paul anzuhalten.

Der redete bereits auf den elsässischen Dolmetscher ein, der die Wehrmachtsstreife begleitete, und deutete dabei auf sie. Die Taschenlampe richtete sich jetzt auf ihr Gesicht, und sie blinzelte geblendet. Nur undeutlich erkannte sie dahinter das Gesicht unter dem Stahlhelm – der erste deutsche Soldat, den sie erblickte. Er gab einen unverständlichen Grunzlaut von sich und schaute wieder auf Pauls Papiere. Gleich darauf gab er sie zurück und verlangte, ihre zu sehen.

Catherine grub die Kennkarte aus der Tasche, die Cavendish ihr vor knapp sechs Stunden ausgehändigt hatte. Sie hatte einen schlechten Geschmack im Mund, als sie dem Soldaten das Dokument hinhielt. Sie betete ganz unwillkürlich inbrünstig zu *Notre Dame de France* um Beistand.

Das hätte sie sich allerdings sparen können, denn der Deutsche prüfte ihre Kennkarte nur flüchtig. Er besah sich das Foto, verglich es mit ihrem Gesicht und sagte auf deutsch: »Na, schmeichelhaft ist das nicht gerade.« Damit reichte er den Ausweis zurück.

In eben diesem Moment fiel eine Autotür zu, Catherine wandte sich um und erblickte den schwarzen Citroën, dem zwei Zivilisten in Ledermänteln entstiegen. »Einen Moment noch«, sagte der eine, und beide traten so gemächlich und doch zielstrebig näher, daß es Catherine kalt überlief. Der erste nahm dem Soldaten die Taschenlampe aus der Hand und richtete ihr Licht auf Pauls Füße. »Ihre Schuhe!« befahl er, und der andere wiederholte das in schlechtem Französisch. Catherine sah, daß Pauls Haltung gegenüber diesen beiden Zivilisten eine wesentlich andere war als den Soldaten gegenüber. Kein Wortschwall diesmal, kein Gestikulieren. Daran erkannte sie blitzartig, daß diese Zivilisten weitaus gefährlicher sein mußten. Gehorsam streifte er die Schuhe ab und hielt sie dem Deutschen hin. Dieser betrachtete sie eingehend und ohne jede Eile, als befände er sich in einer Schuhfabrik und prüfe die Ware. Wortlos bedeutete er Paul, sie wieder anzuziehen. Danach waren Catherines Schuhe an der Reihe. Der Deutsche prüfte sie ebenso gewissenhaft wie die von Paul und verlangte alsdann ihre Papiere, die er dem zweiten Mann reichte, der einigermaßen französisch sprach.

Dieser betrachtete ihren Ausweis so gründlich wie ein Diamentenhändler einen zum Kauf angebotenen Stein. Auch er verglich ihr Foto mit ihrem Gesicht und sagte dabei: »Was haben Sie hier um zwei Uhr früh zu suchen, wenn Sie in Calais wohnen?«

Catherine war vor Angst sprachlos, und in ihrer Verzweiflung begann sie zu lachen. Das war pure Hysterie. Die beiden Zivilisten sahen einander verblüfft an.

»Was soll ich hier schon machen, Monsieur«, kicherte sie, »ausgerechnet in diesem öden Nest? Der da ist schuld. Bloß damit seine Nachbarn nicht klatschen, schleppt er mich in diese Einöde. Er hat mehr Angst vor seiner Frau als vor der Ausgangssperre.«

Der Zivilist blickte Paul mitleidig an. »Auch so einer«, murmelte er dabei. Dann wieder zu Catherine: »Sie stammen aus Oran?«

»Ja.«

»Ich habe vor dem Krieg in Algerien gelebt und eine Vertretung für Siemens gehabt. Oran war eine wunderschöne Stadt, wie heißt doch gleich noch das Café an der Place de la République, wo alle Welt sich zum Apéritif traf? Café Foch? Kennen Sie es, gibt es das noch?«

»Ich bin schon mit fünf Jahren weggezogen von Oran, Monsieur. Mein Vater war Marineoffizier und wurde nach Indochina versetzt.«

»Und wo ist er jetzt?«

»Tot. Bei Mers el Kebir gefallen.«

Als sie Mers el Kebir erwähnte, verdüsterte sich das Gesicht des Zivilisten, und er sagte: »Das war eine schöne Schweinerei, was die Engländer da angerichtet haben.« Er war im Begriff, sie weiterzuwinken, als sein Blick auf ihren Koffer fiel. Er machte einen Schritt vorwärts, leuchtete den Gepäckträger ab und zuckte beim Anblick des blutigen Kaninchens angeekelt zurück. Dann winkte er sie weiter. »Verschwinden Sie von der Straße«, sagte er dabei. »Am besten ins nächste Gebüsch.«

»Sehen Sie sich das an«, rief Strömelburg und wedelte mit einer MP vom Typ Sten vor Wilds Nase herum, einer von jenen, die seinen Leuten zusammen mit Wild in den Schoß gefallen war. »Weit und breit die beste Handfeuerwaffe. Denkbar primitiv. Man sieht sogar die Schweißnähte. So was würde bei uns nie gemacht werden . . . aber feuern tut sie noch, wenn unsere schönen polierten, raffinierten MPs längst Ladehemmung haben.«

Er legte die Sten auf den Tisch. »Zum Glück schickt Ihr Major Cavendish mir immer wieder neue. Ich kann damit schon fast zwei Regimenter ausrüsten. Und dies.« Er nahm den Plastiksprengstoff zur Hand. »Ungemein praktisch, das. Mit Teer vermischt sehr brauchbar zur Panzerbekämpfung. Falls Ihre russischen Verbündeten je dahinterkommen, wie viele Panzer sie dank dieses Sprengstoffs schon verloren haben, marschieren sie am Ende lieber auf London als auf Berlin!« Er lachte über seinen Witz. Doch sein Humor, wenn es denn Humor war, schien an den Engländer verschwendet, der sich kaum noch darüber wunderte, daß er hier in recht gutem Englisch verhört wurde. Seit Wild das Wort Gestapo gehört und das Porträt von Hitler gesehen hatte, war er in eine schlimme Depression verfallen. Er war also verraten worden. Aber von wem?

Strömelburg ahnte das. Mit dem werden wir es leicht haben, überlegte er. Er setzte sich auf die Tischkante und beugte sich über Wild. »Sie werden mir das nicht glauben, aber auch mich macht es wütend, wenn ich sehe, wie Cavendish seine Leute leichtsinnig in eine Falle gehen läßt.« Er bot Wild eine Zigarette an und setzte sie eigenhändig mit seinem goldenen Feuerzeug in Brand. Es war ein Produkt von Dunhill, und Strömelburg schätzte es ebenso wie die Sten. »Sie sind Offizier«, fuhr er fort, »Cavendish verwendet nur Offiziere. Wir haben also in gewissem Sinn etwas gemeinsam, ich muß Ihnen aber ganz offen sagen, daß Sie hier als Zivilist sind. Als Spion. In der Absicht, hinter unseren Linien Sabotage zu betreiben, und daß Sie sich deswegen auf Ihren Rang nicht berufen können. Es ist Ihnen klar, welche Strafe Sie zu erwarten haben?«

Wild zuckte nur die Achsel, um anzuzeigen, daß ihm alles gleichgültig sei. Tatsächlich hörte er kaum zu. Es war auch nicht nötig, denn seine Ausbilder hatten ihm fast Wort für Wort vorhergesagt, was ihm bei einem solchen Mißgeschick vorgehalten werden würde.

»Wir sind uns darüber einig«, fuhr Strömelburg fort und suchte nach Worten, die auf Wild den größten Eindruck machen würden, »daß der Tod fürs Vaterland ehrenhaft ist . . . aber stirbt man etwa gern für einen Schreibstubenhengst in London, einen, der sich nichts dabei denkt, einen in die Falle tappen zu lassen?«

Er trat hinter seinen Schreibtisch und zog die Schublade auf. »In Orchard Court hält man uns für tumbe Gorillas, brutal und hirnlos. Sehen Sie sich das mal an.« Er schob Wild ein Blatt Papier hin, eine Liste des Personals von der Londoner SOE-Zentrale. Wild war entsetzt, und man sah es ihm an. Nicht mal der Butler Park fehlte auf dieser Liste, und alle Funktionen waren genau aufgeführt.

»Das müßte Sie eigentlich nachdenklich stimmen«, sagte Strömelburg.

»Eher schon wird mir davon übel«, entgegnete Wild. »Das zeigt nur, daß wir einen Verräter unter uns haben.«

Strömelburg schmunzelte verständnisvoll. »Ja, es scheint so.« Und dann mit einschmeichelnd sanfter Stimme: »Ich kann Ihnen in der Avenue Foch gewiß nicht das Paradies in Aussicht stellen, mein Freund. Wie es hier zugeht, hat sich gewiß bis nach Troyes herumgesprochen. Ich kann Ihnen weiter nichts versprechen, als daß Sie am Leben bleiben. Unsere Gefangenenlager in Deutschland sind zwar nicht gerade Kurorte, aber man stellt Sie da auch nicht an die Wand. Sie werden überleben. Und nach dem Krieg bekommen Sie vielleicht heraus, wer Ihnen das hier angetan hat. Und warum.«

Es klopfte. »Sonderführer Kranz ist da«, meldete die Ordonnanz. Strömelburg zögerte. Es mochte nicht schlecht sein, diesen Burschen ein Weilchen im eigenen Saft kochen zu lassen.

»Denken Sie mal darüber nach. In diesem Gebäude geschehen ziemlich grausige Dinge, und ich möchte nicht, daß Sie und ich so etwas nötig haben. Geben Sie Mr. Wild noch Kaffee, und wenn er möchte, etwas zu essen, bis ich wiederkomme«, befahl er seiner Ordonnanz.

Auf dem Korridor wies er den Posten an: »Stellen Sie die Heizung an.« Die ›Heizung‹ war eine Schallplatte, aufgenommen während einer besonders schweren Folterung im vierten Stock. Strömelburg wußte, daß sie auf jemand in der Lage von Wild, der sie aus einiger Entfernung hörte, eine sehr erwünschte Wirkung hatte. Außerdem würde Wild keinen Appetit mehr verspüren, wenn er das anhören mußte, und man sparte eine Mahlzeit.

Kranz erwartete ihn in seinem Büro. Er war zehn Jahre jünger als sein Vorgesetzter und hatte ebenfalls Neue Sprachen studiert, was erklärte, weshalb er sich hier befand.

»Wir haben ein Dossier von ihm«, eröffnete er Strömelburg stolz. »Es ist alles am Boulevard Suchet. Sogar seinen Code haben wir entschlüsselt.«

»Sehr gut«, murmelte Strömelburg, nahm Kranz die grüne Karteikarte aus der Hand und überflog sie. Was er da las, stellte nur einen Bruchteil jener Informationen dar, die ihm dank Gilberts Geschicklichkeit in die Hände gekommen waren. Die Falle, welche die beiden sich ausgedacht hatten, basierte auf der Benutzung jener Geheimsender, deren London sich bedienen mußte, um seine Agenten zu führen. Sobald der feindliche Funker ihnen in die Hände gefallen war, manipulierten Kranz und sein Vorgesetzter von der Avenue Foch aus den Funkverkehr. Sie verfaßten seine Funksprüche, seine Berichte, bestimmten neue Ziele für den Sabotagetrupp, dem er zugeteilt war, und führten die Sabotageakte gelegentlich auch aus. Sie wählten jene abgelegenen Stellen aus, wo seine nichtexistierenden Helfer Waffen und Munition entgegennehmen sollten, die mit dem Fallschirm kamen. Schluckte London den Köder, war man dort überzeugt, der Funker sei tatsächlich der von Cavendish losgeschickte Agent, dann waren die Erträge bedeutend. Jedes in dieser Weise erfolgreich betätigte Funkgerät war wie ein Spiegel, in dem die Operationen der SOE abzulesen waren. Strömelburg wurde so mit Strategie und Taktik, den Zielen von Cavendishs Organisation vertraut. Die Funksprüche aus London führten die

Gestapo zu bislang unentdeckten feindlichen Agenten, zu Sabotagegruppen, die hinfort überwacht wurden, zu toten Briefkästen, von denen London glaubte, sie wären nicht bekannt.

Nebenbei kamen wie aus einem unerschöpflichen Füllhorn Waffen, Munition und Geld. Es war nicht übertrieben, als Strömelburg sagte, er könne zwei Regimenter bewaffnen. Im vergangenen Vierteljahr hatte er überdies 23 Millionen Francs eingenommen, mehr als ausreichend, um hilfsbereite Kollaborateure zu bezahlen, die bei der Bekämpfung der Résistance eine unschätzbare Rolle spielten. Kürzlich hatte London Strömelburg auch die Nummern aller Funküberwachungswagen im Abschnitt Paris übermittelt, und der dankbare Obersturmbannführer ließ sie auswechseln.

Das alles ging auf den Tag zurück, da Gilbert ihm eine ganz gewöhnliche Michelin-Straßenkarte von der Sarthe gebracht hatte. Gegen das Licht gehalten konnte man ein winziges Loch wie von einer Stecknadel entdecken, und die Koordinaten dieser Stelle entsprachen denen, die in einem Funkspruch angegeben waren, den Gilbert ebenfalls abgeliefert hatte. Strömelburg ließ den Platz überwachen, und Wochen später zahlte seine Geduld sich aus: zwei Agenten der SOE wurden dort abgesetzt. Man nahm sie in Paris fest, als einer der beiden gerade seinen Funkspruch nach London abgesetzt und den zwecks Verschlüsselung neben dem Gerät abgelegten Klartext noch nicht vernichtet hatte.

Aus diesem Keim hatten Strömelburg und Kranz wie geduldige Gärtner mit viel Liebe ihre Falle gebastelt. Ihr Erfolg war daran zu messen, daß von den an die fünfzig Geheimsendern, welche die SOE im Moment in Frankreich unterhielt, sechs in den Händen der Gestapo waren, die jetzt fünfzehn entweder nicht existierende oder schon unschädlich gemachte Résistancegruppen repräsentierten.

Es dauerte nur Sekunden, bis Strömelburg die grüne Karteikarte seines Untergebenen überflogen hatte. »Wir fahren gleich mal rüber zum Boulevard Suchet. Da sehen wir uns alles an, was wir über ihn haben.«

Sie eilten nach unten und sprangen in Strömelburgs

Skoda, den sein Chauffeur, ehedem Werksfahrer bei Mercedes, erstklassig in Schuß hielt. Strömelburg lehnte sich rauchend im Beifahrersitz zurück und versuchte abzuschätzen, welche Ergebnisse die heutige Festnahme haben könnte.

»Ist Ihnen klar, Kranz, daß unser neuester Fang von allergrößter Wichtigkeit ist?« Er blies grauen Zigarettenrauch aus beiden Nasenlöchern. Kranz schüttelte folgsam den Kopf, denn er wußte genau, daß sein Vorgesetzter keine Antwort hören wollte.

»Wir können jetzt nämlich sicher sein«, fuhr Strömelburg fort, »daß Cavendish uns auf den Leim gegangen ist, denn die Engländer würden niemals wissentlich einen ihrer Agenten, noch dazu einen Landsmann, in unsere Hände fallen lassen, darauf verwette ich meinen Kopf. Mit Waffen, auch mit Geld ist das was anderes, aber einen englischen Agenten? Das widerspräche allem, was wir von ihrem Charakter wissen. Wir können also annehmen, daß das Funkgerät, über das wir seinen Absprung organisiert haben, dem Feind unverdächtig ist.« Er sog grübelnd an seiner Zigarette. »Haben Sie je Kipling gelesen, Kranz?«

»Jawohl, Obersturmbannführer, aber Forrester war mir lie –«

Strömelburg unterbrach ihn mit einer Handbewegung. »Ich bin jetzt nicht an Literatur interessiert, sondern daran, den Krieg zu gewinnen. Erinnern Sie sich, daß Kipling schildert, wie die Engländer in Indien Tiger zu jagen pflegten?«

»Jawohl, Obersturmbannführer. Sie banden des Nachts unweit der Wasserstelle, die der Tiger benutzte, eine lebende Ziege an und warteten dann auf dem Hochsitz darauf, daß der Tiger den Köder annahm.«

»Richtig. Und unsere Ziegen sind die Funkgeräte. Mit denen werden wir den Feind aus dem nächtlichen Dschungel hervorlocken.« Strömelburg war sehr zufrieden mit diesem Vergleich und machte eine großspurige Geste. »Warum hat Cavendish uns wohl im vergangenen Vierteljahr so generös mit Waffen beliefert? Nicht, damit wir irgendwo in der Dordogne für fünf Lkws einen Hinterhalt legen. Mit jeder Ladung Waffen bekommen wir von neuem die Anweisung, sie bis auf weiteres zu verstecken. Der Grund dafür ist, sie bereiten die Invasion vor. Und die Gruppen, die wir angeblich führen, sind doch alle nicht weit von der Küste stationiert, nicht wahr?«

»Eine ist in Brest und fünf im Norden. Die restlichen sind in der Gegend von Rouen, von Le Mans und von Chartres.«

»Na, sehen Sie. Die sollen unsere rückwärtigen Verbindungen stören, sollen die Verstärkungen aufhalten, die wir in den Landungsraum führen. Aber zu diesem Zweck müssen die Gruppen jeweils ihren Auftrag bekommen, und dann muß ihnen gesagt werden, wann sie losschlagen sollen. Und zwar auf einem absolut zuverlässigen Weg. Auf einem, den sie im allerletzten Moment benutzen können, wenn nämlich ihre Schiffe schon unterwegs sind. Wie nun hat London die heutige Fallschirmaktion mit uns vereinbart? Wir haben den Platz ausgewählt und die Koordinaten über Funk durchgegeben. Die RAF hat aufgeklärt und uns zurückgefunkt, daß die ausgesuchte Stelle akzeptabel ist. Dann haben wir den Buchstaben durchgegeben, mit dem unsere Leute am Boden die Besatzung wissen lassen, daß alles klar ist zum Abwurf. Dann wiederum hat London uns den Wortlaut der Ankündigung mitgeteilt, die über BBC kommen würde; jeden Abend sollten wir BBC hören, und wenn ›Die Lichter von Piccadilly leuchten‹ kommt, ist die Maschine unterwegs. Und genau so war es.«

Strömelburg war so erregt wie Stunden zuvor, als er in Saint Sulpice die Orgel dröhnen hörte. »Und genau das werden sie auch vor der Invasion machen, Kranz. Der Tiger wird unseren angebundenen Ziegen das Geheimnis ins Ohr flüstern. Der Feind selber wird uns sagen, wann er kommt, und er wird das über BBC tun.«

Der Innenhof des Gebäudes am Boulevard Suchet stand voll von allen erdenklichen Fahrzeugen, Milchwagen, Weintankwagen, Möbelwagen, Lieferwagen in jeder Farbe mit unterschiedlichen Aufschriften. Die meisten wurden mit Holzgas betrieben und hatten außen an der Karosserie einen Heizkessel. Benzin war in Paris nur schwer aufzutreiben. Und alle hatten eine ringförmige Antenne auf dem Dach, denn dies waren die Wagen, die Jagd auf geheime

Sender machten, die Funkpeilwagen der Gestapo. Strömelburg ging vorbei an einem Posten der Wehrmacht und betrat den hell erleuchteten Überwachungsraum, wo etwa 25 Funker der Wehrmacht die ihnen zugeteilten Frequenzen abhörten. Dahinter saß der Offizier vom Dienst, ein Hauptmann.

Strömelburg grüßte lässig und verlangte die Unterlagen zu AKD. Das war das Rufzeichen von Wilds Funkstelle in Troyes gewesen. Jedes Gerät, das von London eingesetzt wurde, bekam ein solches Zeichen zugeteilt, mit dem der Funker aufgefordert wurde, einen Spruch abzusetzen oder einen für ihn bestimmten aufzunehmen. Der Empfänger bei der SOE war so imstande, unter all dem Schutt, der in diesen Kriegszeiten durch den Äther rauschte, den Spruch zu identifizieren, und der Funker seinerseits wußte, daß mit diesem Rufzeichen die für ihn bestimmte Kommunikation begann. Und um jeden Irrtum auszuschließen, wurde das Rufzeichen als einziger Bestandteil des Spruches im Klartext gesendet, es war gleichsam das Markenzeichen des geheimen Sendegerätes.

Ein hübsches System, nur profitierten davon nicht nur die Briten, sondern auch die Deutschen. Das Rufzeichen erlaubte es nämlich der Abhörstelle am Boulevard Suchet, jedes unidentifizierte Rufzeichen mit dem nachfolgenden Spruch zu verbinden. Der Hauptmann legte eine verschnürte Mappe auf den Tisch, löste die Schnur und begann mit dem Vortrag. »AKD war in der Nähe von Troyes stationiert. Den ersten identifizierten Funkspruch haben wir am 27. August 1943 um 23 Uhr 13 aufgenommen, den letzten um 19 Uhr 07 am 23. Januar dieses Jahres. Unsere Funkpeilwagen orteten ihn im Dreieck Maison Neuve – Brienne le Chateau – Dhuys. Offenbar hat der Funker in diesem Bereich öfter den Standort gewechselt, vermutlich hat er alleinstehende Bauernhäuser benutzt. Es ist uns jedenfalls nicht gelungen, ihm durch Stromabschaltungen auf die Spur zu kommen, wohl weil er mit Batterie gesendet hat, die Stromversorgung dort ist ohnehin sehr unregelmäßig. Er sendete auf 6693, 7587, 8237, 8377 und 8510 Kilohertz, und zwar an jedem dritten Tag vier Stunden nach dem Ende der vorherigen Durchgabe. Insgesamt haben wir 43 seiner Funksprüche aufgefangen.« Der Hauptmann blickte selbstzufrieden lächelnd auf und machte eine Pause, um Luft zu holen.

»Die ersten fünfzehn Funksprüche wurden am 3. Oktober 1943 zwecks Entschlüsselung nach Berlin weitergegeben und dort am 16. November dechiffriert.« Er deutete auf einen Haufen Papier und bemerkte: »Die sind alle hier. Das Gerät kann jetzt von einem unserer Funker bedient werden. Das wäre ungefähr alles. Ach, richtig, sein Erkennungszeichen hieß ›Captain, oh my captain, our fearful trip is done‹. Stammt, soweit ich weiß, aus einem amerikanischen Gedicht. Als ob die Engländer nicht selber genügend Dichter hätten.«

Der Hauptmann lehnte sich selbstgefällig in seinem Sessel zurück und erwartete zweifellos einen Glückwunsch. Statt dessen grunzte der Obersturmbannführer nur und fragte: »Wo finde ich den Funker?«

Der Hauptmann schaute auf eine Liste. »Draußen, im Überwachungsraum.«

»Lassen Sie ihn bitte kommen.«

Als der etwas dickliche, bebrillte Obergefreite hereinkam, fragte ihn Strömelburg: »Wie gut können Sie AKD imitieren?«

Damit stieß er sofort zum Kern der ganzen Angelegenheit vor. Jeder Funker hat nämlich seine ganz eigene ›Handschrift‹, und die Gegenstelle in London war in der Lage, allein schon an der ihr bekannten ›Handschrift‹ des betreffenden Agenten zu erkennen, ob er selber am Gerät saß oder ein Unbefugter. Strömelburg hatte von Anfang an ausgeschlossen, daß die gefangenen Agenten dazu verwendet wurden, unter Zwang Funksprüche abzusetzen, weil die Gefahr zu groß war, sie könnten unbemerkt ein Zeichen geben, das dem Empfänger in London anzeigte, etwas sei schiefgelaufen. Statt dessen ließ er hier jeden aufgefangenen Funkspruch aufzeichnen und setzte einen deutschen Funker daran, dessen Aufgabe es war, sich die besonderen Merkmale der ›Handschrift‹ des Agenten gründlich anzueignen, bis er sie so fehlerlos imitierte, daß niemand in London Verdacht schöpfte. Alex Wilds deutscher Ersatzmann versicherte dem Obersturmbannführer, er habe bis zur Aufhebung der Funkstelle Troyes die ›Handschrift‹ des Engländers perfekt nachgeahmt.

»Frischen Sie Ihre Kenntnisse auf«, befahl Strömelburg, »es kann sein, daß Sie demnächst wieder anfangen müssen. Und Sie«, befahl er Kranz, »nehmen diesen ganzen Kram hier mit, und dann wird es Zeit, daß wir uns unseren Engländer etwas gründlicher vornehmen.«

Strömelburg wurde im Treppenhaus von einem Untergebenen abgefangen, der ihn in ein Büro führte, wo Wilds Tascheninhalt ausgebreitet lag; auch der Koffer war ausgepackt und sein Inhalt gründlich untersucht worden. Darunter befanden sich eine Zahnpastatube, die ausgequetscht und am unteren Ende mit einer Rasierklinge aufgeschlitzt war. Der Mann zeigte Strömelburg zwei quadratische Stücke feinster Seide, die jenen glichen, welche Cavendish auch Catherine mitgegeben hatte. »Das haben wir gefunden, Obersturmbannführer«, sagte er dabei.

Strömelburg sah sich das an. Auf einem Tuch waren sechs Reihen von je fünf Buchstaben aufgedruckt. Darunter stand ›Außenstelle an Zentrale‹ in so kleiner Schrift, daß Strömelburg Mühe hatte, sie ohne Lupe zu entziffern. Unter jedem Buchstaben befand sich wieder eine Kolumne von Buchstaben, eine in alphabetischer Reihenfolge, die andere augenscheinlich willkürlich zusammengestellt. Strömelburg reichte die Seide an Kranz weiter.

»Sagt Ihnen das was?«

Kranz kniff die Lider zusammen und betrachtete das erste Tüchlein. »Die Funksprüche werden immer in Fünfergruppen abgesetzt. Das ist offenbar ein neuer Schlüssel.«

Bis dahin war von den Funkern der SOE stets die Zeile eines Gedichtes oder eines Liedes als Grundlage des Schlüssels benutzt worden, welche der Agent auswendig lernte. Das war ein sehr brauchbares System, weil es ganz einfach war. Zur Verschlüsselung diente beispielsweise das Datum, an dem gesendet wurde. Setzte Wild seinen Spruch am 7. November ab, wählte er den siebenten Buchstaben seiner Gedichtzeile, also das ›n‹ in Captain, und setzte darunter das Alphabet fort, beginnend mit ›o‹. Damit hatte er seinen Schlüssel für diesen Tag. Der Schlüssel änderte sich mit jedem Tag und war insofern höchst flexibel.

In London hatte man aber feststellen müssen, daß ein guter Fachmann diesen Code knacken konnte, wenn er genügend Text zur Verfügung hatte.

»Da haben Sie wahrscheinlich recht«, sagte Strömelburg, »nur – wie funktioniert das?«

»Offenbar werden die Buchstabenreihen der beiden Tücher irgendwie kombiniert.«

»Na ja, ich kenne jemand, der uns das erklären wird.« Und damit verwahrte er die Tücher sorgsam in der Tasche.

Strömelburg beherrschte das Handwerk des Vernehmens schon seit seiner Zeit bei der Kripo. Er spielte zunächst noch den Verständnisvollen, tat, als läge ihm das Schicksal seines Gefangenen am Herzen, als sei es ihm geradezu peinlich, wie mühelos er ihn erwischt hatte. Darauf fiel Wild allerdings nicht herein, denn er hatte gesehen, daß zwei Gestalten in Zivilkleidung sich hinter Strömelburg ins Zimmer drückten und derzeit im Hintergrund hielten. Er fragte sich, ob das die Folterknechte waren, die vorhin im Oberstock ein bedauernswertes Opfer bis zum Wahnsinn gequält hatten? Strömelburg arrangierte zunächst mal die Papiere auf seinem Schreibtisch zu seiner Zufriedenheit und summte dabei vor sich hin.

»Nun denn«, begann er schließlich mit der Miene eines Professors, der die Arbeit eines Studenten vor sich hat. »Noch ein paar Fragen, und dann können wir alle schlafen gehen. Sie waren in Troyes?«

Wild nickte.

»Bei Hector. Ein bedauerlicher Fall.«

Wild nickte wieder.

»Wie lautete Ihr Code damals?«

»›Das Urteil eines Weisen wiegt schwerer als das aller Narren zusammen‹«, erwiderte Wild, der ein Bewunderer von Robert Browning war. Er versuchte sich später in seiner Zelle zu erinnern, ob Strömelburg den beiden Männern im Hintergrund einen Wink gegeben, oder wie sonst angefangen hatte, was nun geschah. Er merkte nicht, daß sie hinter seinen Sessel getreten waren, und der Schlag, der gegen die Seite seines Schädels geführt wurde, so daß ihm der Kopf herumflog, kam völlig überraschend. Der Schmerz war schlimm, und schon zertrümmerte ein zweiter Schlag sein Nasenbein. Der dritte und schlimmste Schlag traf seinen Mund. Die Lippen platzten, zwei Vorderzähne brachen ab. Wild schrie vor Schmerz. Jetzt stand auch Strömelburg neben ihm und donnerte ihn an: »Sie Idiot! Wie können Sie glauben, Sie dürften mich belügen? Wollen Sie Ihren Code hören? Er lautet: ›Captain, oh my captain, our fearful trip is done‹!« Dann packte er den Stapel Funksprüche und hielt ihn Wild vor das blutige Gesicht. »Das sind sämtliche Funksprüche, die Sie jemals abgesetzt haben. Sie glauben mir wohl nicht? Hier. 13. Dezember.« Strömelburg zog ein Blatt hervor. »Ich lese Ihnen mal vor, was Sie am 13. Dezember nach London gefunkt haben.«

Der immer noch von qualvollen Schmerzen gepeinigte Wild hörte wie betäubt den Obersturmbannführer einen Funkspruch verlesen, den er sogleich als seinen eigenen erkannte. Er wehrte sich nach Kräften dagegen, angesichts der verblüffenden Kenntnisse seines Peinigers gänzlich der Verzweiflung anheimzufallen.

»Wollten Sie diesen Code auch in Lille verwenden?«

Wild keuchte. Er konnte schließlich nicht wissen, daß der SD dank des Funkverkehrs mit London über seinen Bestimmungsort informiert war. »Ja«, murmelte er nur.

Wieder sausten Schläge auf ihn herab, diesmal auf seinen Leib, und mit Gummiknüppeln ausgeführt.

»Sie gottverdammter Narr! Lernen Sie denn nichts dazu?«

Durch einen Schleier von Blut vor seinen Augen sah er Strömelburg die seidenen Codetücher aus der Tasche ziehen und auf den Tisch legen. Also hatten sie die auch gefunden.

»Das ist Ihr neuer Code«, zischte Strömelburg ihn an, »den sollten Sie in Lille benutzen.«

Seine Peiniger hielten seine Arme hinter der Sessellehne fest, so daß Wild sich nicht bewegen konnte. Strömelburg kam ihm so nahe, daß sein Speichel ihn im Gesicht traf. »Was glauben Sie eigentlich, mit wem Sie hier spielen, Sie Schwachkopf!« brüllte er. »Ich weiß mehr über die SOE als

Sie! Ich weiß, Sie haben Erlaubnis von Cavendish, Ihren Code zu verraten. Wollen Sie das nun gleich tun oder erst, wenn diese beiden Herren hier Hackfleisch aus Ihnen gemacht haben?«

Wild winselte. Schlimmer als die Schmerzen war, daß dieser Mann offenbar alles wußte. Er hatte recht, Cavendishs Agenten war ausdrücklich erlaubt, unter der Folter den Code preiszugeben. Er hatte nun wahrlich genug gelitten. »Gut, gut«, nuschelte er mit blutigen Lippen.

Strömelburg bedeutete den beiden, Wild loszulassen. Dieser streckte einen schmerzenden Arm aus und zeigte auf eines der Tücher. »Es ist ganz einfach.« Er erklärte den Gebrauch der beiden Tücher mit den aufgedruckten Buchstaben, und Strömelburg verstand nach anfänglichen Schwierigkeiten das System der Verschlüsselung und auch, daß die benutzten Buchstaben nach Gebrauch abgeschnitten und vernichtet wurden. Es war also insofern ein nicht zu knackender Code, als bei jedem Spruch eine andere Buchstabenkombination als Schlüssel verwandt wurde.

»Aber wie kann London diesen Schlüssel lesen?« fragte er.

»Die haben die gleichen Tücher. Der ganze Trick besteht darin, daß keine Buchstabenkombination ein zweites Mal benutzt wird.«

Strömelburg war kein Fachmann für Kryptographie, aber selbst ihm war klar, daß dieser Code nicht zu entschlüsseln sein würde. Er suchte seine Verblüffung zu verbergen und fragte: »Wann sollen Sie Ihren ersten Spruch absetzen?«

»Morgen um ein Uhr.«

Das war ja vortrefflich. Strömelburg konnte über einen weiteren unbezahlbaren Funkkontakt verfügen. Er hatte einen Ersatzmann für Wild, er hatte den Schlüssel und wußte, wann der erste Funkspruch abgesetzt werden sollte. Nur eines fehlte ihm noch, das wichtigste, dann konnte das Spiel mit London beginnen. Er betrachtete den Engländer, der da zusammengesunken vor ihm im Sessel hing, nachdenklich. Die erste Aussage fällt immer am schwersten. Wild war schon gut im Zuge. »Noch eine Auskunft, dann haben Sie es überstanden, das verspreche ich Ihnen. Wie lautet Ihre Kontrollzahl?«

Die Kontrollzahl war die letzte Sicherung, die zwischen dem Funker in Frankreich und London vereinbart wurde und aus der Cavendish ersah, daß sein Agent nicht von den Deutschen manipuliert wurde. Wild ächzte; es fiel ihm entsetzlich schwer, auch dieses Geheimnis noch preiszugeben. Die beiden Folterknechte traten schon näher, doch Strömelburg wußte es besser. Er winkte sie weg. Er sagte überraschend sanft zu Wild: »Jetzt tun Sie mir den Gefallen und ersparen Sie mir das.«

»Sechsunddreißig«, hauchte Wild. »Eine sechsunddreißig zwischen der dritten und der vierten Gruppe.«

»Erledigt«, sagte Strömelburg. »Bringt ihn nach oben.«

Catherine konnte sich nicht satt sehen an der Landschaft, durch welche der Zug sie trug, so grün und üppig sah alles aus und wie unberührt von fünf Kriegsjahren. Am liebsten hätte sie gesungen. Da waren sie, die vertrauten und doch fast vergessenen Bilder: Schulkinder in ihren grauen Schürzen, den Schulranzen auf dem Rücken vor den geschlossenen Bahnschranken; die *chefs de gare* mit ihren komischen Mützen, vor Wichtigkeit fast platzend, wenn sie mit der Trillerpfeife den Zug abpfiffen; Arbeiter in verblichenen blauen Overalls; Männer und Frauen auf den Feldern, gebückt mit der Hacke die geliebte Erde bearbeitend. Verglichen mit England, wo man an jeder Straßenecke durch irgendwas an den Krieg erinnert wurde, wirkte Frankreich friedlich. Nur weidende Kühe sah sie nicht, fiel ihr nach einem Weilchen auf. Catherine lenkte den Blick zurück ins Abteil. Draußen mochte es nach Frieden aussehen, hier drinnen war unverkennbar Krieg. Ihre Mitreisenden sahen grau und schäbig aus, Gesichter wie Kleidung. Keine Spur des berühmten französischen chic. Besonders auffallend fand sie, daß von der gewohnten Lebhaftigkeit, der Lust am Streit, den sprechenden Gesten keine Spur zu bemerken war. Da sitze ich schon mehr als zwei Stunden in diesem Abteil, überlegte sie, und kein Mensch hat auch nur ein Wort gesagt. Bin ich wirklich in Frankreich?

Sie seufzte. Es roch hier drinnen nach abgestandener

Luft, nach Schweiß, nach Zwiebeln und Weinresten, und vor allem nach Knoblauch. Dann bin ich also doch richtig, dachte sie. Auf dem Gang vor ihrem Abteil drängten sich Reisende, das Gepäck zu ihren Füßen. Sie schaute verstohlen ins Gepäcknetz. In Nichtbeachtung von Cavendishs ausdrücklicher Anordnung lag dort ihr abgewetzter Koffer mit dem Funkgerät. Sie hatte sich das genau überlegt und so entschieden, weil sie fand, das Funkgerät sei die einzige Rechtfertigung für ihre Anwesenheit in Frankreich, und sie dürfe es nicht aus den Augen lassen.

Jetzt drängte sich Paul auf dem Korridor am Abteil vorüber, eine zusammengerollte Zeitung in der linken Hand. Sie wartete drei oder vier Minuten und bot ihren Platz dann einer jungen Frau mit einem kleinen Kind an.

Paul erwartete sie im Speisewagen, an einem Zweiertisch in seine Zeitung vertieft. Sie setzte sich ihm gegenüber auf den freien Platz. Mehr als die Hälfte der Plätze waren von Männern in Uniform besetzt, und Catherine fragte: »Wie haben Sie das fertiggebracht?«

Paul rieb Daumen und Zeigefinger aneinander. »Manches ändert sich nie.«

Sie musterte ihn unauffällig und kam zu dem Ergebnis, daß er bei der Arbeit wohl mürrisch war, sonst aber recht attraktiv. Für einen Franzosen war er groß, auch breit in den Schultern. Gutes Blut, dachte sie. Seine Hände allerdings waren breit und kurzfingrig und schienen eher gemacht, in der Erde zu wühlen als einem Salon zur Zierde zu gereichen. Das Haar war kastanienbraun und dicht, und aus irgendeinem Grunde grinste er unaufhörlich. Insgesamt wirkte er recht selbstbewußt. Die Augen allerdings, von dunklem Braun und tief in den Höhlen liegend, blickten eher melancholisch, wie die eines Menschen, der mehr Leid gesehen hat, als er wahrhaben möchte.

Angezogen war er erstaunlich gut. Die Tweedjacke dürfte vor dem Krieg von einem der besten Geschäfte im Faubourg Saint Honoré gekommen sein, zu einem weißen Hemd trug er einen gemusterten Seidenschal, ferner eine graue Flanellhose. Er sah aus wie der Sohn eines Gutsbesitzers oder eines unbedeutenden Aristokraten, dessen Vorfahren der Guillotine entwischt waren.

»Sie sehen ja richtig elegant aus«, sagte sie bewundernd.

»Das hat seinen Grund. Je besser man gekleidet ist, je wohlhabender man aussieht, desto eher wird man für einen von jenen gehalten.« Er deutete fast unmerklich mit dem Kopf auf die umsitzenden Zivilisten. »Kollaborateure oder Schieber.« Dann tippte er auf die Zeitung, in der er gelesen hatte, das notorische Kollaborationistenblatt *Je Suis Partout* – Ich bin überall. »Ich trage immer eine bei mir. Es ist zwar albern, aber bei der Miliz hat man damit einen Stein im Brett.«

Der Kellner brachte beiden eine Schale Linsensuppe und flüsterte Paul, den er augenscheinlich kannte, zu: »Sie können etwas Kaninchenpastete haben.«

Paul nickte beifällig. Als der Kellner gegangen war, sagte er leise: »Sie haben übrigens letzte Nacht nicht nur sich selber den Hals gerettet, sondern auch mir.«

Der Kellner brachte gerade die Pastete, als der Zug auf offener Strecke anhielt. »Was ist denn?« fragte Paul ihn. »Wir halten nun schon zum dritten Mal.« Der Kellner beugte sich vor und flüsterte, ohne die Lippen zu bewegen: »Die RAF hat letzte Nacht den Verschiebebahnhof von Amiens zur Sau gemacht. Nach Norden kann kein Zug aus Paris raus, und die Einfahrt ist streckenweise blokkiert.«

»Keine Verbindung nach Lille oder Calais?«

»Nichts.« Er strahlte förmlich. »Da muß man zu Fuß gehen.«

»Jetzt sitzen Sie in der Tinte«, sagte Paul, als der Kellner weg war. »Oder hat man Ihnen eine Adresse in Paris genannt?«

Sie schüttelte den Kopf.

»Nein. An so was denkt kein Mensch.« Er kaute nachdenklich an der Pastete. »Sie wissen, daß wir nichts miteinander zu tun haben dürfen? Sie haben mich nicht zu kennen und ich nicht Sie. Und wenn wir nicht in die Kontrolle geraten wären, wüßte ich nicht, wohin Sie wollen.«

Catherine nickte. »Wir haben die gleiche Ausbildung, vergessen Sie das nicht.«

»Wissen Sie, wo Sie in Paris bleiben können?«

»Mir fällt nichts ein.«

»Kennen Sie sich da aus?«

»Ja.«

»Na, wenigstens etwas.« Er seufzte angeekelt. »Genau zwei Stunden, nachdem wir durch die Sperre am Bahnhof Montparnasse sind, treffen Sie mich auf der Terrasse vor der Brasserie Loraine auf der Place des Ternes. Wenn alles in Ordnung ist, lese ich in meiner Zeitung. Sehen Sie keine Zeitung oder sehen Sie mich nicht, sind Sie auf sich allein angewiesen. Gehen Sie nicht in ein größeres Hotel, sondern versuchen Sie es in einem *maison de passe*. Haben Sie ausreichend Geld?«

Catherine nickte. Er beugte sich etwas vor. »Gefährlich wird es, wenn wir ankommen, denn Miliz und Gestapo stehen an der Sperre rum wie ehedem die Hotelportiers. Bleiben Sie hinter mir und versuchen Sie festzustellen, ob mir jemand folgt. Achten Sie auf flott gekleidete Männer ohne Gepäck. Überhaupt ist jeder, der heutzutage ohne Gepäck reist, verdächtig. Merken Sie, daß so jemand mir nachgeht, kommen Sie nicht zur Brasserie.« Der Zug ruckte an, als der Kellner kassieren kam. Paul schob die Zeitung über den Tisch. »Hier, nehmen Sie die mit. Leichte Lektüre lenkt ab.«

In ihrem Abteil hatte unterdessen ein Wechsel stattgefunden. Ihr gegenüber saßen auf dem Platz des ältlichen Ehepaares zwei deutsche Soldaten, von denen der eine, ein Offizier, sie anstrahlte, als sie sich setzte. Ihr fiel auf, daß ihre Uniformen nicht mit silbernen, sondern mit goldenen Litzen abgesetzt waren, und daß sie Feuerwerkerabzeichen trugen. Sie lächelte flüchtig zurück und vertiefte sich gleich darauf in die Zeitung. Der Leitartikel war der Rechtspflege im gegenwärtigen Frankreich gewidmet, und Catherine erfuhr daraus zu ihrer Freude, daß ihre Landsleute sich derzeit seltener aus Liebe und öfter aus anderen Motiven gegenseitig umbrachten. Gründe dafür gab es ja auch reichlich.

Als der Zug im Bahnhof Montparnasse einfuhr, war sie doch tatsächlich eingeschlafen. Der Offizier half ihr, den Koffer aus dem Gepäcknetz zu heben, und beklagte sich über das Gewicht – sonderbarerweise in fließendem, wenn auch nicht akzentfreiem Französisch. »Ja, da staunen Sie, wie, Mademoiselle? Was transportieren Sie da? Steine?«

»Ja, Steine«, lachte Catherine.

»Na, ich werde Ihnen das Ding trotzdem tragen. Lassen Sie mal los.«

Zwischen den beiden Deutschen gehend, sah sie weit voraus Paul, doch ob ihm jemand folgte, konnte sie nicht feststellen. Nicht jedenfalls, soweit sie sah. Ihr Kofferträger fragte derweil, wohin sie wolle.

»Ich nehme die Métro«, sagte Catherine und hoffte inständig, er werde das nicht ebenfalls tun wollen. Statt dessen fragte er: »Hätten Sie nicht Lust auf eine Tasse Kaffee?«

»Ich bin auf der Durchfahrt nach Calais und muß vorher noch zu Verwandten.«

»Nach Calais? Das trifft sich ja gut. Meine Einheit liegt außerhalb von Sangatte, und wir könnten uns vielleicht dort mal treffen? Wo wohnen Sie denn?«

Catherine hätte am liebsten losgeheult. Der Name Sangatte sagte ihr nicht das geringste, und doch mußte es nahe bei Calais liegen. Warum habe ich bloß nicht Reims gesagt oder Lille? Sie stammelte: »Bei mir geht es schlecht, wissen Sie, aber . . .« und nun fiel ihr ein, welche Weisungen sie bekommen hatte, und sie fuhr erleichtert fort: »Ich gehe gelegentlich ins Café Trois Suisses, und dort könnten wir uns ja mal sehen.«

»Das will ich hoffen. Ins Trois Suisses gehe ich nämlich oft. Also bis auf dann, Mademoiselle.«

Catherine nahm ihm den Koffer ab, bedankte sich und rannte die Treppe zur Métro runter. Dabei verfluchte sie ihre Dummheit, und es gelang ihr nur mit Mühe, Tränen der Wut zurückzuhalten, Wut auf sich selber. Gleich die erste Probe habe ich vermasselt, dachte sie, als sie sich in den vollen Zug quetschte.

Jackie Moore setzte sich in der Abhörzelle der SOE in Sevenoaks an ihr Gerät und nahm die Kopfhörer auf. Es war jetzt 12 Uhr 30. Jackie war wie die meisten ihrer Kolleginnen dienstverpflichtet und entstammte einer gutbürgerlichen Familie. Sie war ferner die ›Patin‹, wie man das bei der SOE nannte, von Alex Wild, hatte also den Auftrag, alle Funksprüche aufzunehmen, die er aus Frankreich absetzte, und sie ließ sich weder durch Krankheit noch durch private Vergnügungen davon abhalten, unfehlbar am Platz zu sein, wenn die Zeit heranrückte, da er, wie sie wußte, auf Sendung ging. Sie war ihm nie begegnet, das verboten die strengen Sicherheitsvorkehrungen bei der SOE, und doch empfand sie eine große Verbundenheit mit ihm, eine Zuneigung, die auf ihre Art nicht weniger stark war als die, die sie für den jungen Leutnant von den Gardepanzern empfand, mit dem sie im Club 400 erst letzte Nacht fast bis zum Morgengrauen getanzt hatte.

Sie stellte das Gerät auf die Wellenlänge ein, auf der Wild funken sollte, und pünktlich um 13 Uhr kam das Rufzeichen AKD laut und deutlich über den Äther und sagte ihr, Wild sei irgendwo im besetzten Frankreich und habe die Arbeit aufgenommen. Sie empfand Erleichterung, als sie den Spruch in fliegender Hast in die Morsekladde übertrug, Erleichterung darüber, daß er also unversehrt an seinem Bestimmungsort angelangt und gesund war. Nach Schluß der Übermittlung übertrug sie die Zeichen in den verschlüsselten Text, der ihr selbstverständlich nichts sagte. Womit sie vertraut war, war einzig seine unverwechselbare ›Handschrift‹ an der Morsetaste.

Plötzlich überlief es sie kalt. Sie wußte, daß Wild seit neuestem zwei Kontrollzahlen in seine Funksprüche einzufügen hatte statt der bisherigen einen, und sie wußte ferner, daß man dieses System eingeführt hatte, weil der Feind das alte kannte und sich nicht eher zufriedengab, bis er einem gefangenen Funker diese Kontrollzahl abgepreßt hatte. Tauchte jetzt die erste Zahl in einem Funkspruch auf, die zweite aber nicht, hieß dies, daß der Funker aufgeflogen war und die Funkstelle von einem deutschen Funker bedient wurde. Wilds erste Kontrollzahl, die 36 zwischen der dritten und vierten Gruppe, war da, die 18 zwischen der vierten und fünften jedoch fehlte. Jackie hätte fast geweint. War Wild also erwischt worden? Aber sie hatte in seiner ›Handschrift‹ nicht das geringste Anzeichen dafür bemerkt, daß der Funker jemand anderer sein könnte als

Wild. Vielleicht war es ein Versehen, redete sie sich ein, vielleicht hatte er in der Aufregung die neue zweite Kontrollzahl nur vergessen. Schließlich war er mit dem System noch nicht so vertraut. Aber es war nicht an ihr, hier eine Entscheidung zu treffen, also vermerkte sie sowohl das Fehlen der zweiten Kontrollzahl wie auch den Umstand, daß der Spruch in jeder anderen Hinsicht auf Wild als den Funker schließen ließ, auf ihrem Meldebogen, bevor sie ihn zum Dechiffrieren brachte. Der Codeoffizier händigte den entschlüsselten Funkspruch einem Kurier aus, nicht ohne zuvor auf dem Umschlag in roten Großbuchstaben eine aus zwei Wörtern bestehende Warnung anzubringen. Umschläge, die so gekennzeichnet waren, gingen nicht wie üblich an Cavendish, sondern zum Sicherheitsbüro der SOE, wo hochrangige Nachrichtendienstler damit beschäftigt waren, alle Unternehmungen der SOE darauf hin zu kontrollieren, ob die Sicherheitsvorschriften strikt beachtet wurden. Auf dem Umschlag stand: KONTROLLNUMMER FEHLT.

PARIS

Paul saß wie verabredet auf der Terrasse, vertieft in *Je Suis Partout.* Als sie an seinen Tisch trat, stand er auf und nahm sie zu ihrer Verblüffung in die Arme. Er drückte sie fest an sich und küßte sie. »Ah, mein Engel, ich habe es kaum erwarten können!« sagte er dabei so laut, daß die Umsitzenden es hören mußten. »Ich auch nicht«, antwortete sie ebenfalls gut hörbar, um dann kichernd leiser und nur für seine Ohren bestimmt fortzufahren: »Ganze zwei Stunden waren wir getrennt, eine Ewigkeit, nicht wahr?« Und: »Soweit ich gesehen habe, ist Ihnen niemand gefolgt.«

Paul schob ihr den Stuhl zurecht und setzte sich dicht neben sie. Er streichelte ihre Wange und spielte den zärtlichen Liebhaber. »Wie haben Sie es gemacht?«

»Ich hab die Métro genommen.«

»Immer mit dem Koffer? Ich hoffe nur, da ist nichts Gefährliches drin. Hat Ihnen in London niemand gesagt, daß

Sie die Métro nicht benutzen sollen, falls Sie kompromittierendes Material bei sich haben? Da wird viel zu oft kontrolliert. Die langen Tunnel sind eine üble Falle. Wer beim Anblick einer Streife umkehrt, verrät sich automatisch. Also: Falls Sie was Heißes bei sich haben, benutzen Sie nie, ich wiederhole nie, die Métro.«

Er bestellte zu trinken und verfiel wieder in seine Rolle als ungestümer Liebhaber. »Ich habe fast vergessen, wie schön du bist!« Er lehnte sich vor und küßte sie neuerlich mit Inbrunst, legte den Arm um sie und streichelte ihren Nacken. Als er sich zurücklehnte, strahlte er, und Catherine dachte: Das ist ja eine hübsche kleine Komödie, die du da spielst, alter Freund, aber offenbar macht sie dir großen Spaß. Und mir auch.

»Ich habe zwei gute Adressen«, flüsterte er, »nur leider sind beide Wohnungen besetzt.«

»Macht nichts, ich schlafe im Sessel oder auf dem Fußboden.«

»Nicht darum handelt es sich, sondern Sie dürfen diese Leute nicht sehen und auch nicht von ihnen gesehen werden. Ein richtiges Hotel kommt nicht in Frage, weil die Meldeformulare jeden abend bei der Polizei abgegeben werden müssen. In London glaubt man, ein nordafrikanischer Geburtsort auf der Kennkarte ist das Ei des Kolumbus, und man will dort einfach nicht zur Kenntnis nehmen, daß die Gestapo schon seit anderthalb Jahren diesen Trick durchschaut. Wenn die auf dem gleichen Ausweis Oran und Calais lesen, könnte sie das auf Ideen bringen. Calais ist überhaupt ein Dollpunkt bei ihnen. Wären Sie ein Mann, könnten Sie sich auf Kosten der Regierung Seiner Majestät ein paar Tage in Bordellen verlustieren, da ist man vergleichsweise sicher aufgehoben.« Er zuckte die Achseln. Während er dies sagte, sah er ihr tief in die Augen, strahlte sie an und machte auf jeden etwaigen Beobachter den Eindruck eines verliebten Katers. »Am besten versuchen wir es in einem *maison de passe.* Ich kenne eines in Saint Germain, dessen Wirtin sich um nichts kümmert als darum, daß ihre Kasse stimmt. Sie hat Beziehungen zur Unterwelt, gibt den Polypen gelegentlich einen Tip, und die lassen sie dafür in Ruhe.«

Er glotzt mich bei alledem so schmachtend an, daß die Leute bestimmt glauben, er sagt ein Gedicht auf oder er macht mir einen Heiratsantrag, dachte Catherine.

»Falls da aber doch eine Razzia stattfinden sollte, dann wird die von der Sitte gemacht, und mit der werden wir schon fertig.«

Er lehnte sich zurück und nahm selbstzufrieden einen Schluck aus seinem Glas. Catherine machte sich sanft von seinem Arm los und betrachtete diesen vergleichsweise fremden Menschen, mit dem sie, wie es schien, die nächsten Nächte würde verbringen müssen. Hm, dachte sie, es hätte schlimmer kommen können, sehr viel schlimmer.

»Wir schmieren die alte Vettel ein bißchen und deuten an, daß meine Frau zum Glück verreist ist.«

»Reizend«, lächelte Catherine.

Paul ergriff lachend ihren Koffer. Geld hatte er schon neben die Untertasse gelegt, nachdem der Kellner die Getränke gebracht hatte. Eine Vorsichtsmaßnahme, die man auch ihr während der Ausbildung beigebracht hatte. Wer bezahlt hat, kann jederzeit aufstehen und gehen, ohne befürchten zu müssen, festgehalten zu werden.

Paul winkte ein Velotaxi heran, und der ›Chauffeur‹, irgendein bedauernswerter Pariser, der sich hier abstrampelte, um seine Familie durchzubringen, quälte sich mit den beiden wie ein Kuli die Avenue Wagram zum Etoile hinauf. Diese entwürdigende Verwandlung von Paris in ein Schanghai haben wir auch den *boches* zu verdanken, fuhr es Catherine durch den Sinn.

Einmal um den Etoile herum, ging es die Champs-Elysées abwärts. Diese Prachtstraße wurde nur von wenigen Fahrzeugen, meist militärischen, befahren und bot mithin einen Catherine gänzlich ungewohnten Anblick. Wie breit, wie schön und wie unglaublich still! Die Frühlingssonne tauchte alles in warmes Licht, die Kastanien zeigten bereits Knospen, und ihre Blätter wirkten, verglichen mit dem schnell welkenden eher grauen Laub in Friedenszeiten, ganz unglaublich grün. »Es ist wirklich verblüffend, Paul, Paris ist mir nie so schön vorgekommen wie heute.«

»Stimmt. Jedenfalls wenn man all die Uniformen auf dem Trottoir außer acht läßt.«

Tatsächlich waren ganze Horden von Uniformierten bei dem schönen Wetter unterwegs, doch war Catherine von diesem weichen, stillen Frühlingstag so hingerissen, daß sie nur sagte: »Schön, dann lassen wir eben mal außer acht.«

In Berchtesgaden war unterdessen die Konferenz, bei der die Feldmarschälle ihre Rollen hatten spielen müssen, vorbei, und es gab eine neue Attraktion: Generalleutnant Hiroshi Baron Oshima, der japanische Botschafter in Deutschland, ein beleibter Mann, stand im Mittelpunkt der Aufmerksamkeit.

Hitlers Gefolge amüsierte sich immer von neuem über den kleinen Japaner. Er war ein eingeschworener Nationalsozialist, und in Nachahmung der von ihm verehrten preußischen Generäle trug er ein Monokel, eine finstere Miene und ein kriegerisches Gebaren zur Schau. Das alles fiel dem bedauernswerten Mann keineswegs leicht. Er glich einem angeknabberten Teddybären, den ein den Kinderschuhen entwachsener Knabe im Schrank vergessen hat. Seine Uniform wirkte meist, als hätte er darin geschlafen, und er sah so kriegerisch aus wie eine schmelzende Eistüte. Oshima war alles andere als der glatte, undurchsichtige Orientale, vielmehr war er im Grunde charmant, und allein dies unterschied ihn schon von der Mehrheit seiner Landsleute. Er war gern in Gesellschaft, schlug sich, wenn möglich, ganze Nächte mit Trinkkumpanen um die Ohren und hatte eine Vorliebe für Studentenlieder, die er mit lispelndem Akzent vortrug, was ihm einen Heiterkeitserfolg garantierte.

Nebenher aber war er ein sehr gescheiter Militär, und deshalb schätzte ihn der Führer. Oshima war der einzige Japaner, von dem Hitler etwas anderes als Plattitüden zu hören bekam, und er revanchierte sich seinerseits durch eine ungewohnte Offenheit in seinen häufigen Gesprächen mit dem kleinen Dicken. Oshima hatte die gesamte Westfront von Norwegen bis zur spanischen Grenze bereist, auch den Atlantikwall besichtigt und darüber ausführlich nach Tokio berichtet. Sein Gespür für Ereignisse von Bedeutung hatte ihn denn auch fast zur gleichen Zeit auf dem Berghof eintreffen lassen wie die Marschälle, und es bedurfte nur eines Abends in Gesellschaft von Hitlers Gefolge und eines Gespräches mit dem Führer, um ihn erkennen zu lassen, worum es bei der Konferenz mit den Marschällen gegangen war. Nach Berlin zurückgekehrt, komponierte er einen Bericht, der immerhin an die 2000 Wörter umfaßte.

Mit diesem fertigen Bericht begab er sich in den Luftschutzkeller unter den Trümmern seines Botschaftsgebäudes, wo er die beiden kostbarsten Besitztümer aufbewahrte, die der Botschaft geblieben waren: ein Ölporträt des Tenno, das im Hinblick auf den quasi-göttlichen Status des Kaisers wie eine Ikone verehrt wurde, und ein schwarzer Apparat, der Ähnlichkeit mit einer Schreibmaschine hatte. Dies war die Chiffriermaschine Typ 97, die modernste und sicherste ihrer Art in der Welt. Oshima verschlüsselte seinen Bericht selbst in Fünfergruppen. Da die japanische Schrift gegen 5000 Zeichen kennt, die sich zur Verschlüsselung nicht gut eignen, benutzte die Maschine lateinische Buchstaben, welche die japanischen Worte phonetisch wiedergaben.

Den verschlüsselten Bericht ließ er durch Boten zu Telefunken bringen, denn wie alle diplomatischen Außenposten der Japaner bediente sich auch der in Berlin der kommerziellen Nachrichtenverbindungen seines Gastlandes. Von Berlin gelangte der Bericht nach Königswusterhausen, von wo er durch einen der stärksten Kurzwellensender ausgestrahlt wurde. Als der Botschafter sich auf den Weg ins Adlon machte, ging sein Bericht schon via Istanbul und Bandung Richtung Tokio.

PARIS

Die Absteige lag in einer engen Gasse wenige Schritte vom Boulevard Saint Germain entfernt, der Rue de L'Echaude. Neben der Tür verkündete eine polierte schwarze Tafel HOTEL PENSION, und die Besitzerin thronte gleich am Eingang in einer Art Verschlag hinter ihrem Tresen. Als Paul und Catherine eintraten, hängte sie blitzschnell den Hörer von der Hotelvermittlung ein; augenscheinlich hatte sie das Gespräch eines Gastes mitgehört. Hoffentlich tut sie das nur aus Langeweile, dachte Catherine.

»Monsieur, Madame?« Die braunen Augen der Besitzerin musterten die beiden kühl; ohne Zweifel suchte sie aus Kleidung und Auftreten zu schließen, wieviel sie diesen beiden für ein Zimmer abfordern könnte, und wie dringend es den neuen Gästen war, ins Bett zu kommen.

»Wir hätten gern ein Zimmer.«

»Versteht sich. Ihr Name?«

»Dupont.«

Catherine staunte darüber, mit welchem Ernst diese Person den Namen ins Register eintrug. Überhaupt war sie des Ansehens wert: weißhaarig und vollbusig, eingezwängt in eine Bluse aus Satin, auf den Wangen kreisrunde Flecke Rouge, und die Lippen samt der näheren Umgebung grellrot geschminkt.

»Wie lange wollen Sie bleiben?« Sie betrachtete dabei die Zimmerschlüssel am Brett; offenbar wählte sie die Größe der Zimmer nach der vermutlichen Dauer der bevorstehenden Leidenschaft ihrer Kunden aus. Paul schob eine Hand voller Banknoten über den Tresen und sagte dabei: »Wir würden gern länger bleiben. Meine Frau mußte dringend für ein paar Tage verreisen, und es ist das erste Mal –«

»Aber selbstverständlich, *mes enfants*«, unterbrach sie, und ihr Eifer ließ darauf schließen, daß sie die Praxis des Ehebruches durchaus billigte, mit gutem Grund. »So junge Leute ... man muß das Leben nutzen, wenn die Gelegenheit sich bietet ...« Die Banknoten waren bereits in ihrem Ausschnitt verschwunden. »Da wollen wir doch sehen, ob ich nicht ein besonders schönes Zimmer habe ...« Sie wählte mit Bedacht einen Schlüssel und erklomm alsdann die Treppe, gefolgt von einem leise japsenden Pudel, entschlossenen Schrittes wie ein Bergführer.

Im Treppenhaus roch es nach altem Wachs. Generationen heimlicher Liebespaare hatten die Stufen ausgetreten, und das eiserne Treppengeländer wackelte bedrohlich. Im ersten Stock öffnete die Besitzerin eine Tür mit dem eleganten Schwung des Managers vom Ritz, der einem jungen Paar die Brautsuite vorführt. Tatsächlich fand sich hier ein Doppelbett, wenn auch mit durchgelegener Matratze, ferner ein Stuhl und in der Ecke eine Art Vorhang, der Waschbecken und Bidet verdeckte. Nun ja, mehr braucht man genau betrachtet nicht, überlegte Catherine, und laut sagte sie: »Ach, Schatz, wie herrlich!«

Die Besitzerin deutete lässig auf das Fenster, welches auf die Gasse ging, und bemerkte: »Hier sind Sie ganz ungestört.« Im Abgehen bedachte sie ihre Gäste mit einem wohlwollenden Lächeln. Indem keifte nebenan eine Frau los: »Hältst du mich für verrückt? Für fünfzig Franken soll ich mich nackt ausziehen?« Die Hotelbesitzerin drehte sich an der Tür um und sagte gänzlich ungerührt: »Wissen Sie was? Ich habe für Sie genau das Richtige. Einen Veuve Cliquot von 1934, aus dem Keller meines verstorbenen Gatten.« Sie bekreuzigte sich hastig im Gedenken an den Dahingeschiedenen.

»Das wäre sehr liebenswürdig von Ihnen«, sagte Paul.

Sie schlurfte hinaus, den Champagner zu holen, Catherine setzte sich aufs Bett und prustete laut los.

»Wenigstens sind wir hier unter lauter Verwandten, Paul.« Und als er sie fragend anblickte: »Es stehen lauter Duponts im Register.«

Asmara

Dreitausend Meilen Luftlinie vom zerbombten Berlin entfernt gellte auf einem Felsplateau fast dreitausend Meter über dem Roten Meer im ehemals italienischen Eritrea eine Alarmglocke. Die Glocke war mit einem Kurzwellenempfänger von Typ SCR 44 gekoppelt und dessen Antenne wiederum mit der Wellenlänge des Kurzwellensenders Königswusterhausen, und wann immer von dort gesendet wurde, schrillte die Glocke. Beim Ertönen des Alarms legte ein Sergeant vom Signal Corps der US Army einen Hebel herum, der einen aufgerollten Papierstreifen in Bewegung setzte, der ebenso an ein Empfangsgerät angeschlossen war wie die Alarmglocke, und auf dem eine tanzende Nadel die aus Königswusterhausen abgehenden Morsezeichen registrierte, ganz in der Weise, wie das Elektrokardiogramm die Herztätigkeit registriert. Der Sergeant setzte Kopfhörer auf, um das einwandfreie Funktionieren des Apparates zu überwachen, und prüfte gleichzeitig die Bestimmungsorte der aufgezeichneten Funksprüche. Für den Sergeant und seine Kameraden war das, was sie da aufzeichneten, zu mehr als neunzig Prozent unbrauchbar: es waren Anweisungen an Banken zwecks Transferierung von Geldern; Angaben über die Menge irgendwo gefangener Fische; Mitteilungen über einen Todesfall in Hannover oder einen Bombenschaden in Berlin. Dann aber formten sich die Striche und Punkte zu dem vertrauten Muster, aus dem der einzige unverschlüsselte Teil von Oshimas Berichten bestand, *Gaimu Dai Jim*, Außenministerium Großer Mann. »Wir haben ihn!« schrie der Sergeant. »Los, er kommt jetzt!« Nun wurde die Station mit einem Schlage lebendig. Man hatte hier weiter nichts zu tun, als Oshimas Funksprüche abzufangen. Einzig zu diesem Zweck war die Station in Asmara erbaut und seit dem Sommer 1943 mit 250 Mann besetzt worden. Die Klippe von Asmara ragte so unvermittelt und steil hinter dem Hafen Massawa auf, daß sie sich als eine ideale natürliche Antenne zum Auffangen der Funksprüche aus Berlin anbot, die von der Relaisstation Istanbul aufgenommen und weitergegeben wurden. Massawa war ein gottverlassenes Nest, wo die Frauen den lieben langen Tag mit Fliegenklatschen aus Pferdehaar nach Insekten schlugen, die sich in dichten Scharen überall niederließen, und bei Nacht heulten Hyänen um die Station. Barfüßige Eingeborene kamen gelegentlich auf der Suche nach Brennbarem vorbei. Im Inneren der Station jedoch waren amerikanische Techniker mit einer höchst wichtigen Sache beschäftigt; was sie da an Funksprüchen auffingen, war von denkbar großer Bedeutung, ganz besonders jetzt, im Frühjahr 1944.

Auf den Ruf des Sergeanten hin wurden drei weitere Aufzeichnungsgeräte in Gang gesetzt, von denen zwei den Bericht Oshimas beim Eintreffen in Istanbul aufnahmen, ein weiteres und das schon in Betrieb befindliche den ausgehenden Bericht. Der Chef der Station, Colonel Cotter, ein leidenschaftlicher Zigarrenraucher, im Zivilberuf leitender Angestellter bei der Telefongesellschaft Bell in Michigan, überwachte das Aufzeichnen. Als er sah, wie lang Oshimas Bericht war, befahl er seinem Adjutanten: »Das schicken wir expreß.«

Und bevor noch der Botschafter in der Bar des Adlon den ersten Drink zu sich genommen hatte, war sein Bericht auf dem Wege nach Washington.

Paris

Nicht nur Paul starrte sie bewundernd an, als Catherine durch das voll besetzte Chapon Rouge auf seinen Tisch zusteuerte, sondern auch die übrigen männlichen Gäste des Lokals. Sie bewegte sich überaus anmutig, und mit einer Geschmeidigkeit, die von verhaltener Kraft zeugte, ohne Zweifel das Ergebnis stundenlanger körperlicher Übungen unter Aufsicht des von Cavendish bestellten Sergeanten im Trainingslager in England. Sie hatte soeben auf der Damentoilette ihr blondes Haar sorgfältig frisiert, und obwohl sie in dem grauen Kostüm die restlichen Stunden der vergangenen Nacht im Stroh verbracht hatte, trug sie es wie ein kostbares Modellkleid von Maggy Rouff beim Rennen in Longchamps. Als sie wieder an seinem Tisch Platz nahm, bemerkte Paul denn auch: »Sie sehen verboten gut aus, meine Liebe, ich verstehe nicht, was der alte Cavendish sich dabei gedacht hat, ausgerechnet Sie hierher zu schicken. Normalerweise scheut er gut aussehende Frauen wie der Teufel das Weihwasser.«

»Er hat sich gedacht«, sagte Catherine nach einigem Zögern, »er braucht dringend eine Klavierspielerin.«

Aha, deshalb ist dein Koffer so schwer, dachte Paul. Aristide braucht also einen zweiten Funker. Aber wozu? Das hat womöglich mit der bevorstehenden Invasion zu tun.

»Und wie ist die Stimmung in Orchard Court? Sind alle schon vom Invasionsfieber befallen?«

»O ja. Jeder rätselt, wann sie wohl stattfindet und wo, und ob sie gelingt oder nicht.«

»Die sind dort bestimmt nicht besorgter als mindestens die Hälfte der hier versammelten Gäste«, grinste Paul. Er lenkte Catherines Aufmerksamkeit mit den Augen auf einen runden Tisch in einer Ecke des Lokals, wo inmitten einer Gruppe junger Leute in Catherine unbekannter Uniform ein dicklicher Mensch mit gedunsenem Gesicht hofhielt. »Das ist Phillippe Henri Pacquet. Seit drei Jahren erzählt er uns schon am Radio, was für ein vortrefflicher Mann der Führer ist.«

»Und was sind das für Uniformen?«

»Das ist die Uniform der LFF, der Legion Französischer Freiwilliger. Die sollen uns vor dem Bolschewismus schützen. Denen ist wahrscheinlich dieser Tage nicht sehr wohl, denn allmählich müssen ihnen Zweifel daran kommen, ob sie sich auf die richtige Seite gestellt haben. Als die Deutschen damals auf den Champs-Elysée ihre Siegesparade abhielten, sah das wohl noch etwas anders aus.«

Paul wandte sich einem angenehmeren Gegenstand zu, nämlich der kleinen Speisekarte, die der Kellner vor ihn gelegt hatte. Auch Catherine nahm ihre zur Hand und las sie mit schlecht verhohlener Verblüffung. Einige jener Rinder, die sie auf ihrer Bahnfahrt vermißt hatte, waren augenscheinlich im Kühlschrank dieses Etablissements gelandet. »Ist Ihnen klar«, sagte sie mißbilligend wie eine Lehrerin, »daß man heute abend nirgendwo in London so essen könnte?«

»Wieso heute abend? Das könnten Sie nie.« England mit gutem Essen gleichzusetzen, wäre Paul nicht in den Sinn gekommen. Catherine staunte immer noch darüber, daß sie so mühelos einen Tisch in diesem Lokal bekommen hatten, und sie fragte Paul, wie das denn möglich sei.

»Oh, reinzukommen in ein Schwarzmarktlokal ist nicht weiter schwer. Man muß nur genügend Geld haben, um heil wieder rauszukommen. Mein Motto ist: Wenn ich schon vor einem deutschen Erschießungskommando enden soll, dann lieber mit vollem Magen als hungrig.«

Der Wirt, in Hemdsärmeln und weißer Schürze, trat an ihren Tisch und empfahl aufs wärmste Lammbraten und zuvor ein Käsesoufflee. Paul war sehr einverstanden und fragte nach Vosne Romanée vom Jahrgang 1934. Als der

Wirt zustimmend nickte und sich auf die Suche nach dem Wein begab, sagte Paul zu Catherine: »Das ist hier so, als ob man erster Klasse in der Eisenbahn fährt. Die Deutschen dulden solche Lokale. Sehen Sie sich um. Gut die Hälfte der Gäste sind Deutsche. Die Gestapo interessiert sich mehr für die Kneipen in den Arbeitervierteln.«

Catherine blickte sich verstohlen um und mußte Paul recht geben. Falls die Gestapo hinter dem kommunistischen Proletariat her war, konnte sie hier keinen Fischzug machen. Abgesehen von den grau und verbissen wirkenden Kellnern, die offenbar von der Küche nicht so gut versorgt wurden wie die Gäste, und den Frauen, die gewiß beruflich hier waren, sah sie keinen Franzosen, der je im Schweiße seines Angesichtes sein Brot verdient hätte.

Der Wirt brachte den Vosne Romanée, den Paul kennerisch kostete, bevor er sein Glas hob und fragte: »Worauf wollen wir trinken, Madame Dupont? Auf unserer beider Gesundheit? Auf abwesende Freunde? Auf Ihren Erfolg?«

»Vielleicht auf den Bombenschützen in der ersten Maschine der RAF über Amiens letzte Nacht?«

An dem runden Ecktisch gab es jetzt einen kleineren Aufstand. Einer der jungen Legionäre war anscheinend betrunken von seinem Stuhl gerutscht und hatte sichtlich Mühe, wieder auf die Füße zu kommen, und das lag nicht nur am Alkohol, wie die beiden jetzt sahen, sondern auch daran, daß ihm ein Arm fehlte. Als Ersatz dafür trug er an der Jacke das deutsche Verwundetenabzeichen.

»Der arme Junge«, flüsterte Catherine mitleidig. »Er ist doch noch ein Kind.«

Paul sah das anders. »Irgend so ein dummer Provinzjokkel, der es satt hat, frühmorgens die Kühe zu melken. Lieber geht er in den Krieg.« Er nahm einen Schluck aus dem Glas. »Ein hirnloser Strolch, der genau den hirnlosen Krieg bekommen hat, den er verdient. Er marschiert hinter der Trommel her. Nur ist es in seinem Fall die falsche.«

Catherine mißfiel sein abschätziger Ton, und sie war im Begriff, etwas zu entgegnen, als er fortfuhr: »Für uns gibt es keine Trommel, für uns ist nichts klar und eindeutig, für uns gibt es nicht Schwarz und Weiß, sondern nur Grau, und Sie werden noch merken, meine Liebe, daß es gar nicht einfach ist, die einzelnen Grautöne voneinander zu unterscheiden.«

Den hat es offenbar erwischt, dachte Catherine, das ist der Verfolgungswahn, von dem Agenten, die allein auf sich gestellt sind, leicht befallen werden, und vor dem man mich in London gewarnt hat. Zum Glück brachte der Kellner das brutzelnde, appetitlich aussehende Käsesoufflee, bei dessen Anblick Pauls Stimmung sich hob. Er grinste sie spitzbübisch an und behielt während der Mahlzeit seine gute Laune. Bis auf den Kaffee war alles wirklich ausgezeichnet und besser als das, was man in London vorgesetzt bekommen hätte. Paul schob die Kaffeetasse weg und schaute auf die Uhr. »Wir dürfen nicht in die Sperrstunde kommen. Gehen wir lieber. Wer auf der Straße aufgegriffen wird, endet leicht als Geisel in Fresnes.«

Paul verlangte nach der Rechnung, und während er in seinen Taschen nach Geld suchte, ging Catherine noch einmal zum Waschraum. »Es gibt da nämlich richtige Seife«, erklärte sie.

Auf dem Weg durchs Lokal stieß ihr dann allerdings ein Mißgeschick zu, das leicht hätte übel ablaufen können. Ein offenbar angetrunkener Offizier machte ihr handgreifliche Komplimente, als sie an seinem Tisch vorbeiging, und wäre nicht ein deutscher Zivilist aufgestanden und hätte ihn leise, aber scharf zur Ordnung gerufen, es wäre wohl zur Katastrophe gekommen, denn Paul war schon aufgestanden, hatte die Serviette weggelegt und stand im Begriff, Catherine zu Hilfe zu kommen, was alles im höchsten Grade den Verhaltensregeln widersprach, die man ihm in England eingebleut hatte. Catherine starb schier vor Angst, doch andererseits fand sie es wunderbar, daß er ihretwegen alle Vorsicht in den Wind schlug. Für diesmal kamen sie mit einem blauen Auge davon. Nach einem höflichen wenn auch knappen Dank an den Zivilisten verließen sie das Chapon Rouge.

Botschafter Oshimas Bericht über seinen Besuch auf dem Berghof fand seinen Weg nach *Arlington Hall*, einem ehemaligen Mädchenpensionat mitten in Washington D.C. Mehrere Wachposten und eine alte Eichenallee, die zum

Hause führte, verbargen die geheime Tätigkeit, die hinter den Mauern des Gebäudes stattfand, und die nicht nur mit der Entwicklung einer Atombombe zu tun hatte, sondern auch mit der Dechiffrierung von Funksprüchen, welche mit der absolut sicheren japanischen Chiffriermaschine vom Typ 97 verschlüsselt worden waren. Daß die Amerikaner diesen Code geknackt hatten, war bereits für den pazifischen Kriegsschauplatz von größter Bedeutung gewesen. Nun ergaben sich überraschenderweise auch noch Erkenntnisse hinsichtlich des europäischen Kriegsschauplatzes. Daß die Briten seit 1941 im Besitz des Geheimnisses von *Ultra* waren, hatte den Alliierten unermeßliche Vorteile verschafft, nur jetzt, da die bedeutendste Entscheidung des Krieges in Europa bevorstand, war der Nutzen von *Ultra* gering. Und dies aus einem sehr einfachen Grund: Das deutsche Oberkommando bevorzugte zur Nachrichtenübermittlung an die nachgeordneten Befehlsstellen im Westen Telefonverbindungen, und die konnten von den Alliierten nicht abgehört werden. So stellten denn die sehr detaillierten Berichte des japanischen Botschafters in Deutschland praktisch die einzige Informationsquelle dar, und sie wurden deshalb in Arlington geradezu ehrfürchtig behandelt.

Zunächst wurde der Morsetext in den verschlüsselten japanischen Wortlaut umgesetzt, dieser sodann von einem Offizier mit einer Maschine, die der ähnelte, welche der Botschafter benutzte, entschlüsselt und von einem Linguisten der Universität Harvard aus dem Japanischen ins Englische übertragen. Das Produkt wanderte alsdann auf dem schnellsten Wege zur Nachrichtenabteilung des Stabschefs des Heeres im kürzlich fertiggestellten Pentagon. Und von dort gelangten schließlich Abschriften der wichtigsten aufgefangenen japanischen Funksprüche zweimal täglich durch Kuriere im Offiziersrang an die zwei Dutzend Persönlichkeiten – darunter der Präsident der USA –, welche berechtigt waren, sie einzusehen.

Als Oshimas Bericht im Pentagon ankam, war die zweite Lieferung des Tages bereits herausgegangen, doch der Major vom Nachrichtendienst, der den Bericht überflog, erkannte dessen Bedeutung auf der Stelle und brachte ihn eigenhändig gegen 19 Uhr 30 nach Fort Myers in Virginia. In einem altmodischen Gebäude auf der Avenue of the Stars legte er ihn General George C. Marshall vor, dem Stabschef des Heeres. Marshall war in Washington dafür berüchtigt, daß nichts, aber auch gar nichts ihn aus seiner zur Schau getragenen eisernen Ruhe aufschrecken konnte, doch die Lektüre dieses Schriftstückes vollbrachte endlich das Wunder. Er schaute den Major an und sagte: »Dies ist eine Katastrophe.«

Paris

»Sei still, du Biest!« Die Hotelwirtin tat, als versetze sie ihrem kläffenden Pudel einen Tritt, und überreichte Paul den Zimmerschlüssel. »Da wäret ihr beinahe in die Sperrstunde reingekommen«, maulte sie und zog den flanellenen Schlafrock enger um ihren imponierenden Busen. Es war ihr augenscheinlich unfaßbar, daß jemand auf der Straße herumlief, wenn er statt dessen die Bequemlichkeiten hätte nutzen können, welche ihr Etablissement zu bieten hatte.

»Wir haben alte Freunde besucht«, erklärte ihr Paul und steuerte Catherine durchs finstere Treppenhaus hinauf, finster, weil die Beleuchtung angeblich der Verdunklungsvorschriften wegen, in Wahrheit aber aus Gründen der Sparsamkeit abgeschaltet war.

Catherine ging voran und bis zum Fenster und schaute auf die menschenleere Gasse. Das Viertel, vor dem Krieg wimmelnder Mittelpunkt des Lebens auf der *rive gauche*, lag wie tot. Ein Weilchen stand sie im Licht des Mondes, in Gedanken nicht bei der menschenleeren Straße, sondern bei dem Mann hinter ihr. Dem Mann, der sie mürrisch in Empfang genommen und über die sumpfige Wiese getragen hatte, damit ihre Schuhe keine verräterischen Spuren aufwiesen; dem Mann, der die Rolle des Liebhabers auf der Terrasse der Brasserie so charmant und überzeugend gespielt hatte; dem Begleiter, der sich ihretwegen im Chapon Rouge um ein Haar ins Unglück gestürzt hätte. Man brauchte ihn nur anzusehen, um zu wissen, daß er ein

Schurke war. Warum, um alles in der Welt, stöhnte sie bei sich, muß ich immer wieder auf die Schurken reinfallen, und nicht und niemals auf einen braven Arzt oder Advokaten, der sonntags zur Messe geht und an seinem Mütterlein hängt? Paul betrachtete sie derweil, wie sie da so im Mondlicht stand. »Denise . . .« Sie wirbelte herum und legte ihm einen Finger auf die Lippen, bevor er mehr sagen konnte als ihren Namen. Dann legte sie die Arme um seinen Hals und preßte sich an ihn. So standen sie fast eine Minute und genossen die Vorfreude auf die kommende Vertrautheit.

Dann hielt er sie von sich weg und suchte hungrig ihren Blick. Ohne sie aus den Augen zu lassen, knöpfte er langsam ihre Bluse auf und liebkoste ihre Brüste. Catherine öffnete ungeduldig sein Hemd, und ihre Fingernägel kratzten behutsam über seine Brust bis hinab zum Gürtel. Da war denn kein Halten mehr. Sie streiften ihre Kleider ab und legten sich aufs Bett. Paul kniete über ihr, betrachtete gierig ihre festen Brüste, den flachen Bauch, die Schenkel. Seine Lippen suchten ihren Nabel, doch packte sie seinen Kopf und zog sein Gesicht auf das ihre. »Jetzt, Paul«, flüsterte sie heftig, »jetzt gleich!« Sie stöhnte erwartungsvoll und reckte sich ihm entgegen, und er drang in sie ein, behutsam, wie zögernd, verharrte, stieß vor, glitt zurück, verharrte wieder, so, als wolle er ihr die ersehnte Wonne vorenthalten, stieß überraschend wieder zu. Sie beendete dieses teuflische Spiel, indem sie ihn mit aller Kraft in sich hineinzog und dabei einen spitzen Schrei ausstieß. Sie hielten sich fest, versunken in die Ekstase der längsten und kürzesten Sekunden, die der Mensch erleben kann. Dann blieben sie noch eine Zeitlang ineinander und genossen die Nachfreude. Endlich rollte Paul sich herum und langte nach den Zigaretten in seiner Jacke auf dem Fußboden. Catherine lag stumm neben ihm und blickte dem Rauch seiner Zigarette nach. Was wußte sie von diesem Mann, den sie eben so impulsiv und leidenschaftlich geliebt hatte? Nichts, als was ihr der Pilot bei der Ankunft in Frankreich gesagt hatte: »Der konnte fliegen, bevor er gehen gelernt hat.« So fragte sie denn: »Warst du Flieger vor dem Krieg, Paul?«

Sie fühlte, daß er nickte. »Wieso gerade Flieger?«
»Willst du das wirklich wissen?«
»Alles möchte ich wissen. Ich mag nicht mit Männern im Bett liegen, von denen ich nichts weiß.«
Paul lachte. »Ich stamme aus dem Norden, aus der Nähe von Compiègne, und schon als Kind hatte ich einen kleinen Stich – ich mußte immer alles besser und schneller und waghalsiger machen als andere Kinder.« Er sog an seiner Zigarette, und Catherine schnupperte Virginiatabak.
»Eines schönen Tages, es war im Juli 1924 – manche Tage vergißt man nicht –, landete ein alter Doppeldecker auf einer Weide unweit von meinem Elternhaus. Da lief natürlich der ganze Ort zusammen, auch der Pfarrer kam und der Briefträger und überhaupt alle. Der Pilot bot einen Rundflug an, aber keiner traute sich.«
»Außer dir, selbstverständlich.«
»Außer mir, selbstverständlich.«
Auch jetzt noch erinnerte er sich ganz deutlich an diesen fünfminütigen Rundflug, an den Geruch von durchgeschwitztem Leder, das Dröhnen des Motors, als der Pilot zum Start Vollgas gab, hörte den Wind in den Streben zwischen den Tragflächen pfeifen, fühlte, wie er gegen die Rückenlehne gepreßt wurde, als der Pilot die Maschine hochzog, und am deutlichsten erinnerte er sich der staunenden und bewundernden Blicke, mit denen die Dorfbewohner ihn empfingen, als er ausstieg. Da wußte er plötzlich, was er immer schon gesucht hatte – das Glück seines Lebens würde er da oben am blauen Himmel finden oder überhaupt nicht. »Und das war die Geburtsstunde eines neuen Saint-Exupéry«, bemerkte Catherine.
»Nein, nichts dergleichen. Und was das übrige angeht . . . fliegen wollen ist eines, Pilot werden etwas anderes.«
»Und wie wurdest du einer?«
»In Compiègne gab es einen Fliegerclub, der hatte da eine Kuhweide mit einer Scheune drauf als Hangar. Das gehörte alles einem Veteranen, der sich mit Ach und Krach und einem ausgemusterten Eindecker am Leben hielt. Bei dem hab ich's gelernt. Mit achtzehn bin ich zum ersten Mal allein geflogen.«

Catherine fühlte, wie stolz er darauf war und daß Fliegen ihm wirklich viel bedeutete. Um so schlimmer für ihn, daß er jetzt nur andere Flugzeuge einwinken und selber keines mehr steuern durfte. »Warst du bei der Air France?« fragte sie.

»Air France? Bei denen hätte ich damals nicht mal den Hangar ausfegen dürfen. Nein, nein. Ein Freund von mir, Clément hieß er, der hatte eine alte Blériot, und mit der machten wir rund um Paris so eine Art Luftzirkus.« Das war ein mühsames Dasein. Wenn sie einen Bauern überredet hatten, sie auf seiner Wiese starten und landen zu lassen, mußten die Neugierigen zusammengetrommelt werden, die sich nicht nur ansahen, wie einer von beiden Loopings und Rollen vorführte, sondern dem anderen auch ein paar Münzen in die Mütze tun sollten, wenn er herumging und sammelte. Zwei Sommer verbrachten die beiden Freunde auf diese Weise im Umkreis von hundert Meilen um Paris, dann war die Weide, wie man so sagt, abgegrast. Catherine hatte hingerissen zugehört und bemerkte nun: »Das alles klingt nicht danach, als wärst du der ideale Schwiegersohn einer französischen Mutter, Paul.« Sie streichelte seine Brustwarze. »Vielleicht finde ich dich deshalb so anziehend?«

»Französinnen machen sich nichts aus dem Rat ihrer Mütter.«

»O doch, das tun sie. Ich weiß es. Ich habe mir auch den idealen Mann aussuchen lassen.«

»Dann bist du also verheiratet?« Das klang so enttäuscht, daß Catherine ganz gerührt wurde. »Fast wäre ich's. Ich habe mich im letzten Moment gerettet. Alles bloß, weil ich auf meine Mutter gehört habe.« Sie rollte sich zu ihm herum und gurrte: »Aber meine Liebhaber, die suche ich mir allein.«

»Wenn dich das tröstet: Ich habe in meinem Leben auch schon eine feste Stellung gehabt, wenn auch keine geregelte Arbeitszeit.«

»Als Flieger?«

»Als Postflieger bei der alten Air Bleu. Als die 1936 ihren Laden aufmachten, war ich unter den ersten, die dort angeheuert haben.«

Catherine hörte heraus, wie stolz er darauf war. »Also doch ein Saint-Exupéry.«

»Wir flogen täglich von Le Bourget nach Lille, Le Havre, Rouen, Strasbourg und am nächsten Tag zurück. Instrumente hatten wir so gut wie keine. Wenn die Wolken aufreißen und man sieht einen Kanal, eine Straße, einen Wald, was weiß ich, kann man sich orientieren, aber wenn sie's nicht tun, dann verdienst du erst richtig dein Gehalt.« Dank seiner Air-Bleu-Uniform durfte er in Le Bourget die Kantine der Piloten betreten und lernte dort seine Götter kennen, die Piloten der internationalen Fluglinien.

»Wie lange hast du das gemacht?«

»Bis die Air Bleu pleite ging. '37 war das.«

»Mein armer Paul, gerade als du so schön am Zuge warst.«

»Ganz im Gegenteil. Ich habe danach spanische Piloten für die republikanische Luftwaffe ausgebildet. Und eines Tages hat mir ein spanischer Oberst, in Zivil selbstverständlich, angeboten, Maschinen nach Barcelona zu überführen, die er überall in Westeuropa zusammenkaufte. Auch da wieder hieß es, nur mit Kompaß und Karte fliegen. Nicht mal Wetterberichte durften wir anfordern, sonst wäre das aufgefallen.«

Das war nun ganz nach Catherines Herzen, die mit ihren baskischen Freundinnen in Biarritz gegen Franco demonstriert, Geld für die Republikaner gesammelt und Flüchtlinge in der Garage versteckt hatte. »Du warst also gleich auf der richtigen Seite.«

»Unsinn. Die Republikaner waren mir schnurz. Für Geld hab ich's gemacht. Vor jedem Flug gab der Oberst uns 5000 Francs. In zwei Monaten habe ich da mehr verdient als bei Air Bleu in einem ganzen Jahr. Noch dazu machte es Spaß. Besonders, weil wir die Pyrenäen nicht überfliegen konnten, sondern uns irgendwie durchmogeln mußten.«

»Wenn ich bedenke, daß du als eine Art Söldner in Barcelona warst, und nicht aus ideellen Motiven . . .«

»Barcelona hat mir gut gefallen. Zumal die Rambla hat es mir angetan. An allen Zeitungskiosken standen Leute und stritten miteinander.«

»Und den Señoritas hast du nachts unterm Fenster ein Ständchen gebracht.«

»Das mache ich lieber im Schlafzimmer der Damen.«

»Das ist mir auch aufgefallen«, kicherte Catherine. Und nach kurzem Schweigen: »Möchtest du jetzt nicht lieber wieder fliegen?«

»Ich tue, was mir aufgetragen worden ist.«

»Und wie bist du dazu gekommen?«

»Das gehört zu den Fragen, die wir einander nicht stellen dürfen, hast du das vergessen?«

»Stimmt«, seufzte sie und lachte kehlig. »Wir sind wie Schiffe, die einander nachts begegnen. Hätte es nicht weiter im Norden dieses Bombardement gegeben, das alles wäre nicht passiert. Nicht mal unsere richtigen Namen kennen wir, weil wir sie nicht sagen dürfen.« Paul murmelte im Einschlafen: »Ich weiß alles, was ich wissen möchte, nämlich daß du die schönste Frau bist, die mir je begegnet ist.« Catherine drückte ihn an sich. »Mein lieber Paul, du bist ein ganz großer Lügner, aber deine Lügen sind entzükkend. Schlaf jetzt.«

Sie lagen noch eng umschlungen unter der dünnen Decke, Pauls Kopf zutraulich an Catherines Schulter. Er schlief fest, sie hingegen lag wach und betrachtete nachdenklich die Kringel, die das einfallende Mondlicht auf den Fußboden malte. Als sie die Augen schloß, hörte sie von der Straße das Jaulen von Reifen, gleich darauf das Röhren eines Motors. Sie schreckte auf. Nun quietschten Bremsen, Autotüren wurden zugeknallt, Füße trampelten und Fäuste hämmerten an eine Tür. »Aufmachen! Polizei!«

Paul fuhr im Bett hoch. Catherine hätte beinahe geschrien, beherrschte sich aber und klammerte sich an ihn.

»Was ist?«

»Gestapo.«

Er sprang aus dem Bett und rannte zum Fenster. Catherine sammelte ihre Kleider auf und überlegte, wie sie um Himmels willen aus dem Hotel entkommen könnten. Paul winkte sie zum Fenster, und sie sah, daß der Überfall dem Hause gegenüber galt. Zwei schwarze Citroëns standen mit laufendem Motor vor dem Hotel in der Gasse, daneben

Gestalten in langen Ledermänteln. Die Tür des gegenüber liegenden Hauses stand offen, und man hörte deutlich, wie drinnen die Möbel umgeworfen wurden. Hinter den Gardinen der Fenster der anderen Häuser sah man die Umrisse aufgeschreckter Nachbarn. Plötzlich wurde ein nur mit einer Schlafanzugjacke bekleideter Mann, dessen Hände auf dem Rücken gefesselt waren, die Vortreppe heruntergestoßen. Eine der Gestalten im Ledermantel versetzte ihm einen Tritt in die Genitalien, und der Mann schrie vor Schmerz. Dann wurde er mit dem Kopf voran in eines der Autos geworfen.

Paul flüsterte: »Das arme Schwein, wenn der wüßte, was ihm bevorsteht . . .« Er zitterte, und Catherine legte den Arm um seine Hüfte. »Morgen müssen wir hier weg. Wahrscheinlich wird die ganze Nachbarschaft verhört.«

Die schwarzen Wagen fuhren an und verschwanden in der Nacht. Catherine und Paul gingen wieder zu Bett und klammerten sich aneinander wie verängstigte Kinder. So blieben sie fast eine Stunde liegen, ohne zu sprechen. Als die graue Dämmerung kam, umarmten sie einander innig, sanft und zärtlich, und beiden war so, als hätten sie etwas Vergleichbares noch nicht erlebt.

Hartfort, Connecticut

An diesem Märzmorgen war jenseits des Atlantik Major Thomas Francis O'Neill, von seinen Freunden nur T. F. genannt, im Begriff, in den Krieg zu ziehen. Er war der jüngste Major im jüngsten Zweig der US Army, dem Office of Strategic Services (OSS), der Spionageabwehr. Nichts in seinem Verhalten deutete allerdings darauf hin, daß Ungewöhnliches bevorstand. Wie üblich frühstückte er in dem düsteren Speisezimmer im Stadthaus seines Großvaters auf der Prospect Avenue. Der Tisch war wie stets für zwei Personen gedeckt, die sich an der langen Tafel gegenübersaßen, auf der das Silberbesteck blinkte. Frisch im Gewächshaus geschnittene gelbe Rosen schmückten den Tisch, und die beim Börsenbericht aufgeschlagene Tageszeitung erwartete T. F.s Großvater auf dem Lesepult neben seinem Gedeck.

Es war also alles wie immer, nicht ausgenommen der Umstand, daß der Großvater sich verspätete. Undenkbar, daß T. F. ohne ihn zu frühstücken begonnen hätte. Er mochte zwar in den Krieg ziehen, doch es war ausgeschlossen, daß er vom Rührei nahm, solange der Patriarch, der ihn von Kindesbeinen erzogen hatte, nicht auf seinem Platz saß.

»Es geht also nach England?« fragte Clancy, der Diener, der auf seinem angestammten Platz am Buffet über Rührei, Würstchen, frisch ausgepreßtem Orangensaft und der blubbernden Kaffeemaschine wachte. »Da nehmen Sie sich mal gut in acht.«

Wie die meisten Bediensteten stammte auch Clancy aus jenem ärmlichen Dorf Carrick am Shannon, aus dem der Großvater 1885 nach Amerika ausgewandert war, und von wo er seit je seinen Bedarf an Hauspersonal deckte. Clancy, ganz in der irischen Tradition aufgewachsen, hatte für Engländer nichts übrig.

T. F. lachte. »So schlimm, wie du sie machst, sind die Engländer nun doch nicht, Clancy. Ich habe in Washington eine ganze Menge kennengelernt.«

»Was für ein Anblick!« ließ sich in diesem Moment der Großvater vernehmen, der jetzt auftrat wie ein irischer Politiker bei dem Leichenbegängnis eines Wählers, den Enkel bei den Schultern packte und ihm stolz ins Gesicht sah. »Der wird uns schon Ehre machen, nicht wahr, Clancy?« sagte er dabei, kniff T. F. in die Wange, sagte: »Heute nur wenig Rührei« und schritt zu seinem Stuhl. Hier angelangt, holte er schwungvoll sein Brillenetui hervor, haute sich die Brille auf die Nase und versenkte sich in seine Zeitung. Der Junge, den er von allen Menschen auf der Welt am meisten liebte, mochte zwar im Begriff sein, in den Krieg zu ziehen, doch zunächst einmal mußten die Aktienkurse gelesen werden, denn damit hatte er sein immenses Vermögen erworben.

»Flugzeugaktien steigen«, sagte er befriedigt. Der alte Mann hatte schon 1937 den kommenden Krieg vorausgesehen und Aktien der Flugzeughersteller Pratt & Whitney zum niedrigsten Kurs gekauft. Damals herrschte immer noch die Wirtschaftskrise. Der Riecher des alten O'Neill war in Börsenkreisen in Hartford legendär, in dieser Stadt, in der er gestrandet war, als der aus der Alten Welt mitgebrachte Notgroschen nicht für die ganze Strecke von New York nach Bosten reichte, wohin er eigentlich gewollt hatte.

Daß er in der Neuen Welt so reüssierte, verdankte er dem Umstand, daß er keinerlei Schulbildung genossen hatte. Einzig schreiben hatte er bei dem wohlmeinenden, aber ungebildeten Priester gelernt, der ihm gelegentlich Unterricht erteilt hatte, aber dieser stammte wohl von mittelalterlichen Mönchen ab, denn O'Neill legte sich eine exemplarische Handschrift zu. Und das war für ihn in Hartford, das sich gerade zur Kapitale der Versicherungswirtschaft entwickelte, von unschätzbarem Wert. So wurde er denn bereits mit vierzehn Jahren Privatschreiber des Direktors der Versicherungsgesellschaft Aetna, einem bärtigen Patriarchen namens Morgan B. Bulkeley. In dessen Büro saß O'Neill still und unauffällig in seinem Eckchen und hörte mit an, wie der alte Herr sich mit seinen Prokuristen darüber beriet, wie das Kapital der Gesellschaft gewinnbringend anzulegen sei. Mit jedem Penny, den der junge Tom verdiente oder auch borgte, folgte er den von seinem Arbeitgeber unbeabsichtigt gegebenen Börsentips, und als er 35 Jahre alt war, hielt er die Mehrheit der Aktien der Gesellschaft, deren Angestellter er war. Er kündigte seine Stellung und widmete sich fortan einzig der Vermehrung seines Vermögens.

Zu seiner Überraschung hörte T. F. jetzt den alten Herrn sich umständlich räuspern, nachdem er die Zeitung zusammengelegt hatte; dies war das Zeichen dafür, daß er beabsichtigte, ein Tischgebet zu sprechen.

Und schon begann er: »O Herr, wir bitten Dich heute, schenke Deinen besonderen Segen Deinem Diener Thomas Francis O'Neill, behüte ihn vor allem Ungemach in den Tagen der Gefahr, die vor ihm liegen, und hilf ihm, seinem Lande mutig und ehrenvoll zu dienen. Hilf ihm, das Rechte zu tun und das Rechte zu erkennen. Und wenn durch Deinen erhabenen Willen endlich wieder Friede auf

Erden eingekehrt ist, führe ihn heil und gesund zu uns zurück. Amen.«

Der alte Mann bekreuzigte sich hastig, stopfte die Serviette in den Kragen und betrachtete einen Moment lang versonnen die Rühreier auf seinem Teller, als überlege er, ob die Anrufung des Allmächtigen auch wortreich genug ausgefallen sei.

»Möchtest du mir vielleicht heute verraten, was du in England eigentlich machen sollst, Tommy?« eröffnete er die Unterhaltung.

T. F. widmete sich seinem Frühstück in dem Bewußtsein, daß er Monate, wenn nicht Jahre ein solches Mahl würde entbehren müssen, und antwortete: »Ich weiß so gut wie nichts, und nicht einmal darüber darf ich reden. Ich kann nur soviel sagen: Ich soll als amerikanischer Verbindungsoffizier einer Organisation zugeteilt werden, die unmittelbar Churchill unterstellt ist.«

»Bestimmt hat es was mit der Invasion zu tun, da möchte ich wetten.«

»Sehr wahrscheinlich.«

»Laß dich nur nicht zu sehr mit diesen Leuten ein, Tommy. Hast du immer noch mit dem Winkeladvokaten aus Buffalo zu tun?«

Der ›Winkeladvokat aus Buffalo‹ war Bill Donovan, Gründer der OSS, den der alte O'Neill recht gern hatte, obwohl Donovan ein Unikum für ihn war: ein Ire, der die Republikaner wählte.

»Nur sehr indirekt. Meine Vorgesetzten sind die Vereinigten Stabschefs in Washington.«

Das weckte in den Augen des Großvaters ein stolzes Funkeln. Wer die Vereinigten Stabschefs waren und was sie taten, davon hatte der Alte nur eine sehr nebelhafte Vorstellung, doch hörte sich die Amtsbezeichnung grandios genug an, und gewiß hatten sie direkt mit der Kriegführung zu tun.

Er betrachtete den jungen Mann, der ihm da nun schon seit gut dreißig Jahren gegenübersaß. Sein eigener Sohn war 1913, kurz nach Tommys Geburt, beim Baden ertrunken, und der Alte empfand deshalb ein immer gegenwärtiges Schuldgefühl, denn bei der Erraffung seines Vermögens hatte er den Sohn vernachlässigt. Er schwor sich, an seinem Enkel alles wiedergutzumachen, und beaufsichtigte denn auch alle Stadien des Heranwachsens seines Enkels so aufmerksam, wie er den Aktienkursen folgte.

Er wählte für ihn die Universität Yale in der Hoffnung, der Enkel werde zu einem Abklatsch des alteingesessenen Yankees geformt, so wie der alte Bulkeley einer gewesen war, ein Typ, den er öffentlich gern herablassend abtat, den er insgeheim aber grenzenlos bewunderte.

Und das war tatsächlich gelungen. T. F. wäre von niemand für etwas anderes gehalten worden als für einen angelsächsischen Protestanten und Absolventen der feinsten Schulen an der Ostküste der USA. Einzig seine etwas schiefe Nase, Folge eines Schlages mit dem Hockeystock, verlieh Tommys Gesicht eine persönliche Note.

»Na ja«, sagte jetzt der alte Herr, »wenn du nicht willst, dann willst du eben nicht. Trotzdem gebe ich dir noch ein paar gute Ratschläge mit auf den Weg. Das kennst du ja sonst an mir nicht.«

T. F. mußte lachen, denn er erinnerte sich der Ansprachen, die sein Großvater bei jeder sich bietenden Gelegenheit zu halten pflegte.

»Einerlei, wohin man dich schickt und wie hochgestellt die Personen sind, mit denen du zu tun bekommst, vergiß nie, wo du herkommst und wer du bist. Tu stets, was du für recht hältst, und vergiß nicht: was recht ist, steht nicht immer im Katechismus, auch nicht in den gelehrten Büchern, die du in Harvard gelesen hast, sondern es steht in deinem Herzen geschrieben, und wenn du auf das vertraust, was du da liest, kannst du nicht fehlgehen.«

Das Telefon klingelte und T. F. wurde abberufen. Als er wiederkam, sah er etwas ratlos aus. »Mein Flug ist abgesagt. Ich muß mich im Pentagon melden, und heute abend fliege ich vom Flugplatz Andrews.« Er blickte auf die Uhr. »Wenn Clancy mich gleich zum Bahnhof fährt, bekomme ich noch den Zug um 8 Uhr 12.«

Sein Großvater stand auf, umarmte ihn und küßte ihn auf die Wange. »Komm wieder, mein Junge«, sagte er mit erstickender Stimme. »Und jetzt fort mit dir.«

»Das ist er. Der da drüben, der am Kiosk mit der alten Frau spricht.« Pauls Augen deuteten auf einen untersetzten Mann in blauer Arbeitskleidung, der mit seinem Lastwagen soeben in der Avenue Jean Jaurès gehalten hatte. »Der fährt diese Strecke dauernd und ist noch nie belästigt worden.« Catherine las die Aufschrift *Pêcherie Delpienne Boulogne* auf dem Lastwagen. »Die Deutschen lassen da oben eine kleine Küstenfangflotte auslaufen und nehmen sich die Hälfte vom Fang. Er läßt dich in der Nähe vom Bahnhof raus, und du fährst mit dem Zug weiter nach Calais. Er weiß Bescheid, steig einfach zu ihm ein und tu so, als gehörst du dazu.«

Aus dem grauen Märzhimmel nieselte es leicht, und das Fabrikviertel jenseits der Porte de Pantin bot einen trostlosen Anblick. Der paßte zu Catherines melancholischer Stimmung.

»Du weißt, wo du mich notfalls erreichst, Denise.«

Sie nickte. Dann hielt sie seine Hand für einen langen Augenblick umklammert. »Ich gehe jetzt lieber.«

Sie standen auf. Paul hatte wie üblich bereits bezahlt und schaute sie unglücklich an. »Ich liebe dich, Denise, wirklich, das ist die Wahrheit.«

»Ich weiß.« Sie faßte die Aufschläge seines Regenmantels.

»Ob wir wohl je Zeit füreinander haben werden?«

Sie schüttelte das Haar aus der Stirn, eine Bewegung, die ihn entzückte.

»Ich hoffe sehr. Sobald ... sobald all das vorbei ist.«

»Ja, gewiß, falls ...« er unterbrach sich und umarmte sie noch einmal wortlos. Sie bückte sich nach ihrem Koffer und flüsterte: *»Au revoir.«*

Paul sah ihr nach, wie sie über den Fahrdamm ging, die Tür des Lastwagens öffnete und geschmeidig auf den Beifahrersitz glitt. Sie schaute nicht zurück.

Eine Dreiviertelstunde nach Catherines Abfahrt saß Paul im Quartier Latin in einem anderen Café, vor sich die unvermeidliche *Je Suis Partout.* Er beachtete die ältliche Frau mit dem Einkaufsnetz nicht, die hereinkam, auch ihren Weggang eine Viertelstunde später nicht. Er stand auf, schlenderte über den Markt in der Rue de Buci, wo die Händler Linsen und Steckrüben feilhielten, zur Rue des Grands Augustins und betrat eine düstere Eckkneipe. Hier war er der einzige Gast, abgesehen von einer mürrischen Prostituierten, die an der Bar hockte und ihre Nägel feilte. »Cinzano«, bestellte er und fragte die Hure, wie denn die Geschäfte gingen?

»Beschissen.«

»Wieso denn das? Haben unsere deutschen Freunde plötzlich die Lust verloren?«

Sie hob nur wortlos eine Schulter.

»Mach dir nichts draus. Eines Tages hast du amerikanische Kunden.«

»Na, wenn schon. Ein Schwanz ist wie der andere. Wenn du quasseln willst, wende dich an den da.« Und sie wies mit der Nagelfeile auf den Mann hinter der Bar. »Wenn du was von mir willst, gib mir 50 Francs oder 100, wenn ich mich ausziehen soll.«

»Ein andermal.« Er blickte auf die Zeitung, die zwischen ihnen auf der Bar lag. »Darf ich mal in deine Zeitung sehen?«

»Von mir aus.«

Paul schlürfte gemächlich seinen Cinzano und warf an und ab einen Blick auf die Schlagzeilen. Dann stand er auf, nickte den beiden zu und schlenderte die Rue Saint André hinauf, die Zeitung der Hure unterm Arm. Dabei tasteten seine Finger nach dem Umschlag, den er in der Zeitung wußte. Als er ihn gefunden hatte, steckte er ihn in die Tasche, bog in die Rue Mazarin ein und ging flotten Schrittes Richtung Métrostation Odéon.

Sonderführer Kranz, Strömelburgs Funkspielexperte, legte seinem Vorgesetzten wortlos einen Funkspruch auf den Tisch. Strömelburg las einmal, zweimal, und sein Gesicht verfinsterte sich; offenbar stand ein Wutausbruch bevor.

»Kann man sich so was vorstellen?« knirschte er ungläubig, und sein Ton gab auch gleich Antwort auf die eigene Frage. »Das Schwein hat doch noch versucht, uns reinzulegen.« Er drückte auf den Knopf der Gegensprechanlage und bellte: »Den Engländer von Zelle fünf sofort ins Bad. Hängt ihn an die Winde und macht ihn fertig, bis ich komme.«

»Was sollen wir ihn fragen, Obersturmbannführer?«

»Nichts. Ihr sollt ihn nur weichmachen. Die Fragen stelle ich dann schon.«

Strömelburg verbrachte die nächsten zwanzig Minuten mit der Lektüre der neuesten Fernschreiben aus Berlin und nahm nebenher mit Genugtuung die Schmerzensschreie wahr, die von oben gedämpft zu ihm drangen. Anschließend winkte er Kranz, und beide Herren begaben sich ein Stockwerk höher ins Bad. Hier war Wild splitternackt an den Armen mit der Winde hochgezogen worden, daß seine Füße den Boden nicht mehr berührten, und in diesem hilflosen Zustand von zwei der Gehilfen Strömelburgs unerbittlich mit schwarzen Gummiknüppeln geschlagen worden. Die Schläge hatten seinen ganzen Körper getroffen; die Haut war geplatzt oder geschwollen, er blutete und hatte sich, in dem Bemühen, den Schlägen auszuweichen, auch noch eine Schulter ausgerenkt, was ihm weitere kaum noch erträgliche Schmerzen verursachte. Strömelburg bedeutete seinen Folterknechten innezuhalten, betrachtete sein Opfer von der Tür her und trat dann näher. »Du kleiner Lump«, zischte er ihn an, »du hast gedacht, du kannst mich bescheißen, was?«

Wild blickte ihn verständnislos an, sagen konnte er nichts.

»Reinlegen wolltest du mich, wie?«

Wild konnte nur stöhnen wie ein verwundetes Tier.

»Hier, lies das, du betrügerischer Lump!« und er hielt ihm den Funkspruch vors Gesicht.

Wild las mit Mühe: »Funkspruch 9175 erhalten. Zweite Kontrollzahl fehlt. Künftig darauf achten.«

Wild war von dieser unbeschreiblichen Torheit seiner Vorgesetzten so vernichtet, daß er ohnmächtig wurde.

»Abhängen den Kerl«, befahl Strömelburg. »Der wird sich in Zukunft überlegen, ob er noch mal versucht, uns an der Nase rumzuführen. Renkt ihm die Schulter wieder ein.«

Gefolgt von Kranz verließ er die Folterkammer. »Setzen Sie ein Fernschreiben nach Berlin auf, Kranz. Sie können Kaltenbrunner wissen lassen, daß wir unserem kleinen Orchester noch ein weiteres Funkgerät hinzufügen.«

Paul mischte sich unter die Passagiere, welche die Métro am Étoile verließen, und wurde mit dem Strom ans Licht des Tages geschwemmt. Er befand sich nun im Herzen der Hauptstadt; die Zeitung, die er in der Rue Saint André des Arts mitgenommen hatte, lag auf seinem verlassenen Platz und wurde Richtung Neuilly befördert. Den Umschlag hatte er in der Jackentasche.

Er wanderte um den Platz, und wie immer ärgerte ihn die Hakenkreuzfahne, die jetzt von dem Bauwerk wehte, das an die vergangenen Siege Frankreichs über eben jene Völker erinnerte, die sich unter diesem roten Fetzen zusammengefunden hatten. Er bog in die Avenue McMahon ein und begann mit den langwierigen Manövern, die ihm zeigen sollten, ob er beschattet wurde. Paul hatte diese Technik selber entwickelt, sie stellte eine Verfeinerung jener Vorkehrungen dar, die man ihm in England bei der Ausbildung beigebracht hatte. Diese bestanden kurz gesagt in der klassischen Methode des doppelten Hakens: Man bleibt vor einem Schaufenster stehen und geht dann rasch in die Richtung zurück, in der man gekommen ist, kauft beim nächsten Kiosk eine Zeitung und geht den gleichen Weg in umgekehrter Richtung zurück. Das reichte im allgemeinen aus, einem geübten Agenten zu zeigen, ob jemand ihn verfolgte, hatte nur den Nachteil, daß der Beschatter durch ein solches Manöver darauf aufmerksam wurde, daß seine Verfolgung bemerkt worden war. Und wer einen derartigen Verdacht hegte, gestand damit schon ein, daß es Grund gab, ihn zu beschatten. Mit der von der SOE gelehrten Methode signalisierte man gleichsam dem Verfolger, daß er guten Grund hatte für sein Vorgehen.

Paul schlenderte die Avenue McMahon so gelassen hinauf, daß ein etwaiger Beschatter es leicht hatte mit ihm. An der Ecke Rue de Brey betrat er eine Buchhandlung und stöberte in den Regalen, wobei er darauf achtete, durchs Schaufenster die Straße beobachten zu können. Weil er nicht fand, was er suchte, fragte er den Buchhändler nach einer Ausgabe von Montherlant, die, wie er wußte, vergriffen war. Gleich darauf stand er wieder auf der Straße und suchte offenkundig ratlos nach einer zweiten Buchhandlung, an welche der hilfsbereite Verkäufer ihn verwiesen hatte. Dies wiederholte er in noch zwei Buchhandlungen und war dann überzeugt, daß niemand ihm folgte. Spürte er irgendwann einmal Gefahr, hielt er die getroffene Vereinbarung nicht ein.

Das war ein zeitraubender Prozeß, aber Paul befolgte die Methode gewissenhaft. An diesem Nachmittag glaubte er sich sicher und schwenkte in die Avenue des Ternes ein. Auf der Place des Ternes begegnete er kaum einem Menschen. Die Blumenhändler standen hinter wohlgefüllten Auslagen, und Paul sah mit Vergnügen die üppige bunte Pracht, die an das Paris der Friedenszeit erinnerte. Blumen waren so ziemlich das einzige, was die Deutschen aus dem besetzten Frankreich nicht heimschafften ins Reich. Auch erinnerte ihr Duft Paul an Catherine. Seit er sie an der Porte de Pantin verlassen hatte, war eine, man könnte wohl sagen süße Schwermut nicht von ihm gewichen, und in der Hoffnung, noch etwas von ihrem Parfüm zu erhaschen, beschnüffelte er seine Finger. Doch ihr Duft war verflogen.

Er schlug nun, um nicht von der Concièrge erkannt zu werden, den Mantelkragen hoch und schlüpfte in ein Gebäude an der Place des Ternes. Den Fahrstuhl verschmähte er, stieg vielmehr in den zweiten Stock hinauf, pochte kurz an die beiden Türen auf dem Treppenabsatz und glitt in die düstere, spärlich möblierte Wohnung. Im Salon stand eine Leica auf einem Stativ, davor ein Tisch mit weiß bespannter Platte und darüber eine starke Lampe. Paul übergab seinen Umschlag der neben dem Tisch wartenden Person. In diesem Moment trat eine zweite Gestalt heran, die bislang am Fenster gestanden und hinausgeblickt hatte.

»Mein lieber Gilbert«, sagte Obersturmbannführer Strömelburg, »wer war denn die charmante Person, mit der Sie gestern abend im Chapon Rouge gewesen sind?«

TEIL ZWEI

Oktober 1943

PARIS
Oktober 1943

Henri Le Maire widerstand nur mit Mühe dem fast unbezwinglichen Drang, sich umzusehen und festzustellen, ob jemand ihm folgte. Es gelang ihm aber doch, denn die Ratschläge der Experten von der SOE, die ihm die notwendigen Sicherheitsvorkehrungen eingebleut hatten, waren noch ganz frisch in seinem Gedächtnis. Man hatte ihn auf seine künftige Funktion als Lufttransportoffizier nach besten Kräften vorbereitet. Obwohl er eine angeborene Begabung für Tätigkeit und Lebensführung des Geheimagenten besaß, bedrückten ihn die einengenden Regeln für das Dasein im Untergrund erheblich, und es würde auch noch eine Weile dauern, bis er sich an den Tarnnamen Paul gewöhnte, den seine neuen Arbeitgeber ihm verpaßt hatten. Aber mit der Zeit würde er sich schon an alles gewöhnen, denn es war seinem Wesen ebenso gemäß, wie das Aufnehmen von Wissen dem Gelehrten gemäß ist.

Ihn fröstelte, weniger des Regens wegen, sondern weil alles so trostlos aussah. Noch war es nicht 23 Uhr, und schon war an der Porte Maillot kein Mensch mehr zu sehen. Die Korbsessel waren auf den Terrassen der Cafés ineinandergestellt, der Wind trieb Abfälle vor sich her über den Bürgersteig. Es sieht hier ebenso öde aus wie in einem Fußballstadion, nachdem die Zuschauer sich verlaufen haben, dachte Henri. Zu hören war außer dem Wind nichts als eine Fahrradklingel weiter oben auf der verdunkelten Avenue und das Klappern der hölzernen Sohlen eines Nachtschwärmers, der sich beeilte, die letzte Métro zu erwischen. Es lag etwas Deprimierendes in der Luft, wie über einer Krankenstation etwa; die Stadt bereitete sich umdüstert auf einen weiteren Winter unter der Besatzung vor, in Erwartung von monatelanger Kälte, von immer schlimmeren Entbehrungen und beseelt von einer nur noch matt glimmenden Hoffnung, ein neues Frühjahr könnte die Erlösung von allem Übel bringen. Zitternd vor Kälte blickte er auf die Uhr. Wie würde Strömelburg ihn empfangen? Würde seiner Begrüßung noch etwas anzumerken sein von der früheren Munterkeit, der Kameradschaftlichkeit ihres Umganges miteinander? Oder würde die immense Machtfülle, mit der er jetzt ausgestattet war, ihn ganz verändert haben? Was ihn jetzt frösteln machte, war weniger die Kälte als eine nervöse Spannung. Eilig bog er in die Rue Weber ein und horchte auf das Sirren von Autoreifen auf dem nassen Asphalt.

»Henri?« wurde er leise aus dem Wagen angerufen, schlüpfte hinein und schaute zurück. Die Rue Weber lag verlassen, niemand hatte ihn beobachtet. Insofern hatten Verdunklung und Sperrstunde auch ihr Gutes. Der Wagen fuhr jetzt rasch die Rue Pergolèse entlang und ins Bois de Boulogne. In Neuilly angelangt, hielt er vor einer von der Straße zurückgesetzten Villa. Der Eingang war vor neugierigen Blicken durch Gebüsche verborgen.

Strömelburg empfing ihn hier mit ausgebreiteten Armen. Er freute sich aufrichtig, Henri Le Maire zu sehen, und machte sogar den halbherzigen Versuch, ihn auf französische Art zu umarmen. »Nein, das ist aber eine Überraschung! Wie lange ist es jetzt her? Nun, auf jeden Fall viel zu lange. Nehmen Sie Monsieur Le Maire mal den Mantel ab«, wies er seine Ordonnanz an, legte den Arm kameradschaftlich um die Schulter seines Besuchers und führte ihn in den Salon.

»Ein Glas auf die alten Zeiten, mein Lieber.«

Henri entging nicht die dezente Eleganz dieses Raumes. Die Wandpaneele waren handgeschnitzt und mindestens hundert Jahre alt. So etwas war ihm aus seiner Kinderzeit vertraut. Im Marmorkamin brannte ein Feuer, und eine Wand war von einem Gobelin bedeckt, der eine Jagdszene darstellte. Womöglich ein echter Aubusson. Auch das erinnerte ihn an seine Kindheit. Hier hatten sich offenbar zwei Männer der gleichen Geschmacksrichtung getroffen: der Jude, dem diese Villa gehörte, und Strömelburg, der sie requirierte.

»Was möchten Sie trinken?« Strömelburg wies auf einen Tisch, der unter einer Flaschensammlung schier zusammenbrach.

»Einen Sherry vielleicht.«

»Richtig. Einen Sherry. Sehr passend.« Er goß ein Glas zur Hälfte voll, schwenkte den Sherry behutsam, roch daran und reichte ihn Henri.

»Sind Sie je bis Jerez de la Frontera gekommen?«

»Nein, nur bis Valencia.«

»Stimmt, das habe ich ja ganz vergessen«, tadelte sich Strömelburg. »Jerez war ja schon Franco-Territorium. Als ich 1938 aufgefordert wurde, Frankreich zu verlassen, schickte mich Heydrich nach Spanien. Und da habe ich mal ein wirklich tolles Wochenende in Jerez verbracht, eingeladen bei einer Familie, die Sherrykellereien hatte. Vom Krieg war da überhaupt nichts zu merken.«

Er deutete auf zwei Sessel beiderseits des Kamins, die zu den zierlichen Louis-Seize-Möbeln paßten wie die Faust aufs Auge. Ob Strömelburg die wohl mitgebracht hat? überlegte Henri.

»Jetzt will ich aber hören, wie es Ihnen ergangen ist. Und zwar ausführlich.« Er hob sein Glas. *»Santé.«*

Henri nippte nachdenklich an seinem Sherry. »Viel gibt es da nicht zu erzählen. Ich war nach Ihrer ... Ihrer Abberufung wieder Pilot bei der Luftpost. Jede Nacht Paris – Bordeaux und zurück. Bis ich die Strecke im Schlaf kannte. Bei Kriegsausbruch wurde ich zu einer Transportflotte nach Etampes eingezogen, und als der Waffenstillstand unterzeichnet wurde, überführte ich Maschinen von Marseilles nach Algier.« Er schaute seinen Freund verstohlen prüfend an, um seine Reaktion zu sehen. »Ich bin im nichtbesetzten Frankreich geblieben.«

»Kann ich Ihnen nicht verdenken. Das hätte ich ebenso gemacht.«

»Nur finde ich nicht leicht Arbeit.«

Strömelburg nickte verständnisvoll. Deshalb also ist er gekommen, überlegte er, er hat noch was gut bei mir und will alte Schulden kassieren. Nun ja, warum nicht? »Wie ich höre, sind Sie kürzlich zufällig Rolf begegnet. Es kann gut sein, daß er oder wir hier in Paris was für Sie finden.«

Das spitzbübische Lächeln, an das er sich so gut erinnerte, erschien auf Henris Gesicht. »Das ist nicht nötig. Ich habe Arbeit. Und deshalb bin ich hier.«

Strömelburg wurde jetzt wachsam. Aha, dachte er, der Bursche ist in irgendeine krumme Sache verwickelt, Schwarzmarkt, Schmuggel, was weiß ich, und will, daß ich ihm aus der Patsche helfe. Das sieht ihm ähnlich. Er ist und bleibt ein Abenteurer.

»Seit einem Monat ungefähr habe ich diese Arbeit.« Henri schwenkte den Rest seines Sherrys im Glas. Offenbar wußte er nicht recht, wie er fortfahren sollte. »In gewisser Weise hängt das alles mit dem Spanischen Bürgerkrieg zusammen ... Eigentlich komisch, wenn man bedenkt, was damals alles angefangen hat ...«

Strömelburg, der nicht ahnte, worauf der Jüngere hinauswollte, nickte wortlos.

»Erinnern Sie sich noch an den alten Gastelloix in Le Bourget, der mit ausrangierten Flugzeugen handelte?«

»Nicht gerade besonders gern, aber ich erinnere mich.«

»Bei dem bin ich '37 einem jungen Engländer begegnet, der seine Lockheed 14 verkaufen wollte. Gastelloix fragte mich, ob ich die Kiste nach Barcelona bringen würde. Der Engländer hieß übrigens Forbes und war ein Lord. Er hat mich auf einem längeren Flug gründlich eingewiesen.« Henri verstummte und nahm einen Schluck. »Vor vier Wochen bin ich ihm in Marseilles begegnet.« Nachdem er diesen Satz geäußert hatte, lehnte er sich zurück und beobachtete Strömelburg amüsiert.

»Sieh an.« Strömelburg war jetzt ganz Ohr. »Abgeschossen und auf der Flucht, wie ich vermute?«

»Tja, genau das dachte ich auch, als ich ihn sah, aber ich irrte mich. Forbes ist seit 1940 nicht mehr geflogen.«

»Sie wollen mir doch nicht weismachen, daß er nur wegen der Bouillabaisse in Marseilles war?«

Henri nahm noch einen winzigen Schluck. »Nun ja, in gewissem Sinn war er dort, um zu angeln, aber nicht die Sorte Fisch, aus der man Suppe macht. Er sagte, er suche brauchbare Agenten für den britischen Geheimdienst.«

»Der scheint ja recht offenherzig zu sein, das muß ich schon sagen.«

»Und er fragte, ob ich nicht Lust hätte mitzumachen?«

Strömelburg zuckte mit keiner Wimper. »Und was hat er sich da so vorgestellt?«

»Etwas, wobei mir meine Erfahrung als Pilot zugute kommen würde.«

»In Marseilles?«

Henri schüttelte den Kopf. »Nein. Hier. Er fragte, ob ich nicht Behelfsflugfelder für geheime Landungen im Loiretal erkunden könnte. Die Engländer wollen da Agenten einschleusen und rausfliegen.«

Strömelburg war wie vor den Kopf geschlagen, dann strahlte er. Seit Monaten hörte der SD davon, daß geheimnisvolle Flugzeuge angeblich bei Nacht landeten und wieder starteten. Er hegte da seine Zweifel, hatte die Luftwaffe ihm doch versichert, derartiges sei so gut wie ausgeschlossen.

»Und was haben Sie gemacht?« fragte er mit sanftem Nachdruck.

»Ich habe mir 24 Stunden Bedenkzeit ausgebeten.«

»Und?«

»Tags darauf habe ich zugesagt«, versetzte Henri sonderbar gefaßt, wie ein Sünder, der soeben in der Beichte sein Herz erleichtert hat.

»Und das alles hat vor vier Wochen stattgefunden?«

Henri nickte. »Zwei Tage später wurde ich hierhergeschickt, um mit den Vorbereitungen anzufangen. Zunächst mußte ich mal ein halbes Dutzend geeignete Flugfelder finden, flaches Weideland, aber in der Nähe einer Landemarke, die ein Pilot aus ungefähr 1000 Meter Höhe erkennt, eine Flußbiegung etwa oder eine Brücke.« Er verstummte. Gleich darauf erhob er sich mit einem Ruck, trat an den Kamin und setzte sein Glas ab. »Ich möchte, daß wir uns genau verstehen, bevor ich weiterspreche.« Strömelburg nickte wortlos. Sein Besucher sollte sich vom Herzen reden, was ihn bedrückte.

»Sie finden es vielleicht sonderbar, daß ich mich, obgleich ich hier in diesem Zimmer stehe, einen französischen Patrioten nenne. Als ich '39 einberufen wurde, wollte ich zu den Jagdfliegern, und ich hätte mit Wonne so viele deutsche Flugzeuge abgeschossen, wie mir vor die Spritze gekommen wären. Und ich bin nach dem Waffenstillstand nicht nach Paris zurückgekommen, weil mir der

Gedanke unerträglich war, unter fremder Besatzung in dieser Stadt zu leben.«

Strömelburg machte eine zustimmende Geste. »Als ob ich Ihnen das nicht nachfühlen könnte!«

Henri hatte die Hände auf dem Rücken zusammengelegt und ging jetzt im Salon auf und ab. »Sie glauben, ich interessiere mich für weiter nichts als Flugzeuge, Frauen und Geld.«

»Oh, da tun Sie mir Unrecht. Ich kenne Sie als einen sehr couragierten Mann, einen glänzenden Piloten. Vielleicht etwas unbedacht, und politisch ... nun, sagen wir, politisch ein bißchen unreif.«

»Stimmt.« Henri zuckte schmerzhaft zusammen. »Sie haben mir immer vorgeworfen, daß ich den spanischen Republikanern geholfen habe.«

»Ja, das war naiv.« Dabei lächelte Strömelburg verständnisvoll wie ein nachsichtiger Vater.

»Sie erinnern sich, daß ich damals arbeitslos war, daß ich irgendwie Geld verdienen mußte.«

Strömelburg wurde wieder wachsam. Aha, dachte er, jetzt kommen wir zum Kern der Sache. Er will mir was verkaufen. Bitte schön, wenn der Preis angemessen ist.

»Ich kann mir auch nicht vorstellen«, machte er einen tastenden Versuch, »daß Sie derzeit geradezu in Geld schwimmen.« Zu seiner Verblüffung lachte Henri laut heraus. Er brachte einen Packen Banknoten zum Vorschein und warf sie auf den Tisch. »Schwimmen tue ich nicht im Geld, ich ertrinke darin! Die Engländer zahlen gut.«

Strömelburg verbarg seine Überraschung und auch seine Erleichterung hinter einem Lachen. Er ließ sich bei seiner Arbeit in Frankreich von der Formel leiten: Verrat – gern. Verräter – nein. Er hätte Henri sein Geheimnis bereitwillig abgekauft, aber doch nicht ohne Bedauern. Denn er mochte diesen Abenteurer, und es hätte ihn tief betrübt, hätte der seine Kameraden für ein paar Silberlinge ans Messer geliefert. Henri ging nicht mehr hin und her, er stand mit dem Rücken zum Salon vor dem Kamin und starrte ins Feuer.

»Die Wahrheit ist, ich wünsche die Deutschen von ganzem Herzen zum Teufel, wenigstens raus aus Frankreich.

Aber wiederum auch nicht um jeden Preis. Nicht jedenfalls, wenn das bedeuten würde, daß nach eurem Abzug die Bolschewisten das Land übernehmen. Und so, wie die Dinge jetzt stehen, werden die Kommunisten hier an die Macht kommen, sollte Deutschland den Krieg verlieren.«

»Seit wir uns das letzte Mal gesehen haben, sind Sie ein ganzes Stück klüger geworden, mein Lieber.« Strömelburg lächelte und fragte sich im stillen, ob Henri wirklich die kommunistische Bedrohung erkannte, oder ob er nur den Wunsch hatte, bei Kriegsende auf der richtigen Seite zu stehen. Die Furcht vor dem Kommunismus war es letzten Endes, was Strömelburg als jungen Menschen zur NSDAP geführt und seither das Leben des Erwachsenen bestimmt hatte.

»Sie haben mir früher politische Naivität vorgeworfen. Ganz so naiv war ich nun auch wieder nicht. Die Arbeiterklasse kenne ich aus eigener Anschauung, das heißt, besser als Sie, und ich halte die Augen offen. Ich habe sie in Barcelona offengehalten und drei Jahre in Marseilles.«

Strömelburg fühlte sich versucht, einen Einwand zu machen, unterließ das aber, denn schon als Kriminalbeamter hatte er gelernt: Wer was erfahren will, soll zuhören und andere reden lassen.

»Seit einer Weile kommen massenhaft Waffen ins Land, eine wahre Flut. Die Alliierten glauben, die gehen an Patrioten, aber in Wahrheit geht fast alles an Kommunisten. Die haben nämlich in der Résistance das Sagen.«

»Das wissen wir sehr gut«, versetzte Strömelburg selbstgefällig. »Sie sagen mir da nichts Neues.«

»Mag sein, ihr wißt es, aber hierzulande ist das mehr oder weniger unbekannt. Das Rezept ist das gleiche, nach dem sie auch in Spanien verfahren sind – sie bilden Kader, und die Kader übernehmen eines schönen Tages die Macht in ihrem Bereich. Und dann ist es zu spät. Die Waffen, die jetzt ins Land kommen, sollen nicht gegen die Deutschen verwendet werden, sondern damit sollen Franzosen umgebracht werden. Franzosen wie ich, die nichts von der Revolution halten, die nach dem Kriege gemacht werden soll.«

»Es hat immerhin einen Monat gedauert, bis Sie sich zu dieser Erkenntnis durchgerungen haben.« Strömelburg betrachtete den jungen Franzosen kalt. »Vier Wochen, die Sie in englischen Diensten gestanden haben.«

»Ja, das stimmt«, entgegnete Henri trotzig. »Ihr Deutschen seid nicht die einzigen, die sich als Retter anpreisen. Ich habe es satt, euch hier zu sehen, und deshalb wollte ich es mal mit den Engländern probieren.«

»Kennen Sie England?«

»Ich bin nie dagewesen, könnte ein Pub nicht von einer *pissotiére* unterscheiden.«

»Und doch ziehen Sie uns unseren englischen Rivalen vor?«

»Für die Engländer gibt es bloß eines: sie selber. In Dünkirchen haben sie uns im Stich gelassen. Unsere Flotte haben sie bei Mers el Kebir versenkt. Und sie liefern uns bei einer Tasse Tee an Stalin aus, wenn sie glauben, das könnte ihre verdammte Insel retten. Trotzdem mag ich die Engländer ganz gut leiden.« Er grinste. »Ihr Deutschen seid in einer ganz anderen Lage. Euch kann keiner besonders gut leiden, aber jeder weiß, daß ihr niemand an Stalin verschachern würdet. Das könntet ihr nicht, weil der euch nichts abkauft. Ihr müßt ihn besiegen, denn wenn ihr das nicht tut, dann fährt er mit euch Schlitten. Und niemand anders als Deutschland steht zwischen Frankreich und den Kommunisten.«

Strömelburg saß lange Zeit reglos und überdachte die Lage.

»Sie glauben mir nicht, wie?«

Strömelburg blickte überrascht auf. Das lag ganz außerhalb seiner Überlegungen.

»Ich will Ihnen die Details meiner ersten Operation verraten. Lassen Sie alles beobachten, und Sie werden sehen, ich sage die Wahrheit.«

»Wann soll denn die erste Maschine ankommen?«

»Morgen nacht.«

»Morgen nacht?«

Henri lehnte sich seufzend im Sessel zurück. »Deshalb lag mir ja so daran, daß Rolf für heute ein Treffen zwischen uns arrangiert. Ich habe bis zum letztmöglichen Moment gezögert, aber es hilft alles nichts, lieber paktiere ich mit dem Teufel, und das seid ihr, als mit den Kommunisten.«

Strömelburg goß Henri Sherry ein und nahm sich einen Cognac.

»Wie soll denn diese sogenannte Operation vor sich gehen?«

»Ich habe die Rollfelder ausgesucht, die Funker haben die Koordinaten durchgegeben, die RAF hat die Stellen fotografiert und vier der sechs von mir ausgewählten Felder akzeptiert.«

»Wie oft sollen diese Flüge stattfinden?«

»Immer bei Vollmond. Zwei, höchstens viermal im Monat. Jede Maschine bringt so um die drei Agenten mit und holt ebenso viele ab.«

Das war nun in der Tat starker Tobak. »Und noch was, das habe ich ganz vergessen. Mit jeder Maschine gehen Berichte der Résistance nach drüben. Die werden jeweils vor Ankunft der Maschinen in toten Briefkästen abgelegt.«

Strömelburg rechnete. Zwölf Agenten per Monat kommen an, und das sind gewiß die gefährlichsten. Sodann die Kurierpost. Packenweise Informationen. Sollte zutreffen, was Henri ihm gesagt hatte, dann würde er, Strömelburg, als der runde Tisch fungieren, über den die gesamte Agententätigkeit der Engländer im nördlichen Frankreich abgewickelt wurde. »Und wissen Sie, wer bei den Engländern dahintersteckt?«

»Angeblich eine Organisation mit der Abkürzung S ... SOE, glaube ich.«

»Die kenne ich. Die können doch unmöglich von Ihnen erwarten, daß Sie all dies allein bewältigen?«

»Ich habe ja auch einen Funker und einen Gehilfen.«

Strömelburg stieß einen anerkennenden Pfiff aus. Einen Funker also. Das bewies ihm, welches Gewicht die Engländer der Sache beimaßen. Er hob das Cognacglas gegen die Flammen im Kamin und schaute hindurch. Dabei ging er im Geiste noch einmal alles durch, was er von Henri gehört hatte, und versuchte abzuschätzen, welche Möglichkeiten sich da eröffneten.

»Sagen Sie mal, Henri, haben Sie noch Ihre alte Wohnung?«

Henri antwortete einigermaßen erstaunt darüber, daß

Strömelburg ausgerechnet jetzt abzuschweifen schien, ja, die habe er noch.

»Weiß außer Rolf sonst noch jemand, daß Sie heute abend hergekommen sind?«

»Ich weiß, Sie halten mich für leichtsinnig, aber doch wohl nicht für lebensmüde!«

Strömelburg lachte kurz auf und wurde gleich wieder ernst. »Wann und wo soll das erste Flugzeug landen?«

Henri gab ihm eine genaue Beschreibung. Nun war es an Strömelburg, aufzustehen und nachdenklich hin und her zu gehen, die Hände auf dem Rücken. Leise vor sich hin summend suchte er die Motive, die er bei seinem Besucher vermutete, mit der Erinnerung in Einklang zu bringen, die er aus früheren Jahren an diesen jungen Mann bewahrte. Endlich kam er zu einem Entschluß, den er unter den gegebenen Umständen für den klügsten hielt. »Ich möchte, daß Sie die heutige Unterhaltung zwischen uns beiden vergessen, daß Sie tun, als hätte sie niemals stattgefunden. Machen Sie weiter, wie mit den Engländern vereinbart, so als kennten wir uns nicht. Fragen Sie nicht, warum ich das möchte, jedenfalls noch nicht jetzt. Später werde ich Ihnen alles erklären.«

»Einverstanden.«

Strömelburg begleitete Henri hinaus und legte ihm dabei aufmunternd den Arm um die Schulter. »Sie haben sehr gut daran getan, heute abend herzukommen, das werden Sie noch merken.« Als der Wagen vorfuhr, reichte er Henri die Hand und sagte: »Im übrigen sollten Sie ab sofort einen Decknamen führen, den wir künftig bei allfälligen Kontakten beide benutzen können.« Er schaute zum Nachthimmel auf. »Sie kennen doch die Zeile von Gilbert und Sullivan: ›Die Dinge sind selten, was zu sein sie scheinen‹?«

Henri schüttelte den Kopf.

»Na, egal. Aber Gilbert scheint mir ein guter Deckname zu sein.« Er drückte Henri die Hand. »Zusammen werden wir große Dinge vollbringen.« Kaum war der Wagen mit Henri fort, ging Strömelburg ans Telefon. »Vermittlung, geben Sie mir Butterblume.« Das war der Deckname für den Stab der 3. Luftflotte in Le Bourget.

Die beiden Männer fröstelten, denn die Nässe drang allmählich durch ihre Stiefel. Strömelburg hatte einen Beobachtungspunkt gewählt, von dem aus er gut überblicken konnte, was auf dem von Henri Le Maire ausgesuchten behelfsmäßigen Rollfeld vor sich gehen würde, nur traf es sich schlecht, daß der Abzugsgraben, in dem er und sein Untergebener Keiffer standen, voll Wasser war. Keiffer war bereits so durchgefroren, daß er seine Zähne nicht am Klappern hindern konnte, und Strömelburg betrachtete ihn verächtlich. Dieser große Sportler, der meist nach Schweiß stank und jede Gelegenheit wahrnahm, sich in einer nahe gelegenen Turnhalle zu ertüchtigen, betrug sich wirklich jämmerlich. Er versetzte ihm einen heftigen Stoß in die Rippen. »Hören Sie endlich auf damit, Keiffer!«

»Ich friere mich noch zu Tode, Obersturmbannführer.«

»Eine gute Vorübung für die Ostfront.«

»Da schieße ich mir doch lieber eine Kugel durch den Fuß«, jammerte der Sportler.

»Dann schon lieber durch den Kopf.« Strömelburg wandte seine ungeteilte Aufmerksamkeit wieder dem Feld vor ihm zu. Er schätzte, daß es um die 700 Meter lang war, glatt wie ein Billardtisch. Es erstreckte sich von Osten nach Westen, also in die Richtung der vorherrschenden Winde, und wurde am westlichen Rand von Pappeln begrenzt, unter denen auch die Scheune stand, in der, wie Henri gesagt hatte, das Empfangskomitee und die abgehenden Reisenden auf das Flugzeug warteten.

»Hier kann doch nie im Leben ein Flugzeug landen«, knurrte Keiffer. »Der Franzose hat Sie bestimmt angeschissen, der ist bloß scharf auf eine Belohnung.«

»Davon war keine Rede«, sagte Strömelburg gedämpft. »Aber wenn er uns für nichts und wieder nichts hergelockt hat, sollte er lieber aus Paris verschwunden sein, bevor wir zurückkommen.«

»Ich verstehe immer noch nicht, weshalb wir die Kerle nicht greifen, wenn wirklich ein Flugzeug kommt.«

»Hören Sie auf, im Wasser rumzuplanschen«, befahl sein Vorgesetzter scharf. »Im übrigen machen Sie den Fehler der meisten Polizisten, Keiffer, Sie denken stur geradeaus.« Nun verstummten beide und lauschten gespannt auf das Geräusch einer sich nähernden Maschine, die sich einfach nicht zeigen wollte.

Es war bereits nach Mitternacht, wie Keiffer dem Obersturmbannführer bedeutete, indem er auf das Leuchtzifferblatt seiner Uhr zeigte. »Die kommen nicht«, wisperte er. »Ich möchte gern rauchen.«

»Aber gewiß doch, Keiffer«, höhnte Strömelburg. »Am besten lassen Sie sich von einem der Franzosen in der Scheune Feuer geben.« Im gleichen Augenblick sah er eine Gestalt aus der Scheune hervorkommen. »Da, sehen Sie!«

Nach und nach erschienen ein halbes Dutzend Gestalten; einige rammten Stecken in die Erde, nachdem sie die Entfernung abgeschritten hatten, dann verschwanden sie wieder. Zwanzig Minuten später hörten die beiden Männer das Dröhnen eines Flugzeugmotors, auf dem Feld gab jemand Morsezeichen mit einer Taschenlampe, die von der schon ganz niedrig fliegenden Maschine erwidert wurden. Die an den Stecken befestigten Taschenlampen leuchteten auf, und schon setzte die Maschine auf und kam kurz vor den Pappeln zum Stillstand. Die SD-Männer hörten Stimmen, eine Tür klappte, Gestalten huschten hin und her, der Pilot brachte den Motor auf Touren, die Maschine rumpelte immer schneller werdend über das Feld und hob ab.

Strömelburg schaute auf die Uhr. Keine drei Minuten hatte das ganze gedauert. »Tadellose Sache«, murmelte er bewundernd. »Alles genau, wie Henri vorhergesagt hat.«

»Den holen unsere Nachtjäger runter, bevor er an die Küste kommt«, grunzte Keiffer.

Sein Vorgesetzter hing seinen eigenen Gedanken nach, als er zusah, wie die Gestalten entlang dem Feldweg hinter den Pappeln in der Nacht verschwanden, und bemerkte wie zu sich selber: »O nein, das werden sie nicht, dafür habe ich gesorgt.«

Achtundvierzig Stunden später marschierte Strömelburg frohgemut durch die Korridore des Reichssicherheitshauptamtes, der Gestapozentrale in der Prinz-Albrecht-Straße, von wo aus Himmler und seine Gehilfen ihr Reich des Bösen leiteten. In den Kellern des Gebäudes wurden jene Foltermethoden erprobt, jene »energischen, verschärften Verhörmethoden«, denen niemand, wie Himmler prahlte und seine Gegner fürchteten, widerstehen konnte. Gleichwohl war das Gebäude eher lax bewacht, wohl, weil man zu Recht davon ausging, daß sich ohnehin niemand freiwillig in diese Hölle begeben würde. Jedenfalls brauchte Strömelburg nur seine Dienstmarke vorzuweisen, und schon konnte er ins Allerheiligste vordringen. Unterwegs stieß er auf drei SS-Männer die, angetan mit weißen Kitteln und ausgerüstet mit Flitspritzen und Fliegenklatschen, auf der Jagd nach lästigen Insekten waren. Denn Himmler hatte große Angst vor jeder Art von Fliegen, die er für die Überträger von Krankheiten hielt.

Strömelburg wurde unverweilt zu Himmlers Stellvertreter Kaltenbrunner geführt, in dessen Büro auch Kriminalrat und Obersturmbannführer Kopkow ihn erwartete. Strömelburg konnte Kaltenbrunner nicht leiden, weil dieser, ganz anders als sein Vorgänger Heydrich, ein zwar methodischer, aber geistig stumpfer Bürokrat war, der jede Aufgabe auf die gleiche phantasielose Weise anging. Auch sein Äußeres war abstoßend: er glich einem abgetakelten Ringkämpfer. Deshalb wurde er hinter seinem Rücken der ›Eisschrank‹ genannt. Strömelburg wußte aber, wie er ihn zu nehmen hatte.

Da war Kopkow schon ein schwierigerer Fall. Strömelburg brauchte ihn und mißtraute ihm zutiefst. Er stammte aus einer kleinbürgerlichen Familie in Ostpreußen und war bis zu seinem Eintritt in die SS im Jahre 1934 Apothekergehilfe gewesen. Er war verschlagen, tückisch und vor allem ehrgeizig. Hätte Himmler ihn als Kommandanten in ein Vernichtungslager versetzt, er hätte seine wehrlosen Opfer dort mit der gleichen Tüchtigkeit zu Tode gebracht, mit der er ehedem Hustensirup in Flaschen füllte. Ohnehin war er es gewesen, der alle Außenstellen der Gestapo in ganz Europa angewiesen hatte, beim Verhör von Verdächtigen rücksichtslos und unbedenklich von der Folter Gebrauch zu machen. Seine Spezialität war die Spionageabwehr innerhalb des Reichsgebietes. Strömelburg wußte, daß er Kopkows Zustimmung zu seinen Plänen brauchte, und er wußte ferner, daß Kopkow ihm im Falle eines Mißerfolges alle Schuld zuschieben, im Falle eines

Erfolges aber das Verdienst für sich in Anspruch nehmen würde.

Kopkow begann die Unterhaltung mit einem mürrischen: »Sie müssen ja ganz was Wichtiges haben, wenn Sie eigens hierherkommen.«

Strömelburg stellte seine Aktenmappe ab und zog absichtlich langsam die Handschuhe aus. Indem er Kaltenbrunner ansah, sagte er bedächtig: »Gruppenführer, ich habe die Voraussetzungen dafür geschaffen, die Résistance so wirksam zu unterwandern, daß wir über die von mir angebahnten Kontakte mit Sicherheit die entscheidenden Informationen über Zeitpunkt und Ort der bevorstehenden Invasion in die Hände kriegen. Ich darf dazu einige Bemerkungen vorausschicken.«

Kaltenbrunner blieb stumm, während Kopkow ein Grunzen von sich gab.

»Wie bekannt, zerfällt die Résistance in drei Teile. Zum ersten sind da die Gaullisten, die von London aus durch den Franzosen Passy geleitet werden. Diese sind am zahlreichsten, aber die Engländer trauen ihnen nicht. Bei denen haben wir auch die meisten Vertrauensleute, und das ist dem Feind bekannt. Also werden ihnen alle Informationen von Bedeutung vorenthalten.« Strömelburg, der sich gern reden hörte, legte hier eine Pause ein. Seine Zuhörer aber zeigten keine Wirkung. »Zum zweiten sind da die Gruppen, die vom englischen Geheimdienst geleitet werden. Deren Aufgabe ist auf die Sammlung von Informationen begrenzt. Von ihnen könnte man eventuell Dinge erfahren, indem wir die Fragen analysieren, auf welche diese Gruppen die Antwort finden sollen. Doch die von uns benötigten Informationen können wir auch von dieser zweiten Gruppe nicht zuverlässig bekommen, weil die solche Dinge für ihre Arbeit nicht zu wissen braucht und sie deshalb auch nicht zu wissen bekommt. Dann haben wir noch die französische Sektion der SOE, das ist die kleinste Gruppe, und die wird ausschließlich von Briten geleitet. Sie hat die Aufgabe, lebenswichtige Einrichtungen hinter unserer Front zu sabotieren, und aus Verhören von ihren Agenten wissen wir, daß alle davon ausgehen, daß ihnen bei der eigentlichen Invasion eine wichtige Rolle zufällt.«

»Das ist alles kalter Kaffee in alten Hüten, Strömelburg«, ließ Kopkow sich vernehmen. »Sie sind doch nicht etwa hergekommen, um uns diesen Vortrag zu halten.«

Strömelburg lehnte sich zurück und sagte mit Betonung: »Nein. Ich möchte nur sagen, daß ich in der Lage bin, die gesamte Organisation der SOE zu manipulieren.« Er sah mit Befriedigung die ungläubige Verblüffung seiner Zuhörer, schilderte den Lufttransportdienst, den sein neuer Agent für die Engländer organisiert hatte, und beschrieb auch gleich die erste Operation, deren Zeuge er geworden war. »Ich sorge jetzt dafür, daß die Luftwaffe sich nicht einmischt, also für den weiterhin reibungslosen Ablauf dieser Lufttransporte. Und ich sorge dafür, daß Polizei und Wehrmacht sich heraushalten.«

»Das meinen Sie wohl nicht im Ernst, Störmelburg«, sagte Kaltenbrunner. »Sie wollen den Engländern dabei behilflich sein, ihre Agenten ungehindert abzusetzen und wieder einzusammeln?«

»Je größer das Vertrauen, das die Briten in meinen Agenten Gilbert setzen, desto wertvoller wird er für mich.«

Kopkow warf ein: »Strömelburg hat im Prinzip schon recht, Gruppenführer. Zeit und Ort der Invasion zu erfahren ist wichtiger als alles andere. Auf ein paar Agenten mehr oder weniger kommt es da nicht an.«

»Außerdem können wir hin und wieder auch einen festnehmen«, versicherte Strömelburg. »Aber keine Massenverhaftungen. Wir beschatten die eintreffenden Agenten, und die große Verhaftungswelle rollt zugleich mit der Invasion an.«

»Zunächst möchte ich mal Näheres über Ihren famosen Gilbert erfahren, Strömelburg«, verlangte Kopkow.

»Ich kenne ihn seit 1937. Er heißt Henri Le Maire.«

»Sie haben ihn also früher schon beschäftigt?«

»O ja. Und er war immer loyal. Seit dem Frühjahr '37 wußten wir, daß er Flugzeuge für die spanischen Republikaner nach Barcelona überführte. Untermeyer von der Hauptabteilung IV kennt ihn ebenfalls, und zwar schon seit 1936, als Untermeyer bei der Lufthansa war und die Strecke Berlin – Paris flog. Die beiden haben sich in Le Bourget im Kasino kennengelernt. Und in Barcelona sind sie sich zufällig begegnet. Heydrich hatte Untermeyer seinerzeit in einem geheimen Auftrag nach Spanien geschickt.«

»Da hätte Ihr Gilbert ihn also hochgehen lassen können«, bemerkte Kopkow scharfsinnig.

»Ganz richtig. Hat er aber nicht. Im Gegenteil. Er hat auf eigene Rechnung den Kurier zwischen mir und Untermeyer gespielt und war dabei absolut zuverlässig.«

»Und wie lange ging das so?«

»Über ein Jahr. Er hat zwei- bis dreimal im Monat Material für mich transportiert.«

»Und es gab keine Anstände?«

»Nicht die geringsten. Ich sage ja, er war mein bester Kurier.«

»Und wußte er, wer seine Auftraggeber waren?«

»Anfangs nicht. Er ist aber nicht dumm, er wußte, daß Untermeyer Pilot war, er hat wohl zwei und zwei zusammengezählt, und später habe ich, um seine Loyalität zu prüfen, ganz offen mit ihm gesprochen. Er hat anstandslos weitergemacht. Und man darf nicht vergessen, daß die Spanier ihn erschossen hätten, wäre er mit unserem Material erwischt worden.«

»Sie haben ihn doch wohl überprüfen lassen – wie sind seine persönlichen Verhältnisse?«

»Zunächst einmal möchte ich sagen, daß ich ihn für einen perfekten Agenten halte, denn ein Agent braucht die gleichen Eigenschaften wie ein guter Pilot – viel Selbstvertrauen und zugleich mit Urteilsfähigkeit gepaarte Angst. Ein Pilot, der nicht ängstlich ist, der steht schon mit einem Bein im Grabe.«

»Jetzt ersparen Sie uns mal diese Gemeinplätze, Strömelburg«, verlangte Kaltenbrunner, »und erzählen Sie was über Ihren Gilbert.«

»Jawohl, Gruppenführer. Henri Le Maire wurde mit einem silbernen Löffel im Mund geboren, nur war das leider nicht sein eigener. Das hat ihn zeitlebens gewurmt. Geboren wurde er in einem Schloß aus dem 17. Jahrhundert, das im Wald von Compiègne gelegen ist. Seine Mutter war dort Köchin, sein Vater so eine Art Hausmeister. Allgemein wurde im Dorf angenommen, daß Henri der uneheliche Sohn des Schloßherrn war, und dafür spricht auch, daß Henri Le Maire diesen mit dessen Duldung in jeder Weise zu imitieren versucht hat. Resultat: Er gehört keiner Klasse an, kann sich in allen Kreisen bewegen und ruft gern den Eindruck hervor, ihm gehöre das Schloß, in dessen Dienerflügel er zur Welt gekommen ist.«

»Ist er politisch zuverlässig?«

»Politische Interessen haben wir bei ihm nicht festgestellt. Soweit wir wissen, ist sein einziges Interesse das Fliegen.«

»Er war also eine Art Söldner?«

»Geld ist ihm wichtig, das stimmt. Er gibt es gern aus, und ohne Geld kann er die Rolle des Landedelmannes nicht spielen, in der er sich sieht. Für Geld hat er damals die Flugzeuge überführt, und für Geld ist er mein Kurier gewesen.«

»Hat er von Ihnen Geld verlangt für die Informationen hinsichtlich der jetzigen Lufttransporte?« Dies war Kaltenbrunners erste Frage, und als Strömelburg verneinte, fuhr er fort: »Geben Sie ihm was, nichts kompromittiert die Leute so wie Geld.«

Kopkow faßte nach: »Weshalb hat er sich denn überhaupt an Sie gewandt, wenn er kein Geld wollte?«

Strömelburg schilderte sein Gespräch mit Henri Le Maire eingehend und schloß: »Ich habe kein völliges Vertrauen in Leute, die nicht unserer Ideologie anhängen, und von seinem Anti-Kommunismus bin ich felsenfest überzeugt. Der paßt auch zu allem, was ich vorher über ihn gesagt habe.«

»Richtig. Agenten handeln aus zwei Motiven: Geldgier oder ideologische Überzeugung.« Dies kam von Kopkow, was Strömelburg angenehm überraschte.

»Ich selber bevorzuge die zweite Sorte. Es ist auch zu bedenken«, fuhr Strömelburg fort, »daß die Operation, die er mir quasi vorgeführt hat, zu den bestgehüteten Geheimnissen der Engländer gehören dürfte.«

Kopkow nickte bedächtig. »Da stimme ich Ihnen zu. Ich kann auch verstehen, daß Sie sich von der Kontrolle über die Lufttransporte außerordentliche Ergebnisse erhoffen. Allein schon, daß wir die eingesickerten Agenten vom ersten Schritt an überwachen können, ist Gold wert. Ich verstehe nur nicht ganz, wie Sie auf diesem Wege an die gewünschten Informationen betreffend der Invasion herankommen wollen.«

»Mein Gilbert schmuggelt nicht nur Agenten ins Land und wieder raus, er sammelt auch Kurierpost und läßt sie nach England befördern. Die holt er kurz vorher in toten Briefkästen ab und übergibt sie persönlich dem Piloten.«

Kopkow nickte.

»Die Hauptaufgabe der SOE ist, wie gesagt, Sabotage. Denken Sie an Peugeot, an den Verschiebebahnhof Perrache. Im Fall einer Invasion müssen die Alliierten bestimmte Einrichtungen lahmlegen – Radaranlagen, Eisenbahnknotenpunkte, Brücken und so fort. Und damit ist die SOE beauftragt, entweder allein oder zusammen mit Fallschirmspringern.«

Kopkow und Kaltenbrunner betrachteten ihn mit Neugier.

»Dazu braucht man Werkzeuge, Karten, Konstruktionszeichnungen, aus denen ersichtlich ist, wo die größte Sprengwirkung erzielt wird.«

»Ja, ja, das alles ist sehr einleuchtend, aber –«

»Aber man kann eine Konstruktionszeichnung nicht verschlüsselt über Funk nach London übermitteln, oder?«

Jetzt hellte sich sogar Kaltenbrunners Gesicht auf, als ihm dämmerte, welche Implikationen Strömelburgs Projekt hatte. »Das kann man nur durch Kurierpost, und die sammelt mein Agent Gilbert ein, und in dieser Kurierpost werden wir die Informationen betreffend die Invasion finden, die wir brauchen.«

TEIL DREI

März/April 1944

»Sie gehören zum OSS, Major?«

»Jawohl, Sir«, erwiderte F. T. O'Neill militärisch knapp und betrachtete mit einigem Mißbehagen das Schildchen auf dem Schreibtisch des Brigadegenerals, das ihn als den Verbindungsoffizier zur Nachrichtenabteilung beim Stabe von General George C. Marshall, dem Stabschef des Heeres, identifizierte. »Von heute an nicht mehr, Major. Von heute an gehören Sie zu meiner Abteilung, und hier haben wir unsere eigene Arbeitsmethode. Und die unterscheidet sich wesentlich von der Donovans. Lesen Sie das.«

Er schob mit einer fast zornigen Handbewegung ein Blatt Papier über den Tisch, und dabei blinkte der Ring des Absolventen der Militärakademie West Point an seinem Finger. Gehört noch zur alten Schule, überlegte T. F. blitzschnell, sitzt eine Ewigkeit in der Nachrichtenabteilung des Heeres, einer jener vornehmen Herren, die es strikt ablehnen, anderer Leute Post zu lesen. T. F. überflog die Denkschrift, die er in der Hand hielt. Verfasser war General George Strong, stellvertretender Chef der Nachrichtenabteilung des Heeres und schärfster Kritiker des OSS in Washington. Strong warf dem OSS vor, Methoden anzuwenden, »die unseren moralischen Maßstäben konträr sind und von der Annahme ausgehen, daß die USA in einem totalen Krieg notwendig auf dem Niveau des Gegners operieren müssen«. Er warf Donovan ferner vor, »eine zentrale Nachrichtensammelstelle auf Regierungsebene« einrichten zu wollen, »die weder notwendig noch wünschenswert ist. Es widerspricht allen unseren Traditionen und widerspricht auch unseren wohlverstandenen Interessen, religiöse und Klassen-Gegensätze innerhalb feindlicher Bevölkerungen auszubeuten.«

T. F. wollte das Blatt zurückgeben, doch der Brigadier winkte ab. »Behalten Sie's, lernen Sie es auswendig. Legen Sie es in die Schublade Ihres Schreibtisches in London, und lesen Sie es jeden Tag zweimal. Nichts drückt so gut wie diese Denkschrift die Prinzipien aus, nach denen Sie sich in London richten sollen. Einem cleveren jungen Mann wie Ihnen mögen sie altmodisch vorkommen, aber unserem Land haben sie in den letzten 150 Jahren gut zu Gesicht gestanden. Vergessen Sie das nie.« Danach wurde er etwas weniger abweisend, er verschränkte die Hände im Nacken und lehnte sich zurück.

»Was Sie da erwartet, Major, ist kein Zuckerschlecken. Die Organisation, der Sie attachiert werden, besteht ausschließlich aus Briten. Sie hat die Aufgabe, den Feind zu täuschen. Als ich vor zwanzig Jahren in diesem Laden hier anfing, hieß es: vier Institutionen regieren die Welt – das Weiße Haus, der Buckhinghampalast, der Vatikan und der englische Geheimdienst. Und das ist immer noch so. Es gibt keinen tüchtigeren Geheimdienst als den der Briten. Er ist aber auch gewissenlos, brutal, durch und durch verlogen, und was Treue heißt, weiß er nicht. Nette junge Absolventen von Yale, wie Sie einer sind, werden dort zum Frühstück gegessen und anschließend ausgespuckt.«

Der Brigadier stieß eine Wolke übelriechenden Zigarrenrauches aus. »Seien Sie auf der Hut da drüben. Die Briten haben für andere Leute nichts übrig, sie machen bloß Gebrauch von ihnen.« Er zwinkerte. »Das brauche ich aber jemand, der O'Neill heißt, nicht erst zu sagen, wie?

T. F. verkniff sich ein Grinsen.

»Sie lassen sich von einem einzigen Grundsatz leiten: Der Zweck heiligt die Mittel. Nun, in unseren Augen ist das anders. Das kommt Ihnen wohl sonderbar vor?«

Es kommt mir vor wie ein sehr untauglicher Versuch, den Krieg zu gewinnen, dachte T. F. Laut sagte er, was erwartet wurde: »Nein, Sir.« Ein Major kann sich mit einem Brigadier nicht auf eine Diskussion einlassen.

»Wir hier wollen uns nicht beschmutzen, indem wir die gleichen Methoden anwenden, welche die Faschisten gebrauchen. Bloß weil man angeblich anders nicht mit ihnen fertig wird.« Der Brigadier grunzte abfällig, schien aber doch für nicht ausgeschlossen zu halten, daß die moderne Kriegführung mit jenen Idealen aufräumen könnte, welche man ihm in seinen Jahren in West Point eingehämmert hatte.

Er zog seine Schublade auf, entnahm ihr eine Rolle Klebeband sowie einen mit vielen Siegeln versehenen Umschlag und sagte: »Sie sind aber nicht herbefohlen worden, um sich einen Vortrag anzuhören. Das hier« – er wedelte mit dem Umschlag – »enthält Papiere, die so wichtig sind, daß wir ihren Inhalt nicht über Funk nach England geben wollen. Gehen Sie mit dem Militärpolizisten in den Waschraum und kleben Sie das Ding auf ihrer Brust fest. Sie haben den Umschlag General Ismay persönlich auszuhändigen. Sollten Sie mit dem Flugzeug abstürzen, haben Sie die Dokumente rechtzeitig zu vernichten, egal wie.«

Die Tür ging auf, T. F. drehte sich um und sah sich General Marshall persönlich gegenüber. Die kalten blauen Augen schienen durch ihn hindurchzublicken, ohne ihn zu beachten.

»Ist das unser Kurier nach London?« fragte er den Brigadier.

»Jawohl, Sir, das ist er.«

Marshall sah T. F. nun doch an. »Sie haben nichts weiter als Ihren Auftrag auszuführen. Sobald Sie angekommen sind, werden Sie nicht schlafen, nicht essen, nicht trinken, mit keinem Menschen, einerlei welchen Dienstgrades, ein Gespräch führen, bevor Sie diesen Umschlag General Ismay persönlich ausgehändigt haben. Haben Sie mich verstanden, Major?«

»Jawohl Sir!«

Marshall machte kehrt, und ohne seinen Kurier zu verabschieden oder ihm wenigstens eine gute Reise zu wünschen, stelzte er hinaus.

Paris

Strömelburg hatte schon bei der Kripo erfahren, daß kein Straftäter so bereitwillig mit der Polizei zusammenarbeitet wie einer, der überzeugt ist, hintergangen, verraten oder fallengelassen worden zu sein. Ob seine Kumpane ihn verpfiffen oder seine Vorgesetzten ihn durch ihre abgrundtiefe Dummheit und Sorglosigkeit den Folterknechten überliefert hatten, wie es bei dem englischen Funker Wild der Fall war, das Ergebnis war das gleiche: eine Wut, welche den Betreffenden dazu veranlaßte, im Verhör auszupacken.

Genauso ging es mit Wild. Die Schläger, die ihn zuvor noch halb tot geprügelt hatten, schafften einen Arzt herbei, der ihn versorgte, dann brachten sie ihm zu essen und eine halbe Flasche Wein, gaben ihm zu rauchen und zeigten sich in jeder Weise um ihn besorgt. Man hätte dem bedauernswerten Engländer verzeihen müssen, wenn er nicht mehr gewußt hätte, wer eigentlich seine wahren Freunde waren. Strömelburg war ziemlich überzeugt davon, daß Wild nichts verschwiegen hatte. Seine Beschreibung der Operation der SOE stimmte überein mit dem, was der SD schon wußte, aber hilfreich war das nicht. Wild konnte nicht helfen, weil er so gut wie nichts wußte. Die wenigsten Agenten der SOE, die in Frankreich operierten, wußten etwas. Er kannte den Decknamen jener Gruppe in Lille, deren Funker er werden sollte: ›Butler‹, und konnte eine Beschreibung ihres Anführers, eines Captain Michel, geben, ferner nannte er das Café Bethune als den Ort seiner Verabredung mit Michel und das Kennwort, mit dem er sich zu identifizieren hatte. Viel war das nicht, aber mehr konnte Strömelburg auch nicht erwarten.

Sonderführer Kranz stand auf, als Strömelburg sein Büro betrat. Zur Belohnung für die vortreffliche Arbeit, die er beim Funkspiel mit den Engländern leistete, war ihm einer der bevorzugten Räume mit Blick auf die Avenue Foch zugeteilt worden. Für Strömelburg war und blieb Kranz in gewisser Hinsicht ein Rätsel. Er war kein Nationalsozialist und ihm nur als Dolmetscher zugeteilt worden, und seit er sich mit dem Funkspiel beschäftigen durfte, entwickelte er eine wahre Begeisterung, gepaart mit Feuereifer für diese Arbeit, die ihm augenscheinlich höchstes Vergnügen bereitete. Er verließ kaum je sein Büro, er lebte von Kaffee, belegten Broten und Zigaretten und setzte seine Funksprüche mit einer Gewissenhaftigkeit auf, als hinge von ihnen der Lauf der Welt ab, was, wie Strömelburg sich sagte, womöglich der Fall sein könnte. Er ging nie aus, trank nicht und ließ sich im Kasino nicht blicken. Hin und wieder besuchte er das Soldatenkino auf den Champs-Elysées. Er dürfte wohl der einzige in diesem Haus sein, überlegte sein Vorgesetzter, der auf den Umgang mit den vielgepriesenen Huren verzichtete, und dafür verglich ihn Strömelburg mit einem Hungernden, der mit stur in den Taschen vergrabenen Händen in einem Feinkostgeschäft umhergeht.

Strömelburg ließ sich in einem Sessel nieder und streckte die Beine von sich. Sein Untergebener arbeitete am besten in zwangloser Atmosphäre, wie Strömelburg aus Erfahrung wußte, und er fragte denn auch mit gespielter Lässigkeit: »Nun sagen Sie mir mal, mein Lieber, wie wir diesen neuen Teilnehmer in unser Spiel einführen wollen?« Dabei deutete er auf die große Karte von Frankreich, die an der Wand hing. Darauf waren die 15 SOE-Funkstellen markiert, deren Funker, entweder tot oder inhaftiert, durch deutsche Funker ersetzt worden waren. Sie waren über ein Gebiet verteilt, das von *Saturn* in Saint Malo in der Bretagne über *Tanz* in Chartres, *Großfürst* in Dijon bis zu *Walze* in Saint Quentin reichte. »Es ist ein Glück für uns, daß er nach Lille sollte. Im Norden haben wir nämlich nicht genügend Funkstellen. Oder gibt es dort derzeit noch illegale Sender?«

»Im Moment nicht. Wir haben vor sechs Wochen einen aufgespürt, nur hat der seine Zyankalitablette geschluckt, bevor wir ihn fassen konnten.«

Strömelburg betrachtete seine schön polierten Fingernägel. Wild sollte diesen Verstorbenen also ersetzen. Zum Glück operierte in der Gegend keine zweite Sendestelle, die London von Wilds Verhaftung berichten konnte.

»Es dürfte ziemlich ausgeschlossen sein«, sagte Kranz, »über ihn Waffenlieferungen zu bekommen. Die RAF fürchtet die Nachtjäger im Pas de Calais und macht im Norden nur ungern solche Unternehmungen.«

»Glauben Sie nicht, Sie könnten unseren Freund Cavendish trotzdem dazu überreden?«

»Überreden könnte ich ihn schon, aber es besteht die Gefahr, daß er mißtrauisch wird, wenn wir für eine Gegend Waffen anfordern, wo ausdrücklich keine benutzt werden sollen.«

»Hm, damit könnten Sie recht haben. Nur – wie können wir aus diesem Wild Nutzen ziehen?«

»Ich habe über das nachgedacht, was Sie gestern abend sagten.«

Strömelburgs zufriedenes Lächeln sagte Kranz, daß er auf dem richtigen Weg war. »Und da ist mir was eingefallen. Könnten Sie diesen Captain Michel und einige seiner Leute rasch verhaften, ich meine, noch bevor Wild seinen ersten Funkspruch absetzen soll?«

»Schon möglich.«

»Falls das geht, würde ich in meinem ersten Funkspruch nach London melden, daß Michel aufgeflogen ist. Ich würde sagen, in Lille ist der Boden so heiß geworden, daß ich vierzehn Tage bis drei Wochen untertauchen muß. Damit hätte ich eine gute Begründung dafür, daß zunächst einmal Funkstille herrscht.«

»Ich sehe nicht ganz, wie uns das nützen soll?«

»Ich werde ferner nach London melden, daß das Café Bethune, also Wilds Treffpunkt, nicht aufgeflogen ist, und daß Agenten, die dringend Verbindung mit London brauchen, mir über das Café ihre Meldung zukommen lassen können, wenn sie ein bestimmtes Kennwort benutzen, das ich London mitteile.«

»Das wäre also die angebundene Ziege«, sagte Strömelburg. »Sie sind eben doch ein guter Kipling-Schüler, Kranz. Wir benutzen das Gerät von Wild als Köder und warten ab, bis Cavendish jemand aus dem Dschungel schickt, der anbeißen soll.« Er stand auf und gab Kranz einen kameradschaftlichen Klaps auf die Schulter. »Sie sind ein ganz gerissener Bursche, Kranz, aber Sie sind auch ein Spaßverderber.«

Der Sonderführer sah ihn verständnislos an.

»Ich hatte mir nämlich für heute was ganz anderes vorgenommen als ausgerechnet eine Fahrt nach Lille.«

Ein umherziehender Geiger, der ungemein schäbig gekleidet war, ließ im Rücken von Catherine Pradier eine etwas zittrige Version von *Parlez-moi d'amour* ertönen. Hier, an einem Tischchen vor dem Café des trois Suisses, kam ihr das irgendwie besonders unpassend vor. Sie saß praktisch umringt von Deutschen in Uniform; es schien in Calais geradezu von ihnen zu wimmeln. Überall in der Stadt begegnete man den blauen Uniformen der Kriegsmarine, den graublauen der Luftwaffe, dem Feldgrau des Heeres. Und das waren nun nicht die Militärtouristen, die in Paris mit ihren Kunstführern von Kirche zu Museum eilten und darauf warteten, daß die Bars und Bordelle auf dem Montmartre ihre Türen öffneten, sondern Fronttruppen, Kameraden jenes Stukapiloten, der ihre Mutter auf dem Gewissen hatte, und jener sonnverbrannten Soldaten, die vor vier Jahren wie eine apokalyptische Plage über ihr Land hergefallen waren. Bei deren Anblick erneuerten sich nicht nur Catherines Abscheu und der Vorsatz, mit dem sie zurückgekehrt war, sondern es erfüllte sie auch beträchtliche Angst. Wie konnte die Résistance eigentlich hoffen, umgeben von so vielen Deutschen, ihren Auftrag zu erledigen. Wie lange konnte sie selber sich in diesem Meer von Feinden überhaupt am Leben halten?

Sie schaute verstohlen von der vor ihr liegenden Zeitung auf und suchte nach dem Mann mit dem Werkzeugkasten, der sie an der Ecke erwarten sollte. Warum kommt er nicht endlich? fragte sie sich. Sie wartete nun schon den dritten Nachmittag hier. Was mag da nur schiefgegangen sein? Rechnet man nicht mehr mit mir, weil ich mich am ersten Tag verspätet habe? Sind Aristide und seine Gruppe aufgeflogen? Bin ich also mutterseelenallein in dieser feindseligen Stadt, ohne jemand, an den ich mich wenden kann?

Sie zwang sich, in ihrer Zeitung zu lesen, dem Kollaborationistenblatt *Le Phare de Calais* – Der Leuchtturm von Calais. Zum fünften Mal las sie die Anzeige, mit der jemand echt lederne Damenschuhe Größe 38 anbot; die Anzeige, mit der das Publikum aufgefordert wurde, ›Die lieblichen Walzermelodien von Johann Strauß‹ auf der

›Stimme des Reiches im 279-Meter-Band‹ anzuhören, ›die ein Teil unseres kulturellen Erbes sind‹. Und sie überflog noch einmal die Ankündigung des Stadtkommandanten, die sie so belustigte: Das deutsche Oberkommando hatte soeben eine allgemeine Zählung im Pas de Calais angeordnet – eine Zählung nicht etwa der Bewohner, sondern der Hunde. Alle Hunde sollten unverzüglich der Behörde gemeldet werden, nebst einer genauen Beschreibung, also Rasse (falls zutreffend), Schulterhöhe, Farbe und dazu Name und Adresse des Hundehalters. Bis zum 15. Mai mußten diese Angaben von den Rathäusern der Kriegskommandantur zur Verfügung gestellt werden.

Sie begriff ganz einfach nicht, welch pervertierter Ordnungssinn die Besatzer dazu trieb, am Vorabend einer Schlacht, die über den Ausgang des Krieges entscheiden mußte, die französischen Hunde zu ›erfassen‹. Sie verbiß sich geradezu in diesen Wahnsinn, um nicht das schwarzgerandete ›Avis!‹ auf der ersten Seite anzustarren, in dem der Bevölkerung die Namen jener Widerstandskämpfer, zu denen sie sich ja auch rechnen mußte, bekanntgegeben wurden, die am Vortag wegen ›Verbrechen begangen gegen die Besatzungsmacht‹ in Lille zum Tode verurteilt und erschossen worden waren. Wie ließ sich das nur vereinbaren: Die Straußwalzer, die perverse Erfassung der Hunde im Pas de Calais und die Brutalität, mit der gegen den Widerstand vorgegangen wurde?

Catherine schüttelte ratlos den Kopf und schaute zur Straßenecke – niemand zu sehen. Warum nur? Sie starrte wieder auf ihre Zeitung. In London war sie gewarnt worden: Einsamkeit, quälende Einsamkeit könnte die schwerste Last sein, die sie in ihrer Existenz als Illegale zu tragen haben würde. Seit sie aus dem Lastwagen des Fischers ausgestiegen war, hatte sie mit keinem Menschen gesprochen, außer daß sie an drei Nachmittagen beim selben Kellner eine Tasse Kaffee bestellte.

Und das war nicht leicht gewesen, denn sie wurde häufig genug angesprochen. Vor Schreck war sie gänzlich verstummt, und wie alle unerprobten Agenten meinte sie, man müsse ihr ansehen, was sie vorhatte. Es kam ihr vor, als liefe sie mit einem gut lesbaren Stempel auf der Stirn herum: ›Feindliche Agentin – made in England‹. Und zu allem Überfluß fiel ihr auch noch ein, daß Cavendish sie gewarnt hatte: »Eine auffallend hübsche Frau ist besonders gefährdet«. Sie hätte ihr Haar abschneiden lassen sollen. Statt dessen versteckte sie ihre Pracht unter einem alten Kopftuch und verzichtete auf jegliches Make-up. Aber reichte das?

Immer noch ließ der Mann mit dem Werkzeugkasten sich nicht sehen. Er hätte spätestens vor zehn Minuten kommen müssen, und Catherine kannte die Regel: nie am Ort bleiben über die Zeit, wenn das Treffen nicht zustande kommt. Also stand sie auf und wanderte durch die Straßen. Seit sie angekommen war, hatte sie kaum etwas gegessen, und der Hunger wurde nachgerade schmerzhaft. Sie dachte an ihre Mahlzeit mit Paul in dem Schwarzmarktrestaurant. Aber wie sollte sie hier eins finden, und fände sie eins, könnte sie doch ohne Begleiter nicht hineingehen. Sie würde nur die allgemeine Aufmerksamkeit auf sich lenken. Und einer Schlange vor einem der Lebensmittelgeschäfte wollte sie sich nicht anschließen, weil sie fürchtete, sich durch ihre Ungeschicklichkeit im Umgang mit den ungewohnten Lebensmittelkarten zu verraten. So steuerte sie denn in ihrer Verzweiflung die Esplanade hinter der Kirche Nôtre-Dame an, wo, wie sie wußte, eine öffentliche Armenküche unterhalten wurde. Sie stellte sich zu den zahnlosen alten Frauen in Filzpantoffeln und Umschlagtüchern in die Reihe, zu Männern, denen man ansah, daß sie sich wenn möglich von Alkohol ernährten. Hier falle ich ebensowenig auf wie eine Anarchistin auf einer Versammlung von Bankdirektoren, überlegte sie und fand diese Meinung denn auch bestätigt in der Miene des Priesters, der ihr dünne Suppe in die Schale füllte. Während sie noch mit der Suppe beschäftigt war, hielt hinter der Kirche ein Kübelwagen, und ein deutscher Offizier stieg aus.

»Kommen Sie mal hierher«, sagte der Priester leise zu ihr, »ich möchte mit Ihnen sprechen.«

Als sie neben ihm stand, wurde ihr klar, daß sie sich durch diesen Platzwechsel von einer bedürftigen Bettlerin in ein gutbürgerliches Gemeindemitglied verwandelt hatte, das dem Priester bei seiner wohltätigen Arbeit beistand. Aus dem Augenwinkel beobachtete sie, wie der Offiziersbursche seinem Herrn eine Schrotflinte reichte. Der spähte zum Glockenturm, lächelte zufrieden, legte die Büchse an und feuerte beide Läufe ab. Zwei Tauben fielen aufs Pflaster.

»Bravo!« flüsterte der Priester. »Wieder zwei britische Agenten abgeschossen.«

Catherine schaute ihn verständnislos an.

»Wissen Sie nicht, daß den Tauben hier der Aufenthalt verboten ist? In meinem Glockenturm sitzen die letzten Exemplare vom Pas de Calais.«

Wieder knallte ein Schuß, und eine weitere Taube fiel vom Himmel. »Es sei denn, dies war die allerletzte.«

Der Priester wischte die Hände an der Schürze ab und sah dem Offizier nach, der in den Kübelwagen stieg. »Sie können mir hier jeden Abend helfen, wenn Sie wollen. Das macht sich besser, als wenn Sie sich anstellen, und ich kann Ihnen auch einen Extrateller geben.«

Dankbar kehrte sie in ihr Zimmer zurück. Eine gute halbe Stunde saß sie reglos auf dem Bett, starrte ihr Funkgerät an und fragte sich, ob sie mit London Verbindung aufnehmen sollte. Endlich kroch sie halb angekleidet unter die Decke. Vom Kanal her wehte es stark, die Fenster klirrten leise, auf der leeren Gasse heulte der Sturm. Nie zuvor hatte sie sich so einsam gefühlt. Warum nur habe ich mich auf so etwas eingelassen? fragte sie sich, warum will ich unbedingt etwas machen, was nur mit einer Katastrophe enden kann? Immer noch vom Hunger geschwächt, fiel sie in unruhigen Schlaf.

Kurz darauf erwachte sie mit einem Schrei und in Schweiß gebadet aus einem Alptraum, und es dauerte eine Weile, bis sie ihn abschütteln konnte. Niemand war im Zimmer, sie war allein. Draußen war es stockfinster, der Sturm tobte aber unvermindert. Sie begann zu weinen. So demoralisiert war sie also schon in kurzer Zeit! Gehörten auch Alpträume unvermeidlich zum Dasein einer Agentin? Mußte sie unbedingt träumen, daß sie entdeckt worden war?

Die Straße lag schon menschenleer, wie immer, wenn René Laurent sein Café abschloß und im Eilschritt nach Hause lief, um nicht in die Sperrstunde zu geraten. Heute waren nicht mal Katzen unterwegs und strichen bettelnd um seine Beine, als er die Rue de Bethune zu seiner Wohnung entlanghastete. Erst als er seine Wohnungstür aufsperrte und den Pistolenlauf spürte, der ihm in die Rippen gestoßen wurde, merkte er, daß etwas nicht stimmte. Zwei Männer zerrten ihn ins Wohnzimmer, und hier saß seine Frau gefesselt und geknebelt auf einem Stuhl. Daneben, ebenfalls auf Stühlen, ebenfalls gefesselt und geknebelt seine heranwachsenden Söhne. Aus seinem ›guten‹ Sessel erhob sich nun ein elegant gekleideter Herr.

»Deutsche Polizei«, verkündete Strömelburg. »Genauer, Gestapo.« Er sagte das so eisig wie möglich, um den Schrecken, den er verbreiten wollte, möglichst noch zu vergrößern. Der überrumpelte Cafébesitzer taumelte zu dem Stuhl, auf den Strömelburg deutete. Er nahm die Angst in den Augen seiner Frau und seiner Kinder wahr und hörte den SD-Mann sagen: »Sie sind also ein friedlicher, gesetzestreuer Caféhausbesitzer, machen Ihre Geschäfte, so gut es in diesen schwierigen Zeiten geht, und trüben kein Wässerchen.«

»Ja, das stimmt.« Laurent brachte diese Worte nur mit Mühe hervor.

»Mit den Terroristen der sogenannten Résistance haben Sie nichts zu tun?«

»Nein.« Die Zunge klebte ihm fast am Gaumen.

»Gelegentlich machen Sie ein paar kleine Schwarzmarktgeschäfte«, Strömelburg wedelte nachlässig mit seiner Zigarette, »eine Flasche Wein, ein paar Päckchen Zigaretten – wer täte das nicht?«

Vielleicht ist es ja das, dachte Laurent und schöpfte ein wenig Hoffnung. Er hob resigniert die Unterarme und ließ sie wieder sinken.

»Das stimmt leider nicht. Sie dienen als Briefkasten für die Gruppe von Captain Michel in Lille«, widersprach Strömelburg immer noch ganz zivil.

»Ich weiß nicht, wovon Sie reden«, ächzte Laurent.

»Sie erwarten morgen das Eintreffen eines neuen Funkers, der sich in Ihrem Café melden soll. Der wird Sie fragen, wo man Köder zum Angeln kaufen kann. Und wenn Sie das hören, werden Sie ihn mit Captain Michel in Verbindung bringen.«

Da wußte Laurent, daß keine Rettung mehr war. Wie wohl alle Widerstandskämpfer hatte er so manche Nacht wachgelegen und sich diese Situation ausgemalt. Es war jetzt 23 Uhr, und wenn er der Folter dreizehn Stunden lang widerstand, wäre das für Michel das Zeichen, daß er aufgeflogen war, und der Captain würde untertauchen. Zitternd machte er sich auf das bevorstehende Martyrium gefaßt.
»In dieser ganzen Angelegenheit interessiert mich eigentlich nur eines – wo finde ich Captain Michel?« fragte Strömelburg immer noch so gleichgültig, als handele es sich um ein Gespräch unter Nachbarn.

»Ich kenne keinen Michel.«

»Das ist aber sehr betrüblich.« Strömelburg, der bislang auf der Tischkante gehockt hatte, erhob sich und tat ein paar Schritte. Dann schaute er auf die Uhr und sagte: »Ich gebe Ihnen drei Minuten, um meine Frage zu beantworten.«

Das schien eine Ewigkeit. Laurent hörte nur seinen eigenen keuchenden Atem und das Knacken des Stuhls, auf dem sein jüngster Sohn sich in seinen Fesseln wand. Strömelburg stellte sich vor ihn und fragte: »Wollen Sie jetzt Vernunft annehmen?«

Laurent starrte ihn stumm an.

Der SD-Mann seufzte wie ein schmollendes Kind, dem Erwachsene wieder einmal verboten haben, mit einem kostbaren Gegenstand zu spielen. »Wenn Sie es nicht anders wollen . . .« Er erweckte einmal mehr den Eindruck, als wäre es für ihn viel unangenehmer, eine Folterung anzuordnen, als für sein Opfer, sie zu ertragen. Er gab den beiden Männern einen Wink, und während der eine Laurents Hände hinter dessen Rücken fesselte, legte der andere seinen Rock ab und hängte ihn sorgsam gefaltet über eine Stuhllehne. Dann lockerte er die Krawatte und krempelte in aller Gemütsruhe die Ärmel auf. Er war Franzose und wegen Kindesentführung und Mordes zu zwanzig Jahren verurteilt gewesen, als Strömelburg ihn aus dem Zuchthaus holte, weil er es schätzte, Franzosen von den eigenen Landsleuten quälen zu lassen. Der Mann blieb vor Laurent stehen, bewegte die Finger wie ein Chirurg, bevor er die Gummihandschuhe überstreift, und während Laurent ihn angstvoll ansah, sah Strömelburg Laurent an. Er sah, wie das Gesicht sich verzerrte, wie die Lider in Erwartung des kommenden Schlages zusammengekniffen wurden, und er kannte das. Der Caféhausbesitzer wollte den Helden spielen. Er war Mitte der Dreißig, gewiß ein friedliebender Mensch ohne die geringste Ahnung von dem, was ihm bevorstand. Doch ließ sich nie sagen, wie lange jemand aushielt, und manche seiner schüchternsten ›Kunden‹ hatten sich als die hartnäckigsten erwiesen. Gewiß würde man seinen Willen brechen, doch wie lange dauerte das? Der SD hatte jetzt keine Zeit zu verlieren, falls der Plan von Kranz realisiert werden sollte. Man könnte es auch anders versuchen. Er winkte seinen Mann daher zurück, bevor dieser Laurent noch angerührt hatte, und Strömelburg wies ihn mit einer Kopfbewegung an Laurents Frau, die geknebelt und gefesselt auf dem Stuhl saß. Die Frau sah ihn aus schreckgeweiteten Augen auf sich zukommen und kniff die Lider fest zusammen, als sein Schlag ihr Gesicht traf. Der Mann riß den Kragen ihrer Bluse auf, faßte in das Mieder, das ihren vollen Busen umschloß, riß es auf und kniff sie brutal in die Brust. Die Frau wand sich auf dem Stuhl und versuchte zu schreien. Doch der Knebel dämpfte den Schrei.

Strömelburg ließ derweil Laurent nicht aus den Augen. Der war kreidebleich geworden, und Strömelburg wußte, er hatte richtig gewählt. Als sein Folterknecht eine Zigarette anzündete und sich mit der Glut wieder der Brust von Laurents Frau näherte, keuchte der: »Aufhören! Er soll aufhören!«

»Nun? Was ist mit Michel?«

»Hotel Saint Nicholas, Zimmer 22, zusammen mit Arlette. Die ist sein Kurier.« Und dann brach er in hilfloses Schluchzen aus. Er hatte den furchtbaren Verrat begangen, den nie begehen zu wollen er geschworen hatte.

Zimmer 22 war unterm Dach. Strömelburg erstieg mit gezogener Pistole die Wendeltreppe hinter einem der Gestapobeamten, die er sich vom Abschnitt Lille ausgeborgt hatte; die anderen, etwa ein halbes Dutzend, folgten. Strömelburg richtete die Taschenlampe auf die Zimmertür mit der Nummer 22 und drückte sich seitlich an die Wand, so daß er nicht in der Schußlinie war, sollte jemand von drinnen schießen. Körperlicher Mut war keines seiner besonderen Kennzeichen.

Er winkte seinem Vordermann. Dieser brach mit einem mächtigen Tritt die Tür auf und sprang mit dem Ruf »Gestapo!« über die Schwelle.

Das nun war ein fataler Irrtum, denn das Treppenhaus hinter ihm war, wenn auch nur schwach, erleuchtet, und er gab ein schönes Ziel ab. Die Schüsse kamen aus dem dunklen Zimmer, und der Beamte aus Lille wurde von ihrer Wucht zurückgeschleudert ins Treppenhaus und die steile Wendeltreppe hinunter. Er riß zwei seiner Kollegen mit, und während dieser Tumult noch im Gange war, hörte Strömelburg, wie drinnen ein Fenster aufgerissen wurde. Schon krachte draußen ein Schuß, und ein Geschoß drang in die Zimmerdecke.

»Sie sind auch draußen!« rief eine Männerstimme. »Wir sitzen in der Falle!«

»Barmherziger Himmel!«

Das war eine Frauenstimme. Strömelburg beugte sich über das Treppengeländer und brüllte den Männern zu, die sich mit dem Verwundeten zu schaffen machten: »Laßt das jetzt, alle Mann nach oben!« Er hielt sich immer noch vorsichtig aus der Schußlinie und schrie jetzt auf französisch: »Rauskommen und Hände hoch!«

»Wir sind geliefert.« Das war wieder die Männerstimme im Zimmer.

»Was machst du denn da?« Die Stimme der Frau klang schrill.

»Das hilft jetzt nichts, wir haben es uns geschworen.«

Zwei SD-Männer waren auf dem oberen Treppenabsatz erschienen, und Strömelburg rief: »Vorsicht, der ist bewaffnet! Ich will alle beide lebend haben.«

»Es ist mir egal, was wir geschworen haben, ich kann es

nicht.« Die Frauenstimme klang fast hysterisch. »Bitte zwing mich nicht, Liebster, bitte nicht!«

»Es muß aber sein«, sagte die Männerstimme tonlos.

»Beeilt euch endlich!« befahl Strömelburg seinen Gehilfen, die beide nicht sehr darauf erpicht waren, dem bewaffneten Widerstandskämpfer entgegenzutreten.

»Nein, nein, nein!« beschwor die Frauenstimme den Mann im dunklen Zimmer. Doch ihr Schrei verstummte mit dem Pistolenschuß. »Los, rein mit euch!« rief Strömelburg, doch schon krachte der zweite Schuß, und man hörte einen metallenen Gegenstand zu Boden fallen. Strömelburg folgte seinen Untergebenen ins Zimmer. Sie hatten Licht gemacht, und man sah zwei nackte Gestalten auf dem Bett, das, was vom Kopf des Mannes übrig war, zwischen den Brüsten der Frau, deren weit aufgerissener Mund eben noch um Erbarmen gefleht hatte. Neben dem Bett lag die Pistole. Keine Aussichten also für die Gestapo, Captain Michel und Arlette, die er geliebt hatte, zu vernehmen.

London

Sir Stewart Menzies, Chef von MI6, dem britischen Geheimdienst, sah sich angewidert in der engen Offizierskantine um, die im Keller unter Churchills Wohnung eingerichtet worden war. Die ehedem cremefarbigen Wände waren stark nachgedunkelt, unter der Decke liefen Abflußrohre entlang, in denen es gurgelte, wenn jemand oben die Toilette benutzte. Der Fußboden war mit schäbigem braunem Linoleum bedeckt.

»Das ist die jämmerlichste Offiziersmesse, die ich je gesehen habe«, bemerkte Menzies.

»Das gehört zu Winstons Methode, seine Leute auf Trab zu halten«, schmunzelte Sir Henry Ridley, den Churchill damit beauftragt hatte, die Maßnahmen zu erdenken, mit denen der Feind im großen Stil getäuscht werden sollte. »Kann ich Ihnen was anbieten?«

Menzies schaute auf die Uhr. »Für Gin-Tonic noch ein bißchen früh, obwohl der Himmel weiß, daß ich einen gebrauchen könnte.« Statt dessen bestellte er bei einer Kasinoordonnanz Kaffee. »Ich hatte gerade eine sehr unerfreuliche Unterredung im Schlafzimmer.« Churchill hatte die Gewohnheit, Vormittagsbesprechungen mit seinen Beratern im Bett abzuhalten, wo er, mit einem Schlafrock angetan, die erste Zigarre des Tages rauchte, während er sich über die Lage berichten ließ. »Sie haben wohl schon was gehört?«

Ridley nickte. »Man hat mich gleich herbefohlen, als die Meldung kam.«

»Falls die Hunnen uns wirklich mit massierten Kräften in den Landungsgebieten erwarten, gibt es eine Neuauflage von Passchendaele. Wie ist dieser Anstreicher bloß auf die Normandie verfallen?« Menzies erwartete darauf sichtlich keine Antwort, er kostete den Kaffee und sagte: »Das Zeug ist ebenso scheußlich wie die Messe, in der es gebraut wird.« Aus dem Augenwinkel sah er, daß jemand in amerikanischer Uniform durch den Raum ging, ein seltener Anblick. Der amerikanische Offizier grüßte im Vorbeigehen etwas unsicher zu Ridley hinüber und verschwand.

»Nanu«, sagte Menzies, »wer ist denn der neue Junge in der Klasse?«

»Mein amerikanischer Vertreter und Verbindungsoffizier. O'Neill heißt er und ist kürzlich angekommen. Übrigens war er es, der Ismay diese Meldung überbracht hat; die Amerikaner haben sie einem Bericht des japanischen Botschafters über sein Gespräch mit Hitler entnommen.«

»Ein amerikanischer Verbindungsoffizier? Ich wußte gar nicht, daß es so was gibt.«

»Das ist auch nicht mein Einfall gewesen, sondern der des Vereinigten anglo-amerikanischen Oberkommandos. Es ist wohl unvermeidlich.« Menzies dachte nach. »Sie wissen doch, was man über die Zusammenarbeit mit den Amerikanern sagt?«

»Ich fürchte, nein.«

»Das ist, als hätte man ein Liebesverhältnis mit einem Elefanten. Äußerst schwierig, je ans Ziel zu kommen. Man riskiert, dabei zertrampelt zu werden. Und es dauert acht Jahre, bevor man Resultate zu sehen bekommt. Ich brauche wohl nicht eigens zu betonen, daß Sie ihm gegenüber mit keinem Wort andeuten, welche Rolle wir bei der Realisierung Ihrer Pläne spielen.«

»Das versteht sich von selber.«

»Und da wäre ich denn auch schon bei dem Anlaß meines Besuches. Sie erinnern sich an unser Gespräch neulich abends im Club?«

»O ja, ich habe darüber gründlich nachgedacht, besonders seit ich erfahren habe, daß Hitler sich auf die Normandie versteift.«

»Mja ... dadurch sitzen Sie mit Ihren Projekten ganz schön in der Tinte. Ich hatte Ihnen versprochen, einen nützlichen Agenten für Sie aufzutun, und habe auch einen gefunden, nur sehe ich nicht, wie der allein Ihnen bei *Fortidude* helfen kann. Er kann nur in Zusammenarbeit mit irgendwem oder irgendwas von Nutzen sein. Vielleicht haben Sie ja einen Geistesblitz.«

»Versuchen wir's, ich bin zu allem bereit.«

»Ich muß Sie aber warnen: Die Art und Weise, wie wir ihn auf seinen derzeitigen Posten geschleust haben, dürfte höheren Ortes nicht unbedingt gebilligt werden.«

»In diesem Fall empfiehlt es sich vielleicht, die Angelegenheit beim Essen im Club zu behandeln.«

PARIS

Strömelburg las den Text, den Kranz ihm vorlegte, mehrmals aufmerksam durch und gab ihn dann zurück. »Das müßte eigentlich seinen Zweck erfüllen«, sagte er dabei.

»Eines macht mir Sorgen, Obersturmbannführer«, sagte Kranz warnend. »Angenommen, London beißt an, so ist doch damit zu rechnen, daß ein Agent, der das Café in Lille anläuft, erwartet, dort den bisherigen Wirt vorzufinden.« Strömelburg hatte Laurent durch einen französischen Mitarbeiter des SD ersetzt; Laurent, seine Frau und seine Kinder befanden sich schon auf dem Weg in ein Konzentrationslager. Er widersprach: »Das glaube ich nicht. Wer jetzt mit einer Meldung für unsere neue Funkstelle in das Café kommt, ist vermutlich nie zuvor dort gewesen und kennt den ehemaligen Wirt nicht. Und sollten irgendwelche von Michels Mitarbeitern, die wir nicht gefaßt haben, je hingehen, dann wissen die sowieso, daß wir Laurent gegriffen haben. Warum also soll sein Vetter aus Rennes den Laden nicht führen, bis er aus dem Lager kommt? Nein, nein, Kranz, unsere Ziege meckert schon«, versicherte er, »jetzt muß sie nur in London gehört werden.«

Berlin

Schweiß lief über die Flanken des Hengstes, der so kurz gezügelt wurde, daß er den Kopf aufrecht halten mußte, während er die Figuren der Hohen Schule absolvierte. Der Reiter ließ das Tier um die Bahn traben und dann den berühmten Seitwärtsschritt ausführen. Endlich, nachdem er es mit einem Tätscheln der behandschuhten Hand belohnt hatte, übergab er es dem wartenden Stallburschen, einem Obergefreiten.

Der Reiter strich mit der Gerte an der Innenseite der Reithosen entlang, deren Außenseite die breiten roten Streifen des Generalstabes aufwiesen. Ein Blick zum Himmel zeigte ihm die Kondensstreifen, welche amerikanische B-17-Bomber über Berlin zogen wie ein todbringendes Netz, und er vernahm auch sehr gedämpft das wummernde Abwehrfeuer der Flak. Zossen, keine 30 Kilometer von Berlin entfernt, war eine aus dem vergangenen Jahrhundert stammende Insel in einer steigenden Trümmerflut. Hier hauste der Generalstab des Heeres, unberührt von den Leiden einer Welt, die er erobert und verwüstet hatte.

Der Reiter schlenderte an diesem noch taufrischen Frühlingsmorgen auf eine im Halbkreis angeordnete Gruppe A-förmiger Gebäude zu, Maybach I genannt. Er erwiderte den Gruß des Postens mit einem lässigen Heben der Reitgerte und schritt zu seinem Büro. Das gewellte schwarze Haar lag dicht an seinem Kopf, die Brille war von einem schmalen Goldrahmen gefaßt, und seine Erscheinung erinnerte von ferne an die eines streng lutheranischen asketischen Pastors, dem man dreihundert Jahre zuvor in einer Hafenstadt an der Ostsee hätte begegnen können.

Auf seinem Schreibtisch warteten eine Tasse Kaffee und zwei ›Schusterjungen‹ auf ihn, in Berlin sehr beliebte dunkle Brötchen, ferner die neuesten Lagemeldungen. Oberst von Roenne war Chef der Abteilung ›Fremde Heere West‹ und als solcher verantwortlich für die Einschätzung der Stärke der im Westen stehenden alliierten Streitkräfte. Auf Roenne und seine Mitarbeiter zielte das Projekt *Fortitude*, das von Sir Henry Ridley so raffiniert erdacht war, und über Roenne, den es als ersten zu täuschen galt, sollte das erwünschte Resultat im Oberkommando der Wehrmacht erzielt werden.

Roenne biß in ein Brötchen und besah sich die eingegangenen Meldungen. Es war Montag, der arbeitsreichste Tag der Woche, denn da mußte die wöchentliche Meldung über Stärke und voraussichtliche Absichten des Feindes in einem Bericht zusammengefaßt an Hitler gegeben werden. Alexis Freiherr von Roenne galt als ein Offizier, der ›klar und realistisch denkt‹, und er hatte sich 1939 – damals war er noch Hauptmann – das Wohlwollen seines Führers erworben, indem er, anders als die Generalität, genau jene Meinung vertrat, die Hitler hören wollte, daß nämlich die ruhmreiche französische Armee keinen Fuß rühren würde, sollte Hitler über Polen herfallen. Sodann hatte sich seine zutreffende Einschätzung der Moral der französischen Truppen im Jahre 1940 bei der Planung des Feldzuges sehr bezahlt gemacht, und seither schenkte Hitler den von Roenne vorgelegten Berichten stets einige Aufmerksamkeit, obwohl er eine Abneigung gegen Nachrichtenoffiziere und ihre auf undurchsichtige Weise gesammelten Informationen hatte.

Der Kurier hatte heute früh die Meldungen aus dem Gebäude der Abwehr in der Tirpitzstraße gebracht. Sie enthielten in der Mehrzahl Meldungen von Agenten, die in England operierten, und Roenne als alter Hase legte im Grunde den geringsten Wert auf solche Geschichten. Er bevorzugte zwei andere Methoden der Aufklärung: die Überwachung des militärischen Funkverkehrs und die

Luftaufklärung. Letztere fand nun aber schon seit einiger Zeit so gut wie gar nicht mehr statt, weil Luftaufklärer unfehlbar der britischen Luftabwehr zum Opfer fielen und deshalb kaum noch starteten. Roenne mußte sich also mehr auf die Berichte von Agenten verlassen, als ihm lieb war.

Das kam nicht überraschend, er hatte das schon im Winter vorhergesehen. Im Februar war er mit Canaris zusammengekommen, weil er von dem eine Bewertung der einzelnen Agenten zu haben wünschte. Der Admiral beschrieb ihm ganz offen, worüber er in England verfügte, wobei er es eine Glanzleistung nannte, überhaupt operative Agenten in England zu besitzen, von denen einige schon drei Jahre dort waren. Daß die Abwehr ihnen so großes Vertrauen entgegenbrachte, verdankten sie dem Umstand, daß sie einen steten Fluß von militärischen Informationen in Gang hielten, manche davon ungemein wichtig, und durch nachfolgende militärische Maßnahmen der Alliierten auf ihren Wahrheitsgehalt überprüfbar. Drei Agenten bedienten sich dreier illegaler Sender in London, die anderen benutzten Kuriere oder die Post, was naturgemäß länger dauerte und nur auf Umwegen vonstatten gehen konnte. Er könne, so Canaris, wöchentlich mit etwa vierzig bis fünfzig Berichten rechnen. Zwei dieser Agenten schätze er als besonders vertrauenswürdig ein, nämlich einen ehemaligen Offizier der polnischen Luftwaffe, der von seinen Leuten in Paris ›umgedreht‹ worden sei, nachdem er zusammen mit 63 französischen Kollegen im besetzten Frankreich gefaßt worden war, wo sie einen Spionagering aufgezogen hatten. Man hatte ihn vor die Wahl gestellt, entweder im Dienst der Abwehr in England zu arbeiten oder ihn samt den anderen zu erschießen. In England war er sehr bald zum polnischen Verbindungsoffizier bei einem amerikanischen Korps bestimmt worden, das neu aufgestellt wurde.

Der zweite mit dem Decknamen Arabal war Spanier, überzeugter Faschist, und arbeitete seit 1940 in England für die Abwehr, zunächst als Kaufmann, später im Staatsdienst. Der hatte sich ein Netz von insgesamt 24 Informanten aufgebaut und war in der Lage gewesen, seinen Führungsoffizier in Madrid mit den wertvollsten Informationen zu beliefern, die die Abwehr überhaupt bekam.

Der zierliche Admiral war nun außer Gefecht gesetzt, ein Opfer der erbitterten Rivalität zwischen seiner Abwehr und Himmlers SD. Der Auslands-SD wurde derzeit mit der skrupellosen, aber auch phantasielosen Tüchtigkeit der SS geführt, doch Roenne konnte immer noch auf die Berichte der alten Abwehragenten zählen. Ein spezieller Code, den er mit Canaris vereinbart hatte, setzte ihn instand zu erkennen, welche der eingehenden Berichte von dem Polen und dem Spanier stammten. An diesem Morgen lagen von beiden je zwei Meldungen auf seinem Tisch.

»Es sieht so aus, als zögen sie ihre Truppen bei den Invasionshäfen zusammen«, bemerkte Roennes Gehilfe, nachdem er die Meldungen durchgesehen hatte.

»Ja, nicht wahr? Auch der Funkverkehr hat erheblich zugenommen. Irgendwas geht da vor.«

Roenne zog eine viel benutzte Karte von England heran, auf der alle identifizierten englischen, kanadischen und amerikanischen Einheiten verzeichnet standen. Sie war ein wohlbehüteter Schatz und wurde ständig auf dem neuesten Stand gehalten. Wie ein Astrologe aus dem Kreislauf der Gestirne sagte Roenne den Verlauf der kommenden Invasion anhand der Verteilung der alliierten Streitkräfte in England voraus. Die erste Meldung, eine des Polen, lautete: »VII. US-Armeekorps im Raum nordwestlich Colchester, Stab identifiziert nach Abzeichen, weiße 7 auf blauem Grund.« Roenne und sein Gehilfe studierten die Karte. Colchester fanden sie da, wo Essex in den Kanal vorspringt, gegenüber Holland und der Nordsee, der gegebene Standort für den Stab eines Korps, dessen Divisionen im nahe gelegenen Clacton on Sea eingeschifft werden sollten. Der Spanier hinwiederum meldete, daß die 6. motorisierte US-Division im Raum Ipswich festgestellt worden war, keine dreißig Kilometer entfernt von Colchester, während Roenne sie auf seiner Karte noch weit weg im Nordwesten verzeichnet hatte, in Yorkshire. »Die 6. Division könnte dem VII. Korps zugeteilt sein«, überlegte Roennes Gehilfe. Roenne nickte nur stumm, denn er war schon mit der zweiten Meldung des Polen beschäftigt. Der hatte erfahren, daß die 28. US-Infanteriedivision von Wales nach Folkestone an der Straße von Dover verlegt worden war und die 6. motorisierte Division der Amerikaner nach Ipswich – also eine Bestätigung der von dem Spanier gemeldeten Bewegung. Die beiden wußten selbstverständlich nichts vom jeweils anderen. Roenne nahm auf seiner Karte die nötigen Korrekturen vor und versetzte beide Einheiten an ihre neuen Standorte im Südosten Englands.

Eine sorgsame Prüfung ergab, daß die Berichte der Agenten seit drei Wochen eine Umgruppierung alliierter Verbände in den Südosten meldeten. Die Masse der im Südwesten festgelegten Truppen, die die Normandie und die Bretagne bedrohten, entsprach fast genau der, die dem Pas de Calais gegenüberlagen. Hitler, dem er seine Auswertung zu unterbreiten hatte, mochte sich auf seine berühmte Intuition verlassen, Roenne verließ sich einzig auf seinen militärischen Sachverstand. Nichts in der momentanen Disposition der alliierten Streitkräfte ließ erkennen, wo der Stoß geführt werden sollte, es sei denn, so fiel ihm plötzlich ein, es sollten nicht einer, sondern zwei geführt werden.

Er ließ seine Sekretärin kommen, die schon von sich aus begann, den Kopf des Berichtes niederzuschreiben: Generalstab des Heeres, Fremde Heere West, laufende Nummer 1837/44; 17. April 1944, Streng Geheim, Verteiler 13.

Roenne diktierte: »Die Vorbereitungen der Invasion sind in eine neue Phase getreten. Die Feindstärke wird jetzt geschätzt auf sechzig starke anglo-amerikanische Verbände, unterteilt in Heeresgruppen, Divisionen und verstärkte Brigaden, allesamt in England.« Er sah seinen Gehilfen fragend an; der nickte zustimmend. »Alle Berichte deuten auf eine überraschende Beschleunigung der Invasionsvorbereitungen, wobei vor allem die Feindkräfte entlang der Straße von Dover im Südosten des Landes verstärkt wurden.«

»Da haben wir ja wirklich mal Glück gehabt. Die meisten Amerikaner, die zu uns kommen, sind klein und grauhaarig, und niemand kann sagen, wieso eigentlich. Vielleicht fühlen sie sich bedrückt von dem Gewicht der Sterne auf ihren Schultern?«

Hübsch sah sie aus, dieser weibliche Leutnant, den T. F. O'Neill auf Mitte Zwanzig schätzte. Das rabenschwarze Haar war zu einem Pagenkopf gekürzt und endete, wie es die Vorschrift verlangte, über dem Kragen der Uniformjacke. Sie hatte einen großzügigen, sinnlichen Mund, und ihre graziöse Figur konnte nicht einmal von einem wenig modebewußten Uniformschneider versteckt werden. Das Schönste allerdings waren ihre Augen, dunkle, funkelnde Augen, die provozierend und zugleich unehrerbietig belustigt dreinschauten.

»Und Stimmen haben sie«, fuhr sie fort, »sie könnten damit mühelos Kristall zum Platzen bringen. Nicht, daß wir hier viel Kristall hätten, wie Ihnen vermutlich schon aufgefallen ist. Tanzen Sie gut Jitterbug? Das können doch alle Amerikaner.«

T. F. lächelte sie etwas benommen an. »Na ja, wenn es sein muß . . . aber ich habe ein düsteres Geheimnis.«

»Raus damit. Geheimnisse sind mein Schönstes. Allerdings bekommen wir hier nie welche zu hören.«

»Guy Lombardo ist mir lieber als Jitterburg. So.«

»Wie ganz, ganz grauenhaft! Und Sie machen so einen sympathischen Eindruck!«

T. F. erwog, sich auf der Kante ihres Tisches niederzulassen, bedachte sich aber eines Besseren. Daß Engländer in ihrer Ausdrucksweise so locker waren, durfte einen nicht dazu verführen, die Formen außer acht zu lassen. Er bot ihr also lieber eine Camel an. »Sie könnten mir einen Gefallen tun«, sagte er, als er ihr die Zigarette in Brand setzte, »sagen Sie mir, wer hier wer ist und wer was macht.«

»Also, zunächst einmal müssen Sie im schwarzen Buch unterschreiben, daß Sie einverstanden sind, erschossen zu werden, falls Sie je im Leben auch nur mit einem Wort über das reden, was wir hier machen.«

»Das habe ich schon hinter mir. Eine furchterregende Zeremonie, finden Sie nicht?«

»Ganz, ganz grauenhaft. Und demnächst wird man Ihnen die fürchterlichsten Geheimnisse anvertrauen. Nun also«, sie deutete auf einen ältlichen Offizier in RAF-Uniform, »das ist Dennis, unser Dichter. Der Lebemann vom Dienst. Niemand versteht sich besser als er auf gutes Essen und Trinken. Der Herr, der sich gerade Tee einschenkt, ist Ronnie Wingate, unsere Nummer zwei. Ein unwiderstehlicher Mann. Der ist auch von Haremsmauern nicht aufzuhalten. Hinter ihm sehen Sie Reginald Grinsted. In einem früheren Leben war er Bankier. Sollte er Sie je übers Wochenende auf seinen Landsitz einladen, und das tut er bestimmt, lehnen Sie unbedingt ab, sonst dürfen Sie seinen Garten jäten, und außerdem müssen Sie sich vor seiner Tochter hüten, die aussieht wie ein Pferd, ich glaube, weil sie mit diesen Viechern so viel Zeit verbringt. Die Kollegin, die da ihre Schreibmaschine malträtiert«, sie deutete auf die andere anwesende weibliche Person, »ist Lady Jane Pleydell Bouverie, die Assistentin von Sir Henry. Ein großartiges Mädchen, nur hat sie leider eine Vorliebe für die Garde – seien Sie also gewarnt. Und das sind auch schon alle.«

»Sie haben jemand vergessen.«

»Vergessen?« Es war der jungen Dame anzumerken, daß sie nicht gewohnt war, korrigiert zu werden.

»Sich selbst.«

»Ah, ja. Ich bin hier so was wie der Abteilungskuli. Es fehlt bloß, daß ich auch noch die Wäsche wegbringe. Ich heiße Deirdre Sebright. Falls Sie mal hören, daß mich jemand mit Lady Deirdre anredet, darf Sie das nicht stören. Mein Papa war so gescheit, die Peerswürde zu erben.«

»Es sieht ja so aus, als wäre hier der ganze Adel versammelt.«

»Selbstverständlich. Hierzulande gilt nur der Adel als absolut vertrauenswürdig.«

T. F. versuchte es mit dem arglos jungenhaften Lächeln, mit dem er in Washington stets Erfolg gehabt hatte. »Haben Sie auch eine Schwäche für die Garde wie Ihre Freundin?«

»Keine Spur«, lachte sie, und er genoß dieses Lachen, es war kehlig und enthielt eine Prise Spott. »Ich bin da sehr viel konventioneller.«

»Meine Herren –«

T. F. wandte sich um. Colonel Ridley war soeben eingetreten. Er lehnte sich beim Gehen leicht vor wie jemand, der gegen schweren Wind ankämpft, vermutlich drückte ihn aber bloß die Bürde seiner Verantwortung, überlegte T. F.

»Zur Morgenandacht, wenn ich bitten darf.« Er durchquerte den Raum, und die Mitglieder der London Controlling Section folgten ihm in sein Büro, Zigaretten und dampfende Teetassen in der Hand. Das Lässige dieser Prozedur überraschte T. F.

In Ridleys Büro roch es nach englischem Tabak und den unzähligen Tassen Tee, die hier schon getrunken worden waren. Wingate, die Nummer zwei, bemerkte, daß vor T. F. keine Teetasse stand. »Möchten Sie lieber Kaffee, Major? Ihr Amerikaner trinkt doch angeblich alle Kaffee?«

»Danke nein, weder das eine noch das andere für mich.«

»Sie wissen«, wandte sich Ridley an ihn, »daß Iwan der Schreckliche die Gewohnheit hatte, den Überbringer schlechter Nachrichten mit einem Speer durch den Fuß am Boden festzunageln? Wenn ich das mal auf Sie beziehe, Major, müßte ich Ihnen eigentlich beide Füße annageln.«

Er lächelte dabei flüchtig und begann dann sogleich, die Anwesenden mit dem wesentlichen Ergebnis der Konferenz Hitlers mit seinen Feldmarschällen bekannt zu machen, das man Oshimas Bericht entnommen hatte, also mit der Neuigkeit, daß die legendäre Intuition des Führers ihn unfehlbar auf die Normandie als den Platz der bevorstehenden Landung hatte tippen lassen. Das dämpfte die Stimmung erheblich.

Ridley wandte sich jetzt an T. F. »Sie können sich wahrscheinlich nicht gut vorstellen, was wir hier eigentlich machen, Major, und wenn Sie was von Täuschungsmanövern hören, wird Sie das ebenfalls nicht erleuchten. Tatsächlich gibt es da gewisse Gesetzmäßigkeiten. So ist es beispielsweise verhältnismäßig einfach, den Feind auf einem Wege weiterzulocken, den einzuschlagen er ohnedies geneigt ist, doch ist es ungemein schwer, ihn dazu zu bewegen, eine Kehrtwendung zu machen und etwas zu tun, wozu er eigentlich keine Lust hat. Sollte Hitler sich wirklich auf die Normandie festgelegt haben, dann sitzen wir in einer ganz elenden Klemme.«

Er nickte einer Gehilfin zu, die einer roten Mappe Papiere entnahm. »Dies ist jedenfalls der geeignete Moment, noch einmal alles durchzugehen, was wir bislang in der Hand haben.« Die junge Dame legte an jeden Platz einen Aktendeckel.

T. F. sah auf seinem in Großbuchstaben das Wort ›Bodyguard‹ und darunter ›Vereinigte Stabschefs 459, 7. Januar 1944‹. Dazu mit Rotstift der Vermerk ›Diese Unterlagen sind einzig zum persönlichen Gebrauch von Major T. F. O'Neill bestimmt. Kopie Nr. 32. Streng Geheim.‹ Und quer über den Deckel war wiederum in Rot das Codewort für alles Geheimmaterial gestempelt, das sich auf die Invasion bezog: BIGOT.

»Das Codewort auf Ihrem Hefter«, erklärte Ridley, »stammt aus einem Satz, den der Premier in Teheran zu Stalin sagte: ›Im Krieg ist die Wahrheit so wertvoll, daß sie unbedingt von einer Bodyguard aus Lügen geschützt werden muß.‹ Der Hefter enthält denn im wesentlichen auch die Kurzfassung all jener Lügen, die wir uns für unsere deutschen Freunde ausgedacht haben.«

Ridley brannte die nächste Zigarette an dem Stummel der vorigen an und fuhr fort: »Unser Plan besteht aus zwei Teilen. Der erste läuft seit dem vergangenen Herbst. Wir beabsichtigen damit, Hitler zu zwingen, seine Kräfte entlang des gesamten von ihm gehaltenen Territoriums zu verzetteln, vor allem, ihn zu hindern, starke Kräfte nach Frankreich zu verlegen. Da die Invasion in ungefähr sechs Wochen stattfinden soll, ist dieser erste Teil jetzt an sein Ende gekommen. Wir kommen daher zum zweiten, sehr viel verzwickteren Teil unseres Planes, dem wir den Codenamen *Fortitude* gegeben haben – schließlich sind wir rechtschaffene Gläubige.« Der Colonel schmunzelte über seinen eigenen Scherz, legte dann die Hände auf den Tisch und lehnte sich mit halbgeschlossenen Lidern zurück. T. F.

hatte den Eindruck, daß Ridley sich sehr der Tatsache bewußt war, daß sich aller Augen auf ihn richteten. »Ronnie wird Ihnen diesen Plan skizzieren, nur möchte ich vorher noch einiges Grundsätzliche zu unserer Arbeit sagen.«

Der Colonel nahm behutsam den Zigarettenstummel aus dem Mundwinkel. »Ein Offizier, oder in unserem Fall eine Gruppe von Offizieren, deren Aufgabe es ist, den Feind zu täuschen, muß vor allem kreativ sein, sie muß aus nichts etwas machen, sie muß zunächst eine Idee haben, diese sodann in Realität kleiden, bis sie zu einer Tatsache wird. Anders ausgedrückt: Wir müssen die Realität falsch darstellen und auf diese Weise einen Vorteil über den Feind erringen.« Ridley sog wieder an seinem Zigarettenstummel und wandte sich gezielt an T. F. »Sie haben da gewiß Bedenken, nicht wahr? Amerikaner haben meistens welche.«

Wie hat der Kerl das nur gemerkt? überlegte T. F. Bin ich ein so schlechter Pokerspieler, daß man mir das ansieht? Er widersprach halbherzig.

»Nehmen wir beispielsweise El Alamein«, fuhr Ridley fort. »Montgomerys Ic begann mit einer Idee, man kann auch sagen mit einer Schöpfung, und die lautete: Der Angriff richtet sich gegen Rommels rechte Flanke. Nachdem er diese Idee geboren hatte, umkleidete er sie mit Realität: er brachte Tankattrappen in Stellung, verlegte Truppen, Artillerie, legte Nachschublager an. Er machte aus seiner Idee für die Deutschen eine Tatsache, indem er lebhaften Funkverkehr unterhielt, Pisten, Rohrleitungen, Spuren von Panzerketten legte. Das alles war nichts als Kulisse, und doch haben wir damit die Schlacht gewonnen. Strategische Täuschung . . .« Ridley verzog das Gesicht wie ein Mann, der beim Eisessen entdeckt, daß einer seiner Backenzähne ein Loch hat, » . . . ich verabscheue das Wort Täuschung. Es hat was von Hintergehen, und immer wenn ich es höre, sehe ich eine brave Hausfrau aus Hampstead an einem verregneten Donnerstagnachmittag zu einem Stelldichein mit ihrem Liebhaber nach Pimlico eilen. Wie auch immer, Täuschung und Lügen werden von den meisten Menschen als Synonyme benutzt, aber da irren sie sich. Lügen bezieht sich auf die Handlungsweise dessen, der lügt, während

Täuschung, so wie wir sie betreiben, viel weiter greift. Für uns kommt es auf die Reaktion derer an, die Objekte unserer Täuschung sind. Ein Lügner ist auch dann ein Lügner, wenn man seine Lüge nicht glaubt, während von Täuschung nur gesprochen werden kann, wenn der Getäuschte der Täuschung glaubt und, was noch wichtiger ist, auf sie reagiert. Die Täuschung in El Alamein wäre keine gewesen, hätte Rommel nicht seine linke Flanke geschwächt, um die rechte zu verstärken.«

Ridley wußte nicht recht, ob er verstanden worden war. Doch sagte er sich, daß er mit diesem neuen Amerikaner werde auskommen müssen und daß es deshalb geboten sei, den Versuch zu machen, ihn zu bilden. »Man unterscheidet zwei Kategorien der strategischen Täuschung«, fuhr er fort. »Die schlichtere von beiden nenne ich die ›zweideutige Täuschung‹, worunter zu verstehen ist die Überschwemmung des Gegners mit falschen Informationen, so daß er gezwungen wird, eine möglichst große Zahl von Risiken abzudecken. Im Idealfall führt es dazu, daß er überhaupt nicht mehr reagiert, sondern untätig bleibt. Das Angebot vorgetäuschter Risiken ist dann so groß, daß der Gegner gelähmt wird.

Die zweite Art ist raffinierter. Ich nenne sie die irreführende Täuschung. Sie beruht darauf, daß man dem Feind zu Hilfe kommt, indem man ihm seine Ungewißheit nimmt. Statt ihn mit falschen Informationen förmlich zu überschwemmen, versucht man auf behutsame Weise, ihn in einem Kurs zu bestärken, der ihm ohnedies sympathisch ist. Es kommt darauf an, ihn zu einem ganz bestimmten Verhalten zu bewegen. Das muß allerdings das für ihn verkehrte Verhalten sein. Er soll also entschlossen handeln, aber falsch.

Am Ende wird im Krieg jede Täuschung einmal entlarvt. Für uns ist entscheidend, daß sie so lange vorhält, bis das Ergebnis eintritt, dessentwegen wir sie ausgedacht haben.«

Ridley nahm schon wieder eine Zigarette, und T.F. sah mit Entsetzen den Haufen Stummel im Aschenbecher. Ridley schaute ihn zweifelnd an, als frage er sich, ob es der Mühe wert sei fortzufahren.

»Ich sehe uns als Dramatiker, als Bühnenschriftsteller. Ein gutes Täuschungsmanöver bedarf zunächst eines einleuchtenden Drehbuches. Besetzt ist das Stück mit allen Informanten des Feindes, die wir auf die eine oder andere Weise dahin bringen können, den feindlichen Nachrichtenapparat zu füttern. Dabei kommt es nicht darauf an, eine beliebige Zuschauermenge zu beeinflussen, sondern einen ausgesuchten Kreis von Auswertern im deutschen Generalstab. Die müssen wir dahin bringen, daß sie in unserem Stück mitspielen, und dazu ist es nötig, ihnen immer nur kleine Brocken aus den entlegensten und weitest voneinander entfernten Quellen hinzuwerfen.«

T. F. ahnte, daß Ridley so ziemlich ans Ende seines Vortrages gekommen war. »Unser Ziel muß es sein, Hitlers Denken zu beeinflussen, ihn dazu zu verleiten, einen Fehler zu begehen, und zwar nicht nur irgendeinen Fehler, sondern genau den, der ihn in die Falle tappen läßt, die wir ihm stellen.« Der Colonel lehnte sich zurück und strich über seine müden Augen. »Täuschungsmanöver fordern wie jede andere Form der Kriegführung Opfer. Und ich möchte hinzufügen, die Opfer, die bei dieser Arbeit gebracht werden, sind nicht gerade beliebt. Und ein letztes: Wenn wir damit beginnen, unser Drehbuch zu realisieren, dann ist das einzige Kriterium für unsere Pläne, und die mögen so verstiegen, so niederträchtig, so perfide sein, wie sie wollen: Bringen sie Erfolg?«

Damit war er am Ende. T. F. war beeindruckt, aber zugleich erinnerte er sich daran, daß man ihm in Washington das Memorandum von General Strong ans Herz gelegt hatte. Er nahm sich nun selber eine Zigarette und versuchte umständlich, sie in Brand zu setzen, um etwas Zeit zu gewinnen.

»Wenn ich Sie recht verstehe, lassen Sie alle moralischen Gesichtspunkte grundsätzlich beiseite, Colonel? Sie legen keinen Wert darauf, sich in Ihrer Handlungsweise von der des Gegners zu unterscheiden?«

Als er sich so reden hörte, wurde T. F. klar, wie scheinheilig und heuchlerisch sich alles, was er da sagte, für Menschen anhören mußte, die 1940 ums bloße Überleben gekämpft hatten, während er und seine Freunde in Luxusrestaurants tanzten. Ridleys Miene war verschlossen und gleichgültig, er hatte solche Fragen augenscheinlich so oft gehört, daß er keine Lust mehr hatte, einmal mehr darauf zu antworten. »Moral und Ethik, lieber Major, sind zwei Vokabeln, die im Wörterbuch des Krieges nichts zu suchen haben.«

T. F. fragte sich, welche Antwort hierauf man wohl in Washington von ihm erwartet hätte. In London standen die Amerikaner in dem wohlverdienten Ruf, in Bereichen der Strategie herumzutrampeln, von denen sie nicht das geringste verstanden. Und er gestand sich ein, daß dies auf ihn jedenfalls in vollem Umfang zutraf. Ich werde nur klarmachen, daß ich verstanden habe, und mir jede weitere Anmerkung ersparen.

»Es kommt vielleicht darauf an, wessen Wörterbuch Sie benutzen«, sagte er mit einem, wie er hoffte, entwaffnenden Lächeln.

»Ganz recht«, sagte der Colonel zu F. T.s Überraschung, der schon befürchtet hatte, Ridley werde ihm den Hefter mit den Unterlagen fortnehmen und ihn wegschicken. »Ronnie, machen Sie bitte weiter.«

Wingate nahm seinen Hefter zur Hand und begann: »Wir beabsichtigen mit *Fortitude* den Deutschen zu suggerieren, daß die Invasion an zwei Stellen stattfinden wird – der erste, schwächere Stoß wird sich gegen die Normandie richten und wird nur geführt, um die deutschen Reserven dorthin zu locken. Hat der Feind seine Kräfte entsprechend umgruppiert, erfolgt der zweite und eigentliche Stoß gegen den Pas de Calais und Belgien.

Diese Story hat den, ich möchte sagen Vorzug, strategisch durchaus einleuchtend zu sein, wenn man außer Betracht läßt, daß wir im Moment über nicht mehr als 33 Divisionen in England verfügen. Am Tage X haben wir genau vier mehr, und das reicht mit knapper Not, eine einzige Landung auszuführen, niemals aber zwei. Da Hitler kein Idiot ist und der Pas de Calais der am stärksten befestigte Abschnitt der Küste, wird er eine Drohung an dieser Stelle nur ernst nehmen, wenn er davon überzeugt sein muß, daß wir über genügend Truppen verfügen, um diesen Abschnitt mit Aussicht auf Erfolg anzugreifen.«

Wingate schmunzelte, als er fortfuhr: »Und woher, werden Sie fragen, haben wir die Truppen genommen, um diese Bedrohung glaubhaft zu machen? Nun, wir haben sie notgedrungen erfunden.«

Wingate blätterte in seinen Papieren. »Auf Seite 17 finden Sie ein Meßtischblatt von Südostengland, datiert vom 15. Mai 1944. Darauf sehen Sie die Disposition einer höchst eindrucksvollen Streitmacht, genannt die Erste US-Heeresgruppe, abgekürzt FUSAG, wie sie sich in genau einem Monat von jetzt gerechnet ausnehmen wird. Kommandeur dieser Heeresgruppe ist General Patton. Den halten die Deutschen für unseren besten Befehlshaber, und sie sind davon überzeugt, daß wir einen Vorstoß aufs europäische Festland niemals wagen würden, es sei denn unter Pattons Führung. Sie sehen hier, daß FUSAG aus zwei Armeecorps besteht, dem Ersten Kanadischen und dem Dritten US-Amerikanischen. Beide zusammen verfügen über 25 Divisionen, davon 5 gepanzerte. Unsere FUSAG ist also, wie schon gesagt, eine eindrucksvolle Streitmacht. Bedauerlich ist nur, daß sie weiter nichts ist als ein Hirngespinst. Wie Sie bemerken werden –« Wingate raschelte mit seinen Papieren wie ein Schulmeister, der die Aufmerksamkeit seiner Schüler auf seinen Vortrag lenken möchte –, »stehen die Truppen einmal hier, im Mündungsgebiet der Themse, und dann hier, in East Anglia hinter Dover und Ramsgate. Von hier aus können sie ihren Vorstoß logischerweise einzig auf den Pas de Calais richten. Nachdem nun unsere wirklich vorhandenen Divisionen in ihre Bereitstellungsräume in Südwestengland einrücken, haben wir damit begonnen, diese fiktiven Armeen ebenfalls in ihre Aufmarschräume zu verlegen. Um mich des von Colonel Ridley benutzten Vergleichs mit einem Theaterstück zu bedienen: Der Vorhang hebt sich nun zum ersten Akt unseres Dramas, und wie stets im ersten Akt müssen die Voraussetzungen erklärt werden, auf denen das Stück basieren soll. Falls der erste Akt danebengeht, kann man das ganze Stück vergessen.

Wir müssen also unsere Phantomarmee mit Fleisch und Blut und Leben erfüllen, das heißt, wir müssen über Tausende lebendige, atmende Männer verfügen, die essen wollen, mit Waffen versorgt werden müssen, die ihre privaten Kümmernisse haben, dazu ihre Mütter, ihre Freundinnen, ihre Ehefrauen. Und wir müssen sie dort lebendig werden lassen, wo es darauf ankommt, nämlich nicht hier in England, sondern in Berlin, im Bewußtsein der deutschen militärischen Führung.«

T. F. dachte: Solch einen Wahnsinn habe ich mein Lebtag nicht gehört. Da sitzen diese Kerle, ein Advokat, ein Schriftsteller, ein Möbelfabrikant aus Birmingham, zwei adlige Debütantinnen, und hier in ihrer Höhle denken sie sich aus, wie sie Hitler mit nicht vorhandenen Soldaten an der Nase herumführen und auf diese Weise den Krieg gewinnen wollen! Mein Brigadier im Pentagon hat schon recht gehabt: das sind lauter Bescheuerte.

Wingate fuhr unterdessen munter fort: »Hitler kann sich über die wahre Lage in England nur auf drei Wegen informieren: erstens durch Luftaufklärung; zweitens durch das Abhören unseres Funkverkehrs und drittens durch Spionage. Es kommt nun darauf an, durch diese drei Kanäle die Deutschen mit ausgewählten Informationen dergestalt zu füttern, daß, wenn sie diese Bröckelchen und Fetzchen mit viel Mühe zusammensetzen, ein Bild von FUSAG in ihrer ganzen Pracht und Herrlichkeit entsteht. Das dürfen wir ihnen nicht leichtmachen, sie sollen sich vielmehr zu ihrer Schlauheit gratulieren, wenn sie das Bild endlich zusammengesetzt haben.«

Wingate entnahm der roten Kuriertasche ein weiteres Dokument. »Dies ist ein Anhang zu unserem Projekt *Fortitude*; der enthält die detaillierten Aufmarschpläne für FUSAG.«

»Haben Sie die ebenfalls hier im Keller ausgearbeitet?« fragte T. F. mit mühsam unterdrücktem Spott.

»Wo denken Sie hin, Major. Das hat ein Heeresgruppenstab für uns erledigt.«

»Moment, Moment bitte.« T. F. traute seinen Ohren nicht. »Soll das heißen, Sie haben eigens einen Planungsstab gebildet, der sich, ich ahne nicht, wie viele Monate, damit beschäftigt hat, dieses ... dieses Lügenpaket zu schnüren?«

Wingate ließ die Blätter des Anhangs zwischen Zeigefinger und Daumen abschnurren wie ein Falschspieler ein Paket Spielkarten.

»Wieso Lügen? Das ist alles durchaus real, wir haben an alles gedacht, bis zur letzten Rolle Klosettpapier und kistenweise Kondome, damit unsere Truppen sich in den durchaus realen Bordellen jenseits des Kanals keine Geschlechtskrankheiten holen.«

Nun ließ Colonel Ridley sich wieder vernehmen. »Sie müssen begreifen, Major, daß wir hier kein Spiel spielen. Ein einziger Fehler, und alles geht in Rauch auf. In den kommenden sechs Wochen werden wir ungefähr eine Million Funksprüche zwischen unseren FUSAG-Einheiten hin- und hergehen lassen, eine ganze Menge davon im Klartext.«

»Eine Million . . .?« T. F.s Verblüffung raubte ihm die Sprache.

»Na, auf ein paar tausend soll es nicht ankommen. Aber es müssen die richtigen sein. Wir müssen da einen logischen Zusammenhang herstellen, alles muß wirken, als wäre es der übliche Funksprech- und Funkverkehr zwischen Einheiten, die sich zum Angriff vorbereiten. Die Vorausabteilungen melden sich als erste; bevor die Divisionsstäbe einrücken, müssen die Bataillonsgefechtsstände etabliert sein, und das im richtigen Zeitabstand. Es muß Pannen geben, wie immer bei solchen Truppenbewegungen, die Pioniere mit dem Brückengerät müssen sich bei den Artilleristen darüber beschweren, daß ihnen Pontons geklaut worden sind, kurz, alles muß genauso ablaufen, wie es in Wirklichkeit ablaufen würde. Die Deutschen wissen sehr gut, wie so was bei uns geht. Und weil sie das ihnen von uns gefütterte Informationsmaterial verifizieren sollen, müssen sie den Funkverkehr zwischen den Truppenteilen abhören können, die in den Bereitstellungsraum einrücken.

Sie haben quasi eine Blaupause vor sich, die Ihnen zeigt, wie wir uns unsere Desinformationen vorstellen. Anhand dieser Blaupause ist genau festgelegt worden, welche Informationen wann den Deutschen zugänglich gemacht werden. So können Sie hier beispielsweise ablesen, daß die Vorausabteilung unseres fiktiven Regiments 167 am

2. Mai um 7 Uhr 25 durch Sturry marschiert, um in Herne Bay mit den Vorbereitungen zu beginnen. Die Information geht über einen Agenten heraus, dem die Kolonne auffällt. Und der sitzt nicht in der Kneipe, denn die Kneipen haben um diese Zeit noch nicht geöffnet, sondern er radelt gerade zum Einkaufen auf den Markt. Am Nachmittag gehen die ersten Funksprüche des Vorauskommandos ab, und die Deutschen werden sie auffangen. Es folgen weitere. Und unser Agent wird wieder etwas entdecken, diesmal Amerikaner, und nun wirklich in der Kneipe. Es sind solche, die bisher hier nicht zu sehen waren, und sie halten sich strikt für sich, reden nicht mit den Einheimischen. Nun kommt die deutsche Luftaufklärung, und für sie haben wir eine hübsche Bescherung arrangiert. Kurzum, wenn das Projekt funktionieren soll, muß ein Rädchen ins andere greifen.«

Eine Geisterarmee, dachte F. T. Eine Million Mann, die es gar nicht gibt, werden da in der Gegend herumgeschoben. Und davon soll der Erfolg der Invasion abhängen? Das ist ein veritables Irrenhaus, und mit diesen Narren soll ich arbeiten?

»Sehen wir uns mal an, was die Luftaufklärung ergeben kann«, setzte Ridley fort. »Kennen Sie die Landschaft in East Anglia?«

»Nein«, sagte T. F., »leider nicht.«

»Nun, die Landstraßen, die zu den Häfen führen, sind viel zu schmal, als daß sie von unseren Panzern benutzt werden könnten. Und das wissen die Deutschen.«

»Aha.«

»Infolgedessen werden die Straßen verbreitert. Selbstverständlich bei Nacht, denn das würden wir in Wirklichkeit tun, um dem Feind zu verheimlichen, was vorgeht.«

»Verzeihen Sie, aber habe ich Sie richtig verstanden – Sie verbreitern tatsächlich Landstraßen mit einem enormen Aufwand an Zeit und Kosten, und alles als Teil eines Schwindels?«

»Es sind nur etwas mehr als hundert Meilen Landstraße insgesamt. Die Einheimischen sind trotzdem ziemlich empört. Nun müssen wir die Verbreiterung der Straßen gewissenhaft tarnen, denn die Deutschen sollen ja nicht dahinterkommen.«

»Sie tarnen also die verbreiterten Straßen, die Sie nie benutzen wollen?«

»Richtig. Und zwar sehr gewissenhaft. So gewissenhaft, daß ein wirklich gewitzter Nachrichtenoffizier die größte Mühe hat, sie mit genauer Not doch noch auf einer Luftaufnahme aus 7000 Meter Höhe zu erkennen.«

Sollte in Ridleys Ton eine gewisse Selbstzufriedenheit enthalten sein, so nahm T. F. davon nichts wahr, denn zum ersten Mal empfand er so etwas wie Bewunderung für den Älteren. Wenn diese Kerle sich so große Mühe mit ihren Verrücktheiten geben, dachte er, kommt am Ende doch noch was dabei raus.

»Damit sind wir beim geheimsten Aspekt von *Fortitude*«, sagte Ridley. »Seit Ende 1942 ist MI5, unsere Gegenspionage, das ist bei uns so was wie bei Ihnen das FBI, so gut wie überzeugt davon, daß sämtliche feindlichen Agenten in England von unseren Leuten kontrolliert werden.«

»Nun, unser FBI könnte etwas Derartiges gewiß nicht behaupten, aber können Sie sich darauf hundertprozentig verlassen?« zweifelte T. F.

»Man kann nichts mit hundertprozentiger Sicherheit voraussagen, Major, ausgenommen den eigenen Tod, und deshalb sage ich ja auch, sie sind so gut wie überzeugt davon. Wir haben so um die fünfzig Mann eingefangen, und die übleren von diesen Typen wurden aufgehängt. Die anderen haben eingesehen, daß sie sich besser stehen, wenn sie für MI5 tätig sind. Wir haben ihre Tarnbezeichnungen und wir entschlüsseln dank *Ultra* den Funkverkehr der Abwehr, und es ist jetzt über zwei Jahre her, daß wir einen Hinweis auf einen Agenten bekommen haben, der in England operierte und uns nicht bekannt war. Auch geht aus England kein Funkspruch heraus, den wir nicht abhören.«

»Anders ausgedrückt, das gesamte von den Deutschen in England aufgebaute Agentennetz befindet sich seit mehr als zwei Jahren in Ihren Händen?« Er war jetzt voller Bewunderung für diesen Engländer, dessen Projekt er eben noch für total verrückt gehalten hatte.

»Ja, so könnte man sagen. Und wir machen guten Gebrauch davon, ich meine fast, besseren, als sie es selber könnten.«

»Wenn nun aus Berlin eine Anfrage an einen dieser Agenten kommt, er soll den augenblicklichen Standort eines bestimmten RAF-Geschwaders melden oder angeben, was in einer beliebigen Fabrik hergestellt wird – was machen Sie dann?«

»Dann geben wir die gewünschten Informationen.«

»Was denn, Sie geben militärische Geheimnisse preis?«

»Warum denn nicht? Wenn diese Agenten ihrer Leitstelle in Hamburg eine aufgewärmte Fassung der Meldungen aus der *Times* schicken, wird man sie nicht gerade für große Lichter halten. Sie müssen sich mal klarmachen, Major, daß es unsere Absicht war, einige dieser Agenten in den Augen der Deutschen zu wirklich erstklassigen Leuten aufzubauen. Da wir vorhaben, die Deutschen zu gegebener Zeit über diese Agenten mit falschen Informationen zu füttern, mußten wir ihnen zunächst mal die nötige Statur verleihen, und als verläßlich können sie nur gelten, wenn ihre Berichte zutreffend sind.«

T. F. schmunzelte, denn er stellte sich gerade vor, wie man Hoover und sein FBI dazu bringen könnte, etwas Vergleichbares zu unternehmen. Eher war von einem Vorschüler zu erwarten, daß er *Finnegans Wake* verstand, als von Hoover, daß er sich so etwas einfallen ließe.

»Das alles«, fuhr Ridley fort, »war genauestens kalkuliert. Achtzig Prozent dessen, was wir den Deutschen zukommen ließen, mußte stimmen. Und es mußten auch ausreichend saftige Brocken darunter sein. Wir gingen davon aus, daß die Agentenführer, sobald sich erwies, daß ein so großer Prozentsatz der eingehenden Informationen korrekt war, den Köder schlucken würden. Und wenn das passiert, dann schlucken sie auch einige wenige, sorgsam berechnete Lügen und fangen so an zu denken, wie sie sollen.«

Kein Wunder, dachte T. F., daß die Iren so lange gebraucht haben, diese Typen loszuwerden. De Valeras Redenschreiber kann sehr wohl ein britischer Agent gewesen sein.

»Um noch einmal auf *Fortitude* zu kommen, so reicht es nicht, für Hitler unsere Erste US-Heeresgruppe aufzustellen. Wenn die Deutschen von deren Vorhandensein so fest überzeugt sind, daß sie sie in ihren Abwehrplan aufnehmen, müssen wir ihnen auch noch einreden, daß FUSAG kurz nach unserer Landung in der Normandie im Pas de Calais losschlagen wird. Das wird dann der zweite Akt, und bei dem sollen uns drei dieser Agenten behilflich sein, die wir im Laufe der Jahre so behutsam herangezogen haben.«

Ridley faßte mit Daumen und Zeigefinger an seine Nasenspitze, eine offenbar von Nervosität zeugende Geste, die T. F. schon früher aufgefallen war. »So jedenfalls haben wir uns das gedacht, nur gibt es seit neuestem Informationen, die besagen, daß unser Projekt *Fortitude* womöglich zum Scheitern verurteilt ist. Himmler und der Auslands-SD haben nämlich das Personal der Abwehr übernommen und die erwähnten drei Agenten mithin ebenfalls.« Diese Neuigkeit, neu auch für die anderen Anwesenden, sorgte dafür, daß die Stimmung sich verdüsterte.

»Himmler und seine SD-Typen sind samt und sonders paranoid, und sie werden keinem unserer umgedrehten Abwehragenten trauen. Die können liefern, was sie wollen, man wird ihnen nicht glauben.« Dies von Dennis Wheatley, dem Schriftsteller.

»Möglich ist es«, stimmte Ridley zu, »aber einen Anhaltspunkt haben wir bislang nicht dafür. Im Moment äußert in Berlin noch niemand Zweifel, das wüßten wir andernfalls durch *Ultra*.«

»Ich glaube gar nicht, daß wir diese Leute abschreiben müssen.« Dies sagte ein Mann namens Arthur Shaunegessy, ein Pferdezüchter und ehedem, als junger Mensch, Doppelagent in der IRA. »Hat ein Agentenführer sich erst einmal dafür entschieden, seinem Mann zu vertrauen, dann bringt ihn auch kein Erdbeben von dieser Überzeugung ab. Agentenführer halten sich für ebenso unfehlbar wie der Papst.« Er grinste T. F. an. »Ich wollte Sie nicht kränken, Major. Eines allerdings scheint mir geboten: wir müssen noch ein paar Gäule ins Rennen schicken. Darf ich bitten, Seite 23 aufzuschlagen.« Allgemeines Rascheln. »Ich verweise auf Absatz 17. Da heißt es: Zwecks Irreführung des Feindes sind folgende Maßnahmen zu ergreifen:

A – Sabotageakte im Pas de Calais und der näheren Umgebung, ferner in Belgien, sind zu verstärken.

B – Im Pas de Calais und in Belgien sind Agenten abzusetzen mit dem Auftrag, die bevorstehende Landung der Alliierten unter der Hand anzukündigen und mit örtlichen Widerstandsgruppen Sabotageakte zu vereinbaren und vorzubereiten, die ausdrücklich dem Zweck dienen sollen, die anlandenden Alliierten zu unterstützen.

Und da haben wir die Antwort auf unser Rätsel. Wir versetzen die Résistance dort 48 Stunden nach unserer Landung in der Normandie in Alarmbereitschaft und lassen sie losschlagen. Das dürfte genügen, Hitler eine zweite Landung erwarten zu lassen.«

T. F. gefiel das gar nicht. Was hatte Strong in seinem Memorandum doch gleich noch betreffend die Ausbeutung der Wehrlosigkeit der Bevölkerung eines vom Feind besetzten Landes geschrieben? Laut sagte er: »Ich muß schon sagen, das scheint mir ein sehr skrupelloses Spiel mit dem Leben von Franzosen zu sein.«

»Na, wenn schon«, blaffte Shaunegessy. »Schließlich gehört das beschissene Land, das wir befreien sollen, ihnen, oder? Da können ein paar Froschfresser ruhig dran glauben. Ihr werdet jedenfalls genügend Farmerssöhne aus Kansas opfern, wenn die erste Welle in der Normandie an Land geht, glauben Sie mir.«

»Ich gebe zu bedenken«, T. F. wurde nun ebenfalls zornig, »daß wir diesen Krieg für gewisse Prinzipien führen, und zu denen steht es in Widerspruch, französische Zivilisten zu opfern. Kommt hinzu, daß wir nach dem Krieg doch wohl freundschaftliche Beziehungen zu Frankreich unterhalten wollen, oder sehe ich das falsch?«

»Herr im Himmel.« Shaunegessy schaute bei dem Gedanken, auf einen so naiven Einwand antworten zu sollen, ergeben an die Decke. »Wir sorgen schon dafür, daß ihnen das verborgen bleibt. Aber wenn wir nicht jedes Mittel benutzen, das sich uns bietet, Major, brauchen wir uns weiter nicht den Kopf zu zerbrechen, wir werden diesen beschissenen Krieg dann nämlich verlieren.«

»Meine Herren«, Ridley legte die Hand flach auf den Tisch. »Es ist nicht notwendig, diese Maßnahme weiter zu erörtern. Die Vereinigten Stabschefs müßten einer allgemeinen Mobilisierung der Résistance zustimmen, und das werden sie nicht. Das haben wir alles schon besprochen. Außerdem wäre es eine zu durchsichtige Maßnahme, die Deutschen würden darauf nicht hereinfallen.«

Er nahm einen tiefen Zug aus seiner Zigarette. »Ich bin jedoch ebenfalls der Meinung, daß wir noch ein paar Pferde ins Rennen schicken sollten. Und zwar brauchen wir jemand, der im allerletzten Moment enttarnt wird, und dessen Aussagen alle von uns eingespeisten irreführenden Informationen wie durch einen Blitz einleuchtend erscheinen lassen.«

»Und wo«, fragte Shaunegessy beinahe wütend, »wo gedenken Sie dieses neue, originelle Täuschungsvehikel aufzutreiben, Sir? Wir haben schon alles Erdenkliche benutzt, sogar eine Leiche. Was bleibt da noch übrig?«

Ridley hob wieder den Zeigefinger an die Nasenspitze. »Tja, das eben ist die Frage.«

CALAIS

Catherine schrak zusammen und verspürte zugleich Lust zu kichern. Der Mann, der da mit dem grünen Werkzeugkasten über der Schulter auf das Café des Trois Suisses zuschlurfte, war am Ende wirklich ein Klempner, jedenfalls erfüllte sein Anblick sie mit großer Erleichterung. Er war untersetzt, hatte den Bauch eines eingefleischten Biertrinkers, und seine verblichene blaue Arbeitshose wurde von einem Gurt gehalten, so breit wie das Leder, an dem ihr Vater ehedem sein Rasiermesser zu schärfen pflegte. Und sein Gesicht war wirklich das eines Handwerkers, es war das eines Menschen, der sich unentwegt belästigt fühlt, und bei dem die endlosen Klagen der Kundschaft unfehlbar auf taube Ohren stoßen. Catherine leerte ihr Glas, faltete ihr Exemplar von *Le Phare de Calais* und schlenderte ihm entgegen. »Sind Sie der Mann, der meinen verstopften Abfluß in Ordnung bringen soll?« fragte sie.

Der Mann starrte sie so mürrisch an, wie vor dem Krieg die Pariser Taxichauffeure Touristen anzustarren pflegten, die das Trinkgeld vergaßen. »Sind Sie Madame Dumesnil aus der Rue Descartes?« entgegnete er, ohne den Zigarettenstummel aus dem Mund zu nehmen. Während sie miteinander weitergingen, liefen vor ihnen zwei Halbwüchsige vom Trottoir auf die Fahrbahn. Catherines ›Klempner‹ sagte kein Wort. Erst nach einer Weile brummte er: »Das sind welche von unseren« und deutete mit dem Kopf auf die Burschen. »Falls uns was Unangenehmes begegnen sollte, versuchen sie ein Ablenkungsmanöver.«

Mit einem Schulterzucken deutete er zugleich an, daß das wohl kaum etwas nutzen würde, und verstummte wieder. Erst als sie in eine Gasse einbogen, murmelte er: »Nummer 17. Zwei Treppen rechts.« Sie waren schon bei Nummer 13 angelangt. Catherine schaute ihn fragend an, doch ging er stur weiter und verabschiedete sich bei Nr. 17 von ihr mit einem gemurmelten *»Merde«*.

Sie suchte sich im düsteren Treppenhaus zurechtzufinden und tappte die Stiegen hinauf. Der Mann, der ihr öffnete, begrüßte sie mit einem fragenden »Denise?«.

»Ja.« Ihr Tarnname war ihr noch ungewohnt. Aristide war älter, als sie angenommen hatte, wohl Mitte Vierzig, unwahrscheinlich mager, mit hängenden Schultern. Er trug einen Spitzbart à la Van Dycke, ein hervorstechendes Merkmal, das Cavendish, wie Catherine überzeugt war, gewiß mißbilligt hätte. An den Schläfen wuchs das Haar in grauen Büscheln.

»Tut mir leid, daß Sie so lange warten mußten«, sagte er, als er sie in die Wohnung führte. Er hielt eine unangezündete Zigarette in der Hand, die, wie Catherine bemerkte, stark zitterte. Kann dies wirklich der Chef einer SOE-Gruppe sein? fragte sie sich. Aber dann sah sie seine Augen und war beruhigt. Diese Augen blickten ernst, obwohl seine Züge zu einem Lächeln verzogen waren. Die Augen schauten so durchdringend und prüfend, daß sie den Eindruck gewann, sein schwächliches Äußeres verberge einen sehr harten Kern.

»Die Gestapo war in den letzten Tagen leider ziemlich aktiv. Wir wußten aber, daß Sie angekommen sind und alles nach Plan gegangen ist.« Und auf eine Frau weisend, die aus der Küche kam und die Hände an der Schürze trocknete, sagte er: »Das ist meine Frau, und das da« – er deutete auf einen jüngeren Mann beim Fenster – »ist Pierrot, unsere Nummer zwei. Gewiß haben Sie Hunger.« Er nahm eine Flasche Bordeaux vom Tisch. »Einen Willkommensschluck, und dann gibt es gleich Essen. Danach die Geschäfte.«

Als Catherine die Bratkartoffeln und den Hering verschlungen hatte, begann Aristide ohne weitere Vorrede: »Ich muß Ihnen sagen, daß unser Freund Cavendish Sie an einen Ort geschickt hat, wie man ihn sich für einen Agenten, insbesondere einen Funker, ungünstiger nicht denken kann. Calais ist die am besten besetzte Stadt im Lande.« Ihr entging nicht, daß er das mit einem gewissen trotzigen Stolz sagte. »Die Deutschen betrachten die Stadt nicht mal als einen Teil Frankreichs.«

Dies war praktisch so gewesen, seit Guderians Panzerspitzen die Kanalspitze erreicht hatten. Am 4. Juni 1940 wurden die französischen Departements Nord und Pas de Calais dem deutschen Militärbefehlshaber in Brüssel unterstellt. Wegen der Kanalhäfen und der Nähe der englischen Küste füllte sich das ganze Gebiet schon bald mit deutschen Truppen. Zunächst rückte die Infanterie ein, marschierte singend durch die Stadt, später legte die Luftwaffe Feldflughäfen an für Jäger, die die Bomber bei ihren Angriffen auf England begleiteten. Als das Kriegsglück sich wendete, kamen die Baukompanien, die zunächst Stellungen für die Geschütze bauten, welche die Küste bei Dover beschossen, dann die Befestigungen des Atlantikwalls, der eine Rückkehr der Alliierten auf das Festland verhindern sollte. Seit neuestem waren Ingenieure und Wissenschaftler dabei, die Abschußrampen für V1 und V2 weiter im Hinterland zu errichten.

So waren denn in Calais buchstäblich mehr Deutsche als Franzosen, einschließlich der Frauen und Kinder. Die Bevölkerung wurde stärker reglementiert als anderswo in Frankreich, insbesondere war die eigentliche Küste gesperrt und durfte nur mit einem von der Feldkommandantur ausgegebenen Passierschein betreten werden. Der Inhalt von Körben, Taschen, Paketen und sonstigen Behältnissen wurde auf der Straße kontrolliert und die auf 21 Uhr festgesetzte Sperrstunde unbarmherzig durchgesetzt. Passagiere im Zug von Lille nach Calais wurden mindestens einer Gepäckkontrolle unterzogen, wenn nicht mehreren. Der Hafen von Calais und das Strandgebiet am Cap Griz Nez bis hin nach Boulogne war für Franzosen grundsätzlich gesperrt mit Ausnahme der Personen, die dort wohnten. Auch die Prostituierten, die in den Bordellen der Stadt ihrer Arbeit nachgingen, unterlagen einer scharfen Überwachung, weil man verhindern wollte, daß an die Ohren der Résistance drang, was geschwätzige Freier etwa ausplauderten. Sie durften ihre Häuser nur zweimal in der Woche verlassen, einmal am Sonntagvormittag und einmal zur Gesundheitsinspektion. Bei diesen Gelegenheiten wurden sie beaufsichtigt wie Klosterschülerinnen.

Unter solchen Umständen eine irgendwie geartete Widerstandstätigkeit zu entfalten, verlangte nicht nur großen Mut, sondern noch größere Intelligenz. Das Ergebnis war, daß etwas Derartiges nur sehr allmählich zustande kam. Erst am 5. Januar 1943 kam es zu einem größeren Sabotageakt: ein Güterzug, der zehn Tonnen Heringe heim ins Reich bringen sollte, wurde zum Entgleisen gebracht, und sieben Tonnen Heringe waren verschwunden, bevor die Militärbehörden eingreifen konnten. Im *Phare de Calais* konnte man dazu lesen: ›Fangzeit beginnt mit überraschend großem Ergebnis.‹

Das darf nicht darüber hinwegtäuschen, daß die Betätigung im Widerstand alles andere als ein Witz war. Der Unterabschnitt Calais der Gestapo war eine Filiale des gefürchteten Abschnitts Lille, wo Häftlinge bestialisch gefoltert und mit dem Handbeil hingerichtet wurden. Ende 1943 waren in Calais mehrere Widerständler festgenommen worden, was eine bedeutende Schwächung der Résistance zur Folge hatte, wie Aristide erklärte. Man sei eben jetzt dabei, langsam wieder zu Kräften zu kommen.

Die Anwesenheit so vieler Deutscher erschwerte einerseits die Tätigkeit des Widerstandes ungemein, andererseits bewirkte sie aber auch, daß es kaum Fälle von Kollaboration gab, und man witzelte in der Stadt, der einzige Kollaborateur sei der Herausgeber des *Phare de Calais*, eben jener Zeitung, die Catherine im Café des Trois Suisses ostentativ zu lesen pflegte. Er hieß Auguste Leclercq, war im Ersten Weltkrieg schwer verwundet worden und keiner von den Klügsten. Er besaß einige sehr schlichte Überzeugungen, in denen er nicht wankend wurde, darunter die, daß Hitler eine Art Inkarnation der Johanna von Orléans sei und berufen, in schimmernder Wehr *la belle France* vor den Machenschaften der Kommunisten und einer Verschwörung von anglo-amerikanischen, jüdisch-freimaurerischen Kapitalisten zu schützen.

Dieser Einstellung verdankte er den Posten eines Herausgebers des *Phare de Calais*, eine Tätigkeit, für die er in keinerlei Weise qualifiziert war. Gleichwohl ließ er nicht in dem Bemühen nach, seine Mitbürger zu seinen Überzeugungen zu bekehren. Aus irgendeinem Grund hatte er sich auf Lyrik geworfen, und seine *Hitler, Mon Ami* oder auch *Braves Teutons* betitelten Ergüsse waren so ungefähr das einzige, worüber die Bürger von Calais während der Besetzung zu lachen hatten.

Diese Besetzung mit all den Restriktionen, die sie mit sich brachte, die ständigen Luftangriffe auf den Atlantikwall, die Luftkämpfe über der Stadt und dem Umland mit sich brachten, erduldeten die Bewohner mit dem Stoizismus, für den sie seit je bekannt gewesen waren. Als nun der Frühling allmählich in den Frühsommer überging, lebten sie in der Erwartung, bald befreit zu werden, wohl wissend, daß sie für diese Befreiung würden teurer bezahlen müssen als andere Städte in Frankreich.

»Haben Sie mir etwas mitgebracht?«

Catherine stand auf, knöpfte die Bluse auf und reichte Aristide das Geldpaket, das sie darunter verwahrte. Aus ihrer Handtasche holte sie sodann die Streichholzschachtel, die Cavendish ihr in Orchard Park übergeben hatte. »Der Major hat sich eine Überraschung für Sie ausgedacht«, sagte sie und suchte unter den Streichhölzern das gekennzeichnete heraus. Aristide war weiter nicht erstaunt; er schnippelte den Zündkopf mit einer Schere ab und brachte aus dem ausgehöhlten Streichholz drei briefmarkengroße Mikrofilme zum Vorschein. Pierrot, die Nummer zwei, hatte schon eine Art Dreifuß auf den Tisch gestellt, den er zuvor mit einem weißen Tischtuch bedeckt hatte, das er nun glattstrich; er befestigte eine nackte Glühbirne über dem Dreifuß, knipste sie an, und Catherine sah auf dem Tischtuch das Bild eines Blattes Papier erscheinen. Aristide lehnte sich vor, las einige Zeilen von dem Blatt Papier ab und forderte Catherine sodann auf, ebenfalls zu lesen. »Sie müssen Bescheid wissen, Denise, das geht jetzt auch Sie an.« Catherine betrachtete das Dokument, das sich auf dem Tischtuch abzeichnete. Es lautete:

Operationsanweisung F 97
Von: Cavendish
Für: Aristide

Die drei Geschütze der Küstenbatterie Lindemann oberhalb der Klippen von Noires Mottes zwischen Sangatte und dem Cap Blanc Nez bedrohen den gesamten Schiffsverkehr in diesem Teil des Kanals. Es handelt sich bei den Geschützen um Schiffsgeschütze vom Kaliber 40,6 cm, Hersteller Krupp, vermutlich gedacht als Reservegeschütze für den Panzerkreuzer Bismarck. Es dürfte sich um die derzeit wirkungsvollste landgestützte Batterie überhaupt handeln. Die Geschosse wiegen nach unseren Berechnungen 1,4 Tonnen pro Stück, und die Reichweite der Geschütze beträgt bis zu fünf Meilen ins Hinterland von Dover. Die Geschütze haben einen Elevationswinkel von 120 Grad, und ihre Feuerkraft im Verein mit ihrer Position über den Klippen von Noires Mottes befähigt sie, allen Schiffsverkehr in der Straße von Dover zu unterbinden.

Das hiesige Oberkommando ist einhellig der Meinung, daß ein Landeunternehmen über den Kanal im Bereich von Dünkirchen bis Cherbourg in nennenswertem Umfang nur stattfinden kann, wenn zuvor diese Batterie unschädlich gemacht wird. Wenn dies nicht geschieht, müßte die Unterstützung einer Landeoperation durch Kräfte der Kriegsmarine vom Ende des Kanals bei Lands End aus erfolgen, was bedeutet, daß die geeignetsten Kanalhäfen für die Benutzung durch Invasionstruppen nicht zur Verfügung stehen. Es erhebt sich daher die Frage: Wie kann die Batterie unschädlich gemacht werden?

Nach hier vorliegenden Informationen werden die Geschütze durch Stahltürme gesichert, die ihrerseits durch über drei Meter dicken Beton geschützt sind. Damit sind sie durch Bomben im Gewicht von zwei Tonnen, die schwersten, die wir zur Verfügung haben, nicht zu vernichten. Am 20. September 1943 wurde durch 600 Lancasterbomber ein Angriff auf die Batterie geflogen, und 3700 Tonnen Bomben wurden insgesamt geworfen. Die Luftaufklärung am folgenden Tag ergab, daß 80,2 % der Bomben innerhalb eines 250 Meter betragenden Radius' um die Feuerstellungen detonierten, was angesichts der die Batterie schützende Flak ein hervorragendes Ergebnis war. Gleichwohl hat dieser Angriff die Kampfkraft der Batterie nicht merklich beeinträchtigt. Die RAF ist deshalb der Meinung, daß die Batterie aus der Luft nicht niederzukämpfen ist, einerlei, mit welchem Aufwand.

Unsere Marinearchitekten nehmen an, daß einzig die Schießscharten einen geeigneten Angriffspunkt darstellen, denn diese mußten, um den gewünschten Elevationswinkel zu erreichen, besonders groß gehalten werden. Vorstellbar ist der Einsatz eines Geschwaders der Kriegsmarine zur Bekämpfung der Batterie von See aus, doch müßte eine solche Operation der Treffgenauigkeit halber bei Tage stattfinden, was mit Sicherheit zu hohen Ausfällen auf unserer Seite führen würde. Die Admiralität faßt ein solches Unternehmen also nur ungern und nur für den Fall ins Auge, daß alle anderen Versuche, die Batterie unschädlich zu machen, erwogen und verworfen werden.

Die der Batterie zugeteilten Landstreitkräfte sind, wie die in Dieppe es waren, auf den Schutz der Batterie gegen Angriffe durch Kommandotruppen von See her eingestellt. Ein solcher Angriff wäre deshalb mit Gewißheit sehr verlustreich und der Erfolg ungewiß. Die landseitig vorgesehenen Verteidigungsanlagen sind weniger stark ausgebaut, stellen aber gleichwohl noch einen beachtlichen Risikofaktor dar. Trotzdem kann ein Angriff durch Luftlandetruppen von Land her als erfolgversprechend gelten, unter folgenden Voraussetzungen:

1. Das Überraschungsmoment muß garantiert sein.
2. Die Segelflugzeuge mit den Kommandotruppen müssen auf dem Plateau hinter der Batterie eine Präzisionslandung vornehmen können.

3. Es muß sichergestellt sein, daß die Kommandotruppen durch ortsansässige Agenten sogleich nach der Landung durch die Minenfelder zu den rückwärtigen Eingängen der Geschützstände geführt werden.

Bei alledem ist immer noch mit einer hohen Ausfallquote unter den Angreifern zu rechnen; ferner muß das Unternehmen, um das Überraschungsmoment zu wahren, bei Nacht durchgeführt werden. Trotz aller Bedenken stellt sich die geschilderte Operation aber von allen als die aussichtsreichste dar.

Sollte eine solche Operation beschlossen werden, fällt der SOE und insbesondere Ihrer Gruppe die Schlüsselrolle zu. Vorerst ist Ihre Aufgabe

1. Bestimmung eines geeigneten Landeplatzes für Segelflugzeuge so nahe wie möglich an der Landseite der Batteriestellung. Dieser Platz muß 100 Meter breit und 250 Meter lang sein und darf weder Minen noch sonstige Hindernisse aufweisen. Er muß flach sein oder zur Seeseite hin etwas ansteigen. Senkt er sich zur Seeseite, muß der Länge für jede 5 Grad Neigung 50 Meter zugefügt werden.

2. Stellen Sie kürzesten und sichersten Zugang vom Ende des Landeplatzes zu den Batteriestellungen fest.

Vor Beginn eines solchen Unternehmens muß in Ihrem Bereich ein besonders ausgebildetes Team der SOE eingesetzt werden, welches die Aufgabe hat, den Landeplatz vor dem Angriff zu markieren und die Kommandotruppen auf dem von Ihnen zuvor erkundeten Weg zu den Geschützbunkern zu führen. Ihre Aufgabe ist es, dieses Team nach der Ankunft zu verstecken und zu versorgen und sicherzustellen, daß es den Landeplatz und den Weg durchs Minenfeld kennt und in der Lage ist, in der fraglichen Nacht ungehindert seine Positionen einzunehmen.

Cavendish an Aristide PERSÖNLICH

Ich verkenne nicht das außerordentliche Risiko für Sie, doch einen besseren Plan haben wir uns nicht ausdenken können. Bitte geben Sie uns über Funk alle nur erdenklichen Details betreffend die Batterie, Stärke des Personals, Dienstreglement usw., die Sie beschaffen können. Viel Glück. VERNICHTEN SIE DIESE MIKROFILME SOBALD INHALT GELESEN UND EINGEPRÄGT

Aristide, in Gedanken augenscheinlich noch ganz bei dem, was er da gelesen hatte, entnahm der Schachtel ein normales Zündholz und verbrannte die Mikrofilme. Dann wandte er sich an Catherine und Pierrot und sagte ruhig: »Die sind wahnsinnig. Offenbar wissen sie nicht, was hier vorgeht, seit Rommel das Kommando übernommen hat. Die Strände werden vermint wie ...« er fand keinen passenden Vergleich, »... und im Hinterland werden 30 000 Bäume gefällt, die auf jede freie Fläche gesetzt werden, die sogenannten Rommelspargel. Das müssen unsere Zivilisten machen, ohne Ansehen der Person ... wenn sie damit fertig sind, kann im Umkreis von 50 Meilen von Calais kein einziges Segelflugzeug mehr landen.«

Pierrot fügte höhnisch hinzu: »Und wir sollen die Batteriestellung auskundschaften, wo wir nicht mal auf eine Meile Entfernung an sie rankommen.«

»Wieso nicht?« fragte Catherine arglos.

»Weil das für alle Franzosen verbotene Zonen sind. Ich kenne bloß zwei Franzosen, die je in den Bunkern waren, seit sie gebaut wurden, und das sind der Direktor von Bethune, der hiesigen Elektrizitätsgesellschaft, und eine Frau.«

»Eine Frau?« fragte Catherine. »Eine Nutte etwa?«

»Ach wo«, lachte Aristide, »eine Waschfrau. Die Herrenrasse ist nicht fähig, ihre eigene Wäsche zu besorgen.«

Paris

Paul schlenderte die Avenue Wagram entlang, nachdem er das gleiche Spielchen gespielt hatte wie etliche Tage zuvor vor seinem Besuch auf der Place des Ternes bei Strömelburg und dem Fotografen. Heute vormittag war sein Ziel die Brasserie Lorraine, eben jenes Café-Restaurant, auf dessen Terrasse er mit Catherine gesessen hatte. Wie gewöhnlich kam er zu seinem Treff vorzeitig. Das gab ihm Gelegenheit, auf dem Trottoir vor der Brasserie stehenzubleiben, sich umzusehen, zum Zeitungskiosk zu gehen, nach verdächtigen Personen Ausschau zu halten, die das Lokal womöglich beobachteten. Auch das gehörte zu den Vorsichtsmaßnahmen, die Paul eisern einhielt, und deren Einhaltung er von allen verlangte, die mit seinen Lufttransporten irgendwie zu tun hatten. Das galt auch für Telefongespräche; der Anrufer ließ das Rufzeichen dreimal ertönen und legte dann auf. Wenn nach dem zweiten Anruf die Verbindung kam, wurde zunächst als Kennwort die gängige Formel gesprochen *»ça va?«* Und darauf mußte der Angerufene über seinen Gesundheitszustand klagen oder darüber, daß er schlecht geschlafen habe. Erst damit war geklärt, daß alles in Ordnung war. Wie Paul seinen Schützlingen geduldig erklärte, ging er davon aus, daß jemand, den die Deutschen erwischt hatten und den sie zwangen, das Telefon abzunehmen, auf die Frage *ça va?* eine beschwichtigende Antwort werde geben müssen, und wenn die Antwort wie in solchem Falle üblich *ça va bien* lautete, dann wisse der Anrufende, daß in Wahrheit nichts *bien* sei, sondern die Deutschen mithörten. In seinem, Pauls Fall allerdings haftete diesen Vorsichtsmaßnahmen etwas Absurdes an, denn daß er sich mit seinem Funker verabredet hatte, war Strömelburg bekannt, ferner kannte er den Decknamen des Funkers, seine Adresse, wußte, von wo er sendete und wann. Und er wußte das, weil Paul selber ihm alle diese Informationen gegeben hatte, als er ein halbes Jahr zuvor als Agent in den Dienst des SD getreten war. Beiden lag daran, daß die deutsche Funküberwachung diesen Mann in Ruhe ließ und niemand ihn überraschte und verhaftete, wenn er gerade einen Funkspruch absetzte.

Als Paul an dem Tisch vorüberging, an dem er mit Catherine gesessen hatte, überkam ihn Melancholie. Trotz seiner enormen Selbstdiziplin überließ er sich dieser Melancholie für kurze Zeit, vergaß seinen Funker, seine ungemein gefährliche Existenz und durchlebte in Gedanken noch einmal die Stunden mit ihr. Der Anblick seines Funkers, der wie eine zu groß geratene Spielzeugpuppe auf dem Barschemel hockte, versetzte ihn mit einem Ruck wieder in die Wirklichkeit. Der Funker war nicht viel größer als ein Zwerg, und in diesen Zeiten kam ihm das zustatten, denn wenn er bei einer der vielen Razzien aufgegriffen wurde, deren Zweck es war, Fremdarbeiter für den Einsatz in Deutschland einzufangen, wurde er automatisch aussortiert, so wie von den Fischern das nutzlose Kleinzeug gleich wieder ins Meer zurückgeworfen wird. Die beiden Männer plauderten einige Minuten bei einem Glas Wein, und Paul steckte dabei unauffällig die Zigarettenschachtel ein, welche der kleine Mann auf den Tresen gelegt hatte.

Zehn Minuten später war er in seiner Wohnung und entschlüsselte den Funkspruch, in dem die Ankunft eines Flugzeugs angekündigt wurde: BESTÄTIGEN OPERATION FOXTROTT FELD SECHS MORGEN DREI PAKETE AN UND AB NACH WUNSCH STOP KONVOY SUSAN ANATOLE PARIS STOP BUCHSTABE L STOP BBC DURCHSAGE ROSEN BLÜHEN IN KAIRO STOP BESTÄTIGUNG MORGIGES PROGRAMM.

Dies bedeutete, eine Lysander würde in der übernächsten Nacht auf seinem Feld unweit Angers landen und drei Personen absetzen, von denen er zwei - Susan und Anatole - nach Paris zu bringen haben würde. Der dritte - oder sie - würde sich auf eigene Rechnung aus dem Staube machen. Zum Rückflug war noch niemand vorgesehen, doch konnte Paul, falls er dies wünschte, bis zu drei Personen einladen. Mit der Durchsage ›Rosen blühen in Kairo‹ über BBC um 21 Uhr 15 sollte die Ankunft der Maschine bestätigt werden. Paul, der die BBC in seinem Versteck bei Angers abhörte, würde dann wissen, daß die Maschine unterwegs war. Dann konnte nur noch ein plötzlicher Wettersturz ihre Landung verhindern.

Er steckte den Funkspruch ein und auch die Kurierpost, die mit diesem Flugzeug abgehen sollte, und machte sich unter den üblichen Vorsichtsmaßregeln auf den Weg zu Strömelburg und seinem Fotografen.

LONDON

»Sieh an, Dicky! Kommst du auch mal zu Besuch. Darf ich dir einen Tee anbieten?« Major Cavendish, der Mann, der Catherine vor dem Abflug nach Frankreich eingewiesen hatte, stand auf, als er diese Willkommensworte sprach. »Was verschafft mir denn die Ehre deines Besuches?«

Richard Moore-Ponsonby hatte schon vor dem Krieg der Spionageabwehr MI5 angehört und leitete jetzt die Sicherheitsabteilung innerhalb der SOE. Ihm und seinen Mitarbeitern oblag es, dafür zu sorgen, daß nur zuverlässige Leute für die SOE angeworben wurden, und daß es der Gestapo nicht gelang, die im Ausland tätigen Gruppen zu unterwandern. Er sah ganz so aus, wie man sich bei der Lektüre von Agatha Christies Kriminalromanen den Chef der Landpolizei vorstellt, der in seinem abgewetzten guten Anzug auf dem Herrensitz erscheint, um den Mord an einem Gast aufzuklären. Sein wohlwollendes, immer etwas ungeschicktes Gehabe täuschte darüber hinweg, daß sein Scharfsinn ihm seit langem schon einen Platz im Kreise der eigentlichen Direktoren der britischen Nachrichtendienste sicherte. »Nichts, was dich sehr freuen dürfte, Frederick«, sagte er und betrachtete mit Widerwillen den dampfenden Tee in der Tasse, die eine der jungen Damen vor ihn hingestellt hatte. »Du erinnerst dich, daß vor etwa zwei Wochen der Chef deiner Gruppe, Ajax, aus Frankreich gekommen ist?«

Cavendish erinnerte sich mühelos. Es handelte sich um einen der wenigen Franzosen, die eine größere SOE-Gruppe leiteten, einen Berufsoffizier und Anti-Gaullisten, der aber die Auffassung von *grandeur* mit jenem teilte.

»Also. Der hat mir unter dem Siegel der Verschwiegenheit eröffnet, er habe Grund anzunehmen, daß Paul, dein Lufttransportoffizier, nicht astrein ist, daß er, rundheraus gesagt, die Kurierpost den Deutschen zeigt, bevor sie ausgeflogen wird.«

»Das zu glauben fällt mir nicht ganz leicht, Dicky, und wenn er schon solch einen Verdacht hat, warum kommt er dann nicht zu mir?«

Moore-Ponsonby hob ratlos eine Schulter. »Ganz recht. Ich könnte mir denken, er ist seiner Sache nicht sicher genug, um hier in der Abteilung Krach zu schlagen. Er begründet seinen Verdacht damit, daß die Gestapo beim Verhör einem Häftling eine Information vorgehalten hat, die, wie er meint, einzig aus der letzten Kuriersendung stammen kann.«

Cavendish fingerte nervös an den Knöpfen seiner Uniformjacke. »Nun ja, das könnte einem zu denken geben, aber die Gestapo hat tausend Möglichkeiten, sich Informationen zu beschaffen, nicht wahr.«

»O ja. Nur – man muß solchen Sachen nachgehen. Ich habe ihm ein halbes Dutzend Bogen Spezialpapier mitgegeben. Das Labor hat es für uns entwickelt. Wird es mit einer bestimmten Chemikalie behandelt, zeigt es an, ob es starker Lichteinwirkung ausgesetzt, also fotografiert worden ist. Er sollte es für die nächste Sendung benutzen, die er Paul übergibt, also deinem LTO.« Moore-Ponsonby machte eine Pause. »Die Kurierpost kam am Samstag hier an.«

»Und?«

»Alle sechs Bögen sind fotografiert worden.«

Paris

Der helle Lichtkegel bewirkte, daß der Salon der Wohnung an der Place des Ternes im Halbdunkel lag, etwa so, wie die Zuschauer um den hellerleuchteten Boxring herum im Halbdunkel sitzen. Paul, bequem in einem Sessel ausgestreckt, gab Strömelburg einen Überblick über die nächste Unternehmung, und dazu klickte die Leica des Fotografen.

Der SD-Mann nickte mit gespieltem Interesse zu jedem Satz, denn ihm waren die Einzelheiten der Operation *Foxtrott* eher bekannt geworden als Paul; er hörte den Funkverkehr zwischen London und Pauls Funker ab. Nicht etwa, daß Strömelburg seinem Star-Agenten mißtraut hätte, nur war er von Natur aus argwöhnisch. Wäre er einer der Zwölf Apostel gewesen, er hätte auch den guten Absichten des Heiligen Geistes nicht getraut. Kaum hatte Paul ihm gesagt, wo sein Funker sich aufhielt und wann er auf Empfang und auf Sendung zu gehen hatte, wies Strömelburg die Funküberwachung auch schon an, den Code dieses Funkers zu knacken. Darüber war ein Monat verstrichen, doch seitdem las Strömelburg jeden Funkspruch, den Paul erhielt oder absetzen ließ. Das war eine perfekte Methode,

Pauls Verläßlichkeit zu prüfen, herauszubekommen, ob er log oder vorsätzlich Informationen zurückhielt. Beides war nicht der Fall, der Franzose arbeitete vorbildlich.

Als er mit seinem Bericht fertig war, fragte ihn Strömelburg: »Haben Sie eine Vorstellung davon, wer Susan oder Anatole sein könnten und wo sie hinwollen?«

»Soweit ich weiß, habe ich bislang mit keinem von beiden zu tun gehabt.« Strömelburg grunzte frustriert. Die SOE in London hielt Paul auf Sparflamme, teilte ihm die Codenamen der Passagiere nur mit, wenn er sie, wie in diesem Fall, weiterbefördern mußte. Mindestens ein Drittel der eintreffenden Agenten verschwanden schlichtweg von der Bildfläche. Die Codenamen seiner ausreisenden Passagiere waren Paul selbstverständlich bekannt, doch erfuhr er nicht von ihnen, zu welcher Gruppe sie gehörten und wo sie sich aufgehalten hatten, es sei denn, sie waren ausgesprochen geschwätzig, und das war kaum einer. Und fassen durfte Strömelburg die Ausreisenden nicht, damit hätte er alles verdorben.

Es war auch wesentlich schwieriger als erwartet, die einreisenden Agenten, die Paul in Empfang nahm und nach Paris geleitete, nicht aus dem Auge zu verlieren. Es wäre zwecklos gewesen, seine Leute zum Landeplatz zu schikken, denn in der Nacht konnten sie die Einreisenden nicht erkennen. Also hätten sie sie auch nicht am folgenden Morgen auf einem belebten Bahnhof oder in einem überfüllten Zug identifizieren können.

Pauls Verstecke lagen abseits und waren deshalb für den SD unbemerkt so gut wie nicht zu überwachen, und Paul und seine Passagiere hatten Anweisung, sich nicht zusammen auf den Bahnhöfen oder in der Eisenbahn blicken zu lassen. Strömelburgs Prinzip war es, alles zu vermeiden, was den Engländern sein Spiel verraten hätte, deshalb durften auch seine französischen Agenten zu Paul keine Verbindung halten. Tatsächlich konnte Strömelburg von den einreisenden Agenten nur jene observieren, welche auf den Feldern drei und vier im Tal des Cher ankamen, weil es dort keine Hauptstrecke mit entsprechend großen Bahnhöfen gab. Paul mußte seine Passagiere von kleinen Bahnhöfen über Nebenstrecken befördern, und da dort meist nur wenige Reisende zustiegen, oft genug nur Paul und seine Schützlinge, konnten die schon im Zug befindlichen SD-Leute ihnen folgen. Dies hatte zur Folge, daß Strömelburg seine Kopkow gegebene Zusage, er könne die gesamte SOE in Frankreich kontrollieren, ebensowenig einlösen wie den Inhalt eines Glases Wasser in der Faust hätte festhalten können. Der Gewinn seiner Operation lag vielmehr darin, daß er den Funkverkehr überwachen und die Kurierpost fotografieren konnte, und dieser Gewinn wog den Verlust von einer Handvoll Agenten hundertfach auf.

»Wir werden uns diesmal nicht die Mühe machen, Ihre Ankömmlinge zu beschatten«, sagte Strömelburg. »Es wäre aber gut, wenn Sie herausbekommen könnten, wohin sie unterwegs sind.«

»Versuchen will ich es, nur ist das nicht einfach. Es hängt davon ab, wie gut sie ihre Lektion in England gelernt haben.«

»Ich bin hauptsächlich am Norden interessiert«, sagte Strömelburg. »Wir bereiten da eine kleine Überraschung für unsere englischen Freunde vor, eine Revanche für die Bombardierung Hamburgs, und da kann ich keine Störung gebrauchen.«

»Was Sie nicht sagen.« Paul gab sich keine Mühe, seine Skepsis zu verbergen. »Mir kommt es ganz so vor, als könnte Göring sich mit seiner Luftwaffe derzeit nicht mal für eine zerbrochene Fensterscheibe revanchieren.«

»Die Luftwaffe hat auch nichts damit zu tun, es handelt sich um eine neue Waffe, die in Peenemünde entwickelt worden ist.« Strömelburg stand auf. Sein Fotograf war immer noch an der Arbeit. »Der hat offenbar noch eine Weile zu tun. Ich gehe schon mal vor. Wann werden Sie aus Angers zurück sein?«

»Gegen Mittag.«

»Also dann bis übermorgen um 16 Uhr hier. *Bon voyage.*«

Major Cavendish sah sich suchend im Grill des Savoy um, bis er die bekannte Gestalt mit der großen dunklen Hornbrille entdeckte, die allein an einem Tischchen saß, das merklich, wenn auch nicht gerade demonstrativ, etwas entfernt von den Tischen der übrigen Gäste stand. Colonel Sir Claude Edward Marjoribanks Dansey war der geborene Eremit; wo immer er sich befand, niemals wirkte er zugehörig. Er war er selbst und sonst niemand. Die selbstgewählte Isolierung, die Weigerung, sich anderen mitzuteilen oder deren Annäherung auch nur zu dulden, waren bezeichnend für Sir Claude. Er war verwitwet, hatte Bekannte, aber besaß keine Freunde, und erwartete von Kollegen und Untergebenen Respekt, doch keinesfalls Zuneigung. Seine Menschenfeindlichkeit gab er auch – aus sicherer Entfernung – seinen Mitarbeitern in der Behörde zu kosten, in Form ironischer Randbemerkungen auf Aktenstücken, die böses Blut erzeugten, so wie ein Schwan, der majestätisch vorübergleitet, die Oberfläche des Wassers kräuselt. Seit Jahren schon war er Stellvertreter von ›C‹, Sir Robert Menzies, dem Chef von MI6, dem Secret Service. Seine Verschlagenheit – ob nun angeboren oder erst im Geheimdienst erworben – war jedenfalls in diesen Kreisen sprichwörtlich. Als er Cavendish bemerkte, rang er sich ein Lächeln ab und machte eine einladende Handbewegung. Dazu bemerkte er: »Sie sehen ja ungewöhnlich finster aus.«

»Dazu habe ich leider guten Grund«, erwiderte der SOE-Offizier und ließ sich Sir Claude gegenüber am Tisch nieder.

»Nun, dem läßt sich wohl abhelfen.« Dansey winkte den Oberkellner herbei und bestellte »Zwei sehr große, sehr trockene Martinis, und Gerald soll gefälligst den Vorkriegstanquerey benutzen und nicht diesen neumodischen Ersatz, den er unseren amerikanischen Verbündeten anbietet.«

Daß diese beiden Herren einmal im Monat miteinander speisten, ging meist auf die Initiative Cavendishs zurück, nur gelegentlich – so heute – auf die von Dansey. Ihr schon fast freundschaftlicher, wenn selbstverständlich auch streng distanzierter Umgang war von der erbitterten Feindschaft der beiden Behörden, denen sie dienten – dem Secret Service und der erst im Krieg entstandenen SOE – nicht beeinträchtigt worden; der Ältere zeigte sich, ganz gegen seine sonstige Gewohnheit, behilflich, seit Cavendish seine Stellung bei der SOE angetreten hatte. Es gab so gut wie nichts, was Dansey über verdeckte Operationen, Informationsbeschaffung und schmutzige Tricks nicht gewußt hätte, die im Milieu der Geheimdienste üblich sind. Hin und wieder teilte ›Onkel Claude‹, wie man Dansey nannte, wenn auch nie in seiner Gegenwart, aus diesem reichen Erfahrungsschatz Cavendish etwas mit. Selbstverständlich waren das nur Brosamen, die von seinem reichgedeckten Tisch fielen; es war wohlbekannt, daß Dansey niemals mit allem herausrückte, was er wußte, auch seinem Chef ›C‹ gegenüber nicht. Immerhin waren auch die Brosamen für Cavendish nützlich gewesen, und deshalb zögerte er nicht, Dansey, während sie auf ihre Martinis warteten, zu berichten, wie er von seinem Lufttransportoffizier Paul aufs Kreuz gelegt worden war.

»Ich habe schon so was läuten gehört«, murmelte Dansey. »Sie haben es augenscheinlich mit dem nur allzu bekannten Phänomen des Doppelagenten zu tun.«

»Es sieht ganz danach aus«, gab Cavendish zu, »aber ich gestehe, daß ich einigermaßen erschlagen bin. Das hätte ich nicht für möglich gehalten.«

»Tja, wenn einem das mit einem guten Agenten passiert, mag man nicht daran glauben.«

Der Kellner brachte die Getränke, und Dansey kostete zimperlich von seinem Glas, worauf er dem Werk des Barmixers mit einer zustimmenden Handbewegung seinen Segen erteilte.

»Ich begreife es deshalb nicht«, fuhr Cavendish fort, nachdem der Kellner gegangen war, »weil er bislang so vorzügliche Arbeit geleistet hat. Die kleine Luftlinie, die er leitet, funktioniert besser als Imperial Airways vor dem Kriege zwischen Croydon und Le Bourget. Ohne ihn bin ich absolut aufgeschmissen.«

»Seit wann arbeitet er für Sie?«

»Seit ungefähr acht Monaten.«

Dansey nuckelte genüßlich an seinem Martini; er war offenbar sehr angetan von dem, was Cavendish da erzählte. Der fuhr nun im Ton des Strafverteidigers, der den Richter bewegen möchte, seinen Mandanten nur milde zu bestrafen, fort: »37 Operationen hat er für mich inszeniert, 81 Agenten rübergebracht und 126 rausgeholt.«

Dansey nickte anerkennend. »Und wissen Sie auch, wie viele von den 81 Sie verloren haben?«

»Sieben. Vier davon wurden aber so lange nach ihrer Ankunft aufgegriffen, daß man ihre Verhaftung nicht mehr mit Paul in Verbindung bringen kann. Und ich habe keinen Grund anzunehmen, daß die drei anderen auf seine Rechnung gehen. Bislang hatten wir nie die geringsten Schwierigkeiten bei diesen Operationen, und einige der Leute, die von ihm rausgeholt wurden, konnten der Gestapo im buchstäblich allerletzten Moment entwischen. Das waren Agenten, die sie um jeden Preis schnappen wollten.«

»Selbst wenn wir mal annehmen, daß alle sieben, die aufgeflogen sind, auf sein Konto kommen, bleibt doch Tatsache, daß dies ein geringer Preis dafür ist, daß alles andere so hervorragend geklappt hat, finden Sie nicht?«

Cavendish verschluckte sich fast, so sehr erschreckte ihn dieser Zynismus. »Nicht, wenn wir dafür einen Mann in Kauf nehmen müssen, der uns vorsätzlich an die Gestapo verrät.«

Dansey tat, als wische er Krümel von dem blütenreinen Damasttischtuch des Savoy. »Nun, nun, ich stimme Ihnen zu, mein Lieber. Es ist schon eine rätselhafte Angelegenheit. Aber können Sie auf ihn verzichten und Ihre Geschäfte trotzdem weiterbetreiben?«

»Mir bleibt wohl nichts anderes übrig, als auf ihn zu verzichten, und das ist für mich ein schwerer Schlag. Die von ihm organisierten Lufttransporte stellen die einzige Möglichkeit dar, Agenten schnell und sicher nach Frankreich hinein –, vor allem aber aus Frankreich herauszubringen. Sie wissen besser als ich, daß der Seeweg dafür zur Zeit nicht mehr in Frage kommt, die Küste wird zu scharf bewacht.« Cavendish nuckelte lustlos an seinem Martini.

»Lege ich ihn lahm, lege ich mich selber lahm. Und das ausgerechnet im unpassendsten Moment.«

»Könnte man ihn nicht liquidieren und durch jemand anderen ersetzen?«

»Da müßte ich erst mal einen Ersatzmann finden. Und ihn ausbilden. Und durch ihn andere Landeplätze finden. Die auch von der RAF genehmigt werden. Das dauert mindestens einen Monat, wahrscheinlich wesentlich länger.« Diesmal nahm er einen kräftigen Schluck aus dem Glas. »Nein, nein, mir bleibt gar nichts übrig, als ihn herzulokken und unseren Behörden zu übergeben.«

Dansey wedelte lässig mit der Hand. »Warum eigentlich? Die Frage der Gerechtigkeit spielt doch bei unserer Arbeit keine Rolle. Die kann auf passendere Zeiten warten.« Er betrachtete mißtrauisch den Kellner, der die Speisekarte brachte; das Menü sah nicht verlockend aus, also bestellten die Herren, was der Küchenchef empfahl: gedünsteten Schellfisch. »Erzählen Sie mir ein bißchen von ihm«, forderte er dann Cavendish auf, »es sei denn, Sie finden das indiskret?«

»Keine Spur.« Dem Major lag mehr daran, Danseys Beurteilung der Affäre zu hören als diskret zu sein. »Er heißt Henri Le Maire. Im Spätsommer 1942 ist er über Spanien hierhergekommen. Vor dem Krieg hat er Post geflogen, so eine Art Saint-Exupéry, bloß ohne den Glanz. '39 und '40 war er Pilot in der französischen Luftwaffe, und nach dem Waffenstillstand hat er sich in Marseille als Testpilot bei den Flugzeugwerken betätigt, die die Vichy-Regierung beliefern.«

»Und wie sind ausgerechnet Sie an ihn geraten?«

»Durch Archie Boyle. Paul sagte, er sei nach England gekommen, um in die RAF einzutreten, aber der zuständige Nachrichtenoffizier wußte zufällig, daß wir jemanden suchten, der sich für unsere Lysander-Operationen eignet, und so ist er zu uns gekommen.«

Das Servieren des Schellfisches verursachte eine Gesprächsunterbrechung. Dansey betrachtete das Tier mit Abscheu und ächzte: »Da habe ich mich nun als Kind jahrelang geweigert, diesen toten Fisch zu essen, und ausgerechnet den serviert mir nun das Savoy als den Leckerbissen des Tages. Verflucht sei Hitler und alle seine Werke!« Er betupfte die Lippen mit der vertrauenerweckend schweren Damastserviette. »Wollen Sie hören, was ich über den Fall denke?«

Cavendish bejahte beglückt und hing an den Lippen des Mannes, von dem er sich einen Fingerzeig erhoffte, der ihm aus der Klemme helfen würde.

»Ich vermute, daß die Gestapo ihn schon ziemlich bald erwischte, nachdem er mit seiner Arbeit anfing. Entweder haben sie ihn auf die bei ihnen so beliebte Art umgedreht, oder er hat von selber eingewilligt, um seinen Hals zu retten – und seine Hoden.«

Cavendish zog eine zustimmende Grimasse.

»Ich möchte nun darauf wetten, daß die Deutschen sehr bald begriffen haben, daß an Ihrem ganzen Lufttransportunternehmen das Interessanteste die ein- und ausgehende Kurierpost ist. Solche Informationen sind für sie wesentlich wertvoller als das Aufspüren von einem Dutzend Agenten – womit ich Ihrem Verein nicht zu nahe treten möchte.«

»Nur weiter.«

»Falls ihnen daran liegt, auch weiterhin einen Blick in Ihre Kurierpost zu tun, dürfen sie Ihren Paul nicht bei der Arbeit stören. Greifen sie Ihre Agenten bei der Landung oder vor dem Abflug, können sie sich ausrechnen, daß man hier sehr bald darauf kommt, daß Paul nicht astrein ist.« Dansey lehnte sich zurück, und das eiskalte Grinsen, für das er bekannt war, zeigte sich bei dieser Mahlzeit zum ersten Mal. »So erklärt sich vermutlich der Erfolg, den Ihr Paul hat. Er betreibt das Luftfrachtgeschäft unter dem Schutz der Gestapo. Ein kluges Köpfchen, Ihr Paul.«

»Ein kluger Schweinehund«, ächzte Cavendish. »Ich will ihn doch lieber unter einem Vorwand herbestellen und MI5 übergeben.«

»Das wäre eine Möglichkeit«, stimmte Dansey zu. »Es gäbe aber auch eine andere, eine, sagen wir, weitsichtigere.«

»Und die wäre?«

Dansey schob, sichtlich zufrieden darüber, daß ihm dies

als Erwachsenem jetzt gestattet war, den nur halb gegessenen Fisch von sich. »Hat man es mit einem Doppelagenten zu tun, so muß man sich an eine Grundregel halten«, dozierte er. »Man fragt: Wer hat den größeren Nutzen von seiner Arbeit, ich oder die Gegenseite? Und die Antwort ist: Falls Sie den größeren Nutzen haben, lassen Sie ihn weitermachen; falls die Gegenseite, wird er umgepustet.«

»Ich soll ihn also weitermachen lassen?«

»Vorausgesetzt, sein Nutzen überwiegt. Ich gebe zu, dies ist ein schwer zu kalkulierendes Risiko, das sind solche Fälle immer, doch habe ich den Eindruck, er ist Ihnen soviel wert, daß man einen Einsatz wagen darf.«

»Aber was mache ich mit dem Kuriermaterial?«

Dansey überlegte, bevor er sagte: »Es versteht sich, daß Sie Ihre Leute drüben nicht warnen dürfen. Der eine oder andere würde ihn bestimmt für Sie erledigen. Und die Deutschen bekämen ohnehin Wind davon. Ich rate Ihnen, Ihre Leute durch verschlüsselten Funkspruch anzuweisen, daß wegen der bevorstehenden Invasion alle wichtigen Informationen über Funk nach London gegeben werden müssen. Die Kurierpost soll nur noch für weniger wichtige Sachen verwendet werden, Berichte über die Wirkung von Bombardements, Sabotagevorschläge, derartige Sachen. Unsere Freunde in der Avenue Foch müssen auch weiterhin mit Lektüre versorgt werden, wir müssen ihr Interesse so gerade eben wachhalten, und wenn sie dahinterkommen, wie der Hase läuft, begegnen sie hoffentlich schon General Eisenhower auf den Champs-Elysées. Bis dahin machen Sie sich auch weiterhin das Wohlwollen der Gestapo für Ihre wichtigen Transporte zunutze.«

Die kühne Schlichtheit von Danseys Vorschlag versetzte Cavendish in Euphorie. Er sollte sich der Gestapo zwecks Durchführung seiner wichtigsten Operationen bedienen! Das wäre wirklich perfekte Symmetrie. »Falls es schiefgeht«, bemerkte er zur Vorsicht, »sitzen wir ganz schön in der Tinte.«

»Wie wahr. Dieses Risiko muß man auf sich nehmen. Aber wenn man es nüchtern betrachtet, so kommt es, wie so oft in unserer kleinen Welt, darauf raus, daß man die

Vor- und Nachteile gegeneinander abwiegt. Wenn Sie das möglichst unbefangen tun, werden Sie sehen, daß die Vorteile beträchtlich überwiegen.«

Cavendish überlegte noch einen Moment, bevor er sagte: »Ich glaube, Sie haben wirklich recht.«

»Ganz gewiß habe ich recht«, bestätigte Dansey.

Calais

Das Mädchen auf dem Bett kicherte albern. »Der Doktor hat so viel Gips um meinen Knöchel geschmiert, daß ich den Fuß kaum heben kann.« Sie hob mit Mühe das Bein von dem Kissen, auf dem es lag, und ließ es dann mit einem Plumps zurückfallen, der ihr gewiß einen Schmerzenschrei entlockt hätte, wäre der Knöchel wirklich gebrochen gewesen.

Sie streckte einen Arm aus, der im Ärmel eines zerschlissenen fliederfarbenen Morgenrocks steckte, und streichelte Catherine mit ihrer schwieligen Hand. »Nun mach dir mal keine Gedanken. Bei den *boches* ändert sich nie was, da ist es immer genau so, wie ich dir erzählt habe. Was du brauchst, findest du in dem Raum, wo sie all den elektrischen Kram haben – die Waschmaschine und reichlich Seife auf dem Regal. Gleich neben der Maschine ist eine Wäscheleine gespannt, und wenn sie dir was zu stopfen oder zu flicken mitgeben, erledige ich das für dich.« Sie deutete mit dem Kopf auf einen Stapel Wäsche beim Bett. »Das einzige, was dir schwerfallen dürfte, ist, sie abzuwimmeln, wenn sie mit dir ausgehen wollen.« Sie schmollte und stieß einen Seufzer aus. »Mich hat leider nie einer eingeladen, bloß der dicke Gefreite mit dem Motorrad. Die Offiziere kriegen in den Restaurants angeblich das beste Essen. Seezunge. Austern sogar!« Man sah ihr an, daß sie diesen Genüssen nachtrauerte.

Armes Ding, dachte Catherine, sie ist genau so, wie Aristide sie beschrieben hat – das Haar geht ihr aus, und eine Haut wie Sandpapier. Kein Wunder, daß niemand mit ihr ausgehen will. »Nur Gemüt, aber kein Funke Verstand«, hatte Aristide gesagt. Seit drei Jahren arbeitete sie als Waschfrau in der Batterie Lindemann; ihr Vater, der vor dem Krieg mit den Kommunisten sympathisiert hatte, war deportiert worden, und sie mußte für ihre Mutter sorgen, die Alkoholikerin war. Niemand verdachte ihr, daß sie sich an die Deutschen verdungen hatte. Gleichwohl war sie sofort bereit gewesen, Catherine ihren Platz vorübergehend abzutreten; es war immerhin eine kleine Rückversicherung.

Draußen fuhr jetzt ein Krad vor, und gleich darauf hörte man Stiefel im Hausflur poltern.

»Nanu, was ist denn hier los?« fragte der Gefreite überrascht, als er hereinkam.

Das Mädchen machte schnüffelnde Geräusche und jammerte: »Karli, mein Schatz, ich bin mit dem Fahrrad gefallen und hab mir den Knöchel gebrochen. Sechs Wochen soll ich im Bett liegen. Meine Freundin Denise wird eure Wäsche solange waschen.«

Sollte Karli Mißtrauen genährt haben angesichts dieses plötzlichen Programmwechsels, so schmolz das doch dahin vor dem süßen Lächeln, mit dem Catherine ihn beglückte. Er griff sich den Stapel geflickter Wäsche und verstaute Catherine im Seitenwagen seines Motorrades, als habe er das seit je so gemacht. Und ab ging es auf die Straße, welche westwärts von Calais der Küste im Abstand von 100 Metern landeinwärts folgt, diesseits des vordersten Dünengürtels. Hier drängten sich Bunker, Geschützstände, MG-Stellungen und Unterstände dicht an dicht; die ganze Landschaft schien zubetoniert. Sah man gelegentlich zwischen Dünen hindurch den Strand, fiel der Blick auf Rollen von Stacheldraht und stählerne Hindernisse, die Rommel der Küste entlang hatte anbringen lassen. Zwischen Dünen und Straße war, wie Catherine wußte, alles vermint. Linkerhand war das Land überflutet.

Das B-Krad ratterte an den eingeschossigen Häusern von Sangatte vorüber einer Sperre zu, die von einem Dutzend Feldgendarmen bewacht wurde, denen das Krad jedoch vertraut war, und die es ohne Aufenthalt passieren ließen. Die Sperre war wie ein Riegel vor dem einzigen Zugang zur Batterie, und Catherine fragte sich, wie um des Himmels willen ein Kommando der SOE in Anbetracht der Minen und des überfluteten Landes jemals dorthin gelangen könnte, ohne diese Sperre zu knacken und damit Alarm auszulösen?

Hinter der Sperre stieg die Küstenstraße an. Rechterhand, auf der Seeseite also, wurde die Küste zum Steilufer, dessen Klippen sich bis zum Cap Gris Nez hinzogen. Zur Linken gewahrte Catherine die drei betonierten Geschütztürme. Es sah aus, als bildeten sie die Fundamente dreier noch unerrichteter Leuchttürme, die über den Kanal hinwegblicken sollten. Geschützrohre ragten aus Schießscharten, gerichtet auf die kaum sichtbaren Kreidefelsen von Dover.

Der Gefreite lenkte die Maschine weg von der Straße auf einen Kiesweg, der sich in weitem Bogen der Rückseite der Stellung näherte. Auch hier wieder gab es eine Sperre, und Catherine versuchte, sich alles zu merken. Auf einer Erhebung sah sie etwas, das wohl ein Beobachtungsstand sein sollte, ein Pilz aus Beton, um dessen Fuß sich ein Graben zog, in welchem Menschen sich bewegten. Konnte das die Feuerleitstelle sein? Oder der Batteriegefechtsstand?

Noch weiter entfernt war eine betonierte Flak-Stellung. Die Bedienungen lagen unweit der Geschütze in der Sonne. Es schien, daß man sich vor Luftangriffen durch Radar gesichert fühlte, denn Luftbeobachter mit Ferngläsern waren nirgendwo zu sehen. Auf der Höhe angelangt, vor der Rückseite der mittleren Geschützstellung, hielt der Kradfahrer auf einem Parkplatz. Ein weiterer Pilz aus Beton überragte die Feuerstellungen; dieser war mit einer Unmenge Antennen bestückt. Das leicht ansteigende Gelände war von Kratern gesprenkelt, eine Erinnerung an die im Jahre 1943 gegen die Stellungen geführten Luftangriffe. Hier ein Segelflugzeug aufzusetzen war die schiere Unmöglichkeit. Aber das Gelände muß weiter entfernt wieder abfallen, überlegte Catherine, vielleicht besteht da eine Möglichkeit?

Der Gefreite half ihr aussteigen, und sie benutzte die Gelegenheit, seinen Arm zu packen. »Sehen Sie mal, der schöne Mohn, die herrlichen Anemonen! Lassen Sie mich schnell einen Strauß pflücken, es dauert nicht lange!«

»Sie sind wohl verrückt?« entsetzte sich Karli. »Da liegen so viele Minen, daß kein Hund hinpinkeln könnte, ohne in die Luft zu fliegen.«

»Ach was, Karli, Sie kennen doch bestimmt Wege durch die Minenfelder, schließlich gibt es Minenpläne.«

»Hören Sie mal, Sie Kind.« Karli nahm die Wäsche unter den Arm. »Sie sind hier nicht auf der Gartenschau. Durch diese Minenfelder gibt es keine Gassen. Und weiter hinten, wo es runter geht, da könnte nicht mal 'ne Maus durch, so dicht liegen die Dinger.« Er wedelte mit der Hand Richtung Kanal. »Die Fallschirmspringer von dem Schurschill da drüben, die sind bloß noch halb so groß, wenn sie hier runterkommen.«

Zum Eingang des Turmes führte ein Weg, der mit blumenbesetzten Rabatten verziert war. Der Eingang selber wurde beiderseits von Maschinengewehren gesichert und war mit Stahltüren versehen. Diese öffneten sich, als der Gefreite das Kennwort in eine Rohrleitung sprach. Catherine merkte sich, wie die Scharniere der Stahltüren befestigt waren – von außen, sie konnten also weggesprengt werden, falls je ein Sprengkommando die Minenfelder überwinden und die MGs außer Gefecht setzen könnte. In London war man ganz offenbar verrückt geworden, denn daß das alles ganz unmöglich war, sah sogar sie.

Durch eine zweite, geöffnete Tür, ebenfalls aus Panzerstahl, betraten sie einen Raum, in dem Catherine auf Anhieb die Feuerleitstelle erkannte. Hier befanden sich etwa ein Dutzend Leute, einige mit Kopfhörern und Kehlkopfmikrofonen; andere schwatzten rauchend miteinander. Auf zwei Tischen lagen aufgeschlagene Landkarten, darauf Lineale, Zirkel und Kompasse. An der Stirnwand, oberhalb der Schießscharte, war in Großbuchstaben der Name des Geschützes aufgemalt, BRUNO, und darunter in kleinerer Schrift ›Wir Deutschen Fürchten Gott Und Sonst Nichts Auf Der Welt.‹ Mit Schwingen versehene Granaten waren auf die Seitenwand gemalt, darunter Daten; das war wohl eine Art Logbuch der Batterie.

Ihr blieb keine Zeit, sich hier länger umzusehen, denn

Karli kletterte schon die stählerne Wendeltreppe des Turmes hinunter. Sie folgte ihm rasch, und ihr fiel ein, so müsse es auf einem U-Boot sein. Die Versorgungseinrichtungen der Batterie nahmen fünf untereinandergelegene Stockwerke ein. Dies war eine komplette Welt für sich. Im Hinuntersteigen sah sie mechanische Werkstätten, ein kleines Lazarett, Schlafräume für die Bedienungen, Küchen, Aufenthaltsräume für die Mannschaften. Neben der Wendeltreppe gab es einen Aufzug, ohne Zweifel für Granaten. Das Brummen der Ventilatoren, welche diese Einrichtungen mit Frischluft versorgten, war nicht zu überhören. Im untersten Geschoß befand sich die Offiziersmesse, links davon der Generatorenraum; eine ganze Wand wurde von Schalttafeln und Meßgeräten, Sicherungskästen und Reglern eingenommen. Außerdem standen noch zwei Notaggregate da, für den Fall die Stromversorgung ausfallen sollte. Ganz hinten in einer Ecke entdeckte sie ihre Waschmaschine.

Eine Kasinoordonnanz bot ihr und Karli Kaffee an, und Catherine bemerkte jetzt auch, ganz wie Jeanine beschrieben hatte, die Wandkästen, welche die ein- und ausgehende Wäsche der Offiziere aufnahm; sie begann sogleich damit, die mitgebrachte geflickte Wäsche in die Kästen zu verteilen, nachdem sie zuvor die darin befindliche Schmutzwäsche entfernt hatte. Sie hörte, wie zwei Männer den Raum betraten, und erhaschte einen Blick auf einen der beiden aus dem Augenwinkel. Er kam ihr irgendwie bekannt vor. Sie spürte seinen Blick im Rücken – er stellte sich wohl die gleiche Frage wie sie. »Mademoiselle?«

Catherine drehte sich um, und jetzt erst wurde ihr mit einem Male klar, wo sie sich befand, und das machte ihr fast übel vor Angst.

»Ich hoffe, die Wäsche ist nicht so schwer, wie Ihr Koffer auf dem Bahnhof in Paris war«, lächelte er. »Ich suche Sie seit Tagen im Café des Trois Suisses, und dabei sind Sie hier!«

Eine halbe Stunde nach seiner Zusammenkunft mit Strömelburg stand Paul vor der Telefonzelle des Café Sporting an der Porte Maillot. Er gab dem Buffetfräulein, das auch das Telefon bediente, seine eigene Nummer und ging in die Zelle. Während sein Telefon daheim klingelte und der Hörer nicht abgenommen wurde, schlug er das Telefonbuch bei Seite 75 auf und schob seine Nachricht hinein. Sie war kurz und bestätigte nur, daß das Unternehmen *Foxtrott* in der folgenden Nacht ablaufen konnte.

Als er auflegte, stand schon der Funker vor der Zelle, der bisher im ersten Stock des Cafés gesessen hatte. Paul beachtete ihn nicht, trat auf die Straße und bog gleich in den Abgang zur Métro ein. Sein nächstes Ziel war eine derzeit in Paris recht bekannte Einrichtung, ein Etablissement namens *Eins Zwei Zwei*, denn es befand sich in der Rue de Provence Nr. 122 und hatte den Vorzug, einer aus Deutschen und Franzosen gemischten Klientel offenzustehen.

Paul überreichte seinen Mantel einer aufs Altenteil gesetzten ehemaligen Pensionärin des Institutes und betrat den Salon, der sich durch etwas schäbige Eleganz und eine hohe Decke auszeichnete. Madame begrüßte ihn herzlich und deutete mit dem Stolz einer Schuldirektorin, die dem Beauftragten des Kultusministeriums ihre besten Schülerinnen vorführt, auf etwa ein Dutzend Mädchen. »Sie haben die Wahl, Monsieur. Sie sind alle noch taufrisch, weil es so früh am Tage ist.« Paul ließ den Blick über die Damen schweifen, sagte: »Ich möchte vorher was trinken« und hockte sich vor die kleine Bar am Ende des Raumes. Er saß hier eine Viertelstunde vor seinem Wein und wehrte freundlich, aber bestimmt die Mädchen ab, die mehr aus Pflichtgefühl als wegen des Amüsements den Versuch machten, ihn aufzugabeln. Manche hatten eng anliegende Abendkleider an, doch die meisten trugen kurze weite Röcke und dazu passende Büstenhalter.

Nun betrat eine Blonde den Salon. Sie war älter als die anderen und trug ein hautenges Kleid aus grüner Seide. Ihr Haar war wasserstoffblond, die Augen von orientalischem Schnitt, der Busen hoch angesetzt und straff, und die

Brustwarzen zeichneten sich deutlich ab. Erfahrene Hure, die sie war, erkannte sie sogleich, daß Paul Interesse an ihr nahm.

Sie bewegte sich lässig zu ihm hin und warf ihm einen scharf berechnenden Blick zu, der zu dem Lächeln schlecht paßte, das sie aufgesetzt hatte. Sie drängte sich gegen sein Knie, strich mit einer Hand an der Innenseite seines Oberschenkels entlang, bis sie berührte, was sie suchte. *»Alors, mon amour – tu viens?«*

Paul ging mit, erlegte bei Madame den Preis für eine ›kurze Partie‹ und folgte der Blondine die Treppe hinauf. Das Zimmermädchen, ein frisches junges Ding, bestimmt noch keine sechzehn Jahre alt, öffnete eine Zimmertür und legte ein Handtuch aufs Bett, das vor Alter grau war. Paul drückte ihr eine Münze in die eifrig hingehaltene Hand und dachte: ein Bauernmädchen, das in der Stadt was lernen will.

Die Blondine verriegelte die Tür, während Paul den Schlips lockerte, die Jacke auszog und sich aufs Bett setzte. Er bot ihr zu rauchen an.

»Was Neues?«

»Nichts Neues«, antwortete sie. »Die schlechten Nachrichten halten meine Kundschaft nicht fern, was nun wieder eine gute Neuigkeit ist. Und bei dir?«

»Die Geschäfte gehen wie gewöhnlich. Hast du was für mich?«

Sie schüttelte den Kopf.

»Aber ich was für dich.« Passenderweise war, was er ihr überreichte, in einem aufgerollten Kondom versteckt, und sie warf es lässig zu den anderen in ihrer Nachttischschublade.

»Es ist aber eilig«, ermahnte Paul sie.

Sie schwatzten noch 10 Minuten, bis es an der Tür klopfte und das junge Mädchen mit schriller Stimme ankündigte: »Die Zeit ist rum!« Die ›kurze Partie‹ im *Eins Zwei Zwei* war eben wirklich nur eine kurze Partie. Die Blondine brachte Paul bis an die Haustür und verabschiedete sich zärtlich von ihm.

Aristide trank Wasser in kleinen Schlucken wie kostbaren Wein. Dabei machte er ein sehr nachdenkliches Gesicht. Pierrot lehnte mit vor der Brust gekreuzten Armen an der Wand und hörte zu, ohne was zu sagen. Dieses Trio und auch diese karge, düstere Wohnung hätten in einen Roman von Dostojewski gepaßt. Catherine war schon bei ihrem ersten Besuch aufgefallen, wie spartanisch die Wohnung von Aristide eingerichtet war, sie gab ebensowenig einen Eindruck von den Neigungen ihres Bewohners, wie die Zelle von denen eines Mönchs. Sie fragte sich, ob dieses Fehlen aller Besitztümer, dieser Verzicht auf jeglichen Komfort nun ein Hinweis auf Aristides Charakter oder einfach nur die Folge der furchtbaren Ungewißheit war, in welcher das Leben eines Führers der Résistance notwendig verlief?

Sie beendete den Bericht über ihren ersten Tag als Waschfrau bei der Batterie Lindemann und schaute Aristide an. Seine Antwort bestand in ausgedehntem, nachdenklichem Schweigen.

Dieses wurde endlich von Pierrot unterbrochen. »Sie haben in anderthalb Stunden jedenfalls mehr herausgebracht als wir in drei Jahren.«

»Genug, um nachzuweisen, daß diese Batterie nicht durch ein Kommandounternehmen unschädlich zu machen ist«, stimmte Aristide zu. Die Londoner Vorschläge schienen ihn ernstlich zu verstören. »Es liefe einzig darauf hinaus, 200 Männer sinnlos in den Tod zu treiben.« Er nahm wieder einen Schluck Wasser und fragte sodann Catherine: »Wissen Sie, welche Funktion der Offizier hat, der Ihren Koffer in Paris trug?«

»Karli sagt, er ist Ingenieur.«

»Dann wartet er die Maschinen, möglicherweise ist er für die elektrische Versorgung zuständig?«

»Das könnte sein.«

»Was seinen Vorschlag angeht, so können Sie auf zweierlei Weise reagieren.« Aristide sprach in einem recht zufriedenen Ton, der Catherine nicht zusagte. »Die deutschen Offiziere mögen ja sonst sein, wie sie wollen, aber Frauen gegenüber verhalten sie sich im allgemeinen anständig. Sie brauchen ihm nur anzudeuten, daß es für Sie sehr peinlich wäre, mit ihm gesehen zu werden, und dann wird er Sie vermutlich in Ruhe lassen.«

»Das wäre mir das liebste.«

»Kann ich mir denken, aber das ist nicht, was ich gerne möchte.« Catherine errötete etwas und tat, als verstehe sie nicht. Wie so oft dachte sie an Paul, und Aristides Bemerkung stimmte sie noch wehmütiger.

»Ich hätte gern, daß Sie mit ihm ausgehen.«

Catherine sah wieder Paul vor sich, wie er mit haßerfüllten Augen die Kunden des Pariser Schwarzmarktrestaurants gemustert hatte. »Ich soll also am Arm eines deutschen Offiziers durch die Stadt promenieren?« fragte sie. »Was wird man dann von mir denken?«

»Man wird denken«, versetzte Aristide in aller Gemütsruhe, »daß Sie mit einem deutschen Offizier herumhuren. Was denn sonst?«

»Nun, solche Gedanken möchte ich den Leuten ersparen.« Und Paul ebenfalls, fügte sie in Gedanken an.

Aristide zuckte die Achseln. »Zwingen, mit ihm auszugehen, kann ich Sie nicht, will ich auch nicht. Einerlei, für wie wichtig ich es halte.« Sein Lächeln zeigte, daß er ihre Einwände billigte. Seine Augen jedoch und auch der Ton seiner Stimme besagten das Gegenteil. »Wie sieht er aus?«

»Gar nicht übel.« Catherine war selbst von der Promptheit ihrer Antwort überrascht. »Nicht blond, sondern eher dunkelhäutig und schwarzhaarig. So, als hätte er spanisches Blut.«

»Dann stammt er von der Nordseeküste, Hamburg oder Bremen.« Aristide hörte das gern. Einen kleinen feisten Glatzkopf hätte er ihr gewiß nicht verkaufen können. »Die meisten dieser Offiziere stammen aus dem Norden. Es sind Nachfahren der Hanseaten, Menschen, die vom Meer geprägt sind. Sonderbarerweise sind wir entfernt verwandt mit ihnen.«

»Trotzdem ist mir der Gedanke zuwider, mit ihm auszugehen, Aristide. Erklären Sie mir zumindest, weshalb Sie solchen Wert darauf legen, und verzichten Sie auf den obligaten Hinweis auf Mata Hari.«

Aristide hob eine Schulter, stand auf und ging hin und her. »Ich weiß selber nicht, ob und warum es wichtig ist, daß Sie sich den Mann warmhalten. Vielleicht ist es ganz unwichtig – wer weiß? Wir wissen nichts von ihm, nicht, woher er kommt, nicht, welche Funktion er in der Batterie wirklich hat. Wir wissen auch nichts über seine Ideologie – wenn er eine hat. Und vor allem wissen wir nicht, was er weiß. Erst wenn wir darüber im Bilde sind, können wir beurteilen, ob er für uns wichtig ist, Denise.«

»Aristide, wir sind nicht in Paris, und es sind nicht Friedenszeiten. Heutzutage verkauft man seine Seele für eine reichliche Mahlzeit. Und er geht nicht mit mir aus, um an mir sein Französisch zu üben.«

Sie hat ja nur allzu recht, dachte Aristide. Heutzutage geben sich die Frauen nicht im Bett hin, sondern in unserer verdrehten Welt unter der Besatzung tun sie es an einem Tisch im Restaurant, angesichts eines wohlgefüllten Tellers. »Nicht jeder, der ein hübsches Mädchen zum Essen ausführt, landet in ihrem Bett, Denise. Wäre das der Fall, dann verliefe mein Leben sehr viel angenehmer, als dies der Fall ist.«

Aristide setzte sich und steckte eine stinkende Gauloise in Brand. In einem distanzierten Ton, der zu besagen schien, er behandele eine rein akademische Frage, fuhr er fort: »Ich möchte Ihnen sagen, weshalb es für uns sehr wertvoll sein könnte, wenn Sie eine Flasche Wein mit diesem Herrn trinken. Zum ersten steht fest, daß ein Kommandounternehmen, wie von London vorgeschlagen, fehlschlagen müßte. Zum zweiten scheidet ein Luftangriff aus. Es bleibt also an der Marine hängen, diese Geschütze zu vernichten, auch wenn die Admiralität noch so jammert. Es sei denn . . .«

»Es sei denn?« Catherine machte sich nicht die Mühe, ihr Mißvergnügen zu verbergen.

»Es sei denn, wir drei hier in diesem Zimmer Versammelten kommen auf eine vierte Möglichkeit.«

»Aha. Ich soll wohl mit diesem Deutschen ins Bett gehen und ihn so verrückt machen vor Gier, daß er mir zuliebe seine Kanonen in die Luft jagt? Was würde London wohl dazu sagen?«

»London würde sagen, was es in solchen Fällen immer sagt: ›Wir überlassen das ganz Ihrem Urteil.‹ Bitte, Denise, halten Sie mich nicht für so naiv. Eine so ausgefallene Lösung des Problems würde ich wahrlich nicht vorschlagen. Ich möchte vielmehr als Chef dieser Widerstandsgruppe sagen, daß wir uns einer möglicherweise ergiebigen Situation gegenübersehen – daß wir mindestens prüfen müssen, ob wir Nutzen ziehen können aus ihr. Das ist nicht auszuschließen. Mehr nicht. Dieser Deutsche kann gesprächsweise eine Bemerkung fallenlassen, die uns auf eine Idee bringt, wie wir die Londoner Pläne verbessern können. Wenn auch nicht in der von Ihnen erwähnten dramatischen Manier.«

Aristide tat einen tiefen Zug aus seiner Zigarette; er glaubte, ihr Schweigen deute darauf hin, daß ihr Widerstand nicht mehr ganz so glühend war wie zuvor. »Ich begreife Sie sehr gut. Überlegen Sie doch mal, jeden Tag im Rathaus krieche ich vor den *boches* auf dem Bauch, und ich verabscheue jede Minute.« Er schob das mit einer Handbewegung weg. »Sie müssen unbedingt weiter in der Batterie die Waschfrau spielen, vergessen Sie das nicht, und wenn Sie ihm etwas entgegenkommen, könnte das Ihre Lage erleichtern. Doch wie auch immer, entscheiden sollen Sie sich jetzt nicht. Überschlafen Sie es erst mal. Wann haben Sie wieder Funkkontakt zu London?«

»Morgen vormittag um halb elf.«

»Pierrot kommt um halb zehn, er soll ein Auge auf die Funkpeilwagen haben, während Sie auf Sendung sind.«

»Da wäre noch was, Aristide.«

»Wegen des Deutschen?«

»Nein. Wegen des Funkgerätes. Ich habe bislang alle Sprüche von meiner Wohnung abgesetzt. In London wurden wir aber strikt angewiesen, den Standort häufig zu wechseln wegen der *gonio*.« (So nannte die Résistance die *camions goniométriques,* die Wagen der Funküberwachung.)

»Ich weiß«, seufzte Aristide. »London hat den Perfektionswahn und kann ihn sich leisten. Wir leider nicht. Wenn Sie wollen, dürfen Sie gern von hier aus senden, auch von Pierrot aus, nur ist das Risiko, auf der Straße mit einem Koffer durchsucht zu werden, so groß, daß ich offen gestanden nichts davon halte.«

»Und was glauben Sie, wie lange ich mich halten kann, wenn ich ständig vom selben Standort sende?«

Ihre Frage bewirkte, daß Aristide erneut in tiefes Nachdenken verfiel. »Ich sagte Ihnen schon bei Ihrer Ankunft: Ihr Job ist der riskanteste, den wir haben, und Sie sind hier in der am meisten gefährdeten Gegend des Landes. Was kann ich mehr sagen als dies?«

Irgendwo da draußen, auf einem einsamen Feldweg, in einer menschenleeren Gasse, verborgen hinter einer Mauer auf einem ruhigen Innenhof, saß, wie Catherine nur allzu gut wußte, ein geduldiger Deutscher an seinem Funkpeilgerät, die Kopfhörer auf den Ohren, die Hand an der Feinabstimmung seines Gerätes. Ein Jäger, der ausdauernd und umsichtig seine Beute beschleicht. Und diese Beute bin ich, dachte Catherine. Das war ein wenig vergnüglicher Gedanke, und doch hielt sie an ihm fest. Er sollte ihr helfen, gegen eine gewisse Unbedachtheit, eine Neigung, übereilt zu handeln, anzukämpfen, die ehedem ihre Eltern und später ihre Liebhaber an ihr bemängelt hatten. Es stimmte schon, sie war in dieser Hinsicht gefährdet, und bei ihrer jetzigen Aufgabe durfte sie dieser Schwäche auf keinen Fall nachgeben. Wer als Funker der Résistance überleben wollte, der mußte sich peinlich genau an alle Regeln halten, und ihr war alles willkommen, was sie an diesen Sachverhalt erinnerte, auch der Gedanke an den lauernden Jäger.

Es war jetzt 10 Uhr 20. Catherine rieb die Hände aneinander, wie man an einem kalten Wintertag die Hände über dem Kaminfeuer wärmt. Das war teils ein nervöser Reflex, teils diente es der Vorbereitung auf die Arbeit mit der Morsetaste. Pierrot stand schon am Fenster und beobachtete die Straße. Daß sie mit ihrem Sender mitten in der Stadt saß, hatte auch seine Vorteile. Nur neun französische Fahrzeuge – fünf Personenwagen und vier Lastwagen – hatten eine Sondergenehmigung, die ihnen erlaubte, in der Stadt herumzufahren, und daß ausgerechnet in ihrer Gasse eines dieser neun Fahrzeuge erschien, während sie auf Sendung war, schien so gut wie ausgeschlossen. Sie war sich mit Pierrot darin einig, daß ein Lkw, falls er auftauchte, unbedingt als einer der deutschen Funküberwachung betrachtet werden müsse.

Das Gerät stand auf dem Tisch, angeschlossen an die Steckdose. Die Antenne, ein 15 Meter langes, grün isoliertes Kabel, ringelte sich wie eine Schlange am Boden. Auch das war ein Vorteil, den Calais bot: Catherines Gegenstelle in Sevenoaks war keine hundert Meilen entfernt und hatte daher keine Schwierigkeiten, ihr Rufzeichen zu empfangen. Andere SOE-Funker, die aus den Seealpen oder aus dem Südwesten des Landes sendeten, mußten ihre Antennen im Freien befestigen, was die Gefahr erhöhte, entdeckt zu werden.

Catherine gähnte, und auch das war ein Zeichen der nervösen Spannung, von der sie stets befallen wurde, bevor sie einen Funkspruch absetzte. Sie reckte sich, lächelte Pierrot an und musterte zum x-tenmal alles, was sie vor sich auf dem Tisch angeordnet hatte. Ihr Zubehör war so sorgfältig ausgelegt wie das Operationsbesteck eines Chirurgen. Außer dem Netzstecker war eine 6-Volt-Trokkenbatterie mit dem Gerät verbunden, die über einen Kippschalter aktiviert werden konnte, wenn der Netzstrom ausfiel. Ferner stand eine brennende Nachttischlampe auf dem Tisch. Auch das hatte seinen Grund. Sobald die Funküberwachung ein Gerät eng genug eingekreist hatte, wurden die in Frage kommenden Häuserblocks systematisch durchkämmt, nachdem man jeweils ohne Vorankündigung die Hauptsicherungen herausgedreht hatte. Brach dann der Funkverkehr sozusagen mitten im Wort ab, wußten die Überwacher, in welchem Haus das Gerät stand. Verlosch Catherines Lampe, während sie einen Spruch absetzte, betätigte sie den Kippschalter für die Batterie, und es entstand in der Übermittlung nur eine winzige Pause, die der Überwachung durchaus entgehen konnte.

Neben der Lampe stand ein großer Küchenwecker und daneben vier ihrer fünf Oszillatoren in der Reihenfolge, in welcher sie sie verwenden wollte. Die Kristalle waren in Bakelitgehäuse eingeschweißt, die ihrerseits wie gewöhnliche Stecker ausgebildet waren und auch so ins Gerät eingesetzt wurden. Jeder hatte eine Nummer, und wenn Catherine ihrer Gegenstelle ankündigen wollte, daß sie einen Frequenzwechsel beabsichtigte, brauchte sie nur die Nummer durchzugeben und den Oszillator zu wechseln. Ihre Gegenstelle in Sevenoaks hatte selbstverständlich eine Liste mit den Nummern und Frequenzen vor sich. Während die sich also in Sekundenschnelle auf die neue Frequenz einstellen konnte, mußte die deutsche Funküberwachung wieder ganz von vorn mit der Suche beginnen.

Vor ihr, verschlüsselt in Fünfergruppen auf kariertem Papier, wie es Schüler für ihre Rechenaufgaben benutzen, lag der abzusetzende Spruch; nicht auf einem einzigen Blatt, sondern in schmale Streifen zerschnitten, die sie, sollte sie entdeckt werden, noch im letzten Moment verschlucken könnte. Zum Glück war Aristide, wenn es um die zu übermittelnden Botschaften ging, ein Geizhals mit Wörtern. Manche Gruppenchefs warfen mit Worten um sich wie Matrosen beim Landgang mit Geld; für ihre Funker waren sie eine wahre Heimsuchung, denn je länger ein Gerät sendete, desto größer war die Wahrscheinlichkeit, daß es von den Deutschen geortet werden konnte.

Es war jetzt 10 Uhr 25. Catherine nickte Pierrot zu und setzte die Kopfhörer auf. Sie betätigte suchend die Feinabstimmung und empfing gleich darauf laut und deutlich ihr Rufzeichen »BNC ... BNC ... BNC ...«, das Sevenoaks unermüdlich in den Äther schickte. Dieser Ruf hatte für Catherine etwas sonderbar Beruhigendes, er war eine Verbindung zu ihrer nie gesehenen Gegenstelle, zu England, zur Geborgenheit. Sie suchte mit dem Drehkondensator die optimale Einstellung. Zum Glück wurde ihre Frequenz nicht von einem Fremden überlagert, nicht von deutschen Nachrichtenabteilungen bei einer Übung, nicht von einem holländischen Frachter in der Scheldemündung.

Die Zeiger des Weckers wiesen auf 10 Uhr 30. Catherine verkrampfte sich, atmete langsam aus, um sich zu entspannen, und funkte ihrerseits ein halbes dutzendmal ihr Rufzeichen BNC. Dann ging sie auf Empfang.

»QSL ... QSL ... QSL« antwortete Sevenoaks. »Empfangen Sie laut und klar.« Catherine warf einen Blick auf die Uhr, rieb noch einmal die Hände gegeneinander, ging auf Sendung und legte den Zeigefinger auf die Taste. Sekunden später war sie wie in einer anderen Welt, ganz auf ihre Hand und die Buchstaben konzentriert, die sie in Morsezeichen übersetzte. Schnell und präzise jagte sie eine Fünfergruppe nach der anderen durch den Äther, fügte die Kontrollzahl zwischen der vierten und fünften, die zweite Kontrollzahl zwischen der fünften und sechsten Gruppe ein. Sie arbeitete methodisch, zwang sich zu einer Gelassenheit, von der sie weit entfernt war, achtete nicht auf die zunehmende Versteifung ihrer Muskulatur, nicht auf die Schweißtropfen, die ihr den Rücken hinunterliefen. Genau um 10 Uhr 40 kündigte sie Sevenoaks einen Frequenzwechsel an, ersetzte den Oszillator im Gerät durch einen anderen.

Langsam, aber stetig pflügte sie sich durch Aristides Fünfergruppen. Sie nahm nichts wahr außer der brennenden Lampe und dem Rhythmus ihres Fingers. Nebenher achtete sie auf ein pfeifendes Echo im Kopfhörer, welches ihr anzeigen würde, daß die Funküberwachung ihr auf der Spur war.

Es war genau 11 Uhr 12, als sie den letzten Buchstaben der letzten Gruppe durchgab und mit ihrem Rufzeichen BNC schloß. Sie lehnte sich zurück, schaltete auf Empfang und horchte. Das war in vieler Hinsicht der schlimmste Moment, denn jetzt ging die Gegenstelle Gruppe für Gruppe durch, was sie empfangen hatte, und kontrollierte, ob alles richtig aufgenommen war. Falls nicht, würde man verlangen, daß sie Teile wiederholte.

Der Rücken schmerzte sie, denn wenn sie das Gerät bediente, saß sie immer steif aufgerichtet. Nach etwa drei Minuten kam die erlösende Mitteilung »QSL«. Sevenoaks hatte alles mitbekommen. Catherine sank erschöpft, aber zufrieden auf ihrem Stuhl zusammen. 42 Minuten hatte sie gesendet, der längste Spruch, den sie seit ihrer Ankunft in Calais abgesetzt hatte, und kein *Gonio* hatte sich blicken lassen. Wieder einmal hatte sie ihn überlistet, den deutschen Jäger, der ihr auflauerte und mit seinem Funkpeilgerät versuchte, ihr Versteck ausfindig zu machen.

Strömelburg war guter Laune. Der milde Frühlingswind raschelte durch die Blätter der Bäume vor den Fenstern seines Büros an der Avenue Foch. Marcel Dupré, ein großer Organist, dessen Genie er bewunderte, sollte abends in der Kirche von Saint Sulpice ein Konzert geben, das er sich unbedingt anhören wollte, und anschließend würde er Dodo aufsuchen, die rothaarige Prostituierte, die so recht nach seinem Geschmack war. Und überdies hatte er gerade eine Besprechung bei Feldmarschall Rommel in Roche Guyon hinter sich, die sehr zufriedenstellend verlaufen war.

Rommel war ein Mann nach Strömelburgs Herzen. Er zeigte Eigenschaften, die Strömelburg nur allzuoft im Offizierskorps der Wehrmacht vermißte. Zudem hatte Rommel sich in seinem Beisein nie zuvor so optimistisch über die Aussichten, eine Invasion abzuschlagen, geäußert wie diesmal. Strömelburgs Vortrag betreffend Stärke und Dislozierung der Résistance war gut aufgenommen worden, zumal er den Versammelten dargelegt hatte, daß man sich im Norden, in der Normandie und der Region Paris vor bewaffneten Kampfgruppen so gut wie sicher fühlen konnte, während die Dinge südlich der Loire weniger günstig stünden. Doch die Gebiete, die für eine Invasion in Frage kamen, die Nord- und Nordwestküste also, die seien, so hatte er berichtet, relativ frei von Widerstandskämpfern.

Ein Klopfen an der Tür unterbrach seine selbstzufriedene Betrachtung. Sonderführer Kranz kam mit einem Aktenhefter herein, und Strömelburg sagte: »Sie bringen hoffentlich was Gutes?«

»Mindestens was Interessantes, Obersturmbannführer.« Kranz reichte ihm den Hefter. »Der Wochenbericht der Funküberwachung. Mit vier neu festgestellten Sendern.«

»Hm, das war zu erwarten. Die Invasion steht praktisch vor der Tür.« Strömelburg breitete das Material auf dem Tisch aus. Zwei neue Funkstellen befanden sich in der Dordogne, wie er sah, und die mochten funken, bis sie schwarz wurden, das störte ihn nicht. In den öden Bergen war eine Funkstelle so gut wie nicht zu entdecken, und hatte man sie entdeckt, gab es unerfreulicherweise Schießereien. Dort wimmelte es von Widerständlern. Ein weiterer neuer

Sender war in Lyon festgestellt worden. Nun, das war etwas für Barbie, sollte der sich kümmern. Aber der vierte ...

»Erstmals festgestellter Sender mit dem Rufzeichen BNC im Dreieck Boulogne-Dünkirchen-St. Omer. Sender arbeitet nicht regelmäßig und wurde auf Frequenzen 6766 und 7580 Kilohertz abgehört. Sechs Sendungen aufgenommen. Sendezeit von sehr unterschiedlicher Länge, zwischen sechs und fünfzig Minuten. Möglicherweise wichtig. Aufgefangener Text zur Entschlüsselung nach Berlin weitergeleitet.«

»Wie viele Überwachungswagen sind jetzt da oben?« verlangte Strömelburg zu wissen.

»Zwei an dem neuen Sender und vier zwischen hier und Lille, Obersturmbannführer.«

»Sämtliche verfügbaren Wagen gegen den neuen Sender einsetzen«, befahl Strömelburg. Er klopfte mit dem Zeigefinger auf den Hefter. »Ich muß den unbedingt haben, Kranz. Kümmern Sie sich darum. Und schnell, wenn ich bitten darf.«

TEIL VIER

April/Mai 1944

Zwei dunkelblaue Stabslimousinen glitten durch die frühlingsgrüne englische Landschaft. T. F. O'Neill bewunderte die Schlüsselblumen, welche die Wiesen sprenkelten, die blaßblauen Glockenblumen am Rande der Bachläufe. Roch die Luft schon salzig? Der Kanal war hier schließlich kaum zehn Meilen entfernt. Hinter Tenterden bogen die Wagen von der Straße ab, fuhren durch ein offenstehendes Tor und auf ein aus Ziegeln errichtetes Herrenhaus zu.

Am Fuße der Freitreppe warteten ein amerikanischer Colonel und ein Dutzend andere Offiziere. T. F. stieg rasch aus, und aus dem nachfolgenden Wagen kletterten sein Vorgesetzter, Colonel Ridley, samt dem Ehrengast, General Sir Hastings Ismay, Churchills Stabschef. Ridley hatte T. F. wissen lassen, der Premier sei an dem Projekt *Fortitude* so interessiert, daß er Ismay beauftragt habe, selber einen Blick auf das 3101. US Signal Service Battaillon zu werfen, einen der wesentlichen Akteure bei diesem Projekt. Ridley hatte darauf bestanden, daß sein amerikanischer Verbindungsoffizier, also T. F., den General begleitete. Die tausend Offiziere und Mannschaften des Battaillons waren jetzt seit etwas mehr als einem Monat damit beschäftigt, den Funkverkehr von zehn Divisionen, drei Armeekorps, dem Stab einer Heeresgruppe und dieser Heeresgruppe selbst abzuwickeln, insgesamt also mehr als eine Viertelmillion nicht vorhandener Kampftruppen, und das alles zu Nutz und Frommen der deutschen Abhörstellen jenseits des Kanals.

Ismay schritt elastisch die Stufen hinauf und in den Lageraum, der eigens für diesen Zweck vorbereitet worden war. Eine Kasinoordonnanz reichte ihm Tee, doch winkte er barsch ab. Er hatte an anderes zu denken. Der amerikanische Oberst erstieg ein kleines Podest und wollte, mit einem Zeigestock wohlversehen, dem hochgestellten Besucher Vortrag halten. Ismay indessen hatte nicht die Absicht, sich anzuhören, was die Amerikaner ihm zu Gehör zu bringen wünschten; sein oftmals schwieriger Umgang mit Churchill hatte ihn wenigstens eines gelehrt, nämlich, wie man spornstreichs zur Sache vorstößt.

»Ich möchte vor allem eines hören, Colonel. Wie kommen Sie zu der Annahme, daß die Deutschen Ihren vorgetäuschten Funkverkehr für echt halten?«

Der Colonel stellte den Zeigestock so behutsam hin, wie ein Mann, der ein Bein gebrochen hat, zum ersten Mal die Krücke aus der Hand legt. »Sir«, sagte er sodann, »alle in England befindlichen amerikanischen Einheiten – also Divisionen, Regimenter und Bataillone – haben Befehl, uns täglich eine Aufstellung ihres abgewickelten Funkverkehrs zu übermitteln, aufgeschlüsselt nach ein- und ausgehenden Funksprüchen, nach solchen im Klartext, nach verschlüsselten, nach solchen über Funk und solchen über Sprechfunk. Weiter aufgeschlüsselt nach dem Inhalt anhand von zehn Kriterien, die wir aufgestellt haben. Wir gehen davon aus, daß die Deutschen diesen Nachrichtenverkehr abhören. Deshalb gleichen wir unsere vorgetäuschten Funksprüche an unsere vorgetäuschten Einheiten im Inhalt den wirklichen an. Wir wissen, wie viele Sprüche ein Regimentsgefechtstand im Laufe von 24 Stunden herausgehen läßt, was sie vermutlich enthalten und für wen sie bestimmt sind. Unser vorgetäuschter Nachrichtenverkehr basiert also auf einem echten Vorbild.«

Um zu vermeiden, daß Ismay ihn mit einer weiteren Frage in Verlegenheit brächte, wandte der Colonel sich einer graphischen Darstellung auf einer Staffelei zu und versuchte, mit diesem Kunstgriff festen Boden unter die Füße zu bekommen. »Innerhalb des Projektes *Fortitude* trägt unser eigenes Projekt den Tarnnamen *Quicksilver* und hat den Auftrag, durch vorgetäuschten Funkverkehr glaubhaft zu machen, daß sich die nicht existierende 1. US-Heeresgruppe zu einer Invasion Frankreichs im Südosten Englands versammelt. Die Heeresgruppe besteht angeblich aus zwei Armeen, der Ersten kanadischen und der Dritten US-amerikanischen.«

»Das weiß ich längst«, unterbrach ihn Ismay unwirsch. »Werden die Funksprüche alle von hier aus abgesetzt?«

»Nein, Sir. Hier wird alles auf Standardschallplatten aufgenommen, und diese werden von Funkwagen abgespielt, die dauernd unterwegs sind.«

»Ist das nicht etwas zu perfekt?«

»Unsere Leute machen bei den Aufnahmen gelegentlich Fehler, Sir, und falls die ungefährlich sind, lassen wir sie drin.«

»Und wenn die Platten unterwegs auf unseren holprigen Straßen zerbrechen?«

»Dann haben wir Ersatz, Sir. Wir nehmen alles doppelt auf.«

T. F. grinste. Daß Churchill seinen Stabschef persönlich entsandt hatte, lag wohl daran, daß er den Amerikanern nicht zutraute, ihre Rolle in *Fortitude* überzeugend zu spielen. Dieser Oberst da belehrte ihn nun eines anderen.

»Wie viele Fahrzeuge sind zu diesem Zweck unterwegs?«

»Wir haben 17 Gruppen in Aktion, Sir, jede mit zwei Funkwagen und zwei Jeeps, fünf Funkern, drei Verschlüßlern, einem Stimmenimitator, fünf Infanteristen als Begleitung und drei Technikern. Jede Gruppe kann fünf Schaltgruppen imitieren, insgesamt also 85.« Er wandte sich einer Landkarte von Südostengland zu. »Unsere Funkwagen bewegen sich in dem Dreieck Ipswich – Brighton – Ramsgate.«

»Sie verschwenden doch wohl keine Zeit damit, sinnvolle Funksprüche zu verschlüsseln?«

»Selbstverständlich tun wir das, Sir. Falls die Deutschen unseren Code knacken, sollen sie nicht gerade ›Maria hat ein kleines Lamm‹ lesen, wenn sie statt dessen was über die Dispositionen unserer Panzer zu lesen erwarten.«

Ismay bedachte den Oberst mit einem Lächeln. »Angeblich hat jeder Funker seine eigene Handschrift, stimmt das?«

»Ganz allgemein gesprochen trifft dies zu, Sir.«

»Wie vermeiden Sie dann, daß die Deutschen merken, daß insgesamt nur eine gute Handvoll Funker an den Geräten sitzen und den Verkehr von 85 Schaltgruppen bewältigen?«

»Unsere Funker sind über ein Jahr lang darin ausgebildet worden, mehrere solche ›Handschriften‹ zu imitieren, bis zu einem Dutzend. Wenn sie hier im Keller Aufnahmen machen, wechseln sie immer wieder die Handschrift.«

T. F. atmete erleichtert auf, als er diese Antwort hörte.

»Wir haben hier auf dem Gelände einen unserer Funkwagen, Sir«, fuhr der Colonel fort. »Vielleicht möchten Sie sich den mal ansehen?« Die Besichtigung des geräumigen Fahrzeugs mit seiner technischen Einrichtung – den Verstärkern, Oszillatoren, Abspielgeräten und Stapeln von Schallplatten samt einem beträchtlichen Vorrat an Saphiren – dauerte eine gute Viertelstunde. Ismay wandte sich sodann an einen schlaksigen Corporal, der am Kotflügel lehnte und so lässig wirkte, wie das ein britischer Soldat in Gegenwart hoher Offiziere niemals gewagt haben würde, und fragte in dem herablassenden Ton, den Stabsoffiziere gegenüber Mannschaftsdienstgraden gerne benutzen: »Was sind Sie denn im Zivilleben, mein Sohn?«

»Ich war Schauspieler, Sir.«

»Schauspieler?« Der General war perplex.

»Ganz recht, Sir. Am Brodway. Ich habe die Hauptrolle in ›Bury the Dead‹ einstudiert.«

»Flanagan ist ein perfekter Stimmenimitator«, erklärte der Colonel. »Er bedient in diesem Funkwagen das Sprechfunkgerät. Das Battaillon verfügt zu diesem Zweck über zwanzig gelernte Schauspieler.«

Ismay schaute ihn verdutzt an.

»Ein Teil des Nachrichtenverkehrs wird über Sprechfunk abgewickelt, Sir«, erklärte der Colonel weiter. »Und weil wir dem Feind vormachen wollen, daß wir jede Menge Leute an den Geräten haben, benutzen wir Schauspieler. Zeigen Sie dem General mal, wie Sie das machen, Flanagan.«

Während T. F., Ismay und Ridley fasziniert lauschten, gab Flanagan eine Probe seines Könnens, indem er alle nur erdenklichen Akzente imitierte, die in den verschiedenen Landesteilen der USA gesprochen wurden. Dies sei nur ein Teil seines Repertoires, versicherte der Colonel, und er unterhalte damit täglich seine deutschen Zuhörer jenseits des Kanals.

»Höchst erstaunlich«, bemerkte Ismay. »Was Sie hier machen, ist sehr beeindruckend.« Seine Bewunderung war echt, wenn auch widerwillig. »Die Frage ist nur, ob die Herren da drüben alles mitbekommen, was Sie hier treiben?«

Ridley stimmte zu. »Das zu erfahren wäre wirklich interessant, aber auf die Antwort werden wir wohl warten müssen. Wir haben allerdings Anhaltspunkte dafür, daß sie unseren gesamten Nachrichtenverkehr abhören, und zwar äußerst geschickt. Und eben deshalb legen sie darauf auch großen Wert.« Ridley schien etwas einzufallen. »Einer dieser Funkwagen sendet in der Nähe von East Durham, er imitiert den Funkverkehr einer motorisierten Division, und die Luftwaffe hat kürzlich einen Nachtangriff auf seinen Standort geführt. Leider sind dabei etliche Zivilisten umgekommen. Es könnte sein, daß sie es auf diese Division abgesehen hatten. Sie kommen jetzt ja nur noch sehr selten.«

»Das könnte allerdings sein«, stimmte Ismay zu. Kurz darauf bestieg er seine Limousine und kehrte nach London zurück. T. F. folgte mit Ridley eine halbe Stunde später. Eine Weile fuhren die beiden Herren schweigend, denn T. F. verspürte keine Neigung, seinen Chef in den Gedankengängen zu unterbrechen, die diesen augenscheinlich beschäftigten. Erst als Ridley ihn um eine Zigarette bat, ergriff er die Gelegenheit, auf den von Ridley erwähnten Luftangriff zu sprechen zu kommen.

»Schlimm, daß die Zivilisten dran glauben mußten, bloß weil wir mit einem unserer eigenen Funkwagen das Vorhandensein eines Divisionsstabes vorgetäuscht haben, finden Sie nicht, Sir?«

Ridley schaute ihn mit jenem abweisenden Ausdruck an, den T. F. schon während der Einweisung in seinem Kellerraum an ihm bemerkt hatte. »Finden Sie?« fragte er. »Nun, das ist es wohl.« Er sog den Rauch der amerikanischen Zigarette, die T. F. ihm gegeben hatte, tief ein und hustete.

»Ziemlich stark, Ihr Tabak, Major. Im übrigen müssen Sie sich mal eines klarmachen: Niemand und nichts ist so kostbar, daß ich ihn oder es nicht mit Vergnügen dem Teufel verkaufen würde, wenn der mir dafür garantiert, daß die 15. deutsche Armee nördlich der Somme stehenbleibt, wenn wir in der Normandie landen.«

Die Luft in Nôtre-Dame de Calais war so feucht, daß Catherine Pradier das Gefühl hatte, ihre Wangen würden naß; und das Licht war so gedämpft, daß man hätte glauben können, durch dunkle Gläser zu sehen. Sie tauchte die Fingerspitzen in das aus Stein gehauene Weihwasserbekken am Portal und bekreuzigte sich. Das Wasser fühlte sich kühl an auf ihrer Stirne. Den Blick auf die vor dem Seitenaltar brennende rote Kerze gerichtet, ging sie den Mittelgang hinunter und entdeckte in der dritten Reihe Aristide, der auf den Hochaltar starrte wie vertieft in eine Meditation. Sie glitt neben ihm in die Bank und kniete, wie um zu beten.

Nachdem sie sich gesetzt hatte, flüsterte sie: »Stellen Sie sich vor, Ihr Deutscher ließ sich nicht davon abbringen, mit mir auf den Boulevard Lafayette zu Aux Amis de la Paix zu gehen. Dort sieht man fast niemals Deutsche. Die *zazous,* die da mit ihren pomadisierten Haaren und den ausgebeulten Hosen rumsaßen, hätten mich am liebsten zerrissen.« Die Erinnerung an die haßsprühenden Blicke ihrer jungen Landsleute ließ ihre Stimme geradezu schrill klingen. »Warum gehen die Deutschen ausgerechnet hin, wo sie nicht willkommen sind?«

»Wo sollen sie sonst hingehen?« Aristide genoß seinen Scherz sichtlich. »Haben Sie was erfahren, Denise?«

»Nicht übermäßig viel. Sie haben recht, er kommt aus Bremen. Heißen tut er Metz, Lothar Metz. Sein Vater hat im vorigen Krieg bei der Marine gedient.«

»Das ist da so Tradition. Und weiter?«

»Verheiratet, zwei Kinder. Er hat mir Fotos von ihnen gezeigt. Eine ulkige Art, Frauen zu verführen, finden Sie nicht?«

»Unter den gegebenen Umständen brauchen diese Leute sich nichts besonders Originelles einfallen zu lassen. Hat er die Batterie erwähnt?«

»Er scheint in die Geschütze förmlich verliebt zu sein. Jedes hat einen Namen – Anton, Bruno, Caesar. Er gehört zu ›Bruno‹. Sie haben auch ein eigenes Motto. Raten Sie mal, was das ist.«

»Wie kann ich das?«

»Wir Deutschen fürchten Gott und sonst nichts auf der Welt.«

Aristide betrachtete das Kruzifix über dem Altar. »Hm. Gott und den russischen Winter«, murmelte er.

»Die Geschütze sind so groß, daß sie von zehn Männern bedient werden müssen. Von Hand lassen sie sich überhaupt nicht bewegen, nur durch Motoren.«

»Davon habe ich schon gehört.« Sein Blick kehrte auf die im Schoß gefalteten Hände zurück, die ihm das Aussehen eines ältlichen Beters gaben, der in der Klemme steckt und um himmlischen Beistand fleht.

»Er behauptet, die Engländer haben keine Aussicht, hier an Land zu gehen, solange die Kanonen noch feuern können. Angeblich würden sie alle englischen Schiffe glatt aus dem Wasser pusten.«

»Da hat er gewiß recht, und nur deshalb liegt uns Cavendish so in den Ohren, die Batterien unschädlich zu machen.«

»Mächtig nannte er die Geschütze. Mächtig. Und das wiederholte er mehrmals. Er klang wie ein Schulknabe, der den starken Mann aus dem Zirkus bewundert.«

Catherine spürte Aristides spöttisches Lächeln, als sie ihn sagen hörte:

»Ja, Macht ist etwas, das unsere teutonischen Nachbarn bewundern.«

Ihre Augen hatten sich jetzt an die herrschende Dämmerung gewöhnt, und sie sah den Priester, der hinter dem Altar hervorkam. Er kniete vor der Kerze, legte eine purpurne Stola um die Schultern und verschwand linkerhand in einem Beichtstuhl. Sie hörte das leise Rauschen, als er den Vorhang zuzog. Ganz gut ausgedacht, überlegte Catherine. Sie und Aristide konnten falls nötig für Gläubige gelten, die darauf warteten, die Beichte ablegen zu können. Sie dachte an den mitfühlenden Priester und seine Suppenküche. Waren die Geistlichen von Calais womöglich im Bunde mit Aristide?

»Was hat er vom Tagesablauf in den Stellungen erzählt?«

»Nichts, was uns weiterhilft. Die Offiziere und die

Mannschaften essen getrennt, aber für beide wird dasselbe gekocht. Die Hauptmahlzeit nehmen sie mittags. Abends gibt es sogenannte Kaltverpflegung – Wurst, Brot, Margarine. Die Offiziere kaufen zusätzliche Nahrungsmittel auf dem schwarzen Markt in Sangatte – Gemüse und Fleisch. Und selbstverständlich Wein und Cognac. Vielleicht könnten wir die vergiften?«

»Lachhaft, Denise. Was hat er sonst noch erzählt?«

»Da muß ich nachdenken.« Zur ihrer Ausbildung hatte es nicht gehört, sich genau den Ablauf ganzer Gespräche zu merken. »Für die Mannschaften gibt es eine Kantine, wo sie Bier und Schnaps kaufen können. Der Tag ist in drei Achtstundenschichten eingeteilt. Nachtausgang gibt es für die Mannschaften nicht. Die Offiziere kriegen hin und wieder Nachturlaub. Er hatte keinen, kriegt aber am Donnerstag welchen. Da will er mit mir ausgehen.«

»Welche Funktion hat er in der Batterie?«

»Er ist Ingenieuroffizier. Elektrotechnik.«

»Das ist nun wirklich interessant. Wie hat er Ihnen gefallen – ich meine so persönlich?«

»Er hat gute Manieren. Fühlt sich vermutlich einsam. Ein feuerspeiender Nazi scheint er nicht zu sein. Es hat mir jedenfalls nicht gefallen, entdecken zu müssen, daß auch der Feind menschliche Züge hat.«

»Selbstverständlich hat er.« Sogar in dem matten Licht konnte sie sehen, wie Aristides Gesicht sich vor Haß verzerrte. »So menschliche wie der Tiefflieger, der Sie und Ihre Mutter mit dem MG beschossen hat. Der vergißt bestimmt nie, seiner Mutter Blumen zum Geburtstag zu schicken. Falls Ihnen je Zweifel kommen und Sie zur Nachsicht neigen sollten, denken Sie an den.« Aristide rutschte auf der Bank hin und her und seufzte. »Sie haben sich wieder mal bewährt, Denise. Daß er Elektroingenieur ist, könnte nützlich für uns sein. Und am Donnerstag sollten Sie wohl mit ihm ausgehen.«

Catherine schnitt eine Grimasse, doch nahm er das nicht zur Kenntnis. »Pierrot sagt Ihnen morgen vormittag endgültig Bescheid. Warten Sie noch etwas, bevor Sie gehen.« Damit trat er aus der Bank, verneigte sich und ging. Catherine blieb reglos sitzen und lauschte seinen sich entfernenden Schritten. Wer weiß, dachte sie spöttisch, ob es nicht angebracht wäre, schon vorsorglich um Vergebung zu bitten für eine Sünde, die ich vermutlich werde begehen müssen?

Außer Atem von der anstrengenden Kletterei ließ Aristide sich auf dem grasbewachsenen Mont Roty nieder, der steil über der Küstenstraße von Calais nach Boulogne aufragt. Hier war er vor dem Krieg oft gewesen, hatte mit Freundinnen gepicknickt, sie mit seinen Erzählungen von Philip VI. unterhalten, der hier im Jahre 1347 auf dem Marsch nach Calais lagerte, das er entsetzen wollte; auch von Cäsar und Caligula, die von hier aus die Klippen der am weitesten im Norden gelegenen Provinz ihres Reiches betrachtet hatten, die sich über dem Meer abzeichneten. Damals, im Frieden, hatte Aristide am *Collège de la Rue Leveux* in Calais Philosophie gelehrt, doch seine Liebe galt seit je der Geschichte. Er starrte nun auf das schiefergraue Wasser des Kanals zu seinen Füßen. Wie viele Flotten hatten nicht im Laufe der Jahrhunderte diese wichtige Meerenge befahren: römische Galeeren und britische Galleonen; napoleonische Linienschiffe und jene Motoryachten, die eine besiegte Armee vom Strande Dünkirchens auflasen und nach England retteten. Die langen Winterstürme waren vorüber, und der Frühling legte eine beschwichtigende Hand auf die kabbelige See. Hin und wieder wehte die Brise schaumige Gischt herauf, und die weißen Klippen von Dover, die ehedem die römischen Legionen in Erstaunen versetzt hatten, waren gerade noch sichtbar. Der Weg hinüber schien glatt. Kein Zweifel, die Jahreszeit für eine Invasion war angebrochen.

Der Anblick eines Menschen, der sich den Hang heraufquälte, unterbrach solche Meditationen. Es ist doch erstaunlich, dachte Aristide, wie das sich wendende Kriegsglück die Einstellung vieler meiner Landsleute zur Résistance verändert hat. Noch zwei Jahre zuvor hätte dieser Mann, der da angekeucht kommt, meine Aufforderung, zu einer kleinen Unterhaltung herzukommen, ignoriert, mich schlimmstenfalls sogar bei den Behörden angezeigt. Jetzt aber, da der Sieg der Alliierten abzusehen ist, kann er sich vor Eifer gar nicht lassen.

Aristides Gedanken gingen zurück in das Jahr 1942, als er der Résistance beigetreten war. Sein Vater war in Lens Grubenarbeiter gewesen, bis die kranke Lunge ihn nötigte, übertage zu arbeiten. In Calais hatte er im Auftrag der kommunistischen Gewerkschaft die Arbeiter organisiert. Im November 1941 war sein Vater unter den ersten, welche bei der Jagd auf Kommunisten im Pas de Calais von den Deutschen verhaftet wurden, und zwei Monate später gehörte er zu den Geiseln, die als Vergeltung für den Mord an einem deutschen Soldaten in Lille erschossen wurden. Damals verrichtete Aristide schon gelegentlich Hilfsdienste für die Résistance; seiner Meinung nach war er seines Alters und seiner schwachen körperlichen Konstitution wegen zu mehr nicht nütze. Als der legendäre Captain Tortobas von der SOE, der die Résistance im Norden anleitete, ihm anbot, eine schwierigere Aufgabe zu übernehmen, sagte er auf der Stelle zu. Zunächst einmal wurde er nach England geflogen und dort sechs Wochen lang ausgebildet. Zurückgekehrt, gab er seine Stelle als Lehrer auf und übernahm einen Posten bei der Stadtverwaltung von Calais, der ihm Gelegenheit bot, jene Papiere zu beschaffen, die man benötigte, wollte man sich im Sperrgebiet an der Küste bewegen.

Er hatte Zugang zu den Akten der Behörde, konnte sich auch im voraus über manche von den Deutschen geplante Maßnahme unterrichten, fand auch Gelegenheit, sich mit der Vergangenheit jenes Mannes vertraut zu machen, der da zu ihm heraufkletterte.

Pierre Paraud war 54 Jahre alt, verheiratet, Vater zweier Kinder und seit zwölf Jahren Angestellter der Bethunoise, jener privaten Elektrizitätsgesellschaft, welche den Nordwesten Frankreichs mit Strom versorgte. Seit Mai 1939 leitete er die Geschäfte der Gesellschaft im Pas de Calais. Die Deutschen, deren Strombedarf wegen der Befestigungsbauten an der Küste ständig stieg, waren auf die Mitarbeit der Bethunoise und ihrer leitenden Techniker wie Paraud angewiesen. Einige wenige hatten lieber die Stellung aufgegeben, als sich der Besatzungsmacht zur Verfügung zu stellen, aber nicht Paraud. Wie so viele Franzosen war er ein zwar widerwilliger, aber gleichwohl echter Kollaborateur, bereit zu tun, was ihm aufgetragen wurde, sich anzupassen, den Lebensunterhalt für seine Familie auch weiterhin in gewohnter Weise zu verdienen. In den nächsten Monaten, dachte Aristide, werden Leute wie Paraud dringend Persilscheine brauchen. Und er war bereit, Paraud zu einem zu verhelfen – für einen Gegendienst.

Sie gaben einander die Hand und setzten sich ins Gras. Aristide bot dem keuchenden Paraud zu rauchen an und sagte dabei: »Eine herrliche Aussicht, nicht wahr?« und deutete auf die englische Küste. »Fragen Sie sich nicht manchmal, was die da drüben eigentlich machen? Und was die denken, wenn sie auf den Kreideklippen stehen und zu uns herüberschauen?«

»Nein.« Paraud zuckte leicht die Achseln, so als wolle er solche Gedanken Aristide überlassen. »Wenn ich da rüberschaue und mir vorstelle, was geschehen wird, habe ich bloß Angst. Ich denke an die Verwüstungen, welche uns bevorstehen mit der Befreiung.«

Wie hübsch, dachte Aristide, da gibt er mir ja gleich den richtigen Aufhänger. »Tja, die schöne Aussicht wird uns teuer zu stehen kommen, und das nicht zum ersten Mal.« Er gönnte Paraud ein Lächeln und zugleich einen seiner scharf prüfenden Blicke, der auch Catherine bei ihrer ersten Begegnung mit ihm aufgefallen war. »Und nicht nur mit Verwüstungen werden wir die Befreiung bezahlen müssen, es werden auch noch andere Rechnungen aufgemacht werden.« Das klang schon bedrohlicher.

Paraud konnte hiernach nicht mehr im Zweifel darüber sein, was Aristide im Sinn hatte. Der gestikulierte lässig mit der Zigarette und fuhr fort: »Aber warum uns jetzt darüber den Kopf zerbrechen? Ich hätte nur gern einige Fragen an Sie gerichtet, auf die mir die Antworten fehlen. Ganz privat selbstverständlich. Ganz unter uns. Ich vergesse übrigens nicht«, fuhr er leiser fort, »jemanden, der mir einen Gefallen erweist.«

Paraud verschluckte sich am Rauch seiner Zigarette. »Was sind denn das für Fragen?«

»Ich wüßte gern was über die elektrischen Anlagen in der Batterie Lindemann.«

Die Angst, die sich in Parauds Gesicht spiegelte, befriedigte Aristide. Er gönnte dem Elektoingenieur, daß er jetzt, nach relativ sorglos verbrachten Kriegsjahren, einige Beklemmung empfand.

»Sie haben eine eigene Leitung zu unserem Umspannwerk. Die haben wir 1942 gelegt, damit, wenn wir den Strom für die Stadt mal abschalten müssen, sie eine eigene Versorgung haben. Bekommen wir überhaupt keinen Strom, versorgen sie sich mit zwei Generatoren, die mit Dieselöl betrieben werden.«

»Und wie lange könnte die Batterie allein mit den Generatoren arbeiten?«

»Unbegrenzt lange.«

»Was denn – Tage oder Wochen?«

»Auch Monate. Solange der Dieselkraftstoff reicht.«

»Könnten sie, falls nötig, auch ohne Elektrizität auskommen?«

»O nein. Diese Batterie auf keinen Fall. Die Geschütze sind dafür zu groß. Eine Granate wiegt über tausend Kilo, und man kann sie aus dem unterirdischen Munitionsbunker nur mit dem Aufzug heraufschaffen. Dann wiegen die Geschütztürme jeder 50 Tonnen, und gedreht werden können die auch nur mit Motorkraft.«

Da haben wir also die Achillesferse, überlegte Aristide. Zum Glück gibt es immer eine. Er setzte sich bequemer zurecht. »Als ich noch klein war, war ich zu Besuch bei meinen Vettern in Amiens, und da hatten wir ein fürchterliches Gewitter. Irgendwie fuhr ein Blitz in die elektrische Leitung, und alle Elektrogeräte im Haus waren kaputt. Könnte der Blitz vielleicht auch in die Batteriestellung einschlagen und die Motoren kaputtmachen?«

»Nein.«

»Weshalb nicht?«

»Daran haben die Deutschen natürlich auch gedacht. Die Motoren sind durch eine Reihe von Sicherungen geschützt. Und ein Blitzschlag könnte da nichts ausrichten. Die Schalttafeln würden vielleicht verschmoren, aber bis an die Motoren käme der Blitz nicht. In so einem Fall reicht es, die beschädigte Stelle zu überbrücken, und schon geht es weiter.«

Das hörte Aristide gar nicht gern. »Mal angenommen, die Motoren würden doch beschädigt – wie lange würde es dauern, sie zu reparieren oder zu ersetzen?«

»24 Stunden. Vielleicht auch zwei Tage. Das kommt darauf an, ob sie hier in Calais Ersatzteile haben. Das weiß ich nicht.«

Aristide schaute Paraud scharf an. »Gibt es eine Möglichkeit, die Überspannungsschalter so zu verändern, daß mehr Strom in die Motoren kommt, als sie vertragen?«

»Da müßte man erst mal an die Dinger drankommen.«

»Sind die irgendwie verschlossen?«

»In einem Schrank. Und wer den Schlüssel dazu hat, weiß ich nicht, vermutlich jeweils der Offizier vom Dienst.«

Aristide überdachte das. »Ich will Ihnen mal eine ganz hypothetische Frage stellen«, sagte er dann. »Nehmen wir an, der Schrank ist offen. Die Sicherungen, oder wie das Zeug schon heißt, liegen frei da. Wie müßte man sie verändern, um in den Motoren Überspannung erzeugen zu können?«

Paraud blieb eine Weile stumm, und Aristide hielt das für Verstocktheit, doch war es nur eine sozusagen schöpferische Pause.

»Wissen Sie, wie eine Sicherung funktioniert?«

»Nein.«

»Nach einem sehr einfachen Prinzip. Die Sicherung sitzt im Stromkreis vor dem Gerät, das sie schützen soll. Der Strom muß durch den Bleikern der Sicherung fließen, bevor er den Motor erreicht. Elektrizität erzeugt Wärme, und Blei ist gegen Wärme sehr empfindlich. Ist zuviel Strom auf der Leitung, schmilzt der Kern, die Sicherung brennt, wie man sagt durch, der Stromkreis ist unterbrochen, und die Motoren sind gerettet.«

»Ah.« Aristide war nun gleichsam erleuchtet.

»Wenn man den Typ Sicherung besorgen könnte, der für die Motoren der Batterie verwendet wird, und den Bleikern durch einen Kupferkern ersetzte, dann ließe die Sicherung viel mehr Strom durch, als die Ankerwicklungen der Motoren vertragen, und die würden durchschmoren. Der Bleikern schmilzt bei dreißig Ampère, aber ein Kupferkern ließe das Mehrhundertfache durch.«

»Sie meinen also, man müßte die Sicherungen austauschen gegen solche mit Kupferkern.«

»Exakt.«

Aristide betrachtete den Ingenieur so wohlwollend wie eine ältliche Klavierlehrerin einen Schüler, der soeben fehlerlos ein Prélude von Chopin gespielt hat. »Ein sehr guter Einfall. Und einfach ist er auch. Das gefällt mir. Nun noch eine letzte, wieder ganz theoretische Frage. Man darf davon ausgehen, daß Gott nicht auf seiten Hitlers ist, aber darf man auch annehmen, daß er im genau richtigen Moment einen Blitz schickt? Könnte Ihre Zentrale nicht ein bißchen lieber Gott spielen? Einen schönen, kräftigen Stromstoß durch die Leitung schicken, der wirkt wie ein Blitz?«

Man sah Paraud das Unbehagen an, das diese ganz und gar nicht theoretische Frage ihm bereitete. Aristide war darauf vorbereitet. Mut war nicht das Vorrecht der Jungen und Armen, aber im Mittelstand und bei Menschen in mittleren Jahren war er, das hatte Aristide bei seiner Tätigkeit im Widerstand erfahren, am seltensten zu finden. »Ich weiß nicht recht . . .«

Paraud warb hörbar um Verständnis für seine diffizile Lage.

»Na, na, ich sehe nicht, weshalb nicht?« Aristide schob einen Grashalm zwischen die Lippen. »Ein Mann wie Sie wird doch nichts tun wollen, was so ausgelegt werden könnte, als wünsche er, daß unsere Besatzer noch möglichst lange bleiben?«

»Und meine Frau und die Kinder? So was könnte nur von jemand in der Zentrale gemacht werden, und man würde es mir in die Schuhe schieben.«

Na, falls das alles ist, dann kann dir geholfen werden, dachte Aristide. »Ich könnte es so einrichten, daß Ihre Familie evakuiert wird. Dann wäre sie in Sicherheit. Mehr noch, sie wäre auch nicht durch die Kampfhandlungen gefährdet, zu denen es hier ganz gewiß kommen wird.«

»So etwas könnten Sie in die Wege leiten?«

»Ja, das könnte ich. Und nun zurück zu meiner hypothetischen Frage.«

»Man müßte überraschend einen ungewöhnlich starken Stromstoß in die Leitung der Batterie schicken.«

Aristide bedachte den kleinen Elektrofachmann mit dem Lächeln eines Jesuiten, dem ein Atheist seine ersten Zweifel gesteht. »Und wie könnten Sie das machen?«

»Bei uns kommt der Strom mit einer Spannung von 10000 Volt an. Durch unseren Transformator wird er zu dreiphasigem 220-Voltstrom umgewandelt. Normalerweise hätte man den Transformator unmittelbar in oder bei der Batterie hingestellt, aber weil die Deutschen unsere Zentrale bewachen, haben sie den Transformator dort stehen gelassen.«

»Aha.« Hier folgte ja erfreulicherweise eines logisch aus dem anderen, und das befriedigte Aristide.

»Im Prinzip würde man das ankommende Stromkabel und die aus dem Transformator zur Batterie führende Leitung mit einem Überbrückungskabel verbinden müssen; auf diese Weise gelangte der untransformierte 10000-Volt-Strom direkt in die Batterieleitung.«

»Und?«

»Und diese 10000 Volt würden die Motoren verschmoren lassen wie einen im Backofen vergessenen Braten.«

Ein hübscher Vergleich, fand Aristide. »Wäre so was technisch leicht zu bewältigen? Könnte man es so vorbereiten, daß die Überbrückung sozusagen auf Abruf jederzeit möglich wäre?«

Paraud dachte ein Weilchen nach. »Das Überbrückungskabel könnte man ohne weiteres jederzeit an die Starkstromleitung hängen«, sagte er dann.

»Und die Deutschen würden davon nichts merken?«

»Die kommen so gut wie nie in die eigentliche Zentrale. Wenn sie nicht einen Tip kriegen, daß was Ungewöhnliches vorgeht, hätten sie auch keinen Grund dafür.«

»Aber wenn Sie das Überbrückungskabel anbringen, müßten Sie doch den Strom abschalten, die Isolation beseitigen und die Kabel verbinden – dann hätten Sie doch Stromausfall?«

Parauds mitleidiger Blick sagte Aristide, daß er keine

Ahnung davon hatte, wie man so was macht. »Die ankommende Starkstromleitung ist reines Kupfer. Sie brauchen weiter nichts zu machen, als Ihr Überbrückungskabel dranzuhalten, und schon kriegt die Batterie einen Stromstoß, der wirkt wie der Weltuntergang. Da knallt alles durch – Schalttafeln, Leitungen, Motoren, Ventilatoren, Glühbirnen – eben alles.«

»Und was passiert in diesem Moment in Ihrer Zentrale?«

»Da kracht es, Funken stieben, und es qualmt wie verrückt.«

Und draußen, dachte Aristide, stehen die deutschen Posten, die dann reingelaufen kommen, nachsehen, was passiert und wer dafür verantwortlich ist. Also mußte er von jetzt an behutsam vorgehen, Schrittchen für Schrittchen.

»Wie oft prüfen Sie die Anlagen innerhalb der Batterie?«

»Das kommt darauf an. Meist haben wir Leitungsschäden nach Luftangriffen, und die muß ich reparieren.«

»Und betreten Sie zu diesem Zweck die Schaltzentrale, von der Sie gesprochen haben?«

Paraud begann zu zittern und murmelte Unverständliches vor sich hin. Aristide beruhigte ihn mit einer Handbewegung. »Ich verlange ja nicht, daß Sie was machen sollen, das verspreche ich Ihnen.«

»Wenn wir die Reparaturen ausgeführt haben, prüfe ich zusammen mit dem deutschen Leitenden Ingenieur, ob alles funktioniert.«

»Gut. Nun hören Sie mal gut zu: Wenn Sie das nächste Mal wieder so eine Inspektion machen, sehen Sie sich die Sicherungen so genau an, wie Sie können. Merken Sie sich alle Einzelheiten – Hersteller, Seriennummer, überhaupt alles, was man wissen muß, um diese Dinger so zu beschreiben, daß ein Fachmann sie zweifelsfrei identifizieren kann. Weiter sollen Sie nichts tun.«

»Da muß ich aber den nächsten Luftangriff abwarten.«

»Nur keine Sorge«, versicherte Aristide, »den verschaffe ich Ihnen schon.«

Dem Elektriker traten fast die Augen aus dem Kopf. So also war das. Dieser Aristide hatte Macht. Er konnte englische Bomber anfordern. Und wie es so oft geschieht, verlieh das Gefühl, in der Nähe der Macht zu sein, Paraud neue Kräfte. »Eines wäre allerdings noch zu beachten«, sagte er.

»Und was ist das?«

»Wer die Sicherungen austauschen will, muß an die Schalttafeln ran.«

»Das lassen Sie nur meine Sorge sein«, versetzte Aristide.

London

»Sehen Sie sich das mal an, O'Neill. Hier, unterm Fenster. Erinnert Sie das nicht an was?« T. F. folgte der Geste des älteren Offiziers und sah auf den Rasenflächen von Grosvenor Park englische Luftwaffenhelferinnen damit beschäftigt, die Seile von Sperrballons zu entwirren, die sie aufsteigen lassen wollten.

»Die Dinger erinnern mich an Sperrballons«, sagte T. F.

»Woran sonst?«

»Nun bemühen Sie mal Ihre Phantasie ein bißchen, junger Mann«, knurrte Major Ingersoll. Ingersoll, ehedem Herausgeber des *New Yorker*, Gründer von *P.M.*, begeisterter New Dealer und Interventionist, hatte sich am Tage nach dem Überfall auf Pearl Harbour freiwillig gemeldet und es vom gemeinen Soldaten bis zu seinem derzeitigen Rang gebracht. Er und eine Handvoll anderer Offiziere hatten den Auftrag, jene Teile des Projektes *Fortitude* zu realisieren, die sich auf die Vortäuschung von Truppenansammlungen in Südostengland bezogen. »Also noch mal: Woran denken Sie, wenn Sie diese Ballons sehen?«

T. F. hob die Schulter. Ratespiele waren noch nie sein Fall gewesen. »Ich weiß nicht – an Dumbo, den Elefanten von Disney.«

»Sehen Sie«, krähte Ingersoll triumphierend. »Sie mögen ja Jura studiert haben, aber ein Rest Verstand ist Ihnen immerhin geblieben. Wo haben Sie einen Dumbo das letzte Mal gesehen?«

»Vor etwa einem Jahr. Im Yale Club.« Ingersolls Quiz ärgerte T. F. »Bloß war der rosa und zutraulich und wollte partout in mein Fenster.«

»Machen Sie keine Scherze. Dies ist eine ernste Angelegenheit.«

»Na, dann – ich gebe auf.«

»Fällt Ihnen nicht der Umzug auf der Fifth Avenue an Thanksgiving Day ein?«

»Das ist wirklich eine ernste Angelegenheit.« T. F. setzte sich wieder auf den Sessel dem Schreibtisch Ingersolls gegenüber. »Haben Sie mich auf ein Bier eingeladen, um sich in meiner Gesellschaft in wehmütigen Erinnerungen an Thanksgiving in New York zu ergehen?«

»Unsinn. Sie und diese Engländer, mit denen Sie so dick befreundet sind, haben uns die Aufgabe gestellt: Wie spiegelt man das Vorhandensein einer Gespensterarmee von einer Million Mann vor – haben Sie das etwa vergessen?«

»O nein, gewiß nicht.«

»Reden wir jetzt mal nicht von dem Nachrichtenverkehr, der geht mich nichts an. Wir sollen da draußen eine Invasionsarmee in die Landschaft zaubern, und zwar so, daß man aus der Luft alles das sieht, was zu einer solchen Armee gehört – Landungsboote, Zeltlager, Fahrzeugansammlungen, Panzerbereitstellungen. Nur für den Fall, daß Göring sich ein Herz faßt und doch noch an einem schönen Frühlingstag die Luftaufklärung ansetzt.«

T. F. nuckelte sein Bier und grinste geschmerzt. Es war amerikanisches Bier und so lauwarm wie der Tee, der ihm morgens serviert wurde.

»Da haben Sie wieder mal diese Engländer«, sagte Ingersoll mitfühlend. »Diesmal war es meine Ordonnanz. Immer, wenn ich eine Dose Bier in den Kühlschrank stelle, nimmt er sie wieder raus, damit die Kälte nicht den Geschmack verdirbt. Also: Wie wollen wir East Anglia und Kent mit dieser Gespensterarmee bevölkern? Ich sag's Ihnen. Zunächst mal muß die Home Guard ins Manöver ziehen, soll sich an Stellen sammeln, wo einige unserer Gespensterregimenter stehen sollen. Die Engländer empfehlen uns, Lkw und Panzer bei Nacht über die Felder zu fahren, sozusagen um Spuren zu legen. Das gefällt den

Bauern dort ganz besonders gut. Ferner empfehlen sie uns, Fahrzeugattrappen aus Sperrholz anzufertigen und so aufzustellen, daß die Deutschen Lust kriegen, sie zu photografieren.« Er nahm selber einen Schluck Bier. »Nur ist das nicht so einfach.«

»Nichts in diesem Krieg ist einfach, Ralph«, tröstete ihn T. F.

»Einen Panzer aus Sperrholz zu bauen braucht etwa ebensoviel Zeit, wie einen richtigen zu bauen. Bevor wir mit unseren Attrappen fertig sind, ist Eisenhower in Berlin.«

»Und was wollen Sie da machen?«

Ingersoll deutete mit dem Daumen über die Schulter zum geöffneten Fernster. »Was glauben Sie wohl, wer diese aufblasbaren Sachen für den Umzug auf der Fifth Avenue herstellt?«

»Wie soll ich das wissen?«

»B. F. Goodrich. Goodyear. Die sollen uns einen aufblasbaren Shermanpanzer machen, einen Zweitonner-Lkw, ein 10,5-Feldgeschütz. Und die dann in Masse produzieren. Im Handumdrehen haben wir Hunderte davon. Und jedes Stück paßt in einen Koffer. Um den Troß eines ganzen Regiments darzustellen, brauchen wir weiter nichts als einen Kompressor.«

»Ralph, Sie sind ein Genie.«

»Sehr wahr. Aber niemand wird davon was merken. Mein Job besteht darin, die Befehle der Engländer auszuführen. Die haben sich das Drehbuch ausgedacht. Die sagen mir, was ich den Deutschen verkaufen soll, und ich darf mir was ausdenken. Das habe ich nun, und Sie, der Sie da unten im Keller hocken, im Thronsaal sozusagen, Sie können ihnen meine Erfindungen andrehen. Machen Sie das jetzt gefälligst.«

Catherine Pradier beobachtete die anderen Gäste im L'Auberge du Roi, dem ersten und, soweit sie wußte, einzigen Schwarzmarktlokal von Calais. Außer ihr waren noch zwei Frauen anwesend, die eine unverwechselbar eine Wehrmachtshelferin (›Graue Maus‹ genannt), die andere eine Französin, und nach den schwesterlichen, verständnisvollen Blicken, die sie Catherine hin und wieder zukommen ließ, eine Hure. Die Herren waren entweder Deutsche in Uniform oder ältliche französische Kollaborateure, die Säulen der einheimischen Kriegsgesellschaft mit dem Spitznamen BOF – *beurre, oeufs, fromage.* Sie zogen einen wohlgefüllten Magen einem ruhigen Gewissen vor.

Metz, der neben ihr saß, redete unentwegt über Händels Wassermusik und deren Ursprung. Musik, ob nun amerikanischer Vorkriegsjazz oder die Klassiker, war eines jener ungefährlichen Themen, mit denen Besatzer und Besetzte sich risikolos befassen konnten. Dieser Metz war ein grundanständiger Mensch, sehr viel anständiger jedenfalls, als ihr recht war. Auch sah er nicht aus wie die Abziehbilddeutschen, sondern wirkte mit der dunkel getönten Haut und den schwarzen Haaren eher exotisch. Ich könnte ihn leichter hassen, überlegte sie, wäre er der perfekte Arier – blond, hellhäutig, blauäugig. Und obendrein ein verbissener Nazi. Und der Haß würde es mir erleichtern, meinen Auftrag auszuführen. Liebe und Haß sind schließlich nur die beiden Seiten der gleichen Medaille.

Catherine war alles andere als promiskuös, doch der Drang, unabhängig zu sein, der sie bewogen hatte, so kurz vor der Heirat kehrtzumachen, der sie, genau betrachtet, auch hierher geführt hatte, der hatte auch dafür gesorgt, daß sie Männer intim kennenlernte. Doch nie zuvor hatte sie mit einem Mann geschlafen aus anderen Gründen als dem, daß sie sich zu ihm hingezogen fühlte. Würde sie das heute abend zustande bringen? Und was würde Paul dazu sagen? Würde er von Eifersucht zerrissen worden sein, ihr als gallischer Liebhaber eine Szene gemacht, Aristide bedroht, sie vom Schauplatz gezerrt haben? Das könnte dir so gefallen, sagte sie leise lächelnd bei sich. Denn alles dies würde Paul gewiß nicht getan haben. Der war ein Zyniker, und er hätte ihr sogar noch den Weg geebnet.

Sie schien an Metzens musikhistorischer Vorlesung brennend interessiert zu sein. Was sind wir doch alle für Zyniker, überlegte sie dabei. Und wie albern von mir, immer wieder von einem Paradies zu träumen, in dem ich und ein Mann einander Wonnen bereiten, den ich doch nur ganze 48 Stunden kenne!

Es kostete sie erhebliche Anstrengung, Pauls Gegenwart zu verscheuchen und sich auf Metz zu konzentrieren. Der hielt unterdessen bei Beethoven. Selbst unter anderen Umständen wäre er ihr Typ nicht gewesen, er war zu verkrampft, nicht locker genug. Hättest du doch bloß nicht meinen Koffer aus dem Gepäcknetz gehoben!

Sie malte sich aus, was passiert wäre, hätte sie ihm den Inhalt ihres Koffers gezeigt. Sie betrachtete ihn prüfend – wie hätte er wohl reagiert? Vermutlich sie der Gestapo übergeben – mit Bedauern zwar, aber ohne Bedenken. Auch gute Manieren hatten ihre Grenzen, und dieser Umstand machte das, was vor ihr lag, nicht verlockender. Versonnen tunkte sie mit einem Stück Brot die Soße des *filet de sole dieppoise* auf. Metz redete unentwegt weiter. Jemand von der Kommandantur auf dem Boulevard Lafayette mußte einen Teil des Fanges der örtlichen Fischer für L'Auberge abgezweigt haben. Vor der Scholle hatte es Miesmuscheln in Knoblauch und echter Butter gegeben. Catherine hatte bislang auf den Märkten nichts gesehen außer Hering, und auch davon nicht viel.

Was für ein Witz, überlegte sie, da sitze ich seit Wochen zum ersten Mal vor einer anständigen Mahlzeit und habe keinen Appetit! Ich sollte mir an den anderen Gästen ein Beispiel nehmen. Es machte sie besonders wütend, daß sie in den Augen der anwesenden Männer zweifellos die Hure eines deutschen Offiziers war, ganz wie Aristide ihr vorhergesagt hatte, in den Augen von Männern also, die sich den Feinden des Vaterlandes angedient hatten. Immerhin hatte das auch sein Gutes: Nach Kriegsende würde keiner dieser Männer darauf brennen, sie als Nazihure zu verleumden. Die würden ihre Erinnerungen an diese Jahre so gut wie möglich verdrängen.

Sie rief sich zur Ordnung – solche Gedanken waren jetzt völlig unangebracht. Sie würde tun, was sie zugesagt hatte, weil sie zugesagt hatte und weil es unter den gegebenen Umständen richtig war. Und sie würde es richtig tun, denn für Catherine war Mißerfolg eine unverzeihliche Sünde.

Bei der ersten Gelegenheit machte sie daher bezaubernd lächelnd einen Einwurf: »Mir kommt es ganz so vor, als hätte die Marine dem deutschen Musikleben einen höchst beschlagenen Musiker geraubt.« Metz nahm das selbstverständlich für bare Münze und errötete. Ihr fiel auf, daß er zwar in gewohnter Weise fortfuhr zu reden, daß seine Blicke sich indessen mit ihrem Busen beschäftigten. Bestimmt hat er seit seinem letzten Heimaturlaub mit keiner Frau geschlafen, dachte sie, denn er ist zu stolz, um zu den Nutten zu gehen, und zu gehemmt, um ein französisches Mädchen zu finden. Na, darüber werden wir beiden uns auseinandersetzen müssen, schloß sie ihre stummen Betrachtungen und rückte sich ins rechte Licht.

Metz zahlte. Draußen ging ein frischer Wind – es war schließlich erst April. »Darf ich Sie nach Hause begleiten?« fragte er höflich.

Catherine sah auf die Uhr. »Wir müssen uns beeilen. Es ist gleich neun.«

»Keine Sorge, Sie sind in guter Begleitung«, versicherte er.

Als ob ich das nicht wüßte! dachte sie. Vor der Haustür reichte sie ihm die Hand. Er streifte den Handschuh ab, küßte ihr die Hand und machte eine Verbeugung. »Ich habe den Abend sehr genossen«, sagte er dabei.

Catherine war perplex.

Welche Ironie! Sie hätte gern laut herausgelacht. Dieser Mensch hatte ja Seltenheitswert – ein Ehemann, der auch in Kriegszeiten treu blieb! Er hatte sie tatsächlich zum Essen eingeladen, weil er sich einsam fühlte und von Händel sprechen wollte.

Sie nahm das Kopftuch ab, mit dem sie ihre auffällig blonde Mähne verbarg, und schüttelte sie. Das war eine aufreizende Bewegung, wie sie aus Erfahrung wußte, und sie verfehlte auch auf ihren Begleiter nicht ihre Wirkung. Er umfaßte ihre Ellenbogen und zog sie zögernd an sich.

Sie reagierte, indem sie sich an ihn lehnte und ihm einen langen, kühlen Kuß gewährte.

Danach wich sie zurück und schaute rechts und links die Straße entlang. »Es ist besser, niemand sieht mich, sonst gibt es Gerede.«

»Ich verstehe.« Der verständnisvolle Mensch streifte zu ihrem Ärger die Handschuhe über und machte Anstalten, sich zu verabschieden. Sie legte eine Hand auf seine Brust und fragte: »Warum kommen Sie nicht auf einen Sprung zu mir? Echten Kaffee habe ich nicht, aber wir finden schon noch was zu trinken.«

Er verharrte einen Moment unentschlossen, und Catherine fürchtete schon, das heilige Band der Ehe werde sich als zu stabil erweisen, da willigte er überraschend eifrig ein.

Ihre Wohnung war praktisch, aber dürftig eingerichtet; im Wohnzimmer eine Heizplatte und ein Ausguß mit Wasserhahn; ein Schlafzimmer und ein Bad. Das Funkgerät war im Wasserkasten über dem Klo versteckt. Catherine brühte Tee auf, und es bedurfte einiger Anstrengung, ihn daran zu hindern, neuerlich über Musik zu sprechen und sich statt dessen zu einem Kuß aufzuraffen. Intimeren Annäherungen seinerseits setzte sie nur wenig Widerstand entgegen, und als sie die Zeit für gekommen hielt, führte sie ihn in das kleine Schlafzimmer. Augenscheinlich mit Rücksicht auf sein Zartgefühl deutete sie auf das Bad und sagte: »Zieh dich da drinnen aus – und vergiß nicht, dich brav zu waschen« – letzteres kichernd. Er nahm es aber ernst und billigte es aus tiefstem Herzen, denn es zeugte von ihrem Reinlichkeitsbedürfnis, das ihm Schutz bot vor einer venerischen Krankheit, derethalben, hätte er sich eine geholt, man ihn zum Aufenthalt auf einer ›Ritterburg‹ (so nannte man die Dinger wirklich!) in Belgien verdonnert und, ausgeheilt, an die Ostfront versetzt hätte. Zu ihrer Überraschung erwies er sich nach anfänglichen Hemmungen als ein sehr passabler Liebhaber – sanft und rücksichtsvoll, und obwohl eifrig, doch nicht übereilig. Hinterher blieb er ihr nahe, und sie mußte sich ihm entwinden unter dem Vorwand, das Bidet benutzen zu wollen.

Sie verschloß das Bad, ließ Wasser laufen und summte

vor sich hin. Dabei durchsuchte sie die Taschen seiner Hose, bis sie ein Schlüsselbund fand, an dem vier Schlüssel hingen. Von diesen machte sie rasch, aber sorgfältig Abdrücke in der Wachstafel, die Aristide ihr mitgebracht hatte, und die sie in ihrem Medizinschränkchen verwahrte. Nachdem sie alle Wachsspuren von den Schlüsseln abgewischt hatte, steckte sie sie zurück.

Immer noch summend kehrte sie ins Bett zurück, wo Metz jetzt von Gewissensbissen gepeinigt lag. Offenbar machte ihm der Gedanke an Frau und Kinder in Bremen zu schaffen, jetzt, nachdem er seine Freuden genossen. Catherine selber dachte an Paul. Wird er es je erfahren? überlegte sie, es verzeihen? Es verstehen?

In Gedanken an die Wachsabdrücke seiner Schlüssel umarmte sie Metz zum ersten Mal in dieser Nacht mit einer Spur Zuneigung.

Aristide bildete sich auf seine Menschenkenntnis etwas ein; das war er sich als Philosoph schuldig. Doch mußte er zugeben, daß er sich in Pierre Paraud getäuscht hatte. Dieser so zaghaft wirkende kleine Mann hatte eine vortreffliche Zeichnung der Schalttafel in der elektrischen Zentrale der Batterie Lindemann angefertigt, die den Vergleich mit jener der Verteidigungsvorkehrungen für den Hafen durchaus aushielt, die von Emil Le Blond, einem technischen Zeichner, und Paul Caron, einem Angestellten der Hafenbehörde, stammte und als Glanzstück der Arbeit des Widerstandes galt. Paraud versicherte Aristide bescheiden, das sei gar nicht so schwierig gewesen. »Schalttafeln sind alle nach dem gleichen Prinzip konstruiert. Die Relais und die Sicherungen für die drei Geschütztürme sind gut gekennzeichnet.« Paraud wies auf seine Skizze und zeigte, was er meinte.

»Die Gehäuse hier enthalten die Relais und Sicherungen für die Motoren der Aufzüge und die der Richtkränze. Die sind etwas größer als die übrigen.«

»Ist das maßstabgerecht?«

»So ziemlich. Die Sicherungen sind etwa so groß wie eine Kinderfaust.«

»Und wie werden sie eingesetzt?«

»Wie Stecker in die Dose. Und hier ist die Spezifizierung des Herstellers. Modell XR402, Siemens.«

»Weiter nichts?«

Paraud schüttelte den Kopf. »Nein.«

»Und wo kriegt man die?«

»Soweit ich weiß, werden alle Ersatzteile aus Paris geholt. Da hat Siemens eine Niederlassung.«

Aristide hatte in Paris einen sehr brauchbaren Verbindungsmann, einen ehemaligen Berufsoffizier, derzeit ebenfalls bei der SOE, Codename Ajax, und nach ihm war auch das Netz benannt, das er südlich von Paris unterhielt. Aristide war nach der Ausbildung mit ihm in der gleichen Lysander aus England zurückgekommen. Ajax hatte Aristide gegenüber verlauten lassen, daß er dem Franzosen, der die Lufttransporte organisierte, aufs äußerste mißtraue, und Aristide eine Telefonnummer und ein Kennwort gegeben, unter denen er zu erreichen war. Vielleicht konnte ja Ajax ihm die Sicherungen verschaffen.

»So, mein lieber Paraud, jetzt sagen Sie mir doch, ob Sie nicht Lust hätten, den Bleikern in diesen Sicherungen durch einen Kupferkern zu ersetzen, vorausgesetzt, ich beschaffe die Sicherungen? Die Arbeit muß erstklassig gemacht werden, und ich weiß niemanden, der das besser könnte als Sie?«

»Ich kann unmöglich die Sicherungen austauschen, Monsieur, ich bin keinen Moment allein in der –«

»Das sollen Sie doch auch gar nicht, lieber Paraud. Ich habe Sie nur gefragt, ob Sie die Sicherungen präparieren wollen. Das können Sie nachts allein auf dem Dachboden oder im Keller machen, wo keiner Sie sieht.«

Der kleine Mann seufzte. Hatte man sich erst mal eingelassen, ging es unweigerlich bergab; es war ein Verhängnis. »Wenn Sie es wünschen«, sagte er achselzuckend.

»Ich wünsche es«, stimmte Aristide zu.

»Eigentlich dürfte ich nicht tun, was ich heute nachmittag mit Ihnen vorhabe.«

Sir Henry Ridley schob sich wie gegen den Wind ankämpfend voran und hatte dabei allen Vorschriften zuwider die Hände in den Hosentaschen und die unvermeidliche Players im Mundwinkel. »Indessen, ich vertraue Ihnen. Außerdem habe ich eine Schwäche für Amerikaner.« Seine Stimme troff geradezu vor Aufrichtigkeit. »Und damit stehe ich hier in der Gegend ziemlich allein.« Er deutete mit dem Kopf in Richtung St. James Park und Pall Mall. »Und Sie bewähren sich bei uns sehr, Major. Der Einfall mit den aufblasbaren Attrappen zum Beispiel war famos. Das Pentagon ist schon informiert und Dunlop an der Arbeit.«

Der Nachmittag war lau und die Luft feucht. Narzissen und Jonquillen wirkten wie Tümpel aus Gold im Grün des Rasens. Am Ufer des Teiches saßen Pärchen dicht beieinander, Männer wie Frauen in Uniformen aller Waffengattungen und mehrerer Nationen.

»Wir brauchen Ihre Hilfe noch in einer anderen kleinen Sache«, fuhr Ridley fort. »Und ich möchte gern, daß es auf möglichst zwanglose Art geschieht.« Er ließ T. F. an dieser rätselhaften Andeutung herumknabbern wie einen Hund am Knochen, kreuzte die Mall und ging Richtung Marlborough Road. Plötzlich blieb er stehen und starrte in die Krone eines der Bäume, deutete mit der Zigarette hinauf und sagte: »Nun sieh mal einer an. Ein Kuckuck, ausgerechnet hier und um diese Jahreszeit. Höchst ungewöhnlich.« Ungemein erfreut über diese Entdeckung setzte er den Marsch Richtung Saint James Square fort.

Abgesehen von einer mehr als üblich starken Sandsackbarriere und zwei Posten – ein amerikanischer MP in weißem Helm und ein Corporal der königlichen Marineinfanterie in Blau –, deutete nichts darauf hin, daß Nr. 31 zu SHAEF gehörte, dem Hauptquartier Eisenhowers in London. Man kam dann aber doch nicht so einfach ins Gebäude, wie es von der Straße ausgesehen hatte. Nachdem man dreimal ihre Dienstausweise geprüft hatte, wurden sie von einem bewaffneten Posten zu einer Tür geführt, die einzig eine Nummer zeigte – 303. Hier hauste die Abteilung ›B‹ – Besondere Vorkehrungen. Unter General Walter Bedell Smith, der Eisenhower direkt berichtete, befaßte man sich hier mit jenen Aspekten des Projektes *Fortitude,* die in Eisenhowers Kompetenz fielen.

Ridley und T. F. setzten sich, nachdem sie zuvor den obligaten Tee abgelehnt hatten. Der etwas dickliche Colonel, der hier residierte, zeigte die gleiche Verbindlichkeit, gepaart mit absolut kaltblickenden Augen, die T. F. schon an mehreren seiner neuen Kollegen aufgefallen war. Ridley wandte sich an T. F. »Sie erinnnern sich, daß ich neulich sagte, unsere Gegenspionage MI5 habe alle auf der Insel operierenden feindlichen Agenten entweder umgedreht oder eingesperrt?«

T. F. nickte.

»Unser Edgar«, er deutete auf den dicklichen Oberst – »beschäftigt dreißig solche Agenten, um *Fortitude* zu fördern, und drei davon sind für uns besonders wichtig, weil sie das vollste Vertrauen der Hunnen genießen. Und in Funkkontakt mit der Abwehr stehen.«

Und schon hatte er eine neue Zigarette in der Hand und beschrieb elegante Bogen damit. »Der wohl wichtigste von diesem Trio ist ein Spanier, genauer gesagt ein Katalane namens Garcia. Der ist uns dank glücklicher Umstände in den Schoß gefallen. Bei Kriegsausbruch bot er sich unserer Gesandtschaft in Madrid als Doppelagent an und wurde abgewiesen, weil man in seinem Angebot eine Falle der Abwehr witterte. Garcia ließ sich trotzdem von der Abwehr anheuern; während des Bürgerkrieges hatte er bei den Faschisten gedient, politisch schien er denen also zuverlässig zu sein. Er machte dem Abwehrresidenten in Madrid vor, er wolle sich in London als Arzneimittelvertreter niederlassen, ging statt dessen aber nach Lissabon und verfaßte dort seine Berichte. Das Material entnahm er den englischen Zeitungen, die er in Lissabon ja kaufen konnte.« Ridley kicherte. Es amüsierte ihn jetzt noch, wie geschickt Garcia seine deutschen Auftraggeber hereingelegt hatte. »Leider waren seine Berichte aber häufig doch sehr zutreffend, wie wir bemerken mußten, als wir die Zusammenfassungen der Informationen der Abwehr über *Ultra* zu lesen bekamen, und als Garcia sich noch mal an uns wandte und seine Dienste ein zweites Mal anbot, haben wir ihn akzeptiert wie einen verlorenen Sohn. Warum erzählen Sie nicht weiter, Edgar?«

Edgar, der Colonel, der in diesem Büro zu Hause war, faltete die Hände über dem Bauch und bedachte T. F. mit einem milden Lächeln. »Wir haben Garcia herkommen lassen, und fortan arbeitete er in England unter dem Decknamen ›Garbo‹. Er hatte sich in Lissabon etwas ganz Schlaues einfallen lassen: Er erfand zwei Engländer, die ihn als Unteragenten mit Informationen belieferten. Das leuchtete uns sehr ein, und wir haben ihm im Laufe der vergangenen zwei Jahre eine kleine Armee von Unteragenten erschaffen, insgesamt 24, darunter Leute, die einen Haß auf England haben, der sie motiviert: einen Waliser Separatisten, einen Sikh, einen Revolverhelden der IRA, der im Untergrund lebt, ferner geldgierige Typen, die gar nicht recht wissen, was sie eigentlich machen, zum Beispiel einen amerikanischen Sergeanten mit unstillbarem Appetit auf Whisky und Frauen, auch eine recht häßliche Sekretärin in einem Ministerium, die auf Garbos Liebeskünste scharf ist.« Der Colonel stand auf und entrollte eine Landkarte. »Die roten Sternchen auf dieser Karte zeigen, wo Garbos erfundene Unteragenten tätig sind.«

T. F. sah, daß die Sternchen recht gleichmäßig über die Insel verstreut waren mit Schwerpunkt, aber nicht auffällig, in Südostengland, um Dover, Folkestone, Ramsgate und Canterbury, dort, wo sich die Gespensterarmee von *Fortitude* versammelte.

»Die ersten Unteragenten, insbesondere die, die Garbo selbst erfunden hat, wurden placiert, bevor noch jemand an *Fortitude* dachte. Leider waren einige an Orten ansässig, besonders einer in Liverpool, wo sie einiges einfach nicht übersehen konnten, und das wurde insofern peinlich, als die Abwehr in Madrid immer zudringlichere Fragen stellte. Wir standen also vor der Frage, ob wir den Deutschen durch sie Informationen zuspielen sollten, die wir ihnen nicht gönnten, oder ob wir sie verschwinden lassen sollten, bevor man uns auf die Schliche käme.«

T. F. lachte still vor sich hin. »Das dürfte doch nicht so schwer gewesen sein? Erst haben Sie sie lebendig gemacht, warum sie also nicht auch sterben lassen?«

»Wahr, wahr. Das haben wir mit dem ersten dieser Leute denn auch getan. Der arme Mensch bekam Schilddrüsenkrebs und starb ziemlich schnell. Sie werden aber begreifen, daß wir unter Garbos Unteragenten keine Krebsepidemie ausbrechen lassen konnten. Den zweiten, den in Liverpool, ließen wir nach Amerika verreisen, weil er erstens die Luftangriffe satt und zweitens dort einen Vetter hatte. Der verschwand also nach Buffalo. Er konnte die Engländer ohnehin nicht leiden.«

»Warum denn ausgerechnet nach Buffalo?« fragte T. F.

»Tja, warum?« seufzte der Colonel. »Damals schien das weit genug weg zu sein.«

Jetzt nahm Ridley wieder das Wort. »Tatsächlich stellte sich das als eine unselige Wahl heraus. Die Abwehr möchte jetzt nämlich durch einen ihrer Agenten in Kanada zu unserem nicht vorhandenen Iren in Buffalo Kontakt aufnehmen, wie wir über Madrid erfahren haben.«

»Kennen Sie den kanadischen Abwehragenten?« fragte T. F.

»Noch nicht, aber wir möchten ihn gerne kennenlernen. Und dabei sollen Sie uns helfen, Major.«

»Ich?« T. F. sah sich schon in einer schäbigen Absteige in Buffalo auf den Agenten warten.

»Ich brauche Ihnen wohl die juristischen Aspekte des Falles nicht vor Augen zu führen«, sagte Ridley. »Auf dem Territorium der USA darf einzig und allein in solchen Fällen das FBI tätig werden.« T. F. nickte sein Einverständnis.

»Nun sind wir bedauerlicherweise zu der Meinung gekommen, daß es Mr. Hoover an dem nötigen Fingerspitzengefühl für unsere Art von Arbeit fehlt.«

T. F. unterdrückte mit Mühe ein Lachen.

»Mr. Hoover wird darauf bestehen, den Abwehragenten, kaum daß er sich in Buffalo zeigt, zu verhaften und einzusperren. Das ist einerseits sehr lobenswert, doch es wird andererseits unserem Freund Kühlenthal, dem Residenten der Abwehr in Madrid, signalisieren, daß Garbo von uns kontrolliert wird, und Garbo wäre damit gerade in dem Moment für uns unbrauchbar, in dem wir ihn dringender brauchen denn je. Das könnte sogar schlimme Auswirkungen für *Fortitude* haben.«

»Und woher wollen Sie wissen, daß Hoover so reagiert?«

»Weil wir mit Mr. Hoover unsere Erfahrungen haben, und die waren samt und sonders unerfreulich. Mr. Hoover denkt über Doppelagenten so wie . . .« Ridley suchte nach einem passenden Vergleich, ». . . wie die Dichterin Gertrude Stein über Rosen, sagen wir mal. Also ›Ein Agent ist ein Agent ist ein Agent‹. Er mag mit ihnen nichts zu tun haben, möchte sich die Hände an ihnen nicht schmutzig machen.«

»Wir haben ihm einen von dem Trio unserer Doppelagenten geschickt«, nahm der dickliche Colonel den Faden auf, »einen Jugoslawen diesmal, den die Abwehr den Japanern zur Verfügung stellen wollte. Er sollte in Honolulu arbeiten. Hätte Hoover den richtigen Gebrauch von ihm gemacht, wäre er Wochen vorher vom bevorstehenden Angriff der Japaner auf Pearl Harbour unterrichtet gewesen. Weil er das aber nicht tat, liegt jetzt der größere Teil Ihrer Pazifikflotte auf dem Meeresgrund.«

T. F. stieß einen leisen Pfiff aus. »So ist das also! Und was soll in diesem Fall geschehen?«

»Sie kennen doch Colonel Frank Elliot vom OSS hier am Grosvenor Square, der unmittelbar General Donovan unterstellt ist? Donovan versteht sich auf diese Dinge. Wir möchten, daß einer seiner Leute den Agenten in Buffalo in Empfang nimmt, stellvertretend für unseren erfundenen Iren. Unsere Leute folgen ihm dann auf der Heimreise nach Kanada, und dort wird er dann behandelt.«

Ridley erwartete also von T. F., daß er das OSS veranlaßte, die Voraussetzungen dafür zu schaffen, daß der Geheimdienst einer fremden, wenn auch verbündeten Macht auf dem Territorium der USA tätig wurde. Was das für rechtliche Konsequenzen hatte, lag auf der Hand. »Sie sind sich darüber im klaren, daß ich mit dem OSS nichts mehr zu tun habe, meine Herren?« T. F. sah bei diesen Worten den Brigadier im Pentagon mit den funkelnden Augen und der stinkenden Zigarre sehr deutlich vor sich.

»Durchaus.«

»Ich unterstehe General Marshall.«

»Ich verstehe vollkommen«, sagte Ridley sanft. »Nur zahlt es sich in unserer kleinen Welt manchmal aus, den Dienstweg nicht einzuhalten. Sie haben vielleicht mal vom ›Netz der Ehemaligen‹ gehört?«

Eine amerikanische Studentenverbindung mit englischem Akzent, dachte T. F., und laut sagte er: »Ja, ja, aber warum wenden Sie sich nicht direkt an Elliot?«

»Wir finden es angebracht, solche Sachen im nationalen Rahmen abzuwickeln. Edgar –« er nickte dem beleibten Colonel zu »– kann Ihnen alle Unterlagen geben, die Donovan braucht, damit sein Mann in Buffalo die Rolle richtig spielt.«

»Und Ihre Leute in Kanada werden den Abwehragenten dann dort verhaften?«

»Nach angemessener Zeit. Das heißt, wir werden erst ausfindig machen, ob wir durch eine Festnahme des Mannes nicht die Abwehr alarmieren.«

»Und unser Mann in Buffalo?«

»Dem wird der Bursche von der Abwehr vermutlich einen Fragebogen dalassen, das machen die meistens so.«

»Und der bezieht sich dann auf unsere militärischen Einrichtungen an der nördlichen Grenze.«

»Das ist fast anzunehmen. Für die Schuhfabriken in der dortigen Gegend dürfte die Abwehr sich kaum interessieren.«

»Und der Fragebogen muß dann ja wohl irgendwann beantwortet werden.«

»Das ist durchaus möglich. Dabei helfen wir selbstverständlich. Und Donovans Leute können das ebenfalls besorgen.«

T. F. fühlte sich äußerst unbehaglich. Rein juristisch gesehen wurde er hier aufgefordert, an einer nachrichtendienstlichen Operation auf US-Territorium mitzuwirken, von der seine Regierung nicht unterrichtet war, ja, von der weder das FBI noch militärische Dienststellen in den USA noch auch – vermutlich – die britischen Militärbehörden wußten. Dabei sollten zu allem Überfluß geheime militärische Informationen an den Feind gegeben werden. Sein

Brigadier im Pentagon dürfte davon ganz gewiß nicht erbaut sein. Andererseits würden sowohl das englische als auch das amerikanische Kriegskabinett zustimmen, falls man um Genehmigung nachfragte, was aber gewiß nicht geschehen würde. Und von seinem Jurastudium her kannte er die Theorie, die zwischen dem Wortlaut und dem Sinn der Gesetze unterscheidet. Und im Sinne der Gesetze war es sicher, einen Tropf wie J. Edgar Hoover zu übergehen, um das Funktionieren des großangelegten Täuschungsmanövers zu gewährleisten.

Soll doch den Brigadier der Teufel holen, dachte T. F. Der ist auch nichts weiter als ein Hoover in Uniform, ein von guten Absichten geleiteter Stümper, der in einer Traumwelt lebt. »Also gut, Colonel, ich werde mit Colonel Elliot sprechen.«

»Nachdem dies so befriedigend verlaufen ist«, sagte nun wieder der Hausherr, »möchte ich Sie noch mit einem weiteren, wie ich finde brillanten Einfall bekannt machen, der darauf hinausläuft, im entscheidenden Moment von Garbo folgenden Gebrauch zu machen.« Ridley und T. F. schauten ihn gespannt an. »In der Nacht zum Tag X, bevor die ersten Truppen an Land gehen, informieren wir die Deutschen durch Garbo darüber, daß die Invasion begonnen hat. Selbstverständlich nicht, wo sie stattfindet, sondern nur von der Tatsache, daß die Landungsboote ausgelaufen sind.«

Ridley machte keinen Versuch, seine Verblüffung zu verbergen. »Ich muß schon sagen, Edgar, das ist, milde gesagt, ein höchst exotischer Einfall. Warum um alles in der Welt sollten wir das tun?«

»Weil, sobald Garbo den Deutschen diese Nachricht zukommen läßt, er in ihren Augen zum Übermenschen wird. Der größte aller Spione. Gegen den ist Mata Hari das reinste Rotkäppchen.«

»Es würde mich nicht wundern, wenn sie ihm dafür das Ritterkreuz umhängen; das kann er dann zum Galgen tragen, wenn Winston ihn aufknüpfen läßt.«

Der Colonel wehrte mit erhobener Hand ab. »Jetzt hören Sie mir erst mal zu, Squiff.« (Er war also ebenfalls ein Ehemaliger aus Eton!) »Wesentlich bei diesem Plan ist der

Zeitablauf. Bedenken wir, wieviel Zeit vergeht, bis die Außenstelle der Abwehr in Madrid Garbos Funkspruch ent- und wieder verschlüsselt hat, und wie lange man in Berlin braucht, um zu entschlüsseln und dann die nötigen Maßnahmen zu treffen. Wir beabsichtigen, den Spruch gegen 2 Uhr 30 in der Frühe abzusetzen, nachdem die Fallschirmjäger abgesprungen sind. Rundstedt bekommt die Nachricht dann kurz nachdem die ersten Truppen an Land gegangen sind. Das bedeutet, die Information als solche ist für die Deutschen ohne jeden Wert, aber trotzdem wird Garbo ein Held sein. Nachdem er ihnen diese Information geschickt hat, werden die Deutschen ihm auch künftig alles glauben.«

»Das könnte allerdings sein.« Ridley klang schon erheblich weniger skeptisch. T. F. beobachtete die beiden Engländer fasziniert.

»Weiter. Wir sind übereinstimmend der Meinung, daß der wirklich prekäre Moment am Tage X plus drei kommt. Wir sind dann im Landekopf am verwundbarsten. Und Hitler muß sich entschließen, seine gesamte Streitmacht an der französischen Nordküste in die Normandie zu verlegen, damit er uns zurückwerfen kann. Einverstanden?«

Ridley nickte stumm.

»Dank seiner ersten Meldung wird Garbo bei den Deutschen als Orakel betrachtet werden, als die verläßlichste Informationsquelle überhaupt.«

Wieder nickte Ridley nur.

»Nun, in dem Augenblick, wo die Waage sich entweder auf die eine oder die andere Seite senken muß, wird er den Deutschen eine zweite Information zukommen lassen, aus der sie entnehmen, daß die Streitkräfte, die wir angeblich in Kent und Sussex versammelt haben, drauf und dran sind, im Pas de Calais anzugreifen. Damit tritt beim Feind totale Lähmung ein.«

Ridley zündete eine Zigarette an und versorgte das abgebrannte Streichholz in der Schachtel, eine Angewohnheit aus seinen Tagen in den Schützengräben an der Somme. »Und woher weiß Garbo, daß die Invasionsflotte ausgelaufen ist?« fragte er.

Der Colonel deutete auf eines der roten Sternchen auf

der Landkarte. »Sein Unteragent hier ist Kellner in einer Kantine der 3. Infanteriedivision, die bei Juno an Land gehen wird. Der informiert Garbo darüber, daß die Truppe weg ist. Am Abend des Tages X haben die Deutschen bestimmt Gefangene gemacht, und dann haben sie wieder einen Beweis dafür, wie verläßlich Garbos Information war.«

Diesmal schwieg Ridley ziemlich lange. »Der Einfall ist gut, Edgar, er ist sogar brillant, nur hat er einen Fehler.«

»Und der wäre?«

»Er ist unausführbar.«

»Weshalb denn das?«

»Weil Eisenhower nie im Leben zustimmt.«

Calais

Catherine hatte für das bevorstehende Gespräch mit London alles hergerichtet; auf dem stabilen Tisch lagen die Seidentücher mit dem aufgedruckten Code, daneben das Schreibheft, eine Schere, ein Aschenbecher, Streichhölzer und die unbedingt erforderliche Lampe. Einen Spruch zu verschlüsseln erforderte Geduld und Konzentration und war ungeheuer langweilig. Und doch kam alles darauf an, daß man sich nicht ablenken ließ, nicht ermüdete. Am kleinen Fenster stand Pierrot und trank Kräutertee, während er die Straße nicht aus dem Blick ließ. Auch das erforderte Konzentration; man ermüdete leicht, denn zu sehen war so gut wie nichts. Als sie Aristides Funkspruch entfaltete, bemerkte er: »Der ist viel zu lang. Ich verstehe nicht, was er sich denkt. So lange Funksprüche setzt er doch sonst nicht ab.«

Ein Blick auf das Papier zeigte Catherine, daß Pierrot recht hatte. Als sie den Text las, wurde ihr klar, warum Aristide so versessen war auf die Abdrücke der Schlüssel von Metz. Und kaum war ihr das aufgegangen, dämmerte auch eine weitere Erkenntnis: Jemand würde diese Schlüssel benutzen müssen. Und an wen mochte er da wohl gedacht haben? Gewiß nicht an Engländer, die mit einem Segelflugzeug auf dem verminten Gelände der Batterie Lindemann landeten. Sie gab ihrem beunruhigten Wachhund einen beschwichtigenden Blick und sagte: »So lang, wie Sie meinen, ist es auch wieder nicht, Pierrot. Wir dürften keine ganze Stunde dafür brauchen.«

Sie teilte den Spruch in Fünfergruppen ab und verschlüsselte sie mit den beiden auf Seide aufgedruckten Alphabeten, schnitt die Streifen mit den benutzten Buchstaben ab und verbrannte sie. Die ganze Prozedur dauerte eine gute Stunde, und Catherine war hinterher bereits ziemlich erschöpft. Pierrot hatte derweil das Funkgerät aufgestellt. Sie legte die zusätzlichen Oszillatoren in der richtigen Reihenfolge aus, knipste die Lampe an, setzte die Kopfhörer auf und ging Punkt 10 Uhr 30 auf Empfang. Aus Sevenoaks drang klar und deutlich das Rufzeichen an ihre Ohren. Catherine ging auf Sendung und begann die Taste zu bearbeiten. Ganz wie sie vorhergesagt hatte, dauerte das eine knappe Stunde. Gegen Ende spürte sie die Nervosität, die von Pierrot ausstrahlte, als Störung. Schweißnaß lehnte sie sich zurück und wartete auf das ›QSL‹ aus Sevenoaks, das anzeigen sollte, daß der Spruch vollständig aufgenommen worden war.

Es kam aber nicht, und zum ersten Mal, seit sie diese Arbeit übernommen hatte, hörte sie das gefürchtete Signal ›QXR‹, mit dem Sevenoaks sie anwies, auf Empfang zu bleiben und einen Teil oder alles auf Anforderung zu wiederholen.

Sie schaute ängstlich zu Pierrot. »Wir müssen noch mal senden, die haben nicht alles mitbekommen.«

Pierrot gingen die Nerven durch. »Verflucht noch mal, das können wir nicht riskieren!« Wütend wandte er sich wieder dem Fenster zu. Es war beinahe, als suche er da unten nach irgend etwas, was ihm die Möglichkeit geben würde, ihr zu verbieten, den Sender noch einmal in Betrieb zu nehmen, doch zeigte sich nichts. Zum ersten Mal nahm er offen die Pistole zur Hand, und Catherine fand, die sei zu nichts nutze, als ihren Selbstmord zu beschleunigen, falls sie von der Funküberwachung gefunden würden. Er bedeutete ihr, in Gottes Namen noch mal ans Gerät zu gehen.

Catherine war jetzt so verstört, daß sie nicht wie üblich präzise und fehlerlos morste; sie bekam noch einmal ein ›QXR‹ aus Sevenoaks und mußte weitere zehn Minuten dranhängen, bevor das ›QSL‹ kam. Schluchzend legte sie den Kopf auf die Arme. Pierrot ließ den Blick nicht von der Straße und knirschte: »Zu lange, viel zu lange.«

Paris

Am Nachmittag dieses Tages, kurz nach 16 Uhr, klingelte bei Sonderführer Kranz in der Avenue Foch das Telefon. Kranz erkannte den Offizier von der Funküberwachung am Boulevard Suchet gleich an der Stimme; die Herren hatten in letzter Zeit häufig miteinander telefoniert, weil Strömelburg der Zentrale Dampf machen wollte bei der Suche nach dem neuen Sender in Calais.

»Herr Kranz«, sagte die Stimme, »ich habe gute Neuigkeiten für Ihren Chef.«

»Na, das wird ihn aber freuen.«

»In Calais wird man unvorsichtig. Heute vormittag wurde 91 Minuten hintereinander gesendet. Wir haben den Sender so gut wie geortet. Noch zweimal, und wir haben ihn.«

»Ich kann mich darauf verlassen?« fragte Kranz nach, der keine Lust hatte, Strömelburg mit leeren Versprechungen zu kommen.

»Absolut.«

Calais

Der Platz vor Nôtre-Dame de Calais lag, abgesehen von einem einzigen Vehikel, verlassen. Das Vehikel war ein bespannter Leichenwagen, wie man sie seit dem Aufkommen des Automobils nur noch selten sah, das aber, des Treibstoffmangels wegen, wieder in Benutzung genommen worden war. Wie viele Notabeln der Stadt mögen wohl in dieser Pracht aus Silberbronze und Plüsch ihrer letzten Ruhestätte entgegengeschaukelt sein? überlegte Catherine. Und mit einem Blick auf das klapperdürre Pferd: unser heutiger Reisender kommt womöglich gar nicht an.

In der Kirche saß die Trauergemeinde dicht um den hölzernen Sarg versammelt. Catherine neigte den Kopf und schaute sich verstohlen nach Aristide um, der irgendwo weiter hinten sitzen mußte; auch da saßen Gemeindemitglieder, lauter alte Leute, die offenbar keine näheren Bekannten des oder der Verstorbenen waren, sondern nach Art vieler Alter zu jeder Beerdigung gingen. Was die wohl dazu treibt? überlegte Catherine. Wollen sie sich bestätigen, daß sie noch am Leben sind? Sie entdeckte Aristide und schlüpfte neben ihm in die Bank. Er sagte: »Gehen wir in den Park, hier ist es zu voll.«

Wenig später saßen sie auf einer Bank im Parc Richelieu. Der Wind blies feucht vom Kanal her. Aristide sagte: »Das tut mir leid«, als Catherine von den Schwierigkeiten des letzten Funkverkehrs mit London berichtet hatte. »Der Spruch war sehr lang. Ich werde mich bemühen, künftig kürzer zu formulieren.« Und nach kurzem Nachdenken: »Vielleicht sollten wir das Gerät doch zu mir schaffen, auch wenn der Transport gefährlich ist.«

»Ich wurde zweimal auf dem Weg hierher angehalten«, gab sie zu bedenken.

»Sieht es so aus, als wäre die Funküberwachung schon hinter Ihnen her?«

Sie schüttelte den Kopf.

»Was meinen Sie, sollen wir machen?«

Catherine überlegte lange. »Lassen wir alles, wie es ist. Das Versteck ist gut.«

Aristide legte eine Hand auf ihr Knie, und Catherine verstand, daß es sich um eine väterliche Geste handelte, nicht um eine Zudringlichkeit.

»Ich muß Ihnen jetzt eine große Bitte vortragen.«

Catherine erstarrte, blieb aber stumm.

»Sie wissen jetzt ebenso gut wie ich, wie wichtig die Batterie Lindemann für die Küstenverteidigung ist.« Catherine nickte.

»Ich habe es, offen gesagt, nie für möglich gehalten, sie

wirkungsvoll zu sabotieren. Und wir könnten es auch jetzt nicht, hätten Sie uns nicht die Möglichkeit dazu verschafft.« Er skizzierte ihr in Umrissen den Plan, den er mit dem Elektroingenieur Paraud ausgeheckt hatte. »Gestern sind die Sicherungen aus Paris gekommen, und im Moment werden sie präpariert. Falls es gelingt, diese neuen Sicherungen gegen die alten auszutauschen, können wir einen perfekten Sabotageakt ausführen. Denn man wird von London aus die Geschütze lahmlegen können zu dem Zeitpunkt, der dort gewünscht wird. Wir brauchen denen da drüben nur einen Codetext anzugeben, und wenn der über BBC kommt, lassen wir die Zuleitungen zu den Motoren durchschmoren und legen die Geschütze für genau die Periode lahm, in der die Deutschen sie am nötigsten brauchen.«

»Ein guter Plan«, stimmte Catherine zu, die leichenblaß geworden war. Seit sie Aristides Funkspruch verschlüsselt hatte, wußte sie, es würde dazu kommen. »Und ich soll die Sicherungen vertauschen.«

»Nur zwei Personen sind dazu in der Lage – Sie und Paraud. Und ich sage ehrlich, ich traue ihm nicht. Im gegebenen Moment verläßt ihn mit Sicherheit der Mut.«

»Sie wissen nicht, wie es da unten aussieht, Aristide. Gleich nebenan ist die Offiziersmesse, da herrscht ein unentwegtes Kommen und Gehen.«

»Könnten Sie nicht die Tür zumachen?«

»Da gibt es keine Tür, Aristide. Und der Sicherungskasten ist an der Wand gegenüber von meiner Waschmaschine. Wer da vorbeikommt, wenn ich die Sicherungen auswechsele, der muß mich einfach sehen. Und es sind ja nicht nur die Offiziere. Kasinoordonnanzen sind dauernd mit Kaffee unterwegs. Und seit ich mit Metz geschlafen habe, läßt er mich nicht mehr in Frieden; dauernd streicht er um mich herum. Das ist der Fluch der bösen Tat!«

Aristide strich seinen schütteren Bart. »Metz kann ich möglicherweise neutralisieren.« Er verstummte und suchte augenscheinlich mit größter Umsicht nach den richtigen Worten. »Ich habe kein Recht, das von Ihnen zu verlangen, von befehlen gar nicht zu reden. Ich schätze, daß es zwischen zwei und vier Minuten dauert, den Austausch zu bewerkstelligen. Kommt jemand innerhalb dieser zwei bis vier Minuten, ist Ihr Leben verwirkt. Es hat keinen Sinn, sich da Illusionen zu machen. Willigen Sie ein, setzen Sie Ihr Leben für diese Zeitspanne aufs Spiel.«

»Und was meint London dazu?«

»Ich habe London nichts gesagt und werde auch erst etwas sagen, wenn diese Sicherungen ausgetauscht sind.«

»Weshalb, um Himmels willen?«

»Weil man da nur an Fakten interessiert ist, nicht an Projekten. Solange Sie und ich hier auf der Bank darüber beraten, ist es ein Traum. Der Plan taugt erst was, wenn die Sicherungen an ihrem Platz sind, ohne daß die Deutschen was davon gemerkt haben.«

»Ach, Aristide, vier Minuten können eine ganze Ewigkeit sein!« Und sie schlang ihre Arme um sich, als fröre sie.

»Ganz recht, eine Ewigkeit. Ich bitte Sie um etwas sehr, sehr Schweres, und versprechen kann ich Ihnen nur zwei Dinge: Falls Sie ablehnen, werde ich unsere Unterhaltung niemals und niemandem gegenüber erwähnen. Und falls Sie einwilligen, dabei aber scheitern, will ich dafür sorgen, daß Ihrem Andenken Ehre widerfährt.«

Catherine saß reglos und stumm auf der Bank. Kreischende Möwen zogen über ihrem Kopf von den überfluteten Weiden hinaus aufs Meer. Wozu bin ich hergekommen? fragte sie sich, warum habe ich voriges Jahr in London nach einer verantwortungsvollen Arbeit verlangt, wenn ich im entscheidenden Moment kneife? »Gut, einverstanden«, sagte sie zu Aristide.

London

»Deirdre.« T. F. O'Neill ließ den Namen auf der Zunge zergehen und fand, er sei so erfrischend wie eisgekühlter Champagner. Das war in gewisser Weise nicht verwunderlich, denn seine Freundinnen aus den vornehmeren Colleges an der Ostküste trugen meist so prosaische Namen wie Bootsy, Muffin oder Pooh, während Deirdre schon eher an eine Druidenpriesterin erinnerte. Kam hinzu, daß die Trägerin dieses Namens, Lady Deirdre Sebright, auch dann noch eine wenig verhaltene Sinnlichkeit ausstrahlte, wenn sie sich prosaischen Tätigkeiten wie dem Waschen von Salatblättern hingab.

»Es ist wirklich lieb von Ihnen«, sagte sie jetzt in ihrer Londoner Wohnung zu T. F., »früher zu kommen, um mir zu helfen.« T. F. rührte bedachtsam in einem Kristallkrug den Martini. Es schien in London kein Mangel an Gin zu herrschen, doch der echte italienische Vermouth war ein Opfer des Krieges geworden und mußte durch chilenischen Weißwein ersetzt werden.

»Ihr Amerikaner seid überhaupt so anstellig und hilfsbereit«, pries sie ihn. »Liegt das daran, daß eure Mütter euch so erzogen haben?« T. F. lächelte nur, denn er wußte bereits aus Erfahrung, daß die jungen englischen Damen, mit denen er jetzt zu tun hatte, auf solche Fragen keine Antworten erwarteten.

»Janes Gardeoffiziere zum Beispiel wären auf dem Herweg noch rasch in ihrem Club vorbeigegangen, hätten da zwei Gin mit Orangensaft gekippt, wären eine halbe Stunde zu spät hier angekommen und säßen jetzt behaglich hinter der Zeitung im Wohnzimmer. Mich würden sie höchstens anschreien, weil ihnen der Martini nicht kalt genug ist. Und ich bedauernswertes Aschenputtel würde mich auch noch entschuldigen.«

Sie trug jetzt statt der ›vernünftigen‹ Uniformschuhe hochhackige Pumps, die ihre schlanken Beine hervorragend zur Geltung brachten, dazu einen hautengen Rock, der ihre Konturen betonte statt verbarg. Darüber ein Tändelschürzchen. Die grünseidene Bluse tat ihrem straffen Busen alle Ehre an, und daß die drei oberen Knöpfe nicht geschlossen waren, wirkte auf T. F. wie die Aufforderung, ungeniert zu betrachten, was sich seinen Augen darbot. Sie schaute bewundernd auf die Steaks, die neben dem Herd auf dem Tisch lagen.

»Sie müssen Beziehungen haben, um so wunderbares Fleisch auftreiben zu können«, bemerkte sie. »Mindestens zu einem General.«

»Zu einem Senator«, berichtigte T. F. »Einem Freund

meines Großvaters. Der ist hier angeblich auf einer Inspektionsreise und hat Zugang zur Messe der Generalität. Was tut man nicht alles, um einen Senator für den Krieg zu begeistern.«

»Gott segne ihn dafür, daß er gekommen ist.« Sie beschäftigte sich wieder mit dem Salat. »Sie wissen doch wohl, daß Sie in unserer kleinen unterirdischen Welt unterdessen den Ruf eines Helden genießen?« fragte sie unvermittelt.

»Ich? Ich nehme an, daß man dort nicht mal meinen Namen kennt.«

»Da irren Sie sich aber gewaltig. Geben Sie mir doch bitte mal die Essigflasche. Jane behauptet, Sir Henry ist außer sich vor Wonne, weil Sie ihm in Amerika irgendeinen ganz großen Gefallen getan haben. Was das ist, darf ich selbstverständlich nicht wissen, aber angeblich haben Sie im Alleingang den Krieg für uns entschieden?«

Sieh an, dachte T. F., in Buffalo steht also alles zum besten. »Das möchte ich nun nicht behaupten.« Bislang hatte er in seinem Hinterkopf gelegentlich dieser Sache wegen so etwas wie Gewissensbisse verspürt, doch würden die ihn hinfort nicht mehr quälen. Der Erfolg ist eben doch die beste Medizin gegen Skepsis.

»Er nannte Sie sogar einen recht ordentlichen Burschen.«

»Und das ist ein Kompliment?«

»Das ist kein Kompliment, das ist eine Lobeshymne.« Sie rührte unterdessen die Salatsoße an, streute Salz und Pfeffer, gab einen Löffel Senf dazu. »Ein recht ordentlicher Bursche kommt aus gutem Hause, das ist das wichtigste.« Sie sah ihn schelmisch an. »Aus was für einem Hause kommen Sie wirklich?«

»Nicht aus einem, das Ihnen womöglich vorschwebt. Meine Vorfahren waren irische Katholiken und sind nach Amerika ausgewandert.«

»Na, wenn schon«, nahm sie mit großmütigem Lächeln diese Auskunft zur Kenntnis, »es kann ja sein, daß Sie sonst noch schätzenswerte Eigenschaften haben. Allerdings ist es möglich, daß Sir Henry Ihre O'Neills mit welchen verwechselt, mit denen er gelegentlich auf die Jagd geht. Doch was soll's. Wenn er Sie als recht ordentlichen Burschen bezeichnet, heißt das, Sie dürfen auf ihn rechnen. Auf einen ›guten Jungen‹ darf man sich verlassen, aber einem ›recht ordentlichen Burschen‹ vertraut man geradezu. Und aus welchen Gründen nun auch immer, Sir Henry stuft Sie in diese bevorzugte Kategorie ein.«

»Wollen Sie mal probieren?« T. F. bot ihr von dem Martini an, in dem er so emsig gerührt hatte.

Deirdre nahm das Glas entgegen und probierte. »Sehr gut. Ihr seid doch tüchtige junge Leute, ihr Amerikaner.« Sie lächelte provozierend. »Tüchtig in allem, was ihr unternehmt, oder?« Sie stellte das Glas ab. »Ich vertraue Ihnen jetzt ein gräßliches Geheimnis an. Reichen Sie mir doch mal die Flasche da – nein, die rechts daneben.«

T. F. reichte ihr die Flasche und sah, daß es sich um eine dickflüssige Substanz handelte, die er aus dem Medizinschränkchen seiner Mutter kannte, in dem sie ihre Abführmittel aufbewahrte.

»Das nehme ich anstelle von Salatöl. Es gibt nämlich kein Olivenöl mehr.« Sie rührte eifrig. »Es macht aber nichts, man muß nur genügend Senf und Pfeffer drantun, dann merkt kein Mensch was. Jedenfalls nicht in den nächsten Stunden«, setzte sie kichernd hinzu.

Jetzt klingelte es.

»Das sind sie. Machen Sie doch bitte auf, ich hau derweil die Steaks in die Pfanne.«

Calais

Die Zeichnung war so präzise wie eine Blaupause. Der Künstler stand schüchtern vor Aristides Küchentisch und betrachtete sein Werk. Aristide hatte Catherine vorsätzlich nicht mit ihm bekannt gemacht, als er eingetroffen war.

»Wenn Sie den Kasten öffnen«, sagte er jetzt zu Catherine, »werden Sie alles so vorfinden, wie hier auf der Zeichnung angegeben.« »Wenn Sie sich einprägen, was darauf dargestellt ist, wird Ihnen alles sehr bekannt vorkommen, was Sie morgen zum ersten Mal sehen.«

Aus einer Tüte holte er sodann einen weißen, rechteckigen Stecker, nicht viel größer als ein Kartenspiel. »Dies«, erklärte er Aristide und Catherine, »ist eine Sicherung – die echte.« Und er deutete mit dem Zeigefinger auf die Unterseite, wo der Kern zu sehen war. »Blei«, setzte er hinzu.

Er legte die Sicherung auf den Tisch und entnahm der Tüte eine zweite, welche haargenau so aussah, hielt sie mit der Unterseite nach oben, und Catherine sah, daß anstelle des Bleikerns ein Kupferkern darin eingelassen war. »Kupfer«, sagte der Mann und berührte den Kern mit dem Fingernagel. »Der Kupferkern hält den stärksten Stromstoß aus.« Er fuhr fort, als halte er eine Vorlesung in der technischen Hochschule, was dem ganzen Auftritt etwas höchst Befremdliches gab. »Sie haben nun weiter nichts zu tun, als aus der Schalttafel alle sechs Sicherungen herauszuziehen und sie durch die neuen zu ersetzen, die ich Ihnen gebe. Die, welche Sie auswechseln sollen, können Sie nicht verwechseln, sie sind größer als die anderen. Es sind jeweils die beiden ersten in den untereinander angeordneten Reihen. Auf dem Gehäuse steht die Nummer – XR 402 – in schwarzer Farbe. Es sind die einzigen Sicherungen mit dieser Nummer.«

Catherine betrachtete die Sicherungen und seine Zeichnung und suchte sich vorzustellen, was da eventuell schiefgehen könnte. »Wird man nicht merken, wenn der Strom unterbrochen wird? Geht nicht irgendwo das Licht aus oder so was?«

»Nein. Diese Sicherungen schließen einzig den Stromkreis, an dem die Motoren hängen, welche die Geschütze bewegen und die Aufzüge für die Granaten. Man würde nur dann etwas merken, wenn die Geschütze in Betrieb sind.«

»Und wenn das der Fall ist?«

»Dann probieren Sie es an einem anderen Tag.«

»Wie genau soll ich sie auswechseln?«

»Sie fassen die Sicherung mit Daumen und Zeigefinger und ziehen sie zu sich her. So. Sie lassen die Sicherung in ihren Wäschekorb fallen und setzen sofort eine neue ein. XR 402 muß deutlich zu lesen sein, denken Sie daran. Steht die Schrift auf dem Kopf, weiß man, daß jemand daran herumgemacht hat. Jeder Stecker hat vier Stifte. Führen Sie die Stifte in die Löcher in der Schalttafel ein und drücken Sie dann mit dem Handballen die Sicherung fest. Im Grunde sehr einfach, vorausgesetzt, Sie bewahren die Ruhe und fangen nicht an, nervös zu fummeln. Es sollte höchstens drei Minuten dauern, alles in allem.«

»Drei Minuten.« Das klang schon wie ein Gebet, so als flehe sie darum, daß ihr zuliebe die Zeit für ein winziges Weilchen angehalten werden möge. Heute nacht würde sie nicht schlafen können, und das war schlimm, denn wer unausgeschlafen ist, wird leicht nervös, und ihre Hände würden zittern, gerade wenn es darauf ankam, sie ruhig zu halten.

Sie ergriff die Tüte. »Zählen Sie die Sicherungen und prüfen Sie sie noch mal«, befahl sie den Männern und war selber davon überrascht, wie autoritativ ihre Stimme klang. »Vergewissern Sie sich, daß alles in Ordnung ist, denn auch wenn der König von England mich persönlich darum bäte – ein zweites Mal schließe ich den Schaltkasten nicht auf.«

»Wann gehen Sie morgen hin?« fragte Aristide.

»Um acht werde ich von dem Kradfahrer abgeholt, spätestens um halb neun bin ich da.«

Aristide teilte seinem Besucher nun mit: »Wir haben mit Herrn Metz gewisse Schwierigkeiten. Das heißt, wir müssen verhindern, daß er diese junge Dame bei der Arbeit stört. Rufen Sie also morgen um Punkt neun Uhr Herrn Metz an.« Das war ein Befehl.

»Was soll ich ihm sagen?«

»Denken Sie sich was aus, es wird Ihnen schon was einfallen. Egal was. Hauptsache, Sie halten ihn fünf Minuten am Apparat fest. Sie verstehen, daß das Leben dieser jungen Dame davon abhängen kann? Und Ihres womöglich ebenfalls.«

Catherine nahm die Zeichnung und die Tüte mit den Sicherungen an sich. Aristide brachte sie zur Tür. Er legte ihr die Hände auf die Schultern und küßte sie ganz zart auf beide Wangen. *»Merde«,* flüsterte er dabei, und das drückte Zuneigung und Bewunderung aus, war wie ein Gebet und eine Warnung.

Unterdessen hatte sich Dämmerung auf die Stadt gesenkt. Catherine verharrte einen Moment vor Aristides Haustür, bevor sie von dannen eilte, durch die halbleeren Straßen, allein mit ihrer Angst und der Tüte aus braunem Packpapier.

London

So ungefähr dürfte es am Vorabend von Waterloo in Brüssel zugegangen sein, überlegte T. F., den seine ausgedehnten Studien in den Stand setzten, solche Vergleiche anzustellen. Er betrachtete den jungen Leutnant von den Gardepanzern, den Deirdre mit seiner Freundin eingeladen hatte, auf daß sie gemeinsam den Festschmaus verzehrten. Er war 23 Jahre alt, zeigte in Gegenwart eines Ranghöheren beste Haltung und viel Selbstbewußtsein und ahnte nicht – was T. F. schon wußte –, daß er mit seiner Division 48 Stunden nach der ersten Welle in der Normandie an Land gehen würde. Ob er in zwei, drei Monaten noch am Leben ist? überlegte T. F. Wie stehen seine Chancen? Bestenfalls fünfzig zu fünfzig. Deirdre beugte sich vor und goß ihm Kaffee ein, eine echte Rarität in diesen Tagen. Die Bluse straffte sich dabei sehr vorteilhaft über ihrem Busen. »Eine Extratasse für Sie. Damit Sie das Leben in dieser verderbten, aber langweiligen Stadt besser ertragen.«

»Das kann Ihr Ernst nicht sein«, widersprach T. F. »Ich finde London ungeheuer anregend.«

»Selbstverständlich ist das nicht mein Ernst. Wollen Sie etwa sagen, Sie genießen die Gesellschaft von Frauen, die wirklich meinen, was sie sagen?«

»Wie wäre es, wenn wir noch auf einen Schlummertrunk ins ›400‹ gingen oder, wenn Sie lieber wollen, in einen Nachtclub?«

Mit seinen Samtpolstern, dem gedämpften Licht, dem Orchester, das sich von Tommy Dorsey und Glenn Miller inspirieren ließ, und einem augenscheinlich unerschöpflichen Vorrat von Schwarzmarktwhisky und Champagner, war das ›400‹ bei der herrschenden Klasse das beliebteste

Vergnügungslokal während der Kriegsjahre. Nach der Herzlichkeit, mit welcher der Oberkellner Deirdre begrüßte, zu schließen, war es auch ein Lokal, das sie häufig mit ihrer Anwesenheit verschönte.

Sie bekamen einen Tisch ziemlich nahe der Tanzfläche, und schon brachte der Kellner eine halbgefüllte Whiskyflasche. Der Leutnant prüfte an einem Bleistiftstrich auf dem Etikett den Pegelstand, nickte befriedigt und goß allen ein.

T. F. deutete mit dem Glas auf die überfüllte Tanzfläche. »Wenigstens muß ich Sie heute nicht mit meinen Jitterbugkünsten beeindrucken.«

»Himmel, nein. Das ›400‹ ist bloß für Leute, die auf der Stelle treten.«

»Na, dann treten wir mal auf der Stelle.«

Sie drängten sich auf die Tanzfläche, und mit einem befriedigten Seufzer schmiegte sie sich an ihn. Zunächst blieben sie wirklich auf der Stelle stehen, und T. F. spürte ihre Schenkel und ihren Busen. Sie wurden gegeneinandergedrängt, und das erhöhte die Sensation noch. Gleich darauf ergriff er ihre Hand und preßte sie gegen seine Wange, und sie bewegten sich zentimeterweise im Takt der Musik.

»Haben Sie je Hemingway gelesen?« fragte er, den Mund dicht an ihrem Ohr.

Sie nickte.

»Und je einen Stierkampf gesehen?«

»Um Himmels willen, nein!«

»Es gibt in der Arena einen kleinen Platz, an dem der Stier nicht angerührt werden darf, seine *guerencia,* wie es genannt wird. Ungefähr so kommt mir diese Tanzfläche vor. Jeder hat hier seine *guerencia.*«

Sie dachte darüber nach und antwortete mit einem langgedehnten »Hmmmm«, einem Laut, den junge Damen aus ihren Kreisen von sich geben, wenn sie die Qualitäten eines denkbaren Liebhabers prüfen oder überlegen, ob sie eine hübsche Antiquität kaufen wollen. »Möchten Sie mich beeindrucken, indem Sie mir zu verstehen geben, Sie wären ein Stier?« Sie kicherte. »Oder soll ich Ihre Belesenheit bewundern?«

Es war fast ein Uhr, als sie gingen. Der Leutnant und seine Freundin wollten an der Tradition festhalten und bis fünf Uhr früh bleiben. Er kam dann gerade noch recht zum Wecken.

T. F. und Deirdre nahmen eine Taxe. Sie standen auf dem Gehsteig vor Deirdres Wohnung, sie suchte nach ihren Schlüsseln und er nach den Worten, mit denen man in Amerika seine Lüsternheit scheinheilig leugnet und sich gleichsam ans Ziel schmuggelt, als sie es hörten: ein dumpfes Dröhnen, das in grelles Kreischen überging. Der Taxifahrer gab Gas, und man hörte die erste Sirene jaulen.

»Ich muß schon sagen!« Deirdre war mehr empört als besorgt. »Die Hunnen können einem aber auch den angenehmsten Abend verderben.«

Haustüren wurden geöffnet und geschlossen, Schritte trappelten übers Pflaster, Mütter ermahnten verschlafene Kinder, sich zu beeilen. Als die Sirenen erstarben, hörte T. F. ein Brummen wie von einem Bienenschwarm die Themse heraufkommen.

»Na, da kommen sie«, sagte Deirdre resigniert. »Der nächste Luftschutzkeller ist die U-Bahnhaltestelle Bond Street, aber ich sage Ihnen ganz offen, ich fühle mich da nicht recht wohl. Seit 1941 bin ich in keinem mehr gewesen, aber ich erinnere mich noch gut an die plärrenden Kinder und die ewig schwätzenden Weiber mit ihrer ordinären Aussprache. Ich weiß, ich bin ein Snob, aber so ist es nun mal. Lieber lasse ich mich in meiner eigenen Wohnung von einer Bombe erschlagen, als meine Zeit in diesen Kellern zu verbringen.« T. F. hörte nur halb zu, starrte vielmehr fasziniert in den nächtlichen Himmel. Es war, als würde eine vier Jahre alte Wochenschau lebendig – die bläulichweißen Lichtbahnen der Scheinwerfer, das Dröhnen der Bombermotoren in der Nacht, die Trillerpfeife eines Luftschutzwartes in der Entfernung.

»Sie können hier nicht einfach stehen und zusehen«, sagte Deirdre. »Entweder gehen Sie zur Bond Street, oder Sie leisten mir Gesellschaft.«

Diese Worte lenkten T. F. wieder auf die angenehmere Gegenwart, mit der seine Gedanken zuvor befaßt gewesen waren.

»Auch ich schätze plärrende Kinder nicht«, sagte er.

In der Wohnung angelangt, stellte Deirdre sogleich zwei Leuchter mit brennenden Kerzen auf den Kaminsims und drehte die Hauptsicherung heraus. »Wie wäre es mit einem Brandy?«

T. F. nickte stumm.

»Ist das Ihr erster Luftangriff?« Sie reichte ihm einen Cognacschwenker, funkelte ihn aufreizend an, hob ihr Glas und sagte: »Trinken wir darauf, daß es nicht Ihr letzter sein wird.«

Sie kuschelten sich aufs Sofa. Aus der verdunkelten Stadt tönte es wie rollender Donner. »Da haben sie abgeladen. Ziemlich weit auf dem anderen Themseufer, möchte ich meinen. Sie werfen jetzt ihre Bomben, kaum daß sie wissen, sie sind über der Stadt, und schon machen sie kehrt.«

Sie saßen einige Minuten lauschend still, dann legte T. F. seinen Arm um ihre Schulter. Sie blickte auf, suchte seine Augen, lächelte belustigt und schmiegte sich dann ganz so geschmeidig an ihn wie auf der Tanzfläche im ›400‹. Ihre Umarmung war kühl, und ihr beinahe prüfender Kuß hätte ihn auf die Idee bringen können, es mit einer ziemlich berechnenden Frau zu tun zu haben. Doch Ideen hatte er im Moment nicht.

Sie lehnte sich zurück und schaute ihn verträumt an. Ihre Fingerspitzen strichen über seine Wangen. Und ganz plötzlich stand sie auf. T. F. wußte nicht, was er davon halten sollte, bis er sah, daß sie einen Leuchter ergriff und mit brennender Kerze aus dem Zimmer in den Flur ging, an dem, wie er wußte, das Schlafzimmer lag. Die hat doch ein anderes Format als diese lieben dummen Gänse, die ich von zu Hause her kenne, dachte T. F. bewundernd. Es geht eben nichts über eine wirklich feine Dame.

Sie stellte die Kerze auf dem Nachttisch ab. »Jetzt seien Sie lieb und helfen mir das Bett aufdecken«, befahl sie.

T. F. erwachte von dem Jaulen der entwarnenden Sirene. Deirdre schlief fest in seinem Arm. Zärtlich strich er ihr das noch schweißnasse Haar aus der Stirn. Junge, Junge, dachte er dabei, du hast noch allerhand zu lernen.

Als das Krad mit dem Seitenwagen sich dem Parkplatz vor den Zugängen zu den Geschütztürmen näherte und Catherine auf dem holperigen Weg heftig durchgerüttelt wurde, quälte sie der Gedanke an die Flüchtigkeit des Lebens, diesfalls ihres eigenen. Was, wenn die Posten diesmal ganz unerwartet den Korb mit der geflickten Wäsche untersuchten, in dem sie die Sicherungen versteckt hatte und den sie hütete wie einen Korb voller Eier? Bislang war das nie geschehen, warum also heute? redete sie sich zu.

Von hier oben war das Wasser des Kanals sichtbar, graugrün heute, statt des meist abweisenden Stahlgraus. Die Kreidefelsen von Dover waren deutlich zu sehen. Da lag England. Das Land, in dem man morgens ohne Angst erwachte. Heute war Samstag, der 29. April; etwas mehr als sechs Wochen waren vergangen, seit die Lysander sie in Frankreich abgesetzt hatte. Sechs Wochen, in denen niemand mehr sie Catherine genannt hatte, seit sie in die Hülle dieser erfundenen Person Denise gestiegen war. Doch die Schizophrenie, von welcher das Dasein der Agenten beherrscht wird, hatte bewirkt, daß Catherine sich total mit dieser Denise identifizierte und ihr wahres Selbst ihr femd vorkam wie die Gestalt in einem Traum. Leider, so dachte sie jetzt ingrimmig, leider hat aber auch das seine Grenzen, denn falls in der nächsten halben Stunde etwas schiefgeht, werden die Deutschen sich nicht mit dem Phantasiegebilde namens Denise befassen, sondern mit der nur allzu realen Catherine.

Das Krad hielt, und sie wehrte das Anerbieten Karlis ab, ihr den Korb zu tragen. Als sie sich den Kiesweg entlang dem Eingang von *Bruno* näherte, war sie wie immer beeindruckt von der Größe und Massigkeit dieser drei Ungetüme aus Stahl und Beton, die da in den Himmel ragten. War es denn denkbar, daß die harmlosen Bakelitgehäuse, die sie da in ihrem Korb hatte, diese Geschütze in eben dem Moment lähmen konnten, für den sie mit solchem Aufwand an Geld und Kunstfertigkeit hier errichtet worden waren?

Metz wartete schon auf sie; er tat, als habe er an seinem

Schreibtisch zu arbeiten, und der Schreibtisch stand fast unmittelbar unter dem Sicherungskasten an der Wand. Er stand auf, als sie hereinkam, und Karli, der dicke Gefreite trollte sich. »Wollen wir einen Kaffee trinken«, fragte er, »einen echten?«

Catherine zwang sich ein einverständliches Lächeln ab. Sie stellte den Korb mit der geflickten Wäsche auf seinen Schreibtisch und hielt unauffällig die große Uhr im Auge, während Metz drauflosschwatzte. Zum Glück reichte es, daß sie ihm hin und wieder ein Stichwort hinwarf. Der Ton seiner eigenen Stimme entzückte ihren Liebhaber mehr als jeder andere Laut. Es wurde neun, neun ging vorüber. Warum kommt der Anruf nicht? Um fünf Minuten nach neun hatte sie ihre Tasse fast geleert. Der Schuft hatte es offenbar mit der Angst bekommen! Also wurde nichts aus dem Unternehmen. Das hätte sie erleichtern sollen, tat es sonderbarerweise aber nicht, vielmehr platzte sie fast vor Wut und Enttäuschung. Da wurde etwas über den Lautsprecher durchgesagt, was sie nicht verstand.

Metz stand auf. »Entschuldige mich bitte, ich muß rauf, ans Telefon.«

Catherine trank ihre Tasse leer und reichte beide Tassen samt der sorgsam beschmutzten Untertassen an Heinz, die Kasinoordonnanz, die, wenn auch nur für kurze Zeit, damit beschäftigt sein würde, alles abzuwaschen. Der Magen drehte sich ihr um, ihr wurde schwindelig, und sie glaubte zu schwanken, als sie sich in Bewegung setzte.

Zunächst mußte sie unter den vier nachgemachten den passenden Schlüssel für den Schrank finden. Der erste paßte nicht, der zweite ebenfalls nicht. Wenn Metz nun in jener Nacht den richtigen Schlüssel gar nicht bei sich gehabt hatte?

Doch, er hatte. Der dritte Schlüssel paßte ins Schlüsselloch. Sie drehte ihn und fühlte, wie innen der Riegel zur Seite glitt. Die Anwandlung von Angst, die sie eben noch befallen hatte, war fast vorüber. Doch atmete sie noch in kurzen, heftigen Zügen. Zu ihrer unbeschreiblichen Erleichterung sah die Schalttafel genauso aus, wie der kleine Ingenieur sie gezeichnet hatte. Sie holte die erste der mitgebrachten Sicherungen aus dem Korb und las über der oberen Reihe von Sicherungen den Hinweis *Anton*. Die beiden vorderen Sicherungen in der Reihe waren größer als die folgenden, und das Gehäuse trug die Markierung XR 402. Sie zog mit Daumen und Zeigefinger an der ersten, und siehe da, die kam ohne Mühe heraus. Nun schob sie die mitgebrachte Sicherung mit den vier Stiften in die Löcher und drückte sie mit dem Handballen fest. Das geht ja ganz einfach, dachte sie, einfacher jedenfalls, als ich dachte! Und sie wiederholte das bei sich wie mit einer Gebetsmühle. Es geht ganz einfach! Die zweite Sicherung hinein, und *Anton* war erledigt.

Den Korb hatte sie zuvor mit einer Pappe in zwei Abteile geteilt, um zu vermeiden, daß sie ängstlich oder übereilt einen Fehlgriff täte. Denn nichts wäre ärgerlicher gewesen, als die echten mit den präparierten Sicherungen zu verwechseln. Diese lagen in der linken Hälfte des Korbes, und die beiden, die sie entfernt hatte, verbarg sie jetzt im rechten Teil des Korbes unter einem Overall. Zwei weitere Sicherungen von links glitten in ihre Halterung, zwei entfernte wanderten in den Korb. Damit war *Bruno* bedient. Sie griff gerade nach den letzten beiden Sicherungen, als sie Stiefel die stählerne Wendeltreppe herunterpoltern hörte.

Was in den folgenden Sekunden geschah, lief später vor ihrem geistigen Auge wieder und wieder ab wie ein verlangsamter Film.

Es blieb keine Zeit, den Sicherungsschrank zu verschließen und an die Waschmaschine zu laufen; die Schritte waren fast unten angelangt. Also klappte sie die Schranktüren einfach zu, ohne den Versuch zu machen, sie zu verschließen. Sodann ergriff sie eines der geflickten Hemden, kehrte der Treppe den Rücken und hob das Hemd hoch, als suche sie nach einem Riß oder einem Loch. Sie lauschte auf die näher kommenden Schritte. Sollte es Metz sein, war sie praktisch tot. Das machte ihr keine Angst, im Gegenteil, sie empfand so etwas wie eine lähmende Beruhigung, es war wie damals, als sie, fünfzehnjährig, vor der Blinddarmoperation in Narkose versetzt wurde. Und es kam ihr auch nicht vor, als verginge eine Ewigkeit, bevor die Schritte innehielten, sondern ihr verging die Zeit so, wie sie in Wirklichkeit verging – Sekunde um Sekunde. Und dann rief eine unbekannte Stimme: »Heinz, einen Kaffee!«

Er war also schon in der Messe. Sie wetzte zum Schrank, öffnete ihn, tauschte die beiden letzten Sicherungen aus und betrachtete prüfend ihre Arbeit. Die schwarzen Markierungen XR 402 standen alle deutlich lesbar am unteren Rand des Sicherungsgehäuses, keine verkehrt herum. Catherine drückte rasch noch einmal gegen alle sechs Sicherungen, klappte die Türen zu und verschloß sie mit einer einzigen raschen Drehung des Schlüssels. Mit dem Korb in der Hand eilte sie zu ihrer Waschmaschine, füllte sie mit schmutziger Wäsche und ließ heißes Wasser einlaufen. Erst jetzt überkam sie Angst. Die Knie wurden ihr buchstäblich weich, und sie war unfähig, sich von der Stelle zu rühren. Sie mußte sich an der Maschine festhalten, um nicht zu fallen. Dann hörte sie wieder Schritte auf den stählernen Stufen der Wendeltreppe, und gleich darauf setzte Metz sich wieder an seinen Schreibtisch unter dem Sicherungskasten. »Entschuldige, daß es so lange gedauert hat – hast du mich vermißt?«

Pierre Paraud bekam unangekündigt Besuch. »Sie hätten nicht herkommen sollen«, murmelte er aufsässig, »man könnte Sie sehen.«

»Es könnte sich für Sie eines Tages als sehr nützlich erweisen, daß man mich bei Ihnen gesehen hat«, versetzte Aristide und machte eine kleine Pause. »Die Sicherungen sind ausgewechselt. Nicht zuletzt dank Ihrer Hilfe.«

Paraud machte nur eine unbestimmte Kopfbewegung. Aristide nahm Platz und zupfte seine Bügelfalten zurecht. »Jetzt muß nur noch eine letzte Kleinigkeit erledigt werden.«

»Und das wäre?«

»Das Überbrückungskabel zur Leitung der Batterie Lindemann, damit wir sie auf die Weisung aus London pünktlich außer Betrieb setzen können.«

»Und wer soll das machen?«

»Sie.«

Paraud reagierte wie ein Kranker, dem man mitteilt, er habe Krebs. Zwar hatte er sich ähnliches im stillen schon ausgemalt, doch als er die fatalen Worte nun ausgesprochen hörte, traf es ihn hart.

»Warum ich?« keuchte er.

»Wer sonst? Sie haben mir erzählt, daß die Deutschen kaum je dort hereinkommen. Sie haben die beste Gelegenheit, diese Arbeit auszuführen, ohne daß es auffällt. Dank meiner Bemühungen sind Ihre Frau und die Kinder in Sicherheit.« Aristide legte eine Kunstpause ein, um seinen Worten größtmögliche Wirkung zu verschaffen. »Lieber Freund, was würde wohl geschehen, wenn die Deutschen entdeckten, daß jemand an ihrer Schalttafel herumgespielt hat? Wen, meinen Sie, würden sie als ersten verdächtigen?«

Paraud murmelte fast unverständlich: »Mich etwa?«

»Selbstverständlich. Wen sonst? Sie gehören jetzt zu uns. Nun bleiben Sie auch nicht auf halbem Wege stehen. Ihr Risiko ist überdies minimal.«

»Wenn das Überbrückungskabel angeschlossen ist? Sie sind ja wahnsinnig.«

»Wenn das Kabel angeschlossen ist, sind Sie längst über alle Berge, guter Freund.« Aristide holte einen Gegenstand aus der Tasche. »Erkennen Sie das?«

»Sieht aus wie ein kleiner Elektromotor.«

»Ist es auch. Dieser Zylinder«, Aristide deutete auf eine kleine Trommel, »wird mit einer Schnur verbunden, die Schnur wiederum am Überbrückungskabel befestigt. Der Motor hängt am Starkstromkabel, und sobald die Trommel sich dreht, zieht die Schnur das Überbrückungskabel näher und näher an die Leitung zur Batterie heran, bis es diese berührt. So einfach ist das. Je nach dem gewählten Abstand wird dieser Vorgang fünf Minuten oder auch länger dauern. Sie brauchen also zur gegebenen Zeit weiter nichts zu tun, als die Schnur am Überbrückungskabel zu befestigen, den Motor anzustellen und abzuhauen. Ich habe für Sie ein Versteck vorbereitet, in dem Sie bleiben können, bis die Alliierten Calais genommen haben. Denn kommen werden sie mit absoluter Gewißheit, deshalb möchten sie ja auch, daß die Batterie ihnen keinen Strich durch die Rechnung macht.« Er lächelte Paraud an. »Wie alt sind Sie jetzt? 54, nicht wahr?«

Paraud war überrascht, wie genau der andere sein Alter schätzte, denn er hielt das für eine Schätzung.

»Wenn Sie dies überleben, und davon dürfen wir mal ausgehen, haben Sie noch sechzehn Jahre vor sich, um ins biblische Alter zu gelangen. Und in diesen sechzehn Jahren können Sie sich hier in Calais an Ihrem Heldenruhm sonnen. Sie werden der Siebente Bürger werden.« Damit spielte er auf die legendären sechs Bürger von Calais an, die ihr Leben für das ihrer Mitbürger während der Belagerung durch die Engländer im 14. Jahrhundert zum Pfand gesetzt hatten. »Denken Sie mal daran. Künftig werden Sie am Bastilletag neben dem Bürgermeister stehen und die Parade abnehmen. Nach Ihrem Tod wird man eine Straße nach Ihnen benennen. Was ich Ihnen biete, lieber Freund, ist die Chance, unsterblich zu werden.«

Paraud lachte, und das überraschte Aristide, dem an dem kleinen Mann bislang ein Sinn für Humor nicht aufgefallen war. »Mir kommt es eher so vor, als würden Sie meine Sterblichkeit drastisch beschleunigen. Ich wollte, ich hätte Sie nie getroffen.«

»Das haben Sie aber.«

»Stimmt.« Der kleine Mann schien noch zu schrumpfen und sichtlich zu altern. »Da bleibt mir denn wohl keine Wahl«, sagte er resigniert.

»Nein, die bleibt Ihnen nicht.« Aristides unfrohes, halb unterdrücktes Lachen klang wie das Rascheln von trockenem Laub.

Am Vormittag des 30. April erhielt der Besitzer einer rosarot gestrichenen Villa in den Anlagen von Lapa unweit des Spielkasinos von L'Estoril, einem Badeort außerhalb von Lissabon, Besuch von zwei Herren. Er sah keine Ursache, sich dieser Besucher wegen zu beunruhigen. Sie waren in einem Mercedes vorgefahren, der der deutschen diplomatischen Vertretung in Lissabon gehörte, und kamen im Auftrag von SS-Oberführer Schellenberg vom Auslands-SD, dem Amt VI des Reichssicherheitshauptamtes, das auf Weisung von Himmler das Erbe der deutschen Abwehr übernommen hatte. Daß sie John Jepsen einen Besuch abzustatten wünschten, war durchaus verständlich, denn Jepsen gehörte zu den geschätzten Agenten der Abwehr und hatte soeben erst das Kriegsverdienstkreuz I. Klasse verliehen bekommen, als derzeit einziger in Lissabon. Unbemerkt von Jepsen ließ einer der Besucher eine weiße Pille in seine Teetasse gleiten, und als Jepsen das Bewußtsein verlor, gaben ihm die Herren noch eine Injektion. Den Bewußtlosen verluden sie in den Kofferraum des Mercedes, schafften ihn nach Madrid, luden ihn hier um und fuhren nach Biarritz. Dort wurde er ausgeladen und nach Berlin weitergeleitet, wo ihn eine Zelle im Keller der Prinz-Albrecht-Straße erwartete.

Jepsen bediente nämlich nicht nur die Abwehr, sondern auch MI6, den englischen Secret Service, wurde dort ebenfalls sehr geschätzt und war bekannt unter dem Decknamen ›Artist‹. Er war eines jener Rädchen, die im Uhrwerk des Täuschungsprojektes *Fortitude* eine wichtige Rolle spielten, und seine Verhaftung war ein Mißgeschick von der Art, wie Sir Henry Ridley eines befürchtete.

Calais

Catherine sah gleich bei Pierrots Ankunft, daß irgend etwas geschehen sein mußte. Er ging spornstreichs zum Fenster und knurrte dabei: »Sie sind uns auf die Schliche gekommen.«

Catherine griff sich ängstlich an den Hals.

»Warum glauben Sie das?«

»Ich glaube es nicht, ich weiß es.« Pierrot blickte unverwandt auf die Straße. »Ein Bekannter von mir hat einen Hof bei Saint Omer, der direkt an das Depot grenzt, wo die Deutschen ihre Überwachungswagen stehen haben. Vor zwei Wochen haben sie drei neue Wagen eingesetzt, die genauso angestrichen sind wie die Fischtransporter, die hier herumfahren.«

»Vielleicht sind sie hinter einem anderen Sender her«, gab Catherine, selbst nicht überzeugt, zu bedenken.

»Ganz gewiß. Und Weihnachten fällt dieses Jahr in den Juli. Daß die Wagen so angemalt sind wie unsere Fischtransporter in Calais, deutet wohl darauf hin, daß sie in Lille eingesetzt werden sollen?«

Pierrot holte Aristides neuesten Funkspruch aus der Tasche und legte ihn Catherine beinahe vorwurfsvoll auf den Tisch. »Ich habe Ihnen gesagt, wir sind zu leichtsinnig.«

Catherine ersparte sich, darauf zu antworten, und sah sich den Funkspruch an. Aristide hatte sein Versprechen wahr gemacht und den Text kurz gehalten. Sie las ihn mit großer Befriedigung und mit einigem Stolz. Der *Gonio* sollte sie nicht daran hindern, den Spruch abzusetzen.

Catherine gab sich, ihres Mitverschwörers wegen, heiterer, als ihr zumute war, und machte sich daran, den Spruch zu verschlüsseln. Anschließend begann sie mit dem Ritual, das jeder Sendung voranging, stellte das Gerät auf, stöpselte die Antenne ein, schloß Gerät und Tischlampe an die Steckdose an und vergaß auch nicht die 6-Volt-Batterie samt Kippschalter. Zuletzt baute sie die Oszillatoren in der gewünschten Reihenfolge auf.

Weil Aristides Spruch diesmal relativ kurz ausgefallen war, blieb ihr noch Zeit; sie summte leise vor sich hin und versuchte, wie immer, bevor sie auf Sendung ging, ihrer Nervosität Herr zu werden. Kurz bevor es soweit war, hörte sie Pierrot sagen: »Kommen Sie mal her, Denise.« Er winkte sie ans Fenster. »Wir sollten lieber nicht senden. Da unten treiben sich auffallend viele Leute herum.«

Catherine spähte hinunter. Ihr kam alles vor wie immer – ältliche Frauen mit mager gefüllten Einkaufsnetzen, spielende Kinder, einige alte Männer, die auf dem Gehsteig promenierten. Weit und breit keine Uniform.

»Ich sehe keinen einzigen Ledermantel.«

»Die Gestapo möchte ihre Anwesenheit auch nicht unbedingt bekanntmachen«, belehrte Pierrot sie. »Sehen Sie mal die beiden Lulatsche da an der Ecke.« Er deutete auf zwei Jünglinge in Lederjacken, die rauchend an einer Hauswand lehnten. Catherine glaubte sogar auf diese Entfernung den Glanz der Brillantine in ihrem Haar zu erkennen.

»Das sind *zazous*, Pierrot, die warten, daß die Cafés öffnen.«

»Deutsche sind das.«

Sie legte ihm, wie sie hoffte, beschwichtigend die Hand auf den Arm. Es wurde Zeit, auf Sendung zu gehen, und es lag bei ihr, darüber zu entscheiden, ob sie es tun wollte oder nicht. »Es wird schon gutgehen«, murmelte sie. »Ich fange gleich an.«

Sie hatte fast zwei Drittel des Funkspruchs abgesetzt, als sie Pierrot rufen hörte: »Da! Ein Lastwagen!«

Es war weniger ein Schrei, er schien ihr diese Worte vielmehr buchstäblich an den Kopf zu werfen. Zugleich trat er so weit vom Fenster weg, daß er von unten nicht gesehen werden konnte. Der Lieferwagen kam um die Ecke und fuhr gemächlich die Straße entlang. Er war grau lackiert, und Pierrot konnte deutlich die Aufschrift erkennen: *Pêcheries Maritimes.* Und schon erkannte er auch die kreisrunde Antenne auf dem Dach, die den Wagen als einen von der deutschen Funküberwachung kenntlich machte. Die Lulatsche von der Ecke waren verschwunden. »Gottverdammt! Da kommen sie!«

Im gleichen Moment erlosch Catherines Tischlampe. Mit der Linken betätigte sie blitzschnell den Kippschalter und fuhr mit der Rechten fort, die Morsetaste zu bedienen.

»Hören Sie um Gottes willen auf, Denise, sie stehen schon vor unserem Haus!« flehte er.

Catherine schüttelte nur den Kopf und bearbeitete die Morsetaste wie eine Besessene. Sie wußte, sie machte Fehler, was sie da morste, würde nicht zu entziffern sein, und trotzdem hielt sie nicht ein.

»Sie werden uns beide umbringen! Hören Sie auf! Sofort!«

Die Tischlampe brannte wieder, also war die Hauptsicherung reingedreht worden. Noch mal dreißig Sekunden, und sie war fertig. Sie rannte zum Fenster.

Der Wagen stand direkt vor der Haustür. Vier Männer in Ledermänteln, die Pistole in der Hand, sprangen heraus. »Jetzt haben sie uns«, ächzte Pierrot. Starr vor Angst sahen sie den Männern zu, die noch vor dem Haus standen. Auf ein Zeichen – wer es gab, konnten die beiden nicht sehen – stürmten sie vorwärts und hämmerten an die Tür des benachbarten Hauses. »Aufmachen! Polizei!«

Im düsteren Treppenhaus roch es nach Heringen und ranzigem Öl. In der Küche brutzelten Heringe in der Pfanne. Catherine verzog die Nase. Das Paradies, so schien ihr, wäre ein Ort, an dem sie nie Heringe essen müßte. Sie zögerte anzuklopfen. Aristide würde das nicht recht sein. Sie verstieß gegen die Regeln der Konspiration, die ihrem Dasein als Korsettstangen dienten. Aber was heute vormittag geschehen war, rechtfertigte, wie sie fand, ihren Schritt. Falls sie noch daran gezweifelt hätte, daß ihre Lage ernst war, hätten die Kontrollen unterwegs hierher sie überzeugt. Zweimal innerhalb von 300 Metern von ihrer Wohnung entfernt war sie durchsucht worden. Und an der Art, wie man ihre schwarze Puderdose prüfte, erkannte sie, wonach gesucht wurde – nach Oszillatoren.

Aristide öffnete und starrte sie aus haßerfüllten Augen an. Einerlei, wie lange jemand schon im Widerstand war, ein unerwartetes Klopfen an der Tür erschreckte jeden.

Er ließ sie wortlos ein, und als er die Tür hinter ihr zugemacht hatte, war auch der Haß aus seinen Augen gewichen. »Es ist wohl sehr wichtig?«

»Ja.« Sie berichtete hastig.

»Wieviel von meinem Spruch haben Sie absetzen können?«

»Zwei Drittel etwa.«

Aristide wies auf einen Stuhl und setzte sich ihr gegenüber. Erneut beeindruckte sie die Kargheit dieser Wohnung, das gänzlich Unpersönliche daran. Der einzige Luxusgegenstand, wenn man ihn denn so nennen wollte, war ein Radio, Marke Philips. Und doch hatte sie selber diesem Mann zwei Millionen Francs überbracht. Ganz offensichtlich hatte er keinen *sou* davon für sich verwandt. In der Küche nahm seine Frau soeben die Pfanne mit den Heringen vom Herd, und dabei mußte Catherine an Paul denken und seine Vorliebe für gutes Essen, und an seinen Entschluß, sich nicht mit leerem Magen fangen zu lassen. Es gab also solche und solche Widerstandskämpfer.

»Wann sollen Sie das nächste Mal senden?« fragte er.

»Morgen um vier.«

»Es kommt sehr ungelegen, aber es bleibt uns nichts weiter übrig, als Ihr Gerät stillzulegen.«

Catherine protestierte nicht. Sollte sie es noch einmal versuchen, würde sie mit Sicherheit gefaßt werden. »Könnten wir anderswohin ausweichen?« fragte sie.

»Sind Sie imstande, das Gerät auseinanderzunehmen und wieder zusammenzubauen?«

Sie schüttelte den Kopf.

»Hab ich's doch gedacht. Das hat man Ihnen nicht beigebracht.« Aristide machte eine hilflos resignierte Geste. »Jetzt kann man es unmöglich transportieren. Wenn Sie es versuchten, wäre das so, als gingen Sie damit in einem blau-weiß-roten Kleid direkt zur Gestapo in der Rue de Valenciennes. Aber könnten Sie einen letzten Spruch nach London absetzen?«

»Ich habe noch meinen Not-Oszillator.«

Der Not-Oszillator war genau das, was der Name sagte. Er durfte nur in Fällen äußerster Not benutzt werden, und seine Wellenlänge konnte der Funküberwachung daher nicht bekannt sein. Die Längen ihrer fünf anderen Oszillatoren waren bestimmt schon ihrem Sender zugeordnet, und sobald morgen ihr Rufzeichen aus London kam, würde man sie auf allen fünf Wellenlängen suchen. Aber mit dem Not-Oszillator könnte sie einige Minuten senden.

Aristide nahm einen Block und begann zu schreiben. »Wie lange brauchen Sie, um das hier abzusetzen?«

Sie las: »Aristide an Cavendish Sender von Gonio entdeckt neuer Standort unmöglich benötige anderen Sender für Notfälle.« Catherine zählte die Buchstaben – knapp hundert. Wenn sie gut in Form war, benötigte sie eine Minute für 28 bis 30 Buchstaben.

»Etwas mehr als drei Minuten.«

»Kriegen Sie das über Ihren Not-Oszillator raus, bevor Sie geortet werden?«

»Ich nehme an, man weiß, daß der Sender in meiner Straße arbeitet.«

»Ja, das muß man wohl annehmen.«

»Ferner müssen sie sich sagen, daß der Funker den Krach heute vormittag gehört hat und weiß, daß man ihm auf der Spur ist. Antworte ich nicht, wird man vermuten, ich habe es mit der Angst bekommen. Ich glaube daher nicht, daß man nach mir überhaupt auf anderen als den schon bekannten Frequenzen suchen wird.«

Aristide zupfte an seinem Bart – es sah fast aus, als wolle er einen Zopf flechten. »Stimmt. Das dürfte die erste Schlußfolgerung sein. Ich mache mir der nächsten wegen Sorgen.«

Sie schaute ihn entgeistert an.

»Wenn Sie nicht senden, wird das Viertel abgesperrt und Haus um Haus auf den Kopf gestellt. Sobald London Ihren Spruch bestätigt, machen Sie, daß Sie wegkommen. Nehmen Sie nichts mit, keine Zahnbürste, keine Wäsche, nichts. Klammern Sie sich an Pierrot und tun Sie auf der Straße so, als hätten Sie gerade eben erst die Liebe erfunden. Pierrot bringt Sie in ein Versteck.«

»Und wer nimmt Cavendishs Antwort auf?«

Aristide deutete auf sein Radiogerät. »Das ist ein Kurzwellenempfänger. Sie können den Spruch hier empfangen.«

Die Szene, dachte Catherine, könnte aus einem linken Drama stammen, das in der Absicht aufgeführt wird, den Zuschauern das Elend der französischen Arbeiterklasse vor Augen zu führen. Aristides Frau lag in mehrere Pullover gehüllt im Bett und unterhielt ihr Publikum mit Schniefen und Husten. Angeblich waren das die Folgen einer Halsentzündung und eines Anfalles von Rheumatismus, in Wahrheit aber war es ihre Art, dagegen zu protestieren, daß sie diese Nacht ihr Bett mit Catherine teilen sollte statt mit ihrem Gatten. Der Sender der SOE arbeitete meist in der Nacht, und Catherine mußte um 1 Uhr 15 auf Empfang gehen. Dank der Sperrstunde bedeutete dies, daß sie die Wohnung nicht mehr verlassen konnte, und Aristide hatte ihr großmütig seinen Teil des Bettes angeboten.

Er selber saß auf einem Stuhl mit steiler Lehne und las beim Licht einer nackten Glühbirne in Engels' Kommentaren zu Karl Marx. Catherine hockte auf dem anderen Stuhl und hörte mit halbem Ohr auf den Soldatensender Calais, ein englischer Propagandasender für die deutschen Truppen im Pas de Calais. Jetzt wurde schon zum fünften Mal

›Hübsche kleine Schaffnerin‹ wiederholt, ein Schlager, der bei den Kriegern der Wehrmacht offenbar höchst beliebt war. Sie bewegte sich im Rhythmus dieser Schnulze und dachte: In dem Stück bin ich die Arbeitertochter, die sich auf den Tanzboden und in die Cafés sehnt und nur von der Armut und der proletarischen Moral ihrer Eltern hier festgehalten wird.

Sie war kurz vor der Sperrstunde angekommen und hatte seither mit Aristide kaum ein Dutzend Sätze gewechselt. Gleichwohl empfand sie für ihren Chef echte Bewunderung und Zuneigung und wußte, daß er für sie ähnlich empfand. Sein Schweigen war nicht in einem Mangel an Gefühl begründet, vielmehr drückte sich darin aus, wie er sich die Haltung des Chefs einer französischen Widerstandsgruppe vorstellte. Einsamkeitsgefühle waren ein Virus, der jeden Agenten im französischen Untergrund anfiel. Sie waren das unvermeidliche Resultat eines Lebens unter falschem Etikett, das selbst die schlichtesten menschlichen Beziehungen verdächtig machte, eines Daseins, in dem man endlos warten, die Nächte allein oder in Gesellschaft der Angst verbringen mußte. Es war also nichts natürlicher, als daß solche Menschen einander nicht nur geistig, sondern auch körperlich umarmten, wenn sie einander einmal begegneten, die Fessel abstreiften und auskosteten, daß sie einmal nicht allein waren. Manche Chefs ermutigten das sogar, sie führten ihre Gruppen wie Familien.

Aristide hingegen sah das anders. Er hielt seine Leute strikt voneinander getrennt, verbot ihnen jeden Umgang miteinander, es sei denn, die Arbeit erforderte es. Er ließ seine Agenten nichts wissen, was sie nicht unbedingt wissen mußten, stellte ihnen keine Fragen außer solchen, die sich auf die Arbeit bezogen. In den Wochen, die Catherine in Calais verbrachte, stellte er ihr nicht eine einzige persönliche Frage, nicht nach ihrer Herkunft, dem Leben, das sie vor dem Krieg geführt, was sie über dieses oder jenes dachte. Er wollte es einfach nicht wissen. Nur was sie ihm aus eigenem Antrieb erzählte, beispielsweise über den Tod ihrer Mutter, das hatte er sich angehört.

Sie schob solche Gedanken von sich, denn es war jetzt ein Uhr. Sevenoaks zu empfangen war so einfach, wie es gefährlich war, zu senden. In Anbetracht der Ereignisse würde man dort nicht erwarten, daß der Spruch bestätigt wurde. Sie brauchte nur vor Aristides Empfänger zu sitzen und die Morsezeichen aufzunehmen. Anschließend entschlüsselte sie den Text mit Hilfe der seidenen Tüchlein und reichte ihn Aristide.

Er lautete: Cavendish an Aristide stop Einverstanden mit Stillegung Sender stop Denise umgehend nach London mit sämtlichen Details stop Ihr Kontakt Kneipe Ecke Rue Saint André des Arts und Rue des Grands Augustins Paris stop Kennwort an Schankkellner ich möchte M Besnard sprechen stop Lysander wird arrangiert stop Bestätigen Sie Abreise Denise über Café Sporting Rue de Bethune Lille stop Kontakt Kellner René Kennwort Wo kann ich hier Köder bekommen Antwort die gibt es im Café Commerce stop Hinterlassen Sie dort Kontakt in Calais für weitere Benachrichtigungen stop Alles Gute.

Aristide blickte auf. »Sie werden uns fehlen.«

»Auch Sie werden mir fehlen, Aristide«, erwiderte Catherine.

Sie verbrannte die seidenen Tüchlein und den Zettel mit der entschlüsselten Botschaft aus London. Sie hätte sich dabei fast die Finger verbrannt, denn plötzlich wurde ihr klar, daß der Kontakt in Paris und das von Cavendish angegebene Kennwort genau die gleichen waren, die Paul ihr genannt hatte und die sie verwenden sollte, falls sie je dringend seine Hilfe brauchte.

Paris

Nicht einmal die strahlende Maisonne vermochte den Fabrikarbeitervierteln, die sich jenseits der Porte de Pantin erstrecken, ein weniger trostloses Aussehen zu verleihen. Catherine war sich dessen bewußt, daß sie auf eben jener Caféterrasse, womöglich am gleichen Tisch saß, an dem sie mit Paul vor sechs Wochen auf den Fischtransporter von Boulogne wartete, der sie auch jetzt wieder hergebracht hatte. Das war ein Abschiedsgeschenk von Aristide gewesen, der nicht wollte, daß sie bei einer eventuellen Gepäckkontrolle im Zug Calais – Lille mit den Dokumenten erwischt wurde, in denen der Plan zur Außerbetriebsetzung der Batterie Lindemann dargestellt war. Eine Zeichnung der fraglichen Schalttafel, eine Skizze der Änderungen innerhalb der Umspannstation Calais, sogar ein Exemplar der mit einem Kupferkern versehenen Sicherungen waren nach Paris unterwegs, versteckt unter Sardinen und Heringen.

In der riesigen Stadt fühlte Catherine sich, obwohl ganz allein, zum ersten Mal seit Wochen sicher. Kein Wunder, daß die Agenten der SOE am liebsten hier in Paris arbeiteten. Nach dem wochenlangen Aufenthalt in einer kleinen Stadt wie Calais genoß sie die Anonymität. Eine Ausgabe von *Je Suis Partout* lag, so wie Paul ihr geraten hatte, vor ihr auf dem Tischchen, doch hatte sie keine Lust, darin zu lesen. Viel angenehmer war es, hier in der Maisonne zu sitzen und an Paul zu denken.

Als kleines Mädchen hatte sie die Angewohnheit gehabt, vor ihrem Tellerchen mit der Nachspeise zu sitzen, sie hingerissen anzustarren ohne sie aber zu berühren. Ganze Minuten konnte sie zusehen, wie das Eis schmolz, die Kruste des Kuchens oder den Pudding betrachten und die Vorfreude genießen, die fast ebenso groß war wie der Genuß, wenn sie endlich nach dem Löffel griff. Und in dieser Weise dachte sie jetzt auch an Paul, sie spürte seine Arme, die sie umfaßten, genoß im voraus den Moment, da sie nebeneinander aufs Bett sinken und in aller Ruhe und Ausführlichkeit einer den Körper des anderen erkunden würden. Sie war so sehr an diesen Vorgenuß hingegeben, daß sie die Ankunft des Fischautos als Störung empfand. Sie sah den Wagen halten, den Fahrer aussteigen und am Kiosk eine Zeitung kaufen. Mit der Lässigkeit, die ihr nun schon zur Gewohnheit geworden war, schlenderte sie über den Fahrdamm. Es war der gleiche Fahrer, der sie nach Calais gebracht hatte, und sie erkannten einander sogleich. Sie tat, als frage sie ihn nach dem Weg, und er brachte eine Straßenkarte zum Vorschein und erklärte ihr umständlich, wie sie nach Versailles käme. Währenddem steckte er ihr das erwartete Paket zu, das sie sogleich in ihrer voluminösen Schultertasche verschwinden ließ. Im Abgehen sah sie, daß er auf dem Beifahrersitz einen Stoß pornographischer Postkarten liegen hatte. »Sind das die Flugblätter der Résistance für die Jungen in Boulogne?« fragte sie lächelnd.

»Nein, das sind meine Passierscheine«, grinste er. »Die sind für die Feldgendarmen in Abbéville. Deshalb belästigen sie mich selten und dann auch nur pro forma.« Er kletterte auf den Sitz, murmelte *»Merde«* und machte die Tür zu.

Catherine ging gemächlich zur Métro. Aus ihrer Schultertasche roch es nach totem Fisch. Na, da werde ich wohl einen Platz ganz allein für mich bekommen, dachte sie zufrieden.

London

Während der Kriegsjahre versammelte sich an jedem Mittwochnachmittag ein Grüppchen Uniformierte und Zivilisten in einem unauffälligen Bürohaus in der Saint James Street Nr. 58. Das Haus stammte aus der Zeit Victorias und war aus Backsteinen erbaut. Über dem Portal sah man die Buchstaben MGM, was, wie jeder weiß, *Metro Goldwyn Meyer* bedeutet, und in dem Jahrzehnt vor Kriegsausbruch hatte die Firma denn auch von hier aus den europäischen Markt mit ihren Phantasieprodukten beliefert. Jetzt wurden hier andere Phantasien realisiert, denn das Gebäude diente seit Kriegsbeginn als Stabsquartier von MI5, der britischen Gegenspionage.

Die Herren, die sich hier mittwochs trafen, versammelten sich in einem Konferenzraum im zweiten Stock. Dessen Möblierung ließe sich am besten mit der Bezeichnung ›spartanischer Behördenstil‹ beschreiben, sie bestand aus einem langen, filzbespannten Tisch, vor jedem Platz ein Notizblock, ein Bleistift und ein Wasserglas. Einziges Zugeständnis an verwöhnte Teilnehmer war eine Tasse lauwarmer Tee plus zwei bröcklige Kekse pünktlich um 16 Uhr 30. Und doch repräsentierten die Herren, die sich da so regelmäßig versammelten, die Crème derjenigen, die für den Krieg im Dunkeln verantwortlich waren. In dieser Runde waren alle Organisationen, welche diesen Krieg führten, durch einen Abgesandten vertreten: MI5, MI6, Sir Henry Ridleys London Controlling Section, Kriegsmarine, Heer und Luftwaffe mit ihren Nachrichtendiensten und auch die Codeknacker. Alle mit einer Ausnahme – die SOE. Catherines Arbeitgeber galten in diesem erlauchten Kreis als viel zu unzuverlässig, als daß man sie an der Erörterung strategischer Entwürfe hätte teilnehmen lassen, die in diesem Hause ausgebrütet wurden.

Die Gruppe, bekannt unter dem Namen *Twenty Committee,* nach der XX, unter der es geführt wurde, war ursprünglich von Churchill eingesetzt worden mit dem Auftrag, alle Informationen zu koordinieren, die von MI5 durch die wachsende Zahl von Doppelagenten an die Deutschen gefüttert wurden. Im Jahre 1944 ging es in diesem Kreis jedoch hauptsächlich um die von Ridley und seiner Section erdachten Täuschungsmanöver im Zusammenhang mit dem Projekt *Fortitude.* 1943 waren der Gruppe zwei Amerikaner zugeteilt worden, einer, der Donovans OSS unterstand, der andere gehörte zum US-Außenministerium.

T. F. O'Neill nahm anstelle des Vertreters des OSS teil, weil er Ridleys amerikanischer Verbindungsoffizier war. Am 3. Mai, einem Mittwoch, betrat er erstmals den Konferenzraum. Ridley machte ihn mit einigen der Anwesenden bekannt und wies ihm einen Stuhl neben dem seinen an. Der junge amerikanische Major war beeindruckt, denn er wußte, die Autorität der Männer, unter denen er saß, war praktisch weltumspannend. Entscheidungen, die an diesem Tisch getroffen wurden, konnten nur durch Churchill, Roosevelt, die amerikanischen Vereinigten Stabschefs oder den britischen Generalstab umgestoßen werden.

Ein hochgewachsener Mann, der sich nicht besonders gerade hielt, trat ein und nahm am Kopf der Tafel Platz. Er zupfte nervös an seinen Manschetten, lehnte sich zurück und gebot mit den Blicken Ruhe wie ein Professor, der ein Seminar leitet. Das ist kein unpassender Vergleich, denn John Cecil (J. C.) Masterman war ein weithin bekannter Gelehrter aus Oxford, ein Historiker. Ganz wie Sir Henry Ridley war auch er eine Bestätigung für die Behauptung, daß England von einer Elite aus hochgeborenen und hochgebildeten Persönlichkeiten gelenkt wurde. Im London der Kriegsjahre gab es praktisch keinen Dienstweg, den er nicht umgehen konnte, indem er einen hohen Beamten anrief, der irgendwann mal sein Student gewesen war.

Als Ruhe eintrat, entnahm er einem vor ihm liegenden Hefter ein Blatt Papier mit einem aufgefangenen Funkspruch der deutschen Abwehr. »Meine Herren, wir haben es mit einer Krise zu tun.« Er machte eine Pause, um dem, was er zu sagen hatte, größeres Gewicht zu geben. »Artist – bekannt auch als John Jepsen – ist von der Gestapo aus Lissabon entführt worden und sitzt jetzt in der Prinz-Albrecht-Straße.«

T. F. ahnte nicht, wer gemeint war. Die Reaktion auf den Gesichtern ringsum machte ihm aber deutlich, daß diese Nachricht eine schlimme sein mußte. »Es stellen sich mithin drei Fragen. Erstens: wird er reden? Zweitens: was kann er verraten, wenn er redet? Drittens: welche Auswirkungen könnten seine Enthüllungen auf die Erfolgsaussichten von *Fortitude* haben?«

T. F. spürte, daß durch Ridley neben ihm ein Ruck ging. Er setzte eine Zigarette in Brand und lehnte sich vor. »Die erste Frage beantwortet sich von selber. Es steht fest, daß jeder unter der Folter irgendwann aussagt. Niemand, buchstäblich niemand kann das ertragen. Und er weiß ziemlich viel.«

Der Vertreter von MI6 sagte: »Wir haben aus Lissabon eine Information, die besagt, er könnte eventuell wegen verbotener Devisentransaktionen gegriffen worden sein.«

»Das kann gut sein, ist aber total irrelevant«, wischte Masterman diesen Einwurf beiseite. »Wird er erstmal verhört, kann es gut sein, daß er anfängt zu singen, um seine Lage zu verbessern. Und tatsächlich sind seine Kenntnisse für uns sehr gefährlich.«

»Sehr wahr.« Das war wieder Ridley, und er schien die Besorgnis jedes einzelnen Anwesenden auszudrücken. Und die war durchaus begründet, denn Jepsen war für den englischen Secret Service durch einen jugoslawischen Doppelagenten namens Dusko Popov angeworben worden, eben jenen Popov, den die Deutschen auf Wunsch der Japaner nach Amerika geschickt hatten, wo er sich um Pearl Harbor kümmern sollte, und den Hoover so töricht abgewiesen hatte. Derzeit arbeitete er unter dem Codenamen Dreirad und war eine jener drei Schlüsselfiguren, über welche die Briten den Deutschen das Projekt *Fortitude* schmackhaft machen wollten.

Masterman zupfte wieder an seinen Manschetten. »Falls Jepsen auspackt und die Gestapo bekommt heraus, daß Dreirad unser Agent ist, über den wir die Abwehr mit Informationen über *Fortitude* gefüttert haben, könnten wir Unannehmlichkeiten haben, nicht wahr?«

»Wenn Sie es als Unannehmlichkeit bezeichnen wollen, daß uns bei der Landung in der Normandie zehn Panzerdivisionen erwarten, haben Sie recht«, bemerkte mürrisch der Vertreter des Heeresnachrichtendienstes.

»Eines halte ich für unbedingt geboten.« T. F. sah, daß Ridley aus einer Wolke Zigarettenrauch sprach, die ihn wie so häufig gänzlich einzuhüllen schien. »Popov muß sofort stillgelegt werden.« Er schaute fragend den Vertreter der Gegenspionage an. »Haben Sie dazu einen Vorschlag?«

»O ja, den habe ich. Ich denke darüber schon seit einiger Zeit nach. Popov und Jepsen waren Schulfreunde. Popov hat Jepsen angeworben. Er könnte seinem Führungsoffizier sagen, daß er ab sofort keine Informationen mehr liefert, bis die Gestapo ihre dreckigen Pfoten von Jepsen läßt und der lebendig in Lissabon auftaucht.«

»Das könnte gehen«, stimmte Ridley zu. Und zu Masterman gewandt: »Ich sehe die Befürchtungen, die ich hege, seit Himmler die Abwehr übernommen hat, bestätigt. Meine Sorge gilt im Moment nicht mal so sehr Popov. Der ist für uns verloren. Sie gilt der Reaktion des Auslands-SD, wenn herauskommt, daß einer der drei führenden Abwehragenten in Wahrheit für uns tätig gewesen ist. Sie werden dann doch auch alle anderen Agenten verdächtigen. Sollen etwa Brutus und Garbo auch für uns verloren sein, ausgerechnet in dem Moment, wo wir die dringender brauchen denn je?«

»Tja«, überlegte Mastermann mit verdüsterter Miene,

»wenn wir die abschreiben müssen, können wir wohl ebensogut *Fortitude* abschreiben und damit die Invasion.«

»Meine Herren, jetzt ist nicht der Moment, Zyankalikapseln zu schlucken, sondern sich klarzumachen, daß die Deutschen nur sehr wenige Informationsquellen besitzen«, sagte der Mann vom Secret Service. »Göring ist nicht in der Lage, durch die Luftaufklärung all die hübschen Attrappen zu fotografieren, die wir an der Südostküste für ihn aufgebaut haben. Wir haben da eine reichhaltige Tafel gedeckt, aber der Ehrengast weigert sich zu erscheinen. Daraus folgt, daß der Feind viel stärker auf Informationen von Agenten in England angewiesen ist als er es wäre, könnte er selber aufklären.«

»Ganz meine Meinung«. Dies von dem Schotten von der Gegenspionage, die die Doppelagenten führte. »Himmler und seine Leute mögen die Abwehr verabscheuen, und doch müssen sie ihre Bewertung der Lage bis zu einem gewissen Grade auf die Informationen gründen, die sie von uns bekommen. Was haben sie denn sonst? Schön, sie werden noch mißtrauischer werden, wenn sie hören, daß wir Popov umgedreht haben, aber mit irgendwas müssen sie schließlich arbeiten. Im übrigen gilt für Agentenführer, was für gehörnte Ehemänner gilt: sie erfahren es als letzte, wenn ihr kostbarer Schützling umgepolt worden ist.«

Masterman schüttelte entschieden den Kopf. »Das ist ja alles schön und gut, aber wir müssen uns darauf vorbereiten, wie wir der Gefahr begegnen wollen, auch Brutus und Garbo zu verlieren. Können Sie nicht noch weitere Pferde ins Rennen schicken?«

»Meine Herren.« T. F. hörte fasziniert, welche Autorität Ridley mit seiner sehr gedämpften Sprechweise ausdrükken konnte. »Wir bewegen uns im Kreis. Darf ich daran erinnern, daß bis zur Invasion noch ein knapper Monat ist. Ein Doppelagent, der seinen Zweck erfüllen soll, muß über Monate, wenn nicht länger, sorgsam aufgebaut werden – ein Monat jedenfalls ist nicht ausreichend dafür. Ich bin auch dagegen, anderen unserer Agenten wichtigere Aufträge zu geben. Wir wissen dank *Ultra,* daß Garbo, Brutus und Dreirad bei den Deutschen das denkbar größte Vertrauen genießen. Dreirad ist für uns nicht mehr zu gebrauchen. Ich bin aber der Meinung, daß wenige bewährte Kanäle für unsere Zwecke besser sind als eine Menge andere von ungewissem Wert.«

»Wollen Sie damit sagen, daß wir uns auf Brutus und Garbo beschränken und beten, daß Popov der einzige bleibt, der auffliegt?« fragte Masterman.

»Nein. Ich will damit sagen, daß wir uns nicht zu einer panischen Reaktion verleiten lassen dürfen. Wir halten uns an Brutus und Garbo, solange wir nicht durch *Ultra* erfahren, daß die Deutschen sie verdächtigen. Garbo hat schließlich seine zahlreichen erfundenen Unteragenten im ganzen Land, und Brutus darf nach Lust und Laune herumreisen, noch dazu in Uniform. Ich bin mit Ihnen« – er machte eine umfassende Bewegung mit der Zigarette – »der Meinung, daß wir wenigstens einen neuen Kanal eröffnen sollten. Darüber mache ich mir Gedanken, seit Himmler die Abwehr übernommen hat. Ein neuer Kanal müßte direkt zum Auslands-SD führen, statt wie bisher zur Abwehr. Weil wir aber keine Zeit mehr haben, kommen Doppelagenten dafür nicht in Frage. Was also tun?«

Er tat einen seiner intensiven Züge an der Zigarette und ließ den Rauch aus den Nasenlöchern, bevor er fortfuhr: »Unser Freund ›C‹«, – er machte eine kleine Verbeugung vor dem Vertreter von MI6 – »hat bereits einen Mann sehr gut plaziert, der uns von großem Nutzen sein könnte. Nur weiß ich leider immer noch nicht, wie wir den ins Spiel bringen könnten. Es fehlt noch ein Bindeglied, irgendein Steinchen, das das Puzzle komplett macht, und ich kann nur sagen, wir werden uns nach Kräften bemühen es zu finden.«

Aristide fuhr langsam die Rue de Bethune in Lille entlang und suchte das Café Sporting. Als er es erblickte, fuhr er, wie es die Regeln vorschrieben, vorüber und bemühte sich, durch die verschmutzte Scheibe etwas wahrzunehmen. Es sah völlig normal aus, nichts auffälliges war zu bemerken, also machte Aristide kehrt, stellte sein Fahrrad ab und ging hinein.

Sein schon verschlüsselter Funkspruch lag zwischen den Seiten der Zeitung, die er bei sich hatte. Aristide hatte noch den Code und das Rufzeichen, das man ihm in England gegeben, und das Catherines Vorgänger benutzt hatte. Es handelte sich um den ehedem bei der SOE gebräuchlichen Code, basierend auf einem Gedicht, eine Zeile aus Charles Trenets *Fleur Bleu.* Weil er seine Sprüche damals selber verschlüsselte, konnte er sicher sein, daß die Gestapo diese Zeile nicht aus dem unglücklichen jungen Funker hatte herausfoltern können, nachdem der hochgegangen war.

Im Café hockten nur zwei alte Männer am jenseitigen Ende des Schanktisches. Aristide bestellte *un demi,* goß das Bier in einem Zug herunter und bestellte noch eines. Der Schankkellner betrachtete ihn wohlwollend. »Durstig, was?«

Aristide musterte ihn unauffällig. Er zapfte Bier wie jemand, der das sein Lebtag getan hat, war in mittleren Jahren, etwa in Aristides Alter, und hatte einen Bauch, was darauf schließen ließ, daß das elende Besatzungsbier seinen Durst nicht vermindert hatte. Aristide winkte ihn mit einer Kopfbewegung näher. Er kam zögernd heran und wischte dabei mit einem dreckigen Lappen über die Zinkbar.

»René?« fragte Aristide.

»Ja«, erwiderte der andere ohne aufzublicken.

»Wo kann ich hier Köder bekommen?«

René blickte auf. Er schien einen Moment zu zögern und nicht etwa, weil er gegen Angler ein Vorurteil hatte. Dieser Mann, an den Cavendish ihn verwiesen hatte, fürchtete eine Falle. Das war gut. Er sah Aristide prüfend an, stellte sich vor ihn und stützte die massigen Unterarme auf den Tresen. Es sah aus, als wolle er dem Kunden zuflüstern, wo die Fische in der Lys am besten anbissen. »Wir verkaufen keine Köder«, vertraute er ihm an, »die gibt es im Café Commerce.«

Aristide stützte den linken Ellenbogen auf seine Zeitung, die er zusammengefaltet auf den Tresen gelegt hatte. »Hinter Seite drei liegt was für London. Wie schnell kann das rausgehen?«

»Weiß ich nicht«, flüsterte René, »ich gebe es bloß weiter.«

Aristide billigte diese Zurückhaltung durchaus. Offenbar beachtete man hier die Sicherheitsvorschriften peinlich genau. »Mein Name ist Aristide. Auf Seite vier finden Sie eine Annonce von Chez Jean in der Rue Darnel und darauf mit Tinte eine Telefonnummer. Das ist mein Kontakt. Falls für mich was aus London ankommt, rufen Sie da an und sagen Sie, René hat aus Lille angerufen, weil jetzt die Forellen anbeißen. Ich hole mir dann ab, was Sie für mich haben.« Er trank einen Schluck Bier. »Verlieren Sie die Nummer nicht, es kann sein, daß London demnächst was Wichtiges für mich hat.«

René nickte. Aristide nahm den Ellenbogen von der Zeitung, der Schankkellner legte seinen Wischlappen darauf und sagte so, daß die beiden Gäste ihn gut verstehen konnten: »Drüben, bei Armentières, hat kürzlich ein Bekannter von mir innerhalb einer Stunde drei fette Burschen rausgeholt. Bei der Brücke von Nieppe, an der Nationalstraße 42.«

Aristide hob dankend sein Glas. »Ich werd's mal probieren.« Er leerte das Glas und ging zu seinem Fahrrad, wobei er überlegte, wo er sich vor der Rückfahrt nach Calais noch etwas ausruhen könnte.

London

T. F. O'Neill war immer noch etwas benommen von der Sitzung mit den Spitzen der Alliierten Nachrichtendienste, als er durch den Londoner Saint James Park ging. Ridley hatte darauf bestanden, den Rückweg wie üblich zu Fuß zurückzulegen, und nach einer Weile entschloß T. F. sich, ihm eine Frage zu stellen. »Ich weiß jetzt, welche Rolle Garbo in Ihrem Plan zugedacht ist und auch, was Sie sich für Dreirad ausgedacht hatten, aber Brutus, Ihr dritter Agent, ist für mich immer noch ein Buch mit sieben Siegeln.«

»Tja der . . .« Ridley tat, als bedauere er aufrichtig die Lücke im Wissensstand seines Untergebenen, ». . . das ist ein ganz besonderer Fall. Ein Pole, vor dem Krieg Jagdflieger. Als die Deutschen Polen überfielen, war er gerade in Paris, wurde also nicht aufgegriffen. Nach der Niederlage Frankreichs blieb er im Lande und baute im Auftrag von

MI6 ein Agentennetz auf. Das funktionierte sogar besonders gut, nur geschah leider das Übliche: die Abwehr unterwanderte es und verhaftete insgesamt 64 Mitglieder, wenn ich mich nicht irre.«

»Und wie ist er dann von Paris herübergekommen?«

»Die Abwehr in Paris bekam eine Menge Material in die Finger, aus dem ersichtlich war, wie wirkungsvoll dieses Netz gearbeitet hatte, und das wurde dem Oberkommandierenden in Frankreich vorgelegt, dem alten Stülpnagel, weil der die Operation leitende Offizier sich davon vermutlich eine Beförderung versprach.« Ridley lachte, denn nichts bereitete ihm größeres Vergnügen als der Gedanke, daß seine Gegenspieler in Schwulitäten gerieten. »Stülpnagel bekam einen Wutanfall und wollte wissen, wie die Abwehr es erkläre, daß die Engländer Agentennetze von diesem Umfang in Frankreich unterhalten könnten, die Abwehr aber selber nichts Gleichwertiges in England auf die Beine brächte? Da kam nun unser Abwehrmensch auf die großartige Idee, diesen tüchtigen Polen für die Deutschen nutzbar zu machen. Er stellte ihn vor die Alternative, entweder erschossen zu werden oder für die Abwehr in England zu arbeiten.«

»Und der Pole war damit einverstanden?«

»Nein, selbstverständlich nicht gleich. Aber nach längerem Hin und Her erklärte er sich dann doch bereit, vorausgesetzt, die 63 mit ihm verhafteten Agenten blieben am Leben. Das nun wieder gefiel der Abwehr, denn sie hatte sozusagen Geiseln in der Hand, die dafür garantierten, daß der Pole bei der Stange blieb. Man ließ ihn also ›entkommen‹.«

»Und er packte aus, sobald er hier war?«

»Das brauchte ebenfalls einige Überredungskünste, aber seither ist er für uns von wirklich großem Wert. Die Deutschen trauen ihm. Noch dazu ist er, anders als unsere sonstigen Agenten, Berufsoffizier. Das gab uns die Möglichkeit, ihn zum Verbindungsoffizier bei unserer Geisterarmee zu machen. Als solcher kann er sich frei bewegen und militärische Installationen betreten. Wir denken uns für ihn die schönsten Geschichten aus, die er nach Deutschland berichten darf.«

»Faszinierend.« Dann blieb T. F. wie angenagelt stehen, wandte sich Ridley zu und sagte: »Aber Colonel, der Feind wird früher oder später dahinterkommen, daß Ihr Pole ihn an der Nase rumführt.«

»Ja, und?«

»Was passiert dann mit den 63 Geiseln?«

Darauf erwiderte Ridley nicht gleich. Er schaute T. F. aus halb geschlossenen Lidern an, und um seine Mundwinkel spielte die Andeutung eines Lächelns. »Wenn es dazu kommt, hat sich das Kriegsglück hoffentlich schon so entscheidend gewendet, daß die Deutschen an anderes zu denken haben, als an diese 63 Franzosen.«

»Na, hören Sie mal, Colonel, Sie wissen genau, daß die Deutschen sich die Zeit nehmen werden, die Geiseln zu erschießen.«

Ridley antwortete darauf nicht, sondern setzte entschlossen seinen Weg fort; sein Schweigen sollte also wohl als Antwort gelten. Als er endlich den Mund auftat, war es, als wäre von dem Polen und den Geiseln nie die Rede gewesen. »Meine Frau und ich haben Deirdre Sebright übers Wochenende aufs Land eingeladen, und es wäre hübsch, wenn Sie ebenfalls kämen. Es kann Ihnen nur gut tun, sich mal die Stiefel dreckig zu machen. Und dabei ergibt sich für uns beide bestimmt eine Gelegenheit, uns richtig auszusprechen, uns besser kennenzulernen, sagen wir mal.«

Paris

Catherine beobachtete das Café Tabac Ecke Rue Saint André des Arts und Rue des Grands Augustines mit der gleichen verstohlenen Aufmerksamkeit, wie Aristide das Café Sporting beobachtet hatte. Es schien so gut wie leer, nur eine Frau – vermutlich eine Nutte – blickte so mürrisch auf die enge Straße des Quartier Latin, daß Catherine sich fragte, welche perversen Gelüste je einen Mann in ihr Bett locken könnten.

Wie anders es hier doch aussah als in Calais, wo die

halbe Bevölkerung aus uniformierten Deutschen zu bestehen schien. Hier sah man weit und breit nicht eine Uniform. Sie ging hundert Schritte weiter, betrachtete versunken die ärmlichen Antiquitäten hinter einer halb blinden Schaufensterscheibe, kehrte um. Die Nutte schenkte ihr keinen Blick, als Catherine sich an den Tresen hockte. Angst vor Konkurrenz hatte sie offenbar nicht. Catherine bestellte Wein und nippte nachdenklich daran. Sie fühlte sich hier fehl am Platze, und es wäre wohl das beste, sie erledigte, was zu erledigen war, und verließe so rasch als möglich das Land. Sie schenkte dem Mann hinter der Bar ein Lächeln. »Ich möchte Monsieur Besnard sprechen.«

Der Mann betrachtete sie gleichmütig. »Der ist nicht da. Kommen Sie gegen sechs mal wieder vorbei, vielleicht habe ich dann von ihm gehört.«

Catherine wandte sich ihrem Wein zu und der Mann fuhr fort, Gläser zu polieren. Sollte ihre Frage ihm irgend etwas gesagt haben, ließ er es jedenfalls nicht erkennen. Sie leerte ihr Glas und stand auf. Im Weggehen überkam sie wieder einmal eine jener kindischen Anwandlungen, auf deren Unangebrachtheit sie seit Jahren von Menschen aufmerksam gemacht worden war, die ihr wohlwollten, und sie flüsterte dem Mann zu: »Sagen Sie Monsieur Besnard, Madame Dupont erwartet Monsieur Dupont in der bekannten Pension.«

Es freute sie diebisch, dies gesagt zu haben, und sie machte sich gleich auf die Suche nach jener Pension. Die Rue de l'Echaude war ganz in der Nähe. Kaum hatte sie die Tür aufgestoßen, fiel der Geruch von altem Bohnerwachs sie an und der gräßliche Pudel ließ sein Gekläff hören. Dieser Empfang war nun nicht gerade vergleichbar dem, der sie erwartet hatte, wenn sie aus der Klosterschule heimgekommen war in die Ferien, und doch empfand sie eine kitzelnde Vorfreude, als sie an das dachte, was sie in diesem Etablissement erlebt hatte. Die Pensionsbesitzerin thronte, ganz wie Catherine sich erinnerte, stark geschminkt und gelockt in ihrem Verschlag gegenüber der Treppe und erkannte Catherine nicht. Wie denn auch? Hier herrschte lebhafter Verkehr in jedem Sinne des Wortes, und der Frühling wirkte als zusätzliches Aphrodisiakum. So riß sie Catherine nur das Bündel Geldscheine aus der Hand und angelte nach einem Zimmerschlüssel. »Madame erwartet jemand?« Das war weniger eine Frage als eine Feststellung und zeugte davon, daß sie nur eines als Sünde empfand: wenn jemand unter ihrem Dach allein zu nächtigen beabsichtigte.

»Das will ich doch sehr hoffen«, versetzte Catherine und machte sich daran, die ausgetretenen Stiegen zu erklettern. Dabei kam ihr der Gedanke: Wenn es nun der falsche Monsieur Besnard ist? Und sie mußte kichern.

Strömelburg sah überrascht die Miene von Selbstzufriedenheit auf dem Gesicht seines Sonderführers, das im allgemeinen überhaupt keinen Ausdruck zeigte. Er wurde neugierig, schob behutsam den Gegenstand beiseite, in dessen Anblick er versunken gewesen war (eine Sèvres-Vase aus dem 18. Jahrhundert, geraubt aus der Villa eines deportierten jüdischen Geschäftsmannes in Neuilly), lehnte sich im Sessel zurück und betrachtete seinen jungen Gehilfen nachsichtig. »Sind Sie etwa verliebt? Oder haben Sie zum Mittagessen eine besonders gute Flasche Wein getrunken?«

Kranz, der dem Alkohol ebenso abhold war wie den Frauen, grinste. »Keins von beiden, Obersturmbannführer. Aber die Tiger kommen allmählich aus dem Dschungel.«

Strömelberg verstand nicht gleich.

»Sie erinnern sich an den Funker Wild, den von der SOE, den wir im März gefaßt haben, Obersturmbannführer?«

»Das Luder, das uns verschweigen wollte, daß eine zweite Kontrollzahl eingeführt worden ist? O ja, an den erinnere ich mich gut.«

»Und Sie erinnern sich auch, daß wir in einem Café in Lille eine Falle aufgestellt und sein Funkgerät als Köder benutzt haben?«

»Richtig. Damals haben sich doch die beiden Terroristen erschossen, bevor wir sie festnehmen konnten. Also was gibt's da neues?«

»Vor etwa drei Wochen habe ich das Gerät aktiviert. Wir

hatten Cavendish ja wissen lassen, daß Wild untertauchen mußte, weil wir die Gruppen ausgehoben hatten, denen er zugeteilt worden war, nicht wahr?«

Strömelburg nickte stumm.

»Ich – oder besser Wild – habe London wissen lassen, daß ich keinen Anschluß mehr an eine Gruppe finden kann, daß ich aber mit meinem Gerät jedem zur Verfügung stehe, der etwas nach London durchzugeben hat. Mein Kennwort hat irgendwas mit Angeln zu tun.«

Strömelburg verschränkte die Hände hinter dem Kopf. Der Kleine soll sich ruhig Zeit lassen, dachte er dabei, irgendwann rückt er schon mit seiner Überraschung raus.

»Heute vormittag nun ist jemand in das Café gekommen und hat eine Botschaft für London hinterlassen. Der wußte das neue Kennwort.«

Strömelburg richtete sich auf. »Das ist ja wirklich interessant.«

»Sein Spruch war verschlüsselt.«

»Wie zu erwarten.«

Kranz strahlte. Es war gar nicht typisch für ihn, daß er seiner Freude so offen Ausdruck gab. »Den Schlüssel«, sagte er, »den kennen wir. Der gehörte einem Agenten in Calais, und Berlin hat ihn vor einem halben Jahr geknackt.«

»Deshalb also sendet Calais nicht mehr! Cavendish hat dort die Bude zugemacht und benutzt jetzt Lille, weil er wußte, wir waren dem Halunken dicht auf den Fersen. Zeigen Sie mal den Spruch her.«

Der Sonderführer reichte seinem Vorgesetzten einen Schreibblock, ganz wie ein Schulkind dem Vater ein besonders gutes Zeugnis vorweist. Strömelburg las: »Aristide an Cavendish. Denise wie angeordnet nach Paris abgereist stop Bringt alle Einzelheiten des Plans stop Habe Kontakt für eingehende Meldungen in Café hinterlassen. Ende.«

»Und dann wäre da noch was«, sagte Kranz.

Strömelburg lächelte breit. Sein kleiner Sonderführer steckte heute wahrlich voller angenehmer Überraschungen!

»Gilberts Funker hat eben von London Anweisung bekommen, eine Agentin namens Denise unbedingt mit der nächsten Lysander auszufliegen. Gilbert dürfte die Anweisung unterdessen schon haben.«

»Diese Neuigkeit ist nun allerdings nicht ganz so erfreulich wie Sie anzunehmen scheinen, mein Lieber«, bemängelte Strömelburg. »Sie bedeutet nämlich, daß wir die erwähnten Pläne nicht zu sehen kriegen, weil Gilbert sie nicht vorher in die Hände bekommt. Diese Denise soll sie offenbar persönlich überbringen.«

»Man könnte sie vor dem Abflug verhaften?«

»Ja.«

Strömelburg stand auf und ging in seinem Salon umher, der durch Fenster, die vom Boden bis zur Decke reichten, Ausblick auf die Avenue Foch bot. Das Gras auf der Allee war so dicht und grün, als wüchse es auf einem Golfplatz. Kinder tollten darin herum, wachsam beaufsichtigt von Kindermädchen und Müttern. Strömelburg, der ihnen zusah, fand, daß vier Besatzungsjahre die Gewohnheiten seiner Nachbarn kaum verändert hatten. Da stand er nun, die Hände auf dem Rücken verschränkt, wippte auf den Ballen und erwog, wie am besten in diesem ihm von seinem Sonderführer bereiteten Problemfall zu verfahren sei. »Zunächst einmal geben Sie den Funkspruch nach London durch. Cavendish soll nicht mißtrauisch werden. Obwohl ich ihn nach unserer langen Bekanntschaft eigentlich nicht für mißtrauisch halte.«

»Ich habe die Telefonnummer feststellen lassen, die der Agent im Café Sporting hinterlassen hat. Die gehört ebenfalls zu einem Café. Sollen wir es überwachen?«

»Auf keinen Fall. Das wäre das letzte. Ihnen fehlen noch einige wichtige Einsichten in die Abwicklung unserer Geschäfte, Kranz.« Das sagte Strömelburg nicht etwa tadelnd, sondern freundlich belehrend und ohne die heutige Leistung seines Sonderführers herabsetzen zu wollen. »Wir möchten doch niemanden erschrecken. Antwortet London, dann in dem uns bekannten Code. Cavendish könnte mich ebensogut hier anrufen und mich ins Bild setzen.«

Er trat zu seinem Schreibtisch und nahm die Sèvres-Vase auf, die er vor dem Erscheinen des Sonderführers bewundert hatte. Cherubin und Faune umringten eine füllige, sinnlich wirkende Maid, die das Mittelstück eines Medaillons bildete. »Was für ein schönes Stück. Angeblich das Geschenk von Ludwig XV. an eine seiner Mätressen. Und ich halte das gut für möglich.«

»Woher kommt es, Obersturmbannführer?« fragte Kranz taktlos.

Strömelburg zuckte die Achseln. »Es gehörte einem Herrn, der jetzt keine Verwendung mehr dafür hat.« Er stellte die Vase mit liebevoller Sorgfalt an ihren Platz.

»Wenn doch diese Denise ankommen würde statt abzufliegen, wieviel einfacher wäre unser Leben«, seufzte er dann. »Ich kann mir einfach nichts ausdenken, was wir einer abfliegenden Lysander in den Weg legen könnten, ohne unseren Gilbert bloßzustellen. Lohnt es denn, unsere beste Operation zu gefährden, nur um Pläne in die Hand zu bekommen, die womöglich von einem Sabotageakt handeln, der für uns überhaupt nicht von Interesse ist?«

»Aber wenn es was in Calais wäre, Obersturmbannführer . . .«

»Zugegeben. Dort ist die Invasion zu erwarten. Aber angenommen, wir lassen die Brüder hochgehen und finden dann bei ihnen weiter nichts als die Pläne für einen Anschlag auf die Bahnstrecke Lille – Calais. Was dann?«

Kranz wußte, hierauf war eine Antwort unerwünscht. »Dann kriegen in Berlin einige Leute Schreikrämpfe«, grinste Strömelburg. Er entnahm seinem silbernen Etui eine Zigarette, klopfte den Tabak fest und setzte sie in Brand. »Aber warum schiebe ich eigentlich nicht Berlin die Entscheidung zu? Soll doch Kopkow sich damit herumschlagen. Geht es schief, dann kann unser brillanter Leiter der Gegenspionage erklären, wie er dazu kommt, einen solchen Mist zu bauen.«

Catherine lehnte am Fenster der Pension, die Unterarme vor der Brust gekreuzt, als meditiere sie, und schaute auf die Gasse, in der ein zwar nicht gerade munteres aber immerhin Treiben herrschte. Ihr kam es vor, als bewegten die Leute da unten sich lebhafter als das letzte Mal, da sie hier gestanden hatte, ihre Gestalten kamen ihr straffer vor, weniger gedrückt. Lag es daran, daß alle spürten, die Befreiung könne nun nicht mehr lange auf sich warten lassen?

Oder war es doch nur der Frühling, der alle verjüngte, jener besondere Pariser Frühling, der selbst noch dem elendesten Lebewesen Hoffnung einhaucht? Die Wohnung ihr gegenüber schien leer, die Fensterläden waren vorgelegt. Sie sah wieder die Gestalt des Mannes, der mitten in der Nacht aus dem Haus getrieben und fortgeholt worden war. Wo mochte er jetzt sein?

Es klopfte und Catherine hielt in ihrem Gedankengang inne. »Wer ist da?«

»Monsieur Dupont.«

»Treten Sie ein, Monsieur Dupont«, rief sie, und siehe da, es hatte kein Mißverständnis gegeben, hier stand der richtige Monsieur Dupont. Das dichte, krause braune Haar, die Augen, die zugleich spitzbübisch und melancholisch blickten, und an die sie in den einsamen Nächten in Calais so oft gedacht, sogar die bekannte Tweedjacke mit dem seidenen Schal, den sie im Zug nach Paris so unpassend elegant gefunden hatte – alles war noch da. Sie starrten einander an, fragend zuerst, nahmen blitzschnell eine Neueinschätzung einer des anderen vor, wie Liebende, die lange getrennt waren, es tun, und flogen einander dann wortlos in die Arme. Paul packte sie, er drückte seine Lippen auf ihren geöffneten Mund, er schien mit seinem Atem ein Fetzchen ihrer Seele durch ihren Mund in sich einsaugen zu wollen. Schließlich keuchte er: »Ich habe schon geglaubt, ich sehe dich nie wieder.«

»Weshalb nicht? Ich wußte, ich würde dich wiedersehen.« Aus ihr sprach die weibliche Weisheit von Jahrhunderten.

»Ich weiß auch nicht, aber in der Welt, in der wir leben, geschieht in so wenig Zeit so viel . . .«

»Wozu reden, Paul?« und sie drückte ihren Finger gegen seine Lippen. Nie zuvor hatte Catherine so spontan und so intensiv einen Mann gewollt wie jetzt Paul. Nichts da von Vorbereitungshandlungen. Es bedurfte keiner. Sie rissen sich die Kleider vom Leib, brannten darauf, nackt zu sein, schon lagen sie auf dem Bett, Paul auf und in ihr, und sie liebten sich mit der Wildheit kopulierender Tiere. Hinterher küßte er ihr den Schweiß weg, der sich zwischen ihren Brüsten gesammelt hatte, und drehte sich, immer noch in ihr, mit ihr auf die Seite. So lagen sie ein Weilchen keuchend und einander betastend, die halb vergessenen Details des Körpers des anderen neu entdeckend. Sie spürte Paul größer werden in sich, und diesmal genossen sie es gemächlicher, ausgedehnter, trieben zögernd dem Höhepunkt zu, und als sie ihn erreichten, stieß Catherine einen Schrei der sinnlichen Erfüllung aus, wie er in diesen Wänden wohl nur selten von einer Frau zu hören gewesen sein dürfte.

Danach schliefen sie ein. In der Abenddämmerung erwachten sie. Paul hatte seine Jacke abgeworfen, und der Tascheninhalt lag am Boden verstreut. Als Catherine ihm half, alles aufzusammeln, kam ihr ein schon ziemlich vergilbtes Photo in die Hand, auf dem ein Château aus dem 19. Jahrhundert zu sehen war.

»Was ist das denn?«

»Das Haus, in dem ich geboren bin.«

»Gehört es dir?«

»Meiner Familie.«

»Ich habe also einen Schloßherren zum Liebhaber?«

»Weit gefehlt«, lachte Paul, »du hast einen Schurken und Tunichtgut zum Liebhaber, und das ist viel aufregender und amüsanter.«

Als sie eine Art Ordnung hergestellt hatten, setzten sie sich wieder aufs Bett und Paul bemerkte: »Schade, daß du nicht 48 Stunden später gekommen bist.«

»Na hör mal«, schmollte Catherine, »das klingt ja nicht sehr freundlich.«

»Zwei Tage später hätten wir Mondwechsel gehabt und ich einen Vorwand, dich drei Wochen hier zu behalten. Die Lysander morgen ist die letzte im Mai, und Cavendish will unbedingt, daß du mit der ausgeflogen wirst.«

»Vielleicht springt die RAF ja noch mal ein?«

Paul seufzte und langte nach einer Zigarette. »Das ist sehr unwahrscheinlich. Wir benutzen ein Feld in der Nähe von Amboise, gar nicht weit weg von dem, auf dem du angekommen bist, und das beste wird sein, du machst die Reise allein. Ich muß nämlich einen amerikanischen Piloten expedieren, und das ist immer eine kitzlige Angelegenheit. Die Kerle sprechen selbstverständlich kein Wort französisch und sehen einem Franzosen nicht ähnlicher als ein Medizinmann von den Zulus. Und wenn der Zug kontrolliert wird, sieht es übel für uns aus.«

»Was soll ich also machen?«

»Die Maschine verpassen. Wenn ich bloß wüßte, wie wir es anstellen sollen! Leider ist das Ganze zu einfach. Morgen früh um neun fährt ein Zug vom Bahnhof d'Orsay nach Amboise. Du nimmst an der letzten Schloßbesichtigung teil, die fängt um 16 Uhr 15 an, und hältst eine Nummer von *Je Suis Partout* in der Hand. Einer von meinen Leuten wird dich anreden, und zwar wird er sagen: ›Falls Charlotte von Savoyen so schön war wie Sie, hat Ludwig XI. recht getan.‹ Und du antwortest: ›Bieten Sie mir etwa das Schloß an?‹ Und dann bringt er dich in ein Versteck nahe dem Flugfeld.«

»So einfach ist das?«

Paul nahm sie wieder in die Arme. »Glaub mir, mein Schatz, mein kleiner Lufttaxidienst ist sicherer und verläßlicher als es vor dem Krieg die Linienmaschinen der Air France waren.«

Hätte T. F. O'Neill versucht, sich das perfekte englische Wochenende auf dem Lande auszumalen, er hätte es nicht besser treffen können als das, was ihn in Wirklichkeit in Clairborn erwartete, dem Landhaus von Sir Henry Ridley in Sussex. Es fing schon mit der Eisenbahnfahrt an, die er in einem Zug zurücklegte, der aus einem englischen Kriminalroman zu stammen schien – quietschende Waggons, jedes Abteil mit Türen beiderseits, verschlissene braune Polster, die nach Moder und kaltem Tabakrauch rochen, die Kopfpolster mit gestickten aber schmuddeligen Schondeckchen verziert, und schließlich auch noch der unvermeidliche Börsenmakler mit dem steifen Hut und dem dunklen Anzug hinter seiner *Times* auf einem Eckplatz. Die Landschaft strotzte vor Fruchtbarkeit, wohin man schaute war es unbeschreiblich grün, nur die tarnfarbenen Lastwagenkolonnen, die kanalwärts rumpelten, erinnerten daran, daß es sich bei diesem Frühling um etwas Bedrohliches handelte.

Kaum in Clairborn angelangt, bestand Ridley darauf,

daß T. F. alte Cordhosen anzog und ihn auf einem Rundgang über sein Anwesen begleitete. Besichtigt wurden die Ruinen des nahegelegenen Castle Cowdray, die Fortschritte, die seine Azaleen machten, und gelauscht wurde dem Schrei eines unsichtbar bleibenden Fischreihers. Anschließend saß man am Kamin bei lauwarmem Whisky und Soda, eine typisch englische Verirrung, an der T. F. Geschmack zu finden begann, und hörte die Nachrichten von der BBC. Auch das Abendessen war eine jener typisch englischen Mahlzeiten gewesen, zugleich formlos und doch irgendwie eine Zeremonie; es gab zum Fleisch Gemüse aus dem eigenen Garten, wie Ridley stolz anmerkte, und dazu einen 34er Château Ausone, den er persönlich aus dem Weinkeller heraufbrachte. Deirdre saß T. F. gegenüber, und im Schein der Kerzen glänzten ihre Augen ganz unglaublich. Wie immer war sie umwerfend schlicht gekleidet; als einzigen Schmuck trug sie eine einreihige Perlenkette, dazu kaum sichtbares Make-up. Jede ihrer Gesten, und sei es, daß sie den Löffel zum Munde führte, bezauberte ihn.

Ridley war geradezu beredt. Im Büro wirkte er meist wortkarg und einsilbig, denn dort lasteten schwere Sorgen auf ihm, hier aber zeigte er sich von einer ganz anderen Seite: Er plauderte sehr charmant und er tat es gern.

»Ich muß Ihnen unbedingt eine urkomische Geschichte erzählen, aber sie muß bis auf weiteres noch unter uns bleiben.« Er schob seinen Stuhl etwas zurück und blickte zur Decke. »Im Kriegsministerium bestand 1943 ein sogenanntes Inter Services Security Board, das waren die Leute, die unter anderem Decknamen für alle militärischen Operationen erdachten und zuteilten. Eines Tages also« – hier kicherte er bereits in Vorwegnahme seiner Pointen – »eines Tages kam Freddy Morgans Assistent zu mir und sagte: ›Die Pläne für die große Invasion sind nun abgeschlossen, und Morgan braucht nur noch einen passenden Codenamen dafür. Können Sie mal beim ISSB nachfragen, was die auf Lager haben?‹« Mit einem Blick zu T. F. erklärte er: »Morgan leitete damals COSSAC, die Organisation, die für die Planung der Invasion zuständig war. Ich ging also zu dem Major, der sich bei ISSB die Decknamen ausdachte, und verlangte einen für die bevorstehende große Unternehmung. Der schaute in sein Verzeichnis und sagte: ›Es tut mir wirklich leid, aber zur Zeit haben wir nur einen einzigen Codenamen zur Verfügung.‹ Und wie lautet der? fragte ich. Darauf sagte er ›Mottenkugel‹. Auf meinen Einwand, dies sei doch wohl ein etwas trübseliger Name für die größte Operation des Krieges, meinte er, das stimme wohl, ›aber leider ist das der einzige, mit dem ich dienen kann‹. Als ich Morgan berichtete, *Mottenkugel* sei das einzige, was wir von ISSB zu erwarten hätten, sagte der: ›Ich kann Winston unmöglich mit einem solchen Vorschlag kommen, der zerreißt mich in der Luft.‹ Er ging dann aber doch damit zum Chef und kam nach einer halben Stunde ziemlich bedripst zurück. ›Na‹, fragte ich, ›wie ist es denn gegangen?‹ ›Ganz wie erwartet. Winston bekam einen Wutanfall. Wenn diese Idioten sich nichts Besseres einfallen lassen können, sagte er, dann denke ich mir selber was aus. Und ihm fiel auch gleich was ein. *Overlord* werden wir die Invasion nennen, jawohl, *Overlord* klingt gut.‹«

In der Erinnerung an diesen Vorfall immer noch schmunzelnd fuhr Ridley zu T. F. gewandt fort: »Wenn Sie eines Tages Ihren Enkeln von dem großen Ereignis erzählen, mein lieber Major, an dem mitzuwirken Sie die Ehre hatten, dürfen Sie es also *Overlord* nennen und müssen sich nicht mit einer jämmerlichen Mottenkugel begnügen. Wenn man sich vorstellt, daß künftige Historiker ihre Abhandlungen über eine *Operation Mottenkugel* hätten schreiben müssen!«

Er schaute seine Frau an: »Vielleicht wäre jetzt der Moment für die Damen gekommen, sich zurückzuziehen, während wir uns ein Glas Portwein genehmigen?« T. F. fand es bemerkenswert, daß selbst bei einer so informellen Zusammenkunft im allerkleinsten Kreise streng die Gebräuche gewahrt wurden.

Ridley führte ihn in ein getäfeltes Bibliothekszimmer, ganz augenscheinlich das Allerheiligste des Hausherrn, das nie unaufgefordert von jemand betreten wurde. Im Kamin brannte ein Feuer, das ein darüberhängendes Ölgemälde erhellte, darstellend einen Herrn in Perücke und Talar, der mißbilligend vor sich hin starrte.

»Einer Ihrer Vorfahren?« erkundigte sich T. F.

»Mein Großvater. Lord-Oberrichter seiner Majestät, vor dem Krieg. Er hatte einen beneidenswerten Tod – starb eines schönen Augustmorgens bei der Schnepfenjagd in Schottland an einem Herzschlag.«

Ridley bot aus einem schön polierten Kistchen Zigarren an, und T. F., der sie als echte Havannas erkannte, akzeptierte gern. Sein Gastgeber schnitt ihm höchstselbst mit einem silbernen Gerät die Spitze ab und reichte ihm die Zigarre. Dann goß er aus einer Kristallkaraffe Portwein in zwei Gläser.

»Auf Ihre Gesundheit. Und lassen Sie mich noch einmal sagen, wie sehr wir uns freuen, Sie als unseren Gast hier zu haben.«

T. F. errötete ein wenig und hob seinerseits sein Glas. »Auf die Ihrige, Sir, und darf ich sagen, daß ich es als große Ehre empfinde, mit Ihnen arbeiten zu dürfen.«

Ridley wies auf einen der Klubsessel beiderseits vom Kamin und nahm selber im anderen Platz. »Ich habe noch eine Geschichte für Sie, Major.«

Der Ton, in welchem diese Worte gesprochen wurden, ließ T. F. ahnen, daß mehr bevorstand als nur eine Plauderei am Kamin, daß die Einladung über das Wochenende, der gemeinsame Spaziergang, das reizende Abendessen womöglich genau berechnete Schritte auf einem Wege gewesen waren, der hier, in dieser düsteren Bibliothek, an sein Ziel führen sollte.

»Sie ist nicht ganz so lustig wie die vorhin, aber auch nicht ganz ohne Bedeutung für unsere gemeinsame Arbeit.« Er machte eine Pause, bevor er fortfuhr: »Im Herbst 1942 waren Pattons Truppen unterwegs über den Atlantik zur Landung in Nordafrika – Sie erinnern sich? Das war der sogenannte Kampfverband 34.« Er nahm einen Schluck Portwein, schmeckte ihm nach und setzte fort: »Dank *Ultra* orteten wir ein Rudel von acht U-Booten südlich der Kanarischen Inseln genau auf dem Kurs dieses Kampfverbandes. Hätten die Boote Ihren Verband gesichtet, es wäre zu einer Katastrophe gekommen. Nun war aber zu eben dieser Zeit ein Geleitzug von leeren Frachtschiffen unterwegs nach Hause von Sierra Leone. Ferner war uns bekannt, daß die deutsche Seekriegführung einen der von uns verwendeten Codes entschlüsselt hatte.«

T. F. setzte sein Glas ganz behutsam ab, um Ridleys Vortrag nicht zu stören. Dies, so dachte er, ist keine Anekdote sondern eine Parabel, und ihr Zweck ist, daß ich etwas daraus lernen soll.

»Wir forderten deshalb den Geleitzug in diesem den Deutschen bekannten Code auf, seinen Standort zu melden, und ganz wie erwartet fingen die Deutschen den Funkspruch auf, entschlüsselten ihn und nahmen Kurs nach Süden, auf den Geleitzug. In drei Tagen versenkten sie dreizehn Schiffe. Aber während sich dies abspielte, dampfte Pattons Kampfverband unbehindert Richtung Casablanca.«

Ridley nippte an seinem Glas und schaute ins Feuer. Ob er in den tanzenden Flammen wohl jene britischen Seeleute sieht, die unter seiner Mitwirkung zu einem gräßlichen Tod in den von Haien verseuchten Gewässern des Südatlantiks verdammt worden waren? überlegte T. F.

»Wie viele Seeleute haben Sie dabei verloren?« fragte er.

»Hunderte.« Ridley fuhr fort, finster ins Feuer zu blikken. »Es ist zwar bedauerlich, aber Menschenleben sind nun mal das Rohmaterial des Krieges, so wie Eisenerz das Rohmaterial für Hochöfen ist. Wären von Pattons Verband dreizehn Schiffe verlorengegangen, wäre die Zahl der toten amerikanischen Soldaten erheblich höher gewesen. Ferner hätten die Deutschen erfahren, daß eine Invasionsflotte unterwegs war. Und die Landung in Casablanca wäre womöglich gescheitert.« Ridley seufzte. »Ich erzähle Ihnen das alles, Major, weil ich glaube, Sie begreifen allmählich, daß Ihre Vorgesetzten in Washington Sie in eine düstere, schmutzige Welt versetzt haben. Sie kennen vielleicht Malcolm Muggeridge?«

»Nein, der Name sagt mir leider nichts.«

»Einer von diesen Schriftstellern. Ein ausgesprochener Griesgram. Persönlich kann ich ihm nichts abgewinnen. Immerhin hat er kürzlich eine Äußerung über Ihre Leute vom OSS getan, die ich mir gemerkt habe. Ich hoffe, es kränkt Sie nicht, wenn ich sie Ihnen wiederhole. Er nannte sie *jeunes filles en fleur,* frisch aus der Klosterschule, unschuldig und arglos versetzt in ein Hurenhaus, eben diese Welt, in der wir unsere nachrichtendienstliche Arbeit abwickeln.«

T. F. lachte leise. »Man muß zugeben, daß er damit den Nagel auf den Kopf getroffen hat.«

Ridley lächelte mit halbgeschlossenen Lidern. »Das fand ich auch. Diese Arbeit verlangt, wie Sie jetzt wissen, soviel Lug und Trug, daß der Charakter derjenigen, die sie verrichten, davon unvermeidlich beeinflußt wird. Ich habe damit seit dem Ersten Weltkrieg immer wieder zu tun gehabt, und ich sage Ihnen ganz offen: Mir ist dabei nie jemand begegnet, dem ich rückhaltlos vertrauen würde.«

Im Gesicht des Colonels stand jetzt keine Spur mehr des Lächelns, und T. F. war es plötzlich, als habe der Mann auch niemals gelächelt. »Ich muß Ihnen andererseits aber auch sagen, daß ich absolut und ohne alle Einschränkungen davon überzeugt bin, daß notwendig ist, was wir tun. Absolut.«

Er stand auf und nahm von einem der Bücherregale ein Buch mit blauem, verblichenem Einband zur Hand. Im Gehen schlug er die Seite auf, die er suchte.

»In Amerika nennt man so etwas glaube ich einen Almanach. Hier sind alle jene jungen Leute verzeichnet, mit denen ich zusammen in Eton war, samt ihren Photos.« Er reichte T. F. das Buch, und der betrachtete fasziniert die so eifrig und selbstbewußt dreinschauenden Gesichter über den gestärkten weißen Kragen. »Das waren meine engsten Freunde«, bemerkte Ridley, nahm das Buch wieder an sich und klappte es zu. »Keine vier Jahre, nachdem diese Aufnahmen gemacht wurden, waren drei Viertel davon tot. Hingeschlachtet in dem sinnlosen Blutbad an der Somme.«

Er ließ sich wieder im Sessel nieder, diesmal aber, so wollte es T. F. scheinen, weniger entspannt. »Horace Walpole fragte einmal: ›Wer ist tugendhafter – der, der zwanzig Schufte in die Welt setzt, oder der, der Hunderttausende von Leben opfert?‹ Wir setzen in dieser unserer düsteren Welt wahrlich genug Schufte aus, aber wenn wir damit verhindern können, daß ungezählte junge Engländer und Amerikaner sinnlos hingeschlachtet werden, dann, und das sage ich Ihnen ganz bewußt, schrecke ich vor keinem noch so abscheulichen Betrug, keinem noch so niederträchtigen Verrat zurück, um das zu bewirken.« Er nahm einen Schluck Portwein. »Sie äußerten sich kürzlich besorgt über das Los, das die für Brutus haftenden französischen Geiseln erwartet, falls der Feind ihm auf die Schliche kommt. Offen gesagt, ich weiß nicht, womit sie zu rechnen haben. Vergessen Sie aber nicht, daß jeder einzelne sich freiwillig zur Spionage erboten hat, wohl wissend, was es ihn kosten würde, erwischte man ihn. Und bedenken Sie ferner, daß diese Männer uns bis jetzt schon drei Jahre ihres Lebens verdanken. Mit Gewißheit aber weiß ich, daß, falls es einem Mann wie Brutus nicht gelingt, dem Feind unsere Lügen schmackhaft zu machen, es weit mehr Menschen trifft als sechzig Franzosen, die von der Gestapo erschossen werden oder auch nicht, weil er sie verraten hat. So schwer es Ihnen wird, eines müssen Sie sich klarmachen, Major: In der Welt, in der Sie jetzt leben und arbeiten, gibt es nicht den allerkleinsten Platz für Gewissensbisse.«

T. F. nahm sein Glas zur Hand, tat einen langen Zug von dem nun lauwarmen Wein und stellte sich dabei jene Franzosen vor, die zur Exekution geführt werden, nicht als Märtyrer für die Freiheit ihres Vaterlandes, wie sie glauben, sondern als Opfer einer Lüge, die irgendwer in London ausgedacht hat.

»Sie wollen wohl damit nur sagen, daß der Zweck die Mittel heiligt.«

»Genau das will ich sagen, und das ist meine aufrichtige Überzeugung.«

»Aber gibt es da nicht irgendwo eine Grenze?« T. F. sah sich im Geiste wieder vor dem Brigadier im Pentagon stehen, am Morgen vor seinem Abflug nach London. »Sinken wir von einem bestimmten Punkt an nicht auf das gleiche Niveau, auf dem der Feind operiert, den wir eben seiner moralischen Verkommenheit wegen bekämpfen?«

»Der Krieg, in dem wir uns jetzt befinden, lieber Major, ist nicht, wie manche Leute in Washington glauben, eine Fortführung Ihres Bürgerkrieges mit Generalen wie Grant und Lee, Longstretch und Meade, als der Kavallerist im Frühjahr mit einem Pferd heimzog, um sein Feld zu bestellen. Wir liegen im Kampf mit einem Reich des Bösen, mit Menschen, die darauf aus sind, ganze Völker zu versklaven, wenn nicht auszurotten, ganz wie die Horden des Dschingis-Khan. Gelingt es uns nicht, die braune Pest zu vernichten, können wir als menschliche Gesellschaft nicht überleben. Und eben dieses Überleben ist das höchste Ziel; um es zu erreichen, dürfen wir uns nicht von moralischen Skrupeln hindern lassen. Horace Walpole –«, Ridley schaute T. F. beinahe schelmisch an, »– ich bin ja heute abend geradezu versessen auf ihn, wie mir scheint, also Walpole hat auch gesagt: ›Noch kein großes Reich ist von guten Menschen gerettet worden, denn gute Menschen schrecken vor den Mitteln zurück, die zur Rettung notwendig sind.‹ Nun also, Major, es ist an uns, das Überleben der Menschen unserer Gesellschaft zu garantieren, und wenn die Mittel, die wir dazu anwenden müssen, gelegentlich abscheulich erscheinen, oder sagen wir mal unmoralisch, dann ist das nicht zu ändern. Wir haben den totalen Krieg, und der verlangt den totalen Einsatz.«

»Das Sonderbare bei dieser Sache ist«, T. F. schwenkte den Rest seines Weines nachdenklich im Glas, »daß ich von einem Brigadier beim Stab von General Marshall vor meiner Abreise aus Washington eine fast ebenso lange Belehrung von dem genau entgegengesetzten Standpunkt bekommen habe.«

»Und wie hieß der Herr?«

»Ich weiß nicht mehr. Er war Marshalls stellvertretender Nachrichtenchef.«

»Aaha. Parkinson. Den kenne ich. Er ist einer von vielen Leuten mit den allerbesten Absichten, denen man in Washington auf Schritt und Tritt begegnet, einer von denen, die alles immer ganz fest im Griff haben, nur leider am verkehrten Ende.«

T. F. lachte ganz gegen seinen Willen. »Trotzdem schien er mir da ein ganz überzeugendes Argument zu benutzen. Die Vereinigten Staaten dürften ihre Ideale und Maßstäbe nicht dadurch entwerten, daß sie zu ihrer Bewahrung Mittel ergreifen, die aufs Haar jenen gleichen, welche ihre totalitären Feinde anwenden.«

»Es kommt einzig darauf an, Major, diesen Krieg so rasch als möglich zu gewinnen, bei geringsten eigenen Verlusten. Eine gewisse Zahl von Menschen muß vorsätzlich geopfert werden, um eine möglichst große Zahl zu retten. Ich würde aber nicht ein einziges Leben opfern eines Ideals oder irgendwelcher großtönender Phrasen wegen. Die Deutschen sollen ruhig denken, daß wir nach den Grundsätzen des angelsächsischen Fair play Krieg führen, ich hoffe das sogar. Aber wenn ich mich im Schutz der Nacht an sie heranpirschen kann, während sie in tiefem Schlaf liegen, dann stoße ich ihnen mit dem größten Vergnügen ein Messer ins Gedärm.«

»Für die berühmten Kricketregeln scheinen Sie nicht viel übrig zu haben, Colonel.«

Ridley leerte sein Glas. »Die sind für Narren. Oder für Kricketspieler.« Er stemmte sich aus dem Sessel und goß Portwein nach.

»Ich trinke zum ersten Mal welchen«, bemerkte T. F. »Er schmeckt ausgezeichnet.«

»Was Sie nicht sagen.« Ridley war offenkundig verblüfft darüber, daß jemand es soweit im Leben hatte bringen können wie T. F., ohne je Portwein gekostet zu haben. Er hielt die Karaffe gegen die Flammen, so daß die dunkelrote Farbe schön zur Geltung kam. »Aus dem Weinkeller meines Vaters. Jahrgang 1914. Ganz passend, finden Sie nicht?« Damit ließ er sich wieder im Sessel nieder, streckte die Beine von sich und starrte sinnend vor sich hin.

Nach einer Weile sagte er: »Es macht mir Kummer, Ihnen diese Dinge sagen zu müssen. Arglosigkeit ist etwas, was wir uns alle bewahren möchten, trotz aller grausigen Hinweise darauf, daß dies unmöglich ist. Aber wir haben etwas zu erledigen, etwas Wichtiges, und wir dürfen dabei nicht zögern.« Er nahm einen tiefen Schluck. »Außerdem verfolge ich mit meinem Geschwätz noch einen anderen Zweck.«

»Und der wäre?«

»Wie Sie wissen, haben wir Engländer während der vergangenen zweihundert Jahre die Welt regiert. Das waren gleichsam unsere römischen Jahrhunderte. Und ich meine, künftige Historiker werden zu dem Urteil kommen, daß wir unsere Sache alles in allem nicht schlecht gemacht haben. Unsere Zeit ist nun aber abgelaufen, das Empire wird diesen Krieg nicht überleben. Wir werden die Fahne an euch Amerikaner weiterreichen müssen. Ihr werdet nicht nur um euretwillen Macht ausüben müssen, sondern auch um unseret- und vieler anderer schwächerer Völker willen, die in euch ihre Führer sehen werden. Und junge Männer wie Sie, die in diesem Krieg gehärtet worden sind und Disziplin gelernt haben, die werden die Führung übernehmen müssen. Seid ihr darauf vorbereitet? Es hängt sehr viel davon ab.«

»Sie haben recht. Wir werden als eine von zwei führenden Mächten aus diesem Krieg hervorgehen. Zusammen mit den Russen.«

»Ganz recht. Mit den Russen. Und das werden eure Gegner sein, bedenkenlos und unerbittlich, wie es jetzt die Nazis sind. Wir hatten zum Glück generationenlang Zeit zu lernen, wie man Macht ausübt, euch bleibt diese Zeit nicht. Ihr müßt jetzt, im Schmelztiegel dieses Krieges lernen, was ihr wissen müßt, wenn der Krieg zu Ende ist und die Welt euch gehört. Eure Weltsicht hat seit je etwas ganz reizend Naives, ist geleitet von dem dringlichen Wunsch, die Vereinigten Staaten in ihren Absichten und ihrem Handeln unbefleckt zu erhalten. Und davon werdet ihr euch freimachen müssen.«

»Und warum?« fragte T. F. »Dieser Wunsch beruht auf einem Ideal.«

»Idealismus ist etwas, was sich nur die Schwachen dieser Welt leisten können, Major.«

»Das klingt in meinen Ohren zynisch.«

»Die Ausübung von Macht verlangt ihrer Natur nach Zynismus, und ihr Amerikaner weigert euch beharrlich, das zu begreifen.« Ridley seufzte, als habe er die Rolle des Professors, die er da spielte, nachgerade satt. »General Donovan und einige seiner Mitarbeiter fangen an, das einzusehen, und ich möchte glauben, daß wir daran nicht unschuldig sind.«

Er strich sich über die Stirn und drückte dann die Zigarre

aus. »Ich hoffe, auch Sie werden die Lektion lernen, Major, denn glauben Sie mir, in den Jahren, die vor uns liegen, werden Sie sie brauchen.« Er machte Anstalten aufzustehen, setzte sich dann aber wieder. »Noch ein Wort, bevor wir zu den Damen hinübergehen. Machen Sie sich bitte klar, daß Sie von all den Scheußlichkeiten, in die Sie bei dieser unserer Tätigkeit verwickelt werden, später einmal nie, nie, nie auch nur das geringste zugeben dürfen. Beim ersten Schritt schon müssen Sie sich eisern vornehmen, niemals einzugestehen, was Sie getan haben, und noch auf dem Sterbebett zu leugnen, daß etwas der Art je vorgefallen ist.«

Damit stand er auf, und T. F. folgte ihm durch den langen Korridor in den Salon. Auch dort brannte ein Feuer im Kamin. Deirdre und Lady Gertrude saßen nebeneinander auf einem grünen Sofa; Ridleys Gattin strickte eifrig an einer Wolljacke für ihren Mann. Sie blickte auf und fragte lächelnd: »Und jetzt habt Ihr beide wohl alle Probleme endgültig gelöst?«

Ridley grunzte nur und machte sich mit dem Schüreisen am Feuer zu schaffen. Lady Gertrudes Frage war augenscheinlich rein ritueller Natur und bedurfte keiner Antwort. Sie und Deirdre setzten ihre Unterhaltung über eine gemeinsame Bekannte fort, der es übel ergangen war, und T. F. saß in seinem Sessel, immer noch benommen von dem eben geführten Gespräch. Er schaute auf die Uhr. Wann durfte er Deirdre wohl schicklicherweise nach oben entführen? Ridley steuerte die Antwort darauf bei, indem er verkündete, er sei todmüde. Nach wechselseitigen Wünschen für eine gute Nacht begab man sich nach oben. Deirdre öffnete die Tür ihres Schlafzimmers und ging voran. T. F. machte die Tür dankbar hinter sich zu und bemerkte: »Du und Lady Gertrude seid ja dick befreundet?«

»Befreundet? Lieber Himmel, wie kommst du darauf? Ich kann die alte Klatschtante nicht ausstehen.« Deirdre hängte ihre Jacke sorgsam über eine Stuhllehne. Sie trug darunter eine schlichte weiße Baumwollbluse, die sich über dem Busen straffte. »Eine englische Dame, die wirklich Anspruch auf diese Bezeichnung erheben kann, wählt ihre Freundinnen mit großer Umsicht.« Sie lachte leise und umschlang seinen Hals, warf den Kopf zurück und schaute ihn aus ihren boshaft blitzenden Augen an. »Bei Liebhabern allerdings ist das was ganz anderes, mein Schatz. Warum stehen wir hier eigentlich angezogen herum, wenn wir längst nackt im Bett liegen und uns lieben könnten?«

Catherine mischte sich gehorsam unter die alten Frauen, Schulkinder, einen Priester und zwei ältliche Männer, welche die letzte Führung des Tages durch das Schloß von Amboise mitmachten. Und einer davon sollte nun Pauls Mann sein.

Der Fremdenführer blieb mit einem Ruck stehen und beglückte seine Schutzbefohlenen mit einer jener unheilschwangeren Pausen, welche die Spezialität dieses Berufes sind. Er war schon alt und runzlig, er hinkte auch, gab sich aber große Mühe, seine Beschreibungen der Herrscher und Kurtisanen, der Turniere und Maskenbälle, die ehedem hier stattgefunden hatten, möglichst anschaulich zu machen. Jetzt deutete er auf den Bogen über einem niedrigen Tor, das offenbar in die Unterwelt führte, und verkündete: »Im Jahre 1498 hat Karl VIII. sich an diesem Bogen den Kopf eingerannt, als er in großer Eile hindurch wollte, um einer Hatz im Burggraben beizuwohnen. Geben Sie also acht, wenn Sie hindurchgehen, *Messieursdames.*«

Catherine trödelte hinterher und fand das Château trostlos. 1940 waren die berühmten farbigen Glasfenster der Kapelle des Hl. Hubert zerstört worden, und überhaupt sah es aus, als zerfiele hier alles. Das Château konnte geradezu als Allegorie für ihre besetzte Heimat gelten. Sie zauderte auf der Terrasse, von wo man auf die beiden Arme der Loire sieht, die jetzt im Licht der Nachmittagssonne blinkten, unübersehbar ihr Exemplar von *Je Suis Partout* in der Hand, und wartete auf Pauls Kontaktmann. Niemand näherte sich ihr.

Die Führung ging allmählich dem Ende zu, man stand wieder im Hof der Kapelle, von wo man aufgebrochen war. Kein Mensch hatte auch nur ein Wort zu ihr gesagt. Der Fremdenführer hielt seine blaue Mütze vor sich hin und murmelte den klassischen Spruch: »Bitte vergessen Sie nicht den Fremdenführer, Herrschaften.«

Merde, dachte sie, was machst du nun? Sie drückte dem Mann eine Münze in die Hand und bedankte sich.

»Ah, Madame«, sagte der, »falls Charlotte von Savoyen so schön war wie Sie, hat Ludwig XI. recht getan.«

Sie lächelte ihn erleichtert an und sagte ihr Kennwort.

»In zehn Minuten am Haupttor«, flüsterte er.

Er war pünktlich. Mit einem Kopfnicken bedeutete er ihr zu folgen. Er ging die Rampe hinunter, um die Ecke zu einem Schuppen, der an der Mauer lehnte. Drinnen standen zwei Fahrräder. »Halten Sie gute zwanzig Meter Abstand. Wir fahren über die Brücke und dann etwa zwei Kilometer nach Norden. Da biegen wir von der Straße ab und nehmen den Weg zum Plateau rauf. Wenn wir beinahe oben sind, passieren wir einen Mann, der neben dem Weg Holz macht. Der pfeift *Je tire ma reverence.* Da biegen Sie nach links und folgen dem Pfad, der bis zu einem Schuppen führt. Paul wartet dort. Wenn der Mann mit dem Holz nicht da ist oder wenn er nicht pfeift, fahren Sie weiter hinter mir her.«

Und genau so spielte es sich ab. Der Mann mit dem Holz blickte nicht auf, als sie vorbeiradelte, aber er pfiff. Am Ende des Pfades war der versprochene Schuppen. Sie stieß die Tür auf und sah ein halbes Dutzend Männer. Einer kochte gerade Kaffee. Paul kam grinsend auf sie zu. »Na, war die Schloßbesichtigung schön?«

Er brachte ihr eine Tasse Kaffee, und sie setzte sich auf einen mit Sackleinen bedeckten Strohballen in der Ecke. Niemand wurde vorgestellt. Der Amerikaner war sogleich zu erkennen. Er lehnte rauchend an der Wand und starrte mürrisch vor sich hin. Er war riesig, trug blaues Arbeitszeug, mindestens fünf Nummern zu klein, und ihn an den Deutschen vorbeizuschmuggeln, dürfte gewesen sein als wolle man den Sonnenaufgang an einem Hahn vorbeischmuggeln. Paul schaute ihn an und schmunzelte. »Der weiß noch immer nicht, wo ihm der Kopf steht, und das ist kein Wunder. Vorgestern nacht wurde er abgeschossen. Seine Besatzung ist verloren, wie er meint. Er ist mit dem Fallschirm abgesprungen, zu Fuß quer durch Paris gegangen, 400 Kilometer ohne Papiere mit dem Zug gefahren, kann kein Wort Französisch, und jetzt hört er, daß er morgen in England frühstücken wird. Er hält uns sämtlich für bescheuert.«

Kurz vor 21 Uhr 15 zerrte Paul einen Kofferempfänger aus dem Stroh und schaltete ihn ein. Es wurde mucksmäuschenstill, während Paul aufmerksam den *messages personnelles* von der BBC lauschte. Dann schaltete er das Gerät aus und richtete sich auf. Sie fühlte wieder die Ausstrahlung von schroffer Autorität, die sie schon beim ersten Zusammentreffen an ihm bemerkt hatte.

»Alle herhören«, befahl er. »Die Maschine kommt. Daß wir bislang keine *boches* gesehen haben, bedeutet nicht, daß da draußen keine sind, also tut genau, was ich sage. Anderthalb Kilometer von hier ist ein Bahndamm, über den müssen wir weg sein, bevor um zehn Uhr die Streife kommt. Einer geht hinter dem andern mit zehn Metern Abstand. Es wird nicht geraucht, nicht gesprochen, nicht gehustet. Passiert was, keine Panik, geht in Deckung. Ich gehe als erster. Marcel«, er deutete auf einen der Männer, »macht den Schluß. Schießen tut keiner von euch, auf gar keinen Fall, es sei denn, ich eröffne das Feuer. Klar?«

Alle murmelten Zustimmung. »Übersetzen Sie ihm das«, befahl er Catherine und deutete auf den Amerikaner. Gleich darauf verließen sie den Schuppen. Der Nachtmarsch beim Licht des aufsteigenden Mondes verlief ungestört. Unter Bäumen hervortretend, standen sie am Rande einer Weide, deren Gras im Mondlicht glitzerte. Catherine vermutete, daß dies die Hochfläche des Plateaus sei, auf das sie zugeradelt war.

Paul befahl den drei Passagieren, unter den Bäumen hinzukauern. Zwei seiner Leute stellte er als Posten aus. Er und Marcel gingen die Weide ab auf der Suche nach Kuhlen, abgebrochenen Zweigen oder umherirrenden Kühen, dann stießen sie die Stecken in der Form eines ›L‹ in die Erde und befestigten an jedem eine Taschenlampe. Etwas keuchend stellte Paul sich vor seine Passagiere. »Sobald die Maschine landet, verlassen die Ankommenden samt Gepäck das Flugzeug. Ihr schaut auf mich. Winke ich, lauft ihr zur Maschine. Als erste geht die Dame an Bord, Sie als zweiter«, damit war der Amerikaner gemeint, und Paul zählte an den Fingern ab, »und Sie als dritter.« Das galt dem Franzosen. »Euer Zeug werfen wir euch nach, sobald ihr an Bord seid.«

Er ließ sich neben Catherine im Gras nieder, preßte seine Lippen auf ihre Hand und murmelte: »Ich bin heilfroh, daß du rauskommst.«

»Vielleicht komme ich ja zurück.«

Paul schüttelte den Kopf. »Dafür ist es zu spät. Die Invasion kann jederzeit losgehen, und damit bin ich aus dem Geschäft.«

Sie saßen still nebeneinander im Mondschatten der Bäume und hielten einander an den Händen. Catherine spürte, wie Paul sich plötzlich verkrampfte, und sie sah auf seinem Gesicht den Ausdruck des aufschreckenden Tieres, das Gefahr wittert. Dann hörte auch sie, was ihn aufgestört hatte: das ferne Brummen eines Flugzeugmotors. Er umarmte sie innig und flüsterte: *»Au revoir, mon amour.«* Und schon rannte er von Marcel gefolgt hinaus auf die Weide, und der Schatten der Maschine, schwarz vor dem silbernen Mondlicht, glitt über sie weg. Sie sah, wie zwischen dem Piloten und Paul Lichtzeichen gewechselt wurden, und schon setzte die Maschine auf. Zwei Gestalten sprangen heraus, dann winkte Paul. Sie konnte ihm beim Hinaufklettern gerade noch die Hand drücken, die beiden anderen Passagiere drängten nach, Paul schob das Dach zu und war auch schon verschwunden. Der Pilot ließ den Motor aufheulen, die Maschine setzte sich hoppelnd und schwankend in Bewegung, hob ab und war Sekunden später in der Nacht verschwunden. Der Amerikaner neben Catherine ächzte: »Das hätte ich nie für möglich gehalten.«

Catherine schlief fest, als der erste Stoß des aufsetzenden Fahrwerks sie weckte. Es folgten noch zwei Hopser, und sie gewahrte durch das Fenster vorüberhuschende Bäume und Gebäude. Sie waren wieder auf dem Boden, und Catherine verspürte Lust zu jauchzen.

»Willkommen in England!« rief der Pilot über den Lärm des Motors, beschrieb eine Kurve und rollte dem Hangar entgegen. Als es still wurde, vernahm sie von draußen Stimmen, erblickte mehrere Gestalten, die der Maschine entgegenkamen, und jubelte innerlich: Ich bin heil davongekommen! Ich habe es geschafft! So dürfte Lindbergh sich gefühlt haben, als er in Paris landete.

Sie wurde mit lauten Bravorufen begrüßt und mit dem gleichen Wagen in das Landhaus der RAF gebracht, in dem sie vor knapp zwei Monaten ihre letzte Mahlzeit auf englischem Boden zu sich genommen hatte. Ein Offizier der SOE begrüßte sie lächelnd mit einer Schreibunterlage in der Hand. »Nur ein paar Formalitäten, dann können Sie in Ruhe frühstücken. Also, was haben wir denn da ... Waffen hatten Sie nicht mitgenommen, Denise?«

»Nein.«

»Auch keine mitgebracht?«

»Nein.« Sie lächelte, als sie sah, wie er jedesmal auf seiner Liste einen Strich machte.

»Dann brauche ich nur noch Ihre Pille. Die haben Sie jetzt nicht mehr nötig.«

Catherine hatte die viereckige weiße Pille in der Quaste ihres Schuhs beinahe vergessen. Jetzt schraubte sie die Quaste ab und überreichte die Pille dem jungen Offizier.

In der Messe erwartete sie ein reichhaltiges warmes Frühstück, bei dessen Anblick sie einen Freudenschrei ausstieß. Dann kam ihr die Erinnerung an die Suppenküche von Calais, und sie wäre fast in Tränen ausgebrochen. Der Pilot, noch in der Fliegerkombination, kam herein und schenkte Wein in Gläser. Alle stießen lärmend auf die geglückte Heimkehr an. Nach dem Frühstück setzte sie sich in den Wagen, der sie in die Wohnung am Orchard Court 6 bringen sollte, von wo aus sie nach Frankreich aufgebrochen war. Im Halbschlaf nahm sie die endlosen Reihenhäuser wahr, die ihr bei der Ausfahrt so trostlos vorgekommen waren, und erst jetzt spürte sie, daß sie wirklich heimgekommen war. Eine wohlige Wärme wie nach dem Genuß alten Burgunders durchströmte sie. Und die Gewißheit, daß sie ihren Teil beigetragen hatte – sie war im Rücken des Feindes mit einer gefährlichen Mission beauftragt gewesen, sie hatte ihren Auftrag ehrenvoll erfüllt. Jetzt brauchte sie sich nichts mehr zu beweisen.

Im Fahrstuhl nach oben, beim Betreten der dicken Teppiche im Korridor empfand sie das Unvereinbare der Gegensätze besonders stark; noch Stunden zuvor hatte sie in einem Schuppen im besetzten Frankreich gekauert, und nun dies hier – ein elegantes altes Haus, Geborgenheit, Bequemlichkeit. Der Butler Park öffnete ihr. »Ah, Madame Denise! *Comme ça fait plaisir!*« Major Cavendish werde gleich eintreffen, und bis dahin wünsche sie vielleicht, sich etwas frischzumachen? Er zeigte ihr das Badezimmer für die Agenten der SOE, einen wahren Schrein. Die schwarze Kachelbadewanne war bereits mit heißem Wasser gefüllt, dem Badesalz beigegeben war, und auf einem Bügel hing ihre gereinigte und gebügelte Uniform. Catherine fand, schon diese mit wohlriechendem heißem Wasser gefüllte Wanne sei ein unerhörter Luxus. Park brachte zu allem Überfluß noch auf einem silbernen Tablett eine halbe Flasche gekühlten Champagner.

Lange lag sie genüßlich in der Wanne und nahm von Zeit zu Zeit einen Schluck aus dem schlanken Kelch; sie schwebte auf einer Wolke des Wohlbefindens, und nur ein einziger Gedanke beeinträchtigte ihr Glücksgefühl, der an Paul. Wie wunderbar wäre es gewesen, Bad und Champagner mit ihm zu teilen! Die Uniform legte sie ungern an; mit der schmutzigen Wäsche warf sie trauernd die Denise, die sie gewesen war, deren Gefühle und deren Handlungen in den Wäschekorb.

Als sie zu Cavendish ins Büro kam, wurde sie herzlich von ihm umarmt. »Sie haben sich großartig bewährt, meine Liebe. Über alles Erwarten. Sie haben unser Vertrauen ganz und gar gerechtfertigt.« Während sie im Sessel saß, verschlang er Aristides Bericht über den Sabotageakt der Batterie Lindemann, und Catherine merkte ihm an, wie aufgeregt er beim Lesen wurde. Er nahm eine der Sicherungen zur Hand, die sie herausgezogen hatte, und betrachtete sie. »Ein toller Einfall, auf den Aristide da verfallen ist«, sagte er bewundernd. »Und wie ihr beide das angestellt habt, verdient jedes Lob.«

Er legte den Bericht in eine mit der Aufschrift Streng Geheim gekennzeichnete Mappe und sagte: »Ich werde Sie jetzt Ihrer wohlverdienten Ruhe überlassen, meine Liebe, und sorge dafür, daß dieser Bericht denen vor Augen kommt, die schon darauf warten.«

Wenige Tage nach Catherines Ankunft fand im Zimmer 732 des Norfolk House in London, dem Hauptquartier von SHAEF, eine Besprechung statt. Es handelte sich um die regelmäßige Sitzung des Komitees für die Küstenverteidigung, und als erster Punkt stand die Batterie Lindemann auf der Tagesordnung. Ein Captain Price von der Kriegsmarine, der die Sitzung leitete, legte dem Komitee Kopien des Planes der SOE für die Unschädlichmachung der Batterie vor, wie er von Aristide und dem französischen Elektroingenieur ausgearbeitet worden war. Nach gründlichem Studium des Planes kam das Komitee zu folgendem Ergebnis:

1. Der Plan bedarf einiger geringer Korrekturen, ist aber als solcher sehr brauchbar und technisch durchführbar.
2. Das Komitee hat nicht darüber zu entscheiden, ob der Plan ausgeführt wird oder nicht, denn es ist im wesentlichen befaßt mit den Vorbereitungen einer Invasion in der Normandie.
3. Der Plan ist dem Gemeinsamen Komitee der Nachrichtendienste vorzulegen, in dessen Zuständigkeit alles weitere fällt.

In diesem Gemeinsamen Komitee war auch Sir Henry Ridleys London Controlling Section vertreten.

Betrat man das Büro, so nahm man zunächst kaum etwas wahr, denn hier herrschte Halbschatten; die Fenster wurden offenbar nie geputzt, und Gestalten, die sich in dem matt einfallenden Sonnenlicht bewegten, erschienen eher als Silhouetten denn als plastische Formen. ›C‹, Sir Stewart Menzies, der Chef des britischen Nachrichtendienstes MI6, fühlte sich in solcher Umgebung wohl; sie paßte zu seiner Welt, in der es mehr Schatten gab als Licht, und in der eigentlich nie etwas das war, was zu sein es schien.

Er lehnte jetzt an dem offenen Kamin, in dem kein Feuer brannte, angetan mit einem abgetragenen, aber eleganten Tweedanzug, und das bleiche Gesicht, die wasserblauen Augen, das silberblonde Haar machten ihn noch unauffälliger. Er schwieg, während seine Ordonnanz, ein Veteran aus dem Burenkrieg, seinen Gästen Tee servierte. Erst als der Greis gegangen war, wandte er sich an Ridley.

»Sie haben also auf dem Wege nach Damaskus das Licht erblickt?«

»Es könnte sein.« Ridley hatte um diese Unterredung ersucht und darum gebeten, daß außer ihm und ›C‹ nur noch dessen Stellvertreter Sir Claude Dansey teilnehme. »Ich würde gern wissen, ob die SOE darüber im Bilde ist, daß Sie ihr jemand untergeschoben haben?«

»Um Himmels willen!« wehrte Menzies ab. »Ich sage Ihnen ganz offen, daß ich der SOE nicht über den Weg traue. Das ist eine ganz und gar unzuverlässige Bande.«

»Und Cavendish?« beharrte Ridley und blies behutsam auf den diesmal kochendheißen Tee in seiner Tasse. »Ahnt der was?«

»Sie kennen doch den alten Cavendish von früher. Ein wirklich anständiger Bursche, aber er hat den Chinesen nicht geholfen, das Pulver zu erfinden. Er neigt nicht zu übermäßigem Mißtrauen. Vor ein paar Wochen hat ihm mal was gedämmert, aber Claude –«, er nickte seinem Stellvertreter anerkennend zu, »– Claude hat ihm das bei einem guten Essen im Grill des Savoy ausgeredet.«

»Das Essen war allerdings alles andere als gut«, berichtigte Dansey. »Wenn ich mich recht erinnere, gab es gekochten Schellfisch.«

»Also, ich habe mir folgendes gedacht.« Geduldig und in Einzelheiten erläuterte Ridley den beiden Herren, auf welche Weise er *Fortitude* abstützen und jene Rückversicherung bewerkstelligen wollte, die Himmlers Übernahme der Abwehr und der Verlust Popovs zu erfordern schienen. Menzies und Dansey hörten aufmerksam zu.

»Ein wirklich gescheiter Einfall«, bemerkte Menzies, als Ridley geendet hatte. »Der Erfolg hängt selbstverständlich davon ab, ob die Hunnen Ihren Köder schlucken. Tun sie es, haben wir sie vermutlich fest an der Angel. Es ist bekannt, daß Himmler sofort ans Telefon geht und Hitler seine Erfolge meldet, und als einen solchen Erfolg könnte er diese Angelegenheit sehr wohl betrachten. Kommt hinzu, daß der Auslands-SD es bitter nötig hat, die Übernahme der Abwehr durch einen eigenen großen Coup zu rechtfertigen. Die Frage ist nur: wie wollen Sie Ihren Einfall verwirklichen, ohne daß jemandem der Verdacht kommt, es könnte sich um eine eingefädelte Sache handeln?«

»Könnte nicht Ihr Mann dabei helfen?«

»Auslösen kann er das nicht. Er kann die Idee nicht über den Ladentisch verkaufen, kann nicht in der Avenue Foch erscheinen und sagen: ›Seht mal her, was ich euch hier mitgebracht habe.‹ Zeigt er zuviel Initiative, werden unsere teutonischen Freunde mißtrauisch. Er kann nur unterstützend eingreifen.«

Jetzt ließ sich auch Dansey vernehmen. »Kommt hinzu, daß er über die wahre Natur seiner Arbeit im unklaren ist und nichts Näheres über *Fortitude* weiß. Auch muß man bedenken, daß er an Ort und Stelle ist und jederzeit hochgehen kann. Er glaubt, wir haben ihn angewiesen, sich den Deutschen zur Verfügung zu stellen, weil wir seine Hilfe brauchen. Schließlich betreut er eine ganze Reihe von unseren Leuten und auch welche von der SOE.«

»Können Sie ihm vertrauen?«

»O doch, ich glaube schon. Wir kennen ihn seit dem Spanischen Bürgerkrieg. Damals war er Kurier für die Deutschen und hat uns beteiligt. Das Deuxième Bureau war übrigens mit von der Partie, und seit der Kapitulation Frankreichs steht er in unserem Dienst.«

»Nun«, sagte Ridley, »wenn wir ihn schon nicht auf diese Weise benutzen können, kann man vielleicht erreichen, daß die Gegenseite initiativ wird und ihm geradezu den Auftrag gibt, die Sache in Gang zu bringen?«

Dansey räusperte sich höflich, und Menzies und Ridley schauten ihn an. Wenn ›Onkel Claude‹ sich bei derartigen Anlässen höflich räusperte, bedeutete dies, daß er was in petto hatte, und die beiden anderen schwiegen erwartungsvoll.

»Ich glaube, ich kann den Deutschen auf anderem Wege einen Floh ins Ohr setzen«, begann Dansey. »Ich weiß nicht«, wandte er sich an Ridley, »ob Ihnen bekannt ist, daß wir nach Gründung der SOE deren gesamten Funkverkehr abgehört haben. Sie bekamen auch ihre Schlüssel von uns. Darüber haben sie sich so laut beklagt, daß das Kriegskabinett ihnen 1942 eigene Fazilitäten zugestanden hat. Wir haben ihnen also alles Notwendige übergeben, aber doch noch einen Fuß in der Tür behalten – wir hören sie nach wie vor ab.«

Dansey verstummte, um sich seinem Tee zu widmen und die Spannung zu erhöhen. »Wir wissen daher seit einiger Zeit, daß eine Anzahl ihrer Sender – wie viele genau, wissen wir allerdings nicht – von den Deutschen bedient werden. Damit ließe sich schon was anfangen, und zwei der Funkverbindungen, von denen die Deutschen glauben, die SOE hätte sie in der Hand, werden von uns unterhalten – wohlgemerkt, auch die SOE weiß nichts davon.« Er lächelte ein dünnes, kaltes Lächeln. »Über eine dieser Verbindungen sind wir kürzlich in dem von Ihnen« – er meinte Ridley – »erwähnten Zusammenhang tätig geworden.«

Ridley dachte einen Moment mit geschlossenen Lidern nach. »Das ist ja ganz außerordentlich. Das könnte die Antwort sein.«

»Ganz recht«, stimmte Dansey zu, »das könnte sie sein.«

BERLIN

Montag, 15. Mai. Wieder einmal war es an Oberst von Roenne, seinem Führer die neueste Beurteilung der Stärke und der mutmaßlichen Absichten der Alliierten zu unterbreiten. Er legte Buntstifte zurecht und lehnte seine kostbare Karte von England gegen die Wand, damit er sie gemeinsam mit seinem Gehilfen vor Augen hatte. Sodann nahm er in den auf der Karte verzeichneten Positionen der Feindverbände sechs Änderungen vor. Alle beruhten auf den Berichten von Agenten der Abwehr in England.

Anschließend diktierte er seine Lagebeurteilung. »Die Gesamtzahl der einsatzbereiten anglo-amerikanischen Verbände im Vereinigten Königreich ist seit Anfang Mai um drei Divisionen vermehrt worden, umfaßt derzeit also circa 56 Infanteriedivisionen, 5 unabhängige Infanteriebrigaden, 7 Luftlandedivisionen, 8 Fallschirmjägerbattaillone, 15 gepanzerte Divisionen und 14 gepanzerte Brigaden. Stoßrichtung der feindlichen Verbände im Süden und Südosten der Insel mit wachsender Wahrscheinlichkeit Pas de Calais, worauf auch die Verlegung zweier englischer Divisionen in die Gegend von Portsmouth und die Unterstellung amerikanischer Einheiten unter britische Verbände in Südostengland hindeutet.

Das 20. US-Korps und die 4. US-Panzerdivision werden verläßlich aus der Gegend um Bury St. Edmunds gemeldet, ebenso die 6. US-Panzerdivision im Umkreis von Ipswich, und eine weitere, noch unidentifizierte Einheit im Abschnitt Folkstone.«

Eine genaue Betrachtung der Karte mit den neu eingezeichneten Verbänden ergab, daß zwischen den der Normandie gegenüberliegenden Kräften und denen in Südostengland immer noch etwa ein Gleichgewicht herrschte, doch deutete sich ein Trend nach dem Südosten hin an. Roenne wiederholte bei sich die ewig gleiche Frage: Warum sollen die Alliierten den weiten Nachschub über See nach der Normandie und in die Bretagne auf sich nehmen, wenn sie es von Dover nach Calais doch so viel kürzer haben? Die pure Logik zwang zu dem Schluß, daß der Hauptstoß über die Enge von Dover erfolgen mußte, mit dem Schwerpunkt gegen die nordwestliche Küste von Frankreich. Und genau dies fügte er seiner Lagebeurteilung denn auch zu.

Sir Henry Ridley und seine Täuschungsspezialisten von der London Controlling Section hätten sich keine andere Beurteilung der mutmaßlichen Pläne der Alliierten durch den deutschen Generalstab wünschen können.

London

Wenn ein deutscher Sturzkampfbomber sich auf dieses Gebäude hier stürzen würde, hätten die Deutschen mit einem Schlag den Krieg gewonnen, überlegte T. F. O'Neill, denn niemals zuvor, auch nicht bei den Konferenzen in Quebec, in Casablanca und in Teheran, waren so viele führende Persönlichkeiten der Alliierten unter dem gleichen Dach zusammengekommen. König George VI., Winston

Churchill, die Mitglieder des Kriegskabinetts und Feldmarschall Smuts von der Südafrikanischen Union saßen in der vordersten Reihe. Die Reihen dahinter waren mit Generälen, Admirälen und Luftmarschällen besetzt. Die Bänke waren unbequem und wie in einem Amphitheater durch zwei Stockwerke aufsteigend angeordnet. Schwarze Holzsäulen trugen einen darüber vorspringenden Rang, der ebenfalls von Männern besetzt war, an deren Uniformen Goldborten und Sterne blinkten. Wenn es zutraf, daß die Schlacht von Waterloo auf den Sportplätzen von Eton gewonnen wurde, mochte es eines Tages heißen, daß die Schlacht um ein freies Europa hier am Rande von London, im Hörsaal der Saint Pauls School entschieden wurde, auf eben jenen harten Holzbänken, auf denen Feldmarschall Montgomery als Knabe lateinische Verben konjugiert und sich die Geheimnisse der Algebra angeeignet hatte.

Diese glanzvolle Versammlung war auf Montag, den 15. Mai einberufen worden zu dem Zweck, einen Überblick über den letzten Stand der Vorbereitungen der Invasion zu geben. Die Konsequenzen dieses Unternehmens würden so bedeutend sein, die damit einhergehenden Risiken so schwer wiegen, daß es T. F. vorkam, er könne die in der Luft liegende Spannung förmlich mit Händen greifen. Lange bevor General Eisenhower die Sitzung eröffnete, herrschte bereits fast völlige Stille, denn der Ernst der Stunde ließ auch solche Generäle und Admiräle verstummen, die im allgemeinen nichts lieber hörten als die eigene Stimme.

Eisenhower sprach zehn Minuten, anschließend trat Montgomery ans Rednerpult. T. F. hatte den legendären Helden von El Alamein zuvor nie gesehen. Montgomery bearbeitete mit der Spitze seines Zeigestockes die Nachbildung der französischen Küste, welche die Wand hinter dem Pult einnahm, mit einem Eifer, als könne jeder Stoß, den er führte, eine deutsche Küstenbatterie außer Gefecht setzen. T. F. fand, daß er für einen großen Feldherrn eine zu hohe Stimme habe, außerdem drückte er sich etwas umständlich und pedantisch aus. Was er sagte, zeugte jedoch über allen Zweifel von einer solchen Vertrautheit mit der Materie, einer solchen Beherrschung auch der geringsten

Einzelheiten, von so viel Sachkenntnis und Selbstvertrauen, daß auch seine schärfsten hier anwesenden Kritiker ihn bewundern mußten.

»In Frankreich«, so dozierte er, »erwarten uns sechzig feindliche Divisionen, zehn davon Panzerdivisionen, weitere zwölf motorisierte Infanterie.« Die meisten seiner Zuhörer kannten diese Zahlen, doch beeindruckte es alle Anwesenden stark, sie vor diesem maßstabgerechten Modell der Küste, den Stränden, den Kliffs, den Dörfern ausgesprochen zu hören, die so bald schon von ihren Truppen gestürmt werden sollten.

»Rommel ist ein entschlossener und ein energischer Befehlshaber, und er wird nach Kräften versuchen, uns am Tag X ein Dünkirchen zu bereiten, uns am Strand niederzuwerfen und Caën, Bayeux und Carentan zu halten. Gelingt es ihm wirklich, diese drei Punkte zu halten, dann steht es um uns sehr schlecht.«

Montgomery machte eine Pause und betrachtete das Modell an der Wand. Er war davon überzeugt, daß sein alter Gegner sich irrte, daß die Schlacht um Frankreich nicht an den Stränden entschieden werden würde und auch nicht in den ersten Stunden des Angriffs.

»Ich gehe davon aus, daß die Entscheidung 48 Stunden nach der Landung auf Messers Schneide stehen wird, also am Abend des Tages X plus zwei. Das Unternehmen *Overlord* wird dann als das erkannt sein, was es ist, eine überwältigende Bedrohung, gegen welche die Deutschen sämtliche verfügbaren Kräfte werfen müssen. Dreizehn Divisionen können in die Normandie verlegt werden, und mit dem Gegenangriff dieser zusammengefaßten Verbände ist ab dem Tage X plus sechs zu rechnen; wir haben es dann mit bis zu 24 Divisionen zu tun, zehn davon Panzerdivisionen.«

Wahrlich, eine angsterregende Aussicht. Ginge alles gut, würden die Alliierten bis dahin fünfzehn Divisionen an Land haben, zwei davon Panzerdivisionen, die meisten schwer angeschlagen durch das eigentliche Landeunternehmen.

Montgomery blickte über seine Zuhörer hinweg. Alle starrten ihn gebannt an, der König und Churchill nicht ausgenommen, und jeder erwog bei sich die Risiken, die sich da boten. »Und dabei habe ich noch mit keinem Wort die im Kriege ja bekanntlich unvermeidlichen Pannen erwähnt, die es geben wird«, schloß Montgomery.

Wäre den in der Saint Pauls School versammelten Männern bekannt gewesen, was sich zu gleicher Zeit jenseits des Kanals ereignete, sie hätten ihre Erfolgsaussichten noch wesentlich pessimistischer beurteilt. Daß ihnen diese Ängste erspart blieben, verdankten sie der Tatsache, daß *Ultra*, das große Ohr, das ihnen so viele Geheimnisse des Feindes verraten hatte, taub geworden war. Hitler verkehrte mit seinen Befehlshabern in Frankreich – Rommel in La Roche Guyon und Rundstedt in einem Vorort von Paris – durch Telefon und Fernschreiber, und beide waren für *Ultra* nicht anfällig. Und als der April in den Mai überging, lenkte Hitler die Aufmerksamkeit seiner zweifelnden Feldmarschälle immer intensiver auf jenen Abschnitt, an dem er selber instinktiv die Invasion erwartete, nämlich auf die Normandie. Das Datum, das ihm dabei vorschwebte, war der 18. Mai. In den Fernschreiben hieß es ganz unmißverständlich: Ort des zu erwartenden Angriffs ist die Normandie, und General Jodl, Chef des Wehrmachtführungsstabes, hatte den Ort in einem Telefongespräch am Abend des 9. Mai dem Oberbefehlshaber West noch genauer angegeben: »Die Halbinsel Cotentin wird das erste Angriffsziel des Feindes sein.«

Diese Manifestation des Feldherrngenies seines Führers machte auf Rundstedt keinerlei Eindruck. Der starrte unverwandt wie schon im März in Berchtesgaden auf Flandern als das künftige Kampfgebiet. Dort würden die Alliierten landen, davon war er nicht abzubringen. Dabei kümmerte ihn weniger, wo genau die Landung stattfinden würde, als vielmehr, was er mit den Alliierten anfangen sollte, wären sie erst mal an Land gegangen, und in dieser Hinsicht war er gänzlich anderer Meinung als der ihm unterstellte Rommel. Rommels Beharren darauf, daß der Feind sogleich am Strand geworfen werden müsse, zeugte seiner Ansicht nach davon, daß Rommels Horizont etwa so begrenzt war wie der eines Regimentskommandeurs.

Rundstedt war davon überzeugt, daß nichts und niemand die Alliierten hindern könne, die Landung erfolgreich auszuführen, doch ebenso wie Montgomery erwartete Rundstedt das Eintreten des kritischen Augenblickes drei oder vier Tage nach der Landung, weil dann der Nachschub noch nicht gesichert, die an Land gegangenen Truppen aber von den Kämpfen schwer mitgenommen sein würden. »Das große Invasionsunternehmen wird dann verenden wie ein gestrandeter Wal«, erklärte Rundstedt seinem Stab. Dies sei der Moment, mit den versammelten Panzerkräften zum Gegenschlag auszuholen – eben das, was die Versammlung in der Saint Pauls School fürchtete. Lasse man sich von Scheinangriffen und sonstigen Ablenkungsmanövern nicht beirren, bestehe noch gute Aussicht für Deutschland, den Krieg zu gewinnen.

Als am Abend des 15. Mai die Offiziere, die Montgomerys Vortrag in der Saint Pauls School gehört hatten, in ihre Quartiere gingen, saß ihr Gegenspieler Rommel im Schloß der Herzöge von La Rochefoucauld an eben jenem mit Intarsien verzierten Renaissanceschreibtisch, an dem der Kriegsminister Ludwigs XIV. den Widerruf des Ediktes von Nantes unterzeichnet hatte und auf dem jetzt das Telefon stand, das Rommel mit dem Führerhauptquartier verband. Rommel hätte gern gewußt, was den Führer mit solcher Gewißheit auf die Normandie als den Platz der kommenden Invasion tippen ließ.

Von Jodl hörte er, »der Führer hat bestimmte Informationen, die besagen, daß der Hafen von Cherbourg das erste Angriffsziel der Anglo-Amerikaner sein wird«. Stammten die nun von Himmlers Auslands-SD, von dem Spion Cicero in der Britischen Botschaft in der Türkei, oder handelte es sich nur um eine Eingebung seines Instinktes? Das sagte Jodl nicht.

Immerhin meinte Rommel, er müsse die Halbinsel Cotentin nun inspizieren. Am Spätnachmittag des 17. Mai standen Rommel und Admiral Ruge auf einer Düne, von der man den Strand unweit des Ortes Ste. Mère Eglise überblickte. Der Himmel war bedeckt, und eine Brise hielt das violette Heidekraut in dem weiter landeinwärts gelegenen Moor in Bewegung. Ruge deutete auf den leeren

Sandstrand, der auf dem maßstabgetreuen Modell in der Saint Pauls School als *Utah Beach* ausgewiesen war, und sagte zu Rommel: »Hier werden sie landen.« Die Landungsflotte sei hier durch die vorspringende Halbinsel vor den vorherrschenden Winden ausreichend geschützt und die tückischen, unberechenbaren Wasser des Kanals hier am friedlichsten. Rommel bedachte stumm eine ganze Weile die Vorhersage des Seemannes. Er selber sah die Invasion viel weiter im Norden, noch oberhalb der Somme, sah sie dort, seit er sein Kommando übernommen hatte, und in dieser Überzeugung konnte ihn nichts wankend machen. »Nein«, sagte er deshalb zu Ruge, »sie werden übersetzen, wo der Weg am kürzesten ist, wo die Rollfelder ihrer Jagdbomber deren Zielen am nächsten sind.«

Kurz darauf hielt er vor dem Regiment, das die Küstenverteidigung übernehmen sollte, eine kurze, aufrüttelnde Ansprache. »Erwartet den Feind nicht bei Tage, wenn die Sonne scheint. Er wird nachts kommen, bei Regen und Sturm.«

Wenigstens mit dieser Vorhersage traf der Feldmarschall ins Schwarze.

TEIL FÜNF

29. Mai - 6. Juni 1944

Am zeitigen Morgen des 29. Mai 1944, einem Montag, bewegte sich ein kleiner, aber eindrucksvoller Konvoi durch die Straßen des erwachenden Londons hinaus in die grüne, reizvolle Hügellandschaft von Sussex, einem mit Säulenportal geschmückten Landhaus entgegen, das auf einer Anhöhe oberhalb des Hafens von Portsmouth lag und den Namen Southwick House trug. Damit verlegte General Eisenhower sein Stabsquartier aus der Hauptstadt Englands in ein vorgeschobenes Hauptquartier, von wo aus er den Angriff auf Hitlers Europa leiten wollte. In Southwick House angekommen, versammelte er jene Mitarbeiter um sich, die künftig seine wichtigsten Gehilfen werden sollten, seine Wetterfrösche. Die gründeten ihre Voraussagen auf Informationen, die sie von Flugzeugen, U-Booten, Schiffen und Wetterstationen von der karibischen See bis zum nördlichen Island erhielten, und die Vorzeichen hörten sich gut an. Sie sagten voraus, daß das unvergleichliche Frühsommerwetter, das fast den ganzen Mai über geherrscht hatte, mindestens weitere fünf Tage vorhalten werde, und Eisenhower erließ nach kurzem Besinnen die erste Weisung aus seinem neuen Hauptquartier: Der Tag X würde Montag sein, der 5. Juni, der erste von drei Tagen zu Beginn des Juni, in denen Mond und Flutverhältnisse die Voraussetzungen für die Invasion erfüllten. Damit hatte der Countdown begonnen.

Major Cavendish war äußerst erstaunt. Die Anweisung, die er erhalten hatte, war höchst ungewöhnlich, und während er die erste Tasse Tee des Tages trank, überlegte er, daß ähnliches erst ein einziges Mal vorgekommen war, nämlich fast genau ein Jahr zuvor. Damals war der Chef der SOE, General Gubbins, bei Cavendishs Vorgesetztem, Colonel Buckmaster, erschienen und hatte ihm mitgeteilt, der Premierminister wünsche schnellstens mit einem jungen Offizier namens Francis Suthill zu sprechen, der ein leistungsfähiges Agentennetz in der Umgebung von Paris für die SOE aufgebaut hatte. Gubbins Befehl lautete: »Schnellstens nach London schaffen.«

Suthill wurde 24 Stunden später mit einer Lysander ausgeflogen und noch am Nachmittag seiner Ankunft in die Downing Street 10 gebracht. Niemand von der SOE durfte ihn begleiten, und keiner ihrer Offiziere erfuhr je, was zwischen Suthill und Churchill gesprochen worden war. Suthill teilte seinen Vorgesetzten weiter nichts mit, als daß er nichts sagen dürfe und mit der nächsten Maschine nach Frankreich zurückkehren müsse.

Die SOE erhielt nach diesem kurzen Besuch den Befehl, Suthills ›Prosper‹ genanntes Netz mit größeren Mengen Waffen zu versorgen. Suthill und Dutzende seiner Mitarbeiter wurden gleichwohl Ende Juli 1943 von der Gestapo verhaftet, weil ihr Netz, wie die SOE später erfuhr, von einem deutschen Agenten unterwandert worden war, der sich als holländischer Widerstandskämpfer auf der Flucht ausgab.

Und nun also hatte Cavendish wiederum den Befehl erhalten, einen SOE-Offizier in Churchills Büro zu schicken. War dieser Colonel Henry Ridley, der Catherine Pradier sprechen wollte, vielleicht sein ehemaliger Mitschüler aus Eton? Was machte der überhaupt, und was kontrollierte seine sogenannte London Controlling Section? Cavendish hatte den Namen nie gehört, und doch hätte er gern gewußt, wer in den inneren Kreisen welche Rolle spielte. Cavendish sah aber ein, daß es nicht seine Sache war, dem auf den Grund zu gehen. Der Befehl lautete, Catherine Pradier habe sich um 15 Uhr am 31. Mai zur Verfügung zu halten; sie werde mit dem Auto nach Storeys Gate gebracht. Cavendish hatte dafür zu sorgen, daß sie ihren Urlaub abbrach und pünktlich zur Stelle war.

Was muß denn das für ein Geheimdienst sein, überlegte T. F. O'Neill, als er Park, den Cerberus der SOE, in der Wohnung am Orchard Court erblickte, der sich einen Butler hält, um die Türen zu öffnen? Park musterte ihn ebenso mißtrauisch. Er war es nicht gewöhnt, Amerikaner zu empfangen, und T. F.s Eintreffen, obwohl durch Major Cavendish angekündigt, mißfiel ihm sehr. Er nickte knapp und führte den Besucher in eines der Zimmer, die am mittleren Korridor lagen. Und er verkniff es sich nicht, demonstrativ die Tür hinter dem Amerikaner zu schließen.

Als sie sich wenige Minuten später wieder öffnete, konnte T. F. sich nicht enthalten, unhöflich zu glotzen. Von der Frau, die jetzt hereinkam, ging jene heitere Gelöstheit aus, die Frauen von großer Schönheit besitzen, so wie manche Gurus die Aura der Weltabgewandtheit. Das schimmernde Blondhaar fiel in Wellen bis auf ihre Schultern, ihre Gesichtszüge gewannen durch die hoch angesetzten Wangenknochen noch einen besonderen Reiz, und die grünlichen Augen musterten ihn kühl. Die hat ja genau die gleiche distanzierte Schönheit wie Carole Lombard, ging es T. F. durch den Kopf.

»Sie dürften Major O'Neill sein?« stellte sie fest.

T. F. nickte.

»Ich begreife nicht ganz, weshalb man Sie beauftragt hat, mich zu begleiten. Ich finde meinen Weg ganz gut allein.«

Daran zweifle ich keinen Moment, bemerkte T. F. bei sich selber und sagte laut: »Das soll keine Kränkung sein. Wo wir jetzt hingehen, ist es ungefähr so wie im Buckingham Palace. Man kommt nicht unangemeldet und unbegleitet rein.«

»Sie können mir wohl nicht andeuten, worum es sich handelt?« fragte sie im Fahrstuhl.

»Das kann ich wirklich nicht. Nicht, daß ich nicht möchte, aber ich weiß nichts.«

Catherine Pradier gab sich damit zufrieden, bis sie nebeneinander in der Limousine saßen. Dann fragte sie: »Sie könnten mir aber sagen, wer dieser Colonel Ridley ist und was die London Controlling Section macht.«

T. F. bot ihr zu rauchen an, doch lehnte sie ab. »Das kann der Colonel Ihnen bestimmt besser erklären als ich.« Seine ausweichende Antwort empfand er selber als peinlich, und deshalb fuhr er fort: »Ich bin Ihnen gegenüber ein ganz kleines bißchen im Vorteil. Sie wissen über mich nichts, ich dafür aber einiges über Sie. Zum Beispiel, daß Sie bis vor kurzem im besetzten Frankreich waren. Und deshalb vermute ich, daß der Colonel Ihnen diesbezüglich einige Fragen stellen möchte.«

Catherine verschränkte die Arme vor der Brust und schaute ein wenig schmollend aus dem Fenster; auf den Bürgersteigen herrschte erhebliches Gedränge.

»Waren Sie auch in Paris?« T. F. sprach den Namen mit jener Ehrfurcht aus, die ihm von seinem ersten und einzigen Aufenthalt in dieser Stadt eingegeben worden war, auf jener Bildungsreise, die sein Großvater ihm zum bestandenen Examen schenkte.

»Hin und wieder. Die meiste Zeit war ich in Calais.«

»Ich möchte Paris nach dem Krieg gar zu gern wiedersehen.«

»Und wer sollte Sie daran hindern?«

T. F. fragte sich, ob ihr schroffer Ton darauf zurückzuführen sei, daß ihr jeder Zweifel an einem baldigen Sieg unstatthaft schien, oder daß sie meinte, die Verlustquote unter den in London stationierten Stabsoffizieren sei gewiß nicht so hoch, daß an seinem Überleben zu zweifeln war.

In Storeys Gate verstand Catherine sogleich, weshalb man diesen Amerikaner geschickt hatte, um sie zu holen. Der bewaffnete Posten prüfte dessen Papiere und ihre eigenen ebenso eingehend wie jener Gestapomensch, der sich in der Nacht ihrer Ankunft in Frankreich Pauls und ihre Papiere angesehen hatte. »Arbeitet Churchill wirklich hier unten?« fragte sie leise, als sie mit T. F. die Treppe hinunterging.

»Jetzt nur noch selten, aber während der Luftangriffe soll er hier unentwegt im Schlafrock herumgetigert sein und Zigarren geraucht haben.« T. F. führte sie in ein winziges, enges Büro, wo beide von einem älteren Herrn empfangen wurden, der sich als Henry Ridley vorstellte und der nichts Militärisches an sich hatte. »Es ist reizend von Ihnen herzukommen«, sagte er zu Catherine, bedankte sich mit einer entlassenden Geste bei T. F. und führte Catherine weiter in sein eigenes Büro. Hier bot er ihr vor seinem Schreibtisch Platz in einem Sessel an und Zigaretten, die sie zurückwies. Während er sich auf seinem Schreibtischsessel niederließ, brannte er mit dem Stummel seiner Zigarette schon die nächste an und beobachtete sie – darauf hätte sie schwören mögen – unter halb geschlossenen Lidern.

»Sie dürfen sich nicht an all den Formalitäten stoßen, mit denen Ihr Besuch hier verbunden ist«, begann er.

»Ich habe volles Verständnis dafür, Sir, bestimmt ist das notwendig.«

»So ist es. Im übrigen«, hier lächelte er sie unwiderstehlich an, »können wir uns hier die militärischen Floskeln sparen. Ich bin nämlich im Grunde meines Herzens ebenso Zivilist wie Sie.« Er verschränkte die Finger hinter dem Kopf und lehnte sich zurück. »Diese Prozedur war nur nötig, weil es dieser Tage kein besser gehütetes Geheimnis gibt als das, was mit der Invasion zusammenhängt.«

»Selbstverständlich.«

»Es handelt sich um Geheimnisse, von denen niemand bei der SOE, auch Colonel Buckmaster oder Major Cavendish, etwas weiß.« Er sprach langsam und so, als wähle er jedes Wort einzeln. »Nicht, daß wir kein Vertrauen in die SOE hätten. Es liegt daran, daß so viele Ihrer Kollegen und Kolleginnen in Gefahr schweben, von den Deutschen verhaftet zu werden. Deshalb halten wir es für geboten, Ihrer Organisation alle näheren Kenntnisse der Einzelheiten vorzuenthalten.«

Wozu nur erzählt er mir das alles? fragte sich Catherine. Ridley spürte ihre Reaktion und wedelte mit der Zigarette. »Keine Sorge, ich habe nicht die Absicht, Sie mit solchen Kenntnissen zu belasten. Der eine Grund, aus dem ich Sie hergebeten habe, läßt sich sehr einfach formulieren: Würden Sie in Erwägung ziehen, noch einmal nach Frankreich zu gehen? Genauer, nach Calais?«

Catherine schlug die Beine übereinander, erst das rechte übers linke, dann umgekehrt, richtete sich auf, alles, um Zeit zu gewinnen, über Ridleys Frage nachzudenken. Auf sonderbare Weise vermißte sie ihr anderes Selbst, jene Denise, die es schon fast nicht mehr gab, doch ihre instinktive Reaktion war Ablehnung. Gewisse Risiken geht man einmal ein, nicht aber zweimal. Nicht einmal die Fürsten des Zaren spielten russisches Roulette gewohnheitsmäßig. »Warum verlangen Sie das von mir?« fragte sie.

»Ich möchte, daß Sie dort einen ganz festumrissenen Auftrag ausführen.«

»Und der wäre wirklich wichtig?«

»Nicht nur wichtig – lebenswichtig.«

Catherine seufzte. »Warum muß ausgerechnet ich das machen, das kann wohl auch ein anderer.«

»Auch ich glaube nicht daran, daß es jemand gibt, der unersetzbar ist«, gestand Ridley ihr zu. »Nur sind Sie für das, was uns vorschwebt, ausnehmend gut qualifiziert. Ich möchte gleich hinzufügen, daß es weder besonders schwierig ist noch besonders gefährlich. Weniger gefährlich als das, was Sie mit Ihrem Funkgerät geleistet haben.« Er schenkte ihr ein warmes Lächeln, und sie dachte: wie eigenartig ist es doch, daß manche Männer einem mit ihrem Lächeln in Minuten mehr Vertrauen einflößen können als andere in Jahren!

»Wer wäre denn mein Auftraggeber? Sie? Die SOE?«

Der Colonel klappte wie erschöpft die Lider herunter, als er seine Antwort formulierte: »Wir werden es so aussehen lassen, daß die SOE selber glaubt, Sie handelten nach ihren Anweisungen. Ihr eigentlicher Auftraggeber wird jedoch eine sehr viel höhere Stelle sein.«

Catherine holte tief Luft. »Meinetwegen. Ich kann nicht sagen, daß ich darauf brenne, aber nach allem, was Sie gesagt haben, bin ich einverstanden.«

»Ich habe mit dieser Antwort gerechnet. Ich habe sogar fest darauf gebaut, nachdem ich Ihre Personalakten gelesen hatte.« Er holte aus der Schreibtischschublade einen Hefter, auf dessen Deckel sie in Rot und Rosa die Worte GEHEIM und BIGOT aufgestempelt sah. »Ich muß Sie jetzt zu absoluter Geheimhaltung verpflichten. Außer mir und Ihnen darf niemand wissen, was ich Ihnen jetzt sage. Nicht Cavendish und auch Buckmaster nicht, überhaupt niemand in der SOE und selbstverständlich auch sonst niemand. Wir verstehen uns?«

Sie nickte stumm.

Ridley klappte den Hefter auf und entnahm ihm eine Kopie von Aristides Plan betreffend die Sabotage der Batterie Lindemann. »Ein hervorragender Plan.« Er sog tief den Rauch seiner Zigarette ein und blätterte in dem Hefter.

»Unsere Techniker haben sich alles genau angesehen und schlagen eine geringfügige Änderung vor.« Er hatte jetzt gefunden, was er suchte: eine in Tusche ausgeführte Zeichnung. »Es lohnt nicht, daß wir uns über die technische Seite der Sache unterhalten, der Direktor des Elektrizitätswerks wird sofort alles verstehen, wenn er einen Blick darauf wirft. Kurz gesagt, ist es eine Modifizierung der Art und Weise, in welcher die Überlast an Strom in die Leitung geführt werden soll, an der die Batterie hängt.«

Er legte die Zeichnung in den Hefter zurück. »Wir machen davon einen Mikrofilm und führen den in eines der Streichhölzer ein, die Sie ja schon kennen. Ihr Auftrag ist, es persönlich Aristide zu übergeben.«

»Und wie komme ich nach Frankreich? Mit dem Fallschirm? Oder wieder mit einer Lysander?«

»In wenigen Tagen ist Vollmond, und Sie sollen in der ersten Maschine nach drüben sein. Und damit wären wir beim zweiten und wenn möglich noch strenger geheimzuhaltenden Teil Ihres Auftrages.«

Ridley lehnte sich weit zurück und starrte an die Decke. »Es ist Ihnen wohl klar, daß der beabsichtigte Sabotageakt die Batterie nur für einen begrenzten Zeitraum außer Gefecht setzen wird?«

»Ja. Aristide meinte, die Deutschen würden etwa 24 Stunden brauchen, um die zerstörten Motoren zu ersetzen.«

»Das ist viel zu optimistisch. Wir rechnen mit nur zwölf Stunden. Nicht mehr.« Ridley rückte an den Tisch und faltete die Hände auf der Platte. »Es kommt alles darauf an, die Geschütze während einer ganz bestimmten Zwölfstundenperiode bei Tageslicht außer Funktion zu setzen. Geschieht das zu früh oder zu spät, gibt es ein ganz, ganz schlimmes Malheur. Es hängt alles von der präzisen Ausführung ab. Sie verstehen?«

Was er meinte, war nicht mißzuverstehen, es konnte für die absolut präzise Einhaltung des errechneten Zeitraumes nur einen einzigen Grund geben. »Ich verstehe, glaube ich, sehr gut«, murmelte sie.

Ridley nahm ein zweites Blatt Papier aus dem Hefter und schob es über den Tisch. Darauf las sie die beiden Losungen, die Aristide ihr in Calais für London mitgegeben hatte und deren Verlesung über die BBC die Operation auslösen sollte, falls Cavendish einverstanden war.

A: *Nous avons une message pour petite Berthe*

B: *Salomon a sauté ses grands sabots.*

»Sie können diese beiden Sätze gewiß längst auswendig. Wir werden dafür sorgen, daß die BBC sie bekommt.« Er erklärte ihr nun, welche Zeitspanne vergehen müsse, nachdem eine der beiden Losungen von der BBC durchgegeben worden war. »Sie sehen, der Auftrag, den wir Ihnen geben, ist wirklich einfach. Sie verstehen aber auch, daß für uns ungeheuer viel davon abhängt. Der amerikanische Major, der Sie hergebracht hat, wird bei Ihnen bleiben, und falls Sie einen Wunsch haben oder eine Frage, wird er Ihnen zur Verfügung stehen. Er hält die Verbindung zu mir.« Er stand auf und kam mit einem traurigen Lächeln um die Lippen auf sie zu. »Ich fürchte, ich habe Sie doch mit Wissen belastet, das zu tragen Ihnen schwer wird.«

»Ja, das haben Sie«, versetzte Catherine heiser.

»Vergeben Sie mir. Vergeben Sie mir auch, wenn ich Sie noch einmal ermahne, nie, nirgends, unter keinen Umständen und niemandem zu offenbaren, was Sie hier erfahren haben.« Er machte eine Pause und sah sie eindringlich und mitfühlend an. »In Fällen wie diesem läßt man manches lieber ungesagt – wir wissen beide, was das ist.«

Catherine atmete tief aus. Er hätte ihr nicht deutlicher machen können, worum es ging. Sie nickte stumm, und Ridley ergriff ihre Hand, führte sie an die Lippen und küßte sie sanft. »*Merde.* Ich weiß, Sie werden Ihre Sache vorzüglich machen.«

Strömelburgs Skoda brauste auf der Autobahn von Aachen Richtung Berlin. Es war kurz vor Mitternacht, und er hatte das breite Betonband, auf dem einmal unzählige Volkswagen fahren sollten, fast für sich allein. Er saß neben Konrad, seinem Fahrer, der wortkarg und eher mürrisch seine ungeteilte Aufmerksamkeit der Straße widmete, wie immer ganz ehemaliger Werksfahrer von Mercedes.

Strömelburg starrte in Richtung des Industriereviers, das Herz und Lunge des Reiches war, und über das jetzt, unbehindert von der Luftwaffe, alliierte Bomberströme hinzogen. Er hörte das dumpfe Dröhnen unzähliger Motoren, sah die bläulichweißen Lichtkegel der Fla-Scheinwerfer am dunklen Nachthimmel nach ihnen tasten. Hin und wieder stiegen die Leuchtspuren der Maschinenkanonen in den Himmel. Zur Rechten stand vor dem Horizont Glut wie ein kleiner Sonnenaufgang – da brannte eine weitere Stadt, vernichtet von den Bomben der Alliierten. Strömelburg schüttelte den Kopf. Wie hatte es so weit kommen können? Sollte das Tausendjährige Reich, für das er sein Leben lang gekämpft hatte, wirklich in Schutt und Asche sinken? Von den bolschewistischen Horden überrannt werden wie Rom von den Westgoten? Doch das betrübliche Schauspiel, das sich ihm darbot, vermochte seinen Glauben nicht zu erschüttern. Deutschland würde den Krieg gewinnen, davon blieb er überzeugt. Alles hing davon ab, daß die Invasion abgeschlagen wurde, die Invasion und nochmals die Invasion. Gelang dies, würde das Reich überleben, seine Werte dauern, seine Horizonte sich ausdehnen. Er nahm aus dem Korb zwischen seinen Füßen ein belegtes Brötchen und zog mit den Zähnen den Korken aus einer Flasche Chambolle Mussigny.

Seine Fahrten nach Berlin zu den Sitzungen in Kaltenbrunners Büro liefen stets nach dem gleichen Muster ab. Um 21 Uhr fuhr er aus Neuilly ab, versehen mit einem Picknickkorb für sich selber und den Leckerbissen, die einem hohen SD-Funktionär in Paris erreichbar waren: Gänseleberpastete, Butter, Schokolade, Schinken, Champagner. Die waren für seine Eltern und seine Schwester bestimmt, die in Magdeburg wohnten, wo sein Vater noch Unterricht am Gymnasium erteilte. Er würde gerade zum Frühstück zurechtkommen, duschen, sich frisch anziehen und dann weiterfahren nach Berlin, entweder in die Prinz-Albrecht-Straße oder zum SD-Hauptamt in der Wilhelmstraße. Er nahm jetzt noch einen Schluck Wein und schlief ein.

Kurz vor sieben Uhr erwachte er. Der beißende Gestank von qualmendem Holz stieg ihm in die Nase. Die Elbbrücke lag hinter ihnen, und sie näherten sich der Stadtmitte von Magdeburg. Strömelburg stockte der Atem. Die

Altstadt war nichts als eine Ruinenlandschaft, die teilweise brannte. Der Dom stand noch, ein graues, düster drohendes Mahnmal. Zum Glück lebten seine Eltern nicht in der Innenstadt, und auf die hatten die Bomber es augenscheinlich abgesehen gehabt.

Ganz so war es dann allerdings doch nicht. Als der Wagen in die ehedem baumbestandene Goethestraße einbog, in der Strömelburgs Eltern wohnten, sah er zu seinem Entsetzen, daß eine Straßenseite durch einen Reihenwurf völlig wegrasiert war. Und das war die, in der er wohnte. Er sah gleich darauf, daß auch das Haus seiner Eltern nichts mehr war als ein qualmender Schutthaufen; hier und dort züngelten noch Flämmchen zwischen den Trümmern.

Strömelburg sprang aus dem Wagen und schrie gänzlich sinnlos nach seinen Eltern. Eine Nachbarin, die aus den Trümmern ihres Hauses noch Reste ihrer Habe zu bergen bemüht war, sagte ihm, seine Schwester befinde sich im Keller eines gegenüberliegenden Hauses. Er fand sie dort auch, unverletzt, aber schwer geschockt. Erst nach einer Weile brachte er sie dazu zu berichten, was vorgefallen war. Sie war zu Beginn des Fliegeralarms mit den Eltern in den Keller gegangen, der Vater wie immer versehen mit dem Rucksack, der einen Notvorrat enthielt, dazu Verbandszeug und eine Flasche Korn. Da saßen sie und lauschten angstbebend den Einschlägen der Bomben. Als das Haus getroffen wurde, war seine Mutter gleich tot gewesen, und seiner Schwester war es irgendwie gelungen, sich vor den stürzenden Trümmern an ein Kellerfenster zu retten. Der Vater allerdings stand eingeklemmt bis an die Brust zwischen Mauerbrocken und Gebälk, total bewegungsunfähig. Seine Schwester schrie um Hilfe, und dann begann es auch schon zu brennen.

Sie mußte hilflos mit ansehen, wie die Flammen sich ihrem Vater näherten, ihn schließlich erreichten, wie der im Rucksack befindliche Alkohol in Brand geriet und ihr Vater langsam geröstet wurde.

Der entgeisterte Strömelburg half den Nachbarn, in den Trümmern nach den Leichen seiner Eltern zu suchen. Um 8 Uhr 30 mußte er weiter. Auch ein Verlust, wie er ihn getroffen hatte, durfte einen Offizier der SS nicht daran hindern, seine Verabredung mit Kaltenbrunner einzuhalten. Mit beschmutzter Uniform und haßerfülltem Herzen setzte er die Fahrt nach Berlin fort und überließ es seiner Schwester, die Eltern zu einer Totensammelstelle zu bringen.

Kopkow, Strömelburgs Vorgesetzter im Auslands-SD, war außer sich. Nicht nur kam sein Untergebener zur Konferenz zu spät, er erschien auch in einem beklagenswerten Aufzug. Er sah aus, als wäre er durch die Gosse hergekrochen. Und zu allem Überfluß hielt er es offenbar auch für unnötig, eine Erklärung abzugeben. Er nahm am Beratungstisch Platz und erwiderte den mißbilligenden Blick des Gruppenführers mit einem eigenen trotzigen Blick, als wolle er sagen, die Flecke auf seiner Uniform seien keine Schande, sondern vielmehr Ehrenzeichen.

Kaltenbrunner hatte seinen Vortrag mitten im Satz unterbrochen und verfolgte Strömelburgs Weg durchs Zimmer ebenfalls mit mißbilligenden Blicken. Dann räusperte er sich und fuhr fort. Kaltenbrunner hatte die Gabe, auch die aufregendsten Informationen in einem Ton zu verlautbaren, als läse er eine Wäscheliste vor. An diesem Donnerstag, dem 1. Juni 1944, ging es wieder einmal um die Reorganisation der Nachrichtendienste, die jetzt beim Reichssicherheitshauptamt zusammengefaßt waren. Von sofort an würden die Büros und das Personal der Abwehr dem Auslands-SD unterstellt sein.

Während er sich mit den bürokratischen Konsequenzen dieser Maßnahme befaßte, befingerte Strömelburg einen Umschlag, den ihm jemand im Vorzimmer gereicht hatte. Der Umschlag enthielt ein während der Nacht aus Paris eingegangenes Fernschreiben. Er öffnete ihn verstohlen und sah, daß es sich um eine Mitteilung seines Sonderführers Kranz handelte. »Beifolgender Funkspruch um 0315 von Sevenoaks über von uns installierte Funkstelle Lille empfangen«, lautete sie. »Erbitte unverzüglich Anweisungen.«

Während Strömelburg sich den Text ansah, beglückwünschte Kaltenbrunner sich und seine Untergebenen zu dem Umstand, daß die Übernahme der Abwehr durch den

SD gerade noch rechtzeitig erfolgt sei, um die SS instand zu setzen, die Niederschlagung der bevorstehenden Invasion ihrer eigenen Findigkeit anrechnen zu lassen. Als er abschließend von den Anwesenden ihre Stellungnahme forderte, erhob sich Strömelburg. Weil er bekannt war für sein unweigerlich elegantes Auftreten, auf das er ebensoviel Zeit verwandte wie auf das Aktenstudium, löste sein Anblick bei denen, die ihn nicht hatten hereinkommen sehen, Verblüffung aus. Er hatte nicht einmal sein verschmiertes Gesicht gewaschen, ganz zu schweigen davon, daß er immer noch die praktisch in Fetzen hängende und von Brandlöchern gesprenkelte Uniform trug. Das war nicht nur ein ganz unerwarteter, sondern auch ein irgendwie angsterregender Anblick.

Strömelburg begann mit einer Darstellung der von ihm in Lille aufgebauten Falle und fuhr dann um der Wirkung willen leiser werdend fort, die SOE habe vor vierzehn Tagen den angebotenen Köder geschluckt, und endlich schwenkte er das Fernschreiben von Kranz. »Was ich hier habe, ist ein Funkspruch aus London für die von uns übernommene Funkstelle der SOE in Lille, der gestern nacht aufgenommen wurde. Er lautet: Cavendish an Aristide Calais dringendst. Sabotageplan hiermit genehmigt stop Ausführung wird befohlen via BBC durch vorgeschlagenen Code stop Kurier eintrifft mit Lysander Operation Tango 4. Juni stop Mitführt unbedingt vorzunehmende Änderung und genauest zu befolgende Anweisungen betreffend Zeitpunkt der Operation stop. Einhalten des Zeitablaufs von äußerster Wichtigkeit stop Glückwünsche und Halali.«

»Und wogegen soll der Anschlag sich richten?« knurrte Kaltenbrunner.

»Das ahne ich nicht, aber was es auch sei, in London hält man es für so wichtig, daß deshalb eigens ein Agent in Marsch gesetzt wird.«

Kaltenbrunner hatte für die Sitzung eine Darstellung der Küstenbefestigungen am Kanal anbringen lassen, und Kopkow trat nun vor sie hin. »Wogegen der Anschlag sich richten soll, ist nicht wichtig, jedenfalls im Moment nicht. Viel wichtiger scheint mir, daß auf das Zeitelement so großer Wert gelegt wird.« Er schaute auf die Karte. Auch ein Apothekergehilfe war imstande, die militärische Bedeutung der Küstenbefestigungen bei Calais zu erkennen. »Und warum? Weil die Sabotagehandlung im Zusammenhang mit einer anderen, sehr viel wichtigeren Aktion stattfinden soll.«

Und zu Strömelburg gewandt: »Es ist doch wohl klar, was wir jetzt zu tun haben.«

Vier Jahre hindurch hatte sich das kleine Ritual mit solcher Präzision und Regelmäßigkeit wiederholt, als wäre es von einem kirchlichen Kalender vorgeschrieben. Während der dunklen Nacht der Besetzung verband es Tausende Männer und Frauen mit London und der ersehnten Befreiung wie mit einer akustischen Nabelschnur. Zweimal an jedem Abend, um 19 Uhr 30 und wieder um 21 Uhr 15, erklangen die ersten Takte von Beethovens fünfter Sinfonie in einem unterirdischen Tonstudio der BBC in Bush House in London und kündigten den Beginn an, darauf folgte die immer gleiche Ansage: *»Et maintenant voici quelques messages personels«*. Bei diesen Worten richteten in ganz Frankreich, in Wohnzimmern und Stallgebäuden, in Dachstuben und Cafés, auf abgelegenen Bauernhöfen und in den Slums von Paris Männer und Frauen ihre ganze Aufmerksamkeit auf den Empfänger.

Die distanzierte Grabesstimme des Ansagers arbeitete sich durch eine ganze Serie anscheinend unzusammenhängender und unsinniger Sätze:

»Die Zwiebelsuppe ist warm.«
»Der Flieder hat geblüht.«
»In Suez herrscht große Hitze.«

Seit dem April hatte London die Deutschen vorsätzlich genervt, indem die Menge der Durchsagen Abend für Abend zu-, dann plötzlich wieder abnahm. Anfangs war die Reaktion des Feindes ganz so gewesen, wie man es erhofft hatte; die Truppe wurde von Bordeaux bis nach Dünkirchen in Alarmbereitschaft versetzt. Das strapazierte die Nerven der Soldaten so sehr, daß Rundstedt schließlich höchstpersönlich die Alarmbereitschaft aufhob mit der Begründung, das Ganze sei ein schlechter Scherz der Alliierten. Die würden sich hüten, ihre Absichten auf so plumpe Weise bekanntzumachen.

Ursprünglich waren die *messages personels* genau, was die Bezeichnung sagte, nämlich an Personen gerichtete Botschaften, mit denen einer Ehefrau oder einem Vater angekündigt wurde, daß der Mann oder der Sohn heil in England angelangt sei, nachdem er die Flucht zu Wasser oder über die Pyrenäen gewagt hatte. Später waren damit Abwürfe von Waffen, die Ankunft eines Agenten, die Auslösung eines Hinterhaltes oder eines Sabotageaktes angekündigt worden. Am Abend des 1. Juni allerdings kündigten sie das von so vielen so lange erwartete Ereignis an, die Invasion.

Die Résistance und die Sabotagegruppen der SOE hatten eine wichtige Rolle zu spielen. Eine ganze Serie von Plänen – die meisten unter einer Codebezeichnung, die mit Farbe zu tun hatte – war vorbereitet worden und sollte Anschläge auf Bahnstrecken, Nachrichtenmittel, Transporteinrichtungen und militärische Anlagen koordinieren. Um die Ausführungsbefehle an die dafür bestimmten Personen gelangen zu lassen, hatte man sich etwas Pfiffiges einfallen lassen. Jede Widerstandsgruppe, die eine Aufgabe für den Tag X zugeteilt bekommen hatte, war im Besitz von zwei Schlüsselsätzen. Der erste sollte entweder am ersten oder am fünfzehnten Tag eines Monats von der BBC durchgesagt werden und versetzte die betroffene Gruppe in Alarmzustand. Sie hatte während der dann folgenden 14 Tage auf den Ausführungsbefehl zu achten, nämlich den zweiten Schlüsselsatz. Sobald dieser durchgesagt war, blieb der Gruppe 48 Stunden Zeit, die Aktion auszuführen, in Erwartung eines ›bedeutenden Ereignisses‹. Es war also genauso, wie Strömelburg seinem Sonderführer Kranz geweissagt hatte – die Alliierten würden über die BBC bekanntgeben, wann die Invasion stattfände.

Die Deutschen ahnten das schon seit dem Oktober 1943, und zwar dank der Arbeit des SD. Im September waren von der Gestapo drei frisch eingetroffene französische Mitglieder der SOE verhaftet worden. Beim Verhör gestanden sie, in London zwei solcher Schlüsselsätze auswendig gelernt zu haben, welche Sabotageakte gegen Bahnlinien in der

Bretagne auslösen sollten. Sie beschrieben auch, daß die ›Alarmierung‹ an einem 1. oder 15. durchgesagt, die ›Ausführung‹ in den darauffolgenden 14 Tagen befohlen werden würde. Am 10. Oktober kannten alle Wehrmachtsstäbe im Westen die Sätze, welche jenes Trio verraten hatte, und wußten auch, auf welche Weise die Durchsage mit nachfolgender Alarmierung und Aktion erfolgen sollte.

Die Worte stammten aus Paul Verlaines *Chanson d'Automne* und lauteten:

»Les sanglots longs des violons de l'Automne
blessent mon cœur d'une langueur monotone.«

Dies schien ein nachrichtendienstlicher Durchbruch zu sein, war in Wahrheit aber Teil einer Täuschungsoperation von Colonel Ridley und seiner London Controlling Section und hatte mit der Invasion nichts zu tun. Die Operation lief unter der Tarnbezeichnung *Starkey* und war für den Sommer 1943 vorgesehen. Suthills Rückberufung nach London im Mai 1943 und seine Zusammenkunft mit Churchill waren ein besonderer Trick in diesem Spiel, denn Ridley wußte dank *Ultra,* was die SOE nicht wußte: Suthills Netz *Prosper* war von der Gestapo unterwandert. Was Churchill dem jungen Offizier der SOE an jenem Tag mitzuteilen hatte, war kurz und unwahr – mit hoher Wahrscheinlichkeit werde die Invasion im Herbst 1943 stattfinden. Nach Frankreich zurückgekehrt, sollte er seine Gruppe im Hinblick darauf in Bereitschaft versetzen.

Ziel der Operation *Starkey* war es, den Deutschen vorzuspiegeln, daß die Invasion im Herbst 1943 stattfände, um möglichst viele deutsche Truppen im Westen zu binden und damit zu verhindern, daß sie gegen die Russen im Osten eingesetzt würden. Seit dem Juni war die nichtsahnende SOE angewiesen, ihre Leute mit den Ankündigungs- und Ausführungskommandos ausschwärmen zu lassen, und es wurde der SOE-Führung bedeutet, sie solle mit der Invasion im Herbst rechnen. Anfang 1944, zwecks Vorbereitung der tatsächlichen Invasion, wurden die 1943 ausgegebenen Erkennungssätze durch neue ersetzt, wobei dank eines unerklärlichen und geradezu aberwitzigen Versehens die Verlaine-Verse wiederum einer SOE-Gruppe zugeteilt wurden, die in Zentralfrankreich operierte.

Zu den Empfängern der neuen Erkennungssätze, die im Frühjahr 1944 von der SOE ausgegeben wurden, gehörte auch Sonderführer Kranz in der Avenue Foch, und das war für ihn die Krönung des ›Funkspiels‹. Alle seine fünfzehn Sender bekamen ein Ankündigungs- und ein Ausführungskommando zugeteilt, und die Folge war, daß in ganz Frankreich niemand mit größerer Spannung Abend für Abend die *messages personels* der BBC abhörte als Kranz. In seinem Büro im zweiten Stock saß er an seinem Empfänger, der mit einer Spezialantenne ausgerüstet war, die ihm die Funküberwachung am Boulevard Suchet zur Verfügung gestellt hatte und dank derer er die von dort gestörte BBC gut empfangen konnte. Auch am 1. Juni saß er geduldig vor seinem Apparat. Was er zu hören bekam, betraf ihn zunächst nicht, aber plötzlich hörte er: »Anstoß ist um 15 Uhr.« Das galt einer Funkstelle in Saint Quentin, die er ›Walzer‹ getauft hatte. »Die Elektrizität wurde im 20. Jahrhundert erfunden.« Das war für ›Saturn‹ in Rennes bestimmt. Und eine nach der anderen kamen die Erkennungssätze für alle seine fünfzehn Funkstellen durch den Äther. Kranz verschlug es den Atem, als er hörte, wie getreulich London seine Ankündigung wahr machte, ganz wie ja auch die Halifaxbomber pünktlich wie angekündigt des Nachts ihre Lasten an Waffen und Gerät abwarfen, die dann von den Gestapoagenten eingesammelt wurden.

Kranz rannte treppauf in Strömelburgs Büro. Der saß noch ziemlich erschöpft von seiner Rückreise aus Berlin im Sessel und hörte sich an, daß sein Sonderführer die Invasion für irgendwann in den bevorstehenden 14 Tagen ankündigte. »Schicken Sie Fernschreiben nach Berlin und an den OB-West«, befahl er. Dann wollte er wissen: »Wann hört Gilbert wieder aus London?«

»Morgen mittag.«

»Am Boulevard Suchet soll die Funküberwachung besonders gut aufpassen. Wir sind scharf auf alle Details, die mit einer Operation *Tango* zusammenhängen.«

Um 14 Uhr 30 tags darauf kam ein Anruf der Funküberwachung für Strömelburg, die den Text des Funkspruchs durchgab, den die SOE in London an ihren Lufttransportoffizier abgesetzt hatte. »Cavendish an Paul Operation Tango für vierten Juni Feld vier angeordnet stop Ein Passagier ankommt bitte nach Paris weiterleiten stop Rückflug von RAF-Piloten Whitley und Fieldhouse organisieren wie in Funkspruch 163 angefordert stop Kennbuchstabe T wie Tommy stop Ankündigung Tango über BBC Kopenhagen liegt am Wasser stop Bestätigen Sie Ende.«

Strömelburg nahm das mit einem Grunzen auf. In Wahrheit war er entzückt. Feld vier gehörte zu den zwei Landeplätzen Gilberts, die gut zu beobachten waren. Das zugehörige Versteck war eine Scheune am Rande eines Wäldchens, in dem seine Leute ausreichend Deckung fanden, und wenn Gilbert Passagiere für Paris bekam, mußte er mit ihnen den Zug auf einer kleinen Station besteigen, die so übersichtlich war, daß seine schon im Zug befindlichen Agenten Gilbert und die Zusteigenden unmöglich verfehlen konnten.

Strömelburgs Fahrer Konrad hatte schon eine starke Abneigung gegen Gilbert gefaßt, als er ihn das erste Mal bei Nacht von der Straße aufgelesen hatte, doch erst jetzt, nachdem er ihn gewiß ein dutzendmal gefahren hatte, wurde ihm klar, weshalb er den Franzosen nicht leiden mochte. Gilbert nahm stets auf dem Rücksitz des Wagens Platz, wie um den sozialen Unterschied zwischen sich und seinem Chauffeur zu unterstreichen. Für wen hielt der Kerl sich eigentlich?

Strömelburg selber setzte sich immer nach vorn, neben ihn. Konrad war sich aber auch sehr dessen bewußt, daß sein Chef auf Gilbert große Stücke hielt. Man durfte in Strömelburgs Gegenwart keine abfällige Bemerkung über Gilbert machen. Der Wagen hielt am Hintereingang zur Villa in Neuilly, wo Gebüsch und Hecken genügend Schutz vor etwaigen Spähern boten, und wie erwartet begrüßte Strömelburg seinen Staragenten auch diesmal so herzlich wie ein Vater seinen nach langer Abwesenheit heimkehrenden Sohn. Diesen Anblick fand Konrad immer von neuem verblüffend und widerwärtig zugleich.

Strömelburg geleitete Gilbert in den Salon und bedeutete ihm, in einem der Klubsessel Platz zu nehmen, goß sich einen Cognac ein und ließ sich ächzend in seinem Sessel nieder. Er prostete Gilbert zu und streckte die Beine weit von sich. (Er trug Zivil.) Dann betrachtete er ausgiebig seine auf Hochglanz geputzten Schuhe, bevor er versonnen bemerkte: »Wir haben erstaunlich gute Arbeit geleistet, seit Sie das erste Mal hier waren – wie lange ist das jetzt her?«

»Etwas mehr als ein halbes Jahr. Genau gesagt war es am 19. Oktober.«

»Sie haben ein erstaunliches Gedächtnis, mein Lieber, aber das haben wohl alle Piloten. Es ist schon sonderbar – normalerweise vergeht die Zeit einem immer schneller, je älter man wird, aber jetzt, im Krieg, ist das alles anders. Mir kommt es vor, als wäre es Jahre her, seit Sie das erste Mal hier waren.«

»Sind Sie etwa zum Philosophieren aufgelegt?« erkundigte sich Gilbert.

»Tja, man könnte so sagen. Und das hat Gründe. Sie haben ausgezeichnet gearbeitet.« Er blickte seinen Agenten direkt an, und der Franzose fragte sich, was das Lächeln auf Strömelburgs Gesicht zu bedeuten haben könnte. Einen Sinn für Humor hatte er an ihm noch nicht beobachten können, und deshalb wußte er nicht, was sich hinter dieser Miene verbergen mochte. »Sie wissen gar nicht, wie wertvoll Ihre Arbeit für uns gewesen ist. Ich habe Ihnen etwas zu sagen, Gilbert. Wenn dieser Krieg vorbei ist, einerlei ob wir ihn gewinnen oder nicht, wird das Reich die nicht vergessen, die ihm so treu gedient haben wie Sie. Sie bekommen von uns notfalls neue Papiere und genügend Geld, um irgendwo, wo es Ihnen gefällt, ein neues Leben anfangen zu können. Das alles ist schon vorbereitet, Geld liegt in der Schweiz und in Südamerika, und genügend Leute, hilfsbereite Leute, finden sich allemal. Sogar in Rom.«

»Weshalb, um Gottes willen, erzählen Sie mir das alles, Strömelburg? Das klingt ja, als hielten Sie den Krieg schon für verloren, dabei hat die Invasion noch nicht mal begonnen.«

»Ich erzähle Ihnen das, weil Sie es wissen müssen.« Strömelburg konnte, wenn er wollte, so eindringlich und überzeugend sprechen wie ein Pfarrer, und er wäre gewiß auch ein guter geworden, hätte er nur an Gott geglaubt statt an seinen Führer. »Es wird Ihnen in den vor uns liegenden Wochen einen guten Trost bieten, wenn Sie Bescheid wissen.« Er machte eine Gebärde mit seinem Cognacschwenker und wechselte das Thema. »Wann erwarten Sie die nächste Maschine?«

»Am vierten, auf dem Platz bei Angers. Reine Routine. Ein ankommender Passagier, zwei Typen von der RAF fliegen aus.«

Strömelburg nickte ernst, als wäre ihm das neu und als wüßte er es nicht bereits seit Stunden. »Was ich Ihnen jetzt sage, wird Ihnen vielleicht eher verständlich machen, weshalb ich eine so lange Einleitung gebraucht habe. Ich muß den ankommenden Passagier festnehmen.«

Gilbert war bei dieser Eröffnung nichts anzumerken, er zuckte nur ungerührt die Achseln.

»Früher oder später mußte das ja mal kommen«, war alles, was er bemerkte.

»Richtig. Dieser Agent wird vermutlich nach Calais weiterfahren, wenn Sie ihn in Paris absetzen. Wir werden ihn erst dort festnehmen, und zwar so, daß auf Sie kein Verdacht fällt. Aber in solchen Dingen kann man nie ganz sicher sein, und deshalb wollte ich Sie vorher ins Bild setzen. Ich rate Ihnen daher, nicht einer Einladung nach England zu folgen, falls man Ihnen dort vielleicht einen Orden verleihen will.«

»Dabei hätte ich den wirklich verdient, finden Sie nicht?«

»Schon, aber nichts ist so überflüssig wie eine postum verliehene Auszeichnung. Das gleiche gilt übrigens für Ihre Freunde vom Widerstand. Sollten Sie da eine etwas unmotivierte Aufforderung bekommen, sich mit denen zu treffen, kann das bedeuten, daß die mit Ihnen abrechnen wollen.«

Diese Warnung nahm Gilbert durchaus ernst. »Ich sollte vielleicht eine Pistole bei mir haben.«

»Das meine ich auch.« Strömelburg setzte das Glas ab und ging zum Schreibtisch. Auf die Rückseite einer Karte mit seinem Namen und seiner Telefonnummer schrieb er: »Inhaber dieser Karte hat Anspruch auf Hilfe in jeder

Form. Rückfragen an mich.« Unterschrift und Dienstsiegel.

»Das zeigen Sie vor, falls Sie von einer Streife angehalten werden und bewaffnet sind. Falls Sie aber Grund haben zu glauben, daß die Résistance hinter Ihnen her ist, lassen Sie alles stehen und liegen und kommen zu uns. Wir arrangieren dann das weitere. Und nun zu Ihrer nächsten Operation. Sie benutzen wie immer die Scheune bei Feld vier als Versteck?«

Gilbert nickte.

»Und Sie nehmen am nächsten Morgen den Zug von La Minitre aus?«

Wieder nickte der Franzose.

»Gut. Meine Leute werden nachts in der Nähe sein und Ihnen am Morgen unauffällig folgen. Tun Sie, was Sie immer tun. Nichts Ungewöhnliches, sonst werden sie mißtrauisch. Im Zug sind dann Bonys Leute aus der Rue Lauriston.« Das war französische Polizei, die der Gestapo Hilfsdienste dieser Art leistete. »In Paris trennen Sie sich von Ihrem Passagier wie üblich, und wir schieben die Festnahme so lange wie möglich raus.«

»Auf diesen Burschen müßt ihr ja mächtig scharf sein?«

»Ja.«

»So wichtig ist er?«

»Mein lieber Gilbert, Agenten als solche sind kaum je wichtig. Wichtig sind gelegentlich die Kenntnisse, die sie haben.«

»Halt!« Der Feldgendarm trat so plötzlich hinter dem Gebüsch hervor, daß Paul vor Überraschung fast vom Rad fiel. Im Licht der abgedunkelten Fahrradlaterne schimmerte der Brustschild matt, und bedrohlicher noch der Lauf der Maschinenpistole. Paul spürte die Anwesenheit weiterer Männer in der Dunkelheit.

»Ausweis.«

Paul zog den Ausweis hervor, der ihn berechtigte, auch nach Anbruch der Sperrstunde noch auf der Straße zu sein. Der Feldgendarm begutachtete ihn so mißtrauisch wie ein Bankkassierer einen verdächtigen Geldschein.

»Und wohin wollen Sie jetzt noch?«

Paul deutete in Richtung Rue de Provence, wo sich ein gedämpfter Lichtschein abzeichnete, das Bordell *Eins Zwei Zwei.*

»Da werden abends keine Franzosen reingelassen«, sagte der Feldgendarm. »Das ist Schwindel.« Er schnippte verächtlich mit dem Fingernagel gegen Pauls Ausweis. »Kommen Sie mit.« Paul spürte, wie im Dunkeln die übrigen Angehörigen der Streife näherrückten.

»Moment mal, Feldwebel.« Paul legte soviel Autorität in seinen Ton, als er irgend aufzubringen vermochte. Zu seiner unermeßlichen Befriedigung sah er, daß es wie ein Ruck durch den Feldgendarm ging. »Hier, lesen Sie das, und dann lassen Sie mich gefälligst in Ruhe meinen Geschäften nachgehen, bevor ich Sie der Avenue Foch melde.« Er holte Strömelburgs Karte heraus, denn dies schien ihm eine geeignete Gelegenheit, deren Wirkung zu erproben.

Der Feldgendarm las, knurrte seinen Leuten einen Befehl zu und gab Paul die Karte zurück. Der steckte sie mit großer Genugtuung wieder in die Brieftasche. Das Ding tat also wie gewünscht seine Wirkung.

»Hauen Sie ab und schieben Sie 'ne Nummer für mich«, grunzte der Feldgendarm und fügte leiser, so daß Paul es nicht hören sollte, hinzu: »Du verdammtes französisches Schwein.« Aber Paul hörte es wohl.

Die Madame des *Eins Zwei Zwei* war eine höchst professionelle Dame und Paul ein guter Kunde. Man erkannte es daran, wie sie sich bei dem von ihr aus gesehen zeitlich unpassenden Auftauchen Pauls verhielt. Sie vertrat ihm so unauffällig wie möglich den Weg zum Salon, wo um diese Zeit nur noch Deutsche saßen, von denen einige bereits betrunken waren.

»Monsieur hat vielleicht einen besonderen Wunsch?«

»Ist Danielle da?«

Madame erwiderte schmunzelnd: »Gehen Sie schon nach oben und lassen Sie sich ein Zimmer anweisen. Danielle kommt, sobald sie frei ist.«

Das Lächeln auf dem Gesicht der Prostituierten, das so künstlich war wie das auf einer Maske zu Mardi Gras, verschwand, als sie erkannte, daß sie von Paul erwartet wurde.

»Ein Glück, daß du das bist.« Sie ließ sich neben ihm aufs Bett sinken. »Ich brauche wirklich eine Pause. Ich kann gar nicht mehr zählen, wie viele *boches* heute über mich weggerutscht sind.«

Paul musterte sie eingehend. Für gewöhnlich ging er am frühen Nachmittag ins *Eins Zwei Zwei,* wenn die Mädchen noch frisch waren und ein Freier sich mit einiger Mühe einreden konnte, daß die Arbeit ihnen Spaß machte. Jetzt aber, nach zehn Stunden Dienst, wirkte Danielle übermüdet. Ihre Haut war schlaff und voller Runzeln.

»Gib mir mal eine von deinen Zigaretten.« Sie sog den Rauch tief ein und hustete wie eine Asthmatikerin. »Wieso treibst du dich noch so spät auf der Straße rum?«

»Ein Notfall. Wann sendest du das nächste Mal nach London?«

»Morgen.«

Paul reichte ihr einen kurzen verschlüsselten Funkspruch. »Kannst du den für mich absetzen? Es ist dringend.«

Sie sah sich an, wie umfangreich der Spruch war, und erwog offenbar, ob er zusammen mit ihren sonstigen Funksprüchen nicht zu lang wäre. Dann nickte sie. »Mache ich.«

»Ich möchte gern die Empfangsbestätigung von London haben.«

Sie schaute ihn prüfend durch den Schleier von Zigarettenrauch an, und Paul kam es vor, als schätze sie ihn ab wie einen potentiellen Kunden.

»Wo bist du morgen um 13 Uhr 30 zu erreichen?«

Kluges Kind, dachte Paul, ihre Telefonnummer verrät sie nicht. »In der Brasserie Lorraine an der Theke. Der Barmann heißt Henri. Sag ihm, es ist für mich, er kennt mich.«

Das Mädchen nahm einen Kondom aus der Nachttischschublade, warf die Verpackung des Zimmermädchens wegen auf den Boden, steckte Pauls Funkspruch in das Gummi und schob es in die Handtasche.

»Gut. Und jetzt tu mir den Gefallen und setz dich dahin,

damit ich mich einen Moment langlegen und ausruhen kann.« Sie drückte die Zigarette aus und streckte sich aus.

Knappe zehn Minuten später hörte Paul es klopfen und die bekannten Worte: »Es ist Zeit, Monsieur, Madame.« Madame schlief noch fest.

Samstag, der 3. Juni 1944, versprach ein wundervoller Tag zu werden. Doch während die Wochenendbummler sich im Saint James Park und im Hyde Park ergingen und die Möwen entlang der Themse hin und her flitzten, bewegten sich die ersten Truppen, Tanks und Geschütze zu ihren Einschiffungsplätzen, und am Vormittag versammelten sich die Handvoll Männer, welche das Kommando führen würden, in Zimmer 100A von Norfolk House, um die neuesten Lageberichte entgegenzunehmen, deren Gegenstand die deutsche Schlachtordnung und die Verteilung von Hitlers Truppen in Frankreich ganz allgemein waren. Den Vorsitz führte General Walter Bedell Smith, Eisenhowers Stabschef. Dank der Frauen und Männer des französischen Widerstandes konnte Eisenhower die Invasion mit einem Vorteil beginnen, wie ihn selten ein Heerführer gehabt hat: Mit wenigen Ausnahmen war er über Standort und annähernde Stärke aller Truppen unterrichtet, auf die er stoßen würde. Doch das eigentliche Interesse des General Smith und seiner Kommandeure galt weniger der Frage, wie viele Truppen ihm gegenüberstehen, sondern wie Hitler sie einsetzen würde.

Der Nachrichtendienst sah für den Angriff vier Phasen vorher. Die erste, leichteste Phase würde am Morgen des Tages X einsetzen; sechs Infanteriedivisionen und zwei Luftlandedivisionen der Alliierten würden auf nur vier deutsche Divisionen stoßen, die teils nicht über Sollstärke verfügten und teils unbeweglich waren. Am Abend des selben Tages würde die zweite Phase beginnen, in der damit gerechnet wurde, daß der Feind ›gepanzerte Verstärkungen‹ heranführte, doch hoffte man, daß er sich dabei auf Kräfte der 7. Armee beschränken werde, der schwächeren der beiden Armeen, über die der Feind verfügte. Die dritte Phase würde alsdann die folgenden 48 Stunden umfassen, während welcher die Alliierten feindliche Gegenstöße abzuwehren hätten, und zwar mit den schon in den Landeköpfen befindlichen Truppen, die es wiederum nur mit der 7. deutschen Armee zu tun haben sollten, weil der Feind andernorts mit weiteren Landungen rechnete, namentlich um Calais herum, und Hitler deshalb seine besten Truppen im Pas de Calais stehenlassen müsse.

Man nahm ferner an, daß die Deutschen am Abend des Tages X plus zwei, also 60 Stunden nach erfolgter Landung, erkennen würden, daß andernorts keine Landeunternehmen mehr drohten, und daß die Normandie das eigentliche Ziel der Alliierten war; dann würden sie ihre Panzerkräfte vom Pas de Calais Richtung Halbinsel Cotentin in Marsch setzen. Und damit begann die vierte, die eigentlich gefährliche Phase. Die Frage lautete dann: können die gelandeten Alliierten die Landeköpfe auch gegen massierte Panzerangriffe halten?

Nichts deprimierte Bedell Smith mehr, als daß er wiederum diese Spekulationen anhören mußte. Wie die meisten Amerikaner setzte er nur geringes Vertrauen in die Täuschungsmanöver der London Controlling Section, und doch wußte er zu seinem Leidwesen, daß Erfolg oder Mißerfolg weitgehend davon abhängen würden, ob diese Manöver gelangen. Er wandte sich deshalb an Ridley und verlangte zu wissen: »Wie groß sind Ihrer Meinung nach die Aussichten dafür, daß *Fortitude* nach dem Tag X plus zwei den Feind noch im Pas de Calais festhalten kann, Colonel?«

Ridley sah ihn unter halb gesenkten Lidern her an und versetzte: »Ich weiß es nicht, General. Das muß sich erweisen. Allerdings haben wir hier einen recht ermutigenden Bericht.« Er entnahm einem vor ihm liegenden Hefter ein Blatt Papier. »Am 27. Mai hat Hitler den japanischen Botschafter empfangen. Washington hat uns eben den Bericht übermittelt, den der Botschafter nach Tokio durchgegeben und den die amerikanische Funküberwachung aufgefangen hat. Daraus geht hervor, daß die zu der von uns erfundenen 1. US-Heeresgruppe zählenden Truppen von den Deutschen als wirklich vorhanden betrachtet werden. Es ist also nicht ausgeschlossen, daß Hitler einen Angriff dieser fiktiven Streitmacht im Pas de Calais erwartet, nur fragt sich, wie lange er sich hinhalten läßt.« Ridley zuckte die Achseln. »Er hat dem Botschafter aber auch gesagt, daß er sich nichts lieber wünsche, als so rasch wie möglich so stark wie möglich zurückzuschlagen. Wir selber verfügen über drei Kanäle, die ihm suggerieren, er müsse seine Panzer bei Calais stehenlassen; zwei davon haben sich bislang bewährt, sie stehen aber in Verbindung mit der Abwehr, und wie Sie wissen, General, genießt die Abwehr derzeit beim OKW keinen guten Ruf.« Er machte eine Pause und rieb sich die Stirn. »Seit kurzem haben wir einen dritten Kanal in Betrieb genommen, der sich direkt an den Auslandsnachrichtendienst des SD wendet, der die Abwehr übernommen hat. Noch wissen wir nicht, was dieser Kanal wert ist. Wir können nur beten, daß er Erfolg hat.«

Smith funkelte ihn wütend an. Er wünschte besseres zu hören als die nebelhaften Hoffnungen dieses Nachrichtenoffiziers. »Ich erwarte sehr viel mehr von Ihnen«, raunzte er, »denn wenn die deutschen Panzerverbände eingreifen, wie von unserem Nachrichtendienst vorhergesagt, ist es besser, wir planen die Räumung der Landeköpfe und nicht ihre Ausweitung.«

Mit dieser düsteren Bemerkung schloß Smith die Besprechung. Als die Teilnehmer sich entfernten, nahm Sir Stewart Menzies Ridley beiseite. Dieser griesgrämige Schotte war nicht gerade bekannt für seinen Humor, aber jetzt spielte doch die Andeutung eines Lächelns um seine Lippen. »Bevor ich herkam, hat Onkel Claude mich angerufen. Sie hätten dem armen alten Bedell etwas mehr Mut machen dürfen. Gerade eben haben wir von jenseits des Kanals gehört, daß die Deutschen unseren Köder geschluckt haben.«

In den vergangenen zwei Wochen hatte in Frankreich eine schier beispiellose Schönwetterperiode geherrscht, mit sonnigen Tagen und sternklaren Nächten. Als ein strahlender Tag dem anderen folgte, stieg die Spannung. Entlang der Kanalküste lagen die Deutschen in Alarmbereitschaft und hielten Ausschau nach den alliierten Landungstruppen, und auch die Franzosen rechneten täglich mit einer Invasion. Als aus Mai der Juni wurde, hieß es dann in der

Kollaborationistenpresse: »Die Alliierten haben den Bus verpaßt.«

Paul, die Tweedjacke überm Arm, in der Hand ein Erzeugnis dieser Presse, nämlich das unvermeidliche *Je Suis Partout,* schlenderte die Avenue de Ternes hinauf zur Brasserie Lorraine. Auf der Terrasse wimmelte es von vergnügten jungen Frauen in leichten Kleidern, und von Männern, die ihnen ihre ungeteilte Aufmerksamkeit schenkten. Paul hatte seine Landsmänninnen nie reizender gefunden als in diesem vierten Frühsommer der Besetzung, schlank, dank der fettfreien und dürftigen Kost, muskulös von vielem Radfahren und Gehen. Entbehrungen hatten auch ihr Gutes, wie sich zeigte. Er bestellte an der Theke ein Bier und vertiefte sich wieder einmal in die Zeitung. Die Karikatur auf der ersten Seite zauberte ein bitteres Lächeln auf seine Lippen. Man sah darauf eine Theke, über welche der Barkellner einem Kunden den neuesten Cocktail reichte: englischen Gin, amerikanischen Whisky und russischen Wodka. Darunter stand: »Geben Sie eine gehörige Portion Franzosenblut dazu und rühren Sie gut um.«

Punkt 13 Uhr 30 rief der Kellner ihn ans Telefon. Es war Danielle aus dem *Eins Zwei Zwei.* »Abgegangen. Empfang bestätigt.« Und schon legte sie auf. Paul, sehr erfreut über ihr vorsichtiges Verhalten und die Kürze ihrer Mitteilung, trank sein Bier aus und ging Richtung Arc de Triomphe, schnellen Schrittes und beschwingt. Er mußte jetzt die Abreise der beiden englischen Piloten vom Bahnhof Austerlitz vorbereiten und sie nach Angers bringen. Von nun an war alles ein sehr kompliziertes und gefährliches Spiel. Niemand durfte vermuten, daß das Unternehmen abgeblasen war. Strömelburgs Aufpasser insbesondere durften keinen Anlaß haben, mißtrauisch zu werden.

Strömelburg würde wütend sein, wenn am Sonntagabend die Bestätigung über die BBC ausbliebe. Der angekündigte Agent wurde von Strömelburg ganz dringend erwartet, soviel war klar. Solange Paul seinen Wachhunden von der Gestapo keinen Anlaß zum Mißtrauen gab, würde es ihm aber gelingen, mit heiler Haut aus dieser Klemme herauszukommen, dessen war Paul sich gewiß. Es wäre schließlich nicht das erste Mal, daß London eine Mission im letzten Moment abgeblasen hatte. Strömelburgs Versicherung, die Deutschen würden sich um ihn kümmern, falls der Krieg schlecht ausginge, schienen Paul eine Garantie dafür, daß er ihr Vertrauen unvermindert genoß. Und wenn er es recht überlegte, würde Strömelburg auch kaum befehlen, die beiden Piloten festzunehmen, wenn die Maschine ausblieb. Es lohnte sich nicht, deretwegen die Karten aufzudecken. Nein, nein, Strömelburg würde den Zwischenfall verdauen und darauf warten, daß London ein neues Unternehmen verabredete, was selbstverständlich nicht mehr stattfinden würde.

Indem er so das Gespinst seiner vielfach verschlungenen Täuschungsmanöver überdachte, hob sich seine Stimmung womöglich noch. Er, Henri LeMaire, alias Paul, alias Gilbert, fühlte sich imstande, alle zu überlisten, zu manipulieren, wie ein Tier zu überleben dank seiner verfeinerten Instinkte und seiner Gewitztheit. Seit den Tagen seiner kindlichen Tollkühnheiten, den Flügen in der offenen Maschine unter stürmischem Himmel, war Gefahr jene Droge gewesen, nach der seine Psyche süchtig war, und ohne die er nicht leben mochte. Heute, an diesem herrlichen Frühlingstag in der schönsten aller Städte, barst er beinahe vor Glücksgefühl, denn er war genau da, wohin er sich seit je gesehnt hatte – auf der Messerschneide des Lebens in prekärem Gleichgewicht.

Die Neuigkeit war nicht schlecht – sie war schlichtweg verheerend. Das beispiellos schöne Frühlingswetter, das Europa vierzehn Tage lang in sanfter Umarmung gehalten hatte, sollte vorüber sein. Vom Westatlantik nahte ein Sturmtief. Als die Metereologen es erstmals am 29. Mai vor Neufundland geortet hatten, tauften sie es L5 und hielten es für eine geringfügige Störung. Indem es sich ostwärts über den Atlantik bewegte, nahm es ständig an Kraft zu, und obgleich die Wetterfrösche sich noch ein Weilchen an die Hoffnung klammerten, es werde nach Norden abziehen und den Invasionsraum verschonen, stellte diese Hoffnung sich als unbegründet heraus, und Group Captain John Stagg, Eisenhowers Leibmetereologe, mußte ihm am Abend des 3. Juni als gewiß ankündigen, daß am Montag, 5. Juni, mit Winden von der Stärke 5, Wolken und starkem Seegang zu rechnen sein werde, gerade dann also, wenn sich die Invasionsflotte Richtung normannische Küste in Bewegung setzen sollte. Eisenhower hätte nichts Unangenehmeres widerfahren können, und nur mit größtem Widerstreben befahl er eine Verschiebung der Operation um 24 Stunden, die aber einer letzten Bestätigung noch bedürfe, nachdem die Wetterlage Sonntag, 4. Juni, um 4 Uhr 15 ein letztes Mal geprüft worden sei.

Kurz nachdem Eisenhower diese Entscheidung getroffen hatte, klingelte in den Kellerräumen des London Controlling Center ein grünes Telefon. Ebenso wie *Overlord* mit Erfolg nur abgewickelt werden konnte, wenn alle Beteiligten den Zeitplan präzise einhielten, so war auch für *Fortitude* von ausschlaggebender Bedeutung, daß ein Rädchen haargenau ins andere griff. Ridley machte sich also daran zu überprüfen, welche Auswirkung die Verschiebung der Invasion auf die Aktionen jener drei Agenten haben könnte, die er benutzen wollte, um den Deutschen seine Täuschungsoperationen schmackhaft zu machen – die Doppelagenten Brutus und Garbo sowie den dritten, der jetzt den Codenamen *Dameneröffnung* bekommen hatte.

Am einfachsten lag die Sache im Fall von Brutus, dem polnischen Fliegeroffizier. Das Drehbuch von *Fortitude* sah vor, daß Brutus die letzte Maiwoche in Südostengland mit einem Besuch von Ridleys erfundener 1. US-Heeresgruppe in seiner Eigenschaft als polnischer Verbindungsoffizier zu verbringen hatte. Am 31. Mai, dem Mittwoch, war er nach London zurückgekehrt und hatte damit begonnen, seinem Führungsoffizier Oberst Reile von der Abwehr Paris eine Reihe wichtiger Berichte zu übermitteln. Diese bildeten im wesentlichen Brutus' Beitrag zu *Fortitude*. Sie sollten den Deutschen dazu verhelfen, die Bröckchen und Krümelchen falscher Informationen, die Ridley ihnen im vergangenen Monat hatte zukommen lassen – getürkte Funksprüche, die Errichtung vorgeblicher Truppenunterkünfte und Informationsschnipsel, die ihnen durch andere Agenten zugespielt wurden –, zu einem überzeugenden Bild zusammenzusetzen. Brutus nannte den vorgeblichen

Kommandeur der Heeresgruppe beim Namen: General Patton, und meldete, sie sei zusammengesetzt aus zwei Armeen, der amerikanischen Dritten Armee und der kanadischen Ersten, und eine etwa gleich starke Heeresgruppe, nämlich die 21. unter General Montgomery, befinde sich in Südwestengland. Diese nun war wirklich vorhanden, und die Deutschen wußten von ihr und kannten ihre Dislozierung durch die Überwachung ihres Funkverkehrs.

Brutus hatte die Deutschen ferner mit Informationen über die Identität einzelner Verbände der angeblichen amerikanischen Heeresgruppe versorgt, Korps und Divisionen mit ihren Nummern genannt. Kein anderer Agent hätte dies tun können, ohne bei den Deutschen das lebhafteste Mißtrauen zu erwecken, doch Brutus war dazu in der Lage, weil er der einzige Berufsoffizier war, den Ridley als Doppelagenten zur Verfügung hatte. Am Morgen des Tages X plus 1 wollte Ridley den Deutschen den krönenden Leckerbissen servieren: Brutus sollte sich auf Dienstreise in das vorgeschobene Hauptquartier der 1. US-Heeresgruppe in Dover Castle begeben und dort für seine Auftraggeber bei der Abwehr die Einschiffungsvorbereitungen dieser Verbände beobachten. Es sollte ihm sogar erlaubt sein, einige unvorsichtige Bemerkungen General Pattons aufzuschnappen, der, wie die Deutschen wußten, nicht dafür berühmt war, den Mund zu halten. Ridley wollte Brutus am Abend von X plus 2 wieder in London haben, von wo er dann über alles, was er beobachtete, nach Paris berichten könnte – immer in dem Sinne, daß der Übergang von Dover nach Calais unmittelbar bevorstehe. Da Ridley die Deutschen noch nicht hatte wissen lassen, daß ihr kostbarer Pole eine Dienstreise nach Dover antreten würde, war es einfach, diese Phantasiereise um jene 24 Stunden zu verschieben, um welche die Invasion sich verzögern sollte.

Mit Garbo, dem spanischen Doppelagenten, war es schon schwieriger. Eisenhower hatte endlich sein Einverständnis dazu gegeben, daß Garbo seinem Führungsoffizier in Madrid um drei Uhr am Tag X bekanntgeben dürfe, die Invasionsflotte sei auf dem Marsch, also drei und eine halbe Stunde bevor die erste Welle an Land gehen würde. Garbo sollte seine Informationen laut Drehbuch von einem seiner Unteragenten beziehen, einem aus Gibraltar stammenden Kellner, der in der Mannschaftskantine in Hiltingbury Camp angestellt war, wo die 3. kanadische Infanteriedivision lag. Diese Division sollte tatsächlich morgens am Tag X am Strand Juno an Land gehen.

Um diese Geschichte für die Deutschen glaubwürdig zu machen, hatten Ridleys Mitarbeiter sich was recht Kompliziertes ausgedacht. Die Kanadier hatten im Mai an einer Landungsübung teilgenommen, die, wie die Engländer zu wissen glaubten, von der deutschen Luftaufklärung aufgenommen werden würde. Am Vorabend dieser Übung berichtete der Unteragent sehr aufgeregt an Garbo: »Die kanadische Division hat für zwei Tage kalte Verpflegung gefaßt, ferner Schwimmwesten und Gummibeutel zum Reinkotzen auf See und ist abmarschiert.«

Garbo schloß daraus übereilt, hier handele es sich schon um die Invasion, und informierte seinen Führungsoffizier Kühlental in Madrid entsprechend. Er teilte alle Einzelheiten mit, die er von seinem nicht existierenden Unteragenten erhalten haben wollte, und vergaß auch nicht, die Kotzbeutel zu erwähnen. Als der Kellner ihm dann 48 Stunden später meldete, es habe sich leider nur um eine Übung gehandelt, bekam Garbo einen Wutanfall und kündigte Kühlental an, er werde den Mann aus Gibraltar nicht mehr beschäftigen, »denn der ist ein wahrer Schwachkopf«.

Darauf trat einer jener köstlichen Momente ein, die Ridley in seinem Beruf über alles liebte. Kühlental reagierte ganz so, wie die Engländer sich das wünschten, er wies nämlich Garbo an, unbedingt jenen Mann weiterzubeschäftigen, mit dessen Hilfe Ridley Kühlental hereinzulegen plante. »Wir dürfen 5 (Codenamen für den Kellner aus Gibraltar) keinen Vorwurf machen«, funkte er an seinen Agenten Garbo, »denn die Truppen und bestimmt auch die Mehrzahl der Offiziere dürften beim Aufbruch zur Übung geglaubt haben, es handele sich um die Invasion, und nur die Truppenführung wird gewußt haben, daß es eine Übung war.«

Dank Kühlentals Eingreifen also blieb der Kellner aus Gibraltar im Spiel. Ridleys Plan sah nun vor, daß er Garbo ganz die gleiche Schilderung vom neuerlichen Aufbruch der Kanadier liefern sollte, ebenfalls samt Schwimmwesten und Spucktüten, aber mit einer wesentlichen Hinzufügung. Er sollte melden, das Vorauskommando einer fremden Division sei in den Unterkünften der 3. Division eingetroffen. Daraus mußte man schließen, daß die Kanadier nicht zurückkommen würden, und daß es diesmal wirklich nach Frankreich ginge.

Das war nun schon kompliziert genug, aber noch nicht alles. Garbos Gegenstelle in Madrid war nur bis Mitternacht besetzt und dann erst wieder ab sieben Uhr früh. Doch um drei Uhr sollte die Meldung über das Auslaufen der Invasionsflotte herausgehen. Garbo mußte sich also was einfallen lassen, um sicherzustellen, daß während der ersten Juniwoche die Madrider Gegenstelle rund um die Uhr besetzt blieb. Und wiederum war es Kühlental von der Abwehr, der ihm dabei zu Hilfe kam. Am 29. Mai funkte er an Garbo, Berlin wünsche dringend zu wissen, »ob die 52. britische Division noch weiterhin im Raum von Glasgow bleibt, wo sie derzeit zu Manövern ist«.

Einer von Garbos erfundenen Unteragenten wohnte zufällig in Schottland, ein griechischer Deserteur und eingefleischter Kommunist, der für einen sowjetischen Spionagering zu arbeiten glaubte. Garbo ließ Madrid wissen, sein Grieche solle ein Auge auf Schiffstransporte der 52. Division auf dem Clyde haben und werde augenblicklich berichten, falls sich da was tue. Und weil man nicht dafür garantieren könne, dies werde nur zwischen sieben Uhr früh und Mitternacht geschehen, solle Kühlental seine Funkstelle so lange dauernd besetzt halten, bis die Division verladen sei. Kühlental war damit einverstanden, und dadurch ließ sich auch die Verzögerung der eigentlichen Invasion sehr schön ausbügeln.

Mit *Dameneröffnung* stand es anders. Brutus und Garbo arbeiteten auf britischem Territorium, doch die ersten Züge der *Dameneröffnung* mußten in vom Feind besetzten Gebiet getan werden. Ob nun die Invasion vonstatten ging oder nicht, die Figuren in Ridleys Spiel mußten aufs Brett gesetzt werden, falls er spielen wollte. Eine halbe Stunde nachdem ihn der Anruf aus Southwick House erreicht hatte, befahl er, mit den Vorbereitungen für die *Damenereröffnung* zu beginnen.

»Tja, alter Knabe, eure Shermanpanzer taugen einfach nichts. Die Panzerung ist so schwach, daß sie von jedem starken Mann auf dem Rummelplatz eingedrückt werden kann. Von der deutschen Pak gar nicht zu reden.« Der junge Gardeoffizier äußerte diese Meinung mit der Selbstsicherheit dessen, der noch keine deutsche Pak hatte feuern hören. Er gehörte zu dem schier unerschöpflichen Vorrat junger lediger Offiziere, auf den Deirdre jederzeit zurückgreifen konnte. Dieser war als Begleiter für Catherine eingeladen worden, die an diesem Abend in London mit T. F. und Deirdre ausgehen wollte. Zunächst aß man bei Deirdre zu Abend. T. F. hatte durch Ingersoll, der überallhin Beziehungen hatte, wieder Steaks aus der Generalsmesse beschafft, und beobachtete nun fasziniert die beiden jungen Frauen: Deirdre, dunkelhaarig, flink, mit einer Spur von Bosheit in ihrem Humor, und Catherine, blond, sehr selbstsicher und eine innere Heiterkeit ausstrahlend, von der er anfangs geglaubt hatte, sie sei darauf zurückzuführen, daß Catherine sich ihrer Schönheit sehr bewußt war, die er nun aber als einen Charakterzug zu erkennen glaubte, der sie befähigte, ihre gefahrvollen Aufträge auszuführen. Zwar ahnten weder er noch Deirdre, was Catherine im besetzten Frankreich zu tun hatte, doch wußten sie, daß sie in etwa 24 Stunden dorthin fliegen würde. Das verlieh ihr in den Augen der beiden verständlicherweise eine besondere Aura, und T. F. hatte außerdem im Verlauf des Abends beobachten können, daß die beiden jungen Frauen einander sympathisch waren.

Nach dem Essen war man ins *400* gegangen, wo es, wie samstags immer, sehr voll war, doch der Oberkellner verschaffte Deirdre, kaum daß er sie sah, einen Tisch und brachte auch persönlich T. F. seine private Whiskyflasche. T. F. forderte Catherine zum Tanz auf.

Sie drängten sich zwischen die Paare auf der Tanzfläche. Catherine sah zu ihm auf, warf den Kopf mit der blonden

Mähne zurück und schmiegte sich an ihn. Er spürte die Muskeln ihrer Oberschenkel und das feste Fleisch ihrer Taille. Augenscheinlich war sie, dank der Ausbildung, welche die Engländer ihren Geheimagenten angedeihen ließen, vorzüglich in Form. Auch ihre Bewegungen waren rasch und geschickt. Sie schaute ihn mit seitlich geneigtem Kopf an und fragte: »Welche Rolle spielen Sie hier eigentlich, T. F.? Sind Sie mein Schutzengel oder mein Wachhund?«

»Laufjunge dürfte eher hinkommen. Als Sie beim Colonel gewesen sind, hat er hinter ihnen hergenickt und gesagt: ›Bildschöne Person, nicht wahr? Sorgen Sie dafür, daß es ihr an nichts fehlt, solange sie noch hier ist.‹«

»So. Weiter nichts?«

»Wissen Sie, was man in unserem kleinen Kellerverlies über den Colonel sagt?«

»Ich habe ihn doch nur einmal gesehen, wie sollte ich da so etwas wissen?«

»Man sagt, er weiht nicht mal Gott in alle seine Geheimnisse ein.«

Catherine erwiderte darauf mit erzwungenem Lächeln: »Da hat Gott aber mal Glück.«

»Er hat uns nur gesagt, Sie gingen wieder rüber. Wie Sie das schaffen, ist mir völlig schleierhaft.«

»Ach, das geht schon.« Diesmal lächelte sie ganz ungezwungen. »Man braucht dazu nur ein Flugzeug oder einen Fallschirm.«

T. F. lachte leise und zog sie enger an sich. Sonderbar, dachte er, heute abend tanzt sie hier so unbeschwert, und in zwei Tagen schon bewegt sie sich unter lauter Deutschen und tut, was man ihr jetzt schon aufgetragen hat. »Haben Sie . . .« ihm fiel noch rechtzeitig ein, daß es taktlos wäre, fortzufahren und zu fragen, ob sie Angst habe, und er sagte statt dessen ». . . nicht so was wie Beklemmungen?«

Catherine schüttelte den Kopf. »Sagen Sie ruhig Angst. Ich wäre ja verrückt, wenn ich keine hätte. Und doch . . . in gewisser Weise bin ich ganz froh, hier wegzukommen. Da drüben kann ich doch was Sinnvolles tun.« In ihren grünlichen Augen funkelte es. »Und wenn ich drüben bin, findet sich vielleicht Gelegenheit, etwas zu sehen, was ich schon seit Jahren sehen möchte.«

»Und das wäre?«

»Ein deutsches Heer auf dem Rückzug.« Die Band wechselte gerade zu *The Lady is a Tramp,* und Catherine wechselte ebenso übergangslos das Thema. »Ihre Freundin Deirdre ist ganz reizend. Seid ihr verlobt?«

»Noch haben wir es nicht an die große Glocke gehängt. Wir dachten, wir warten noch damit, bis dieser Krieg vorbei ist. Denn wir müssen mit dem nächsten rechnen, wenn wir unsere Absichten Lord und Lady Sebright enthüllen.« Sie drehten sich und gingen dabei in die Hocke und zogen damit mehr als einen bewundernden oder neidischen Blick auf sich. »Deirdre bewundert Sie ebenso wie ich«, fuhr T. F. danach fort. Dabei fing er ein Zeichen des jungen Gardeoffiziers auf, der ihm bedeutete, es sei Zeit zu gehen. Sie setzten ihn am Victoriabahnhof rechtzeitig für seinen Zug ab und brachten Catherine in die Unterkunft für weibliche Offiziere, wo sie wohnte. Auf der Fahrt dahin plauderten die jungen Damen angeregt, und T. F. stand eine Weile auf dem Bürgersteig vor der Unterkunft, während die beiden sich noch herzlich umarmten. »Glück auf den Weg, Catherine«, sagte Deirdre leise. »Wir werden beide an Sie denken.«

»*Merci.* Und wer weiß? Vielleicht treffen wir uns das nächste Mal in Paris bei der Siegesfeier. Das würde mir sehr gefallen.«

Catherine war gerade ausgestiegen, als Deirdre ihr etwas hinterherrief und ebenfalls ausstieg. Sie löste eine perlenbesetzte Brosche, die, wie T. F. wußte, ihrer Großmutter gehört hatte, von ihrem Kleid und heftete sie rasch an Catherines Bluse, bevor diese protestieren konnte.

»Bitte, nehmen Sie die mit, als Andenken an uns beide.«

Sonntag, den 4. Juni 1944 löste sich in Southwick House, Eisenhowers vorgeschobenem Hauptquartier, in den zeitigen Morgenstunden eine ziemlich niedergeschlagene kleine Versammlung auf. Die Wettervorhersage für Montag, den 5. Juni war im wesentlichen unverändert. Wenige

Minuten nach der Konferenz ging das Codewort *Ripcord plus 24* hinaus an Schlachtschiffe und Fliegerhorste, Konvois und Truppenunterkünfte, Unterseeboote und unterirdische Stäbe, überallhin, wo die unzähligen Männer und Frauen wachten, die mit *Overlord* zu tun hatten. Der Angriff war um mindestens 24 Stunden verschoben.

Catherine Pradier genoß es, den Sonntagmorgen ganz allein für sich zu haben, doch währte die Freude nicht lange, denn sie wurde ans Telefon gerufen. Cavendishs Stimme glich der eines Pastors, der seiner Gemeinde mitteilt, die Tombola zugunsten der Ortsarmen habe ein besonders gutes Ergebnis erbracht. »Es sieht ganz so aus, als stünden Sie für heute abend auf der Liste, meine Teure. Wir haben zwar mit etwas widrigen Winden zu rechnen, aber es könnte gerade noch klappen, meint die Flugleitung.«

Auf dem Bahnhof Austerlitz herrschte reges Treiben. Weder der Krieg, noch die strengen Vorschriften der Besatzungsmacht konnten die Pariser daran hindern, den geheiligten Sonntagsausflug aufs Land zu machen und Freunde und Verwandte zu besuchen, ja, gerade der Krieg machte solche Ausflüge nötig, denn Pauls Mitreisende würden, wie er wußte, nicht mit leeren Händen in die Stadt zurückkehren, sondern das eine oder andere hamstern, während sie auf dem Land waren. Wie auch immer, für Paul war es ein Segen, daß der Bahnhof von Menschen wimmelte, denn es war immer ein kitzeliges Unternehmen, alliierte Flieger herauszuschmuggeln. Zunächst einmal galt es, Kontakt mit den beiden Piloten aufzunehmen, und das geschah im überfüllten Wartesaal nach einem Rezept, das Paul sich ausgedacht hatte. Der Mann, der ihm die Piloten zeigen sollte und Paul bekannt war, saß unweit von ihm und las eine Zeitung. Nach einer Weile trat ein zweiter Mann zu ihm, der erste stand auf, und beide begannen eine Unterhaltung. An dem zweiten Mann war Paul nicht interessiert, er hielt die nähere Umgebung im Auge. Da sah er denn zwei Männer zwischen den Bänken näher kommen, einen im blauen Arbeitszeug, den anderen in Flanellhosen und Pullover. Als sie an den beiden schwatzenden

Männern vorübergingen, steckte der im Pullover beide Hände in die Taschen. Das also waren Pauls Piloten.

Sie schlenderten zum Kiosk und betrachteten Zeitungen. Paul trat nach einer Minute herzu und bedeutete ihnen wortlos, nur mit den Augen, daß er es war, dem sie zu folgen hatten.

An der Sperre tat Paul, als suche er seine Fahrkarte, und ließ die beiden vorangehen. War das geschafft, holte er sie auf dem Bahnsteig ein und bestieg ein Abteil. Die beiden folgten ihm und setzten sich zwei Abteile weiter. Sollten sie angesprochen werden, würden sie einen Zettel vorweisen, auf dem stand, daß sie nach einem Luftangriff auf Nantes Sprache und Gehör eingebüßt hatten. Eine besonders gute Erklärung dafür, daß sie Französisch weder sprachen noch verstanden, war das nicht, aber was Besseres fiel Paul nicht ein. Erstaunlich, dachte er innerlich kichernd, wie viele Taubstumme sich heutzutage auf der Eisenbahn befinden!

Beim zweiten Mal kam Catherine die Prozedur, die ihrer Abreise am Orchard Court voranging, schon fast vertraut vor. Park hieß sie mit herzlichem Lächeln willkommen, und danach mußte sie ihre Instruktionen auswendig lernen. Die Kleider, die sie in Frankreich getragen hatte, waren gereinigt und gebügelt worden und erwarteten sie in dem Zimmer, in dem sie sich umkleiden sollte. Auf dem Toilettentisch lag die Handtasche, daneben der Inhalt, und sie machte sich mit jedem einzelnen Gegenstand wieder vertraut.

Wie die meisten Kinder mochte Catherine den Namen nicht leiden, den die Eltern ihr gegeben hatten. In der Klosterschule hielten die Nonnen sie ständig dazu an, sich Katharinas von Siena würdig zu erweisen, ein junges Mädchen, das sich nach ›der roten Rose des Martyriums‹ sehnte und bereits im Alter von sieben Jahren ihre Jungfräulichkeit Christus geweiht hatte. Beides erschien der jungen Catherine nicht nachahmenswert und verstärkte nur ihre Abneigung gegen den Namen. Sie hätte gern einen gehabt, der schick und auffallend unjungfräulich geklungen hätte, und da bot sich anfangs Jean, wie Jean Harlow an, und später Barbara. Als sie sich jetzt wieder in die Person namens Denise verwandelte, kam ihr vor, als ginge ihr Kinderwunsch in Erfüllung.

Cavendish küßte sie auf beide Wangen, als sie sein Büro betrat. Er prüfte noch mal die Papiere, die sie auch zuvor schon bei sich gehabt hatte, und erklärte, man habe einiges von ihren Lebensmittelkarten abgeschnitten. Sodann sagte sie ihre Instruktionen in allen Einzelheiten auf, und Cavendish nickte zufrieden. Die unterschieden sich nur in Kleinigkeiten von denen, die Ridley ihr erteilt hatte. Die Erkennungssätze der BBC waren dieselben, wenn sie auch eine andere Bedeutung hatten, und ihr amerikanischer Begleitoffizier würde ihr, wie sie wußte, erst später das für Aristide bestimmte Streichholz mit dem Mikrofilm geben.

»Dieser – wie heißt er doch . . . Ridley, richtig, scheint sich ja sehr für Sie zu interessieren . . .?« Cavendish angelte nach Informationen, das war nicht zu übersehen. Höchst sonderbar, daß sie in Geheimnisse eingeweiht war, von denen ihr Vorgesetzter nichts wußte. Sie antwortete ihm jedoch mit einer Miene von Arglosigkeit und Unverständnis.

»Er hat Ihnen einen Begleitoffizier zugeteilt, der Sie nach Tangmere bringen wird. Der wartet schon draußen im Wagen.«

Gleich darauf klingelte das Telefon. Cavendish hob den Hörer ab, lauschte ernsten Gesichtes, sagte »Aha« und legte wieder auf. »Das war Tangmere. Das Wetter ist etwas unsicher. Über dem Kanal stürmische Winde. Man will versuchen, Sie rüberzubringen, aber es steht auf Messers Schneide.«

Er stand auf und ging um seinen Tisch herum auf sie zu. »Ich muß Ihnen jetzt, wie Sie wissen, noch die letzte Frage stellen.« Er erklärte ihr wieder, daß sie noch von dem Unternehmen zurücktreten könne, ohne daß ihr das nachgetragen werden würde, und fragte: »Also, wollen Sie weitermachen, Catherine?«

Diesmal zauderte sie nicht mit der Antwort. »Selbstverständlich.« Cavendish brachte strahlend seine Karaffe mit Portwein zum Vorschein, und sie nahmen den rituellen Abschiedsschluck. Dabei brachte er ihr Abschiedsgeschenk zum Vorschein, und Catherine hielt die Luft an, als er das Seidenpapier entfaltete, in dem zwei atemberaubend schöne goldene Ohrringe lagen.

Kurz hinter Angers trat Paul auf den Korridor des Waggons, in dem er saß, verhielt einen Moment vor dem Abteil mit den beiden Piloten, die stumm und reglos dasaßen. Mit den Augen und einem fast unmerklichen Kopfnicken bedeutete er ihnen, daß sie an der nächsten Station aussteigen müßten.

Im nächsten Abteil bemerkte er zwei von Strömelburgs Kreaturen. Auch die bereiteten sich zum Aussteigen vor, und zwei Umstände machten sie als Gestapoagenten kenntlich: Sie hatten kein Gepäck, und beide trugen Schuhe aus Krokoleder. Die beiden ehemaligen Zuhälter, die Strömelburg angeheuert hatte, konnten nicht ganz den Geschmack verleugnen, der sie ihre Kleidung wählen ließ.

Paul ging gemächlich den Bahnsteig entlang und spürte in seinem Rücken, daß die beiden Engländer ihm folgten. Am Ausgang gesellte sich sein Gehilfe zu ihm. Schweigend gingen sie zu der Garage, in der dieser vier Fahrräder abgestellt hatte. Zum Glück konnten beide Flieger radfahren. So lässig, wie es gehen wollte, führte Paul seine kleine Streitmacht auf der fünfzehn Kilometer langen Strecke zu dem Versteck beim Flugfeld vier an. Als er dort eintraf und sein Gehilfe die Tür des Schuppens aufstieß, ächzte der: »Herr im Himmel, *ça puait le boche a la gare!*« – Der ganze Bahnhof hat nach Deutschen gestunken! Paul begnügte sich mit einem gleichmütigen Achselzucken.

Wieder glitten die einförmigen Reihenhäuser der Londoner Vorstadt an den Fenstern des Wagens vorüber, in dem Catherine saß. Diesmal erweckten sie in ihr nichts anderes als die müde Gleichgültigkeit, die ihre schäbigen Fassaden verdienten. Anstelle der Furchtlosigkeit, die sie bei der ersten Ausfahrt verspürt hatte, empfand sie jetzt so etwas wie nervöse Erregung. Es regnete bereits. Das Unwetter, von dem Cavendish gesprochen hatte, zog heran. Als dicke Tropfen gegen die Scheiben prasselten, fragte sie sich, ob sie wohl würden starten können. Womöglich würde sie am folgenden Morgen am Orchard Court mit Park frühstükken, statt irgendwo in Frankreich in Pauls Armen zu liegen?

T. F. saß neben ihr und schwieg ebenfalls – nicht nachdenklich wie sie, sondern eher ehrfürchtig. Der junge Amerikaner fühlte sich bedrückt. Die Rollenverteilung zwischen Catherine und ihm kam ihm gänzlich verkehrt vor. In wenigen Stunden würde er zurückfahren nach London, ohne einer größeren Gefahr ausgesetzt zu sein, als versehentlich in der Verdunkelung mit einem Taxi zu karambolieren. Catherine hingegen würde in einem unbewaffneten Flugzeug vom Sturm geschüttelt zur Landung ansetzen, auf einer Wiese im besetzten Frankreich. Während er sein komfortables Dasein in Deirdres Wohnung, in Clubs und Kasinos fortsetzen würde, das ihn vor allen Strapazen des Soldatenlebens schützte, würde sie sich allein und ausgesetzt in Feindesland bewegen. In seinem bombensicheren Arbeitsraum mit dem Hin- und Hertragen von Akten beschäftigt, bestand das Risiko, dem er ausgesetzt war, einzig darin, sich den Mund an einer Tasse kochendheißen Tees zu verbrühen. Sie aber . . .?

Er schaute fast verstohlen zu ihr hinüber. Warum wurde ausgerechnet sie geschickt? Durfte man wirklich Frauen mit solchen Dingen beauftragen? Warum fand sich kein Franzose, den man einem solchen Risiko aussetzen könnte?

T. F. seufzte. Ridley würde darauf erwidern: Die Frage lautet nicht, darf man so was tun?, sondern: Kann es gelingen? T. F. schüttelte den Kopf. Sie fliegt hinüber und riskiert ihr Leben, während ich in Mr. Churchills bombensicherem Keller hinter dem Schreibtisch hocke. Es war nicht leicht zu sagen, welches Gefühl das stärkere war – Schuld wegen seiner eigenen Unzulänglichkeit oder Bewunderung für Catherines Entschlossenheit.

Wie sie da so in ihrer ganz anderen Garderobe neben ihm saß, schien sie kaum noch Ähnlichkeit mit jener Person zu haben, gekleidet in die Uniform eines weiblichen Offiziers, die er vor ein paar Tagen am Orchard Court abgeholt hatte. Keine Frau, die ihm in London vor Augen gekommen war, verstand es, sich mit solcher Eleganz zu kleiden wie sie. Das blonde Haar war hochgekämmt zu einer Frisur, wie er sie noch nicht gesehen hatte. Er vergaß, daß sie ja nicht rauchte, und bot ihr eine Zigarette an. Die kleine Flamme des Feuerzeuges beleuchtete Deirdres Brosche an Catherines Bluse, und wie in einer Reaktion auf seinen verstohlenen Blick berührte Catherine sie mit der Hand. »Das hätte sie nicht tun dürfen«, murmelte sie dabei. »Die ist viel zu kostbar . . .«

»Ich kann sie gut verstehen.« Er dachte an die Geschenke, die ihr unmittelbar vor dem Abflug zu übergeben er beauftragt war. »Schließlich verlangt es enormen Mut zu tun, was Sie im Begriff sind zu tun. Das bewundert sie, und ich ebenfalls.«

»Wahrscheinlich nicht ganz so viel Mut, wie Sie glauben.«

»Eher noch mehr.« Er machte eine Pause, so als könnte sein Zögern die Banalität der Worte entschuldigen, die auszusprechen er im Begriff war. »Man hätte statt Ihrer lieber jemanden wie mich schicken sollen.«

»Weil Sie so gut französisch sprechen?« lachte Catherine. »Oder weil Sie einem Franzosen ungefähr so ähnlich sehen wie ein Eskimo?«

T. F. schmunzelte. »Na schön. Dann wollen wir uns aber für die Feier in Paris verabreden, sobald der Krieg vorüber ist.«

»Warum sollten wir warten, bis der Krieg vorüber ist? Wenn die Deutschen abgezogen sind, ist das Grund genug zu feiern.« Sie machte die Handtasche auf. »Wollen Sie mir einen Gefallen tun?«

»Aus dem Grunde bin ich ja bei Ihnen.«

Catherine reichte ihm ein kleines, in ein Papiertaschentuch gewickeltes Päckchen. »Geben Sie das bitte Deirdre von mir. Es ist das Abschiedsgeschenk von Major Cavendish, und ich möchte, daß Deirdre sie trägt.«

T. F. sah, als er das Tüchlein öffnete, die blinkenden Ohrringe. Er pfiff bewundernd. »Das sollten Sie sich aber doch noch überlegen.«

»Da gibt's nichts zu überlegen. Es ist eines jener Geschenke, die man uns mit auf den Weg gibt, sie sollen uns

Glück bringen. Und ich habe so ein Vorgefühl ... kennen Sie so was?«

»O ja, und meistens trügt es.«

»In diesem Fall ist es vielleicht kein typisches Vorgefühl, sondern ...« sie warf den Kopf zurück, und bei dieser ihm schon vertrauten Bewegung, die ihr so gut stand, konnte T. F. sich nicht verhehlen, daß das auf so manchen Mann recht provozierend wirken mußte. »... sondern es ist mehr so eine Art Aberglauben, der besagt, daß diese Ohrringe ein Talisman sein könnten, wenn jemand sie für mich trägt. So eine Art Garantie dafür, daß ich zurückkomme, daß wir alle miteinander wirklich jenes Fest in Paris feiern werden.« Sie bemühte sich, im Dunkeln seine Miene zu erkennen. »Hört sich das verrückt an?«

»Nicht halb so verrückt wie die Tatsache, daß Sie im Begriff sind, jetzt nach Frankreich zu fliegen.«

Catherine lachte leise und lauschte dem prasselnden Regen auf den Fensterscheiben. »Wie dem auch sei, sollte ich nicht zurückkommen, wäre mir der Gedanke, daß Deirdre sie trägt, ein Trost. Wenn sie das tut, werden Sie beide gelegentlich an mich denken, wenn Sie in New York oder London, oder wo sonst Sie sich nach dem Krieg niederlassen, miteinander ausgehen. Es ist mir ein lieber Gedanke, daß es so sein könnte. Daß jemand sich meiner erinnert.«

T. F. krampfte sich das Herz zusammen, als er sie so reden hörte. Er ergriff ihre Hände. »Ich gebe sie ihr. Und sie wird sie täglich tragen, bis wir uns in Paris wiedersehen. Ich verspreche es Ihnen.«

»Danke Ihnen.« Sie erwiderte den Druck seiner Hände. »Ich möchte wirklich, daß sie sie trägt. Denn sollte mir was zustoßen«, und sie lachte ein wenig scheppernd, »dann trägt am Ende noch irgendeine Gestapohure in Calais diese Ohrringe, und das, das möchte ich nun auf gar keinen Fall.«

Paul holte den tragbaren Kurzwellenempfänger aus dem Ofen im Schuppen und stellte die BBC ein. Seine beiden Piloten saßen auf dem großen Bett, das an einer Wand stand, offensichtlich in freudiger Erwartung ihrer Heimkehr nach England. Rémy Clément, sein Gehilfe, stand an der geöffneten Tür und schaute wachsam nach draußen, immer noch beunruhigt durch die Anwesenheit der Gestapoagenten am Bahnhof. Hoffentlich läßt sich keiner von Strömelburgs Leuten blicken, dachte Paul inständig. Denn Clément war, anders als Paul, bewaffnet und brannte darauf, sich mit der Pistole in der Hand auf den Feind zu stürzen wie ein echter Kinoheld. In solch einem Fall mußte Paul ihm entweder den Willen lassen und riskieren, daß sie allesamt erschossen wurden, oder er mußte Clément etwas von seiner Beziehung zur Gestapo verraten. Wenn ich es genau bedenke, überlegte er düster, bin ich bei einem Feuergefecht noch besser dran ...

Trotz der Störungen durch das Unwetter war die BBC laut und deutlich zu hören. Paul probte innerlich den Ausbruch von Wut und Frustration, den er Clément und den Piloten zuliebe würde spielen müssen, wenn die Durchsage vorüber wäre, ohne daß die für ihn bestimmte Botschaft gekommen war. Allerdings fand er an solch kleinen Schauspielereien großes Vergnügen. Mit gerunzelter Stirn erwartete er die erste Durchsage des Abends.

Als sie kam, verschlug es ihm fast den Atem. »Kopenhagen liegt am Wasser«, hörte er, und als ob er auch ganz sichergehen wolle, daß es gehört wurde, wiederholte der Sprecher die Durchsage gar noch mit seiner Leichenbitterstimme. Paul hielt den Blick gesenkt, um die anderen nicht Zeuge seiner Verwirrung werden zu lassen. Was, um Himmels willen, konnte da schiefgegangen sein? London hatte doch seinen Funkspruch bestätigt. Das hatte die Person aus dem *Eins Zwei Zwei* doch ausdrücklich gesagt.

Keiner der anderen kannte selbstverständlich den Code, und er könnte so tun, als wäre die Durchsage nicht gekommen, könnte die Maschine einfach nicht in Empfang nehmen, sich hier die Nacht über verbergen und versuchen, im Morgengrauen auszubrechen. Nur hatte Strömelburg ganz gewiß die BBC abhören lassen, und wenn seine Kreaturen die Lysander anfliegen und über dem Feld kreisen sahen, würden sie allesamt auf dem Mont Valerien vor einem Erschießungskommando enden.

Und da kam ihm die Erleuchtung. In London wurde gelegentlich gestümpert, aber doch nicht so sehr, wie Paul gerne behauptete. Die wußten genau, daß auch Strömelburg BBC hörte. Die hatten die Durchsage gegeben, um ihn, Paul, zu decken. Er würde eine lange feuchte Nacht hier verbringen und so tun müssen, als erwarte er ein Flugzeug, das nie kommen würde, weil es von Strömelburgs Leuten erwartet wurde. Die ihrerseits würden es einem mechanischen Versagen, dem gezielten Flakfeuer oder dem Wetter zuschreiben, daß die Lysander entweder nicht gestartet oder umgedreht war. Paul machte den Empfänger aus und sagte strahlend zu den Piloten: »Alles in Butter. Die Durchsage ist gekommen, die Maschine holt euch ab.«

Das Abendessen in Tangmere Cottage mit den Piloten der Mondscheinstaffel war wieder so lustig wie beim letzten Mal. Als attraktive Frau und einziger Passagier in dieser Nacht war Catherine der Ehrengast, und um sie zu beeindrucken, wurden all die haarsträubenden Geschichten erzählt. Nahm sie einen Schluck Wein, wurde sofort nachgeschenkt. Als Nachtisch bekam sie auf einem silbernen Tablett eine echte Apfelsine vorgesetzt, und zwar so feierlich, als wäre es der Familienschmuck. Tatsächlich fühlte sie sich wieder so wohl hier, daß sie vergaß, weshalb sie eigentlich gekommen war, und erst ein Blick von T. F. erinnerte sie daran. Sie folgte ihm nach oben in eines der Schlafzimmer, wo die abgehenden Passagiere die allerletzten Instruktionen erhielten.

T. F. stellte eine Aktenmappe auf den Nachttisch und erklärte deren Inhalt so gründlich, wie es ihm aufgetragen worden war. Als erstes überreichte er Catherine das ausgehöhlte Streichholz mit dem Mikrofilm darin.

»Diese Sorte kennen Sie schon, glaube ich.«

»Ja, letztes Mal hatte ich auch eines dabei.« Sie nahm das Streichholz, sah es genau an und steckte es zu anderen in die Streichholzschachtel in ihrer Handtasche.

T. F. reichte ihr als nächstes eine Walther P 38 samt zwei vollen Magazinen. Catherine lehnte ab. »Ich habe letztes Mal auch keine mitgenommen und will auch jetzt keine. Erwischen die Deutschen einen damit bei einer Kontrolle, so ist man gleich geliefert.«

T. F. nickte verstehend und entnahm der Tasche den nächsten Gegenstand, ein silbernes Taschenflakon.

»Das nehme ich gerne mit.« Catherine entkorkte das Flakon, roch daran und verzog das Gesicht. »Rum«, stellte sie mit einer Grimasse fest. »In der Kriegsmarine nennt man die Rumration ›Nelsons Blut‹. Wissen Sie, weshalb?«

T. F. schüttelte den Kopf.

»Als Nelson bei Trafalgar fiel, legte man seinen Leichnam in einen Sarg und füllte den mit Rum, um ihn zu konservieren, bis er in England bestattet werden konnte.« Sie kicherte. »Nun sind aber die englischen Seeleute unerhört scharf auf Rum, und als der Sarg in England geöffnet wurde, war er völlig trocken und der arme alte Nelson schon so ranzig wie drei Monate alte Butter. Mein Vater war Marineoffizier, und seit ich die Geschichte von ihm gehört habe, ist mir Rum verleidet. Aber sei's drum.« Das Flakon verschwand in ihrer Handtasche. »Spätestens morgen abend ist das Ding voller Cognac. Was noch?«

T. F. öffnete ein Pillendöschen und reichte ihr ein Dutzend grüne Pillen. »Benzedrin. Zwei davon halten Sie angeblich eine ganze Woche wach.«

»Nicht ganz, aber für eine Nacht reicht eine schon.«

Und als letztes gab er ihr die eckige weiße Pille, die ›L‹-Pille. Allein schon deren Anblick auf seiner Handfläche machte ihn beklommen. »Sie wissen, wofür –« murmelte er verlegen.

»Ja, selbstverständlich.« Sie nahm ihm die Pille weg und zog den linken Schuh aus. Er sah mit einer morbiden Faszination, wie sie die Quaste abschraubte, die Pille versorgte und die Quaste wieder festschraubte. Bei diesem Anblick kam ihm eine ganz abwegige und doch irgendwie passende Erinnerung: Er sah die jungen Mädchen seiner Bekanntschaft eine Münze in den Absatz ihres Schuhs legen, Garantie für sichere Heimkehr von einem mißglückten Stelldichein.

Catherine trat noch ein letztes Mal vor den Spiegel. »Gefallen Ihnen die Strümpfe?« fragte sie, als sie T. F.s Blick bemerkte. »Die sind aufgemalt.« Sie nahm die Tasche vom Bett. »Los also, gehen wir. Der Wagen muß gleich kommen.«

Der Regen prasselte gegen die Fenster des Beratungszimmers in Eisenhowers Hauptquartier in Southwick House, und der Sturm riß die ersten Blätter von den Bäumen. Eisenhower, Montgomery, Admiral Ramsay und Luftmarschall Leigh Malloy lasen dem Metereologen die Worte fast von den Lippen ab. Group Captain Stagg, der Wetterfrosch, erläuterte, daß während der Nacht eine Kaltfront den Kanal überqueren würde, und daß eine zweite Schlechtwetterfront über dem Atlantik in den vergangenen 24 Stunden an Stärke zugenommen habe. Dadurch allerdings habe sich auch das Tempo verringert, mit dem sie heranrücke, und erfreulicherweise könne er eine Wetterberuhigung in Aussicht stellen zwischen dem Abzug der Kaltfront und dem Eintreffen der Schlechtwetterfront. Nicht gerade gutes Wetter, doch Wind, Bewölkung und Seegang würden die Voraussetzungen für die Invasion gerade minimal erfüllen.

Die folgende Diskussion war nur kurz. Eisenhower hatte ein paar Tage zuvor die Parole ausgegeben: »Wir können uns einen Fehlschlag nicht leisten«, und jetzt sagte er: »Wir müssen den Angriff befehlen. Gern tue ich es nicht, aber es bleibt nichts anderes übrig.«

Und wieder wurde die riesige Maschine angeworfen, von der irischen See über die Küste von Wales bis nach Lands End, an den Molen, Hafenpiers, in Buchten und Flußmündungen von Liverpool bis Ramsgate, und diesmal gab es keine Umkehr. Die Invasion Westeuropas nahm ihren Lauf.

Catherine und T. F. setzten sich in dem Kombi mit den blinden Scheiben, der sie erwartete, nach hinten. Vor ihnen hörte der Pilot sich den neuesten Wetterbericht an, den der Fahrer mitbrachte.

»Ein richtiger Sturm da draußen, Sir«, verkündete der mit der Munterkeit desjenigen, der weiß, er wird eine stürmische Nacht im warmen Bett verbringen. »Am Boden dreißig bis vierzig Knoten und bis zu sechzig über dem Kanal. Von hier bis an die französische Küste niedrige Wolkendecke und über zweieinhalbtausend Meter Höhe Vereisungsgefahr. Das wäre alles, Sir.«

»Das reicht auch«, seufzte der Pilot. Er wandte sich an seine Mitfahrer und sagte zu Catherine: »Irgendwer will Sie da drüben unbedingt haben, wenn er uns in solchem Wetter losschickt.«

Bei der Maschine angekommen, wurde keine Zeit verschwendet. Ein Mechaniker hatte den Motor vorgewärmt, der Pilot kletterte hinein, prüfte das Funkgerät und winkte Catherine zu. »Das wäre es denn also«, sagte sie zu T. F. »Essen Sie nicht zuviel, sondern heben Sie sich Ihren Appetit für unser Festmahl auf.«

T. F. küßte sie herzlich, nicht wie die Franzosen es tun, auf die Wangen, sondern auf den Mund, und murmelte: »Gott behüte Sie und viel Glück.« Er sah zu, wie der Mechaniker die Haube zuschob. Catherine warf ihm noch eine Kußhand zu, der Pilot winkte, und die Maschine bog nach links auf die Rollbahn ein. Der Pilot gab Vollgas, das Flugzeug kämpfte sich gegen den Wind die Startbahn entlang und erhob sich taumelnd in die Luft. T. F. rührte sich erst von der Stelle, als sein Schatten gänzlich in der Nacht verschwunden war.

Eine Stunde danach war T. F. in Storeys Gate, um Colonel Ridley zu melden, daß Catherine abgeflogen sei. Er fand ihn im Lageraum, einem kleinen, vollgestopften Zimmer, in dem der Tisch, auf dem verschiedenfarbige Telefone standen, den meisten Platz einnahm. An den Wänden hingen Seekarten, andere Karten, auf denen die Luftangriffe auf Deutschland eingezeichnet waren, und auch solche des burmesischen Dschungels und der Ostfront. In dieser Juninacht aber richteten aller Augen sich auf die Karte der französischen Nordwestküste, eine eindimensionale Darstellung jener Strandabschnitte, auf denen die Entscheidungsschlacht des Krieges ausgefochten werden mußte. Dank *Ultra,* der Résistance und dem vorzüglich entwickelten Überwachungssystem der Alliierten waren auf dieser Karte praktisch jede Einheit des Feindes, jede Küstenbatterie, jeder Bunker und jedes Rollfeld verzeichnet.

Ridley war so in seine Berechnungen vertieft, daß er die Meldung von T. F. nicht zu hören schien. Tatsächlich konnte Ridley an nichts anderes denken als an den Moment, der jetzt gekommen war. Er befand sich in Gedanken an der Somme, der blutigen Somme, wo so viele seiner Landsleute in Matsch und Elend einen sinnlosen Tod gestorben waren – für nichts und wieder nichts. Stand ihnen etwa auf der normannischen Halbinsel, die er so eingehend betrachtete, ähnliches bevor? Schließlich wandte er sich aber doch seinem amerikanischen Untergebenen zu. »Morgen geht es los, und wenn Sie beten können, dann beten Sie darum, daß Hitler unseren Lügen glaubt.«

Dunkle Regenwolken zogen landeinwärts vom westlichen Horizont, unmißverständliche Vorboten eines kommenden Unwetters. Paul verfolgte ihren Zug mit den Augen des erfahrenen Piloten, las in ihren Bewegungen mit dem Instinkt, auf den er sich so oft als Postflieger hatte verlassen müssen. Die Wolken hingen tief und zogen mit einer Geschwindigkeit, die er auf zwanzig Knoten schätzte. Noch zwei Stunden, und ganz Westfrankreich würde unter einer Wolkendecke liegen. Das Mondlicht brach nur noch hin und wieder durch und übergoß die Weide mit silbernem Licht. London war also noch raffinierter, als er gedacht hatte. Die hatten das Unwetter kommen sehen, und daß die Maschine nicht kam, bedurfte angesichts der Wetterlage überhaupt keiner Erklärung. Auf ihn jedenfalls konnte kein Verdacht fallen.

Er hockte sich neben die beiden Piloten ins feuchte Gras. Auch sie begriffen die Lage sehr gut. »Es wäre ein Wunder, wenn hier heute nacht jemand durchkäme«, sagte einer der beiden und deutete auf den westlichen Horizont.

Paul überlegte, wie lange er das Spiel mitmachen müßte, um nicht bei Strömelburgs unsichtbaren Leuten Verdacht aufkommen zu lassen. Doch plötzlich zuckte er zusammen. Seine feinen Ohren hatten das dumpfe Brummen eines Flugzeugmotors aufgefangen. Er stand auf und horchte, bis sein erfahrenes Gehör den Rhythmus des Westland-Motors erkannte, der in der Lysander steckte. Das verschlug ihm die Sprache. Das war doch wohl unmöglich? Wie konnte das geschehen? London schickte die Maschine wissentlich und vorsätzlich in eine Gestapofalle. Immer noch war er unfähig, sich zu rühren, als die Lysander das erste Mal über der Wiese kreiste. Sein Gehilfe Clément lief schon los.

Paul hinterher. Was sollte er nur machen? Den falschen Kennbuchstaben morsen und den Piloten damit warnen? Aber Strömelburgs Männer da draußen kannten den richtigen Buchstaben. Tat er das, dann waren sie samt und sonders in einer Viertelstunde tot. Und er blinkte mit der Taschenlampe ›T‹, als der Pilot, der arme Hund, zum zweiten Mal die Wiese überflog. Aus der Maschine blinkte es zurück, und sie setzte gleich darauf auf. Paul winkte den beiden RAF-Piloten zu, und sie rannten hinter ihm her.

Die Haube wurde zurückgeschoben, und der ankommende Passagier stieg über die Tragfläche anmutig nach draußen. Es war, wie Paul erkannte, eine Frau. Die Piloten rannten an ihm vorbei und kletterten an Bord. Die Frau eilte Paul entgegen. Aber erst, als sie ihm um den Hals fiel, erkannte er das blonde Haar, ihren Geruch, spürte die vertrauten Formen der Frau, die er liebte. Seine Knie wurden schwach, und alles Blut wich aus seinem Gesicht. Er glaubte gar, ohnmächtig zu werden. »Denise«, ächzte er. Mehr brachte er in seinem Entsetzen und seiner Überraschung nicht heraus.

»Wie schön, daß ich wieder bei dir bin, Schatz, und sei es auch bloß für eine Nacht«, murmelte sie.

Erst als sie wieder im Schuppen waren, begann Paul, sich von dem Schock zu erholen. Mit immer noch zitternder Hand stieß er die Tür auf und ließ Catherine eintreten. Er blieb zurück und versuchte zu erkennen, wo Strömelburgs Leute sich verborgen hielten und wie viele es sein mochten, doch war niemand zu sehen. Sollte er es riskieren und mit Catherine fliehen? Clément, sein Gehilfe, war bereits mit dem Fahrrad den Feldweg entlang weggefahren, doch darauf war die Gestapo ja vorbereitet, das gehörte zum Drehbuch.

Fünf Schritte vom Schuppen entfernt begann ein Abzugsgraben, der gute 500 Meter entfernt in einen zweiten Graben mündete. Ob man in dem ungesehen würde kriechen können? Er schaute scharf mit seinen geübten Augen hin und fluchte gleich darauf gedämpft. Wo der Graben das Wäldchen streifte, bemerkte er dichtere Dunkelheit und hörte einen Zweig knacken. Da stand also jemand, und wenn sie schlau genug waren, dort einen Mann zu postieren, dann hatten sie vermutlich auch jeden anderen Fluchtweg abgeschnitten. Er mußte also bleiben.

Er machte die Tür zu, brannte eine Petroleumlampe an und hängte sie an einen Haken. Das flackernde Licht drängte die tanzenden Schatten in die Ecken des Schuppens. Ein ungemein primitives Versteck, dieser Schuppen, kein Klosett, kein Wasser, kein Strom, nichts als die alte Matratze, über die jemand eine Decke geworfen hatte. Catherine sah sich um und blickte dann Paul an. In diesem weichen Licht sah sie noch schöner aus als früher, und Paul schnappte nach Luft.

»Ach, mein Schatz, du verstehst es wirklich, die romantischsten Plätze in ganz Frankreich auszuwählen«, beglückwünschte sie ihn. Und damit fielen sie einander in die Arme. In Catherines Umarmung war das Wissen zu spüren, wie wenig Zeit sie füreinander haben würden, aber Pauls war zaghaft, bebend, ein Produkt der einzigen Empfindung, die ihn im Moment ganz erfüllte – Besorgnis. Catherine wich zögernd von ihrem Liebhaber zurück. Eine Frau erkennt die Unsicherheit in einer Umarmung rascher und viel sicherer, als ein Astrologe die Vorzeichen in einer Sternkonstellation erkennt. Mit den Fingerspitzen fühlte sie kalten, klebrigen Schweiß auf seiner Stirn, der Bände sprach.

»Was ist mit dir, Liebster?«

»Ich bin halb tot vor Angst.«

»Weshalb nur?«

»Ich habe ein ganz, ganz ungutes Gefühl bei diesem Unternehmen.« Wieviel darf ich ihr, um Himmels willen, sagen? überlegte er. »Ich kann's nicht ändern, ich habe nun mal ein ungutes Gefühl dabei. Seit ich in Angers aus dem Zug gestiegen bin, fühle ich mich verfolgt.«

Catherine zitterte ein wenig. »Bildest du dir das nicht vielleicht ein? Deine Nerven sind auch nicht mehr die besten.«

»Aber ich habe in diesen Dingen so was wie einen sechsten Sinn.«

»Wären sie wirklich hinter dir her, hätten sie doch vorhin das Flugzeug festgehalten, denn das wäre ja wohl das wichtigste?«

Paul blieb mürrisch und stumm. Catherine pustete die Lampe aus, und sie legten sich auf die Matratze. Paul drängte sich mit fast gieriger Intensität an sie, doch merkte Catherine bald, daß die Nervosität, die ihn befallen hatte, ihn auch impotent machte. »Mach dir nichts draus, Liebster«, flüsterte sie, küßte ihn zärtlich, rollte sich in seinen Armen zusammen wie ein vertrauensseliges Kind und schlief auch schon ein.

Paul hingegen lag wach, starrte verzweifelt an die Decke und zerbrach sich den Kopf. Wenn es nur nicht Tag werden würde! Was war eigentlich geschehen? Sein durch das Mädchen aus dem *Eins Zwei Zwei* abgesetzter Funkspruch konnte nicht mißverstanden worden sein: Die Gestapo wolle den eintreffenden Passagier des Unternehmens *Tango* festnehmen. So war es angeblich nach London gegangen und angeblich von dort bestätigt worden. Sollte sie gelogen haben?

Ausgeschlossen war das nicht, warum aber? Bislang hatte sie ihre Arbeit immer einwandfrei erledigt. Wurde auch ihr Funkgerät von Deutschen bedient? Das war ganz unwahrscheinlich, denn dann wäre Strömelburg längst bekannt gewesen, daß er, Paul, Verbindung zu MI6 unterhielt, und er hätte ihn erschießen lassen. Nein, nein. Dank der angeborenen Verschlagenheit, die der Doppelagent notwendig besitzen muß, kam Paul zu dem Ergebnis, daß London Denise entweder vorsätzlich in die Falle geschickt hatte, oder daß man dort gemeingefährlich stümperte. Aber welche Erklärung auch zutreffen mochte, sie nützte jetzt nichts mehr.

Er betrachtete die Frau, die da so vertrauensvoll in seinem Arm schlief. Er hörte ihre regelmäßigen Atemzüge, roch den vertrauten Körper. Alles, was in dieser wahnsinnig gewordenen, einem Labyrinth gleichenden Welt für ihn noch zählte, hielt er hier im Arm, und jeder andere Wunsch verblaßte neben dem, sie zu retten. Wie aber?

Er könnte Strömelburg bitten, Denise um seinet-, Pauls willen gehen zu lassen. Das war eine Möglichkeit, aber die allerletzte. Er kannte Strömelburg gut genug, um zu wissen, wie weit dessen Dankbarkeit reichte. Angenommen, er offenbarte ihm seine Verbindung zu MI6 und erbot sich, sozusagen als Tripelagent zu arbeiten um den Preis, daß Denise freigelassen wurde? Aber Strömelburg setzte doch volles Vertrauen in ihn, betrachtete ihn voller Stolz als sein bestes Geschöpf. Erfuhr er nun aber, daß er an der Nase herumgeführt worden war, ließ sich seine Reaktion ebensowenig vorhersagen wie der Weg eines einschlagenden Blitzes.

Er langte nach einer Zigarette und rauchte im Dunkeln. Strömelburg war der allerletzte Ausweg. Zunächst einmal mußte er mit Denise aus der Falle heraus, in der sie beide jetzt saßen. Waren sie erst im Zug nach Paris, würde es schwer werden. Was immer sie auch unternähmen, es würde Verdacht erregen. Strömelburgs Kreaturen waren wachsam, weil sie den Chef fürchteten. Die würden keine Nachlässigkeiten riskieren. Stand Denise von ihrem Platz auf, würden sie ihr folgen, und wenn sie anderswo hinginge als zur Toilette, würde sie festgenommen werden. Das stand für ihn felsenfest.

Er ging im Geiste jeden Kilometer der Strecke durch. Morgen früh mußten sie auf dem Fahrrad vier Kilometer bis zur Bahnstation teils auf einsamen Feldwegen zurücklegen. Strömelburg konnte nicht hinter jedes Gebüsch einen Mann stellen. Er konnte ihnen auch keinen Wagen nachschicken, denn dann mußten sie den Braten riechen, und das sah Strömelburg nicht ähnlich. Wenn es überhaupt zwischen hier und Paris einen Ort gab, an dem ein Fluchtversuch aussichtsreich war, dann hier und mit dem Fahrrad.

Auf dem Weg nach La Minitre mußten sie nach Norden abzweigen, denn die Loire zu kreuzen war gefährlich; die Brücken würden bewacht werden, sobald man erkannt hatte, daß sie geflüchtet waren. Dann mußte man in weitem Bogen Angers umfahren und hierher von Westen zurückkommen. Von Clément wußte Strömelburg nichts, und dessen Versteck würden sie benutzen. Etwa zwanzig Minuten würden vergehen von dem Moment, wo ihre Verfolger sie notwendig aus den Augen verloren, und dem

Zeitpunkt, da die auf dem Bahnhof wartenden Beobachter bemerkten, daß sie nicht wie vorgesehen eintrafen. Das war kein schlechter Vorsprung, auch wenn man bedachte, daß die Gestapo nicht Fahrräder benutzen würde, sondern Automobile. Und es war die einzige Chance, Denise vor Strömelburg zu retten. Zum ersten Mal, seit er sie aus der Lysander hatte klettern sehen, kehrte ein wenig von Pauls Selbstvertrauen zurück.

Der Sturm, der vom Kanal landeinwärts fegte, riß auch die Blätter von den Linden, die das Schloß der Grafen von La Rochefoucauld umstanden, und warf sie gegen die Fenster von Feldmarschall Rommels Schlafzimmer. Rommel schaute zufrieden in die stürmische Morgendämmerung des 5. Juni. In den vergangenen zwei Wochen, die an jedem einzelnen Tag perfektes Invasionswetter brachten, hatte er täglich um Regen gebetet.

Er duschte, rasierte sich, kleidete sich an und aß eine klare Brühe, die sein Koch ihm zubereitet hatte. Ganz wie sein Gegenspieler Eisenhower dachte auch er zunächst einmal an seinen Metereologen Major Ernst Winkler in der Villa Les Sapioles im Badeort Wimereux am Rande von Boulogne. Der Major gehörte zu den wenigen Mitarbeitern, deren Rat Rommel regelmäßig einholte. Die Wetteraussichten stünden schlecht, meldete der Major seinem Chef. Er stehe am Fenster und sehe die Brecher, die anderthalb Meter hoch auf den Strand rollten. Niemand könne bei solchem Wetter Truppen an Land setzen.

Genau das wünschte Rommel zu hören. Er plante schon seit Tagen, am 5. und 6. Juni von La Roche Guyon abwesend zu sein, denn Dienstag der 6. Juni war der Geburtstag seiner Frau. Er hatte in Paris ein paar hübsche Schuhe für sie besorgt. Allerdings war der Geburtstag nicht der eigentliche Grund für sein Reisevorhaben – für Dienstagnachmittag war eine Besprechung mit Hitler in Berchtesgaden geplant. Rommel wollte zwei weitere Panzerdivisionen zugeteilt bekommen, die 2. SS-Panzerdivision in Toulose und die 9. Panzerdivision in Avignon, beide derzeit mit dem Auftrag, eine mögliche Invasion im Mittelmeerraum abzuwehren. Er glaubte zuversichtlich, daß er sie bekommen würde, denn er wollte sie südlich Caën an der normannischen Küste dislozieren, über die der Führer sich kürzlich noch so besorgt geäußert hatte. Vor der Abfahrt hob er angesichts des Wetters die bestehende Alarmbereitschaft für seine genervten Truppen auf, und ebenfalls die Ausgangssperre für Offiziere und Mannschaften.

An diesem stürmischen Morgen wurden auch in dem Schuppen bei Angers Reisevorbereitungen getroffen. Paul begutachtete durch Ritzen in den Schuppenwänden die nächste Umgebung, um herauszubekommen, wie viele Beobachter Strömelburg angesetzt hatte und wo. Doch diese Mühe blieb erfolglos. Er redete sich ein, das sei eigentlich auch einerlei, denn es kam auf weiter nichts an als auf jene kostbaren zwanzig Minuten auf dem Weg nach La Minitre. Er sah, daß Denise im Begriff war aufzuwachen. Wie sollte er ihr erklären, daß er nicht dem ursprünglichen Plan folgen, sondern quer über Land mit dem Fahrrad flüchten wollte? Wieviel durfte er ihr von seiner Beziehung zu Strömelburg enthüllen? Er sog tief den Rauch einer Zigarette ein, die er ebenfalls seinen guten Beziehungen zur Gestapo verdankte, vor der er nun verzweifelt zu fliehen suchte.

Nichts würde er ihr sagen. Manche Dinge müssen entweder ausführlich oder überhaupt nicht erklärt werden. Und diese Sache würde besser erst erklärt werden, wenn der Krieg vorüber wäre, am besten in einem Büro in London, wenn es nicht mehr notwendig war, Geheimnisse zu haben. Denise stellte sich neben ihn an die nun geöffnete Schuppentür. Sie sog tief die feuchte Luft ein, die trotz des Sturmes von Sommer kündete. Dann umarmte sie Paul. Ein erster zaghafter Kuß wurde rasch zur wilden Umarmung, als ihr dämmerte, daß sie nur wenige Stunden noch mit ihm zusammensein würde.

Paul reagierte blitzschnell. Selbstvertrauen macht einen Mann ebenso potent wie eine Leidenschaft, und das Bewußtsein, daß er und sie schon bald das Land unbehelligt von Strömelburgs Kreaturen wie freigelassene Tiere durchstreifen würden, gab ihm das Feuer zurück, das Stunden zuvor von seinen Sorgen gedämpft worden war. Sie ließen sich auf die Matratze fallen und liebten sich ausgiebig und fast übermütig. Hinterher legte Catherine sich befriedigt zurück und lauschte dem Morgenkonzert der Vögel. Paul brachte sie in die Wirklichkeit zurück.

»Falls auf dem Weg zum Bahnhof irgendwas passiert, tu bitte unbedingt genau, was ich tue. Vor allem verschwende keine Zeit mit Fragen. Tu es einfach.«

Ah, das ist ganz mein alter Paul, dachte Catherine, mein mürrischer Pilot in Gummistiefeln, der mich über die Schulter wirft wie einen Sack Kartoffeln. Der mürrische Pilot trat als erster aus dem Schuppen und hin zu den Fahrrädern. Den Feldweg Richtung Hauptstraße hinunterradelnd, hielt Paul Ausschau nach seinen Bewachern, erblickte aber keinen.

Die Hauptstraße beschrieb ansteigend eine leichte Kurve und verlief sodann schnurgerade durch offenes Weideland beiderseits. Am Ende dieser Geraden führte ein Feldweg nach Norden durch wüstes, zum Teil baumbestandenes Land. Dort wollte er ausbrechen. Leise pfeifend nahm Paul die geringe Steigung und dann das ebenso geringe Gefälle der Geraden. Vor ihm war die Straße leer, die Weiden auf beiden Seiten lagen verlassen, hier hätte sich niemand verbergen können. Er schaute sich nach Catherine um und wäre vor Schreck fast vom Rad gefallen, denn in 200 Metern Abstand folgte ihnen ein schwarzer Citroën, besetzt mit vier Männern, und hielt stur das gleiche Tempo wie die Radfahrer. Paul erkannte, daß sein Plan einen schlimmen Fehler enthielt: Strömelburg lag so sehr daran, Denise zu erwischen, daß er es glatt in Kauf nahm, seine Karten aufzudecken; es war ihm einerlei, ob die beiden sahen, daß sie verfolgt wurden, oder nicht.

Paul wurde übel. Endlich war der Moment gekommen, da Henri LeMaire alias Paul alias Gilbert, dessen Stolz es war, zu manipulieren und zu hintergehen und alle an der Nase herumzuführen, total ratlos war. Angesichts des nachfolgenden Wagens war jeder Fluchtversuch aussichtslos. Er tat also das einzige, was ihm übrigblieb, er setzte die Fahrt wie vorgesehen Richtung Bahnhof fort und näherte sich damit der Falle, die der Zug nach Paris darstellte.

Als der einfuhr, erkannte Paul zwei weitere Helfer Strömelburgs an den Fenstern. Bei ihrem Anblick kam ihm ein

Bild in den Sinn, das er vor Jahren gesehen und das zwei graue Geier darstellte, die auf einem Ast saßen und hinabstarrten auf einen fast verendeten Springbock, auf dessen Aas sie es abgesehen hatten.

Paul trat auf den Korridor des Zuges. Denise saß zwei Abteile entfernt, und bevor er bis dorthin weiterging, beobachtete er verstohlen seine Mitreisenden. Der Korridor war etwa halb besetzt, meist von Leuten, die auf ihrem Gepäck saßen und den Durchgang versperrten. Neben ihm flüsterten zwei Nonnen miteinander. Er zählte vier deutsche Soldaten – mit Karabinern, wie es seit jüngster Zeit vorgeschrieben war –, vermutlich auf der Fahrt nach Paris oder in den Urlaub. An beiden Enden des Waggons entdeckte er einen Helfer Strömelburgs. Wie viele mochten noch im Zug sein außer diesen? Gewiß nicht mehr als zwei oder drei und ebenfalls so verteilt wie diese beiden, einer an jedem Ausgang des Waggons.

Paul überkam furchtbare Wut auf sich selber. Gestern nacht war er von den Ereignissen so verwirrt gewesen, daß er gar nicht daran gedacht hatte, sich von Clément die Pistole geben zu lassen. Im Besitz einer Waffe könnten sie sich an einer geeigneten Stelle womöglich den Weg freischießen und abspringen. Denise würde zum Klo gehen, er hinterher und den Gestapoagenten ohne jede Warnung über den Haufen schießen. Und bevor die andern sich von ihrer Überraschung erholt hätten, wären beide aus dem fahrenden Zug gesprungen. Er hoffte inständig, daß Denise eine Pistole bei sich trug. Was aber, wenn nicht? Auf dem Bahnhof von Orléans einen Versuch zu machen, wäre Tollheit. Wie auf allen Bahnhöfen wimmelte es auch dort von Urlaubern, Gestapo, der französischen Miliz. Nur ein überraschendes Ereignis, ein Luftangriff etwa, könnte genügend Verwirrung stiften, um ihnen das Entkommen zu ermöglichen. Bei dieser Überlegung kam Paul noch ein verzweifelter Einfall, wie es am Ende doch gehen könnte, auch wenn sie keine Waffe bei sich hatte. Er setzte eine Zigarette in Brand und dachte diesen Plan durch. Er erwog und verwarf mit dem heiligen Eifer des Jesuiten, der überlegt, wie er einen Ketzer bekehren kann. Seine Verzweiflung war die Triebfeder, die ihn veranlaßte, nach einem Strohhalm zu greifen und ihn zu einem tragfähigen Floß umzudenken.

Er ging etwas weiter, so daß Denise ihn sehen konnte; sie kam gleich auf den Korridor. »Hast du eine Pistole bei dir?« flüsterte er.

»Nein. Ich habe nie eine. Warum?«

»Es wimmelt von Gestapoagenten im Zug.«

Catherine überlief es kalt. Sie blickte verstohlen um sich.

»An beiden Enden des Korridors«, flüsterte Paul.

»Woher weißt du?«

»Was heißt, woher weiß ich?« Paul durfte nicht laut sprechen, doch gelang es ihm, wütend zu klingen. »Ich weiß es eben. Das rieche ich meilenweit.«

Catherine betrachtete ihren Liebhaber. Er war so blaß und zitterte wie schon gestern nacht im Schuppen und heute früh wieder, als sie beim Bahnhof ankamen. Hatte er etwa nach monatelanger ununterbrochener Arbeit im Untergrund einen Verfolgungswahn? Waren wirklich Gestapoagenten im Zug, oder sah er Gespenster? Noch einmal ließ sie die Blicke verstohlen durch den Gang des Zuges schweifen.

»Sie sind entweder hinter dir her oder hinter mir, oder sie haben es auf uns alle beide abgesehen«, flüsterte er. »Sind sie hinter dir her, lassen sie dich bis Calais weiterfahren. Sie verfolgen dich bis zu deinem dortigen Kontakt. Wenn sie mich meinen . . .« Paul zuckte die Achseln, und das sollte aussehen wie heldischer Gleichmut, doch war es in Wahrheit ein Versuch, seine fürchterliche Lüge zu bekennen.

Catherine zitterten die Knie. »Was machen wir jetzt?«

»Fünf habe ich insgesamt gesehen.« Paul setzte eine Zigarette in Brand und tat, als interessiere ihn die vorüberhuschende Landschaft. »Wenn du gemeint sein solltest, habe ich noch eine Idee. Vielleicht läßt sie sich realisieren. Ein Bekannter von mir im Norden ist Spezialist für Eisenbahnsabotage. Er und seine Leute wohnen in Henin Beaumont, ungefähr eine halbe Stunde von Lille entfernt. Weißt du, wo das ist?«

Catherine nickte.

»Ich will ihn dazu überreden, deinen Zug bei der Einfahrt nach Lille entgleisen zu lassen. Setz dich auf einen Fensterplatz und sorg dafür, daß das Fenster offen ist. Hörst du die Explosion, hast du dreißig Sekunden, um zu flüchten. Spring aus dem Fenster und lauf los. Versuch, dich nach Paris durchzuschlagen, und zeig dich in der Bar in der Rue Saint André des Arts.«

»Und wenn einer in meinem Abteil sitzt?«

Paul hob eine Schulter. »Dann ist nichts zu machen, aber im allgemeinen tun sie das nicht, das wäre zu auffällig. Am liebsten halten sie sich an den beiden Enden des Ganges auf, so wie hier. Entgleist der Zug, kümmern sie sich zuerst um die Ausgänge. Danach werden sie nachsehen, was passiert ist, und dann wird einem einfallen, nach dir zu sehen. Also eine halbe Minute hast du, mehr aber nicht.«

Catherine zitterte wieder wie unter einem einsetzenden Fieberanfall und suchte sich die Gesichter der Männer an den Enden des Ganges einzuprägen.

»Und wenn sie uns beide meinen?«

»Dann fassen sie mich in Paris.«

»Und wie soll dann der Zug entgleisen?«

»Gar nicht.« Paul zauderte einen Moment. »Falls er nicht entgleist, mußt du versuchen, sie irgendwie auf dem Bahnhof in Calais loszuwerden. Steig auf der falschen Seite aus und gleich drüben in den nächsten Zug, wenn einer dasteht.«

Aus dem Augenwinkel sah Paul, daß einer von Strömelburgs Knechten sie mißtrauisch musterte. Man wußte sehr gut, daß er den Kontakt zu seinen Passagieren auf das nötigste beschränkte. Auf keinen Fall durfte Paul sich so verdächtig machen, daß sie ihm in Paris auf den Fersen blieben.

Er streichelte ihren Handrücken und schaute ihr tief in die Augen – mehr wagte er nicht. »Ich liebe dich, Denise. Mach um Himmels willen das Fenster auf, bevor du nach Henin Beaumont kommst, und lauf um dein Leben, wenn du die Detonation hörst.«

»Ich liebe dich«, flüsterte sie und wußte dabei, daß sie selber daran glaubte. Nie zuvor hatte sie einem Mann dies gesagt. Sie wandte sich ab und ging zurück ins Abteil, Paul in das seine.

Catherine betrachtete die verregnete Landschaft und überdachte ihre Lage. Ganz ausgeschlossen war es nicht, daß Paul ein Opfer seiner Paranoia, daß das Leben im Untergrund mit seiner unaufhörlichen Spannung zuviel für ihn geworden war, und daß keine Gestapoagenten im Zug saßen. Mindestens war dieser Gedanke verlockend. Warum hatte sie nicht die Pistole genommen, die T. F. ihr angeboten hatte? Sie stellte sich den Bahnhof von Calais vor und versuchte sich auszudenken, wie sie dort Verfolger abschütteln könnte. Sie betrachtete ihre hochhackigen Schuhe. Sehr unpraktisch, wenn man aus dem Fenster springen und über einen Acker flüchten mußte. Sollte der Zug entgleisen, wollte sie sie abstreifen und barfuß laufen. Sie dachte an Ridley und den Auftrag, den er ihr gegeben hatte. Dann erinnerte sie sich an ihre Ausbildung bei der SOE, machte eine bewußte Anstrengung, ihre Fassung zurückzugewinnen, sich so gut wie möglich auf das einzustellen, womit sie jetzt rechnen mußte.

Am Bahnhof Austerlitz zockelte Paul in der Menge hinter ihr her. Er sah, daß fünf von Strömelburgs Leuten ihr in Abständen das Geleit gaben. Keine Aussicht, ihnen beim Umsteigen zu entwischen. Er sah ihr mit blutendem Herzen nach, als sie durch die Sperre ging und im Gewimmel verschwand. Lieber Gott, betete er zu einem Höheren Wesen, an dessen Existenz er nicht glaubte und dem er ohnedies keinerlei Einfluß einräumte, bitte hilf mir, sie zu retten. Dann eilte er ans Telefon im Wartesaal.

Gleich darauf ging er schnellen Schrittes den Boulevard des Capucines Richtung Café de la Paix entlang. Er schaute sich nur kurz auf der Terrasse um und setzte sich zu Ajax, der an einem Seitentischchen seelenruhig seine Zeitung las. Ajax ließ die Zeitung sinken und musterte amüsiert den Lufttransportoffizier der SOE. Der war erregt und völlig außer sich, und das gefiel Ajax. Ajax konnte Paul nicht leiden. Normalerweise hätte er sich geweigert, überhaupt etwas mit ihm zu tun zu haben, und er hatte sich nur bereit erklärt, ihn zu treffen, weil etwas in Pauls

Stimme ihn vermuten ließ, daß es doch von Wichtigkeit sein könnte.

»Sie sehen etwas mitgenommen aus?« sagte er, als Paul sich zu ihm setzte. Ajax war ehedem Kavallerieoffizier gewesen, entstammte einer Adelsfamilie, und seine Ahnen waren so vornehm wie seine Geldmittel erschöpft. Knie und Ellenbogen seines Anzuges glänzten, denn er trug ihn nun schon zehn Jahre, doch gebügelt war er tadellos. Seine Gesichtshaut war straff, die Augen verkniffen wie die eines Seemannes oder eines Menschen, der viel Zeit im Freien verbringt und gegen die Sonne blicken muß; das mit Brillantine behandelte Haar war mit größter Sorgfalt gescheitelt.

»Sie müssen mir unbedingt helfen«, murmelte Paul.

Ajax nickte ernst, aber wortlos. Helfen würde er Paul nur, wenn es gar nicht anders ginge. Wie er schon bei seinem letzten Aufenthalt in London der SOE gemeldet hatte, war er überzeugt davon, daß Paul Kontakte zur Gestapo unterhielt. Daß das in London besonders behandelte Papier, das man ihm mitgegeben hatte, angeblich nicht fotografiert worden war, mochte die SOE vielleicht überzeugen, ihn aber noch lange nicht.

»Heute noch muß unbedingt ein Zug zum Entgleisen gebracht werden.«

Ajax bemühte sich, nicht laut herauszulachen bei diesem Ansinnen.

»Und zwar der Zug Nr. 4126, der Abendzug nach Lille.«

»Tja, mein lieber Paul, man bestellt ein Eisenbahnunglück nicht, wie man im Café ein Glas Bier bestellt. Ferner sind solche Sachen bei Tage ungemein schwierig zu bewerkstelligen. Und endlich bringen wir zwar Güterzüge und Truppentransporte zum Entgleisen, nicht aber Personenzüge. Wir sind schließlich nicht dazu da, harmlose Zivilisten umzubringen.«

»Das weiß ich alles, es ist aber ungeheuer wichtig.«

»Und warum, bitte?«

»In diesem Zug sitzt eine Agentin der SOE, die ist auf dem Wege nach Calais. Die Gestapo hat sie schon unter Beobachtung. Man will sie unbedingt haben. Aber festnehmen wird man sie erst in Calais. Und sie kann sich nur noch retten, wenn ihr Zug entgleist.«

Ajax bedachte jedes Wort, das Paul sagte. Woher, Freundchen, weißt du das alles? überlegte er. Seit wann weiht dich die Gestapo in ihre Geheimnisse ein? »Und warum ist das so ungeheuer wichtig?«

»Ich weiß es auch nicht, Cavendish hat mich nur wissen lassen, daß sie einen sehr, sehr wichtigen Auftrag hat«, log Paul, »und soweit ich weiß, ist Strömelburg selber an ihr interessiert.«

Ajax blickte Paul scharf an. Strömelburg, dachte er, ausgerechnet Strömelburg persönlich? Und woher hast du diese Information, Bürschchen?

»Sie lassen mir nicht viel Zeit«, sagte er laut.

»Ich weiß.«

»Versprechen kann ich nichts. Wo finde ich Sie morgen?«

»Heute nacht muß ich ein Flugzeug in Empfang nehmen.«

»Und wann sind Sie zurück?«

»Morgen nachmittag.«

»Rufen Sie mich an, wenn Sie wieder hier sind. Ich sage Ihnen dann, was passiert ist.«

Catherine deutete ihren Mitreisenden recht schüchtern an, sie sei schwanger und verspüre leichte Übelkeit. Die ältliche, wohlgepolsterte Frau neben ihr veranlaßte daraufhin ihren Mann, den Fensterplatz zu räumen und überdies das Fenster ein Stück herunterzulassen, damit Catherine frische Luft bekäme. Catherine gab sich den Anschein, die vorüberziehende Landschaft zu betrachten; weil sie nicht ahnte, wo die Entgleisung stattfinden sollte, konnte sie sich auf nichts vorbereiten. Hier war fast nur offenes Akkerland, leicht hügelig, und sie betete im stillen darum, daß sie nicht durch eine solche Gegend würde flüchten müssen. Man könnte sie abschießen wie ein Karnickel.

Es war kurz vor sechs, als der Zug in Henin Beaumont einlief. »Wie lange fahren wir noch bis Lille?« fragte sie ihre hilfreiche Nachbarin.

»Zwanzig Minuten«, lautete die Antwort.

Das waren wohl die längsten zwanzig Minuten in Catherines Leben. Sie starrte mit verspannten Muskeln zum Fenster hinaus, die Füße in Erwartung des arrangierten Eisenbahnunglücks fest gegen den Boden gestemmt, rastlos die Gegend nach möglichen Verstecken absuchend.

Nachdem zehn Minuten ereignislos vergangen waren, begann sie die restlichen Minuten zu zählen. Das Ackerland machte einer Reihe von Dörfern Platz, diese wiederum den Vororten von Lille. Sie entspannte sich beim Anblick der Fabriken mit ihren hohen Schornsteinen. Also keine Entgleisung. Sie saß in der Falle. Und ihr geliebter Paul dürfte bereits in Gestapohaft sein, ein hilfloser Gefangener, wie sie einen gesehen hatte vom Fenster der Pension aus, in der ersten gemeinsamen Nacht mit Paul.

Sonderführer Kranz saß vor seinem Empfänger wie jeden Abend, seit er die ›Ankündigungskommandos‹ für seine 15 SOE-Stationen aufgenommen hatte, obwohl bis zur Sendung der BBC noch einige Zeit vergehen mußte. Die Avenue Foch lag verlassen, das Pflaster glänzte vor Nässe. Am Himmel trieben nach wie vor dunkle Wolken. Kranz war kein Militär, aber auch er konnte sehen, daß solches Wetter für eine Invasion nicht günstig sein dürfte.

Die *messages personels* wurden angekündigt, und Kranz nahm den Bleistift zur Hand. Als er erkannte, daß eine der zu Beginn durchgegebenen Botschaften seine Sender betraf, entspannte er sich und zündete eine Zigarette an. Gerade als er das Streichholz ausblies, sagte die dumpfe Stimme, hinter der er immer einen Bestattungsunternehmer vermutete, der den Leidtragenden letzte Anweisungen gibt: »Die grüne Lampe ist kaputt.« Das betraf ihn.

Gleich darauf hieß es: »Der Klee blüht jetzt.« Wieder eine. Sollte es möglich sein ...? »Alphonse umarmt Camilla.«

Noch eine! Und während er wie versteinert an seinem Empfänger saß, folgten auch die anderen Durchsagen, alle ohne Ausnahme. Erregt zählte er nach. Ja, es stimmte. Ihm kam vor, als spüre er den Atem der Geschichte im Nacken. Er, der so ganz und gar nichts vom Soldaten an sich hatte, ausgerechnet er hatte das Geheimnis aufgeklärt, von welchem die Invasion umgeben war. Die Monate, die er allein und emsig in seinem Büro verbracht hatte, von Kaffee und belegten Broten lebend und ungezählte Zigaretten rauchend, der Wettstreit mit dem gesichtslosen Feind in London, sein geliebtes Funkspiel – das alles hatte sich ausgezahlt, denn die SOE in London hatte ihm ihr bestgehütetes Geheimnis in den Schoß gelegt. Der unbekannte Sprachlehrer würde womöglich als Retter des Vaterlandes in die Geschichtsbücher eingehen. Als der Sprecher die letzte Durchsage verlas und Beethovens aufrüttelnde Takte aus dem Gerät klangen, rannte er hinauf in Strömelburgs Büro. »Die Ausführungskommandos sind durchgegeben worden! Morgen beginnt die Invasion!«

Je näher der Zug der Kanalküste kam, desto heftiger wurde der Regen. Und desto schlimmer die Depression, von der Catherine befallen worden war. Der Zug von Lille nach Calais, den sie bestiegen hatte, nachdem es Paul nicht gelungen war, den Zug von Paris nach Lille sabotieren zu lassen, war überfüllt. In den Korridoren drängten sich müde Reisende, von denen so mancher vor sich hin döste. Alle Fenster waren geschlossen, und von der meist durchnäßten Kleidung der Reisenden ging ein nicht besonders wohlriechender Dunst aus. Es roch nach kaltem Schweiß und ungewaschenen Füßen.

Gut die Hälfte der Reisenden waren Deutsche in Uniform, darunter viele von der Marine und der Luftwaffe. Durch alle diese Leute könnte man sich nicht mal mit einer Maschinenpistole den Weg freischießen, überlegte Catherine apathisch, und sie machte auch nicht den Versuch, nach den Gestapoagenten Ausschau zu halten, die Paul ihr im Zug nach Paris gezeigt hatte. Sie überlegte jetzt nur noch, ob und wie sie denen womöglich in Calais entkommen könnte. Bei der Ankunft würde es nicht mehr hell sein und auf dem Bahnhof das übliche Gewimmel beim Einlaufen des Abendzuges herrschen. Am Ende könnte es ihr wohl gelingen, unbemerkt aus dem Bahnhof zu schlüpfen, aber dann wohin? Ihre alte Wohnung war möglicherweise schon aufgeflogen. Zu Aristide wollte sie potentielle Verfolger nicht führen. Wohin also?

Ein Feldgendarm riß die Tür des Abteils auf. Wollte er sie etwa festnehmen?

Nein. Er interessierte sich ausschließlich für die Soldbücher und Urlaubsscheine mitreisender Soldaten. Nach einem flüchtigen Blick auf die Zivilisten im Abteil knallte er die Tür wieder zu. Kurz darauf verlangsamte der Zug die Fahrt, und Catherine hörte, wie die Bremsen quietschend angelegt wurden. Sie zog den Mantel aus und legte ihn über den Arm. Der Mantel war schwarz, ihre Bluse blau – vielleicht konnte sie jemanden irreführen, der nur ihre Beschreibung hatte? Sie mischte sich ins dichteste Gewühl, versteckte sich hinter einer dicken Frau und einem sehr großen, hageren Mann, dessen Regenmantel sie bequem hätte verdecken können, und für eine Sekunde kam ihr auch der Gedanke, ihn um Schutz zu bitten.

Pauls Rat, auf einen anderen Bahnsteig und in einen dort stehenden Zug überzuwechseln, war wertlos, denn ihr Zug war der einzige im Bahnhof. Catherine hatte nur eine Hoffnung: mit der Menge durch die Sperre und zum Bahnhof hinausgeschwemmt zu werden und sich in der zunehmenden Dämmerung in den Straßen zu verbergen. Dabei standen ihr zwei Möglichkeiten offen: Sie konnte nach links gehen, über die Kanalbrücke in die Altstadt mit den engen Gassen, oder durch den Parc de Saint Pierre zu ihrer Wohnung. Beides war nicht gerade verlockend.

Vorerst verfluchte sie die Einrichtung der Bahnsteigsperren. Sie kam nur noch langsam vorwärts und mußte sich zwingen, keinen Blick hinter sich zu tun und nach einem der Gesichter aus dem Zug Ausschau zu halten. Sie unterließ es, um allfälligen Beobachtern keinen Hinweis darauf zu geben, daß sie wußte, sie wurde verfolgt. Damit hätte sie sich die letzte, noch so kleine Aussicht zu entkommen verdorben.

Endlich hatte sie unbeanstandet die Sperre passiert und mischte sich unter die zum Ausgang strömenden Reisenden. Aus dem Augenwinkel erblickte sie den wartenden Pierrot, der ihr entgegenkam. Sie wendete sich weg, um ihn nicht zu gefährden, und er begriff sogleich. Er trat beiseite und beobachtete die Leute, die hinter Catherine gingen. Als erfahrener Widerstandskämpfer erkannte er sie gleich, es waren insgesamt fünf, die ihr ohne Gepäck und lässigen Schrittes folgten, vermutlich französische Gestapoagenten. Jetzt erschienen am Haupteingang zwei Männer in langen Ledermänteln, augenscheinlich Deutsche, und einer der Agenten deutete auf Catherine.

Die war im Begriff, auf die Straße zu treten. Zum Glück wurde die einfallende Dunkelheit verstärkt durch schwarze Regenwolken, und sie entschloß sich, durch den Park zu gehen. Ein Gepäckkarren versperrte ihr einen Moment den Weg, und als sie ihn umrundete, wurde sie von zwei Händen gepackt und vorwärts geschoben. Sie stieß einen entsetzten Schrei aus, wurde aber von zwei Männern, der eine barhäuptig, der andere mit einem breitkrempigen Filzhut, in einen wartenden schwarzen Citroën gestoßen. Der mit dem Hut sagte auf deutsch etwas, das sie nicht verstand, doch daß es schadenfroh klang, entging ihr nicht.

Die Meldung von Sonderführer Kranz, die Ankündigung der Invasion über die BBC betreffend, ging zunächst einmal in den Vorort Bourgival in eine kleine Villa auf der Rue Alexandre Dumas. Hier hauste Oberst Meyer-Detring, Feldmarschall Rundstedts Ia mit seinen Gehilfen. Der Oberst hielt sich an diesem Abend nicht in Paris auf, sondern war in Berlin auf Urlaub. Allein die Tatsache, daß Meyer-Detring in Urlaub gegangen war, obwohl am 1. Juni die ›Ankündigungskommandos‹ herausgegangen waren, läßt erkennen, wie er und seine Helfer über das vom SD enthüllte Konzept der Alarmierung des Widerstandes durch die BBC dachten.

Offizier vom Dienst war Oberleutnant Heilmann. Um 21 Uhr 20 – der Kradmelder mit der Ernte des monatelangen Funkspiels des SD war noch etliche Kilometer entfernt – ging bei Heilmann ein Fernschreiben von der Nachrichtenabteilung der 15. Armee in Tourcoing nördlich Lille ein. Man teilte ihm mit, soeben habe die BBC den zweiten schon bekannten Verlainevers durchgegeben: *Blessent mon cœur d'une langueur monotone.* Heilmann erkannte dies als die zweite Hälfte der Anweisung, die von der SOE im Sommer 1943 unter dem Plan ›Starkey‹ an die Résistance gegeben worden war und nun, durch ein unentschuldbares Versehen, im Juni 1944 wiederum Verwendung gefunden hatte. Heilmann brachte die Meldung sofort zu General Bodo Zimmermann, Rundstedts Operationsoffizier. Zimmermann fand das Ganze lächerlich. Daß die Alliierten keine Invasion planten, konnte jeder sehen, der sich die Mühe nahm, aus dem Fenster zu blicken. Bei solchem Wetter war das ausgeschlossen. Offenbar gehörte die Durchgabe dieser Verse zu dem Nervenkrieg, den die Alliierten gegen Rundstedts Verbände führten, die sie durch eine nicht endende Alarmbereitschaft zu erschöpfen hofften. In diese Falle würde Zimmermann gewiß nicht stolpern. Auch würden die Alliierten, so ließ er den Oberleutnant wissen, wohl nicht so dumm sein, ihre Absichten durch die BBC anzukündigen und schon gar nicht durch einen Codesatz, der seit mehr als acht Monaten dem Feind bekannt war. Gemeinsam setzten die beiden Herren eine Benachrichtigung für Berlin und Rundstedts nachgeordnete Stäbe auf, in der sie meldeten, der Verlainevers sei wieder durchgegeben worden, und ihre Bewertung anfügten. Sie erwähnten ausdrücklich, daß dieser Code seit Oktober 1943 bekannt sei, und erklärten den Gedanken für abwegig, »daß die Invasion im Radio angekündigt wird«. Diese Mitteilung an die Kommandeure Rundstedts kam der Aufforderung gleich, eben das zu tun, was diese denn auch taten – nichts.

Pierrot klopfte leise bei Aristide an; Angst setzte ihm ebenso zu wie die körperliche Anstrengung des Eilmarsches vom Bahnhof hierher. Kaum hatte Aristide verstört ob des unerwarteten Besuches geöffnet, da platzte er schon heraus: »Die Gestapo hat Denise verhaftet, wir müssen sofort von hier verschwinden.«

Aristide nötigte ihn auf einen Stuhl. In der Küchentür erschien seine Frau, nervös die Hände an einem schmutzigen Abwaschlappen reibend; sie stand da wie die sprichwörtliche Nachbarin bei einem Plausch über den Gartenzaun hinweg.

Pierrot beschrieb, wie Denise von fünf Männern verfolgt worden sei, die mit ihr im Zug angekommen waren und den beiden Gestapoleuten den entscheidenden Wink gegeben hatten. Er hatte noch das Nummernschild des Citroën erkennen können; es gehörte nach Lille, vermutlich der Gestapoleitstelle auf der Rue Terremonde.

»Sie hat gewußt, daß sie verfolgt wird, und wollte niemanden zu uns führen«, schloß Aristide, als Pierrot fertig war.

Pierrot wurde jetzt erst klar, wie knapp er einer Verhaftung entgangen war.

»Die Frage ist, wie, wo und warum wurde sie verfolgt. Hast du die Agenten aus dem Zug steigen sehen?«

»Nein, nur durch die Sperre kommen.«

»Dann sind sie ihr mindestens seit Lille gefolgt. Aber wie, um Himmels willen, sind sie ihr auf die Spur gekommen, es sei denn, jemand hat sie verpfiffen? Zwischen ihrer Ankunft letzte Nacht und ihrem Eintreffen in Lille muß jemand sie an die Gestapo verkauft haben. Wer könnte das sein?«

»Vielleicht ist was in Paris passiert?« schlug Pierrot vor.

Aristide lehnte nachdenklich an der Wand. »Durch Cavendish wissen wir, daß sie gestern in der Nacht abgesetzt wurde. Das heißt, sie ist heute früh weitergefahren, entweder von der Loire oder von der Sarthe. Und wenn sie heute abend hier angekommen ist, läßt ihr das keine Zeit, in Paris irgendwelche Kontakte aufgesucht zu haben. Sie hat also nur Berührung gehabt mit den Leuten, die die Lysander abfertigen.«

Aristide schloß die Lider und ließ vor seinem geistigen Auge alle Gesichter Revue passieren, die in Frage kamen. Er sah sich auf einer Weide südlich Tours im Mondlicht, heimgekehrt aus England in einer Lysander, gemeinsam mit Ajax, der ihm die präparierten Sicherungen besorgt hatte, die Denise der Batterie Lindemann verpassen sollte. Der Mann, dessen Gesicht er suchte, war hochgewachsen, hatte kastanienfarbiges welliges Haar und sah auf verwegene Art elegant aus. »Auf den mußt du achtgeben«, hatte Ajax damals gesagt, »der ist ganz dicke mit der Gestapo.«

Jetzt klappte er die Lider auf. »Ich weiß, wer sie verraten hat«, sagte er zu Pierrot. »Ein Bursche namens Paul. Der, der die englischen Flugzeuge in Empfang nimmt.«

Kurz nachdem Oberleutnant Heilmann wieder in der Rue Alexandre Dumas war, wurde ihm das Material von Sonderführer Kranz übergeben. Fünfzehn ›Ausführungskommandos‹ an fünfzehn Zellen der Résistance – das mußte jeden Nachrichtenauswerter nachdenklich stimmen, und Heilmann war ein gewissenhafter Mensch. Indessen, nicht ihm oblag es, hier eine Entscheidung zu treffen. Die Analyse der Durchsage des Verlaineverses kam aus Rundstedts Stab, und hohe Stabsoffiziere haben es nicht gern, wenn sie vor ihren Untergebenen als Chamäleons erscheinen, die ständig ihre Meinung ändern.

Heilmann setzte also wiederum Zimmermann ins Bild. Wie die meisten Berufsoffiziere des Heeres hatte dieser nur geringes Vertrauen zu den Ergebnissen der Arbeit der Abwehr, und nicht das geringste zu den gleichgerichteten Bemühungen des Auslands-SD. Er hatte bereits entschieden, wegen des Verlaineverses nichts zu unternehmen, es regnete immer noch Bindfäden, und eine allgemeine höchste Alarmbereitschaft konnte in solch einem Fall überhaupt nur Rundstedt selber anordnen. Der aber lag nach einem einsamen Abendessen und einer halben Flasche Bordeaux mit einem englischen Kriminalroman im Bett, und Zimmermann beabsichtigte nicht, ihn mit den unausgegorenen Phantasien eines obskuren SD-Führers zu stören. Diesem geistigen Hochmut war es zu verdanken, daß das bedeutendste Produkt der deutschen Informationsbeschaffung im Zweiten Weltkrieg als nicht der Aufmerksamkeit des OB-West wert beiseite geschoben wurde.

René, der Schankkellner im Café Sporting in der Rue de Bethune in Lille, machte gerade Schluß, als Aristide hereinplatzte. Der war vom Bahnhof hergelaufen und verlangte ganz außer Atem: *»Une demi!«* Der Kellner schaute ihn an; die Beleuchtung war so jämmerlich, daß er weiter nichts sah als eine schattenhafte Gestalt, einen hageren Fremden mit Bart, der sich nach Geschäftsschluß noch bedienen lassen wollte, was ein französischer Kellner in jedem Fall ungern tut.

»Von der Sperrstunde haben Sie wohl noch nichts gehört, was?« raunzte er, durchaus bereit, diesen unwillkommenen Gast vor die Tür zu setzen. Doch als er sich ihm näherte, erkannte er ihn, denn Aristide war der einzige, der je die besonderen Dienste in Anspruch genommen hatte, die auszuführen René von Strömelburg gedungen worden war.

»Ach, Sie sind das? Haben Sie Ihre Nachricht bekommen?«

Aristide nickte, und René fuhr fort, ihn zu mustern. Sein Besucher wirkte erschöpft, ausgelaugt. René ließ ein Glas voll Bier laufen und schob es ihm hin. Dann langte er in das Geheimfach des Café Sporting, in dem der vorige Besitzer seinen privaten Vorrat gehalten hatte, und brachte eine Cognacflasche zum Vorschein. Er füllte ein Glas, bot es Aristide an und sagte dabei: »Sie sehen aus, als könnten Sie das brauchen.«

»Danke.« Aristide leerte das Bierglas zur Hälfte und goß den Cognac hinterher. »Ich habe was Dringendes für London, René. Kann das heute nacht noch rausgehen?«

Der Kellner dachte nach. Legen Sie sich niemals fest, geben Sie immer ausweichende Antworten, hatte Strömelburg ihm eingebleut. Also antwortete er: »Genau weiß ich es nicht. Versuchen kann ich es jedenfalls. Aber ich verspreche nichts. Erwarten Sie Antwort?»

»Ja. Ich brauche dringend eine, so schnell wie möglich.«

»Soll ich Sie wieder unter der bekannten Nummer in Calais anrufen?«

In den kommenden Tagen war Calais für Aristide ein denkbar ungeeigneter Aufenthaltsort, zumindest mußte er warten, bis die Gestapo seine Wohnung durchsucht und festgestellt hatte, daß er mit seiner Frau ausgeflogen war. Und falls er von London die mutmaßliche Antwort bekam, würde er ohnedies nach Paris müssen.

»Nein«, sagte er daher. »Ich komme vorbei und hole mir Bescheid.«

»Ich kann die Antwort ja auch schicken. Wo wohnen Sie?«

Aristide schüttelte den Kopf. Diese Auskunft wollte er nun niemandem geben, um keinen Preis.

»Morgen schaue ich mal rein.«

Die Handschellen saßen unnötig stramm und schmerzten bei jeder Bewegung, die Catherine machte, um das Kribbeln in ihren Fingern zu mildern. Sie waren überdies an dem Stuhl im Büro der Gestapo von Lille befestigt, keine drei Kilometer Luftlinie vom Café Sporting entfernt, wo Aristide jetzt seinen Cognac austrank, um gleich darauf in der Nacht zu verschwinden.

Eine Anzahl grau uniformierter weiblicher Bediensteter der Leitstelle Lille suchte unter dem einen oder anderen Vorwand das Vorzimmer des Chefs auf, um sich den neuesten Fang anzusehen, und Catherine fühlte, so grotesk dies auch war, daß sie als Sehenswürdigkeit galt. Auch Männer kamen herein und glotzten und machten, dem Ton nach zu schließen, obszöne Bemerkungen über sie.

Im Moment der Festnahme war sie von einer gräßlichen Angst befallen worden, die ihre Glieder lähmte. Auf der Fahrt nach Lille war die Angst dann allerdings einer ihr nicht erklärlichen Gelassenheit gewichen. Die nervöse Spannung, die sie den Tag über gequält hatte, fiel von ihr ab. Jetzt haben sie mich, sagte sie sich, es ist aus, vorbei, erledigt. Und das war zunächst einmal eine Erleichterung. Trotz der auf den Rücken gefesselten Hände und all des Bedrohlichen, das sie erwartete, empfand sie vorerst wie gesagt diese ihr selber unerklärliche Ruhe.

Einer der Männer, die sie verhaftet hatten, ging rastlos im Zimmer auf und ab und erteilte ihr jetzt einen Rat in fließendem Französisch: »Rück nur gleich raus mit der Sprache, Kleine. Der Kerl da drinnen« – er wies mit dem Kopf auf die Tür zum Chefbüro –, »der kann Frauen nicht leiden, dem wird schon übel, wenn er nur eine riecht, und der wird sehr böse, wenn er sich länger mit einer befassen muß als unbedingt nötig.«

Catherine starrte stumm vor sich hin und versuchte nicht hinzuhören. Der Chef der Gestapo von Lille war als sadistischer Homosexueller bekannt, und sie brauchte keine weiteren Einzelheiten zu hören. Sie tröstete sich mit dem Gedanken, daß Pierrot ihre Verhaftung mit angesehen hatte. Er und Aristide würden jetzt schon fort sein. Also durfte sie, ohne einen von beiden zu gefährden, ihre Namen und die Adresse nennen. Bei der SOE war ihr beigebracht worden, es komme darauf an, 24 Stunden lang wenn irgend möglich den Mund zu halten und dann so langsam wie möglich so wenig wie möglich preiszugeben.

Die Instruktionen der SOE an ihre Agenten sahen vor, daß man sich unter der Folter an einen Gedanken klammern sollte: ein Ende der Schrecken nach einer bestimmten Zeit, die ertragen werden mußte. Das war eine Methode, den Feind zu überlisten.

Falls die Gestapo nun aber schon eine Ahnung von ihrem Auftrag hätte? Dann wäre es nichts mit der 24-Stunden-Periode, dann würde die Qual nicht aufhören. Es wäre ein endloser Leidensweg. Beinahe verträumt betrachtete sie die Quaste ihres linken Schuhs, in welchem sich die Pille befand. Würde sie gegebenenfalls den Mut haben, die zu nehmen?

Die Tür ging auf, und ein nicht mehr junger Mann in grauem Zweireiher kam herein. Er starrte sie an, und sie war versucht, seinem Blick mit ihrem eigenen und ihrem Schweigen zu trotzen, überlegte es sich dann aber anders.

»Tja, Mademoiselle«, sagte er mit einem leichten Seufzer, »ich hatte mich schon auf die Unterhaltung mit Ihnen gefreut, aber daraus kann nun nichts werden. Man wünscht Sie in der Avenue Foch zu sehen.« Und er begleitete diese Worte mit einer wegwerfenden Handbewegung. Dann wies er die beiden Männer, die sie verhaftet hatten, an: »Ab mit ihr, nach Paris.«

Für Hitler war der 5. Juni auf dem Berghof recht ruhig verlaufen. Außer einer Besprechung über die Möglichkeiten, Tungsten aus Portugal zu importieren, und einer gründlichen Untersuchung seiner strapazierten Verdauungsorgane, hatte sich so gut wie nichts ereignet. Abends schaute er sich wie gewöhnlich Filme an, und niemand kam auf die Idee, ihn mit der Nachricht zu behelligen, daß die BBC eine Reihe von Durchsagen für die französische Widerstandsbewegung gesendet hatte. So ging denn Hitler an jenem Abend ebenso wie Rundstedt und Rommel zu Bett, ohne zu ahnen, daß die größte jemals versammelte Armada im Begriffe stand, sich der Küste Europas zu nähern.

In der Seinebucht nahmen die 6 000 Schiffe der Invasionsflotte Eisenhowers bei stürmischem Wetter unterdessen die ihnen zugeteilten Positionen ein. Daß sie bei Sturm und hohem Seegang überhaupt die Überfahrt zustande gebracht hatten, war schon ein Wunder; daß sie in den ersten Stunden des 6. Juni aber auch in guter Ordnung an den ihnen zugewiesenen Plätzen standen, war ein noch größeres. Und das allergrößte Wunder von allen war, daß sie völlig unerkannt blieben. Das Unwetter, das Eisenhower beinahe veranlaßt hätte, alles abzublasen, hatte den Alliierten zu jenem Vorteil verholfen, auf den sie überhaupt nicht hatten rechnen können, auf totale Überraschung des Gegners. Sechstausend Schiffe, und nicht ein einziger Aufklärer der Luftwaffe, kein Schnellboot und kein U-Boot, kein Radargerät sah diese gewaltige Flotte nahen. Den ersten Hinweis, daß da Schiffe vor der Küste angelangt waren, verdankte man jenem primitivsten aller Hilfsmittel, dem menschlichen Ohr. Ein Wachposten am Ufer hörte das Rasseln einer Ankerkette, als eines der Schiffe Ankergrund in fünfzehn Faden Wassertiefe suchte. Zugleich zogen die Transportmaschinen, welche die Luftlandetruppen absetzen sollten, dröhnend durch den Himmel. Da war es 2 Uhr 30, und die Invasion hatte begonnen.

Um diese Zeit fuhren vier Herren in einem Dienstwagen zu einer kleinen Villa in Hampstead Heath, einem Stadtteil von London. Es waren dies Gehilfen von Colonel Ridley, die den Deutschen ankündigen sollten, was ihre mangelnde Wachsamkeit ihnen bislang verborgen hatte, nämlich, daß die Invasionsflotte unterwegs sei. Die Erfinder von *Fortitude* waren überzeugt davon, daß ihr Doppelagent Juan Pujol Garcia, genannt Garbo, fortan in den Augen der Deutschen der bedeutendste Spion sein würde, der je gelebt hatte, und daß sie seine Informationen hinfort als geradezu göttliche Offenbarungen betrachten würden.

Garbos Sender war auf dem Dachboden eines Hauses in Hampstead Heath installiert worden, das auf einer kleinen Erhebung stand. Dies mit Rücksicht auf Garbos Führungsoffizier in Madrid, der den Sender möglichst gut empfangen sollte. Während der Sergeant, der das Gerät bediente, oben alles für die Sendung vorbereitete, saßen Garbo und seine Führungsoffiziere rauchend unten im Wohnzimmer beisammen. Madrid war einverstanden gewesen, die Funkstelle durchgehend besetzt zu halten, um sofort zu erfahren, wann die 52. Infanteriedivision aus Schottland abgezogen wurde. Das war jetzt selbstverständlich ohne Belang, denn die eigentliche Neuigkeit würde die Meldung sein, die Garbos Unteragent, der Kellner aus Gibraltar, der in der Mannschaftskantine in Hiltingbury Camp arbeitete, wo die 3. Kanadische Infanteriedivision stationiert war, angeblich seinem Arbeitgeber kurz nach Mitternacht überbracht hatte.

»Nr. vier«, so lautete Garbos vorbereiteter Funkspruch, »ist mit einer Nachricht in London eingetroffen, die er nur persönlich überbringen konnte, wegen der drastischen Sicherheitsmaßnahmen im Camp. Angeblich wurden kalte Verpflegung sowie Kotzbeutel neuerlich an die 3. Kanadische Infanteriedivision ausgegeben, die abgerückt ist und deren Quartiere von einer amerikanischen Division eingenommen wurden. Es heißt, die Kanadier seien verladen und an den Ort der Invasion verschifft worden.«

Das also war die eigentliche Information: Die Invasionsflotte war ausgelaufen. Und Garbo hatte das Vertrauen, das die Deutschen in ihn setzten, aufs schönste gerechtfertigt. Sobald die Nachricht bei der Abwehr in der Tirpitzstraße in Berlin eintraf, würden sämliche Alarmglocken von Berlin bis Biarritz klingeln. Abschließend vermerkte der umsichtige Garbo noch, er habe seinen Unteragenten angewiesen, vorsorglich in Südwales unterzutauchen.

Pünktlich wie durch Ridley angekündigt, begann Garbos Sender sein Rufzeichen durchzugeben, das Signal für Madrid, daß er bereit sei, einen Spruch abzusetzen. Im Wohnzimmer jubelten Garbo und seine Führungsoffiziere über den Streich, den sie dem Feind nunmehr zu spielen im Begriffe standen, und sie schmunzelten immer noch, als um 3 Uhr 30 der Funker hereinkam und meldete, Madrid antworte nicht.

Da saßen nun diese Herren von der Gegenspionage, willens und bereit, den Deutschen das Geheimnis zu offenbaren, das zu enthüllen jeder Agent der Abwehr monatelang fieberhaft versucht hatte, und alles scheiterte daran, daß ein Funker in Madrid statt wie befohlen am Gerät zu sitzen, schlief oder sich mit einer Flamenco-Tänzerin in einer Bar amüsierte.

Die Männer, auf deren Schultern die Last der Verantwortung für Erfolg oder Mißlingen des großen Unternehmens lag, schlugen sich in London wie in Washington, so gut es gehen wollte, die Nacht um die Ohren. Churchill lag hingestreckt in einen Sessel in seiner Wohnung in Storey's Gate, süffelte finster Brandy und versuchte die Vorstellung loszuwerden, die ihn quälte: das Wasser des Kanals rot gefärbt vom Blut Tausender junger Engländer, Kanadier und Amerikaner. General Ismay, sein persönlicher Stabschef, war in Portsmouth als Verbindungsmann zum Stabsquartier der Befehlshaber der Invasionstruppen. Der schrieb an einen Freund: »Heute ist die schlimmste Nacht des Krieges. Fast alles, was schiefgehen kann, ist schiefgegangen. Hier herrscht ein schreckliches Durcheinander.«

General Brooke, Chef des Generalstabes, saß in seiner Wohnung in der Kaserne der Gardekavallerie und vertraute seinem Tagebuch an: »Die Invasion kann sich sehr wohl als die größte Katastrophe des Krieges entpuppen. Wollte Gott, es wäre endlich vorüber.« Colonel Ridley wanderte ruhelos durch die Straßen Londons, lauschte dem Brummen der über ihn hinwegziehenden Bomberströme und fragte sich immer und immer wieder: Wird *Fortitude* seinen Zweck erfüllen? Eisenhower fand in seinem Quartier in Southwick House keinen Schlaf. Er hatte sich angekleidet auf ein Feldbett gelegt und versuchte, sich durch die Lektüre eines Western abzulenken. In einer Tasche seines Uniformrockes steckte ein Blatt Papier, auf dem etwas geschrieben stand, was wie nichts anderes die Einsamkeit des Oberkommandierenden in einer so entscheidenden Stunde bezeugte. Er selber hatte den Text verfaßt, den er bekanntmachen wollte, im Fall die Invasion fehlschlüge:

»Die Truppe, die Marine und die Luftwaffe haben alles geleistet, was Tapferkeit und Pflichterfüllung nur leisten können«, hieß es da. »Wenn irgendwem die Schuld an diesem Fehlschlag anzulasten ist, dann einzig mir.«

Der schwarze Citroën fuhr die Champs-Elysées hinauf Richtung Arc de Triomphe. Catherine fiel auf, daß weder ein anderes Kraftfahrzeug noch auch nur ein Radfahrer weit und breit zu sehen waren. Sie war mit ihren Häschern ganz allein. Unvermeidlich kam ihr die Erinnerung an ihre letzte Fahrt auf dieser Prachtstraße im Schein der Frühlingssonne zusammen mit Paul im Velotaxi. Ob sie ihn wohl je wiedersehen würde? Dabei kam ihr ein grausiger Einfall. Womöglich brachte man sie nach Paris, um sie mit einem unter der Folter gräßlich verstümmelten Mann zu konfrontieren und ihr anzudrohen, man werde die Torturen fortsetzen, sollte sie sich weigern zu sprechen. Genau dies war der Gestapo zuzutrauen. Und würde sie imstande sein, in solch einem Fall zu schweigen? Es schauderte sie. Es war besser, an manches nicht zu denken.

Jetzt glitten die stummen, wuchtigen Fassaden der Häuser in der Avenue Foch vorüber, der Chauffeur bremste und bog in eine durch ein Gittertor geschützte Einfahrt, die nur durch ein kleines blaues Emailleschild mit der Nummer 82 gekennzeichnet war. Catherines Magen verkrampfte sich. Sie war jetzt vor jenem Gebäude angelangt, das für jeden französischen Widerstandskämpfer eine Zitadelle der Angst war, Symbol des Schlimmsten, was ihm zustoßen konnte.

Sie machte sich darauf gefaßt, in ein düsteres, schmutziges Verlies geworfen zu werden, statt dessen wurde sie die Treppe hinaufgeführt in einen üppig und geschmackvoll ausgestatteten Salon. Ihre Bewacher brachten sie zu einem Louis-XVI-Sessel gegenüber dem sehr großen Schreibtisch. Als sie sich setzte, verschwand der eine, und der andere zog sich diskret in eine Ecke des Raumes zurück. Sie sah sich verstohlen um in diesem Raum, der von einem mächtigen Kronleuchter erhellt wurde, und dessen Boden ein roséfarbener Teppich bedeckte. Der Herr über dieses wie ein Salon wirkende Büro hatte entweder einen vortrefflichen Kunstverstand, oder aber er hatte alles von einem kunstverständigen Vorbesitzer übernommen. Sie sah nicht nur ein kubistisches Gemälde – womöglich ein früher Picasso –, sondern auch einen Chagall. Jetzt trat ein ungemein gepflegt wirkender Herr herein, der einen geradezu distinguierten Eindruck machte. Sie wußte gleich, daß sie ihm schon irgendwo begegnet war, und Strömelburg begutachtete sie ebenfalls etwas verblüfft. Ihm fiel sogleich ein, wo das gewesen war.

»So trifft man sich wieder«, sagte er in gutem Französisch und deutete spöttisch eine Verbeugung an. »Wenn auch unter etwas anderen Umständen als im Chapon Rouge.«

Als er den Namen des Schwarzmarktrestaurants erwähnte, in welches Paul sie am ersten Abend in Paris geführt hatte, erkannte sie in Strömelburg jenen Zivilisten, der sie vor dem zudringlichen Gast geschützt hatte.

»Sie haben mich nicht erkannt«, lachte der jetzt kurz und trocken. »Ich hingegen habe Sie gleich erkannt, und das ist ja auch kein Wunder bei Ihrem Aussehen.«

Und schon bekam er einen Wutanfall. Der richtete sich aber nicht gegen sie, sondern gegen seine Kreaturen, die Catherine von Lille hergebracht hatten, und war ganz und gar gespielt. Er putzte sie herunter, weil sie Catherine Handschellen angelegt hatten, und beide beeilten sich, ihr nicht nur die Handfesseln abzunehmen, sondern ihr auch noch die Gelenke zu massieren. Dabei bewegten sie sich wie aufgezogenes Spielzeug.

»Schon besser«, bemerkte Strömelburg. Er zog ein silbernes Zigarettenetui aus der Tasche seines gut geschnittenen Rockes und trat zu Catherine. Sie roch sein Toilettenwasser und bemerkte, als er ihr zu rauchen anbot, daß seine Fingernägel offensichtlich regelmäßig manikürt wurden.

»Danke, ich rauche nicht.«

Er nahm selber eine, klopfte den Tabak auf dem Etui fest und setzte die Zigarette mit einem goldenen Feuerzeug in Brand. Dann trat er zurück an seinen Tisch und lehnte sich leicht dagegen. »Sie haben wohl die Güte, mir mitzuteilen, wie es kommt, daß meine Leute Sie festgenommen haben«, sagte er.

Und Catherine trug mit der Empörung gekränkter Unschuld alles das vor, was sie für einen solchen Fall präpariert hatte, und was durch die Angaben auf ihrer gefälschten Kennkarte bestätigt wurde: Alexandra Boyneau, geschieden, mühsam ihr Leben in Calais fristend, durch einen unverständlichen Irrtum der Gestapo auf dem Weg vom Bahnhof zu ihrer bescheidenen kleinen Wohnung verhaftet. In ihren eigenen Ohren klang das alles so unecht, daß sie sich vorkam wie eine unbegabte Schauspielschülerin beim Vorsprechen. Und als sie zu Ende war, lachte Strömelberg gutmütig. »Eine schöne Geschichte, Mademoiselle. Gratuliere. Sie tragen sie auch recht überzeugend vor. Nur schade, daß wir beide wissen: es stimmt kein Wort davon.«

Dabei beobachtete er sie scharf. Kein feindlicher Agent verspürte in seiner Gegenwart Lust zu reden, die meisten hatten sich innerlich auf Schlimmes vorbereitet und befanden sich in einem selbsterzeugten Zustand der Verkrampfung. Sein erstes Ziel bestand darin, sie etwas aufzulokkern, sie dahinzubringen, die Barrieren, die sie zu ihrem Schutz errichtet hatten, ein wenig abzubauen, ohne es zu merken. Er versuchte, sie abzulenken, sie auf andere Gedanken zu bringen. Und danach erst begann er, ihnen Angst einzujagen.

Auf seinem Tisch stand ein silbernes Tablett mit einer Flasche vom teuersten Whisky samt Gläsern.

»Mögen Sie?« fragte er.

Sie schüttelte den Kopf. »Nein danke, ich trinke nicht.«

»Sehr lobenswert. Eine Dame ohne Laster.« Er goß sich ein und nahm einen Schluck. »Sie sehen, es enthält keinen Wirkstoff, der Sie hilflos einem Angriff auf Ihre Tugend ausliefern würde. Solche Sachen«, und hier wurde seine Stimme bedrohlich kühl, »gehören nicht zu den Methoden, mit denen wir hier arbeiten. Übrigens – es interessiert Sie vielleicht zu erfahren, wie ich zu einer Flasche Black Label komme?« Und ohne ihre Antwort abzuwarten: »Er ist ein Geschenk Ihres Arbeitgebers und Vorgesetzten, des lieben Majors Cavendish.«

Er ließ sich in seinem Sessel nieder in der Haltung eines Mannes, der durch kunstvolles Geplauder die Gunst einer Frau gewinnen möchte. Ihm entging nicht, daß die Erwähnung von Cavendish und seiner Beziehung zu ihr in ihren trotzig blickenden grünlichen Augen ein unruhiges Flakkern auslöste. Und darauf hatte er es ja auch angelegt.

»Sind Sie am Orchard Court oder bei Ihren Streifzügen durch Wamborough Manor zufällig mal Captain Harry Anton begegnet?«

»Nein«, log sie und hoffte sehr, diese Lüge klänge glaubhafter als ihre vorherigen Versuche. Woher nur wußte er über Orchard Court Bescheid und über die angeblich höchst geheime Ausbildungsstätte der SOE?

»Na, macht nichts.« Strömelburg wedelte lässig mit der Zigarette. »Er wurde im März in Empfang genommen, als er mit dem Fallschirm absprang. Und zwar nicht, wie der arme alte Major Cavendish annahm, von der Résistance, sondern von meinen Leuten. Dabei kam es zu einem bedauerlichen Mißverständnis, und Captain Anton mußte ins Gras beißen. Nun war uns bekannt, daß er sich innerhalb von 48 Stunden nach dem Absprung mit London in Verbindung setzen sollte, und wenn man tot ist, ist das nicht ganz einfach. Was also tun? Setzte er sich nicht mit London in Verbindung, wäre es sogar einem Major Cavendish klargeworden, daß das Netz, mit dem der Captain arbeiten sollte, aufgeflogen war, und da hatte einer meiner Untergebenen einen guten Einfall: Er schlug vor, London davon zu informieren, daß der Captain beim Absprung von einem jener Waffenbehälter am Kopf verletzt worden sei, die hinter ihm hergeworfen worden waren, und daß er im Koma liege.« Strömelburg lachte herzlich, als er sich des Einfalles seines Sonderführers erinnerte, und lehnte sich vor, ein höchst selbstzufriedenes Lächeln im Gesicht.

»Cavendishs Antwort war ein DD, mit dem er uns wissen ließ, der Captain habe vor dem Abflug an einer Erkältung gelitten, und falls er einen Schädelbruch davongetragen habe, könne daraus sehr wohl eine Meningitis werden, was ja, wie Sie wissen, eine meist tödlich verlaufende Krankheit ist.«

Catherine nickte stumm und versuchte, sich ihren Schrecken nicht anmerken zu lassen. Woher wußte er, daß die SOE nur dringlichsten Funksprüchen die Buchstaben DD voranstellte?

»Und so war es denn auch im Falle des armen Anton. Wir arrangierten es mit Hilfe eines unserer Ärzte so, daß er ein zweites Mal starb, diesmal aber im Laufe von drei Wochen und ohne das Bewußtsein wiedererlangt zu haben. Wir funkten regelmäßig Berichte über seinen Zustand an Cavendish, und am Ende schilderten wir ganz herzergreifend, wie wir den armen Hund bestattet und an seinem Grabe die Marseillaise gesungen haben. Und bei dieser Gelegenheit schlug ich Cavendish vor, als kleines Zeichen der Dankbarkeit für aufopfernde Pflege dem nächsten Agenten eine Flasche Whisky mitzugeben, und daher stammt er. Möchten Sie jetzt nicht doch ein Gläschen?«

Er tat, als blicke er die Flasche an, doch prüfte er, wie sie auf seine Erzählung reagierte. Er wollte ihr mit seiner Kenntnis der SOE imponieren, und das war ihm, wie er fand, auch gelungen. Im Idealfall sollte so etwas einen Gefangenen beim Verhör bereits von Strömelburgs Allwissenheit überzeugen und ihm allen Mut nehmen. Aber das schien nicht recht geglückt zu sein.

»Damit wären wir nun wieder bei Ihnen und der Frage, was Sie zu uns geführt hat. Und ich meine den wahren Grund, nicht das alberne Zeug, das Sie da vorhin aufgesagt haben. Cavendish wird wohl darüber gelacht haben, als Sie es ihm vortragen mußten am Sonntagabend in Orchard Court, bevor Sie nach Tangmere gebracht wurden. Trotz des schlechten Wetters sind Sie noch am Sonntag hergeflogen worden, sind gestern nach Calais weitergefahren, und wenn wir Sie nicht festgenommen hätten, dann hätten Sie Ihrem Vorgesetzten Aristide jetzt schon die Änderungsanweisungen für den Sabotageplan ausgehändigt, den er hier zur Ausführung bringen soll.«

Catherine fühlte, wie sie totenblaß wurde. Es gab also einen Verräter in der Organisation, entweder hier in Frankreich oder, was noch schlimmer wäre, in London.

Strömelburg lehnte sich zurück und überlegte seinen nächsten Zug.

»Ich hoffe, nichts von alledem kommt Ihnen überraschend?« fragte er.

»Überraschen tut mich nur, daß einer der unseren ein Verräter sein soll.« Ihre Augen blitzten vor Ärger. »Jemand an wichtiger Stelle in der SOE steht in Ihrem Dienst. Und deshalb bin ich jetzt hier.«

»Ihre Einsicht ist durchaus zutreffend.« Er stand auf und

trat um den Tisch herum. »Sie haben wie alle Leute von Cavendish Offiziersrang. Sie sind aber auch eine Saboteurin, tragen keine Uniform und befinden sich hinter der Front. Dafür sieht die Genfer Konvention die Todesstrafe vor.«

»Pah!« explodierte sie. »Ihr Deutschen könntet das Wort nicht mal richtig schreiben!« Und kaum war ihr das rausgerutscht, da hätte sie sich auch schon gern die Zunge abgebissen. Warum lernte sie nicht, sich zu beherrschen?

Strömelburg jedoch bekam keinen Wutanfall, wie sie erwartet hatte, sondern lächelte. »Nicht nur tugendhaft sind Sie, Sie haben auch Charakter. Bravo. Und deshalb wäre es mir lieb, Ihnen blieben die weniger angenehmen Seiten eines Verhörs in diesem Gebäude erspart. Das wird der Fall sein, wenn Sie auf meine Wünsche eingehen. Ich wünsche mir von Ihnen einige wenige, aber aufrichtige Antworten. Ich will wissen, welche Änderungen der geplanten Sabotageakte London verlangt, und die Zeichnungen haben; ich will den Zeitplan wissen, nach dem die Sabotage stattfinden soll; und ich will von Ihnen eine Beschreibung, wie Sie sich die Ausführung denken. Nicht mehr, aber auch nicht weniger.«

»Sie wissen, das kann ich nicht verraten.«

»Ach, meinen Sie?« Das klang ungemein kalt, von Lächeln keine Spur mehr. Seine Augen blickten wie die des unerbittlichen Jägers, des Mannes, der entlang einem Flintenlauf die Beute anvisiert, die er erlegen wird. »In Ihrem hübschen Kopf gibt es nichts, aber auch gar nichts, das ich da nicht rausholen kann, wenn ich es möchte. Nichts.«

In die darauf eintretende Stille ertönte ein Summer auf seinem Tisch. Strömelburg nahm den Telefonhörer ab und sagte nach einem Moment: »Ah ja. Ich komme gleich.«

Er befahl den beiden Männern, die Catherine von Lille herbegleitet hatten: »Ich bin gleich wieder da. Bereiten Sie die Dame auf eine kleine Unterhaltung vor.«

Kranz erwartete Strömelburg in dem Zimmer gegenüber seinem Büro, wo der Obersturmbannführer gelegentlich übernachtete, wenn es sehr spät wurde und er nicht mehr nach Neuilly hinausfahren wollte. »Meldung aus dem Café Sporting in Lille, Obersturmbannführer. Überbracht von dem gleichen Mann wie voriges Mal.«

Strömelburg las Aristides entschlüsselten Funkspruch. Aristide an Cavendish Denise bei Ankunft Calais am Bahnhof verhaftet stop. »Nicht schlecht«, überlegte Strömelburg. »Jetzt wissen wir noch ihren Decknamen.« Fünf französische Gestapoagenten auf sie angesetzt zwei vermutlich Deutsche haben sie verhaftet stop Schlußfolgerung Denise wurde hier verraten stop Zwischen Lysander und Calais keine Zeit für Kontakte deshalb muß Paul Gestapoagent sein stop Erbitte *carte blanche* ihn betreffend und dringend Antwort dieser Kanal.

»Und was bedeutet das?« fragte Kranz.

»Es bedeutet ganz einfach, daß man Gilbert auf die Schliche gekommen ist. *Carte blanche* heißt, sie wollen ihn hinmachen.«

»Soll ich das hier wegschmeißen?«

»Nein«, sagte Strömelburg. »Lassen Sie es gleich rausgehen.«

»Ja, warum denn, um Himmels willen?«

»Warum denn nicht? Eine bessere Probe auf Gilberts Loyalität könnte man sich nicht ausdenken.«

»Aber Sie zweifeln doch nach all dieser Zeit nicht ernstlich an Gilberts Loyalität, Obersturmbannführer?«

»Für einen Polizisten ist Zweifel unerläßlich, Kranz. Manchmal bleibt es nicht ohne Wirkung auf die Loyalität eines Mannes, wenn er sich verliebt. Ich vermute, daß unser Freund Gilbert mit der Person in meinem Büro eine Affäre hat oder hatte. Allerdings wird er sie nicht mehr sehr reizvoll finden, wenn sie nicht den Mund aufmacht, und das bald.« Strömelburg sah, wie Kranz blaß wurde, und ihm fiel wieder mal ein, daß der ja kein gelernter SD-Mann war. »Ich nehme an, Cavendish wird Aristide erlauben, Gilbert zu liquidieren. Das ist unter den gegebenen Umständen beinahe zwingend. Das ist ein weiterer Beweis für uns, daß wir auf dem richtigen Weg sind. Und für Berlin ebenfalls.«

»Aber Gilbert . . .?«

»Was soll schon sein mit Gilbert! Er kann ohnedies jetzt nicht mehr weitermachen. Wir übernehmen ihn entweder hier, oder wir verschaffen ihm irgendwo anders einen Druckposten. Also schicken Sie den Funkspruch ab.«

Nachdem Kranz gegangen war, begab Strömelburg sich in sein Badezimmer und begann, zerstreut wieder und wieder die Hände zu waschen. Es war dies ein nervöser Reflex, der sich bei ihm bemerkbar machte, bevor er ein ›verschärftes‹ Verhör begann; es war wie ein Reinigungsritual, das er vornahm, bevor er seine Opfer foltern ließ. Er versuchte sich zu konzentrieren. Seine ausgedehnte Erfahrung als Kriminalpolizist hatte ihn gelehrt, in den Augen derer zu lesen, die er verhörte, wie der Seemann in den Wolken liest. In den grünlichen Augen hatte er Trotz gesehen, die Entschlossenheit, ihm zu widerstehen. Wie sollte er diesen Widerstand brechen?

Als er endlich aufhörte, die Hände zu waschen, waren sie sauber wie die eines Chirurgen, der sich daranmacht zu operieren. Strömelburg indessen setzte eine Zigarette in Brand und überlegte. Was er von ihr wissen wollte, war ein relativ simpler Tatbestand – wie war der Sabotageakt beschaffen, den sie ausführen sollte, und wann und auf wessen Anordnung sollte er ausgeführt werden?

Strömelburg wußte, daß die meisten Menschen eine schwache Stelle haben, irgendeinen Zug in ihrem Charakter, der sie für einen geschickt geführten psychologischen Stoß besonders verwundbar macht. Oftmals war das bei Agenten ihre Eitelkeit. Machte man ihnen vor, daß sie weit unbedeutender waren, als sie selber glaubten, setzte man ihre Leistungen herab, so reagierten sie häufig spontan mit einem Protest und gaben auf diese Weise Informationen preis, die sie andernfalls versucht hätten, für sich zu behalten. Da regte sich denn der verletzte Stolz.

Und wie stand es um diese Denise? Wo war deren schwache Stelle, gegen die er seinen Angriff richten könnte? Was würde ihn am leichtesten in den Besitz der wenigen Informationen bringen, die er von ihr brauchte? Ihre Besonderheit, so überlegte Strömelburg, ist ihre Schönheit. Schönheit wie die ihre hebt eine Frau ab von der großen Mehrzahl der Frauen. So wie Reichtum den Reichen Macht verleiht und die gute Erziehung den Aristokraten ihre Anmaßung, so verleiht große Schönheit einer Frau Autorität, die andere Frauen nicht besitzen. Sie erregen dadurch Aufmerksamkeit, sie bekommen Zutritt zu Menschen und auch Orten, die ihnen sonst unzugänglich wären, und sie sind imstande, andere zur Erfüllung ihrer Wünsche zu nötigen. Auf diese Weise erreichen alle wirklich schönen Frauen etwas Besonderes in ihrem Leben.

Beraubt man aber eine solche Frau plötzlich ihrer Schönheit, dann ist sie machtlos und hilflos wie eine Katze, der man die Schnurrhaare abschneidet. Dann wollen wir das mal versuchen, dachte Strömelburg, als er in sein Büro zurückging, probieren wir mal, wie verwundbar sie durch ihre Schönheit ist.

Wie er angeordnet hatte, war Catherine für das kommende Verhör ›vorbereitet‹ worden. Sie trug wieder Handfesseln, und diese waren hinter ihr an der Lehne des Stuhls befestigt, der seinem Tisch gegenüberstand. Ferner hatte man auch ihre Fußknöchel an den Beinen dieses Stuhls mit Elektrokabeln festgeschnürt, und zwar viel fester als notwendig gewesen wäre, so daß sie in die Haut schnitten. Zudem war sie nackt. Wie Strömelburg wußte, ist nichts erniedrigender für einen Gefangenen, einerlei ob Mann oder Frau, als dem Vernehmer nackt gegenübersitzen zu müssen.

Er betrat wortlos das Büro und starrte auf sie herunter. Der Blick ihrer grünlichen Augen war unverändert widerspenstig. Er wandte sich dem Tischchen zu, das man neben sie gestellt und mit einem weißen Tuch bedeckt hatte, auf dem der Inhalt ihrer Handtasche ausgebreitet war. Er sah sich das an: Puderdose, Lippenstift, Haarbürste, Streichhölzer, Kamm, zwei Taschentücher, eine Geldbörse. Die Tasche selber war in ihre Bestandteile zerlegt worden, weil man ein Geheimfach gesucht hatte, worin der Mikrofilm hätte versteckt sein können. Die Skizze für die vorzunehmenden Veränderungen war entweder auf einem Mikrofilm hier irgendwo in diesem Sammelsurium verborgen oder, und dies schien Strömelburg wahrscheinlicher, Denise hatte sie sich fest ins Gedächtnis eingeprägt.

Er trat einige Schritte zurück, kreuzte die Hände vor der Brust und betrachtete sie aus geringer Entfernung.

»Sie sind kein Kind, Denise«, sagte er und bemerkte zufrieden, daß sie zusammenzuckte, als er ihren Decknamen aussprach. »Sie wissen sehr gut, wo Sie sind und warum.«

Sie blieb stumm und sah ihn nur starr an, ohne zu blinzeln.

»Sie wissen auch, was wir mit Leuten wie Ihnen hier machen.« Er ließ eine Pause eintreten, damit seine Worte wirken könnten. »Das heißt, wenn sie sich weigern, auf unsere Fragen zu antworten.«

Immer noch sagte sie nichts.

»Ich habe Ihnen vorhin schon gesagt, was ich von Ihnen wissen möchte – nämlich welchen Sabotageakt Sie in Calais verüben sollen, und wann das geschehen soll.«

Catherine leckte die Lippen und versuchte, die Angst aus ihrer Stimme zu vertreiben. Das war nicht einfach. »Sie wissen doch über meine Organisation so gut Bescheid, daß Ihnen auch bekannt ist, was ich sagen darf, nämlich weiter nichts als meinen Namen, meinen Dienstgrad und meine Dienstnummer.«

»Name!« bellte Strömelburg.

»Catherine Pradier.«

»Dienstgrad!«

»Leutnant.«

»Dienstnummer!«

»266 712.«

Catherine sah, daß einer von Strömelburgs Männern alles sorgsam notierte.

»Wo ist die Skizze mit den Änderungen, die Cavendish Ihnen für Aristide mitgegeben hat?« Er lehnte sich dabei so weit vor, daß sie seinen Atem im Gesicht spürte. »Wo also?«

»Sie wissen, ich darf es Ihnen nicht sagen.« Catherine bemühte sich aufs äußerste, das Zittern in ihrer Stimme zu unterdrücken.

Strömelburg seufzte. Seine Miene wurde plötzlich sanft und drückte eine Mischung aus Kummer und Mitleid aus, weil sie ihn zwang, ihr Schmerzen zuzufügen. Er legte ihr ganz leicht die Hand auf ihre bloße Schulter. »Seien Sie vernünftig. Ich bitte Sie, zwingen Sie mich nicht dazu, diese Leute hier auf Sie loszulassen.« Und dabei deutete er mit den Blicken auf seine beiden französischen Folterknechte, die uninteressiert an der Wand lehnten. »Ich verspreche Ihnen, daß Sie nicht zu Schaden kommen, wenn

Sie sich aussagewillig zeigen.« Er richtete sich auf, und plötzlich strahlte er wie ein Schulkind, das die Antwort auf eine schwierige Frage gefunden hat. »Ich werde es so einrichten, daß Sie fliehen können. Sie sollen wieder frei sein. Niemand außer uns beiden wird jemals erfahren, daß Sie geredet haben. Darauf gebe ich Ihnen mein Ehrenwort als deutscher Offizier.«

»Das Ehrenwort eines deutschen Offiziers?« Sie lachte gezwungen und bitter. »Da würde ich eher noch dem Teufel glauben.« Diesmal bereute sie ihren Ausbruch nicht. Ihre Wut schien ihr geradezu als Stütze dienen zu können.

»Sie Närrin! Sie dummes, albernes Kind!« blaffte Strömelburg. Wenn er ein Verhör führte, war er der perfekte Schauspieler, er wechselte dann ganz bewußt von Brutalität zu Sanftheit in der Absicht, den zu Vernehmenden zu verwirren. Doch in dem Maße, in dem die Spannung zunahm, verschwand auch der Schauspieler, und das, was er eigentlich spielen wollte, wurde echt. »Sie glauben aber dem Wort der Leute, die Sie hergeschickt haben. Diesen wundervollen Engländern glauben Sie, die Kricket spielen in weißen Hosen, Tee trinken und Sie, eine Frau, herschikken, um die Drecksarbeit zu erledigen! Denen also vertrauen Sie, diesen abgefeimten, verächtlichen Schuften?« Seine Stimme schnappte über, und er verspritzte Speichel. »Für die wollen Sie leiden? Für die Amerikaner, die uns zeigen wollen, wie man die Welt regiert, die derweil täglich Tausende unschuldige Kinder und Frauen zu Tode bombardieren? Für die wollen Sie sich foltern lassen? Wo ist der Mikrofilm?« Die letzten Worte brüllte er, und in ihren Augen las Strömelberg die Antwort: Es gab einen Mikrofilm.

»Das kann ich Ihnen nicht sagen«, murmelte sie und fügte zu spät an: »Es gibt keinen Mikrofilm.«

Strömelburg ging, nun wieder ruhiger, vor ihr auf und ab. »Denise oder, wenn Sie das lieber hören, Catherine, am Ende haben noch alle gesprochen. Jeder einzelne, der jemals auf dem Stuhl gesessen hat, auf dem Sie jetzt sitzen, hat mir gesagt, was ich wissen wollte. Jeder. Es fragt sich nur, wann. Wollen Sie jetzt sprechen oder wollen Sie es erst, wenn man Ihnen die Fingernägel einen um den anderen mit der Zange herauszieht? Wollen Sie warten, bis diese Totschläger da drüben aus Ihnen ein unansehnliches, vor Schmerzen zuckendes Bündel Fleisch gemacht haben?«

Er verstummte und starrte sie an, die sich da nackt auf dem Stuhl vor ihm wand.

»Seien Sie keine Närrin!«

Catherine schüttelte nur den Kopf, teils als Antwort, teils um die Tränen zu verbergen, die ihr in die Augen stiegen. »Ich kann nicht, kann nicht«, flüsterte sie.

Er machte einen Satz und streckte den Arm aus, wie um sie zu schlagen. Sie nahm den Kopf zurück, doch schlug er sie nicht, sondern packte eine Strähne ihres Blondhaares, fest, aber nicht schmerzhaft. »Was für schönes Haar«, seufzte er und strich mit der anderen Hand über ihre Wangenknochen. »Und was für ein wunderhübsches Gesicht. Wollen Sie mich wirklich zwingen, diesen schönen Anblick zu zerstören? Und das für nichts? Denn am Ende werden Sie mir doch sagen, was ich wissen will.«

Er stand auf und betrachtete ihren nackten Körper. »Glauben Sie, daß der Mann, den Sie lieben, noch Freude an diesem Körper haben kann, wenn Sie nichts mehr sind als ein verstümmeltes Wrack?« Und plötzlich wieder brüllend: »Ja? Glauben Sie das?«

Catherine wußte nichts anderes zu tun als den Kopf zu senken, um die Furcht in ihren Augen zu verbergen. Sie dachte an Paul, aber reden wollte sie nicht, um ihre Angst nicht zu verraten.

Strömelburg stand jetzt hoch aufgerichtet. Sie ächzte innerlich und redete sich zu: Sei stark, jetzt geht es los. Strömelburg ging zum Kamin und kam mit einem Gegenstand zurück, den er von dort mitbrachte. »Sehen Sie her«, befahl er. Er hielt die Vase in der Hand, jene kostbare Sèvres-Vase, die er Kranz vor Wochen so stolz gezeigt hatte. »Sèvres, aus dem 18. Jahrhundert.« Er streichelte die Vase, als wäre sie sein erstgeborener Sohn. »Schauen Sie die Harmonie von Form und Farbe an. Wer wäre imstande, ein solches Wunderwerk zu schaffen?« Er strich über die bauchigen Rundungen der Vase. »Sehen Sie sich das herrlich dunkle Blau an, das königliche Blau von Sèvres, eine Farbe, die niemand hat nachmachen können.«

Catherine hörte seine Worte wie in Trance. Er sprach leise, geradezu gütig, und ihr kam ein sonderbarer Einfall: Dieser Mann, der eben noch von Folter und Verstümmelung gesprochen hat, meint wirklich jedes Wort, das er sagt, aufrichtig. Dieser Gegenstand, den er da so behutsam in Händen hält, bedeutet ihm tatsächlich was.

»Diese Vase ist einzigartig«, fuhr Strömelburg leise fort, »ganz einzigartig, ihre Schönheit unbezahlbar und unersetzlich. Einmal zerstört, kann sie nicht mehr neu geschaffen werden. Ihre kostbare Schönheit, ihre Einzigartigkeit, ihre Gabe, Ehrfurcht in uns zu erwecken und uns zu inspirieren, wird für immer dahin sein.«

Er hielt die Vase hoch, damit das Licht des Kronleuchters sie ganz treffe.

»Die Schönheit einer Frau gleicht der Schönheit dieser Vase, flüchtig, zart, zerbrechlich wie Porzellan. Die echte Schönheit einer Frau wie Sie kann uns anrühren, uns inspirieren, uns beherrschen.« Es klang jetzt fast, als wolle er sie verführen, und das stimmte in gewisser Weise auch. »Verschwindet aber die Schönheit, dann verschwindet mit ihr auch das einzigartige Mysterium dieser Frau. Nie wieder wird sie beim Betreten eines Zimmers alle Augen auf sich ziehen. Nie wieder wird sie die Macht haben, uns zu beherrschen, Ehrfurcht in uns zu erwecken, uns zu inspirieren.«

Er verstummte und betrachtete erst Catherine, dann die Vase. »Zwingen Sie mich jetzt nicht, dieses unersetzliche Gefäß Ihrer Schönheit zu zerstören. Werfen Sie nicht aus falsch verstandenem Pflichtgefühl ein einzigartiges Gottesgeschenk weg. Ich bitte Sie, Denise, bitte Sie aufrichtig, zwingen Sie mich nicht, die Methoden anzuwenden, die ich so sehr verabscheue.«

Und mit einem weiteren Blick auf seine Folterknechte. »Ich mag die nicht auf Sie loslassen. Wogegen also richtet sich der Sabotageakt?«

Sie war drauf und dran zu antworten, bezwang sich aber im letzten Moment. »Nein«, flüsterte sie und schüttelte den Kopf.

»Reden Sie endlich!« schrie er wütend. Sie schaute ihn an. Sein Gesicht war vor Wut und Frustration rot angelaufen, und am Hals sah sie deutlich eine Ader heraustreten. »Reden Sie!«

Wieder schüttelte sie nur stumm den Kopf.

Die Vase hielt er nun mit einer Hand in die Höhe und brüllte:

»Reden Sie, reden Sie endlich!«

Catherine war ratlos. Sie fühlte sich endgültig in der Falle. »Sie wissen, ich darf nicht«, murmelte sie.

»Raus mit der Sprache!« schrie er so laut, daß die Wände zu beben schienen.

»Nein.«

Der Schlag schien ihn zu treffen. Er schleuderte die kostbare Vase mit aller Kraft vor ihr auf den Boden, wo sie zerbarst. Herumfliegende Splitter zerschnitten ihre bloße Haut.

»Nehmt sie«, befahl er seinen Kreaturen. »Rufen Sie mich, wenn sie bereit ist auszusagen.« Damit ging er ab und hörte auf dem Flur noch ihren ersten durchdringenden Schmerzensschrei.

In dem prachtvollen Palast von Saint Germain en Laye außerhalb von Paris betrachtete ein müder alter Mann die Karte der französischen Küsten, welche eine Wand des Lageraumes einnahm. Hitler, den er verachtete, und Rommel, den er nicht leiden mochte, hielten Feldmarschall von Rundstedt für einen ausgedienten, abgewrackten Theoretiker, jemanden, der lieber in seinem Rosengarten herumgärtnerte als Kriegsherr spielte und allem anderen erlesene Mahlzeiten im Coq Hardi vorzog. Es mochte wohl sein, daß er müde war, doch wie er so vor der Karte stand, erkannte er, was diese anderen nicht sehen wollten, daß nämlich entgegen seiner eigenen Vorhersage die Alliierten im Begriff waren, zwischen Vire und Orne eine gewaltige Landungsoperation vorzunehmen. Aber war dies die wirkliche Invasion? Bediente sich der Gegner, wie von Hitler in Berchtesgaden prophezeit, der von Churchill bevorzugten indirekten Methode? Oder war es nicht doch eine gigantische Täuschung, die ihn bewegen sollte zu tun, was er auf keinen Fall tun durfte – seine Kräfte zu zersplittern und riskieren, daß die einzelnen Teile geschlagen wurden?

Im Moment war das noch nicht so wichtig. Der Angriff wurde mit erheblichen Kräften vorgetragen, und es galt, ihn sich nicht entwickeln zu lassen. Um 4 Uhr 15, als die ersten Landungsboote sich durch eine Brandung kämpften, welche von Winden der Stärke fünf aufgewühlt wurde, traf Rundstedt die erste wichtige Entscheidung des Tages. Er befahl der 12. SS-Division ›Hitlerjugend‹ und der Panzerlehrdivision, unverzüglich nach der Normandie zu marschieren. Noch würden sie vor den Jabos der Alliierten durch Bodennebel geschützt sein, der mit dem Sonnenaufgang dort zu erwarten stand. Waren sie erst einmal an die Küste vorgestoßen, wo die Piloten der Alliierten im Getümmel am Strand Freund nicht von Feind würden unterscheiden können, würden sie im Verein mit der 21. Panzerdivision, die sich bereits im Raum Caën befand, den Feind ins Meer werfen. Leider waren diese beiden Divisionen Rundstedt nicht unterstellt, sondern gehörten zur Reserve des OKW. Trotzdem, und das zeugt von der für ihn typischen Arroganz, gab er den Divisionen den Marschbefehl, bevor er das OKW davon informierte.

Die Ordonnanz aus dem Offizierskasino, die sich speziell Strömelburgs anzunehmen hatte, glättete das strahlend weiße damastene Tischtuch auf der Platte des kleinen Tisches am Bett des Obersturmbannführers und legte das schwere Silberbesteck aus. Strömelburg, der so tat, als höre er die gedämpften Schreie nicht, die aus seinem Büro drangen, verfolgte die Bewegungen der Ordonnanz aufmerksam. Er war schier verhungert. Jetzt brach der 6. Juni an, die Sonne ging bereits auf, und bei all den Aufregungen des Vortages hatte er ganz einfach vergessen zu essen.

Eine zweite Ordonnanz brachte ein silbernes Tablett, zugedeckt mit einem hohen, runden Deckel, der das Kotelett darunter samt den Kartoffeln warm hielt, und entkorkte eine Flasche Bordeaux. Strömelburg hatte etwa die Hälfte seiner Mahlzeit bewältigt, als Sonderführer Kranz erschien, etliche Fernschreiben in der Hand. Die Alliierten hatten eine Invasion begonnen, und dank des vom SD betriebenen Funkspiels waren die deutschen Truppen rechtzeitig gewarnt worden. Eines allerdings verstand Kranz nicht. Der OB-West meldete Fallschirmjäger von Deauville bis Cherbourg und starke Schiffskonzentrationen in der Seinebucht. Warum, wenn die Normandie das Ziel der Invasion war, vertrödelte Strömelburg seine Zeit mit dieser Pradier, die einen Sabotageakt in Calais begehen sollte? Strömelburg zuckte die Achseln. Eben das müsse er von ihr selber erfahren. Und er reichte Kranz die Fernschreiben zurück.

»Sie können für Ihr Funkspiel mit dem Kriegsverdienstkreuz rechnen, Kranz.«

Indem hörte man über den Flur hinweg einen besonders schrillen Schrei, und Kranz' Gesicht, ohnehin blaß von Mangel an Schlaf, wurde noch bleicher. Strömelburg war ebenso scharf auf Kritik seitens Untergebener wie eine Katze auf ein ausgiebiges Bad, das wußte Kranz wohl, und doch faßte er sich ein Herz, denn nach der vorausgegangenen Belobigung fühlte er sich stark genug dafür.

»Wie halten Sie es nur aus, hier zu essen und dabei seelenruhig anzuhören, wie nebenan eine Frau gefoltert wird, Obersturmbannführer?«

Strömelburgs Gesicht verfinsterte sich, dann aber sagte er nur: »Sie läßt uns ja keine Wahl.«

»Folter ist unmenschlich. Wenn wir foltern, sinken wir tief unter unser Niveau.«

Strömelburg nahm in kleinen Schlucken den Wein zu sich und genoß die Wärme, die sich in seinem Inneren verbreitete. Hätte Kranz getrunken, er hätte ihm gewiß ein Glas angeboten. Das hätte vielleicht auch dessen aufgestörtes Gewissen beschwichtigt.

»Sie dürfen nicht glauben, daß es mir Spaß macht, foltern zu lassen, Kranz. Das tut es nicht. Verschärfte Vernehmungen« – so euphemistisch umschrieb das RSHA diese Bestialitäten – »sind ein unerfreuliches, aber sehr wirksames Mittel, jemand zum Reden zu bringen. Kleinbürgerliche moralische Skrupel sind da nicht angebracht.« Er machte eine Kopfbewegung, als wolle er eine Fliege wegscheuchen. »Überdies«, und jetzt schwang Ärger in seiner Stimme mit, »wenn schon von Moral die Rede sein soll:

wer handelt unmoralischer – die Engländer, die eine Frau herüberschicken, damit sie Sabotageakte verübt, obwohl sie ganz genau wissen, was ihr bevorsteht, wenn sie geschnappt wird, oder wir, wenn wir uns bemühen, Informationen von ihr zu bekommen, die sehr wohl helfen können, den Krieg zu gewinnen? Vergessen Sie nicht, Kranz, wir befinden uns in einem Krieg, und da gibt es nur eine Moral: man muß gewinnen.«

Strömelburg stand auf und schnippte ein Stäubchen von seiner Jacke, nahm einen letzten Schluck Wein und betupfte die Lippen mit der Serviette. Kranz begriff, daß er das falsche Gesprächsthema erwischt hatte, und zog sich zurück. »Halten Sie mich über die Ereignisse an der Front auf dem laufenden«, rief Strömelburg ihm nach und begab sich alsdann in sein eigenes Büro und zu seinem jüngsten Opfer.

Seine Folterknechte hatten Catherine auf das dicke Pariser Telefonbuch gestellt, ein Seil an ihren Handschellen befestigt, es durch die Halterung geführt, an welcher der Kronleuchter hing, und daran gezogen, bis sie gerade noch auf Zehenspitzen stehen konnte. Sodann hatten sie sich darangemacht, sie zunächst mit Fäusten und später mit Lederpeitschen zu bearbeiten, in die Stacheln eingearbeitet waren.

Strömelburg knallte die Tür hinter sich zu und ging mit großen Schritten zu Catherine, die hilflos und blutüberströmt wie ein Tier im Schlachthaus vom Haken hing. Was seine Knechte da angerichtet hatten, entsetzte ihn. Ihre Nase war gebrochen und stark geschwollen. Sie holte nur keuchend Luft. Die Lippen waren aufgeplatzt und bluteten, die Augen fast nicht mehr zu sehen, denn auch die Gesichtspartie war stark geschwollen. Der ganze Körper war beschmiert von Blut, das von den Peitschenschlägen stammte, überdies hatte sie sich erbrechen müssen. Von all der Schönheit war nichts mehr übriggeblieben. Die beiden Agenten hatten sogleich ihre Tätigkeit eingestellt, als Strömelburg hereintrat.

Catherine war kaum noch bei Bewußtsein. Es kam ihr vor, als wäre sie in eine rote Decke aus Schmerz gewickelt, ihr Körper eine einzige Wunde, die bei der geringsten Berührung unerträglich schmerzte. In diesem Meer aus Schmerzen war ihr Geist wie eine Insel, von der ihr unablässig und wie aus einer Gebetsmühle in die Ohren geschrien wurde Nein, Nein, Nein. Lieber sterben, als das Geheimnis preisgeben, das ihr in jenem Keller in London anvertraut worden war. Durch den Tränenschleier vor ihren Augen erblickte sie undeutlich den Umriß des sich nähernden Strömelburg, dessen von Haß und Wut verzerrtes Gesicht ihr fast schrecklicher vorkam als alle Qualen, die sie schon erduldet hatte. Er spuckte ihr ins Gesicht und kreischte: »Hure, verdammte!«

Dann machte er eine rasche Wendung, riß einen Spiegel von der Wand und hielt den vor sie. »Sehen Sie da rein! Sehen Sie sich an! Eine rechte Schönheit sind Sie! Glauben Sie, daß irgendein Mann noch Lust hätte, sie anzuschauen? Und das war erst der Anfang!« Er machte eine Pause und wiederholte dann: »Das war erst der Anfang!«

In diesem Moment ertönte der Summer auf seinem Schreibtisch; es war Kranz mit einer dringenden Meldung. Strömelburg verließ widerwillig sein Büro und nahm seinem Gehilfen das Fernschreiben ab, das dieser in der Hand schwenkte. »Vom Oberbefehlshaber West«, keuchte Kranz. »Die Invasion ist im Gange – in der Normandie!«

Strömelburg las aufmerksam das Fernschreiben. Warum vergeude ich eigentlich meine Zeit mit ihr, wenn die Landung in der Normandie stattgefunden hat? überlegte er. Warum lasse ich da drinnen Hackfleisch aus ihr machen, bloß damit sie endlich verrät, daß sie einen Zug vor Calais zum Entgleisen bringen will? Schon gar, wenn jetzt alle Brücken und Übergänge besonders scharf bewacht werden? Er blickte auf die Uhr. Es war kurz nach sechs. Er fühlte sich plötzlich völlig erschöpft, viel zu erschöpft jedenfalls, um da noch weiterzumachen. Also befahl er: »Bringt sie nach oben.« Die beiden Männer schleiften Catherine an Strömelburg vorbei über den Korridor und die Treppe hinauf. Die ehemaligen Dienstbotenzimmer unterm Dach dienten der Gestapo als Zellen für Häftlinge, die zur Vernehmung anstanden.

Strömelburg fand, sein Büro stinke nach Blut, Schweiß und Angst, außerdem war der Teppich von Catherines Blut befleckt. Und das alles für nichts und wieder nichts, dachte er, für einen lächerlichen Sabotageakt, der 200 Kilometer vom Ort der Handlung entfernt stattfinden soll. Wie idiotisch von ihr, ihn zu zwingen, sie so mißhandeln zu lassen. Er riß eines der großen Fenster auf, um die taufeuchte Juniluft hereinzulassen, ging dann in sein Schlafzimmer, nahm wie der Führer, dem er so getreulich diente, ein Schlafmittel und legte sich zur Ruhe.

Der Führer lag unterdessen auf dem Berghof seinerseits im Schlaf. Erst um 6 Uhr 30, vier Stunden, nachdem die Luftlandetruppen abgesetzt worden waren, dreieinhalb Stunden, nachdem die Invasionsarmada in der Seinebucht Anker geworfen hatte, wurde jemand von Hitlers Gefolge mit der Nachricht geweckt, daß der Krieg in seine entscheidende Phase eingetreten sei. General Jodl, Chef des Wehrmachtführungsstabes, mußte hören, daß Rundstedt auf eigene Verantwortung zwei Panzerdivisionen der operativen Reserve in die Normandie befohlen hatte. Das machte ihn wütend und er gab sofort Gegenbefehl. Die Wahl ausgerechnet dieses Ortes bei dem herrschenden Wetter, so erläuterte er seinen Offizieren, machte es mehr als wahrscheinlich, daß es sich um einen Ablenkungsangriff handelte. Er forderte eine Lagebeurteilung durch die Abteilung Fremde Heere West des Obersten von Roenne an. »Die eigentliche Landung wird ganz anderswo stattfinden«, urteilte er abschließend. Die Saat des Zweifels, die Ridleys Unternehmen *Fortitude* gesät hatte, ging auf.

Um 9 Uhr 17 am 6. Juni – Hitler lag immer noch in tiefem, durch Drogen ausgelöstem Schlaf – fütterte ein britischer Gefreiter in den Fernschreiber in General Eisenhowers Hauptquartier ein vorbereitetes Band und Sekunden später verkündete das Communiqué Nr. 1 von SHAEF der Welt, daß der Angriff auf die Festung Europas begonnen habe. Eisenhowers Rundfunkberater William S. Paley vom Columbia Broadcasting System ordnete über eine eigens zur BBC gelegte Telefonleitung an, daß die Aufzeichnungen von Eisenhower und den Führern der Völker des besetzten

Europas abgespielt werden sollten. Es handelte sich um kurze Ansprachen, die von den Planern von *Fortitude* höchst umsichtig entworfen worden waren, alle bis auf eine. Was die Allierten am Tage X verlautbarten, war Wort für Wort und bis zum letzten Komma von berechneter Mehrdeutigkeit, jeder Satz darauf angelegt, die Deutschen zu dem für sie fatalen Schluß zu bringen, daß die Landung in der Normandie nicht die einzige bleiben würde. Eisenhower, dessen Ankündigung als erste herausging, sprach von einem »ersten Angriff«. König Haakon von Norwegen bezeichnete ihn als ein »Glied in einer Kette strategischer Maßnahmen«. Der belgische Ministerpräsident sah ihn als »vorbereitende Operation im Zuge der Befreiung Europas«, und der Ministerpräsident der Niederlande warnte seine Landsleute im Widerstand ausdrücklich davor, übereilt zu handeln; sie sollten unbedingt auf ein »klares, unmißverständliches Zeichen aus London warten«. Churchill sprach im Unterhaus von einer »Abfolge von Überraschungen«, und Roosevelt deutete gar an, »die Deutschen erwarten auch anderswo noch Landungen.«

Nur ein einziger Mann hielt sich nicht an das von *Fortitude* ausgearbeitete Programm, nämlich ausgerechnet der, dessen Land im Begriffe war, befreit zu werden – Charles de Gaulle.

Kein einziger Franzose, auch de Gaulle nicht, wußte etwas von der Planung von *Fortitude,* und deshalb schmiß de Gaulle den Text, der ihm von dort gegeben wurde, weg und schrieb seinen eigenen, von tiefen Gefühlen überfließenden. Und dabei brachte er es fertig, genau das Falsche zu sagen. »Die große Schlacht hat begonnen, der entscheidende Schlag wird geführt.«

In Churchills Kellerräumen in Storey's Gate hatte sich mit der Invasion eine Art zweiter Gefechtsstand etabliert. General Brooke, Churchill selber, Kabinettminister und Stabschefs gingen ein und aus, standen vor der Lagekarte, hörten die letzten Meldungen von der Front, lasen die in einem schwarzen Ordner gesammelten, von *Ultra* aufgefangenen und entschlüsselten Funksprüche der Deutschen.

Ridley war am Ende seiner Kräfte und überdies sehr niedergeschlagen. *Fortitude* hatte keinen guten Anfang genommen. Sein bester Spieler, Garbo, der den Deutschen im entscheidenden Moment den fatalen Irrtum suggerieren sollte, war praktisch außer Gefecht gesetzt, weil jemand in Madrid geschlafen hatte; die Meldung, die Invasionsflotte sei in See gegangen, von der Ridley sich eine so große Wirkung versprochen hatte, langte in Berlin erst an, als die Landung in vollem Gange war. Alles Planen, alle Überredungskünste, mit denen man Eisenhower endlich dazu gebracht hatte, den aus seiner militärischen Erziehung erwachsenen Widerstand gegen einen solchen allen Regeln hohnsprechenden Trick aufzugeben, war für die Katz, weil ein deutscher Funker in Madrid nicht am Gerät saß. Ridley fröstelte. Er brannte eine neue Zigarette an und brachte es einfach nicht fertig, die müden Augen von der Karte zu lösen. Würde *Fortitude* die Panzer der 15. Armee, von deren Bewegung oder Verharren so viel abhing, am Ort festhalten können oder nicht? Es hatte sich ja schon gezeigt, wie anfällig die feinsten Berechnungen waren, wie unermeßlich groß die Risiken.

Derweil starrte ein anderer englischer Nachrichtenoffizier melancholisch aus dem Fenster seines Büros. Die Nachricht, daß die Invasion endlich begonnen habe, erfüllte Major Cavendish nicht mit Freude. Die war ihm gründlich vergangen, als der Kradmelder aus Sevenoaks die ersten eingegangenen Funksprüche überbrachte. Der Gedanke, daß die bildschöne junge Frau, die ihm noch 48 Stunden zuvor hier gegenüber gesessen hatte, sich in den Händen des SD befand, bereitete Cavendish Übelkeit und nahm ihm allen Mut. Und am schlimmsten war, daß er sich sagen mußte, ihn selbst treffe ein gut Teil Schuld an ihrer Verhaftung. Warum nur war er auf Danseys Vorschlag eingegangen, diesen Paul weitermachen zu lassen?

Cavendish ging an seinen Schreibtisch und nahm noch einmal Aristides Funkspruch zur Hand. Hätte Paul sich darauf beschränkt, den SD die ausgehende Kurierpost lesen zu lassen, wäre Cavendish wohl willens gewesen, ihm nur zu einer mehrjährigen Zuchthausstrafe zu verhelfen. Unverzeihlich aber war, daß Paul vorsätzlich und kaltblütig einen anderen Agenten an die Gestapo verriet. Dafür gab es nach Cavendishs Meinung keine Nachsicht, und er tat etwas, worauf nichts in seinem bisherigen Leben ihn vorbereitet hatte: Mit einem einzigen knappen Satz verurteilte er einen Menschen zum Tode.

Der 6. Juni stellte für Oberst von Roenne so etwas wie den Höhepunkt seiner Laufbahn dar, denn auf Anweisung von General Jodl hatte er eine Beurteilung der Feindkräfte für die Mittagslage beim Führer auszuarbeiten.

Ein glücklicher Zufall wollte es, daß er gerade an diesem Morgen die neuesten Berichte aus dem Büro der Abwehr in der Tirpitzstraße erhalten hatte, die eine Zusammenfassung aller jener Informationen enthielten, die der Doppelagent Brutus nach Anweisungen von *Fortitude* seit dem 31. Mai allnächtlich nach Paris übermittelt hatte. Das war für Roenne ein wahres Gottesgeschenk, denn diese Informationen gaben den Rahmen ab, in den alles eingepaßt werden konnte, was er in den vergangenen zwei Monaten an Funksprüchen, geringen Mengen Photos der Luftaufklärung und Agentenmeldungen gesammelt hatte.

Der Lagebericht West Nr. 1288 begann daher mit der Feststellung, die Landungen in der Normandie »beanspruchen nur einen vergleichsweise kleinen Teil der Streitkräfte des Gegners, und alles deutet darauf hin, daß weitere Operationen dieser Art geplant sind«. Unter Anführung einer »verläßlichen Quelle, nämlich des Berichtes der Abwehr vom 2. Juni« zitierte er im folgenden fast wörtlich den Inhalt von Brutus' Funksprüchen. Da stand nun alles, wie Colonel Ridley es sich erträumt hatte, schwarz auf weiß für den Führer zu lesen – die Aufteilung der alliierten Streitkräfte in zwei Heeresgruppen, die 21. unter Montgomery in Südwestengland, eine zweite (nicht vorhandene), nämlich die 1. Amerikanische Heeresgruppe unter Patton gegenüber Calais, bestehend aus der 1. Kanadischen und der 3. US-Armee.

»Keine einzige Einheit der 1. US-Heeresgruppe, die aus etwa 25 großen Verbänden besteht, ist bislang eingesetzt worden«, heißt es bei Roenne, »was eindeutig beweist, daß der Feind an der Kanalküste noch eine große Operation plant, vermutlich entlang dem Pas de Calais.«

Damit hatten eine Million Gespenster, die von *Fortitude* erfundene 1. US-Heeresgruppe, Aufnahme gefunden in die bedeutendste Lagebeurteilung, die von der Wehrmacht im Zweiten Weltkrieg abgegeben worden ist. Minuten später schon war sie unterwegs nach Berlin und zu den fünfzehn Befehlshabern, die berechtigt waren, sie einzusehen. Zu diesen zählte seit der Übernahme der Abwehr durch den Auslands-SD am 1. Juni auch Obersturmbannführer Strömelburg in Paris.

Milchiger Nebel, von Meer und Küste aufsteigend, öliger Qualm tausender Feuer, ätzender Rauch verbrannten Schwarzpulvers hüllten die normannischen Strände ein, auf denen das Chaos herrschte. Die Wucht eines nie dagewesenen Bombardements von See her und aus der Luft – 10 000 Tonnen TNT – war der Landung vorausgegangen, doch wie die meisten derartigen Feuerüberfälle vermochte auch dieser nicht viel mehr zu tun, als die Verteidiger für kurze Zeit zu betäuben.

Die ersten Truppen gingen am Strand Utah an Land, genau dort, wo Rommels Admiral Ruge es vor zwei Wochen vorhergesagt hatte. Diese Truppen waren vom Glück begünstigt. Die starke Strömung trieb die Landungsboote so weit von dem ursprünglich vorgesehenen Landeplatz weg, daß sie statt an diesem, der stark verteidigt war, an einem sehr viel weniger befestigten Platz an Land gehen konnten.

Am Strandabschnitt Juno hatten die erfahrenen ›Wüstenratten‹ der 50. britischen Infanteriedivision und die Kanadier größte Schwierigkeiten, sich durch die Brandung zu kämpfen. Hunderte ertranken. Am schlimmsten aber traf es die Amerikaner am Strand Omaha, einem 4 Meilen langen, sanft binnenwärts geschwungenen Strandabschnitt, der von einer gut 60 Meter hohen bebauten Kiesbank beherrscht wurde. Das schlechte Wetter, die Dunkelheit, schwere See und unerwartet starke Strömungen machten den Männern der 1. und 29. US-Division schwer zu schaffen. Die Deutschen eröffneten das Feuer erst, als die Landungsboote auf Strand setzten, was bewirkte, daß die Schiffskanoniere des Rauches und des Nebels wegen keine Ziele fanden und das Feuer der Verteidiger nicht erwidern konnten. Die verängstigten und noch dazu seekranken Männer der ersten Welle hörten die Geschosse der MG in die stählernen Wände ihrer Schiffe einschlagen, und als die Rampen herabgelassen wurden, sprangen viele in tiefes Wasser und ertranken, andere suchten mit angehaltenem Atem im Wasser Schutz, während das Gros, bis zur Brust im Wasser, beladen mit Lasten von einem Zentner sich in quälender Langsamkeit seinen Weg durchs Wasser gegen den Strand suchte und dabei den Deutschen als Schießscheiben diente. Das MG-Feuer war so höllisch, daß viele kehrt machten und in den Brechern der Brandung Schutz suchten, als könnte dies nützen. Andere zerrten verwundete Kameraden über den Strand, wieder andere blieben im Wasser liegen und ließen sich mit steigender Flut auf den Strand schwemmen.

Mit dem Eintreffen der zweiten Welle wurden die Dinge eher noch schlimmer. Jetzt wurden Fahrzeuge an Land gebracht, und vor den deutschen Feuerstellungen häuften sich die Toten. Unterhalb der Kiesbank drängten sich führerlose Truppen, und weiter seewärts ertranken die Verwundeten im steigenden Wasser. Noch um 11 Uhr war der Abschnitt Omaha kaum mehr als ein etliche hundert Meter langer, von Leichen überhäufter schmaler Strand. Churchills Alptraum war hier Wirklichkeit geworden. Hunderte von jungen Amerikanern hatten ihr Leben verloren und die Gischt war rosa gefärbt von ihrem Blut.

Catherines Zelle war kaum größer als ein geräumiger Kleiderschrank, die Pritsche mit einer sehr dünnen Matratze ausgestattet. Sie hatte ihrer Schmerzen wegen nur unruhig geschlafen. Jetzt erwachte sie widerwillig. Hoch an der Decke drang Sonnenlicht durch ein Fenster ins Zimmer, und sie schätzte, daß es Mittag sei.

Zu hören war weiter nichts als der regelmäßige, dumpfe Schritt des Postens auf dem Korridor, der in Abständen durch die Luke nach ihr sah. Anfangs fühlte sie sich von dem Auge, das sie, die noch immer nackt war, beobachtete, gedemütigt, doch bald achtete sie nicht mehr darauf.

Jemand hatte ihre Kleider und die Schuhe hereingeworfen, und ihre Augen wanderten immer wieder zu der Quaste am linken Schuh, die die weiße Pille enthielt und damit die Verheißung, auf immer von allen Schmerzen erlöst zu werden. Sie vermochte die Quaste jedoch mit Gleichmut zu betrachten. Sie wollte sich dieses Weges nicht bedienen. Sie hatte standgehalten und würde auch weiterhin standhalten. Sie lag etwa eine Stunde so da, prüfte ihren Körper auf Wunden und Schwellungen, welche ihre Peiniger ihr beigebracht hatten, und schleppte sich dann entschlossen zu dem Waschbecken an der Wand gegenüber. Wollte sie überleben, mußte sie gleich hier in der Zelle den Kampf aufnehmen. So gut es gehen wollte, wusch sie das geronnene Blut ab; die Berührung mit dem kalten Wasser war schmerzhaft, doch nach einer Weile empfand sie das Wasser auf der Haut als belebend.

Sie trocknete sich mit dem Matratzenbezug so gut es ging und kleidete sich an. Dann setzte sie sich auf die Pritsche und erwiderte haßerfüllt den spähenden Blick des Postens. Zum ersten Mal wurde ihr bewußt, wie stimulierend Haß sein kann.

Dann vernahm sie eilige Schritte im Stockwerk unter sich, sie kamen herauf – wollte man sie holen? Doch gingen sie an ihrer Tür vorbei nach nebenan. Dort ging die Eisentür auf, jemand schrie und Schläge klatschten auf bloßes Fleisch. Wieder ein furchtbarer Schrei und dann, als die Schläge nicht nachließen, ein jämmerliches Winseln. Das hörte ebenso abrupt auf wie es begonnen hatte, die Zellentür wurde zugeschlagen und Schritte entfernten sich treppab. Jetzt war nur noch ein jammervolles Schluchzen zu hören.

Catherine fröstelte, denn bei diesen Geräuschen kam ihr die Erinnerung an alles zurück, was sie ausgestanden hatte. Konnte sie dem Mann nebenan Mut machen? Womöglich verstand er das Morsealphabet. Sie klopfte an die Wand QRK IMI »Hören Sie mich?«, legte das Ohr an die Wand und vernahm nach einer Weile ein schwaches Antwortpochen. Sie pochte nun ihrerseits das einzige Ermutigende was ihr einfiel. »Mut. Halte durch. Sie kommen.«

Hitler hatte auf dem Berghof bis in den Vormittag geschlafen. Nach dem Frühstück, er war noch im Schlafrock, wurde die Lagekarte gebracht, bei deren Anblick er tiefe Befriedigung gefühlt haben dürfte. Die Alliierten waren in der Normandie gelandet, ganz wie er vorausgesagt hatte, und zwar genau an jenen Stellen, auf die er die Aufmerksamkeit Rundstedts und Rommels seit Mai gelenkt hatte. »Jetzt haben wir sie da, wo wir sie vernichten können«, verkündete er.

Die Mittagslage wurde auf Schloß Kleßheim gehalten, wo er für Ungarns neuen Ministerpräsidenten Dome Szojay ein Essen gab. Er war in bester Stimmung. Ganz wie Eisenhowers Nachrichtendienstler vermutet hatten, erklärte er jedoch, es sei noch zu früh für eine endgültige Umgruppierung seiner Streitkräfte. Unklar ist, weshalb er seiner berühmten Intuition nicht konsequent folgte. Es könne sich in der Normandie um ein Ablenkungsmanöver handeln, sagte er, das in der Absicht geführt werde, ihn dazu zu verleiten, seinen Schwerpunkt am falschen Platz zu bilden. Daß bei Calais noch Ruhe herrschte, war unheimlich. Womöglich erfolgte der eigentliche Angriff dort, sobald das Wetter es zuließ. Im Moment war es geboten, abzuwarten, wie ein wahrer Feldherr über dem Getümmel zu stehen, die Dinge sich entwickeln zu lassen und nicht Hals über Kopf auf die Vorstöße der Alliierten zu reagieren.

Warum zögerte er? Weil er seit Stalingrad seinen Eingebungen nicht mehr blind vertraute? Weil die vergiftenden Informationen unter dem Plan *Fortitude* ihre Wirkung taten? Jedenfalls stimmte er erst nach dem Essen zu, Rundstedt jene beiden Panzerdivisionen doch noch zu geben, welche dieser schon in der Morgendämmerung angefordert hatte. Aber nun hatte der Bodennebel sich verzogen, im Luftraum über der Normandie herrschten die Sonne und die alliierten Jagdbomber unangefochten. Die Landungstruppen, die noch um einen ersten Halt auf dem Festland kämpften, blieben von dem Gegenangriff der Panzer verschont, der sie hätte ins Meer zurückwerfen können. So sahen sie sich denn am Tage X nicht wie erwartet drei Panzerdivisionen gegenüber, sondern bloß einem einzigen Regiment.

Wie es sich für eine Spionageorganisation schickt, die auf Sir Francis Walsingham und die Regierungszeit Elisabeth I. zurückgeht, betrachtete man am Sitz von MI6 im Broadway Building gegenüber der U-Bahnstation Saint James Park die turbulenten Ereignisse in der Normandie mit größter Gelassenheit. Nur selten einmal hörte man vom Personal einen gedämpften Kommentar zu den Ereignissen jenseits des Kanals. Die Offiziere beschränkten sich in dem altertümlichen Fahrstuhl, der sie zu ihren Büros brachte, auf gelegentliche Andeutungen, und das war schon viel in einer Organisation, in der man über Triumphe nur im Flüsterton spricht und sich im Falle von Katastrophen auf Blicke beschränkt.

›C‹, Sir Stewart Menzies, hatte am Vormittag mit Winston Churchill in Storey's Gate die Entwicklung besprochen. Nach einem kurzen, leichten Lunch in White's Club kehrte er zum Broadway Building zurück, gerade als Hitler verspätet die beiden Panzerdivisionen freigab. Sein erster Besucher an diesem Nachmittag war ein junger Offizier, der sich um Dinge kümmerte, die ›C‹ sich selber vorbehielt oder einem sehr kleinen sorgfältig ausgewählten Kreis von Mitarbeitern. Auch dieser ehemalige Gardeoffizier war in Eton zur Schule gegangen, er war also vertrauenswürdig und von bester Familie. Er brachte drei Hefter mit geheimen Unterlagen. In dem ersten befand sich Material über die Beziehungen von MI6 zum deutschen Widerstand, auf dem zweiten stand in Großbuchstaben FORTITUDE.

»Wir wissen jetzt, Sir«, sagte der junge Mann, »daß die Frau bei der Ankunft in Calais verhaftet wurde. Der Funkspruch kam nach Sevenoaks über den Sender in Lille, den die Gestapo zu kontrollieren glaubt.«

›C‹ nickte. »Wohin wurde sie gebracht?«

»Wir nehmen an, nach Paris, denn die Anordnung, sie zu verhaften, kam von Strömelburg, und seine Leute sind ihr nach Calais gefolgt.« Er reichte seinem Chef ein Blatt Papier. »Diesen Funkspruch hat Lille letzte Nacht für Aristide von der SOE abgesetzt.«

›C‹ las. Gegen Ende runzelte er die farblosen Brauen. »Sie wollen also Pauls Kopf? Na, das ist unter den Umständen keine Überraschung.«

»Wohl nicht, Sir.« Der junge Mann hüstelte etwas verlegen. »Wir haben da nur leider eine kleine Schwierigkeit.«

»So?«

»Heute früh war in Sevenoaks soviel los, daß die Antwort von Major Cavendish an Aristide rausging, ohne von uns abgefangen zu werden.«

»Aha.«

»Er hat *carte blanche* gegeben.«

»Verdammt!« ›C‹ blinzelte mehrmals hintereinander, denn diese Nachricht war ihm unangenehm. »Das war aber vorauszusehen! Man hätte den Funkspruch aus Lille gestern Nacht aufhalten müssen.«

»Jawohl, Sir.«

»Und wie warnen wir nun Paul?«

»Über die SOE, Sir?«

»Die SOE weiß absolut gar nichts von unserer Verbindung zu Paul, und ich möchte sie in diesem Zustand gesegneten Unwissens auch unbedingt lassen. Außerdem«, er schloß die Lider, um sich besser konzentrieren zu können, »außerdem hat Cavendish nur über den Sender in Lille Verbindung zu Aristide. Wenn er jetzt eine Gegenanweisung gibt, geht die erstmal durch deutsche Hände, und damit würde wesentlich mehr offenbart als ich möchte.«

»Und was kann Paul den SOE-Leuten sagen, wenn sie ihn fassen? Vorausgesetzt, sie lassen ihm überhaupt Zeit zu Erklärungen?«

›C‹ zog eine Grimasse. »Tja ... höchst wahrscheinlich knallen sie ihn einfach ab. Falls sie ihm aber Gelegenheit geben, sich zu rechtfertigen, wird er sagen, er arbeitet für uns.«

»Ob ihm das jemand glaubt?«

»Eine gute Frage. Er wird sagen, wir hätten ihn angewiesen, Kontakt mit Strömelburg aufzunehmen. Das war selbstverständlich eine von Claudes Ideen. Der hat Strömelburg genauer unter die Lupe genommen und war der Überzeugung, Strömelburg würde auf das anti-kommunistische Geschwafel von Paul reinfallen. Und das war ja dann auch der Fall.«

»Aber kann Paul das den SOE-Leuten glaubhaft machen?«

»Vielleicht. Er kann sehr überzeugend sein, wenn er es darauf anlegt. Außerdem glaubt er, wir hätten ihn nur deshalb zu Strömelburg geschickt, weil wir annehmen, der würde Pauls kleinen Luftverkehr decken. Ein guter Agentenführer zieht es natürgemäß vor, eine solche Operation des Feindes zu dulden, solange er überzeugt sein kann, daß nichts ohne sein Wissen geschieht. Claude ging davon aus, daß Strömelburg Paul freie Hand lassen würde, solange er Zugang und Einblick in die Kurierpost bekäme. Und genau die sollte er lesen, das war ja unsere Absicht.« Der Chef der Spionageabteilung beglückte seinen Untergebenen mit einem eiskalten Lächeln. »Strömelburg hat sich genau so verhalten, wie wir es erwarteten. Nun hat sich herausgestellt, daß wir von der Kurierpost nicht den beabsichtigten Gebrauch machen konnten, aber solche Dinge laufen meist nicht genau so ab, wie man sie plant. Das entbindet uns aber nicht davon, Paul nach Möglichkeit zu schützen. Kann diese Person im *Eins Zwei Zwei* ihn erreichen?«

»Nein, Sir. Aus Sicherheitsgründen haben wir das als Einbahnstraße angelegt.«

›C‹ seufzte. »Informieren muß man sie trotzdem. Und zwar dringend. Sie soll Paul sagen, daß seine Spielkameraden im Widerstand ihm auf die Schliche gekommen und auf seinen Kopf aus sind. Er soll entweder total untertauchen, oder Schutz bei Strömelburg suchen, ganz wie er Lust hat.«

»Jawohl, Sir.«

»Zu dumm, daß sie keinen ständigen Kontakt mit ihm hat, aber die Erfordernisse der Geheimdienste sind eben manchmal sehr strikt.«

Strömelburg wurde durch einen Anruf aus Berlin aus dem Schlaf gerissen, in den er sich nach der Folterung von Catherine Pradier durch eine Schlaftablette versenkt hatte. Der Anrufer war sein Vorgesetzter, Kaltenbrunner, und der schäumte vor Wut. Die Wehrmacht, so brüllte er in den Apparat, habe die kostbaren Informationen, die dem Funkspiel zu verdanken seien, überhaupt nicht beachtet! Nicht einmal die 7. Armee, in deren Abschnitt die Invasion stattgefunden habe, sei in Alarmbereitschaft versetzt worden!

Und das sei längst nicht alles, vielmehr zeichne sich die neue Westfront dadurch aus, daß eine verdächtige Anzahl von führenden Individuen einfach abwesend sei, so Rundstedts Nachrichtenoffizier Meyer-Detring in Berlin; General Feuchtinger von der 21. Panzerdivision in Paris; die Stabsoffiziere der 7. Armee bei einem Planspiel in Rennes; Rommel in der Heimat. Himmler vermute dahinter etwas wie eine Verschwörung, den Versuch, den Alliierten das Tor nach Westeuropa zu öffnen. Strömelburg solle unverzüglich eine Untersuchung einleiten.

Der Obersturmbannführer duschte und kleidete sich eilig an. Als erstes unterrichtete er Kranz davon, daß seine Warnung nichts gefruchtet habe und daß er nicht damit rechnen könne, in die Schulbücher einzugehen als Retter des Vaterlandes. Kranz war sehr niedergeschlagen, als er bedachte, welcher Aufwand an Mühe da vertan worden war. Er händigte Strömelburg einen Funkspruch aus, den Lille vor kurzem von Cavendish erhalten hatte und der aus nur einem Satz bestand: Sie haben bei der Behandlung des Lufttransportoffiziers *carte blanche.*

»Was bedeutet das?«

»Es bedeutet das Todesurteil für Gilbert.«

»Soll ich Lille anweisen, den Agenten festzunehmen, wenn er sich die Antwort abholen will?«

»Wo steckt Gilbert?« fragte Strömelburg.

»An der Sarthe. Da hat er zu tun. Morgen soll er zurück sein.«

Strömelburg hatte die Tablette noch nicht ganz abgeschlafen und Mühe, sich zu konzentrieren. Er wollte einen umgedrehten Sender nicht verlieren, wenn es irgend möglich war, und im übrigen würde die Résistance ohnehin versuchen, Gilbert umzubringen, ob mit oder ohne Genehmigung aus London. Also sagte er: »Nein. Der Mann soll seine Antwort haben.«

»Aber dann wird Gilbert umgelegt.«

»Nein. Das lassen wir nicht zu. Konrad soll ab morgen früh Gilberts Wohnung beschatten. Dort werden sie auf ihn warten. Dann soll Konrad ihn herbringen.«

T. F. O'Neill kam es so vor, als wären die typischen Merkmale der Männer in den Kellerräumen der London Controlling Section in Storey's Gate entzündete Augenlider und totale Erschöpfung. Er wußte, daß Ridley seit fast 48 Stunden nicht geschlafen hatte. Der Colonel hielt sich mit Zigaretten und purer Nervenkraft auf den Beinen. T. F. selber hatte ebenfalls nur wenige Stunden Schlaf gehabt. Der Tag war mit der Beobachtung der Invasion hingegangen und mit dem Versuch, den Schaden möglichst gutzumachen, der entstanden war, weil Garbo dank der Nachlässigkeit der Gegenstelle Madrid nicht so an Statur in den Augen der Deutschen gewonnen hatte, wie es beabsichtigt gewesen war.

Für den jungen Amerikaner war das ein aufschlußreiches Erlebnis. Er war überzeugt, daß in den gesamten USA niemand auch nur davon träumte, Dinge zu tun, wie sie von dieser kleinen Gruppe hier im Keller unternommen wurden, und das ganz selbstverständlich. Diese Clique von Ränkeschmieden, die er ehedem als verrückt abgetan hatte und zu denen er unterdessen selber gehörte, saß stundenlang um einen Tisch versammelt, dirigierte einen Mann durch London und klopfte jeden Aspekt, jedes noch so winzige Detail seines nur in ihrer Phantasie existierenden Tageslaufes daraufhin ab, welche Wirkung das auf die deutsche Gegenspionage haben könnte.

Nach dem Drehbuch, das *Fortitude* für ihn geschrieben hatte, war Garbos Arbeitsplatz im Informationsministerium, wo er einem guten Bekannten, der auch der Direktor war, bei der Übersetzung von Propagandasendungen für Spanien und Südamerika ins Spanische behilflich war. Da er seine für die Abwehr bestimmten verschlüsselten Mitteilungen dem Funker ziemlich lange vor der Sendezeit übergab, und weil der aus Sicherheitsgründen nicht wußte, wie er Garbo erreichen konnte, ging dieser am Morgen des 6. Juni wie üblich ins Büro in dem Bewußtsein, die Abwehr rechtzeitig von der bevorstehenden Invasion unterrichtet zu haben. Um die Mittagszeit nahm er an einer Sitzung der Abteilungsleiter teil und bekam Kenntnis von einer geheimen Direktive, die dem Ministerium zugegangen war, und die er für so wichtig hielt, daß er die wesentlichen Punkte verstohlen auf einer Visitenkarte notierte und aus dem Hause schmuggelte. Daheim angelangt, verschlüsselte er den Inhalt umgehend. Dieser besagte kurz zusammengefaßt, es sei dafür Sorge zu tragen, daß nirgendwo in der Presse Vermutungen laut würden, die sich mit einer möglichen zweiten Landung der Alliierten in Westeuropa befaßten. Sowohl in der Presse als auch im Rundfunk dürfe immer nur von der Landung in der Normandie die Rede sein, und jede auch noch so winzige Andeutung, anderswo könnte sich ähnliches ereignen, sei zu unterbinden. Die Deutschen, die diese Anweisung ›umgekehrt‹ lesen würden, mußten daraus entnehmen, gerade eine solche zweite, mit starken Kräften geführte Invasion stehe bevor.

Garbo ließ alsdann Kühlental wissen, daß er angesichts der Bedeutung der Ereignisse aus eigener Initiative drei seiner besten Unteragenten nach London beordert habe, um mit ihnen die Lage zu erörtern. Diese (selbstverständlich ebenfalls nicht vorhandenen Agenten) waren den Deutschen als Donny, Dick und Dorick bekannt und genossen bei ihnen erhebliches Ansehen als zuverlässige Informanten. Sein aus Gibraltar stammender Kellner sei, so ließ er Kühlental wissen, unterdessen untergetaucht. Er schloß diese Tagesmeldung sehr selbstzufrieden mit dem Satz: »Die erste Aktion der Alliierten dürfte also dank meiner Meldung von drei Uhr keine Überraschung mehr gewesen sein.«

Einigermaßen erschöpft, aber nach wie vor willens, für die Sache des Nationalsozialismus alle Kräfte einzusetzen, begab Garbo sich alsdann mit der U-Bahn nach Hampstead Heath zu seinem Funker. Und erst bei dieser Gelegenheit erfuhr der arme Garbo, daß die schicksalsträchtige Mitteilung betreffend die Invasion nicht vor sieben Uhr herausgegangen war. Wütend und zugleich tief enttäuscht verschlüsselte er, auf einer Parkbank sitzend, eine zweite Meldung an Kühlental – den Verzweiflungsschrei des tüchtigen Agenten, der von einem unfähigen Agentenführer im Stich gelassen wurde, der täglich sein Leben aufs Spiel setzt, nur um erkennen zu müssen, daß im entscheidenden Moment seine kostbarsten Informationen verschusselt werden. »Meine unermüdliche Arbeit hat mich die letzten Kräfte gekostet, und in diesem Kampf auf Leben und Tod kann ich für Nachlässigkeiten Ihrerseits keine Entschuldigung finden. Nur mein unerschütterlicher Glaube an unsere Ideale hindert mich daran, alles hinzuschmeißen.«

Dieses schöne Lügengewebe, das so gewissenhaft gesponnen worden war wie ein Filmdrehbuch, wurde, wie T. F. wußte, derzeit gerade von Hampstead Heath aus in den Äther gejagt.

Gegen Abend des 6. Juni erst versammelte Rundstedt seine Gehilfen zu einer Besprechung in Saint Germain en Laye um sich. Er hatte den Tag, wie er glaubte, nach echter Feldherrenart verbracht, fern vom Getümmel des Schlachtfeldes in gelassener Betrachtung seiner Lagekarte und der einlaufenden Berichte der Nachrichtenoffiziere. Und während die Amerikaner noch mittags verzweifelt um ihren Landekopf am Strand Omaha kämpften, beschnitt er seine Rosen.

Sein Chef des Stabes informierte ihn dahingehend, daß Oberst von Roenne von der Abteilung Fremde Heere West ebenso eine weitere Landung erwarte wie Hitler und seine Umgebung; sie alle hielten die Landung in der Normandie für einen Schachzug, der die Deutschen zu vorschnellen Maßnahmen verführen sollte.

Der alte Feldmarschall hörte sich das an und erklärte sodann, sowohl Roenne als der Führer samt seinem Gefolge irre. In der Normandie finde kein Scheinangriff statt, sondern die wahre, die echte Invasion. Die Alliierten hätten einen breiten Küstenstreifen angegriffen, dazu als Angriffsspitzen die drei besten Luftlandedivisionen eingesetzt, die ›Wüstenratten‹, Bestandteil der alten 8. Armee Montgomerys, und die 1. US-Infanteriedivision. Für einen Scheinangriff würden sie solche Eliteformationen nicht aufbieten. Es sei nun an der Zeit, daß Rommel endlich das tue, was die Alliierten am meisten fürchteten: er müsse alle verfügbaren Kräfte zusammenfassen, insbesondere die Panzerdivisionen, die der 15. Armee im Pas de Calais unterstellt seien. Nachdem er dieses Urteil gesprochen hatte, im Ton eines Papstes, der eine neue Enzyklika verkündet, befahl er, Rommel und das Führerhauptquartier entsprechend zu unterrichten. Anschließend legte er sich schlafen.

In La Roche Guyon, eine Autostunde entfernt, neigte sich der längste Tag im Leben Feldmarschall Rommels dem Ende zu. Als sein Wagen bremste und Rommel heraussprang, tönte ihm aus dem geöffneten Portal die Ouvertüre zu Wagners ›Fliegender Holländer‹ entgegen.

»Die Alliierten sind gelandet, und Sie machen hier Musik!« rief Rommels Begleiter dem General Speidel zu, der seinen Untergebenen jedoch mit einem kühlen: »Glauben Sie etwa, das ändert was an der Lage?« abfertigte.

Rommel setzte sofort eine Lagebesprechung an. Er kam dabei zu gänzlich anderen Ergebnissen als Rundstedt. Er hörte, daß Roenne um 17 Uhr 20 angerufen und mitgeteilt habe, von den 25 Divisionen der 1. US-Heeresgruppe in Südostengland sei nicht eine einzige Einheit eingesetzt worden, und man müsse in Kürze den zweiten Angriff im Pas de Calais erwarten. Diese Worte tönten in Rommels Ohren wesentlich angenehmer als Wagners Musik. Er hatte geschworen, die Alliierten am Strand zu vernichten, doch als sie diesen Morgen an Land gingen, befand er sich viele Kilometer entfernt in seinem Auto. Jetzt hoffte er beinahe verzweifelt auf einen weiteren Angriff der Alliierten, und zwar im Pas de Calais, wie er es seit Monaten vorhergesagt hatte. Und da wollte er sie denn am Strand werfen. Keinen einzigen Soldaten und schon gar keinen Panzer würde er vom Pas de Calais wegnehmen, dort sollten sie bleiben bis zu der Schlacht, in der Deutschlands Schicksal entschieden würde, und von deren Ausgang sein eigener Ruf abhing. Sie sollten da bleiben, bis die Divisionen der 1. US-Heeresgruppe versuchen würden, die Geschützbunker des Atlantikwalles zu stürmen.

Als die Meldung in Storey's Gate eintraf, war es fast Mitternacht. Gebracht wurde sie von einem Radler der Nachrichtenabteilung von MI5, und Ridley nahm sie in einer verschlossenen Aktenmappe entgegen. T. F. beobachtete seinen englischen Vorgesetzten, wie er die Tasche aufschloß, die Meldung las, und wie sich auf seinem Gesicht ein beseligtes Lächeln breitmachte, das erste, das T. F. seit langem sah.

Es war ein entschlüsselter Funkspruch Kühlentals von der Abwehr in Madrid, der seinen niedergeschmetterten Agenten Garbo trösten wollte. Ridley las denjenigen Mitarbeitern, die noch anwesend waren, vor: »Ich betone noch mal ausdrücklich, daß Ihre Arbeit in den vergangenen Wochen das OKW instand gesetzt hat, sich auf die Aktionen des Feindes vorzubereiten. Ich übermittle Ihnen und allen Ihren Mitarbeitern unseren Dank für hervorragende Arbeit und bitte Sie, uns in diesen entscheidenden Stunden des Kampfes um die Zukunft Europas auch weiterhin zur Verfügung zu stehen.«

Ridley machte eine Pause und fuhr dann fort: »Auf Anweisung des Führers soll Kühlental Garbo eröffnen, daß ihm das Eiserne Kreuz Erster Klasse verliehen wurde.«

Selbst T. F. verspürte Lust zu klatschen. Garbo, ihrer aller kostbarer Garbo, spielte wieder mit. Nachdem die Deutschen ihn soeben ausgezeichnet hatten, würden sie wohl in den kommenden Tagen auf ihn hören. Ridleys Erleichterung war unverkennbar. Er sah zum vielleicht tausendstenmal an diesem Tag auf die Karte der Normandie und betrachtete die schwarzen Kästchen, welche die Panzereinheiten der 15. Armee darstellten. Was er auf der Karte sah, bot wenig Trost. »Erinnern Sie sich an das, was Montgomery in der Saint Pauls School gesagt hat?« fragte er T. F.

»Über die Stärke des Feindes?«

»Nein. Ich meine, daß wir in eine üble Lage geraten werden, wenn wir am Tage X nicht Caën, Bayeux und Carenton nehmen.« Er deutete auf die Karte. »Nichts davon haben wir heute erreicht.« Er wedelte mit der Zigarette über die Strände hin. »Zwischen dem englischen und dem amerikanischen Landekopf klafft eine zehn Meilen breite Lücke, und Gott allein weiß, was passiert, wenn Rommel dahinterkommt. Wir sind an Land, das ist aber auch alles, was sich sagen läßt. Nichts ist entschieden, das Spiel noch völlig offen.«

Nur zögernd trat der Engländer weg von der graphischen Darstellung der Ängste, die ihn plagten. »Aber wir wollten doch noch einen Schluck auf das Wohl vom alten

Kühlental trinken, was?« sagte er zu T. F. Sie schlossen gerade die Akten weg, als das Telefon klingelte. »Nehmen Sie mal ab?«

Der junge Amerikaner erkannte die harsche Stimme von ›C‹ am anderen Ende der Leitung, des Chefs des Geheimen Nachrichtendienstes. »Für Sie, Sir«, sagte er und hielt Ridley den Hörer hin.

»Verstehe«, sagte Ridley zu dem Anrufer. »Wo hat man sie hingebracht? In die Avenue Foch?« Er hörte sich an, was Menzies zu sagen hatte, und der beinahe joviale Ausdruck, den er gezeigt hatte, als von Kühlental die Rede war, wich einer nachdenklichen, schon beinahe besorgten Miene. »Das wird sich herausstellen. Gute Nacht.«

»Stimmt was nicht, Sir?« fragte T. F.

Die Frage schien an einen Mann gerichtet, der mit seinen Gedanken weit weg war. Ridley sog heftig an seiner Zigarette. »Wie sagten Sie?« Und dann: »Ach, richtig. Es scheint, als ob die Gestapo die junge Dame gegriffen hätte, die Sie kürzlich nach Tangmere begleitet haben.«

»Nein! Das ist ja grauenhaft.«

»Nicht wahr? Aber so geht es nun mal.«

TEIL SECHS

7.-10. Juni 1944

Auch wenn man nicht wüßte, daß die Alliierten gelandet sind, dachte Paul, würde man doch spüren, daß etwas Großes sich ereignet hat, da braucht man sich nur die Pariser heute morgen auf dem Bahnhof Austerlitz anzusehen. Es war am Morgen des 7. Juni, und die Menge, die sich hier drängte, wirkte ungemein quirlig, ja, wie von den Toten erwacht, die Bewegungen waren flink, die Unterhaltungen so lebhaft wie lange nicht mehr. Vor allem natürlich fiel das spöttische Grinsen und das gelegentliche höhnische Lachen derer auf, die sich an den Zeitungskiosken um die Kollaborationistenpresse drängten. Deren Schlagzeilen wußten von Gegenangriffen starker deutscher Kräfte an der Küste zu berichten. Paul kam sich inmitten dieses verhaltenen Jubels vor wie ein Leidtragender auf dem Hochzeitsfest, so erledigt und so traurig fühlte er sich. Seit Montag quälte ihn der Gedanke: ist Denises Zug entgleist, hat sie fliehen können? Er drängte sich zu einer Telefonzelle durch, und zu seiner Erleichterung bekam er Ajax an den Apparat.

»Hat es geklappt?« keuchte er. »Ist der Zug entgleist?«

»Ah, Paul!« Für diesmal schien Ajax ehrlich erfreut, Pauls Stimme zu hören. »Ich habe schon auf Ihren Anruf gewartet.«

»Ist sie davongekommen?«

»Wo stecken Sie denn?«

»Auf dem Bahnhof Austerlitz.«

»Kommen Sie vor das Café du Commerce auf der Avenue du Maine so rasch Sie können«, befahl Ajax und legte auf.

Paul schaute auf die Uhr. 12 Uhr 30, zu früh noch, um im *Eins Zwei Zwei* anzurufen und seine Kontaktperson zu fragen, ob sie was für ihn habe. Außerdem hatte er jetzt nur einen Wunsch, er wollte Denise lebendig sehen. Er mußte sich zurückhalten, um nicht im Laufschritt zur Métro zu eilen.

Während er vor dem Café du Commerce auf Ajax wartete, fiel es ihm schwer, seine Nervosität zu meistern. Er erwartete, Ajax zu Fuß oder mit dem Rad kommen zu sehen, höchstens mit einem Velotaxi, und er war daher sehr überrascht, als ein schwarzer Citroën neben ihm hielt, dessen außen angebrachter Heizkessel erkennen ließ, daß er mit Holzgas betrieben wurde.

Ajax öffnete eine der hinteren Türen. »Steigen Sie ein.« Vorne saßen der Fahrer und ein weiterer Mann. Paul bemerkte, daß Ajax wie stets vorbildlich gekleidet war. Das weiße Hemd hatte zwar durch vieles Waschen mit der schlechten Seife einen gelblichen Schimmer angenommen, doch war es sauber und gebügelt.

Als der Wagen die Avenue du Maine Richtung Porte d'Orléans hinunterfuhr, fragte Paul: »Wo fahren wir denn hin?«

»Fontainebleau«, erwiderte Ajax knapp.

»Haben Ihre Leute sie nach der Entgleisung gleich gefunden? Hat man gesehen, wie sie aus dem Waggon kletterte?«

Über das Gesicht von Ajax huschte ein freundliches Lächeln, und er legte Paul begütigend die Hand aufs Knie. »Nun mal etwas locker, alter Freund, Sie hecheln ja wie eine Bulldogge nach einer läufigen Hündin. Haben Sie ein bißchen Vertrauen zu Ihren alten Freunden von der Résistance.« Und zu Paul gewandt breit grinsend, »schließlich haben die ja auch Vertrauen zu Ihnen.«

Mit der unermüdlichen Hartnäckigkeit, die für ihn bezeichnend war, hatte Strömelburg 24 Stunden damit verbracht herauszubekommen, warum der OB-West die von Kranz gelieferten Informationen betreffend Beginn der Invasion überhaupt nicht zur Kenntnis genommen hatte, und weshalb so viele hohe Offiziere in der Nacht vom 5. auf den 6. Juni nicht auf ihrem Posten waren, ganz wie Kaltenbrunner es ihm aufgetragen hatte. Wie schon so oft in seiner Laufbahn als Kriminalist führten die Spuren, die er verfolgte, nicht zu dem gewünschten Ziel, sondern auf eine andere, womöglich noch lohnendere Spur. Er kam zu dem Ergebnis, daß die meisten Offiziere des Wetters, nicht aber einer Verschwörung wegen nicht anzutreffen gewesen waren, und daß der OB-West auf Kranz' Warnung nicht reagiert hatte, schrieb er preußischer Sturheit zu und nicht besonderer Tücke.

Entdeckt hingegen hatte er, daß General Speidel in Rommels Abwesenheit am Abend des 5. Juni in La Roche Guyon seinen Schwager Dr. Max Horst und einen Schriftsteller zu Gast gehabt hatte. Und beider Namen standen auf einer vom RSHA geführten geheimen Liste mit den Namen von Personen, die im Verdacht standen, einen Staatsstreich zu planen.

Nachdem er am späten Nachmittag mit seinem Bericht fertig war, nahm er sich einen Stoß Fernschreiben vor, die mittlerweile eingetroffen waren. Eines davon erregte sogleich seine Aufmerksamkeit. Es war der Bericht 1288 von der Abteilung Fremde Heere West, in welchem die vermutliche Strategie der Alliierten mit Datum vom 6. Juni mittags dargelegt wurde. Für Strömelburg bedeuteten die darin enthaltenen Schlußfolgerungen eine Art Offenbarung.

War die Landung in der Normandie wirklich ein Scheinmanöver, geführt in der Absicht, die deutschen Abwehrkräfte auf den falschen Ort zu konzentrieren und dann im Pas de Calais anzugreifen, so mochte er, Strömelburg, sehr wohl im Besitz des Schlüssels zu diesem Geheimnis sein: der befand sich in einer der Zellen unterm Dach. Daß er diese Catherine Pradier jetzt seit vielen Stunden unbehelligt sich selber überlassen hatte, grenzte bereits an sträfliche Nachlässigkeit, eine Nachlässigkeit, nicht weniger zu verdammen als die des Stabes beim OB-West, der die Warnung von Kranz unbeachtet gelassen hatte. Aber das würde ab sofort anders werden. Er drückte den Klingelknopf auf seinem Schreibtisch.

Der Citroën hielt vor einem rostigen Gittertor in der Mauer, die eine Villa im Wald von Fontainebleau umgab. Der Fahrer hupte zweimal, und zwei Männer, augenscheinlich Ajax-Leute, öffneten das Tor. Der Wagen hielt vor der Haustür des Gebäudes, das aus dem vorigen Jahrhundert stammte und sehr wahrscheinlich einem Pariser

Unternehmer in der Ära von Louis Napoleon als Landhaus gedient hatte.

Paul sprang aus dem Wagen und rannte die Stufen hinauf. »Wo ist sie?« verlangte er von Ajax zu wissen, der gemächlich folgte. Das Haus wirkte völlig verlassen, die Fenster waren mit Läden verschlossen. Die Haustür öffnete sich vor Paul wie von Geisterhand bewegt.

»Gehen Sie nur rein«, sagte Ajax. Er ging aber selber vor, durchquerte einen Korridor, auf dem zwei weitere seiner Leute standen, und öffnete die Tür zu einem Zimmer. Er winkte Paul einzutreten.

Es war ein kleiner Salon, erleuchtet von einer einzigen nackten Glühbirne. Paul sah sich einem Tisch gegenüber, hinter dem drei Stühle standen. An der Wand dahinter hing eine Trikolore, darauf ein Foto von Charles de Gaulle. Vor dem Tisch stand ein einzelner Stuhl. Paul wandte sich nach Ajax um. »Was soll denn das? Was geht hier eigentlich vor? Wo ist sie?« Noch während er diese Worte hervorstieß, gewahrte er die schwere Pistole, die Ajax auf seinen Bauch richtete.

»Setzen Sie sich, Paul.« Ajax deutete auf den einzelnen Stuhl.

»Ihr habt mich angeschissen!« wütete Paul.

»Wir Sie?« Diese Worte wurden in eisigem Ton gesprochen. »Setzen Sie sich.«

»Soll das hier eine Gerichtsverhandlung sein? Spielt Ihr etwa Theater?« Paul bemühte sich, zornig zu klingen, doch hatte ihn schon die Angst gepackt.

»Durchaus kein Theater.« Die freundliche Miene, die Ajax während der Herfahrt im Wagen gezeigt hatte, war einem harten, bösen Gesichtsausdruck gewichen. »Es handelt sich um eine durchaus echte Verhandlung. Und angeklagt sind Sie. Wegen Verrats.« Ajax trat an den Tisch, und zwei seiner Leute stellten sich hinter Paul auf, MPs in der Hand. »Das haben Sie sich ausgedacht«, rief Paul. »Sie haben mich nie leiden können.«

Ajax nahm auf dem mittleren der drei Stühle Platz und betrachtete kalt und gleichgültig den Angeklagten. »Leiden oder nicht leiden können, hat nichts damit zu tun. An Verräter verschwendet man keine Gefühle.«

Bei diesen Worten traten noch zwei Männer ein und nahmen rechts und links von Ajax Platz. Der eine war von mittlerem Alter, sehr mager und trug einen Van-Dycke-Bart. Seine Augen schienen Paul zu durchbohren. Das war Aristide.

»Wo ist Denise!« verlangte Paul zu wissen. »Habt ihr sie in Sicherheit gebracht oder nicht?«

»Sie ist genau da, wo Sie sie hingebracht haben, nämlich bei der Gestapo«, sagte Aristide.

»Herr im Himmel!« Paul sackte auf dem Stuhl zusammen, völlig verzweifelt. Endlich schaute er seine Ankläger an. »Ich habe daran keine Schuld, ich schwöre es. Ich habe London wissen lassen, daß die *boches* die Passagiere der Lysander festnehmen würden, ich habe gewarnt, aber man hat Denise trotzdem geschickt.« Er sah Ajax an. »Habe ich Sie nicht angefleht, sie zu retten?«

»Ja, Sie wollten, daß ich Ihnen helfe – als es zu spät war.« Ajax sprach sachlich und unbewegt wie ein Anwalt, der den Text eines Vertrages verliest. »Aber sagen Sie mir doch eines, Paul. Woher wußten Sie, daß der ankommende Passagier verhaftet werden sollte?«

Auf diese Frage wußte Paul nichts zu antworten. Ajax hatte ihn damit förmlich aufgespießt, und Paul starrte ihn offenen Mundes an. Endlich sagte er: »Darauf kann ich jetzt und hier nicht antworten. Das muß ich in London erklären. Ich habe einen eigenen Sender. Lassen Sie mich London rufen, und man wird Ihnen antworten, auf welchem Empfänger Sie wollen.«

Ajax wandte sich an den Mann zu seiner Linken und flüsterte mit ihm. Der blickte Paul an und befahl: »Legen Sie alles auf den Tisch, was Sie in den Taschen haben.«

Paul gehorchte und sah zu, wie seine Besitztümer einer genauen Prüfung unterzogen wurden. Der Mann mit dem Bart stöberte durch Pauls Brieftasche und hielt plötzlich eine Visitenkarte hoch. Er starrte Paul haßerfüllt an und reichte die Karte an Ajax weiter. Es war die Karte, die Strömelburg Paul in Neuilly gegeben hatte, und die ihm vor deutschen Streifen Schutz bieten sollte, falls er im Besitz einer Waffe angetroffen würde.

»Das kann ich erklären«, keuchte Paul.

Ajax legte die Karte auf den Tisch. Er schaute Paul ebenso haßerfüllt an wie Aristide. »Manche Dinge erklären sich selber«, sagte er.

Paul erkannte, daß sein Leben auf dem Spiel stand. Jetzt durfte er nichts und niemanden mehr decken. Nur eine umfassende Darstellung seiner Rolle konnte ihn noch retten.

»Ich werde Ihnen alles erzählen. Ich kenne Strömelburg seit 1937 und war während des Spanischen Bürgerkrieges sein Kurier. Das Deuxième Bureau war eingeweiht. Alles, was ich rein- und rausgebracht habe, wurde von denen eingesehen.«

Paul bemühte sich, das Flehen, das in seiner Stimme mitklang, zu unterdrücken. »1942 hat mich in Marseille ein englischer Offizier gefragt, ob ich bei der RAF eintreten wollte. Ich wurde von Narbonne aus über See nach England gebracht.«

Er schaute die Männer an, die vor ihm saßen; die Gesichter zeigten keine Regung. »Das können Sie nachprüfen.«

Seine Augen gingen von einem zum anderen und baten um eine irgendwie geartete Reaktion. »In England übernahm mich sofort die Gegenspionage. Man kannte mich, wußte, daß ich Strömelburg kannte. Bloß deshalb hat man jemand nach Marseille zu mir geschickt. Ich sollte den Lufttransport für die SOE organisieren, aber es hieß gleich, das würde nur klappen, wenn es in Zusammenarbeit mit den Deutschen geschähe. Ich bekam also den Auftrag, gleich nach meiner Rückkehr mit Strömelburg Verbindung aufzunehmen.«

»Die Engländer haben Ihnen aufgetragen, Kontakt mit Strömelburg aufzunehmen?« fragte Aristide mit der gleichen kalten Ungläubigkeit, mit welcher er ehedem angehende Philosophiestudenten, die eine unhaltbare These aufstellten, zu prüfen pflegte.

»Ganz richtig.«

»Sie behaupten, die Engländer haben Sie hergeschickt, um der Gestapo eine geheime Operation in die Hände zu spielen?«

»Nein, dazu sind die viel zu gerissen. Alles lief genauso,

wie sie es vorhergesehen hatten. Strömelburg wollte nur über alles im Bilde sein. Hätte er mein Unternehmen lahmgelegt, wäre anderswo ein anderes aufgemacht worden, und zwar ohne sein Wissen. Das Ganze ging wie geschmiert, ganz wie die Engländer es vorhergesagt hatten. Die Operation fand unter dem Schutz der *boches* statt. Die haben sogar der Luftwaffe verboten, unsere Maschinen abzuschießen.«

»Und die Kurierpost?« Ajax dachte dabei an seinen Agenten, der im Verhör zusammengebrochen war unter der Last von Informationen, die eben diese Kurierpost enthalten hatte. »Sie wollen uns einreden, die Engländer haben die Gestapo mit voller Absicht dieses Material lesen lassen?«

»Das war lauter zweitklassiger Kram. Schließlich führen wir Krieg, und da muß man die Risiken gegeneinander abwägen. Was war denn wichtiger? Daß die Deutschen unwichtiges Zeug lesen durften, oder daß die Engländer ihre Agenten unangefochten ins Land brachten und wieder raus?«

Aristide durchbohrte Paul mit seinen Blicken. »Jeder Mensch hat das Recht«, sagte er kalt, »zu erzählen, was er will, wenn er damit sein Leben retten zu können glaubt, aber denken Sie sich bitte was weniger Märchenhaftes aus.«

»Und ich schwöre, jedes Wort ist wahr.« Paul fühlte kalten Schweiß auf seiner Haut und konnte nicht mehr verhindern, daß er in einen flehentlichen Ton fiel. »Ich sage doch, ich habe meine eigene Funkverbindung mit London. Strömelburg kennt nur die, über die ich den Luftverkehr organisiert habe. Lassen Sie mich London rufen. Man wird alles bestätigen.«

»Wir haben Ihretwegen schon mit London gesprochen, Paul«, sagte Aristide.

»Na schön. Was war die Antwort?« fragte Paul trotzig.

»Ihr Todesurteil.«

Paul sah die drei Männer an wie ein in die Ecke getriebenes Tier.

»Ich glaube das nicht. Wer hat das gefunkt?«

»Cavendish.«

»Cavendish! Der weiß ja nicht mal, daß ich für den Geheimdienst arbeite!«

Aristide sah ihn starr an. »Das ist doch alles das gleiche. Sie wissen es ebenso gut wie ich.« Er stand auf, deutete mit dem Kopf nach nebenan und verschwand mit seinen Beisitzern im Nebenzimmer. Hier sahen die drei Männer einander an.

»Und jetzt?« fragte Ajax.

»Er hat verraten, wir müssen ihn beseitigen«, erklärte Aristide. »Außer daß er im Dienst der Gestapo steht, ist kein Wort wahr von dem, was er gesagt hat. Die Karte aus seiner Brieftasche spricht Bände. Und die ist bei dieser ganzen Angelegenheit der einzige handfeste Beweis.«

»Ich stimme zu«, sagte Ajax überlegt. »Gott weiß, wie viele Leute er an die Gestapo verraten hat.« Er blickte den dritten Mann an, seinen Stellvertreter.

»Wir könnten ihn als Gefangenen hierbehalten, bis die Alliierten kommen. Sollen die sich mit ihm befassen.«

»Wir sind eine Widerstandsgruppe, keine Gefangenenwärter«, widersprach Ajax.

»Dann soll er wenigstens über seinen Sender mit London sprechen, wie er angeboten hat.«

Aristide war dagegen. »Wenn wir ihn eine Minute aus den Augen lassen, rennt er in die Avenue Foch zur Gestapo. Er hat doch für die Gestapo gearbeitet, was sonst kann diese Karte bedeuten? Ihr wißt, was uns blüht, wenn sie uns schnappen. Warum ihm eine Chance geben, die die Gestapo uns nie geben würde?«

»Gut, meinethalben richtet ihn hin«, sagte der Dritte.

»Losen wir darum, wer es macht?«

»Nein, das übernehme ich«, sagte Aristide. »Schließlich hat er eine aus meiner Gruppe verraten.«

Ajax reichte Aristide die Pistole, alle drei gingen nach nebenan und blieben hinter dem Tisch stehen. »Paul, Sie sind des Verrates angeklagt und für schuldig befunden worden. Darauf steht die Todesstrafe.«

»Nein!« brüllte Paul. »Ihr irrt euch, ihr irrt euch!«

Aristide war unauffällig hinter ihn getreten, und die Mündung der Pistole war keinen Meter von Pauls Genick entfernt, als er den Abzug betätigte. Die Wucht des Einschlages warf Paul buchstäblich vom Stuhl; er sah aus wie eine Stoffpuppe, die ein Kind wütend an die Wand wirft. Blut quoll aus der Stirn, wo das Geschoß ausgetreten war.

Ajax sammelte die Papiere des Toten ein und steckte sie in Pauls Brieftasche. Diese wiederum schob er in die Jakkentasche des Toten. Dann ließ er sich ein Stück Pappe geben, und darauf schrieb er: ›Der Leichnam dieses Verräters ist bei seinem Auftraggeber, der Gestapo, in der Avenue Foch, abzuliefern.‹ Seinen Untergebenen befahl er sodann: »Bringt ihn ins Bois und vergeßt nicht, ihm das Schild umzubinden.«

Diesmal wurde Catherine nicht in Strömelburgs Büro geführt, sondern in einen der Vernehmungsräume im 3. Stock. Dieser wirkte völlig unpersönlich, wie sie sogleich merkte, als sie hineingestoßen wurde; ein Häftling war hier kein Mensch mehr, nicht einmal eine Nummer, sondern eher ein Stück Fleisch, mit dem sich der Schlachter zu beschäftigen hat.

Strömelburg war schon anwesend und stand sogar auf, als er sie erblickte. Er blieb stehen, bis sie auf einen Stuhl sank. Sie roch wieder sein Toilettenwasser, bemerkte, wie gepflegt seine Hände und wie sorgfältig gekämmt seine Haare waren.

Strömelburg betrachtete sie ungerührt. Schlimm, wie man sie zugerichtet hatte, das Gesicht war so geschwollen, daß man es nicht wiedererkannte, die Schwellungen bläulich, gelblich und purpurfarbig angelaufen. Die Lippen waren dick, hatten ihren schönen Umriß verloren, und einzig die grünlichen Augen blickten unverändert trotzig. Also sah sie sich wohl immer noch in der Rolle der tapferen Patriotin.

Er bot ihr zu rauchen an, worauf sie sagte: »Nein danke, ich habe meine Gewohnheiten seit gestern nicht geändert.«

»Gilt das für alle Ihre Gewohnheiten?« fragte er.

Sie hörte den drohenden Unterton heraus und nickte nur stumm.

»Nun, das wird sich zeigen.« Die beiden Folterknechte,

die sie tags zuvor geschunden hatten, waren lautlos eingetreten und warteten respektvoll auf Befehle.

»Ich habe gestern viel Zeit an Sie verschwendet«, klagte Strömelburg, »obwohl ich wichtigeres zu erledigen hatte. Heute jedoch werde ich Ihnen alle meine Zeit und meine ungeteilte Aufmerksamkeit widmen.« Er hüstelte. »Genauer gesagt, diese Herren hier werden Ihnen nach Kräften auf die Sprünge helfen.«

Er stand auf und ging gemächlich hin und her. »Darf ich Sie daran erinnern, Mademoiselle Pradier, daß ich von Ihnen Antwort auf drei Fragen wünsche: An welchen Anlagen in Calais wollten Sie Sabotage verüben? Wo sind die Mikrofilme, die Cavendish Ihnen für Aristide mitgegeben hat, und welche verschlüsselten Durchsagen sind mit der BBC abgesprochen worden? Das sind sehr einfache Fragen, die sich leicht beantworten lassen. Also, was sollte sabotiert werden?«

»Ich weiß es nicht.«

»Wo ist der Mikrofilm?«

»Es gibt keinen.«

»Wie lauten die verschlüsselten Durchsagen?«

»Das weiß ich nicht.«

Strömelburg seufzte wie ein schmollendes Kind, dem man die zweite Portion Pudding verweigert. »Sie haben noch eine Minute Zeit, es sich anders zu überlegen.«

Catherine fühlte, wie ihr Herzschlag sich beschleunigte und wie ihr am ganzen Körper kalt wurde. Sie hätte gern vor Angst geweint, doch wollte sie ihm diese Genugtuung nicht geben. Also betete sie lautlos. Lieber Gott, bitte, hilf mir!

Die Sekunden verstrichen, und Strömelburg seufzte noch einmal, womit diese Gnadenfrist für abgelaufen gelten konnte. »Anfangen«, befahl er. Einer der Männer fesselte ihre Arme hinter der Stuhllehne, der andere näherte sich mit einer Kneifzange. Strömelburg war wütend. Jetzt mußte er sich das auch noch ansehen, und das war gar nicht nach seinem Geschmack.

»Dieser Herr da wird Ihnen die Fußnägel ausreißen, einen nach dem anderen, und zwar schön langsam, weil das mehr weh tut«, erklärte er ihr. »Ich werde nach jedem derartigen Eingriff meine Frage wiederholen, und Sie können diese Schinderei jederzeit beenden, indem Sie Antwort geben.« Er strich über seine Stirne, als könnte er auf diese Weise den Anblick verscheuchen, der sich ihm sogleich bieten würde. »Die meisten Leute werden nach dem zweiten oder dritten Nagel bewußtlos, aber freuen Sie sich nicht zu früh, wir bringen Sie mit kaltem Wasser gleich wieder zu sich.«

Der Mann mit der Zange kniete vor Catherine hin, und die hielt den Atem an. Durch das geöffnete Fenster konnte sie gedämpft das Lachen und Rufen spielender Kinder vernehmen. Der Mann nahm einen ihrer Füße in die Hand und setzte die Zange an. Er zog langsam, wie Strömelburg ihr vorausgesagt hatte, und der Schmerz setzte demzufolge allmählich ein, steigerte sich aber ins Unmeßbare und durchfuhr sie wie ein glühender Eisenstab. Sie biß auf die geschundenen Lippen, um das Schreien zu unterdrücken, aber gleich darauf schrie sie aus Leibeskräften. Als der Nagel heraus war und ihr Folterer ihn ihr an der Zange unter die Augen hielt wie der Zahnarzt dem Patienten den glatt ausgezogenen Backenzahn, sackte sie zusammen und keuchte.

»Wo ist der Mikrofilm?«

Sie brachte kein Wort heraus und konnte nur den Kopf schütteln. Strömelburg nickte seiner Kreatur zu, und es begann der Eingriff am nächsten Zehnagel.

Wie lange das so weiterging, ahnte Catherine nicht. Außer dem Schmerz nahm sie kaum etwas wahr, alles verschwamm vor ihren Augen, sie hörte sich schreien, hörte wie aus großer Ferne Strömelburgs immer wiederholte Fragen. Zweimal verlor sie das Bewußtsein, und zweimal wurde sie mit einem Guß kalten Wassers ins Leben zurückgebracht. Endlich erhob sich der vor ihr kniende Mann, den letzten Zehnagel in der Zange wie eine Trophäe.

Strömelburg stierte sie an, wütend, aber auch bewundernd. Er hielt ein Glas kaltes Wasser an ihre Lippen. Sie trank gierig und schaute dann auf ihre entstellten Füße, die in einer kleinen Blutlache standen. Dann würgte sie das Wasser wieder aus; ihr war übel, und sie atmete mit Mühe.

Und doch: sie hatte standgehalten. Sie hatte diesem hassenswerten Menschen samt seinen bestialischen Folterungen widerstanden. Das erfüllte sie mit Hochgefühl.

Strömelburg stellte das Glas ab. »Sie glauben nun, das Schlimmste überstanden zu haben, wie?«

Sie erwiderte seinen Blick verständnislos.

»Aber das war erst der Anfang. Ich werde vor nichts zurückschrecken, um die Informationen aus Ihnen herauszuholen, die ich brauche.«

Darauf war nichts zu sagen.

»Sie gefallen sich hier als Märtyrerin. Sie halten sich an die Befehle von Cavendish und von den Leuten, die Sie hergeschickt haben, und das beweist mir nur Ihre abgrundtiefe Dummheit!« Vor Strömelburgs inneres Auge trat momentweise das Bild seines Vaters, der in den Trümmern seines Hauses lebendig geröstet wurde. »Sie glauben wohl, ich habe Mitleid mit Ihnen? Da irren Sie sich gewaltig. Sie haben es in der Hand, jederzeit Schluß zu machen, aber ich kann Ihnen Schmerzen zufügen, bis die Hölle zufriert.«

Catherine rührte sich nicht und schwieg.

»Ah so«, sagte Strömelburg nach einer kleinen Pause. »Sie wollen also nicht. Na, dann werden Sie mal ein bißchen gesäubert. Bringt sie rauf, ins Bad.«

Wie von Rundstedt vorhergesehen, scheiterte der erste Gegenangriff Rommels in der Normandie. Rommel warf die nur allmählich eintreffenden Einheiten der 12. SS-Panzerdivision und die der Panzerlehrdivision eine nach der anderen gegen den Feind, anstatt einen alle Kräfte zusammenfassenden Gegenstoß zu führen. Es schien fast, als wolle er mit einem Sieg gutmachen, daß er tags zuvor nicht anwesend gewesen war. Am Abend des 7. Juni war es Rundstedt klar, daß nun eine Art Wettrennen veranstaltet werden müßte, bei dem es darum ging, wer seine Verstärkungen schneller heranführen konnte: der Feind über 100 Meilen offene See, oder er selber über die Eisenbahn- und Straßenverbindungen auf der inneren Linie.

Er wußte, daß dank der Luftüberlegenheit der Alliierten die Zuführung von Verstärkungen nur bei Nacht erfolgen konnte, auch war mit erhöhter Tätigkeit der Résistance zu rechnen. Immerhin waren seine Aussichten nicht schlecht, wenn er nur zeitig genug ins Rennen gehen konnte. Überdies gab es in der deutschen Planung den sogenannten Fall III A, der genau auf die eingetretene Situation zugeschnitten war – eine Landung der Alliierten in der Normandie, die durch einen einzigen gewaltigen Gegenstoß zuschanden gemacht werden sollte. Es war also Zeit, den Plan III A in Kraft zu setzen und nicht nur das. Rundstedt verlangte ultimativ, für den Gegenangriff sämtliche in Frankreich verfügbaren Kräfte bereitzustellen, und damit hatte er nur zu recht. Hätte er seinen Willen bekommen, so wäre praktisch jeder Soldat im Westen mit Ausnahme der Küstenverteidigung nach der Normandie in Marsch gesetzt worden. Doch bei Rommel stieß er auf heftigen Widerspruch.

Rommel war von einer für ihn gar nicht typischen Unentschlossenheit. Am Vortag hatte er auf der Rückfahrt seinem Adjutanten Hauptmann Lang gegenüber immer wieder betont, das Geschick des Reiches hänge vom Ausgang dieser großen Schlacht ab – von seinem eigenen Ruhm nicht zu reden –, und jetzt erweckte er plötzlich den Eindruck, als wünsche er diese Schlacht nicht, sondern eine andere, die er mit Sicherheit gewinnen zu können glaubte, die Schlacht im Pas de Calais. Er hielt Rundstedts Entscheidung für voreilig, wollte nur wieder mit den in der Normandie vorhandenen Truppen angreifen. Statt gemeinsam auf die Realisierung des Planes III A zu dringen, legten die beiden Feldmarschälle den Fall am 7. Juni abends dem OKW zur Entscheidung vor. Und das OKW tat, was höchste Kommandostellen in solchen Fällen gern tun – es tat nichts.

Obwohl Catherine dabei schlimme Schmerzen litt, mußte sie die Treppe zum Bad hinaufgehen. Das Bad war wie alle Bäder weiß, kahl, teilweise gekachelt, mit einer Wanne entlang einer Längswand, und nur ein Sortiment Peitschen in einem Gestell unterschied es von anderen Einrichtungen dieser Art. Das Fenster zur Straße wurde aufgemacht, und der Kaltwasserhahn über der Wanne voll aufgedreht. Einer der Schinder riß ihr die Kleider vom Leib, was man bisher versäumt hatte.

»Was sollten Sie sabotieren?« ließ Strömelburg sich wiederum vernehmen, nur klang das jetzt schon beinahe gelangweilt.

Catherine reagierte überhaupt nicht darauf. Einer der Männer nahm eine Peitsche zur Hand, ließ sie durch die Luft sausen und dann über ihre Brust. Sie schrie auf und sah, wie sich sogleich ein roter Striemen auf der Haut abzeichnete.

»Wo ist der Mikrofilm?«

Sie erhielt wohl ein Dutzend Peitschenschläge, bevor sie hörte, wie der Wasserhahn zugedreht wurde. Man setzte sie auf den Rand der Wanne, befestigte eine Kette um ihre Fußgelenke und stieß sie mit den Füßen voran ins kalte Wasser. Wieder stellte Strömelburg seine Frage und wieder vergeblich.

Nun zerrte einer der Männer an der Fußkette, während der andere Schultern und Kopf unter Wasser drückte, bis sie das Gefühl hatte, ihre Lungen müßten bersten. Sie riß den Mund auf, Wasser strömte in die Luftröhre, sie keuchte, verlor alle Kraft und das Bewußtsein. Als sie zu sich kam, hatte sie in der Brust unerträgliche Schmerzen, schlimmere als je zuvor. Sie spürte Hände, die das Wasser aus ihrem Brustkorb preßten, merkte, daß sie rücklings auf dem Boden lag. Langsam kam die Sehkraft zurück, aus Kringeln und Sternen, die ihr vor den Augen tanzten, formte sich allmählich das bekannte Gesicht Strömelburgs.

»Wo ist der Mikrofilm?« Diese Frage tönte wie aus einer anderen Welt an ihr Ohr, einer Welt, die sie hinter sich gelassen hatte, als das Wasser in ihre Lungen eindrang. Sie röchelte und spuckte Wasser. Und schüttelte den Kopf.

»Nochmal«, sagte Strömelburg, und ein weiteres Mal wurde sie in die Wanne geworfen und fast ertränkt. Sie versuchte, sich strampelnd zu wehren, doch schon fühlte sie, wie die Lunge zu bersten drohte, riß den Mund auf, und Wasser drang in ihre Lunge ein. Man holte sie wie schon einmal im letzten Moment aus der Wanne und preßte das Wasser aus ihrer Lunge, das einzuatmen man sie gerade gezwungen hatte. Es war eine gut ausgeklügelte Methode – man brachte sie bis fast zu Tode und riß sie im allerletzten Moment ins Leben zurück. Nach drei oder vier weiteren Beinahe-Ertränkungen wünschte Catherine sich nur noch den Tod, sie wehrte sich nicht mehr, sog Wasser in die Lunge, sobald man sie untertauchte, und wollte nur noch eines, sterben und das Geheimnis unverraten mit sich nehmen.

Die Frage »Was sollten Sie sabotieren?« drang kaum noch in ihr Bewußtsein, doch eines wurde ihr undeutlich klar: die Wiederbelebungsversuche nahmen von Mal zu Mal mehr Zeit in Anspruch. Draußen wurde es allmählich dämmrig, Zeit verging. Dadurch, daß sie dieses Leiden ertrug, nahm sie ihren Schindern das eine, was sie außer ihrem Geheimnis noch besaß – Zeit.

Und damit hatte sie recht. Gegen 22 Uhr sah Strömelburg ein, daß er so nicht ans Ziel kam. Das Herz dieser Person würde nicht mehr mitmachen, wenn es so weiterging, er mußte sich was anderes ausdenken. »Zurück mit ihr in die Zelle«, befahl er daher und ging in sein Büro, wütend und ratlos.

T. F. und Deirdre umklammerten ihre Teetassen, als könnte die Wärme des Porzellans die Müdigkeit mildern, die sie zu überwältigen drohte. Deirdre sagte ihm leise ins Ohr: »Der Colonel hat von General Ismay die Kopie einer Meldung bekommen, die Montgomery heute früh an Churchill geschickt hat. Weißt du, was drinsteht?«

T. F. schüttelte den Kopf.

»Die Amerikaner halten sich am Strand Omaha nur noch mit letzter Kraft.«

»O weh. Ich wußte, es steht schlecht, aber so schlecht . . .?«

Deirdre strich sich eine Locke aus der Stirn. »Du ahnst, glaube ich, nicht, was es für England bedeuten würde, wenn die Invasion scheitert. Es wäre das Ende, das unwiderrufliche Ende.«

»Das kann dein Ernst nicht sein, Schatz, du übertreibst.«

»Ich meine es bitterernst. Du darfst dich nicht täuschen lassen davon, daß hier alle sich so gelassen geben. Wir sind am Ende, erschöpft, und wenn wir jetzt geschlagen werden, ist es aus.« Sie schlürfte etwas Tee. »Aber laß uns von was Angenehmerem sprechen. Wohin mußtest du denn heute nachmittag so eilig? Du flirtest doch wohl nicht hinter meinem Rücken mit deinen hübschen Landsmänninnen vom OSS?«

T. F. lachte. Die jungen Amerikanerinnen, die in Donovans Büro in London arbeiteten, waren in aller Munde. »Ich habe für den Chef Laufjunge gespielt. Er hat mich zur BBC geschickt mit einer persönlichen Botschaft, wie sie täglich gesendet werden. Offenbar ist da ein Kleinkrieg entbrannt. Ein Major Cavendish von der SOE hat heute früh angeordnet, daß die Botschaft nicht durchgesagt werden soll, und ich mußte seine Anweisung rückgängig machen. Jetzt kommt die Durchsage also doch. *Nous avons un message pour petite Berthe*«, sagte er in grauenhaftem Französisch. »Wer ist wohl *petite Berthe?*«

Deirdre senkte den Blick, teils um ihr Erschrecken zu verbergen, teils um die wirren Assoziationen zu ordnen, die sich mit diesem Satz verbanden. Unwillkürlich faßte sie sich ans Ohr, in dem sie wie jetzt fast täglich einen von Catherines Ohrringen trug.

»Das ist doch sehr sonderbar«, flüsterte sie.

»Was ist sonderbar?«

»Erinnerst du dich daran, wie du Catherine zum ersten Mal hierher gebracht hast? Ich war damals allein im Büro. Kurz bevor ihr kamt, mußte ich für den Colonel zwei französische Codesätze tippen, die als Ankündigung und Ausführung für ein Sabotageunternehmen gebraucht wurden. Und *Nous avons un message pour petite Berthe* war die Ankündigung. Er hat das Blatt geholt, kurz bevor ihr ankamt.«

»Und du meinst, das war für Catherine?«

»Bestimmt.«

»Warum macht er dann aber diesen ganzen Tanz, bloß um eine Botschaft durchsagen zu lassen, wenn er doch weiß, daß Catherine schon bei der Gestapo in Paris ist?«

»Das frage ich mich auch.«

T. F. sperrte sich gegen einen Einfall, der ihm höchst unwillkommen war. Schon seit dem Vorabend nagte etwas an ihm, etwas wie das Mißtrauen, das sich regt, wenn man von der Geliebten ungeschickt belogen wird. Er empfand jene Zweifel, die dem Seelenfrieden nicht zuträglich sind. Weshalb hatte eigentlich der Chef des Intelligence Service Ridley telefonisch wissen lassen, daß Catherine verhaftet war? Warum war ihre Festnahme wichtig genug, um Menzies zur Kenntnis gebracht zu werden? Und woher wußte er überhaupt etwas davon?

Und dann kam ihm noch eine Erinnerung, diesmal ausgelöst durch den Anblick von Catherines Ohrring. Sie hatte auf der Fahrt zum Flugplatz etwas gesagt . . . was war es doch . . . richtig: Falls sie gefaßt würde, würden die Ohrringe vermutlich von einer Gestapohure in Calais getragen werden. Also war Calais ihr Bestimmungsort. Calais, das Ridley den Deutschen als den Ort einer zweiten Invasion verkaufen wollte.

»Gütiger Gott«, flüsterte er, »glaubst du, man hat sie vorsätzlich der Gestapo in die Hände gespielt?«

»Ich weiß nicht mehr, was ich denken soll.«

»Nein.« T. F. schüttelte den Kopf in dem Bemühen, sich selber zu überzeugen. »Soweit würde der Colonel nicht gehen. Irgendwo gibt es auch für ihn eine Grenze.«

»Meinst du?«

»Ich glaube es nicht. Ich kann einfach nicht glauben, daß er so etwas machen würde.«

Deirdre schaute ihn aus weit aufgerissenen Augen bekümmert an. »Du bist immer noch sehr naiv, T. F. Und deshalb mag ich dich auch so gern. Glaub mir, der Colonel würde seine eigene Mutter an einen türkischen Hurentreiber verkaufen, wenn er sich davon verspräche, es hülfe uns, den Krieg zu gewinnen.«

»Meinethalben. Aber das? Das nicht.«

»Reden wir von was anderem. Dieses Geschäft ekelt mich an. Kommst du nachher mit zu mir?«

»Ich kann nicht«, seufzte T. F. »Heute nacht bin ich Offizier vom Dienst.«

»Wußte ich's doch. Du steigst also doch einem von diesen schnuckeligen OSS-Mädchen nach.«

In Catherines Zelle hatte man, um ihr so wenig Schlaf als möglich zu gönnen, das Licht brennen lassen. Sie hatte sich auf der Pritsche hingekuschelt wie ein Fötus und suchte

Zuflucht im Schlaf, doch gelang das nicht. Sie starrte ihre geschwollenen, blutigen Füße an. Allein schon bei dem Gedanken, darauf stehen zu müssen, hätte sie schreien mögen. Aber sie war zu schwach zum Schreien.

Sie wußte, daß sie einem Zusammenbruch nahe, wenn nicht schon mittendrin war. Jeder Atemzug war eine Qual. Das Fleisch auf ihrer Brust hing dank der Peitschenhiebe praktisch in Fetzen. Diesmal verspürte sie weder die Kraft noch den Willen, sich am Becken zu waschen. Als sie da so lag, wurde ihr unabweislich klar, daß sie am Ende war. Sie hatte standgehalten, doch sie konnte es nicht länger. Nur eine Berührung noch durch die Hand eines Folterknechtes, noch einmal das Eintauchen ins Wasser, und sie würde reden. Bei dieser Einsicht brach sie in Tränen der Verzweiflung aus. Der Gedanke, daß sie es nicht mehr würde ertragen können, war eine weitere Qual für sie.

Plötzlich fuhr sie auf, denn sie hörte Schritte auf der Treppe. Sie wurde also schon wieder abgeholt, sie sollte neuerlich gefoltert werden! Die schweren Schritte näherten sich der Tür, verhielten. Angst ließ sie zittern, als sie den Schlüssel im Schloß hörte, und Entsetzen packte sie, als sie sah, wie die Tür aufging.

Es war keiner von Strömelburgs Leuten, die sie besuchten, sondern eine Putzfrau. In der Hand hielt sie Catherines Schuhe. Sie starrte Catherine an, die auf der Pritsche kauerte, lachte roh und sagte: »Hier, die hast du vergessen.« Dann bemerkte sie die verstümmelten Füße und sagte: »Das ist ja die reinste Verschwendung. Du kannst die Schuhe so bald nicht mehr tragen.«

»Bitte, geben Sie sie mir, es sind meine.«

Die Frau streichelte bewundernd die Quasten und betrachtete dann seufzend die eigenen viel zu großen Füße. Die würden nie und nimmer in diese Schuhe passen. Knurrend warf sie die Schuhe neben Catherines Pritsche auf den Boden. Als die Tür hinter ihr zufiel, sank Catherine auf der Pritsche zurück, wandte den Blick aber nicht mehr von den Quasten in ihrer Messingfassung, die das Licht der nackten Glühbirne spiegelten.

Der Knauf an der Tür zu Ridleys Büro drehte sich so zögernd, daß T. F. denken mußte, der Colonel könne sich nicht und nicht entschließen, den Schutz seines Allerheiligsten zu verlassen. Ridley sah ihn mit dem leicht verblüfften Ausdruck eines Menschen an, der ganz unerwartet auf einen alten Bekannten stößt. »Sie sind noch hier? Sind Sie der letzte?«

»Offizier vom Dienst, Sir.«

»Dann schließen Sie jetzt hier ab und begleiten Sie mich durch den Park.«

Als T. F. alles vorschriftsmäßig kontrolliert hatte, sagte Ridley: »Einen letzten Blick könnten wir vielleicht doch noch in den Kartenraum werfen, wie?« Beide betrachteten die Karte der französischen Kanalküste, wo die von den Alliierten gehaltenen Landeköpfe rot punktiert waren. Schwarze Symbole bezeichneten den Feind, die neunzehn Divisionen der 15. Armee, die Panzer der operativen Reserve des OKW. Ridley wußte besser als T. F., wie gefährdet die Landeköpfe waren. Er machte eine Geste, die seine Nervosität verriet: Er kniff die Nasenspitze zwischen Daumen und Zeigefinger ein wie ein Schwimmer, der Wasser aus den Ohren schüttelt. »Noch sind sie zum Glück nicht da, aber wenn sie in den nächsten Tagen kommen, machen sie uns zur Schnecke.« Er maß die Entfernung zwischen dem Pas de Calais und den Landeköpfen. »In den nächsten 48 Stunden wird es sich wahrscheinlich herausstellen, ob wir den Krieg gewinnen oder verlieren.« Er seufzte. »Aber es hat keinen Zweck, jetzt darüber nachzugrübeln. Jedenfalls nehme ich mir das vor.«

Er wandte sich weg, und T. F. folgte ihm die Kellertreppe hinauf, an dem salutierenden Posten vorbei in die feuchte Nachtluft. Einige Minuten lang gingen sie schweigend auf dem Fußweg durch den Saint James Park, Ridley die unvermeidliche Zigarette im Mund, die Blicke zum Himmel gerichtet, die Ohren gespitzt, falls einer seiner geliebten Vögel sich früh vernehmen lassen sollte.

»Sie waren vor dem Krieg bei einem Ministerium angestellt, nicht wahr?«

»Ja, so könnte man sagen«, entgegnete T. F. »Es hatte was mit dem New Deal zu tun.«

»Und gedenken Sie, diese Arbeit nach dem Krieg wieder aufzunehmen?«

»Darüber habe ich noch kaum nachgedacht.«

»Sollten Sie aber. Wenn die Amerikaner die neuen Römer sind, brauchen wir Leute wie Sie in Washington.«

T. F. stellte eine Gegenfrage. »Was wollen denn Sie machen, Colonel? Wieder als Anwalt praktizieren oder lieber . . .« er wußte nicht recht, wie er sich ausdrücken sollte, ». . . lieber bei dieser Art Arbeit bleiben?«

Ridley faltete die Hände auf dem Rücken. »Diese Art Arbeit, wie Sie das nennen, kann man nicht mehr aufgeben, wenn man damit angefangen hat. Aber was ich hier zu tun gehabt habe, dürfte meine Kraft so ziemlich erschöpft haben. Ich werde offiziell wieder meine Prozesse führen und inoffiziell gelegentlich für diesen Verein hier tätig sein, wenn man mich dazu auffordert.«

Sie gingen nachdenklich schweigend weiter, bis sie zur Fußgängerbrücke über den Teich kamen. Da sagte T. F.: »Colonel, ich würde Sie gern etwas fragen, unter vier Augen sozusagen.«

»Nur zu.«

»Es handelt sich um die junge Französin, diese Catherine Pradier, Sie wissen schon.« Er spürte, daß der Ältere neben ihm etwas zurückzuweichen schien.

»Sie meinen die, die von der Gestapo verhaftet worden ist?«

»Ja, die.«

»Was ist mit ihr?« Ridley war nun stehengeblieben, lehnte übers Brückengeländer und schaute ins Wasser, womit er stillschweigend eingestand, daß er diese Frage seines Untergebenen ernst nahm.

»Sie sollte doch wohl in Calais einen Sabotageakt verüben?«

Ridley nickte.

»Und zwar um eine Invasion vorzubereiten, die niemals stattfinden wird?«

Darauf erwiderte Ridley nichts.

»Die verschlüsselte Durchsage, die ich heute zur BBC gebracht habe, ist doch für Mademoiselle Pradier bestimmt, nicht wahr?«

Wieder blieb Ridley die Antwort schuldig.

»Und da sie bereits in Gestapohaft ist, kann das nur bedeuten, daß Sie diese Durchsage in Wahrheit für die Gestapo senden lassen und nicht für sie. Und das wiederum läßt nur den Schluß zu, daß Mademoiselle Pradier von Ihnen vorsätzlich an die Gestapo ausgeliefert worden ist.«

»Und wenn das so wäre?« fragte Ridley leise.

»Wenn das so wäre?!« T. F. konnte nicht mehr an sich halten. »Wenn das so wäre, dann wäre das eine abscheuliche, widerwärtige, barbarische Handlungsweise Ihrerseits.«

»Krieg ist nun mal eine barbarische Angelegenheit. Es geht dabei nicht um Fragen der Moral, sondern einzig und allein darum zu gewinnen. Ritterlichkeit ist antiquiert, seit wir Giftgas und den Sturzkampfbomber haben.«

»Ihnen ist doch wohl klar, daß wir beide hinter Gittern enden würden, wenn das herauskäme?«

»Das mag schon sein.«

»Sie sind mit Churchill befreundet. Aber wenn er das wüßte, würde er Ihren Kopf fordern.«

»Es gibt Dinge, die Winston erledigt haben möchte, ohne daß er erfährt, auf welche Weise sie erledigt werden. Das gilt für alle Regierungschefs. Nur darum muß es Leute geben wie Sie und mich.«

Ah, dachte T. F., jetzt ist es schon Sie und ich, er zieht mich in diese schmutzigen Sachen hinein, und am Ende bin ich sein Komplize bei einem Verbrechen!

»Sie erinnern sich, daß Churchill vor zwei Jahren gesagt hat: ›Daß wir bis hierher gekommen sind, verdanken wir dem Umstand, daß wir nicht aus Zucker gemacht sind.‹«

»Ich erinnere mich aber auch daran, daß Sie vor gar nicht langer Zeit bei der Sitzung des Komitees gesagt haben, ›es gibt niemanden, der unter der Folter der Gestapo nicht zum Verräter wird‹, oder so ähnlich, und jetzt ist mir klar, was Sie bezweckt haben: Die Pradier sollte unter der Gestapofolter mit der Wahrheit herausrücken – mit Ihrer Wahrheit.«

Als er dies sagte, verspürte T. F. einen furchtbaren Haß gegen den Engländer, einen Haß, der wohl auch in seinem keltischen Blut begründet war. Er haßte ihn wie nie einen

Menschen zuvor, ja, er fühlte den Drang, ihn umzubringen, ihn zu erwürgen und seinen Leichnam ins Wasser zu werfen. Aber dann fiel ihm ein, daß Catherine ihm einen Strich durch die Rechnung machen könnte, und er sagte höhnisch: »Sie braucht aber nicht mitzuspielen!«

»Wie meinen Sie das?« fragte Ridley.

»Ich habe ihr schließlich selber die Zyankalitablette ausgehändigt, bevor sie abflog, und wie ich sie kenne, wird sie die schlucken.«

Ridley tat einen langen Zug aus der Zigarette und schnippte dann den Stummel ins Wasser. T. F. hörte es zischen.

»Was Sie nicht sagen.« Ridley wandte sich ab und setzte seinen Weg durch den Park fort – allein.

Catherine starrte fasziniert auf die Schuhe, die in Reichweite neben ihrer Pritsche lagen. Wie lange schon, wußte sie nicht. Da ist die Erlösung, überlegte sie, wenn ich die Tablette nehme, können Strömelburg und seine Schinderknechte mich nicht mehr erreichen. Langsam und wie im Traum streckte sie einen Arm aus, ergriff den Schuh mit der Tablette in der Quaste und drückte ihn an die Brust. Eine Weile hielt sie ihn so und spürte das glatte Leder auf der von Peitschenhieben zerfetzten Haut. Mit Mühe schraubte sie die Quaste ab und ließ die Tablette herausfallen.

In Gedanken kehrte sie in eine Zeit zurück, da sie glücklich gewesen, noch bevor ihre Mutter das Opfer deutscher Tiefflieger geworden war, in eine Zeit, als noch niemand von denen, die ihr nahestanden, gestorben war, als das Leben ihr unendlich schien, unbegrenzt von einem Horizont. Nun wartete das Ende hier auf sie, in dieser Zelle. Es war weiß und viereckig, und sie hielt es zwischen zwei Fingerspitzen. Sie starrte die Tablette an. Wie hatte der Offizier doch gesagt, der sie ihr bei ihrer ersten Abreise nach Frankreich gegeben hatte? »Der Tod kommt schmerzlos, und in dreißig Sekunden ist alles vorüber.« So war es doch wohl? Sie dachte an andere, die vor ihr hier gelegen haben mußten, die alles darum gegeben hätten, durch eine Tablette wie diese von ihren Qualen befreit zu werden. Sie dachte an das, was außerhalb dieser Mauern lag und was sie nun nie mehr sehen würde, Blumen im Sonnenlicht, Paris, Regen und buntes Herbstlaub. Und Liebe. Sie dachte an das Kind, das sie nicht mehr empfangen würde, an Paul, der in seinen eigenen undurchsichtigen Netzen gefangen war. Dann dachte sie an ihren nun so schlimm entstellten Körper, der ihr nur noch Qualen verursachte, und an das Geheimnis, das sie nicht mehr würde hüten können.

»Herr Jesus Christus«, flüsterte sie, »dir gebe ich mich anheim.« Ihm? Oder vielleicht doch einem dunklen, sinnlosen Nichts? In solchen Augenblicken müßte man gefaßt und ruhig sein, aber das war sie nicht, sie fühlte sich nur entsetzlich matt und schwindelig. Sie schob die Tablette in den Mund zwischen die linken Backenzähne und streckte sich aus. Alles verschwamm ihr vor den Augen, und sie wußte, gleich würde sie ohnmächtig werden. Noch einmal sah sie ihre Mutter am Steuer des Wagens auf der Flucht aus Paris, bevor der Tieflieger angriff, und dann biß sie entschlossen auf die Tablette. Sie fühlte, wie die Tablette zu Pulver zerkrümmelte, schluckte es mit Mühe herunter und verlor das Bewußtsein.

Die französische Polizei hatte für die Besatzer nichts übrig und diente ihnen doch zufriedenstellend, wenn auch widerwillig. Gelegentlich verschaffte ihr diese Arbeit auch echte Befriedigung, und Kommissar André Fraguier vom 16. Arondissement las genüßlich das Pappschild, das der Leiche zu seinen Füßen umgebunden worden war.

Die austretende Pistolenkugel hatte dem Mann die Stirn und den Schädel so gut wie weggerissen. Er war augenscheinlich aus kurzer Entfernung von hinten erschossen worden, wahrscheinlich hingerichtet. Fraguier schätzte ihn auf Anfang Dreißig, und seiner Kleidung nach hielt er ihn für ziemlich wohlhabend.

»Habt ihr euch seine Papiere angesehen?« fragte er die beiden *flics*, die die Leiche am Rande des Bois entdeckt hatten.

»Wir haben nichts angerührt, Monsieur le Commissaire, wir wollten das Ihnen überlassen.«

Fraguier rollte die Leiche mit dem Fuß auf den Rücken

und zog die Brieftasche aus der Jacke. Methodisch prüfte er den Inhalt. Als er auf Strömelburgs Karte stieß, pfiff er leise durch die Zähne. Das war ein Name, der Vorsicht geboten erscheinen ließ. Wer eine solche Karte bei sich trug, mußte als besserer Gestapoagent gelten. Diese Burschen von der Résistance, dachte Fraguier, haben doch allerhand drauf. Und wenn ihnen daran lag, daß die Gestapo von diesem Todesfall erfuhr, dann war Fraguier nur zu gern bereit, ihnen dienlich zu sein. Also versorgte er die Papiere des Toten in einem Beutel.

»Wartet hier, bis der Leichenwagen ihn aufsammelt«, ordnete er an, bestieg sein Fahrrad und strampelte munter pfeifend Richtung Avenue Foch. Das dürfte ein ungemein befriedigender Besuch werden.

Catherine erwachte von dem Poltern der Stiefel und dem Knirschen des Schlüssels im Schloß ihrer Zellentür. Dann standen zwei Männer vor ihrer Pritsche und befahlen ihr barsch aufzustehen. Sie stieß einen Entsetzensschrei aus, denn nun verstand sie gar nichts mehr. Sie blickte wild um sich, und als einer der Männer sie am Arm packte und von der Pritsche riß, durchzuckte sie teuflischer Schmerz. Was war geschehen? Warum lebte sie noch? Warum nur? Warum?

Dies war wahrhaftig kein Traum, ihr Fleisch war nur allzu lebendig, sie fühlte den Schmerz sich von den Füßen über ihren ganzen Körper ausbreiten. Hatte sie denn alles andere nur geträumt, hatte sie halluziniert? Da sah sie auf dem Boden die abgeschraubte Quaste liegen, und mit der Zungenspitze ertastete sie auch noch winzige Reste des Pulvers zwischen den Zähnen. Es war also kein Traum gewesen. Sie hatte die Tablette geschluckt, und die Tablette hatte nicht gewirkt.

»Los jetzt«, sagte einer der Männer, die ihr nur allzu gut bekannt waren, »wir werden schon dafür sorgen, daß du aufwachst.« Und dabei versetzte er ihr mit dem Gummiknüppel einen Schlag in die Nieren, der sie taumeln ließ. Sie stolperte auf den geschundenen Füßen zur Tür, jeder Schritt ein Martyrium. An der Tür angelangt, stieß sie einen gellenden Schrei aus, aber es war nicht der Schmerz, der ihr diesen Schrei entlockte, sondern die plötzliche Erkenntnis, daß man einen grausigen, schändlichen Verrat an ihr geübt hatte. Sie sah das Gesicht des Mannes wieder vor sich, der ihr in seinem Londoner Kellerbüro den Judaskuß auf die Wange gedrückt hatte, hörte die verschleierte Mahnung, unter allen Umständen Schweigen zu wahren, eine Mahnung, in deren Befolgung sie sich selber zerstört hatte, obwohl sie jetzt begriff, daß sie gar nicht schweigen sollte.

Noch einmal schrie sie gellend, der unerträgliche Schmerz, den ihr die wunden Füße verursachten, vermischte sich mit rasender Wut, als man sie die Treppe hinunterschleifte. O Gott, dachte sie, vergib diesen Schuften, wenn Du willst, ich werde ihnen nie verzeihen.

»Sie will jetzt reden.«

Der Mann machte Strömelburg diese Meldung im gleichen Ton, in dem er gesagt haben würde: »Der Klempner ist jetzt da.« Strömelburg gab nur durch eine Handbewegung zu erkennen, daß er gehört hatte. Es kam oft vor, daß Häftlinge in der Nacht den Mut verloren; die Aussicht auf einen weiteren Tag voller bestialischer Quälereien fand mehr als einer unerträglich.

»Bringen Sie sie runter.«

Als Catherine eintrat, ging er ihr entgegen. Es stimmte. Sie weinte unbeherrscht, sie stammelte unzusammenhängende Worte, zitterte wie unter einem Malariaanfall. Er bedeutete den Männern, sie zu dem Stuhl vor seinem Tisch zu bringen. Als der eine nach ihr griff, um die Handschellen zu lösen, glaubte sie offenbar, er wolle sie wieder schlagen, denn sie kauerte sich erschreckt zusammen, wich zurück wie ein Hund vor dem Stiefel eines sadistischen Herrn.

»Bitte nicht!« keuchte sie.

Strömelburg trat an seinen Schreibtisch. »Die Nacht hat Ihnen also Vernunft beigebracht«, stellte er fest.

Ihr Kopf sank auf die Brust. Wohl um meinem Blick auszuweichen, dachte er. Sie ist demoralisiert, die Kapitulation empfindet sie als Schande. Eine nicht unübliche Reaktion. Nun sie bereit war zu reden, galt es nur den richtigen

Anfang zu finden. Waren die ersten Sätze heraus, ging alles andere wie von selber.

Strömelburg betrachtete bekümmert die Reste ihrer einstigen Schönheit. Warum nur hatte sie ihn gezwungen, dies zu tun? Warum hatte sie ihm nicht vertraut und sich dies alles erspart? Eine Heldin hatte sie sein wollen, und ein Wrack war sie statt dessen geworden.

»Gegen welche Einrichtungen in Calais sollte sich also Ihr Sabotageakt richten?« fragte er nur mäßig interessiert, wie es schien.

»Gegen die Batterie Lindemann.«

»Gegen die Lin –« Strömelburg, der viele Vernehmungen hinter sich gebracht hatte, war verblüfft. 1943, nachdem die Geschütze dem Andenken des Kommandanten der ›Bismarck‹ gewidmet worden waren, hatte er die Batterie selber besichtigt und wußte, sie war uneinnehmbar. Und Franzosen hatten keinen Zutritt, das war mal gewiß. Die Résistance konnte unmöglich selber einen Sabotageakt ausführen wollen. Also muß es jemand von der Geschützbedienung sein, überlegte er. »Und wo sind die Mikrofilme, die Cavendish Ihnen für Aristide mitgegeben hat?«

»In einem Streichholz, in der Schachtel in meiner Handtasche.«

Strömelburg ärgerte sich. Wie konnte er nur so dumm sein, Streichhölzer bei einer Nichtraucherin zu übersehen? Die Handtasche samt Inhalt war im Büro von Kranz, wo man Lippenstift, Puderdose und ähnliches minutiös auf ein Versteck abgesucht hatte, in dem der Mikrofilm sich befinden könnte. An die Streichhölzer hatte niemand gedacht. Er gab Anweisung, sie zu bringen. »Bleibt noch die verschlüsselte Durchsage über die BBC. Wie lautet die?«

»Es sind zwei.« Ihre Worte kamen undeutlich, sie hatte offenbar noch mit ihrem Gewissen zu kämpfen und förderte die ihr anvertrauten Geheimnisse nur mit Mühe zutage. »*Nous avons un message pour petite Berthe* ist die Ankündigung.« Sie schaute ihn resigniert an. »Sie wissen darüber wohl Bescheid?«

Er erwiderte nur weise lächelnd ihren Blick.

»Und das Ausführungskommando lautet *Salomon a sauté ses grands sabots.*«

Strömelburg fiel ein, daß Cavendish größten Wert darauf gelegt hatte, daß die Operation genau nach dem Zeitplan ablief, und fragte: »Erklären Sie das näher.« Er merkte, daß sie zögerte, tat aber, als sähe er das nicht.

»Nachdem das Ausführungskommando durchgesagt ist, sollen wir 24 Stunden warten und am darauffolgenden Morgen um vier Uhr losschlagen.« Wieder kamen die Worte sehr undeutlich, aber er beanstandete das nicht.

Sonderführer Kranz war unterdessen hereingekommen und starrte die geschundene Frau auf dem Stuhl entsetzt an, bevor er Strömelburg die Streichholzschachtel gab. Der reichte sie wortlos an Catherine weiter, und die suchte das gekennzeichnete Streichholz heraus. Sie sank danach wieder in sich zusammen, wich den Blicken Strömelburgs aus und suchte überhaupt den Eindruck zu erwecken, als leide sie unter schweren Schuldgefühlen. Dabei dachte sie: so sollte ich doch meine Rolle spielen, ihr Schweinehunde, eine zweite Mata Hari. Nur wissen durfte ich es nicht, nicht einmal andeutungsweise vermuten sollte ich es, denn nicht nur habt ihr mich unbeschreiblichen Foltern ausgesetzt, ich sollte hinterher auch noch unter meiner Schande zusammenbrechen und aus Scham nie, nie, nie ein Wort über diese niederträchtige Machination verlieren! »Brechen Sie den Kopf ab«, flüsterte sie.

Strömelburg tat es, sah die winzige, eingearbeitete Kapsel und schüttelte den Mikrofilm heraus. Sieh mal an, dachte er, was für Schlauköpfe, diese Engländer! »Lassen Sie das vergrößern, Kranz. Und nun zu Ihnen.« Es klang fast, als wäre er stolz auf sie. »Sie haben Ihren Teil unserer Abmachung eingehalten, und ich werde auch meinen Teil einhalten.« Er winkte die Folterknechte hinaus und goß aus der Flasche, die angeblich Cavendish ihm geschickt hatte, Whisky in zwei Gläser. »Sie möchten vielleicht jetzt davon trinken?«

Catherine nippte dankbar an dem goldfarbenen Getränk. Die Sonne zeigte an, daß es Vormittag geworden war. Ob man ihr statt des Zyankalis eine Schlaftablette gegeben hatte? Sie würde wohl nicht lange genug leben, um das herausfinden zu können.

»Wie haben Sie sich eigentlich die Sabotage an der Batterie Lindemann vorgestellt?« fragte Strömelburg interessiert. Jetzt war er nicht mehr der Vernehmer, sondern der freundliche Anwalt der Angeklagten, der den Fall mit ihr erörterte.

»Es hatte was mit der Elektrizitätsversorgung zu tun. Ich verstehe die Einzelheiten nicht. Meine Aufgabe war nur, die Sicherungen auszuwechseln.«

»Sie haben die Sicherungen ausgewechselt? In der Schaltzentrale der Batterie Lindemann?« Es verschlug ihm schier die Sprache. Sie nickte bloß bestätigend.

»Wie sind Sie da überhaupt reingekommen?«

»Als Wäscherin.«

»Wäscherin?«

»Für die Offiziere.«

»Und statt dort Wäsche zu waschen, haben Sie Sicherungen ausgewechselt?«

»Ich habe beides getan.«

»War denn der Sicherungsschrank nicht verschlossen?«

Catherine errötete etwas, zuckte dann aber die Achseln und erzählte ihre Romanze mit Metz.

»Ich muß sagen, da bin ich sprachlos.« Strömelburg hob ihr sein Glas entgegen. »Ich sage es nur widerstrebend, aber Ehre, wem Ehre gebührt. Hut ab vor Ihnen. Und ich danke Gott dafür, daß wir noch rechtzeitig dahintergekommen sind. Sie haben das doch nicht allein gemacht?«

»Ich hatte zwei Helfer, aber die sind jetzt über alle Berge, denn sie haben beobachtet, wie ich festgenommen wurde.«

»Das dürfte zutreffen. Aber wir haben ihre Beschreibung«, nickte Strömelburg zufrieden.

Das Telefon klingelte. »Hier ist ein Besucher für Sie, Obersturmbannführer«, sagte Kranz. »Ich glaube, Sie sollten mit ihm sprechen.«

Kommissar Fraguier grüßte stramm und zeigte seine Dienstmarke.

»Was gibt es«, bellte Strömelburg, der französische Polizisten nicht ausstehen konnte.

»Meine Leute haben heute früh eine Leiche im Bois gefunden, jemanden, der vermutlich von der Résistance ermordet wurde.« Er kramte in dem Beutel nach Pauls Papieren und brachte Strömelburgs Karte zum Vorschein. »Die hat er bei sich gehabt, deshalb bin ich hergekommen.«

Deshalb also hatte Konrad Gilbert nicht herbringen können! »Wo ist die Leiche?« fragte Strömelburg.

»In der Morgue.« Damit überreichte er den Rest von Pauls Papieren.

»Haben Sie den Mann nach dem Foto auf der Kennkarte erkannt? Irren Sie sich auch nicht?«

»Irrtum ausgeschlossen. Dasselbe Gesicht, wenigstens was noch davon übrig ist.«

Der Franzose sah, wie der Deutsche bei dieser Auskunft zusammenzuckte, und fand, dies ließe sich vielleicht ganz hübsch auswalzen. »Er sah schlimm aus. Der Einschuß am Hinterkopf, der Ausschuß entsprechend groß ... man muß eine großkalibrige Pistole benutzt haben, denn die Stirn und die Schädeldecke –«

»Schon gut. Schicken Sie eine Kopie Ihres Berichtes an uns.« Strömelburg ging in den ersten Stock und setzte sich an den Tisch von Kranz. Er stützte den Kopf in die Hände und fühlte, daß er gern geweint hätte. Auf seine Weise hatte er Gilbert gern gemocht, wie einen Sohn vielleicht, den er nie gehabt hatte. Er sah ihn vor sich, wie er noch vor dem Krieg übermütig in seine Wohnung gestürmt kam, die Pilotenjacke fesch über der Schulter. Ein Schurke, gewiß, aber ein charmanter, abenteuerlustiger Schurke, und jetzt war er tot, weil Strömelburg den Funkspruch nach Lille weitergeleitet hatte. Und weder er noch sonstwer würde Henri Le Maire je Gerechtigkeit widerfahren lassen können für die Dienste, die er Strömelburgs Vaterland geleistet hatte.

Irritiert kehrte er in sein Büro zurück. Die da, dachte er, als er Catherine sah, hat mit ihm damals im Chapon Rouge gegessen. Bestimmt war sie verliebt in ihn, die Weiber liefen ihm ja nach. Und das Luder gehört zu dem Mordgesindel von der Résistance. Und plötzlich haßte er sie, zum erstenmal, seit er mit ihr zu tun hatte, haßte er sie von Herzen.

»Ich habe eben eine traurige Nachricht erhalten«, sagte er.

Ganz wie erwartet, konnte er in ihren grünlichen Augen lesen, daß ihr das eine rechte Freude war.

»Sie erinnern sich vielleicht an den Lufttransportoffizier Paul, mit dem Sie im Chapon Rouge saßen, als wir ... als wir uns kennenlernten?«

Aha, jetzt blickt sie schon ganz anders drein, ängstlich erwartungsvoll. Selbstverständlich ist das Luder verliebt in Gilbert.

»Der ist tot.«

Sie holte scharf Luft.

»Von Ihren Freunden aus der Résistance ermordet.«

»Ermordet? Weshalb denn?«

»Weshalb? Ja, was glauben denn Sie, wie Sie hierhergekommen sind? Ihr Freund Paul war der beste Agent, den ich je gehabt habe!«

Catherine schrie auf und rutschte bewußtlos vom Stuhl. Strömelburg starrte sie voller Genugtuung an. Es gab also doch Schmerzen, die tiefer gingen als alle Foltern, die seine Knechte anwandten. Er rief nach ihnen. »Bringt sie rauf, gebt ihr was zu essen und kümmert euch ein bißchen um sie.«

»Soll sie hierbleiben, Obersturmbannführer?«

Strömelburg betrachtete Catherine, die schon wieder zu sich kam. »Nein, mit Mademoiselle Pradier dürften wir fertig sein. Sie kommt nach Frèsnes und geht mit dem nächsten Transport ab nach Ravensbrück.

Korvettenkapitän Fritz Diekmann, Kommandant der Batterie Lindemann, hielt sehr auf Zucht und Ordnung. Als sein Ingenieuroffizier Oberleutnant Metz sich bei ihm meldete, sagte er barsch:

»Sie haben sich also hier als Erster Liebhaber aufgeführt. Ausgerechnet mit der Waschfrau.«

Metz blieb stumm. Diekmann erwartete auch keine Antwort.

»Es war allerdings keine Waschfrau, Herr Metz, es war eine englische Agentin. Kommen Sie mit, ich habe Ihnen was zu zeigen.«

»Jawohl, Herr Kapitän.«

Er ging voran in die Schaltzentrale. »Öffnen Sie den Sicherungskasten.« Metz gehorchte. Diekmann deutete auf die Sicherung für den Richtkranz von *Anton.* »Ziehen Sie die raus.«

Metz gehorchte.

»Was sehen Sie?«

Metz drehte das Gehäuse ratlos zwischen den Fingern, dann sah er den Kupferkern. »Herr Kapitän«, stammelte er, »jemand muß die Sicherungen ausgewechselt haben . . .«

»Nicht jemand, sondern Ihre liebe kleine Wäscherin, Herr Metz. Nachdem sie einen Abdruck von Ihrem Schrankschlüssel genommen hat. Ich hoffe, Sie haben ihn ihr nicht überlassen? Aber das wird die kriegsgerichtliche Untersuchung ergeben. Sie sind festgenommen, Oberleutnant Metz.«

Während in der Batterie Lindemann sämtliche elektrische Anlagen überprüft und die vertauschten Sicherungen ausgewechselt wurden, nachdem ein entsprechender Tip des SD bei dem Kommandanten, Korvettenkapitän Diekmann, eingegangen war, nahm sich die Gestapo das Elektrizitätswerk von Calais vor. Alles war wie auf der von Cavendish gelieferten Skizze verzeichnet, und Paraud, der Elektroingenieur und Direktor des Elektrizitätswerkes, war leicht dazu zu bringen auszupacken. Man war noch nicht einmal bei der Leitstelle Lille angekommen, da hatte der kleine Mann alles erzählt, was er wußte.

Strömelburg leitete von Paris aus die Untersuchung. Gleich nachdem die Sabotagevorbereitungen in Calais entdeckt worden waren, ließ er durch einen Elektroingenieur der Organisation Todt feststellen, welche Wirkung die geplanten Sabotageakte auf die Kampfbereitschaft der Batterie Lindemann gehabt hätten, wären sie ausgeführt worden. Er ließ sich auch von Kapitän Diekmann gründlich informieren über die bestehenden Sicherheitsvorkehrungen und vor allem über die Rolle, die der Batterie im System der Küstenverteidigung zufiel.

Als der Tag sich neigte, war jeder Zweifel bei Strömelburg ausgeräumt: Was er dank des Geständnisses von Catherine Pradier in Händen hielt, war eine Information von allererster Bedeutung, sie stellte womöglich den Höhepunkt seiner Laufbahn dar, denn sie konnte geradezu kriegsentscheidend sein.

Es fehlte noch ein letztes Glied in der Kette der Beweise, und das wurde kurz vor 19 Uhr von Sonderführer Kranz beigebracht. Er brach ungeheuer aufgeregt und unangemeldet bei Strömelburg ein und keuchte: »Die Funküberwachung vom Boulevard Suchet hat in ihren Unterlagen die Aufzeichnung der Durchsage für *Petite Berthe* gefunden! Gestern abend wurde sie durchgegeben!«

Strömelburg triumphierte. Jetzt hatte er alles. Diesmal sollte ihm kein sturer Kommißkopf beim OB West den Spaß verderben, der Atem der Geschichte sollte ihn kein zweites Mal vergebens streifen, er selber wollte dieses Geheimnis in Kaltenbrunners Büro in der Prinz-Albrecht-Straße enthüllen.

Als Strömelburg am Abend des 8. Juni schon auf dem Weg nach Berlin war, verlautbarte das V. US-Armeekorps, in dessen Bereich die westlichen Landeköpfe fielen, eine an SHAEF und die ihm unterstellten Divisionen gerichtete Warnung, die besagte: »Die gelandeten Truppen sind bei der Erreichung der vorgegebenen Ziele zwei Tage im Verzug, wodurch die Gesamtlage gefährliche Formen annimmt.« Der Landekopf sei »längst nicht so tief wie erforderlich, und der gesamte Abschnitt liegt noch im Feuerbereich der feindlichen Artillerie«.

Jetzt, so hieß es weiter, beginne die zweite Phase des Kampfes um den Landekopf. Mit einem starken deutschen Gegenstoß sei jederzeit zu rechnen, »und wenn er kommt, wird die Lage so prekär, daß die eigene Truppe sich nur mit äußerster Anstrengung wird halten können«.

Auf dem Dachboden eines dreistöckigen Wohnhauses in Richmond Hill, einem Stadtteil von London, hauchte der Funker in die Hände und begann die Morsetaste zu bearbeiten wie ein Pianist, der seinem Instrument die einleitenden Takte entlockt. Das ist ein recht passender Vergleich, denn bei der Abwehr in Paris war er unter dem Namen Chopin bekannt, der Funker des Doppelagenten Brutus. Damit begann auch der letzte, der wichtigste Akt des Unternehmens *Fortitude,* jener Akt, von dem Colonel Ridley dem frisch eingetroffenen T. F. O'Neill gegenüber als von jenem gesprochen hatte, an dem alle seine Hoffnungen hingen.

In Brutus' Funkspruch hieß es: »Ich habe selber gesehen, daß die Heeresgruppe Patton mit der Einschiffung beginnt.« Dies anläßlich seiner fiktiven Dienstreise zum vorgeschobenen Hauptquartier der 1. US-Heeresgruppe in Dover Castle. Er hatte sogar gehört, wie Patton persönlich geäußert hatte, »jetzt wird es Zeit«, die Operation gegen Calais zu beginnen.

Für den kleinen ehemaligen polnischen Fliegeroffizier, der im Untergeschoß ruhelos hin- und herging, war das ein qualvoller Moment. Seine Rolle im Unternehmen *Fortitude* dürfte demnächst ausgespielt sein, denn in vierzehn Tagen etwa, spätestens in vier Wochen, mußten seine deutschen Führungsoffiziere dahinterkommen, daß er sie getäuscht hatte, und was sollte dann aus den 63 Kameraden seines ehemaligen Widerstandsnetzes werden, die als Geiseln in Frèsnes festgehalten wurden? Bedeuteten die Punkte und Striche, die vom Dachboden aus in den Äther gingen, so etwas wie das Totenglöckchen für diese Freunde, die er zurückgelassen hatte?

In einem anderen Teil Londons, in Hampstead Heath, machte sich ein anderer Funker ebenfalls bereit, an die Arbeit zu gehen. Jahrelange geduldige Mühe der britischen Gegenspionage, Hunderte verschlüsselte Funksprüche, so manches kriegswichtige Geheimnis, das den Deutschen vorsätzlich zugespielt worden war, würden jetzt ihre Früchte tragen. Die schönste Blume, welche im Treibhaus der Lügen je gezüchtet worden war, nämlich der Doppelagent Garbo, sollte nun ihre volle Pracht entfalten.

Seine tüchtigsten Unteragenten waren um ihn in London versammelt. Sein Funker unterrichtete Madrid davon, daß Garbo den ganzen Nachmittag damit verbracht hatte, sie gründlich auszuquetschen. Es waren das ein ehemaliger Matrose, der als Dockarbeiter im Hafen von Dover arbeitete; ein Sikh, der südlich von London, in Brighton, an der Kanalküste wohnte und als Angestellter tätig war; und ein weiterer verbitterter walisischer Nationalist aus Harwich, ebenfalls eine Hafenstadt, die am Zusammenfluß von Stour und Orwell liegt und insofern von Bedeutung war, als in der weiteren und näheren Umgebung die Einheiten der fiktiven 1. US-Heeresgruppe standen.

Nach seinem Gespräch mit diesen drei Männern sah sich Garbo in der Lage, »meinen bisher wichtigsten Bericht zu übermitteln«. Madrid solle um Mitternacht auf Empfang gehen. Und diesmal würde man den Funkspruch des besten Spions, den das Dritte Reich besaß, ganz gewiß nicht verschlafen.

Kurz nach 21 Uhr – Strömelburg befand sich in seinem Skoda unterwegs nach Berlin, und die Funker von Garbo und Brutus hatten ihre Arbeit beendet – ertönte die Grabesstimme des Sprechers der BBC aus dem unterirdischen Aufnahmeraum in Bush House mit folgender Durchsage: *»Salomon a sauté ses grands sabots.* Ich wiederhole. *Salomon a sauté ses grands sabots.«*

Damit lag die letzte Karte auf dem Tisch, die *Fortitude* ausspielen konnte. Und nun war es an den Deutschen, darauf zu reagieren oder auch nicht.

Am Abend des 8. Juni war Generalfeldmarschall von Rundstedt zutiefst verärgert. Ein weiteres Mal war es Rommel nicht gelungen, die Alliierten aus ihren Landeköpfen in der Normandie zu vertreiben. Und es würde ihm mit den zur Verfügung stehenden Kräften auch nicht gelingen. Die Lage erschien ihm so prekär, daß er zu einem Mittel griff, das er nur höchst selten und sehr ungern anwendete – er ließ sich mit dem von ihm verachteten Führer verbinden.

Er verlangte, daß der Fall III A sofort in Kraft gesetzt werde. Auch wenn die Landung in der Normandie nur ein Ablenkungsmanöver sei, müsse die Lage dort doch auf der Stelle bereinigt werden, damit die im Westen stehenden Truppen frei wären, einer zweiten Invasion mit ausreichenden Kräften zu begegnen. Hitler erklärte sich widerstrebend einverstanden. Bei der Abendlage im Berghof gab er endlich jenen Befehl, der allein noch das Glück wenden konnte: Der Fall III A hatte als eingetreten zu gelten.

Schon vor Sonnenaufgang rollte der quietschende alte Essenskarren durch die Korridore des Zuchthauses zu Frèsnes, und Catherine in ihrer düsteren Zelle hörte, wie ihre Mitgefangene sich rührte. »Der Kaffee wird ausgegeben«, sagte sie leise. »Heute geht ein Transport nach Deutschland.«

Man hörte schon von weitem, wie die Zellentüren geöffnet und wieder geschlossen wurden, und ein deutscher Aufseher rief mit schaurigem Akzent die Namen jener Gefangenen auf, die in ein deutsches Konzentrationslager überführt werden sollten. Hin und wieder protestierte eine der selektierten Frauen laut schreiend gegen ihren Abtransport und verweigerte den angebotenen Kaffeersatz.

Das quietschende Wägelchen kam näher, hielt vor Catherines Zelle. Der Schlüssel drehte sich im Schloß, und der Wärter rief:

»Pradier, raustreten!«

Sie nahm das Bündel auf, das ihre wenigen Besitztümer enthielt, und humpelte zur Tür. Ihre Zellengenossin umarmte sie zum Abschied und flüsterte: *»Bonne chance. Vive la France!«*

Geblendet vom Licht der nackten Glühbirnen, das den balkonähnlichen Korridor erhellte, der entlang dem Zellenblock lief, humpelte Catherine hinter den Frauen her, die schon vor ihr herausgerufen worden waren. Im Hof vor dem Haupteingang wartete ein gelb-grüner Bus, einer jener Pariser Omnibusse, in denen sie ehedem so manches Mal einem glückverheißenden Bestimmungsort entgegengefahren war. Die Gefangenen mußten sich aufstellen und die Ankunft der letzten Frauen erwarten, dann wurden noch einmal die Namen aufgerufen, und eine nach der anderen bestieg den Bus, der sie zum Zug nach Deutschland bringen sollte. Catherine war unter den letzten. Als sie einsteigen durfte, waren nur noch die Stehplätze auf der hinteren Plattform frei. Vor ihr wurde das Tor rumpelnd aufgeschoben, und der Motor des Busses hustete.

Catherine schaute auf die Mauern des Zuchthauses von Frèsnes. Hinter den vergitterten Fensterlöchern erkannte sie mit Mühe die hageren Gesichter ihrer Mitgefangenen, unter denen sie die letzte Nacht verbracht hatte. Als der Bus sich in Bewegung setzte, grüßten sie mit dem V-Zeichen und winkten.

In den frühen Morgenstunden des 9. Juni bekam man erst bei SHAEF und dann auch in Churchills Arbeitsräumen die Konsequenzen jener bedeutungsvollen Entscheidung zu spüren, die Hitler am Abend zuvor getroffen hatte. Zuerst hörte die Funküberwachung davon, die den Nachrichtenverkehr zwischen den deutschen Einheiten abhörte, dann auch die Entschlüsselungsexperten bei *Ultra*: Die deutsche Wehrmacht begann sich zu rühren.

Die Luftaufklärung bestätigte das. Gemäß dem Plan III A begannen die davon betroffenen Einheiten ihre Fühler auszustrecken. Die 116. Panzerdivision, die 1. SS-Panzerdivision, insgesamt 35 000 Mann und etwa 500 Panzer, setzte sich Richtung Normandie in Bewegung. Die Krise war da, und zwar genau zu dem Zeitpunkt, den so gut wie alle Nachrichtendienstler der Alliierten angenommen hatten. General Marshall und die Vereinigten Stabschefs waren auf dem Weg nach London, um ihren britischen Kollegen dabei zu helfen, »mit allen Eventualitäten fertig zu werden, die möglicherweise auftreten könnten«, wie SHAEF es vornehm ausdrückte, womit aber in Wahrheit eine mögliche Niederlage der Invasionstruppen an der normannischen Küste gemeint war.

Strömelburg befand sich unterdessen in Berlin und betrat Kaltenbrunners Büro in der Pose des Triumphators. Als solchen empfing man ihn denn auch. Die Neuigkeit von seinem Erfolg war ihm vorangeeilt.

Er referierte über die Ergebnisse des Verhörs der Catherine Pradier und die von ihm veranlaßte Analyse der Folgen eines Sabotageaktes gegen die Batterie Lindemann, wie ihn der Feind sich ausgedacht hatte.

»Die Erfahrung hat gezeigt«, sagte er, »daß die Geschützstellungen aus der Luft nicht zu vernichten sind. Ein Kommandounternehmen über See von seiten der Engländer wäre ebenfalls zum Scheitern verdammt. Schließlich hat schon Admiral Nelson gesagt: ›Ein Seemann, der Kanonen an Land mit dem Schiff angreift, ist ein Narr.‹ Andererseits kann sich eine Invasionsflotte zwischen Cap Gris Nez und Dünkirchen nicht auf den Kanal hinauswagen, solange diese Geschütze imstande sind zu feuern. Es blieb also nur Sabotage.«

»Trotzdem ist mir immer noch nicht klar, wie das vor sich gehen sollte«, warf Kaltenbrunner ein. »Wissen Sie ganz genau, daß der Plan funktioniert hätte?«

»Absolut. Wir haben alles nachgeprüft. Ein Stromstoß der vorgesehenen Stärke hätte die Motoren unbrauchbar gemacht, welche die Munitionsaufzüge und die Richtkränze der Geschütze bewegen. Man hätte sie austauschen müssen.«

»Und wie lange hätte das gedauert?«

»Mindestens zwölf Stunden. Und darauf basiert auch die gesamte Planung des Feindes. Deshalb ist ja die Einhaltung des Zeitpunktes so enorm wichtig. Die Geschütze müssen während des Tageslichtes für zwölf Stunden unbrauchbar sein. So lange benötigt man, um Truppen zu landen und die Anlagen von Land her außer Gefecht zu setzen.«

»Und wenn das Ganze nun nichts als ein Trick ist?« Dies von Kopkow, den Strömelburg von Herzen verabscheute.

»Ich weiß jetzt nicht, wie viele Personen wir in der Avenue Foch dem verschärften Verhör unterzogen haben, aber eines kann ich sagen: höchstens zwei oder drei haben das ausgehalten, was diese Agentin ausgehalten hat. An der Richtigkeit des Geständnisses habe ich nicht den geringsten Zweifel. Im übrigen bestärkt mich in dieser Meinung noch eine weitere Tatsache: Unser Agent Gilbert, dem wir, nebenbei bemerkt, diesen Erfolg verdanken, wurde auf Anweisung aus London von der Résistance hingerichtet.«

»Hm«, stimmte Kaltenbrunner zu, »das alles ist sehr einleuchtend.« Auch er kannte die Analyse von Roenne, der in Südwestengland eine amerikanische Heeresgruppe im Umfang von 25 Divisionen festgestellt haben wollte. »Dann kommt die echte Invasion also doch bei Calais. Und deshalb müssen die Geschütze ausgeschaltet werden.«

Das Telefon klingelte, Kaltenbrunner hob ab, hörte einen Moment zu, sagte: »Für Sie, Strömelburg. Paris, dringend«, und reichte ihm den Hörer.

Strömelburg lauschte in den Apparat, legte auf und verkündete: »Das Ausführungskommando ist gestern um 21 Uhr 15 über BBC gekommen. Es lautete *Salomon a sauté ses grands sabots.*«

Oberst von Roennes Abteilung Fremde Heere West bildete am 9. Juni mehr als je zuvor den Trichter, in den alle von den Allierten ausgedachten Täuschungsmanöver hineingestopft wurden und den sie passieren mußten auf ihrem Weg bis zum Ohr des Führers. Die von Roenne vorgenommene Bewertung war maßgebend dafür, welche Aufnahme sie dort finden würden.

Die erste Meldung, die am Freitag einlief, stammte von der Abwehr in Berlin und enthielt eine Zusammenfassung der von Brutus in der vergangenen Nacht durchgegebenen Informationen. Dies bestätigte, was Roenne Rommel und auch Rundstedt und Hitler seit dem 6. Juni wiederholt vorgetragen hatte: Die Invasion in der Normandie war ein Scheinangriff. Jetzt hingegen, so hatte es auch Brutus bestätigt, setzten sich die Divisionen der 1. US-Heeresgruppe unter Patton in Bewegung – Divisionen, deren Existenz ihm von den listenreichen Planern des Unternehmens *Fortitude* suggeriert worden war. Den Ausschlag für seine Lagebeurteilung aber gab die von Kaltenbrunner ausgehende Mitteilung, die Durchsage *Salomon a sauté ses grands sabots* sei von der BBC durchgegeben worden. Das war das Pünktchen auf dem i. Roenne besaß nun nicht nur Hinweise darauf, daß eine Invasion im Pas de Calais bevorstand, er wußte auch, wann sie stattfinden sollte. Er ließ sich mit Oberst Krummacher auf dem Berghof verbinden, dem Nachrichtenoffizier des Führers, und teilte ihm mit, neueste Erkenntnisse deuteten darauf hin, daß eine Landung von 25 feindlichen Divisionen im Pas de Calais bereits am 10. Juni zu erwarten sei. Unter diesen Umständen wäre es »heller Wahnsinn«, Infanterie und Panzer der 15. Armee vom Pas de Calais abzuziehen. Krummacher möge beim Führer erwirken, daß Fall III A aufgehoben werde.

General Jodl, Chef des Wehrmachtführungsstabes,

machte Hitler mit Roennes Beurteilung bei der ersten Lagebesprechung des Tages bekannt, eine knappe halbe Stunde nachdem Roennes Anruf eingegangen war. Hitler war beeindruckt, aber nicht so sehr, daß er seine Entscheidung umgestoßen hätte. Den Fall III A hatte er nur sehr zögernd befohlen, und er war nicht bereit, diesen Befehl ohne vorheriges gründliches Überdenken zurückzunehmen. Große Feldherren gewinnen ihre Schlachten nicht dadurch, daß sie ständig ihre Meinung ändern. Er sagte also, er wolle sich das überlegen und bei der Abendlage seine Entscheidung bekanntgeben.

Nachdem Hitler sein spartanisches Abendessen eingenommen hatte, ging er in sein Arbeitszimmer. Von den Fenstern des Berghofes bot sich ein großartiger Ausblick auf das Gebirge, das er so liebte.

Gegen 22 Uhr 30 störte General Jodl ihn in seinen Überlegungen mit einem Bericht von Oberst von Roenne, der die Zusammenfassung der ausführlichen Informationen gab, die der Doppelagent Garbo während der vergangenen Nacht nach Madrid durchgegeben hatte. Garbo war Hitler dem Namen nach bekannt. Er setzte die Brille auf und las, was der Spanier »meinen bisher wichtigsten Bericht« nannte. Zunächst zählte er die vorhandenen und die nur in seiner Phantasie existierenden Truppen auf, über die seine besten Unteragenten ihm berichtet hatten, und erwähnte zum ersten Mal auch Landungsboote, die auf dem Deben und dem Orwell bereitlagen, diese Truppen aufzunehmen. »Aus allem muß gefolgert werden, daß die in der Normandie stattfindende Landung zwar ein umfangreiches, aber eben doch nicht das eigentliche Unternehmen ist. Ein mit starken Kräften gehaltener Landekopf dort soll möglichst viele unserer Reserven auf sich ziehen, um den Erfolg eines anderswo zu führenden Hauptschlages zu garantieren.«

Hitler machte mit grünem Stift einen Kringel in die linke obere Ecke zum Zeichen, daß er das Blatt gelesen habe, und ließ es Jodl zurückgeben. Gleich darauf meldete sich Himmler auf der direkten Leitung aus Berlin. Auf dieser Leitung pflegte er Hitler die Leckerbissen zu verabreichen, die er als oberster Nachrichtenoffizier des Reiches sammelte, und diesmal war es quasi eine ganze Geburtstagstorte: Der Auslands-SD hatte das Geheimnis um die verschlüsselte Durchsage *Salomon a sauté ses grands sabots* gelüftet.

Das gab den Ausschlag. Hitler ging sehr zuversichtlich zur Lagebesprechung und verkündete, der Sachverhalt sei nunmehr klar, der Feind beabsichtige in allernächster Zukunft eine zweite Landung, und der Fall III A sei mithin als erledigt zu betrachten. Nicht nur sollten von der 15. Armee die Reserven nicht abgezogen, nein, sie sollten vielmehr noch verstärkt werden. Die beiden bereits abmarschierten Panzerdivisionen seien sogleich anzuhalten und sollten im Rücken des Pas de Calais Stellungen beziehen. Die 9. und 10. SS-Panzerdivision, die er mittags von Polen nach Frankreich in Marsch hatte setzen lassen, wurden ebenfalls der 15. Armee zugeteilt. Seine besten Divisionen erwarteten nunmehr am Atlantikwall General Patton und seine Heeresgruppe.

Eine halbe Stunde später traf das Blitzfernschreiben, das den Fall III A aufhob, in Rundstedts Hauptquartier in Saint Germain en Laye ein. Es wurde seinem Operationschef General Zimmermann vorgelegt. Dessen Gehilfe fragte, nachdem beide den Text gelesen hatten, ob man nicht den Feldmarschall wecken solle?

»Wozu?« fragte Zimmermann. »Deutschland hat gerade eben den Krieg verloren.«

EPILOG

22. April 1945

Aus der Ferne hörte sie die Brandung des Atlantik. Sie spielte mit ihrem Vater Schach auf der Sonnenterrasse des kleinen Chalets in den Bergen oberhalb von Saint Jean de Luz, und das Rauschen des Meeres wurde ihnen von der gleichen Brise zugetragen, die Catherine frieren machte. »Es kommt Sturm auf«, murmelte ihr Vater.

Sie fröstelte, setzte sich auf. Strohhalme, mit denen der Sack gefüllt war, auf dem sie lag, erinnerten sie schmerzhaft an die Wirklichkeit, die hinter ihren Träumen lauerte. Instinktiv kniff sie die Lider zusammen, suchte den Trost, den der Traum ihr verschafft hatte, noch Sekunden länger auszukosten. Sie hatte schon vor langem gelernt, sich an solchen Trost zu klammern und an das einzig Beglükkende, was ihr noch geblieben war, an den Schlaf. Als es in der Baracke langsam heller wurde und der Schlaf mehr und mehr zurückwich, drang das Geräusch in ihr Bewußtsein, jenes Geräusch, das ihrem Traum und der Wirklichkeit gemeinsam war: ein dumpfes Dröhnen.

Ein Luftangriff konnte das nicht sein. Es fehlte das helle Sirren der Motoren, das die Bomber auf ihrem Flug nach Berlin hören ließen. Was sie jetzt vernahm, waren dumpfe Schläge, sowohl der Lautstärke nach als auch in ihrer Abfolge ganz ungleichmäßig. Dann plötzlich brachen sie ab, so rätselhaft, wie sie begonnen hatten. Sie war wieder allein mit der Stille. Catherine erhob sich von dem Strohsack und fröstelte stark, denn die Feuchtigkeit vom Zementboden drang in jede Ritze. Sie zog nun ein fingernagellanges Stück Strohhalm aus dem Sack und kroch auf Händen und Knien in den Winkel am Fuß ihres Lagers und fügte den Strohhalm zu den anderen, die sie dort schon angehäuft hatte, und die ihren Kalender darstellten. Heute ist der 22. April 1945, rechnete sie aus, 97 Tage sind seit meiner Einlieferung hier vergangen, und in 43 Tagen bin ich genau ein Jahr in Haft. Und in 106 Tagen ist mein 28. Geburtstag.

Im Rücken hörte sie das Gitter aufgehen, dann drehte sich der Schlüssel in der Tür und der barsche Befehl: »Raustreten!« ertönte.

In das grelle Licht der Korridorbeleuchtung zwinkernd, versuchte Catherine Haltung anzunehmen. Eine kleine, gedrungene Person in verschmutztem Feldgrau und schwarzen Schaftstiefeln trabte gemächlich den Korridor entlang, gefolgt von zwei Kapos, die an die Insassinnen des Bunkers die erste von zwei täglichen Mahlzeiten austeilten – einen Becher warme braune Brühe, die Malzkaffee ähnelte, und eine Portion verschimmeltes Brot. Der Anblick der halbverhungerten Gestalten, die wie gierige Tiere nach dieser jämmerlichen Ration langten, amüsierte die SS-Aufseherin Margarete Mewes meist, nicht aber an diesem Morgen. Sie wirkte abwesend, ganz in Gedanken verloren. Catherine hatte eigentlich vorgehabt, sie anzusprechen, traute sich dann aber doch nicht. Die Mewes gehörte zu jenen Aufseherinnen, die beim Absingen von Weihnachtsliedern Tränen vergossen und gleich darauf eine Gefangene totprügelten.

Als sie vorüber war, flüsterte die Gefangene, die den Kaffee schöpfte, Catherine ohne die Lippen zu bewegen zu: »Hast du's gehört heute nacht? Sie kommen.«

Nicht weit von Catherine Pradiers Zellenblock konnte man Obersturmbannführer Strömelburg über die Lagerstraße seinem Büro zustreben sehen. Auch seine Augen waren gerötet, er schlief dieser Tage nicht gut. Die Nacht über hatte das Artilleriefeuer der vorrückenden Rotarmisten ihn wachgehalten. Was das für sein Lager bedeutete, wußte er nur allzu gut, und was für Männer wie ihn, sogar noch besser.

Als der ukrainische Wachmann ihn mit erhobenem Arm grüßte, konnte er ein bitteres Lächeln nicht unterdrücken: auch einer, der sich Gedanken über seine Zukunft machen muß, dachte er. Sein Bursche stellte ihm dampfenden Kaffee auf den Tisch, kaum daß Strömelburg sich gesetzt hatte. Er trank gierig. Es schmeckte sogar nach Kaffeebohnen. Ganz schlecht war man bei der SS also noch nicht dran.

Das Rattern des Fernschreibers riß ihn aus seinen Gedanken. Staunend schüttelte er den Kopf. Das Reich geht in Trümmer, versinkt in Schutt und Asche, die Götterdämmerung ist angebrochen, aber der Fernschreiber in der Prinz-Albrecht-Straße funktioniert immer noch, spuckt unermüdlich Anweisungen und Namenlisten aus, alles nach Vorschrift.

Er wartete ab, bis der Fernschreiber verstummte, ging mit der Namenliste an den grünen Aktenschrank neben seinem Tisch. Jeder der drei Schübe war mit den Buchstaben NN gekennzeichnet. Sie standen für Nacht und Nebel, den Erlaß, den Hitler am 14. Dezember 1941 unterzeichnet hatte, als das Reich sich auf dem Höhepunkt seiner Macht befand; er regelte die Behandlung von Personen, welche Sabotageakte gegen deutsche Besatzungstruppen verübt hatten.

Ausgewählt hatte man diese Bezeichnung in Anlehnung an Wagners *Rheingold.* So wie Wagners Alberich im wallenden Nebel spurlos verschwindet, sollten auch die NN-Häftlinge im Dunkeln verschwinden, wenn auch ohne Musikbegleitung in den Todeslagern der SS. Und nicht ganz so spurlos, denn über die Abgänge wurde genauestens Buch geführt. Strömelburg zog die Akten jener Häftlinge, deren Namen auf der Liste standen, heraus, übertrug diese gewissenhaft in das geheime Tagebuch des KL Ravensbrück und schloß jede Akte mit einem gleichlautenden Vermerk, bevor er sie zur Erledigung weitergab: »Wurde der Sonderbehandlung zugeführt. Im Auftrage des Reichsführers SS.«

Er war fast fertig damit, als er auf den Namen der Gefangenen Nr. 97123 stieß. Aha, dachte er, da ist sie also. Selbstverständlich hat man sie hierher geschickt. Er lehnte sich zurück und setzte eine Zigarette in Brand, eine Lucky Strike, aus Rot-Kreuz-Paketen für Kriegsgefangene, deren Inhalt im Offizierskasino verteilt wurde. In der Ferne begann erneut die russische Artillerie zu feuern.

Er blätterte zerstreut in der Akte Pradier. Die Anordnung, sie nach Deutschland zu überführen, war von ihm selber unterzeichnet. Er sah sich das alles an wie ein Greis, der Photos aus seiner Jugend betrachtet. Das war so lange her. Für ihn selber hatte es eine schlimme Niederlage bedeutet. Zunächst hatte man ihn zu einer Infanterieeinheit der Waffen-SS an die Ostfront versetzt, dann in dieses elende Konzentrationslager. Und alles nur ihretwegen, und wegen dieser tückischen Engländer, die sie nach Frankreich geschickt hatten, damit sie ihn dort aufs Kreuz legte.

Das russische Geschützfeuer führte ihm eindringlich vor Augen, wie total seine Niederlage und der Triumph dieser hinterlistigen Menschen war. Er saß minutenlang reglos, die Akte aufgeblättert vor sich und lauschte dem Wummern der Einschläge. Die Krise war eingetreten, doch wußte er, daß jede Krise ihre eigene Währung hat. Catherine Pradier konnte sich als wertvoller Besitz erweisen, ein Mann in seiner Lage mochte sehr wohl von ihr Gebrauch machen, sie in den vor ihm liegenden Wochen als Mittel benutzen, sich freizukaufen.

Jetzt, da Catherine wußte, was das dumpfe Grollen bedeutete, klang es ihr wie Glockengeläut in den Ohren. Sie hockte auf ihrem Strohsack, die Knie angezogen, und wiegte sich hin und her unter dem Einfluß einer Empfindung, die sie nie mehr fühlen zu können geglaubt hatte – Hoffnung. Seit dem eisigen Januarmorgen, an dem sie das Lager betreten hatte und buchstäblich in diese Baracke geworfen worden war, hatte sie sich angewöhnt, ihr Leben nur nach kürzesten Zeitspannen zu berechnen – noch eine Stunde Fieber und Durchfall ertragen; noch einen Tag überleben, ohne vor Entkräftung zusammenzubrechen; eine weitere Nacht Hunger und Angst ertragen. Es war ausgeschlossen, hier zu überleben, und zu hoffen war einfach unsinnig. Jetzt allerdings glaubte sie zu spüren, wie die Erde unter den fernen Einschlägen erbebte. Sollten die wirklich bedeuten, daß sie entgegen aller Logik und dem Willen ihrer Widersacher zum Trotz überleben, daß sie in naher Zukunft bereits aus dem schwarzen Tor, durch das sie das Lager vor einer Ewigkeit betreten hatte, in die Freiheit gehen könnte? War das etwa die Verheißung, daß sie doch noch einmal die Liebkosung einer Rosenblüte auf ihrer Wange spüren, den Geruch brennenden Herbstlaubes im Wind schnuppern sollte? War es denn denkbar, daß sie noch einmal einen hellen Frühlingshimmel, den warmen Sommerwind, die Liebkosung heißen Sandes oder eines liebenden Mannes verspüren, am Ende gar ein Kind im Arm halten könnte?

Catherine kannte ihre SS-Schergen zu gut, um nicht zu wissen, daß sie niemals ohne ein letztes grausiges Blutvergießen aufgeben würden. Das blasse Licht, das die Wand ihrer Zelle erhellte, sprach eine genügend deutliche Sprache.

Aus diesen Gedanken wurde sie durch das Öffnen der Tür aufgeschreckt. Man holte sie wieder. Sie folgte der Aufseherin stumpf über den Gang und wurde am Ausgang des Bunkers einem Uniformierten übergeben. Lieber Gott, betete sie still, laß mich mit Würde sterben, mit Deinem und dem Namen Frankreichs auf den Lippen.

Zu ihrer Überraschung wurde sie aber nicht zur Hinrichtung geführt, sondern zur Verwaltungsbaracke. Als sie eintrat, erkannte sie Strömelburg, der unwillkürlich aufstand. Er sah, daß einzig ihre Augen unverändert waren, daß sich schon wieder das Funkeln des Trotzes darin regte, das ihm noch gut in Erinnerung war.

»Setzen Sie sich, Mademoiselle Pradier.« Er wies auf einen Stuhl.

Sie betrachtete ihn gefaßt und fragte dann: »Was tun denn Sie hier?«

»Die Welt ist kleiner geworden, seit wir uns zuletzt gesehen haben, Mademoiselle. Und auch mein Machtbereich ist etwas geschrumpft. Aber das braucht Ihnen nicht leid zu tun, denn schließlich haben Sie das Ihre dazu beigetragen.«

»Ich? Ich habe nichts dergleichen getan.«

»Nein? Nun, das sehe ich anders . . .« Seine Hand strich nervös über die Schreibtischplatte. »Ich habe mich oft gefragt . . .« Er schob ihr die Zigaretten hin, nahm sie aber gleich wieder zurück und bemerkte: »Das Rauchen haben Sie sich wohl unterdessen nicht angewöhnt?«

Seine Rohheit war schier unübertrefflich. »Wo denn? Etwa hier?«

»Nein, wohl kaum«, gab er achselzuckend zu.

Dann stand er auf, trat an das geöffnete Fenster und schaute hinaus auf die Lagerstraße.

»Sie sollten mir glauben, daß ich das Vorgefallene bedauere. Aufrichtig bedauere. Aber wir hatten keine Wahl, Sie nicht und ich nicht. Wir waren Figuren in einem Spiel, einem hübschen, aber grausamen Spiel, das andere ausgedacht haben, die sehr viel schlauer waren als Sie oder ich. Uns blieb gar nichts weiter übrig, als die Rollen zu spielen, die uns zugeteilt worden waren, glauben Sie mir.«

»Ihnen glauben?« Catherine versuchte über diesen Irrsinn zu lachen, brachte es aber nicht fertig. Der Anblick dieses immer noch wie aus dem Ei gepellten Mannes hatte ihr den ganzen Schrecken der Avenue Foch wieder lebendig vor Augen gestellt. Schlimmer noch, auch ihre schlaflosen Nächte im Lager Ravensbrück. Was man ihr in London angetan hatte, würde sie weder je vergessen noch verzeihen, aber die Einsicht in das, was diejenigen in London antrieb, die sie so schnöde verraten hatten, bot doch eine Art Trost, und dieses Geschenk würde sie niemals mit Strömelburg teilen. Sie hatte endlich begriffen.

Er ging jetzt auf und ab, die Hände auf dem Rücken. »In England würde man gewiß stolz auf Sie sein. Die Herren, die Ihnen das eingebrockt haben, würden Sie mit offenen Armen empfangen, nicht wahr? Einen Orden würde man Ihnen geben. Oder einen Lorbeerkranz. Und das haben Sie redlich verdient. Denn Sie haben erreicht, was Sie wollten, Mademoiselle, wir haben Ihnen alles geglaubt.«

Strömelburg schaute sie prüfend an in Erwartung einer wenn auch noch so kleinen Reaktion, die seinen Verdacht bestätigen könnte.

Catherine starrte ihn an. »Sehe ich etwa aus wie jemand, der was erreicht hat? Betrachten Sie mich doch mal genau, Herr Strömelburg.«

Der hob abwehrend die Schulter. »Jeder Sieg hat seinen Preis. Ich hätte Ihnen damals gern geholfen ... ich würde es auch jetzt noch tun, falls Sie ...« Er brach absichtlich mitten im Satz ab, ließ seine Worte in der Luft hängen. Catherine spürte, daß er erwartete, sie werde den Satz für ihn beenden, an seiner Statt aussprechen, was ihm im Sinn lag. Aber diese Befriedigung gönnte sie ihm nicht. Sie erwiderte seinen Blick mit der gleichen gelassenen Distanziertheit, mit der sie ihn auch in Paris betrachtet hatte.

So ein verstocktes Luder, dachte Strömelburg. Verstockt, das war sie immer schon. Er wandte sich wieder zum Fenster und stellte Berechnungen an. Es war ungemein schwierig, in so kurzer Zeit alle Möglichkeiten zu überschlagen, die sich bieten mochten. Konnte er überhaupt auf sie zählen? Wie sehr haßte sie ihn? Wenn sie ihm nicht von selbst entgegenkam, war es besser, eine Zeugin verschwinden zu lassen, die ihn schwer belasten konnte.

So stand er, wie es Catherine vorkam, lange Zeit gedankenverloren am Fenster, rieb die wohlgepflegten Hände und lauschte abwesend dem fernen Geschützdonner. Endlich wandte er sich wieder ihr zu. In ihrem Blick las er nichts, was darauf hätte schließen lassen, daß ihre innere Ablehnung weniger stark wäre, die feindseligen Schwingungen, die von ihr ausgingen, verspürte er mit unmißverständlicher Deutlichkeit.

Und wie denn auch nicht? Sie blieb sich treu, bis zuletzt. Das war nun einmal ihre Art. Er entnahm seiner Schreibtischschublade eine orangefarbene Karte und befahl: »Nehmen Sie die und geben Sie sie Scharführer Müller.« Und als er hörte, wie ihre Schritte sich über den Gang entfernten, nahm er die Akte Catherine Pradier und fügte als letzten Eintrag an:

»Die Gefangene wurde der Sonderbehandlung zugeführt. Strömelburg, Obersturmbannführer, i. A. des Reichsführers SS.«

ANMERKUNGEN DES VERFASSERS

Dies ist ein Roman, also ein Werk der Phantasie. Die fünf Hauptfiguren: Catherine Pradier, Paul, Colonel Henry Ridley, Strömelburg und T. F. O'Neill sind sämtlich erfunden, wenngleich einige gewissen Personen angenähert sind, die wirklich gelebt und eine Rolle gespielt haben, die etwa der entspricht, welche meine fiktiven Personen spielen.

Das historische Gewebe, in welches die Schicksale dieser Personen eingebettet sind, ist allerdings keineswegs ein Werk der Phantasie. Das Unternehmen *Fortitude* hat es wirklich gegeben. Auch die Doppelagenten Brutus und Garbo hat es gegeben, und sie haben agiert, wie es hier dargestellt wird. Auch haben die Deutschen tatsächlich am 9. Juni 1944 die Durchsage *Salomon a sauté ses grands sabots* aufgefangen, die für eine Gruppe der Résistance bestimmt war, welche durch Verrat in die Hände der Gestapo fiel. Die schloß aus der Vernehmung der Mitglieder, daß die Durchsage eine Landung im Pas de Calais ankündigte. Es stimmt auch, daß diese Information dazu beigetragen hat, Hitler zur Aufhebung des Falles III A zu bewegen.

Den Feind über die eigenen wahren Absichten zu täuschen, ist eine Waffe, so alt wie die Keule der Höhlenbewohner und die Neigung des Menschen, Krieg zu führen. Nie zuvor in der Geschichte jedoch wurde Täuschung in einem solchen Umfang, so systematisch und mit so weitreichenden Konsequenzen betrieben wie bei dem Unternehmen *Fortitude.* Die Absicht war im wesentlichen, die Beschlußfassung des Oberkommandos der Wehrmacht in der von den Alliierten gewünschten Richtung zu beeinflussen, indem man die Quellen, aus denen die zur Entscheidungsfindung notwendigen Informationen stammten, durch Desinformation vergiftete. Wie hier dargestellt, waren die Urheber dieses Vorganges eine kleine Clique von Nachrichtenoffizieren, die an Churchill unmittelbar berichteten. Sie waren seine Lieblinge, und er selber beteiligte sich oft und gern an ihren Beratungen.

Es wäre allerdings falsch und auch im höchsten Grade ungerecht gegenüber den Männern, die an den Stränden der Normandie landeten, wollte man behaupten, die Invasion Europas sei einzig und allein dank *Fortitude* gelungen. Wahr ist allerdings, daß dem Oberbefehlshaber West genügend Menschen und Material zur Verfügung standen, um die Invasion abzuschlagen, wäre der richtige Gebrauch von diesen Mitteln gemacht worden. Daß dies nicht geschah, ist großenteils dem Unternehmen *Fortitude* zu verdanken. Wie gut es gelang, läßt sich allein schon der Tatsache entnehmen, daß am 27. Juli 1944, also fast acht Wochen nach der Landung in der Normandie, im Pas de Calais hinter dem Atlantikwall mehr Männer, Panzer und Geschütze standen als am Tage X; die Massierung der schlagkräftigsten Truppen, über welche die Deutschen damals verfügten, an einem Ort, wo keine Kampfhandlungen stattfanden, das Beharren darauf, mit ihnen eine Invasion zurückzuschlagen, die niemals stattfand, ausgeführt von einer Heeresgruppe, die niemals existierte, geht auf das Konto von *Fortitude.*

Fortitude gehörte zu den Unternehmen des Zweiten Weltkrieges, bei denen die Geheimhaltung perfekt funktionierte. Das Bestehen der London Controlling Section wurde erst Anfang der siebziger Jahre bekannt. Die amerikanischen Unterlagen zu *Fortitude* wurden auf Anweisung des Präsidenten 1946 vernichtet, die der London Controlling Section – eine Organisation, die ohnehin nur ungern etwas schwarz auf weiß festhielt – wurden niemals der Öffentlichkeit zugänglich gemacht. Einzig der Historiker Professor Michael Howard aus Oxford hatte beschränkten Zugang, aber die Regierung Ihrer Majestät verbot die Veröffentlichung seiner autorisierten Geschichte der London Controlling Section.

Warum diese Heimlichtuerei? Die Taktik, den Feind durch psychische Manipulation in die Irre zu führen, ist so alt wie der menschliche Geist, und kaum etwas klingt unseren Ohren so bedrohlich wie das Wort Desinformation. Und wie ich hier auf den vorstehenden Seiten schon ausgeführt habe, werden die Opfer, welche die Irreführung des Feindes fordert, besonders bitter beklagt. Einer der letzten

Überlebenden der London Controlling Section hat mir anvertraut: »Es gibt Geheimnisse, über die bis zu unserem Tode zu schweigen wir geschworen haben – und schweigen werden wir.«

Nur Monate nach Kriegsende wurde die SOE, die Special Operations Executive, auf Veranlassung ihres Rivalen, des Secret Intelligence Service MI6, und des Außenministeriums aufgelöst. Die geheimsten Unterlagen der SOE, unter anderen der gesamte Funkverkehr zwischen der Zentrale der SOE in London und den Agenten in Frankreich und anderswo, wurden dem Außenministerium zur Verwahrung übergeben. Sämtliche Aktenbündel bekamen den Vermerk ›Wichtige Historische Dokumente; keinesfalls zu vernichten‹, aber es verging kein Jahr nach der Inbesitznahme der Unterlagen durch das Außenministerium, da waren sie samt und sonders verbrannt.

Wollten etwa die führenden Köpfe des Secret Intelligence Service vermeiden, daß künftige Historiker der SOE Verdienste zuschrieben, die MI6 sich selber anrechnete? Oder sollte für alle Zeit verborgen bleiben, welche Scheußlichkeiten der Secret Intelligence Service in Kriegszeiten an einer Organisation begangen hat, die er als Rivalen empfand?

Das könnte man nur noch aus der Asche herauslesen.

La Biche Niche
Ramatuelle
22. Dezember 1984
LARRY COLLINS